Kiera Cass

A thousand heartbeats – Der Ruf des Schicksals

KIERA CASS

a thousand heartbeats

Der Ruf des Schicksals

Übersetzung aus dem amerikanischen Englisch von
Cherokee Moon Agnew

one

NACHHALTIG PRODUZIERT

Die Bastei Lübbe AG verfolgt eine nachhaltige Buchproduktion. Wir verwenden Papiere aus nachhaltiger Forstwirtschaft und verzichten darauf, Bücher einzeln in Folie zu verpacken. Wir stellen unsere Bücher in Deutschland und Europa (EU) her und arbeiten mit den Druckereien kontinuierlich an einer positiven Ökobilanz.

FSC
www.fsc.org
MIX
Papier | Fördert gute Waldnutzung
FSC® C014496

Titel der amerikanischen Originalausgabe:
»A thousand heartbeats«

Dieses Werk wurde vermittelt durch die Literarische Agentur Thomas Schlück GmbH, 30161 Hannover

Textredaktion: Elena Bruns, Lingen
Umschlaggestaltung: Manuela Städele-Monverde unter Verwendung:
Jacket art © 2022 by Elena Vizerskaya; Jacket design by Erin Fitzsimmons;
Map: Harper Collins
Satz: 3w+p GmbH, Rimpar
Gesetzt aus der Adobe Caslon Pro
Druck und Verarbeitung: GGP Media GmbH, Pößneck

Printed in Germany
ISBN 978-3-8466-0211-9

5 4 3 2 1

Sie finden uns im Internet unter one-verlag.de
Bitte beachten Sie auch luebbe.de

Für Theresa.
Aus allen möglichen Gründen und einfach so.

Teil 1

Im selben Moment, in dem Annika nach ihrem Schwert in seinem Geheimversteck unter ihrem Bett tastete, wischte Lennox das Blut von seinem.

Schwer atmend ließ Lennox den Blick über die Hügellandschaft schweifen. Drei weitere Seelen, die er seiner Liste hinzufügen konnte, doch er hatte bereits vor langer Zeit aufgehört zu zählen. Unzählige Leben hatten durch seine Klinge ihr Ende gefunden, sodass niemand in der Armee Dahrains seine Autorität infrage stellen konnte. Annika jedoch hatte bisher nur einmal Blut vergossen. Und das vollkommen unbeabsichtigt. Dennoch gab es auch bei ihr nur wenige, die ihre Autorität anzweifelten.

Doch die, die es konnten, taten es.

Annika erhob sich vorsichtig, denn ihre Beine schmerzten noch immer ein wenig. Sie probte ihre Schritte, bis sie sich wieder so elegant bewegen konnte, wie sie es gewohnt war, und bis ihre Magd das Zimmer betrat, waren sie beide der Meinung, dass ihr Gang akzeptabel war. Sie setzte sich an ihren Frisiertisch, den Blick auf das Spiegelbild der Bettkante gerichtet. Ihr Schwert – darunter verborgen – würde noch ein oder zwei Tage warten müssen, doch sie selbst konnte es kaum erwarten, eine der wenigen Regeln zu brechen, gegen die sie überhaupt noch verstoßen konnte.

Währenddessen steckte Lennox sein Schwert zurück in die Scheide und schritt den Hügel hinab. Sein Lagebericht würde Kawan zufriedenstellen. Da er seine Position nicht in Gefahr bringen wollte, stellte er sicher, ihm nie einen Grund zu liefern, unzufrieden mit ihm zu sein. Sobald dieser Krieg zu Ende wäre – sollte er jemals beginnen –, würde ein gesamtes Königreich zur Unterwerfung gezwungen sein. Dafür würde Lennox Sorge tragen.

Annika und Lennox konzentrierten sich auf den bevorstehenden Tag, ohne von der Existenz des jeweils anderen zu wissen. Ohne zu wissen, dass sie den Lebensweg des jeweils anderen für immer verändern würden.

Oder dass sie es bereits unwiderruflich getan hatten.

Lennox

Auf dem Weg zurück zur Burg überlegte ich, wohin ich zuerst gehen sollte: in meine Kammer oder in den Speisesaal. Ich blickte an meinem Mantel hinab, betrachtete meine Schuhe und wischte mir über die Wange. Mein Handrücken zeigte Spuren von Schmutz, Schweiß und Blut, und mein Hemd war ebenfalls blutbesudelt.

Dann würde ich zuerst in den Speisesaal gehen. Sollten es ruhig alle sehen.

Ich wandte mich in Richtung des Seiteneingangs an der Ostseite, der der ungepflegteste Teil von Vosino Castle war. Doch um ehrlich zu sein, war der Rest auch nicht wesentlich besser.

Vosino war wie ein abgetragenes altes Kleidungsstück. Zurückgelassen von einem längst vergessenen Königreich, war es zu unserem Zuhause geworden, zu dessen Erhalt nicht sonderlich viel beigetragen wurde. Aber es sollte ohnehin nur vorübergehend sein.

Beim Betreten des Saals sah ich Kawan am Haupttisch sitzen, meine Mutter wie immer neben ihm.

Niemand gesellte sich je zu ihnen. Nicht einmal ich hatte bisher eine Einladung erhalten.

Der Rest der Armee saß, wo es ihm beliebte, und mischte sich unter die inoffiziellen Ränge.

Schon beim Betreten zog ich die Blicke auf mich. Gelassen schlenderte ich den Mittelgang hinab, die Hand auf den Schwertgriff gestützt. Die Gespräche erstarben, während alle die Hälse reckten, um einen besseren Blick zu erhaschen.

Meine Mutter entdeckte mich zuerst und musterte mich streng mit ihren graublauen Augen. Wenn sich jemand unseren Reihen anschloss, wurden Prunk und Roben durch eine Uniform ersetzt, und den meisten blieben nur wenige persönliche Habseligkeiten. Mutter wusste dies zu ihrem Vorteil zu nutzen. Jeden Tag kam sie in Gewändern zum Essen herunter, die nur ein einziges Mal von jemand anderem in der Burg getragen worden waren. Sie war die einzige Frau auf Vosino Castle, die sich dieses Recht herausnahm.

Zu ihrer Rechten saß Kawan, dessen Gesicht von dem Kelch verdeckt war, aus dem er gerade trank. Er knallte ihn auf den Tisch, wischte sich den langen Bart an dem ohnehin schon schmutzigen Hemdsärmel ab und richtete mit einem Seufzen den Blick auf mich.

»Was ist das?«, fragte er und deutete auf meine blutverschmierte Kleidung.

»Heute Morgen haben drei versucht zu desertieren«, informierte ich ihn. »Ihr solltet besser Wagen schicken, um die Leichen einzusammeln, bevor die Wölfe kommen.«

»Ist das alles?«, fragte Kawan.

Ist das alles?

Nein, das war nicht alles. Es war nur der letzte Akt in einer langen Reihe von Heldentaten, die ich für unser Volk erbracht hatte. Die ich in Kawans Namen ausgeführt hatte. Die ich erfüllt hatte, um mir selbst etwas zu beweisen. Nun stand ich hier, schweigend und mit Blut besudelt, und wartete darauf, endlich – *endlich* – seine Anerkennung zu erhalten.

Mutig stand ich vor ihm und forderte ein, dass er Notiz von mir nahm.

»Ich finde es ziemlich beeindruckend, bei Dunkelheit im Alleingang drei junge, gut ausgebildete Rekruten auszuschalten. Die Geheimhaltung sowohl unseres Standorts als auch unserer Pläne sicherzustellen und ohne auch nur einen einzigen Kratzer davonzukommen. Aber vielleicht liege ich da falsch.«

»Das tust du oft«, knurrte er. »Trista, sag deinem Sohn, dass er sich gefälligst beruhigen soll.«

Mein Blick wanderte zu meiner Mutter, doch sie sagte kein Wort. Ich wusste, dass er nur versuchte, mich zu provozieren, einer seiner liebsten Zeitvertreibe. Und ich war kurz davor, darauf einzugehen, doch der plötzliche Tumult im Korridor bewahrte mich davor.

»Platz da! Platz da!«, rief ein Junge und kam in den Saal gestürmt.

Wenn jemand so schrie, konnte das nur eines bedeuten: Der jüngste Raubzug war vorüber, und unsere Truppen waren zurückgekehrt.

Ich wandte mich um und beobachtete, wie Aldrik und

seine Gefolgschaft den Saal betraten, jeder von ihnen mit zwei Kühen im Schlepptau.

Kawan lachte leise, und ich trat beiseite, denn mein Moment war nun überschattet worden.

Aldrik war alles, was für Kawan von Bedeutung war. Breite Schultern und Fügsamkeit. Das unordentliche braune Haar fiel ihm in die Stirn, als er an der Stelle niederkniete, an der ich eben noch gestanden hatte. Hinter ihm standen zwei weitere Soldaten, die er eigenhändig für diesen Auftrag ausgewählt hatte. Sie waren von rotem Schlamm bedeckt, und einer von ihnen trug nicht einmal mehr ein Hemd.

Ich verschränkte die Arme vor der Brust und beobachtete die Szenerie. Sechs Kühe im Speisesaal.

Er hätte sie auch draußen stehen lassen können, doch Aldrik wusste, dass dies mit Abstand die bisher erfolgreichste Mission gewesen war.

Der schlimmste Ausgang? Ein Körper in einem Leinensack.

»Mächtiger Kawan. Ich habe ein halbes Dutzend Kühe für die Armee Dahrains mitgebracht. Ich übergebe sie hiermit an Euch und hoffe inständig, damit meine Loyalität und Würdigkeit zu beweisen«, sagte Aldrik mit gesenktem Haupt.

Einige klatschten, waren dankbar für den neuen Vorrat. Als würde das reichen, um auch nur einen Bruchteil von uns zu ernähren.

Kawan stand auf und ging hinüber, um die Kühe zu inspizieren. Nachdem er fertig war, klopfte er Aldrik auf die Schulter und wandte sich an die Menge. »Was sagt ihr? Seid ihr mit dieser Gabe zufrieden?«

»Ja!«, riefen alle. Nun, fast alle.

Kawan lachte bellend. »Da stimme ich zu. Erhebe dich, Aldrik. Du hast deinem Volk gut gedient.«

Applaus brach los, und die Menschen versammelten sich um Aldrik und dessen Gefolgschaft. Ich nutzte die Gelegenheit, um mich davonzustehlen, konnte lediglich mit dem Kopf schütteln und fragte mich, wem er das Vieh wohl gestohlen hatte. Innerlich verurteilte ich seine Arroganz, doch dann fiel mein Blick auf mein blutiges Hemd, und ich erinnerte mich wieder daran, wer ich war, und ließ es gut sein.

Es war nur ein Auftrag gewesen. Und jetzt, da meine Aufgabe erledigt war, würde ich mich für eine Weile ausruhen. Nun, falls es das einzige weibliche Wesen, das mir auf dieser Burg etwas bedeutete, zulassen würde.

Als ich die Tür zu meinem Gemach öffnete, fing Thistle sofort an zu jaulen.

Ich lachte leise. »Ich weiß. Ich weiß.« Mit wenigen Schritten war ich bei meinem unordentlich gemachten Bett und kraulte sie am Hinterkopf.

Ich hatte Thistle als Welpe gefunden. Sie war verletzt gewesen, und wie es schien, hatte ihr Rudel sie verlassen. Wenn das jemand nachvollziehen konnte, dann ich. Graufüchse waren für gewöhnlich nachtaktiv – eine Tatsache, die ich auf die harte Tour hatte lernen müssen –, aber Thistle wurde immer dann lebhaft, wenn ich ins Zimmer kam.

Sie ließ sich wieder auf das Bett fallen und streckte mir ihren Bauch entgegen. Ich kraulte sie eine Weile, bevor ich die Holzbretter vom Fenster nahm.

»Tut mir leid«, sagte ich zu ihr. »Ich wollte nur nicht,

dass du mich mit einem Schwert siehst. Zumindest nicht so. Aber jetzt kannst du raus, wenn du willst.«

Doch sie blieb liegen, während ich mich in dem kleinen zerbrochenen Spiegel auf dem Tisch betrachtete. Ich sah schlimmer aus als befürchtet. Dreck zog sich über meine Stirn, und meine Wange war voller Blutspritzer. Ich atmete tief durch, tauchte das Handtuch in die Wasserschüssel und wischte weg, was ich getan hatte.

Thistle ging nun auf dem Bett auf und ab und betrachtete mich mit sorgenvollem Blick. Zumindest kam es mir so vor. Graufüchse gehören zur Familie der Hunde. Thistle hatte die Sinne eines Wolfs, und ich war mir sicher, dass sie alles an mir riechen konnte. Ich hatte das Gefühl, sie wusste genau, was für ein Mensch ich war und was ich getan hatte. Doch sie konnte kommen und gehen, wann sie wollte – und sie kam immer wieder zurück, daher hoffte ich, dass sie es mir nicht allzu krummnahm.

Aber eigentlich spielte es keine Rolle, denn ich machte mir selbst schon genug Vorwürfe.

Annika

»Bitteschön, Mylady«, sagte Noemi, während sie das Vorderteil meines Kleids an das Mieder steckte. »Das ist die letzte Nadel.« Sie biss sich auf die Unterlippe und sah aus, als würde sie über etwas nachdenken.

Ich versuchte, sie so ermutigend wie nur möglich anzulächeln. »Was auch immer es ist, sag es einfach. Seit wann haben wir denn Geheimnisse voreinander?«

Nervös griff sie sich in die dunklen Locken. »Es ist kein Geheimnis, Mylady. Ich habe mich nur gefragt, ob Ihr schon bereit seid, ihn wiederzusehen. Überhaupt jemanden zu sehen.«

Noemi kaute auf ihrer Unterlippe, eine ihrer vielen liebenswürdigen Angewohnheiten.

Ich nahm ihre Hand. »Morgen ist der Gründungstag.

Das Volk muss wissen, dass seine Prinzessin wohlauf ist. Meine Anwesenheit bei Hofe schenkt unseren Landsleuten Mut, was meine Hauptaufgabe ist.« Ich senkte den Kopf.

Wäre Noemi meine Schwester gewesen, hätte sie mir wahrscheinlich widersprochen, doch als meine Magd entgegnete sie schlicht: »Nun gut.«

Jetzt, da mein Haar gebürstet und mein Kleid festgesteckt war, half mir Noemi in das Paar Schuhe, welches mir den meisten Halt geben würde, und ich verließ den Raum.

Obwohl ich bereits mein ganzes Leben hier verbracht hatte, war ich immer noch ganz verzückt von Meckonah Castle mit seinen großen Fenstern, den Marmorböden und der Vielzahl an Galerien. Aber vor allem war es mein Zuhause.

Meine Eltern hatten sich damals gegen eine kirchliche Trauung entschieden und sich das Eheversprechen stattdessen draußen auf dem offenen Feld gegeben.

Ich war hier geboren worden. Meine ersten Worte, meine ersten Schritte, einfach alles hatte zum allerersten Mal hier stattgefunden. Ich war so stolz auf alles, so verliebt in den Palast und das Land. Es gab nur wenig, was ich dafür nicht getan hätte. Um ehrlich zu sein, hätte ich für Kadier alles getan.

Langsamen Schrittes näherte ich mich dem Speisesaal. Kurz vor der Tür blieb ich jedoch stehen. Vielleicht hatte Noemi recht und es war tatsächlich noch zu früh. Doch man hatte mich bereits entdeckt, von daher war es sowieso zu spät.

Escalus erblickte mich vor meinem Vater, schnellte von

seinem Stuhl hoch und eilte mir entgegen, um mich zu begrüßen. Als er mich in seine Arme schloss, konnte ich zum ersten Mal seit Wochen wieder aufrichtig lächeln.

»Ich wollte dich unbedingt sehen, aber Noemi meinte, dir sei nicht nach Gesellschaft«, flüsterte er mir zu und strich sich eine Haarsträhne aus dem Gesicht. Escalus und ich hatten beide das aschblonde Haar und die braunen Augen unserer Mutter geerbt, und dennoch war Escalus eindeutig das Ebenbild von Theron Vedette, unserem Vater.

»Du hast nichts verpasst. Nichts außer meinem Gejammer. Außerdem hattest du bestimmt Wichtigeres zu tun.« Ich gab mir Mühe, möglichst heiter zu klingen, aber wahrscheinlich erfolglos.

»Du siehst irgendwie anders aus«, stellte er fest und legte vorsichtig eine Hand auf meine Schulter.

Ich zuckte mit den Achseln. »Ich fühle mich auch anders.«

Er schluckte schwer. »Dann ist es also beschlossene Sache?«

Ich nickte und senkte die Stimme. »Jetzt hängt alles nur noch von Vaters Zeitplan ab.«

»Komm und iss etwas. ›Es gibt kein Problem, das Zimt nicht lösen könnte.‹«

Kichernd erinnerte ich mich an Mutters Worte, während wir uns in Bewegung setzten.

Gegen Sorgen hatte sie einige Heilmittel gekannt. Sonnenschein, Musik, Zimt …

Doch mein Lachen währte nur kurz, denn schon stand ich vor meinem Vater und machte einen Knicks. Wer er heute wohl war?

»Eure Majestät«, begrüßte ich ihn.

»Annika. Freut mich zu sehen, dass es dir wieder gut geht«, erwiderte er knapp, und ich wusste sofort, dass sich die Dunkelheit, die hin und wieder von seinem Geist Besitz ergriff, erneut wie dichter Nebel über ihn gelegt hatte.

Niedergeschlagen setzte ich mich zu seiner Linken und beobachtete, wie die Höflinge ihr Frühstück zu sich nahmen. Es war fast wie Musik, wie die Gabeln und Messer gegen das Porzellan schlugen. Wie eine helle Melodie, die sich unter das tiefe Stimmengewirr mischte. Das Sonnenlicht fiel durch die Bogenfenster, und der Morgen versprach einen wundervollen Tag.

»Jetzt, da du wieder auf den Beinen bist, müssen wir uns über ein paar geschäftliche Dinge unterhalten«, setzte mein Vater an. »Morgen ist der Gründungstag, daher wird Nickolas heute Abend anreisen. Und ich dachte, das wäre die ideale Gelegenheit für einen Heiratsantrag.«

»Heute Abend?« Ich hatte mit dieser Entscheidung so gut es ging meinen Frieden geschlossen, aber ich dachte, ich hätte mehr Zeit. »Woher wusstest du, dass ich heute zum Hofleben zurückkehren würde?«

»Das wusste ich nicht. Aber es hätte so oder so passieren müssen. Er kommt nur selten ohne Grund hierher, und je früher, desto besser. Du kannst ihn nach dem Abendessen fragen.«

Nun, das hatte er ja geschickt eingefädelt.

»Und … *ich* muss *ihn* fragen?«

Vater zuckte mit den Schultern. »Hofprotokoll. Du stehst rangmäßig über ihm.« Er sah mich mit zusammengekniffenen Augen an. Anscheinend war er immer noch wütend, weil ich ihm die Stirn geboten hatte. »Außerdem bist du … eigensinniger, als wir es jemals vermutet hätten.

Daher glaube ich kaum, dass du bei der Vorstellung, die Führung zu übernehmen, in Ohnmacht fällst.«

Am liebsten hätte ich ihn angeschrien, ihn angefleht, mein lieber Vater möge zu mir zurückkehren. Hinter diesen Augen verbarg sich ein Mann, der mich verstand, der in meinem Gesicht meine Mutter erkannte. Und ich vermisste ihn so sehr, dass ich alles in meiner Macht Stehende tat, um *diesen* Mann nicht zu hassen.

Aber ich war immer noch die Tochter meiner Mutter. Ihr zuliebe lächelte ich, fest entschlossen, das zu bewahren, was von dieser Familie noch übrig war.

»Nein, Mylord. Das ist gar kein Problem.«

»Gut«. Damit widmete er sich wieder seiner Mahlzeit.

Escalus hatte nicht zu viel versprochen. Die glasierten Zimtschnecken waren zum Greifen nah. Doch so verlockend sie auch waren – der Appetit war mir vergangen.

Lennox

Einige Stunden später erwachte ich mit Thistles Schnauze auf meinem Bein. Ich blickte zu ihr herunter und fragte mich, warum sie nicht abgehauen war – wo auch immer sie sich den Großteil des Tages aufhielt. Vielleicht wusste sie einfach, dass ich sie brauchte.

Die Beeren, die ich heute Morgen gepflückt hatte, steckten immer noch in der Tasche an meinem Gürtel. Ich legte sie ihr in einem Häufchen auf die Bettkante, bevor ich mich umzog. Eine schwarze Hose, die ich in die schwarzen Lederstiefel steckte, und ein weißes Hemd unter einem schwarzen Wams. Und obwohl ich nicht vorhatte, heute noch reiten zu gehen, legte ich auch meinen Umhang um.

Ich verließ die Tiefen der Burg und trat hinaus in das diesige Tageslicht. Die Brise vom Meer peitschte mir durch das Haar, während ich in Richtung der Felder ging.

Ich konnte den steinigen Weg hinunter bis zum Meer blicken und erspähte die Handvoll winziger Boote, die wir besaßen, auf den Wellen. Immer zu zweit saßen die Fischer darin und warfen ihre Netze aus. Auch auf den Feldern verteilt erkannte ich Menschen. Sie ernteten Getreide. Im umliegenden Wald und oben auf dem Berg wuchsen einige Früchte und Nüsse, und das Land hier ließ sich gut bewirtschaften, wenn man sich Mühe gab. Nur zu schade, dass es *so viel* Arbeit war.

In der Ferne hörte ich den Klang von aufeinanderkrachenden Schwertern, also machte ich mich auf in Richtung des Turnierplatzes, um meine Hilfe beim Training anzubieten. Dort angekommen stellte ich jedoch fest, dass die Gruppe bei Inigo bereits in guten Händen war, was mich vollkommen überflüssig machte. Ich stellte einen Fuß auf die unterste Sitzbank der Arena und hielt Ausschau nach neuen Talenten.

»Das ist er«, hörte ich jemanden flüstern. »Hat heute Morgen drei Männer umgebracht, die versucht haben wegzulaufen. Man sagt, er sei Kawans Augen und Ohren.«

»Wenn sie jemand Wichtiges fangen, ist er der Einzige, der sich … um ihn *kümmert*«, erwiderte eine weitere wispernde Stimme. »Nicht einmal Kawans Wachen sind kaltherzig genug, um jemanden einfach umzulegen.«

»Kawan ist zwar stark, aber nicht herzlos«, warf ein Dritter ein.

»Meint ihr, er kann uns hören?«

»Wenn ich doch angeblich Kawans Augen und Ohren bin, solltet ihr lieber davon ausgehen, dass ich euch immer hören kann«, rief ich, ohne in ihre Richtung zu schauen.

Dann beging ich den Fehler, den Blick durch die Arena schweifen zu lassen. Jedes Mal, wenn ich zu jemandem Blickkontakt herstellte, sah derjenige schnell weg.

Ich wusste, wie es sich anfühlte, erkannt zu werden, aber ich fragte mich, wie es wohl wäre, bekannt zu sein.

Dann brach sich ein noch tieferer Schmerz Bahn, und ich fragte mich, wie es wohl war, Vergebung zu erfahren.

Ich behielt eine ausdruckslose Miene, während ich die Kämpfe beobachtete, doch meine Gedanken rasten und stolperten übereinander.

»Irgendjemand Beeindruckendes dabei?«

Kawan war neben mir aufgetaucht. Schnell richtete ich mich auf und straffte die Schultern.

Ich riskierte einen Blick und hoffte, er würde nicht die Verachtung in meinen Augen sehen.

Er verschwendete keine Energie darauf, mit seiner Kleidung Eindruck zu schinden. Stattdessen war er in mehrere Lagen altes Leder gehüllt. Das dunkle ungekämmte Haar hatte er zusammengebunden, doch eine verfilzte Strähne fiel über seine rechte Schulter. Ich hatte Mutters Augen, aber mein Haar war der Grund, warum die neuen Rekruten häufig dachten, er wäre mein Vater.

»Schwer zu sagen.«

Er schnaubte. »Diese Woche haben wir zwei Jungs aus Sibral bekommen.«

Die Worte hingen zwischen uns in der Luft. Sibral lag so weit im Westen, dass es direkt an Feindesland grenzte.

»Das ist eine weite Reise«, erwiderte ich.

»In der Tat. Wie sich herausgestellt hat, haben sie nicht nach uns gesucht. Wussten nicht mal, dass wir überhaupt existieren. Aber sie sind bis an unsere Landesgrenze gewandert und haben sich uns für Unterkunft und warme Kleidung nur zu gern angeschlossen.«

»Wussten nicht, dass wir existieren«, murmelte ich.

»Keine Sorge. Alle werden noch früh genug von uns erfahren.« Er griff an seinen Bund und zog die schwere Hose ein Stück hoch. »Was deinen Kampf heute Morgen angeht … Drei gegen einen ist keine Kleinigkeit. Aber mir wäre es lieber, wenn du sie davon abhalten würdest, überhaupt davonzulaufen, statt sie wieder einzufangen. Damit würdest du deine Zeit sinnvoller nutzen. Außerdem brauchen wir so viele Männer wie möglich.«

Ich biss mir auf die Zunge. Es war nicht meine Schuld, wenn sein kleines *Königreich* nicht den Erwartungen der Leute entsprach.

»Was schlagt Ihr vor?«

»Eine angemessene Warnung.« Er blickte hinauf in den Himmel. »Wie ich gehört habe, gibst du heute Abend noch eine Unterrichtsstunde. Mach ihnen die Konsequenzen eines Desertierversuchs klar.«

Seufzend wandte ich den Blick ab. »Ja, Sir.«

Er klopfte mir auf den Rücken. »Braver Junge. Halt die Augen auf und gib Bescheid, wenn du jemand Vielversprechendes entdeckst.«

Dann schritt er davon, und die Leute wichen ihm aus, als er auf sie zukam. Das taten sie auch, wenn ich irgendwo langging, aber bei ihm war es wesentlich auffälliger. Ich blickte ihm nach und dachte mir, dass es durchaus etwas für sich haben könnte. Wenn ich schon nicht bekannt werden und man mir nicht vergeben würde, reichte es womöglich schon, gefürchtet zu werden.

Annika

Der Geruch von alten Büchern schlug mir sofort entgegen, als ich die Türen zur Bibliothek öffnete, und ich spürte, wie ein Teil der Last von meinen Schultern fiel. Ich ließ den Blick durch den Raum schweifen, sog alles in mich auf, badete in dem Frieden, den mir die Bibliothek bescherte.

In diesem Raum steckten so viele Informationen, so viele Geschichten. Im vorderen Bereich standen niedrige Regale, zwischen denen man hindurchgehen konnte, beinahe wie ein Labyrinth, und Schreibtische zum Studieren. Wenn die Nachmittagssonne durch die Fenster fiel, war es einfach atemberaubend. Hier drin zu lesen erlaubte es mir, zu lernen und mich gleichzeitig wie eine Katze in der Sonne zu aalen. Die pure Wonne.

Der Raum war riesig, mit einem Aufgang zu einer zweiten Ebene im hinteren Teil, und im vorderen Bereich standen Leitern, bei denen mir schon schwindelig wurde, wenn ich nur zu den obersten Sprossen hochblickte. Ein paar der älteren Bücher waren an die Regale gekettet. Wollte sie jemand aus der Bibliothek entfernen, musste zuerst der König höchstpersönlich um Erlaubnis gebeten werden und dann Rhett, der die Bibliothek bewachte, als wäre sie ein Lebewesen, dazu überredet werden, dem Befehl auch wirklich Folge zu leisten. Unsere Sammlung war so umfangreich, dass manchmal sogar Menschen aus benachbarten Königreichen vorbeikamen, um sich Bücher zu leihen. Unter den Holzbänken mit den Schnitzereien standen Eimer mit Sand, um im Falle eines Brands so viel wie möglich von der Bibliothek zu retten. So etwas war bisher zum Glück noch nicht vorgekommen.

Während ich die friedliche Atmosphäre auf mich wirken ließ, trat Rhett leise lachend hinter einem hohen Regal hervor.

»Ich habe mich schon gefragt, wo du steckst!«, rief er, legte einen Stapel Bücher auf dem nächstgelegenen Tisch ab und kam auf mich zu, um mich zu umarmen.

Rhett war der einzige Mensch im Palast, der sich, was mich anging, nicht um Konventionen scherte. Vielleicht lag es daran, dass wir uns von Kindesbeinen an kannten oder dass er als Stallbursche begonnen hatte und es gewohnt war, mich im Stall laut und schmutzig zu erleben, doch Rhett behandelte mich so, als wäre das Krönchen auf meinem Kopf nichts weiter als ein Fussel.

»Ich war ein wenig angeschlagen«, erwiderte ich.

»Hoffentlich nichts allzu Ernstes«, sagte er, ließ mich los und schenkte mir ein breites Lächeln.

»Nein, überhaupt nicht.«

Er grinste. »Wonach ist dir heute?«

»Märchen. Welche, in denen die Figuren alles bekommen, was sie sich wünschen. Welche mit gutem Ausgang.«

Das Grinsen blieb auf seinen Lippen, und er krümmte den Zeigefinger, als wollte er sagen: *Folge mir.* »Du hast Glück. Wir haben erst letzte Woche etwas Neues bekommen. Und da ich dich so gut kenne, Mylady, weiß ich genau, dass du das hier«, er schnappte sich ein Buch aus den oberen Regalreihen, »schon viel zu lange nicht mehr gelesen hast.«

Er drückte mir das abgegriffene Buch in die Hand, und ich fragte mich, ob es außer mir jemals jemand gelesen hatte. Manchmal hatte ich das Gefühl, die Einzige im gesamten Palast zu sein, die sich für die Bibliothek interessierte.

»Das hier ist perfekt. Tröstlich.«

»Nimm dir auch ein neues mit«, forderte er und legte ein weiteres obendrauf. »Du liest unheimlich schnell.«

»Nicht schnell genug«, erwiderte ich lächelnd.

Kurz starrte er mich an, und etwas Fremdes huschte über seine Züge. »Würdest du gern noch ein bisschen bleiben und einen Tee trinken? Oder noch besser: Ich habe ein neues Türschloss für dich gefunden …«

Ich seufzte, denn ich wäre wirklich gern geblieben. Aber morgen würde ein anstrengender Tag werden. Und der heutige Abend sogar noch schlimmer.

»Heben wir uns das Schloss lieber fürs nächste Mal auf. Eines Tages werde ich das besser können als du.«

»Wirst du mal eine überragende Herrscherin? Ja. Kannst du schneller lesen als ich? Natürlich. Aber schneller im Schlösserknacken?«, empörte er sich gespielt. »Niemals!«

Ich kicherte. »Erstens werden wir das ja noch sehen. Und zweitens werde ich niemals das Land regieren, sondern glücklich unter der Herrschaft meines Bruders leben. Eines Tages.«

»Trotzdem«, erwiderte er immer noch zufrieden lächelnd.

»Danke für die Bücher.«

»Jederzeit, Eure Hoheit.«

Ich verließ die Bibliothek. Mir war bewusst gewesen, dass mir meine Beine heute womöglich Schwierigkeiten bereiten könnten, aber so lange auf zu sein, war schmerzhafter, als ich es erwartet hätte. Auf halber Treppe entglitten mir die Bücher. Ich sprang schnell nach vorn, um sie aufzufangen, und wusste sofort, dass irgendetwas ganz und gar nicht in Ordnung war. Als ich hinten in meinem linken Bein einen stechenden Schmerz spürte, zog ich scharf die Luft durch die Zähne und sah mich schnell um, doch ich war zum Glück allein.

Ich ging vorsichtig, brauchte viel länger, als mir lieb war, doch ich war nicht in der Lage, mich schneller zu bewegen.

Endlich erreichte ich mein Zimmer und drückte die Tür auf.

»Eure Hoheit!«, kreischte Noemi, eilte auf mich zu und schloss hastig die Tür.

Mit schmerzverzerrtem Gesicht hob ich den Rock. »Wie schlimm ist es?«

»Sieht aus, als wäre einer der Schnitte wieder aufgegangen. Die gute Nachricht ist aber, dass es nur einer ist. Bringen wir Euch ins Bett.« Sie stützte mich, und langsam bewegten wir uns auf mein Bett zu. »Was um alles in der Welt habt Ihr angestellt?«, fragte sie.

»Ich habe gegessen. Bin in die Bibliothek gegangen. Du weißt doch, wie unvernünftig ich sein kann.«

Noemi kicherte, während sie mir half, mich bäuchlings auf die Matratze zu legen. »Schön zu hören, dass Ihr wieder scherzen könnt.«

Das hatte ich mich auch schon gefragt. Ob ich jemals wieder würde lachen können. »Könntest du mir bitte die Bücher reichen? Damit ich etwas zu tun habe?«

Eilig holte sie die Bücher und legte sie auf meinen Nachttisch. Ich betrachtete den zerfledderten Einband neben dem makellosen und war froh, dass Rhett auf beide bestanden hatte, denn ich würde den gesamten Nachmittag im Bett verbringen müssen.

»Seine Majestät hat ausrichten lassen, dass Ihr heute Abend ein wichtiges Treffen habt. Er will, dass ich Euer bestes Kleid vorbereite. Eigentlich würde ich das silberne vorschlagen, aber jetzt, da sich die Wunde geöffnet hat, wäre das dunkelrote vielleicht sicherer.«

»Das ist sehr klug von dir, Noemi. Danke.«

»Das wird jetzt brennen.«

»Ich weiß.«

Ich gab mir größte Mühe, keinen Laut von mir zu geben, während sie ihre Arbeit verrichtete. Je weniger sie von meinem Schmerz wusste, desto besser. Da lag ich nun und überlegte, wie ich den Heiratsantrag am besten formulieren sollte, vor allem, weil ich keinerlei Interesse daran hatte, diesen Mann zu ehelichen.

Ich seufzte und versuchte, meinen Widerwillen beiseitezuschieben. Mutters und Vaters Hochzeit war auch arrangiert worden, und dennoch war ihre Liebe so groß gewesen, dass ihr Ende meinen Vater von innen heraus zerstört hatte. Nach Mutters spurlosem Verschwinden war er monatelang untröstlich gewesen.

Ich wusste also aus erster Hand, dass eine Zweckehe nicht unbedingt etwas Schreckliches war. Außerdem war der Palast so groß, dass wir es bestimmt schaffen würden, uns hauptsächlich zu den Mahlzeiten zu begegnen. Ich hätte immer noch mein Zimmer, meine Bibliothek, meinen Bruder und Noemi. Ich hätte immer noch den Pferdestall und all die Menschen, die ich ins Herz geschlossen hatte und denen ich vertraute. Ich würde lediglich zusätzlich einen Ehemann haben. Das war alles.

Während sich Noemi um meine Wunde kümmerte, schlug ich eines der Bücher auf und verlor mich in einer Welt, in der Träume wahr wurden.

Lennox

»Nicht trödeln«, befahl ich und führte die Gruppe junger Rekruten die sanfte Steigung hinauf, vermied jedoch absichtlich die Stelle, an der ich erst heute Morgen die Deserteure niedergestreckt hatte.

Der Wind blies vom Meer her, ließ die Grasbüschel rascheln und zwang mich zu schreien, um gehört zu werden. Doch das war in Ordnung. Die Leute waren es gewohnt, dass ich schrie.

»Versammelt euch hier«, wies ich das Dutzend Soldaten an, das sich nun auf der Spitze des Hügels eingefunden hatte.

»Nehmen wir mal an, ihr seid auf Mission und werdet von eurer Gruppe getrennt. Ihr verirrt euch im Wald oder verliert euren Kompass. Was macht ihr dann?«, fragte ich in die Runde, doch als Antwort erhielt ich nur angespanntes Schweigen. »Niemand?«

Sie standen einfach da, die Arme vor der Brust verschränkt, zitternd.

»Nun gut. Wenn ihr tagsüber unterwegs seid, ist es ziemlich einfach. Die Sonne wandert von Osten nach Westen.« Ich blickte zu Boden und fand beinahe umgehend, wonach ich suchte. »Nehmt euch einen Stock, etwa zwei bis drei Fuß lang, und rammt ihn kerzengerade in den Boden.« Ich steckte den Ast in den Boden, sodass er nun als kurze Stange diente. »Wenn die Sonne aufgeht, oder sobald es euch möglich ist, legt ihr einen Stein auf das Ende seines Schattens.« Ich platzierte einen Stein auf dem imaginären Schatten. »Dann wartet ihr ungefähr fünfzehn Minuten. Bis dahin wird die Sonne bereits gewandert sein und somit auch der Schatten des Stocks. Legt dann einen zweiten Stein auf das Ende des neuen Schattens.« Ich legte einen weiteren Stein auf den Boden. »Die unsichtbare Linie zwischen den beiden Steinen bildet die Ost-West-Linie. Wenn ihr in Richtung Osten geht und dann nach Norden einschert, steuert ihr früher oder später direkt auf die Burg zu. Oder auf den Ozean. Hoffen wir mal, dass ihr schlau genug seid, um den Unterschied zu erkennen.«

Nichts. Nun, wenigstens ich fand es lustig.

»Wenn ihr jedoch nachts unterwegs seid, ist die Lage eine ganz andere. Deshalb müsst ihr lernen, mit Hilfe der Sterne zu navigieren.«

Nun verlagerten sie alle das Gewicht von einem Bein auf das andere und drängten sich noch dichter zusammen. Warum kapierte niemand, wie wichtig das war? Auf der anderen Seite von alldem wartete ein *Königreich* auf uns, aber alles, was die Leute interessierte, war die Kälte.

»Richtet den Blick nach oben. Seht ihr die vier Sterne, die zusammen ein unregelmäßiges Quadrat bilden?« Noch mehr Stille. »Irgendjemand?«

»Ja«, meldete sich endlich eine Stimme.

»Können es alle sehen? Falls nicht, müsst ihr es mir jetzt sagen. Ich kann euch nichts beibringen, wenn ihr mir nicht mal bis hierher folgen konntet.« Schweigen. »Nun gut. Das ist der große Bär. Wenn ihr der Linie der letzten beiden Sterne folgt, solltet ihr den hellsten Stern am Nachthimmel entdecken: den Polarstern. Sieht ihn jeder?«

Ein zögerliches Murmeln ging durch die Gruppe.

»Der Polarstern steht ziemlich exakt im Norden. Er bewegt sich nicht, während die anderen Sterne ihn umkreisen. Wenn ihr nach oben schaut, euch auf den Punkt direkt über euch konzentriert und dann eine Linie zum Polarstern zieht, wisst ihr, wo Norden liegt. Wenn ihr immer Richtung Norden geht, solltet ihr in der Lage sein, zur Burg zurückzufinden.«

Ich blickte in die Runde, um zu überprüfen, ob es jemand verstanden hatte. Für mich war das alles ein Kinderspiel, aber ich hatte den Himmel schon studiert, bevor ich lesen konnte. Damals, als es noch Bücher gab. Da niemand eine Frage stellte, fuhr ich fort.

»Eine weitere Möglichkeit besteht darin, zwei Stöcke zu benutzen. Ihr sucht euch einen hellen Stern aus und stellt die Stöcke einen Meter voneinander entfernt direkt darunter auf. Dann wartet ihr, genau wie bei der Sonne, ungefähr zwanzig Minuten. Währenddessen bewegen sich die Sterne. Steigt der Stern über die Stöcke, blickt ihr nach Osten, versinkt er jedoch hinter ihnen, nach Westen. Bewegt er sich nach rechts, blickt ihr in Richtung Süden, bewegt er sich nach links, blickt ihr nach Norden. Verwechselt niemals die Himmelsrichtungen, ansonsten seid ihr hoffnungslos verloren. Eure Aufgabe ist es nun, in den folgenden Nächten rauszugehen und zu üben, selbst wenn es bewölkt ist. Innerhalb eines Monats solltet ihr das Navigieren beherrschen. Und jetzt seht mich an«, befahl ich und bekam schnell die Aufmerksamkeit jedes einzelnen Soldaten. »Ich habe euch erklärt, wie man mit Hilfe des Himmels den richtigen Weg findet, aber damit ich mich klar ausdrücke …« Ich ließ mir Zeit, stellte zu jedem von ihnen Blickkontakt her. »Benutzt ihr diese Fähigkeiten, um abzuhauen, bekommt ihr es mit mir zu tun. Solltet ihr versuchen zu desertieren, werdet ihr eure Entscheidung bitter bereuen.«

»Jawohl, Sir«, murmelte eine mutige Seele.

»Gut. Abtreten.«

Als auch die letzte schattenhafte Gestalt über dem Gipfel des Hügels verschwunden war, atmete ich tief durch, legte mich ins Gras und blickte hinauf in den Himmel.

Manchmal war die Burg, selbst in meinem Zimmer, zu laut. Hallende Schritte, idiotische Zankereien und unnötiges Gelächter. Aber hier draußen … Hier draußen konnte ich klar denken.

Ich erschrak, als es neben mir raschelte, und beruhigte mich erst, nachdem ich festgestellt hatte, dass Thistle mich gefunden hatte.

»Ah. Bist du gerade auf der Jagd? Hast du was Gutes erwischt?«

Ich wollte sie am Hinterkopf kraulen, doch sie war bereits auf dem Sprung, also wandte ich den Blick wieder gen Himmel.

Darin lag eine Schönheit, die mich schmerzvoll daran erinnerte, wie klein wir doch alle waren. Vater hatte mir alle Sternbilder gezeigt und mir von den Figuren und Geschichten erzählt, die damit verknüpft waren. Damals wusste ich noch nicht, wie viel ich davon ernst nehmen sollte, doch nun gefiel mir der Gedanke, dass es irgendwo da draußen einen anderen Vater gab, der seinem Sohn die gleichen Geschichten erzählte. Und dieser Junge malte sich aus, was das Leben zu bieten hatte. Dass er zu den Menschen gehören könnte, die zu Legenden wurden. Zu den Menschen, die einen Platz am Himmel bekamen.

Der arme Junge. Eines Tages würde diese Illusion zerstört werden. Aber ich hoffte, dass er immer noch davon träumte, wenn auch nur für eine weitere Nacht.

Annika

Draußen stieg der Mond immer höher, und die Sterne funkelten wie Diamanten, auch wenn sie nicht alle weiß waren. Manche von ihnen waren blau oder gelb, andere eher rötlich. Der Nachthimmel war wie die Dame am Hofe mit dem schönsten Kleid, gesponnen aus Sternen, und auf ihrem Haupt trug sie den Mond als Krone.

Der Raum war voller Musik und fröhlicher Menschen. Paare, jung und alt, drängten sich auf der Tanzfläche. Und ich lehnte an einer Wand und ließ den Blick aus dem Fenster schweifen.

Cousin Nickolas war hier, wie angekündigt, stand kerzengerade da und blickte gelangweilt drein. Nicht dass er jemals anders aussah.

Nickolas – der Öffentlichkeit bekannt als Duke von

Canisse – war groß und schlank mit kastanienbraunem Haar und Augen voller unausgesprochener Gedanken. Da ich für gewöhnlich viel zu viel von mir preisgab, war das einmal eine Eigenschaft gewesen, die ich sehr bewundert hatte. Er war kultiviert, anständig und Mitglied der einzigen Familie, die laut Vater von Bedeutung war.

Seine Eltern waren auf Befehl meines Großvaters exekutiert worden, weil man sie verdächtigt hatte, eine Gefahr für die Krone zu sein. Seine Mutter, Lady Leone, hatte durch einen weit entfernten Verwandten königliches Blut gehabt, doch der Ast war so weit am Rande des Stammbaums gewesen, dass er einfach abgefault war. Nickolas war verschont geblieben, denn er war damals noch ein Baby gewesen, und als er alt genug war, schwor er unserer Familie die ewige Treue. Es war gut möglich, dass er irgendwo da draußen Unterstützer hatte, aber soweit ich wusste, war er der Vedette-Linie gegenüber immer loyal geblieben. Doch das brachte das Geflüster nicht zum Verstummen, was ausreichte, um Vater zum Handeln zu zwingen. Seit langer Zeit konzentrierte er sich nur noch auf Escalus' und meine Zukunft.

Für Escalus eine Ehe zu arrangieren war schwierig; jede potenzielle Braut hatte einen Haken, jede brachte für das Königreich einen anderen Vorteil. Aber ich? Der einzige Mann, der meiner würdig war, war der, der mir meine Position nehmen konnte. Wer Teil unserer Familie wurde, stellte für Escalus keine Gefahr mehr dar. Da war keine Mathematik nötig und auch keine ausschweifende Erläuterung. So einfach war das … nur für mich nicht.

Für meinen Vater hatte ich keine bessere Antwort als ein klares Nein. Doch mein Nein wurde einfach ignoriert.

Also war ich hier gefangen, während mir Nickolas auf Schritt und Tritt folgte. Selbst wenn ich ihm auswich und versuchte, mich mit den anderen Gästen zu unterhalten, stand er nur wenige Minuten später wieder hinter mir – und zwar ein wenig zu nah.

»Normalerweise tanzt du immer«, bemerkte er.

»Ja. Ich war die letzten Tage krank und muss mich noch schonen«, erwiderte ich.

Er machte ein nichtssagendes Brummgeräusch, blieb neben mir stehen und beobachtete die Menge.

»Du reitest doch gern, nicht wahr? Du reitest morgen doch sicherlich mit Seiner Majestät und mir aus, oder nicht?«

So sprach er immer. Hängte seinen Feststellungen immer eine Frage an, um höflich zu wirken.

»Ja, ich reite sehr gern. Falls es mir gut genug geht, werde ich mich bestimmt anschließen.«

»Sehr gut.«

Warum lächelte er nicht, wenn es doch angeblich so gut war? Warum lächelte er *nie?*

Ich sah mich im Raum um und versuchte, mir vorzustellen, mein ganzes Leben so zu verbringen. So wie ich es in fast jeder Situation tat, fragte ich mich auch diesmal, was meine Mutter getan hätte. Doch ich konnte nicht darüber nachdenken, ohne mir auch zu überlegen, was sie in den Momenten getan hätte, die zu diesem hier geführt hatten. Erstens hätte sie mich unterstützt. Daran bestand keinerlei Zweifel. Selbst wenn es bedeutet hätte, sich gegen Vater zu stellen. Selbst wenn er wütend geworden wäre, hätte sie mir immer den Rücken gestärkt. Zweitens hätte sie immer das Positive gesehen, selbst wenn wir verloren hätten. Unermüdlich hätte sie alles durchkämmt, um das Gute darin zu finden.

Ich musterte Cousin Nickolas erneut. Ja, er war ernst. Kalt. Aber vielleicht ging damit auch ein gewisses Verantwortungsbewusstsein einher. Wahrscheinlich würde er sein Leben dem Erhalt dessen widmen, was wichtig war. Und als seine Ehefrau würde ich bestimmt in diese Kategorie fallen.

Und Liebe … Ich wusste nicht, ob er in der Lage war, so etwas wie Liebe zu empfinden. Ich hingegen hatte zumindest einen Funken davon als Kind gespürt. Lächelnd dachte ich zurück an den Ausritt mit Mutter und an das Haus am Wegesrand. Ich vermisste es, die Welt zu sehen. Ich vermisste ihre führende Hand.

Mein Vater stellte Blickkontakt mit mir her und gab mir stumm zu verstehen, ich solle die Sache endlich hinter mich bringen. Also schluckte ich schwer und straffte die Schultern.

»Nickolas?«

»Du brauchst etwas zu essen, richtig?«, mutmaßte er. »Du hast beim Abendessen nicht viel gegessen.«

Meine Güte, er beobachtete mich wirklich mit Adleraugen. »Nein. Danke. Aber könnte ich kurz mit dir sprechen?«

Zwar runzelte er irritiert die Stirn, folgte mir aber dennoch in einen abgelegenen Korridor.

»Wie kann ich dir behilflich sein?«, fragte er und sah mich mit zusammengezogenen Augenbrauen an.

Du könntest einfach verschwinden, dachte ich bei mir.

»Ich muss gestehen, dass ich nicht so recht weiß, wie ich dieses Gespräch beginnen soll, aber ich hoffe, du besitzt die Güte, mir zuzuhören.« Ich hasste den Klang meiner eigenen Stimme. Sie klang abwesend. Monoton. Aber Nickolas schien es nicht zu bemerken. Er nickte nur knapp, als würden ihn ein paar Worte zu viel Energie kosten.

Ich spürte, wie mir der Schweiß auf die Stirn trat. Wie sollte ich ihn durch Lügen dazu bewegen, sich mit mir zu verloben?

»Verzeih mir, aber die Etikette besagt, dass ich diejenige sein muss, die diese Frage stellt.« Ich räusperte mich, denn die Worte wollten nicht von selbst herauskommen. »Nickolas, willst du mich heiraten? Wenn nicht, verstehe ich das und werde nicht …«

»Ja.«

»Ja?«

»Ja. Das wäre auf jeden Fall klug.«

Klug. Ja, das war das erste Wort, das einer Dame in den Sinn kam, wenn sie über eine Heirat nachdachte. Keine Worte aus Liebesromanen wie *wilde Hingabe* und *Schicksal.* »Sehr richtig. Und ich glaube, das Volk wäre auch zufrieden. Dann muss sich nur noch Escalus zur Ehe entschließen.«

Er nickte. »Dann gehen wir eben mit gutem Beispiel voran.«

Und dann küsste er mich ohne Vorwarnung. Da es sein Mund nicht einmal schaffte, sich zu einem Lächeln zu formen, hätte ich eigentlich damit rechnen müssen, dass er auch nicht küssen konnte. Damit hatte ich zwei große Meilensteine – meine Verlobung und meinen ersten Kuss – auf einen Schlag hinter mich gebracht. Und beide waren eine einzige Enttäuschung.

»Lass uns wieder hineingehen«, sagte er und hielt mir seine Hand hin. »Seine Majestät wird umgehend davon erfahren wollen.«

Ich seufzte. »In der Tat.«

Er nahm meine Hand in seine und marschierte zurück in den Ballsaal. Vater beobachtete uns und sah mich fragend an. Ich antwortete ihm mit einem angedeuteten Nicken.

Sah er denn nicht, dass es mir das Herz brach? Sah er nicht, was er mir angetan hatte? Ich wusste nicht, was schlimmer war: der Gedanke, dass er es nicht sah, oder dass er es sah, sich aber nicht darum scherte.

Nein. Ich weigerte mich, das zu glauben. Er war immer noch irgendwo da drin. Das wusste ich.

Escalus eilte auf uns zu und schob sich zwischen uns. »Verzeih mir, Cousin Nick, aber …«

»Nickolas«, korrigierte er ihn. »Niemals Nick.« Er verzog das Gesicht, als wäre ein einsilbiger Name weit unter seiner Würde.

Escalus verkniff sich schnell ein amüsiertes Grinsen. »Aber natürlich. Nickolas, bitte erlaube mir, euch kurz zu stören. Es ist viel zu lange her, dass ich mit meiner Schwester getanzt habe.«

Nickolas runzelte die Stirn. »Wir haben Neuigkeiten zu verk…«

»Das kann doch sicher noch einen Tanz lang warten. Komm, Annika.« Escalus zog mich fort. Sobald wir außer Hörweite waren, begann er, schnell zu sprechen. »Du siehst aus, als würdest du gleich in Tränen ausbrechen. Versuch, dich zusammenzureißen. Wenigstens noch ein paar Minuten.«

»Alles gut«, versicherte ich ihm. »Bitte lenk mich einfach ab.«

Wir begannen, uns hin und her zu wiegen, und ich war der Meinung, dass ich lächelte, aber sicher war ich mir nicht. Ich spürte eine seltsame Leere, die sich vielleicht sogar noch schlimmer anfühlte, als Mutter zu verlieren.

»Habe ich dir jemals von dem einen Mal erzählt, als ich versucht habe abzuhauen?«, fragte Escalus.

Ich zog die Stirn kraus. »Das ist nie passiert.«

»Doch«, bekräftigte er. »Ich war zehn Jahre alt und hatte eben erst herausgefunden, dass ich eines Tages König sein würde. Ist das nicht komisch? Man sollte meinen, das wäre mir schon viel früher bewusst gewesen. Warum hatte niemand außer mir Leute, die ihnen sagten, wie ihr Tagesablauf gestaltet war? Warum durfte ich keine Freundschaften schließen, wie es mir beliebte? Warum sprachen unsere Eltern schon jetzt über meine Hochzeit?«

»Das ist in der Tat merkwürdig«, gestand ich. »Ich glaube, ich wusste schon, dass du mal König wirst, bevor ich überhaupt sprechen konnte.«

»Nun, ich habe auch nie behauptet, so klug zu sein wie du. Ich habe es erst verstanden, als mir Vater den Familienstammbaum gezeigt hat und wo wir darauf eingezeichnet sind. Die Tinte war heller an der Stelle, daran erinnere ich mich. Unsere Linie war schon alt, und wir waren noch jung. Aber wie dem auch sei. Ich hatte Angst. Ich hatte gehört, wie Vater von der Verteidigung der Grenzen und von Abkommen gesprochen hatte. Es gab so viele Dinge, die für jemand so Kleines wie mich viel zu groß schienen.«

Ich blickte zu ihm hoch und legte voller Mitgefühl den

Kopf schief. »Keiner hat von dir erwartet, dass du das Königreich mit nur zehn Jahren regierst, du Dummerchen.«

Er lächelte und blickte sich im Saal um. »Siehst du, das ist noch etwas, das ich nicht ganz verstand. In dem Moment, in dem ich erfuhr, dass die Krone einmal mir gehören würde, hatte ich das Gefühl, es würde sofort passieren. Es fühlte sich an, als müsste ich sofort alles beherrschen. Und das wollte ich nicht, also beschloss ich davonzulaufen. Das muss etwa sechs Monate, nachdem Rhett zu uns kam, gewesen sein. Und er war ja selbst noch ein Kind. Aber ich vertraute ihm, und er half mir, eine Tasche zu packen, und gemeinsam überlegten wir, welches Pferd ich am besten nehmen sollte.«

»Moment mal«, unterbrach ich ihn und schüttelte verwirrt den Kopf. »Willst du mir damit sagen, *Rhett* wollte dir dabei helfen davonzulaufen, als du gerade einmal zehn Jahre alt warst?«

»Ja. Ohne zu zögern. Aber ich glaube, mittlerweile würde er so etwas nicht mehr machen.«

Ich kicherte. »Inzwischen ist er ein wenig zur Vernunft gekommen.«

»Das stimmt. Jedenfalls half er mir beim Packen, und ich schrieb einen Brief an Mutter und Vater, in dem ich mich für meine Flucht entschuldigte. Und ich schrieb auch: ›Bitte gebt Annika die Krone. Sie wird das Land besser regieren als ich.‹«

Ich wandte den Blick ab. »Das hast du nicht getan.«

»Doch. Ich war der Meinung, dass du mit sieben Jahren schon mehr konntest als ich mit zehn. Und ich glaube immer noch, dass du das Königreich regieren könntest, wenn du müsstest, Annika. Ich glaube, die Menschen würden für dich sogar von einer Klippe springen, wenn du es befehlen würdest.«

»Das ist doch lächerlich.«

Er zog mich näher zu sich, wollte mich dazu bringen, dass ich ihm genau zuhörte. »Annika, der Grund, warum ich als König Erfolg haben werde, ist, dass ich dich an meiner Seite habe. Ich weiß, dass du mir immer sagen wirst, wenn ich mich töricht verhalte. Und wenn ich etwas vergesse, wirst du dich mit Sicherheit daran erinnern. Und ich weiß, dass du gerade das Gefühl hast, als ob ein Teil von dir gestorben wäre. Ich habe es gesehen, als du um die Ecke kamst.«

Ich wandte den Blick ab. Nickolas hatte recht: Mein Gesicht war zu leicht zu lesen.

»Aber du musst diese Stärke in dir finden und dich daran festhalten. Wir brauchen dich. *Ich* brauche dich.«

Vorsichtig führte er mich über die Tanzfläche, und ich dachte über seine Worte nach, die mich nun aus einem ganz anderen Grund beinahe zu Tränen rührten. Durch Nickolas und die Ketten der Verpflichtung hatte ich jegliche Hoffnung verloren, doch Escalus und sein Glaube an mich erweckten sie wieder zum Leben.

»Warte. Hast du es geschafft, aus dem Palast zu fliehen? Hat Vater nach dir gesucht?«

Escalus seufzte. »Ich habe den großen Fehler begangen, der Köchin zu sagen, dass ich etwas zu essen brauche. Um es mitzunehmen. Und sie erzählte es Mutter … die mich dann im Stall fand und mich zum Bleiben überredete.«

»Natürlich hat sie das getan.«

»Natürlich hat sie das getan«, wiederholte er. »Was auch immer du gerade fühlst … Du musst wissen, wie dankbar ich für dich bin. Was auch immer geschieht – ich bin für dich da.«

Ich blickte hoch zu meinem törichten, mutigen, wundervollen großen Bruder. »Und ich für dich.«

Lennox

Im Speisesaal war alles genau wie immer: laut, unorganisiert und dunkler, als er bei Sonnenschein eigentlich hätte sein sollen. Ich trat ein und wollte gerade die Hand auf den Griff meines Schwerts stützen, als mir einfiel, dass ich es vor dem Frühstück nicht umgelegt hatte. Jetzt, da ich die vielen Gesichter sah, die mich umringten, beschlich mich das Gefühl, dass dies keine gute Idee gewesen sein könnte.

Wenn möglich, aß ich vor oder nach der Stoßzeit. Wenn das nicht ging, nahm ich mir, was ich bekommen konnte, und ergriff die Flucht. Ich stand in der Ecke, dachte darüber nach, mir einfach ein Stück Brot zu nehmen und zu gehen, obwohl ich großen Hunger hatte.

Letzten Endes spielte es jedoch keine Rolle. Ein kleines Mädchen kam auf mich zu, blieb schlotternd vor mir stehen und blickte mit großen Augen zu mir hoch.

»Was ist?«, fragte ich ungeduldig.

Sie öffnete den Mund, doch es kam kein Ton heraus.

»Keine Sorge. Wenn du mir etwas mitzuteilen hast, werde ich dich schon nicht dafür umbringen.«

Sie schien nicht überzeugt, und es dauerte noch ein paar Atemzüge, bis sie sprechen konnte.

»Kawan verlangt nach Euch«, stotterte sie.

»Ach ja?«, fragte ich ungläubig.

Sie nickte. Jetzt, da sie ihre Aufgabe erfüllt hatte, verschwand sie so schnell wie nur möglich, ohne zu rennen. Was um alles in der Welt wollte er von mir? Seufzend ließ ich das Frühstück links liegen und ging in Richtung seiner Gemächer, die bestimmt einmal dem König gehört hatten, als die Burg errichtet worden war.

Ich rief mir drei Dinge ins Gedächtnis. Erstens verlangte *er* nach *mir*, ich kroch ihm also nicht hinterher. Zweitens musste ich meinen Stolz so gut es ging zurückdrängen. Und drittens musste ich mich unbedingt an die Regeln halten.

Niemals davonlaufen, niemals den Blick abwenden, sich niemals erklären. So überlebte ich.

Ich klopfte an der Tür, und er wartete ein paar Atemzüge, bevor er jemanden schickte, der mir öffnete. Es war Aldrik, der mich mit arrogantem Gesichtsausdruck begrüßte. Er öffnete die Tür weit, und ich sah Kawan an seinem Schreibtisch sitzen. Hinter ihm standen seine Leibwachen: Slone, Illio, Maston – und Aldrik, der sich nun wieder zu ihnen gesellte.

Vermutlich hätte man erwartet, dass ein so wichtiger Posten an jemanden wie mich gehen würde, nicht wahr? Schließlich war ich der Sohn der Frau in seinen Armen. Ich war der, der den Großteil seiner Drecksarbeit verrichtete. Ich war der, den die meisten Menschen auf dieser Burg am meisten fürchteten.

Aber wenn ich etwas von Kawan wollte, musste ich hart darum kämpfen – und ich weigerte mich, mich so zu erniedrigen. »Ihr habt mich gerufen, Sir?«, fragte ich und betonte das letzte Wort, um möglichst respektvoll zu erscheinen. Als einziger Nachfahre des lang verschollenen Anführers unseres Volkes sollte Kawan eigentlich als König bezeichnet werden, doch er meinte, er wolle sich den Titel aufheben, bis er das Königreich auch wirklich zurückerobert habe. Jedes Mal, wenn ich mir Kawan mit einer goldenen Krone auf dem zotteligen Haupt vorstellte, konnte ich nicht anders als zu denken, dass ihn ein Ortswechsel auch nicht majestätischer werden ließe.

»Das habe ich.« Er sah zu mir hoch, und sofort beschlich mich das Gefühl, dass ich für irgendetwas bestraft werden sollte. »Die Zeit ist gekommen, dich zu beweisen. Ich habe einen Auftrag für dich.«

Fast hätte ich gelächelt. Ein Auftrag. Endlich!

Kawans Aufträge waren seine Art, Menschen auf die Probe zu stellen. Herauszufinden, wie loyal sie waren. Nur die, bei denen man sich sicher war, dass sie nicht desertieren würden, kamen dafür in Betracht, und alle, die zurückkehrten, hatten danach etwas … Unberührbares an sich. Bisher hatte mir mein Schwert einen Hauch davon eingebracht, aber ich wollte, dass die Menschen nicht nur Furcht empfanden, wenn sie meinen Namen hörten, sondern auch Respekt.

Jede Person stellte ihren eigenen Trupp zusammen und überlegte sich selbst eine Mission. Die einzige Voraussetzung war, dass der Ausgang dem Volk zugutekommen musste. Manchmal brachten sie Nahrung mit nach Hause, manchmal Vieh, manchmal sogar mehr Soldaten.

Aber ich hatte das Gefühl, was auch immer es war – es änderte nichts an unserer Situation.

Das würde durch mich ein Ende finden.

»Ich akzeptiere, Sir. Nur zu gern.«

»Wie du weißt, kannst du dir selbst aussuchen, was du tun willst. Jedoch –« Er legte eine bedeutungsschwangere Pause ein. Wieder überkam mich das ungute Gefühl von Bestrafung. »Ich wähle die Soldaten aus, die dich begleiten werden.«

»Wie bitte?!«

Ein Lächeln umspielte Kawans Lippen. Mein Blick wanderte zu meiner Mutter, doch sie schwieg wie immer, sah mich nicht einmal an.

»Du musst dich beweisen, aber du bist zu draufgängerisch. Ich werde deine Gefolgschaft sorgsam auswählen, Menschen, die dafür Sorge tragen werden, dass du es nicht übertreibst«, erklärte er.

Menschen, die mir ein Klotz am Bein sein werden, dachte ich.

»Und zwar Andre.«

Ich kniff die Augen zusammen. »Der, der kaum spricht?«

»Griffin.«

Ich rollte mit den Augen. »Er nimmt überhaupt nichts ernst.«

»Sherwin.«

»Keine Ahnung, wer das sein soll.«

»Blythe.«

»Eine Frau?«

»Und Inigo«, schloss er höchst zufrieden. Warum sollte er mit dieser Wahl auch unzufrieden sein? Wenn jemand meine Mission ruinieren konnte, dann Inigo. Er trug eine lange Narbe im Gesicht, die ich ihm höchstpersönlich zugefügt hatte. Er würde von mir ganz sicher keine Befehle entgegennehmen.

Hinter Kawan schlug Slone die Hand vor den Mund und versuchte, sein Lachen zu kaschieren. Nach allem, was ich getan hatte, nach all den Leben, die ich genommen hatte … Warum musste ich mich diesen Menschen immer noch beweisen?

Wieder blickte ich zu meiner Mutter. »Willst du einfach weiter schweigen? Eine stümperhafte Mission hat dir deinen Ehemann genommen, und jetzt stellt er sicher, dass meine ebenfalls scheitern wird. Hast du denn gar nichts dazu zu sagen?«

Sie schien vollkommen unbeeindruckt. Das eisblonde Haar fiel ihr über eine Schulter, und in ihren Augen lag ein Lächeln. »Wenn du wirklich der Anführer bist, für den wir dich halten, wird es für dich ein Leichtes sein, die Truppe zu leiten. Ich glaube an dich.«

Wieder zog sie eine klare Grenze – und ich machte wieder einen Rückzieher.

»Nun gut. Ich werde euch schon zeigen, wozu ich in der Lage bin.«

Annika

Die Glocken hatte ich schon immer geliebt. Einmal war Mutter mit mir hinauf auf den Turm gestiegen und hatte den Hüter gebeten, mich herumzuführen. Ich hatte die riesigen Messingglocken berührt, und er hatte mich sogar an dem Seil ziehen lassen, doch ich war noch zu klein gewesen, um sie zum Läuten zu bringen. Doch wenn ihr froher Klang aus dem Palast hallte, bedeutete dies, dass es etwas zu feiern gab. Sie läuteten, wenn ein königliches Kind geboren wurde, wenn wir einen großen Sieg zu verzeichnen hatten und – der einzige Grund, warum ich sie je gehört hatte – an Feiertagen.

Heute läuteten sie anlässlich des Gründungstages. Jeder in Sichtweite des Palasts würde Ausschau halten, ob wir uns auf dem Balkon blicken ließen. Es war unsere Aufgabe, der Menge unter uns zuzuwinken. Für manche mochte es eine eher belanglose Pflicht sein, doch für mich war es eine der wenigen Möglichkeiten, dem Volk von Kadier zu zeigen, dass ich da war. Dass mir die Menschen hier wichtig waren. Ich blickte so vielen von ihnen in die Augen, sie warfen mir Kusshände zu, und ich lächelte und hoffte, dass sie nicht merkten, wie wenig begeistert ich von meiner Position war.

Der Wind peitschte mir durch das Haar. Ich strich es über meine Schulter und wandte mich Escalus zu. Seine Uniform mit den Auszeichnungen seiner militärischen Ausbildung, die links auf seiner Brust prangten, stand ihm wirklich ausgezeichnet.

Ich kicherte, als er errötete, weil eine weitere Dame seinen Namen gerufen hatte. »Du wirst dich daran gewöhnen müssen«, zog ich ihn auf. »Die Ehe ist das Einzige, was dich davor bewahren kann. Und selbst dann werden sie dir wahrscheinlich ihre Taschentücher zuwerfen. Vielleicht würde das aber auch aufhören, wenn du sie nicht immer aufheben würdest.«

Ungläubig sah er mich an. »Wie könnte ich so etwas tun? Eine Dame braucht doch ihr Taschentuch!«

Ich musste erneut lachen, und es mischte sich unter das Glockengeläut. Vater zu Escalus' anderer Seite lehnte sich vor und warf mir einen Blick zu. Das Funkeln in seinen Augen verriet mir, dass er heute Morgen er selbst war, *ganz* er selbst.

»Heute bist du genau wie sie«, sagte er. »Mit dem Haar über der Schulter und dem lieblichen Lachen.«

Diese Worte aus seinem Mund zu hören, rührte mich beinahe zu Tränen. »Wirklich?«

Wenn er so war, wenn sich der Nebel der Wut, der sich seit Mamas Verschwinden über seinen Geist gelegt hatte, kurz lichtete, veränderte sich meine Welt. Ich spürte Hoffnung. Ich sah den Mann, der früher so stolz auf mich gewesen war, voll des Lobes. Ich fragte mich, ob sich dieser Mensch vielleicht für seine Worte und Taten entschuldigen würde. Ob er vielleicht einlenken und mich aus den Fesseln dieser Verlobung befreien würde. Ich war versucht, ihn zu fragen, aber vielleicht würde er dann wieder verschwinden.

Genau wie sie.

Diese Worte hörte ich fast täglich von den Leuten, und manchmal machte es mich nachdenklich.

Ich hatte die Stupsnase und das aschblonde Haar meiner Mutter, und in einem der abgelegenen Korridore hing ein Porträt von ihr, das mich immer wieder daran erinnerte, dass ich auch ihre Augen hatte. Aber ich fragte mich, ob es noch mehr gab.

Ich dachte daran, wie Escalus manchmal dastand, wie er das Gewicht selbstbewusst auf den linken Fuß verlagerte und wie Vater dies auch immer zu tun pflegte. Oder das Geräusch, wenn sie husteten … Allein vom Hören konnte ich sie nicht auseinanderhalten. Hatte ich solche Dinge auch von Mutter geerbt? Details, die ich seit ihrem Verschwinden vergessen hatte?

»Hallo, Liebling«, begrüßte mich Nickolas, als er zu uns nach vorn an die Balkonbrüstung trat.

Ich fragte mich, ob es Mutter je so schwergefallen war zu lächeln. Ob wir auch diese Eigenschaft teilten. »Hallo.«

»Wirst du uns bei der zeremoniellen Fuchsjagd begleiten?«, fragte er, während er der Menge unter uns zuwinkte.

Es passte mir nicht, mir diese Möglichkeit entgehen zu lassen, denn es kam nur noch selten vor, dass Vater mir erlaubte, das Gelände des Palasts zu verlassen. Doch selbst wenn ich mitgeritten wäre – auf die Gesellschaft hatte ich gewiss keine Lust.

»Wie ich gestern Abend bereits erwähnt habe, fühle ich mich im Moment nicht besonders wohl. Ich würde nur zu gern mitkommen, aber es wäre wohl besser, heute Nachmittag hierzubleiben«, entschuldigte ich mich. »Aber ich weiß ja, dass du ein hervorragender Reiter bist, von daher wirst du auch allein zurechtkommen.«

»Vermutlich«, entgegnete er. »Es sei denn, du willst, dass ich bei dir bleibe.«

Ich versuchte, mit fester Stimme zu sprechen. »Das ist nicht nötig. Ich werde ohnehin schlafen.« Dann richtete ich den Blick wieder in die Menge, lächelte und winkte.

»Ich habe nachgedacht«, setzte er an, während wir uns weiter dem Volk widmeten. »Ich will unsere Verlobung nicht unnötig in die Länge ziehen. Meinst du, du könntest die Hochzeit innerhalb eines Monats arrangieren?«

Ein Monat?

Ein merkwürdiges Gefühl überkam mich. Als würde sich eine unsichtbare Hand um meinen Hals legen.

»Ich … da muss ich Seine Majestät fragen. Ich habe noch nie eine Hochzeit geplant«, erwiderte ich und versuchte, meine Angst mit einem Scherz zu kaschieren.

»Verständlich. Aber lass uns keine Zeit vergeuden.«

Ich versuchte, mir eine Ausrede zu überlegen, doch mir wollte nichts einfallen.

»Wie du wünschst«, sagte ich schließlich. Die Glocken hörten auf zu läuten, und wir nickten der Menge ein letztes Mal zu, bevor wir uns zum Gehen wandten. Nun würde noch die Fuchsjagd folgen und die jungen Mädchen würden mit Bändern in ihrem Haar auf dem Marktplatz tanzen. Wenn ich auf dem Balkon bliebe, könnte ich es aus der Ferne beobachten. Später würde für die Kinder noch die Suche nach bemalten Steinen stattfinden, die im ganzen Palast versteckt worden waren. Danach würde der Tag mit einem Festmahl ausklingen. Den Gründungstag mochte ich von allen Feiertagen am liebsten.

Nickolas lächelte, während wir nebeneinander hergingen. »Freut mich, dass du so entgegenkommend bist. Ich hatte gehofft, noch über etwas anderes mit dir sprechen zu können.« Er hielt mich auf und nahm meine Hände in die seinen. Es war eine so zärtliche Geste, dass ich mich kurz fragte, woher meine Angst gekommen war.

Schließlich war es Nickolas. Ich kannte ihn schon mein ganzes Leben, natürlich nur aus der Ferne. Er war vielleicht nicht unbedingt das, was ich wollte, aber er war auch nichts, wovor man flüchten musste.

»Du bist jetzt achtzehn Jahre alt. Eine richtige Dame. Und dazu noch eine Prinzessin. Nach der Verkündung unserer Verlobung erwarte ich von dir, dass du dein Haar hochgesteckt trägst.«

Mein Herz zog sich schmerzvoll zusammen. Vor nicht einmal zehn Minuten hatte sich Vater an meinem Haar erfreut – so, wie es war. »Ich … Meine Mutter hat ihr Haar immer offen getragen. Ich mag es so lieber.«

»Im Privaten ist das in Ordnung. Aber du bist kein Kind mehr, Annika. Eine Dame sollte ihr Haar hochgesteckt tragen.«

Ich schluckte schwer. Er war so kurz davor, eine Grenze zu überschreiten. »Meine Mutter war eine überaus schöne, majestätische Dame.«

Er legte den Kopf schief und sprach in so ruhigem Ton, dass es erstaunlich war, dass er mich gleichzeitig so verärgerte. »Ich will mich nicht mit dir streiten, Annika. Ich finde nur, dass du endlich deine Reife zeigen solltest, deinen Sinn für Anstand. Ich weiß, dass nicht *alle* älteren Damen das Haar hochgesteckt tragen, aber die meisten. Wenn du an meiner Seite bist, erwarte ich von dir, dass du dich ordentlich präsentierst.«

Ich ließ eine seiner Hände los, um mit den Fingern durch mein Haar zu fahren, das bis zur Mitte meines Rückens reichte. Es hatte die gleiche Farbe wie ihres, die gleichen sanften Wellen. Ich hielt es sauber und gekämmt, es offen zu tragen, war nichts, wofür ich mich schämen musste.

Ich war bereit zu kämpfen – es wäre nicht das erste Mal gewesen –, aber jetzt war dafür weder der richtige Zeitpunkt noch der passende Ort.

»Ist das alles?«, fragte ich.

»Für jetzt. Ich werde mich nun für die Jagd umziehen.« Er hob meine Hand und küsste sie, bevor er davonging.

Vater lächelte mich über den Korridor hinweg an. Es war wieder ein aufrichtiges Lächeln.

Ich wollte nicht, dass er mich traurig sah. Nicht an einem guten Tag. Ich musste so schnell wie möglich von hier weg, also versteckte ich mich in einer Stube, während sich alle für die Jagd fertig machten, und kam erst wieder heraus, nachdem es im Palast ruhig geworden war.

Als ich die Bibliothek betrat, war ich verwirrt, und es dauerte kurz, bis ich begriff, warum: Rhett hatte einen

Großteil der Vorhänge nicht zurückgezogen, und die Bibliothek lag in grauen Schatten.

Es war unheimlich still, doch der Raum war nicht leer. Rhett war da, in der Nähe der Eingangstür. Versunken in einem samtenen Sessel, spielte er an einem neuen Schloss herum. Als er mich kommen hörte, blickte er zwar auf, lächelte jedoch nicht wie gewöhnlich.

»Ist das das neue?«, fragte ich und nahm zögerlich gegenüber von ihm Platz.

Er nickte und reichte es mir. Es war schwerer, als es aussah. Ich zog eine Nadel aus meinem anscheinend anstößigen Haar und machte mich ans Werk.

»Wo hast du das gefunden? Es sieht so alt aus«, bemerkte ich und benutzte die Haarnadel, um das Innenleben des Schlüssellochs zu erkunden.

»Es lag in der Küche in einem Eimer. Irgendjemand muss es gefunden haben, und niemand weiß, wo der passende Schlüssel ist.«

Er klang nur wenig begeistert, was für ihn sehr untypisch war. Rhett hatte in den Außenbezirken des Landes gelernt, wie man Schlösser knackte und Portemonnaies stahl, bevor er an den Palast gekommen war, um ehrliche Arbeit zu verrichten.

Meine Mutter hatte, wie ich bereits erwähnte, immer gern vergeben.

Früher hatte er in den Ställen schwer geschuftet, war aber schon immer äußerst wissbegierig gewesen. Nachdem die alte Aufseherin der Bibliothek verstorben war, hatte ich meiner Mutter Rhett vorgeschlagen, denn jemand mit seinem Intellekt und seiner Entschlossenheit war ein würdiger Kandidat für diese Aufgabe. Er hatte sich schnell als

Naturtalent entpuppt. Nicht nur, was die Bibliothek anging, sondern bei allem, was er in Angriff nahm. Er half mir bei meinen Schwertkampfübungen, auch wenn es nicht unbedingt erlaubt war, und fand noch genügend Zeit, mir beizubringen, wie man Schlösser knackte und unbemerkt Portemonnaies aus Hosentaschen stahl. Trotz meines Geredes wusste ich, dass ich nicht einmal annähernd so talentiert war wie er, aber ich liebte es dennoch.

»Ist irgendetwas nicht in Ordnung?«, fragte ich frei heraus, und meine Haarnadel fand endlich einen Punkt, der sich eventuell bewegen ließ.

»Mir ist ein Gerücht zu Ohren gekommen.«

»Ein Gerücht«, wiederholte ich. »Hm. Ich kann mich einfach nicht entscheiden, ob ich Gerüchte gemein oder unterhaltsam finde. Hängt wohl vom Thema ab. Erzählt man sich unten genauso schlimme Dinge wie oben?«

Rhett fummelte an einem langen Strohhalm. »Nun … Es war ein Gerücht von oben.«

Augenblicklich hielt ich mit meiner Haarnadel inne. »Oh?«

Plötzlich platzte es förmlich aus ihm heraus. »Bist du wirklich mit Nickolas verlobt? Warum hast du es mir nicht erzählt?«

Irgendetwas lag in seinem Tonfall, und seine Augen verdunkelten sich, als er die Worte aussprach. Es hatte ihn mehr als nur ein bisschen enttäuscht, dass er es von jemand anderem erfahren hatte. Ich hätte jedoch nicht erwartet, dass es ihn derart verletzen würde.

»Ja. Bin ich. Aber erst seit gestern Abend. Ich wollte es nicht vor dir verheimlichen. Eigentlich wollte ich es noch gar niemandem sagen.«

»Dann stimmt es also? Du wirst ihn tatsächlich heiraten?« Da war etwas Spitzes in seiner Stimme, etwas Emotionales.

»Ja.«

»Warum?«

Genervt warf ich die Arme in die Luft. »Weil ich muss.« Dann widmete ich mich wieder dem Schloss, doch jetzt, da ich so aufgebracht war, wollte es mir nicht mehr recht gelingen.

»Oh.« Seine Stimme wurde nun sanfter. »Dann bist du also … nicht in ihn verliebt?«

Ich sah ihn ausdruckslos an. »Nein, ich liebe ihn nicht. Aber weil ich *Kadier* liebe, werde ich Nickolas dennoch heiraten. Auch wenn es sich so anfühlt, als ob jemand einen Käfig um meine Brust errichtet hätte und meine Lungen könnten sich nicht mehr richtig mit Luft füllen. Vielleicht … vielleicht habe ich auch einfach zu viele Bücher gelesen.« Ich zuckte mit den Achseln. »Aber ich hatte mir *Leidenschaft* erhofft, eine Liebe bar jeder Vernunft. Ich hatte mir ein gewisses Maß an Freiheit erhofft, aber das wird nicht passieren. Nickolas ist weder mein Seelenverwandter noch meine große Liebe. Er ist der, den ich heiraten muss. Das ist alles. Und ich versuche lediglich, das Beste daraus zu machen.«

»Magst du ihn überhaupt?«

Ich seufzte. »Rhett, ich weiß nicht, ob deine Fragen angemessen sind, selbst für unsere Verhältnisse.«

Er ergriff meine Hand, legte seine Finger um meine, die immer noch das Schloss umklammert hielten. Ich konnte jede Narbe spüren, die er sich seit seiner Jugend zugezogen hatte, jede verheilte Wunde. »Ist das nicht der springende Punkt? Du kannst immer mit mir reden, Annika. Offen und ehrlich.«

Ich sah in seine sanften braunen Augen. Es gab nicht mehr viele Menschen, denen ich die Wahrheit sagen konnte. Escalus wusste mehr über mich als alle anderen, und Noemi folgte direkt danach. Mutter war nicht mehr hier, und Vater konnte ich nichts mehr anvertrauen, zumindest nichts Wichtiges. Aber Rhett … Er hatte recht. Zu ihm war ich bisher immer ehrlich gewesen.

»Was soll ich jetzt sagen?«, wagte ich schließlich zu fragen. »Ich wurde in eine Rolle hineingeboren. Diese geht mit Pflichten einher, und ich versuche, sie mit einer gewissen Würde zu akzeptieren. Ob ich ihn liebe? Nein. Aber viele Ehen werden ohne Liebe geschlossen. Im Moment ist Respekt mein einziges Ziel.«

»Na schön. Und? Respektierst du ihn?«

Ich schluckte schwer. Nun, er redete wirklich nicht um den heißen Brei herum.

»Annika, das kannst du nicht machen.«

Ich lachte, doch es war nur ein müdes, humorloses Geräusch. »Ich versichere dir, dass ich alle Möglichkeiten durchgegangen bin. Wenn ein Prinz und eine Prinzessin es nicht aufhalten konnten, dann kann es auch gewiss kein Bibliothekar.«

Es war eine Beleidigung, eine, die ich niemals ausgesprochen hätte, wenn ich mich nicht so verletzlich gefühlt hätte.

»Es tut mir leid«, sagte ich beinahe umgehend. »Wenn du mir helfen willst, dann unterstütze mich. Ich brauche gerade jeden Freund, den ich habe. Ich brauche Menschen, die mich daran erinnern, das Positive darin zu sehen.«

Eine Weile hielt er den Blick gesenkt. »Seine Haltung ist … hervorragend. Falls du je etwas abmessen musst, kannst du ihn als Zollstock benutzen.«

Ich lachte grunzend, was Rhett ebenfalls zum Lachen brachte, was mich wiederum noch lauter lachen ließ.

»Siehst du?«, bemerkte ich. »Mir geht es schon viel besser.«

»Ich bin immer für dich da, Annika.«

Ich blickte Rhett in die Augen, in die ehrlichen braunen Augen. Wenigstens konnte ich immer zu ihm kommen.

Und plötzlich, ohne Vorwarnung, nahm er mein Gesicht zwischen seine Hände und drückte seinen Mund auf meinen.

Ich schnellte hoch, und das Schloss fiel auf den Teppich.

»Was tust du da?!«

»Du musst wissen, was ich für dich empfinde, Annika. Und ich weiß, dass es dir genauso geht.«

»Du weißt gar nichts!«, erwiderte ich und wischte mir entsetzt den Mund ab. »Weißt du, was passiert wäre, wenn jemand hereingekommen wäre? Und für dich wäre es noch zehnmal schlimmer geworden als für mich!«

Er stand auf und griff wieder nach meinen Händen. »Dann gib ihnen keine Gelegenheit dazu, Annika.«

»Wie bitte?«

»Lauf mit mir zusammen weg.«

Ich ließ die Schultern hängen, denn ich war so unglaublich müde. »Rhett.«

»Du hast doch eben selbst gesagt, dass du eine Liebe bar jeder Vernunft willst. Wenn meine Liebe das nicht erfüllt, dann weiß ich nicht, wonach du suchst.«

Verwirrt schüttelte ich den Kopf. Hatte ich seine Gefühle für mich die ganze Zeit übersehen? »Ich kann nicht.«

»Doch, du kannst«, widersprach er. »Denk darüber nach. Du könntest jetzt auf dein Zimmer gehen und jedes Schmuckstück einpacken, das du besitzt. Und ich kann jede Hosentasche von hier bis zur Grenze ausräumen. Sobald wir Kadier hinter uns gelassen haben, erkennt dich niemand mehr. Wir könnten ein Haus bauen. Ich könnte mir eine Arbeit suchen. Wir könnten einfach *sein.*«

»Rhett, hör auf mit dem Blödsinn.«

»Das ist kein Blödsinn!«, schimpfte er. »Denk darüber nach. Annika, wir könnten frei sein.«

Kurz ließ ich mir seinen Vorschlag durch den Kopf gehen. Wir könnten jedes Pferd nehmen, das wir wollten, und jetzt, da die Feier in vollem Gange war, würde man unser Verschwinden frühestens morgen bemerken. Und er hatte recht: Niemand würde mich erkennen. Seit drei Jahren hatte ich die Hauptstadt nicht mehr verlassen dürfen, setzte nur selten einen Fuß vor die Tore des Palasts. Ritt ich nicht unter der Flagge, hatten die Menschen keine Ahnung, dass königliches Blut durch meine Adern floss.

Wenn ich wollte, könnte ich einfach verschwinden.

»Rhett ...«

»Du musst dich nicht sofort entscheiden. Aber denk darüber nach. Sag nur ein Wort, Annika, und ich bringe dich weit fort von hier. Ich werde dich für den Rest meines Lebens lieben.«

Lennox

Den ganzen Tag schon schäumte ich vor Wut. Nach all der Zeit sollte meine Mission also so laufen? Es war nicht so, als könnte ich ablehnen. Keinen Rückzieher zu machen gehörte zu meinen besten Eigenschaften.

Bis zum Nachmittag war mein Zorn so weit abgeklungen, dass ich wieder halbwegs klar denken konnte, und ich beauftragte einen der jüngeren Rekruten damit, die fünf Leute zusammenzutrommeln, die Kawan für mich ausgewählt hatte. Ich wartete am Rande des Felds auf sie, weit weg von den Augen und Ohren der Burg.

Inigo und Griffin erschienen zusammen, und mir stach Blythes blondes Haar ins Auge, als sie hinter ihnen auftauchte. Zwar hatte ich schallend gelacht, als Kawan ihren Namen nannte, aber ich musste zugeben, dass sie flink war. Sehr flink. Griffin hatte mit Sicherheit auch seine Qualitäten, ich wusste nur noch nicht welche. Und auch, wenn Inigo nicht mein Lieblingsmensch war, wusste er dennoch mit einem Schwert umzugehen. Oder mit seiner Faust, wenn es sein musste.

»Worum geht's?«, wollte Inigo wissen.

Ich seufzte. »Wir warten noch auf zwei andere. Aber ich sehe sie schon.«

Griffin und Inigo wandten sich um und blickten an Blythe vorbei. Sie tat es ihnen gleich und beobachtete die zwei in Grau gehüllten Gestalten, die sich näherten. Sie stützte die Arme auf einen Felsen und nickte Inigo und Griffin zu, während sie mich nur lange anstarrte.

»Du wolltest mich sprechen?«, fragte Andre nervös, als er auf mich zukam.

»Ja. Und ich nehme an, du bist Sherwin?«, fragte ich den stämmigen Jungen hinter ihm.

»Ja. Sir. Ich meine, jawohl, Sir.«

Seufzend verschränkte ich die Arme vor der Brust. »Nun, Glückwunsch. Kawan hat euch für meine Mission ausgewählt.«

Inigo straffte die Schultern. »Ausgewählt? So funktioniert das nicht.«

»Als wüsste ich das nicht«, erwiderte ich. »Aber hier stehen wir nun. Es scheint, als müsste ich in der Lage sein, jeden in jeder erdenklichen Situation zu führen, wenn ich mich beweisen will.«

Inigo hielt inne. »Moment mal. Du musst dich immer noch beweisen?«

Es war das erste Mal, dass er meiner langen Liste an Errungenschaften Rechnung trug. Vielleicht war es sogar das erste Mal, dass ihr überhaupt jemand Rechnung trug.

Ich breitete die Arme aus. »Anscheinend.«

Inigo starrte zu Boden. Man sah, wie es in seinem Kopf

ratterte. Dann blickte er mir in die Augen. Offensichtlich war er zum selben Schluss gekommen wie ich, als ich Kawans Gemach verlassen hatte.

»Ja«, sagte ich. »Es ist eine Falle.«

»Warum musst du immer schwarzmalen?«, fragte Griffin immer noch grinsend.

»Nein, denkt doch mal darüber nach«, begann Inigo ernst und zog damit unsere Blicke auf sich. »Normalerweise liegt zwischen den einzelnen Missionen immer mindestens ein Monat, aber er schickt dich direkt nach Aldrik los, damit die Leute eure Errungenschaften miteinander vergleichen. Und dann lässt er dich nicht einmal deine eigene Gefolgschaft zusammenstellen und lässt dir nicht genügend Zeit für die Vorbereitung. Er will nicht, dass du dich als würdig erweist«, schloss er und blickte mir in die Augen. »Er will dich scheitern sehen.«

Ich richtete den Zeigefinger auf ihn. »Ganz genau. Sherwin, bisher wusste ich nicht einmal von deiner Existenz. Andre und Blythe, über eure Fähigkeiten weiß ich so gut wie nichts, daher kann ich nicht allzu viel Hoffnung in euch legen. Griffin, dich kann ich nicht ernst nehmen, weil du selbst nie etwas ernst nimmst. Und Inigo … Ich glaube, jeder weiß, dass wir keine Sympathien füreinander hegen.«

Inigo grinste. »Ich würde dich lieber von Govatar Mountain stoßen, als dir zu helfen.«

»Ebenso. Du wurdest mir also zugeteilt, um mir das Leben schwer zu machen. Meine Mission ist von vornherein zum Scheitern verurteilt.«

Es folgte ein Moment des Schweigens, als hätte man mein größtes bisheriges Vorhaben bereits zu Grabe getragen. Dann ergriff Blythe das Wort. »Nun, ich enttäusche dich nur ungern, aber ich scheitere nie.« Sie sagte es mit einem gewissen Ekel in der Stimme, und Inigo lachte leise.

»Da hat sie recht«, warf er schnell ein. »Ihre Treffsicherheit mit Pfeil und Bogen ist unübertroffen. Und was ihre Ausdauer angeht, nun … Es gibt nur wenige, die so ein Durchhaltevermögen haben wie sie.«

Blythe wandte den Blick ab. »Danke.«

»Klar.«

»Ich kann auch ernst sein«, jammerte Griffin, was alle zum Lachen brachte. »Wirklich! Ich kann das.«

»Du reißt einen Witz nach dem anderen«, erwiderte ich müde. »Du machst den Damen schöne Augen. Du spielst.«

Er zuckte mit den Achseln. »Irgendjemand muss es ja machen. Das Leben ist sowieso schon düster genug.«

Nun, da war durchaus etwas dran. Na schön. Blythe wusste mit Pfeil und Bogen umzugehen und war zudem schnell. Griffin … nun, von seinen Scherzen einmal abgesehen, war er ziemlich gut im Nahkampf. Und Inigo? Es gab so gut wie nichts, was er nicht konnte, wenn er sich einmal dazu entschlossen hatte, es zu probieren.

Ich blickte hinüber zu Sherwin. »Was ist mit dir? Worin bist du gut?«

»Im Moment betreibe ich viel Landwirtschaft. Aber Inigo trainiert mich fürs Gefecht.«

Ich sah wieder Inigo an und musste nicht einmal fragen.

»Was Schwertkampf angeht, hat er Potenzial. Pfeil und Bogen erfordern mehr Finesse. Und was Andre betrifft … Er ist zwar schüchtern, aber«, er blickte zu ihm hinüber,

»er kann mit dem Schwert sogar noch besser umgehen, wenn er auf einem Pferd sitzt. Ziemlich beeindruckend.«

Hm. Kawan schien nicht einmal zu wissen, welche Fähigkeiten ihm zur Verfügung standen. Wenn er es gewusst hätte, hätte er mir niemanden mit so einem Talent zugeteilt.

Ich richtete den Blick wieder auf Inigo, denn er war der Einzige, der wirklich eine Entscheidung treffen konnte.

»Ich habe nicht vor zu scheitern«, ließ er mich wissen. »Nicht deinetwegen, sondern allein meinetwegen.«

»Das soll mir recht sein«, entgegnete ich. »Eigentlich hatte ich einen brillanten Plan, aber ich gebe ihn für ein Ziel auf, das leichter zu erreichen ist. Für etwas mit geringem Risiko, dessen Ausgang für uns aber unbezahlbar sein könnte.«

»Besser als noch mehr Rekruten?«, fragte Sherwin.

»Ja.«

»Besser als sechs Kühe?«, warf Griffin ein und brachte die Gruppe damit zum Lachen.

Zu meiner Verwunderung lächelte selbst ich. »Ja.«

»Was ist es?«, wollte Blythe wissen.

Ich holte tief Luft und dachte an das eine, das wir im Moment mehr brauchten als alles andere.

»Hoffnung.«

Annika

Escalus hatte seine ganz eigene Art zu klopfen. Es war erstaunlich, wie ein zwei Sekunden langes Geräusch meine gesamte Stimmung aufhellen konnte.

Über beide Ohren grinsend eilte Noemi zur Tür, während ich mit dem Stickrahmen in der Hand am Fenster sitzen blieb.

»Was machst du denn hier?«, fragte ich. »Ich dachte, du wärst beim Steine-Suchen.« Ich sah ihn durchdringend an. Letztes Jahr hatte er ungefähr die Hälfte aller Steine selbst eingesammelt, und die Kinder waren an ihm hochgesprungen und hatten versucht, sie ihm zu stehlen.

»Oh, das ist seit Stunden vorbei. Ob ich wieder die meisten Steine gefunden habe? Ja. Ja, das habe ich. Aber dann ist mir aufgefallen, dass meine Schwester nicht zum

Abendessen heruntergekommen ist, und ich dachte, sie bräuchte vielleicht etwas. Für dich, Miss«, sagte er und reichte Noemi ein riesiges Stück Rosinenbrot. Strahlend nahm sie es entgegen.

»Vielen Dank, Eure Hoheit.«

»Nichts zu danken. Das ist doch das Mindeste. Und das ist für dich. Ist sogar noch warm«, fügte er hinzu und stellte mein Stück auf das Fensterbrett, da ich beide Hände voll hatte.

»Warum warst du in der Küche? Warst du etwa auch nicht beim Abendessen?«

Er ließ sich mir gegenüber auf die Bank plumpsen und verdrehte übertrieben die Augen. »Doch, aber ich musste kurz nach dem Dessert vor Nickolas flüchten. Er will, dass ich mir einen seiner Entwürfe für eine Befestigungsanlage anschaue. Er meinte, er habe sich die Grenzen angesehen und sei der Ansicht, wie bräuchten mehr Wachposten.«

»Hm. Und stimmt das?«

»Wer weiß? Wo ist meine?«, fragte er.

»Im Korb.«

Escalus griff hinein, zog seine eigene Stickerei hervor und setzte sich wieder auf die Steinbank vor meinem Fenster. Wir brachten einander gern bei, was der jeweils andere gelernt hatte.

»Das sieht schon richtig gut aus, Eure Hoheit«, bemerkte Noemi, die über seine Schulter blickte.

Er legte den Stickrahmen auf seine Knie und sah bewundernd zu ihr hoch. »Nun, vielen Dank, Noemi. Siehst du?«, wandte er sich wieder an mich, »es gibt auch Menschen, die mein Talent zu schätzen wissen.«

»Noemi muss das ja sagen«, neckte ich ihn. »Sie wird doch nicht ihren zukünftigen König beleidigen.«

Mit gespielter Empörung sah Escalus mich an. »Das stimmt überhaupt nicht! Sag es ihr, Noemi.«

Sie schüttelte den Kopf. »Ich würde Euch niemals beleidigen, Sir, aber ich würde Euch auch nicht loben, wenn es nicht angebracht wäre.«

»Siehst du?«, triumphierte er.

»Ach, sei still«, murmelte ich und zwinkerte Noemi zu.

Er lachte leise vor sich hin und widmete sich wieder seiner Stickerei. Es sah aus, als würde er konzentrische Kreise sticken, jeden mit einem anderen Stich. Ich neigte eher zu Blumen und pastelligen Farben, während er Symmetrie und Blautöne bevorzugte.

»Vater hatte heute einen wirklich guten Tag«, bemerkte er.

»Ich weiß. Ich hätte gern mehr Zeit mit ihm verbracht, aber … ich war so aufgewühlt.«

Mit gesenktem Kopf blickte er zu mir hoch. »Gibt es irgendetwas, worüber du gern reden würdest?«

»Noch nicht. Ich überlege noch, ob ich mich kindisch verhalte.«

Lächelnd schüttelte Escalus den Kopf. »Wie kommst du denn auf die Idee? Deinem Königreich zuliebe zu heiraten ist … ehrenhaft.«

»Ach ja?« Ich schnaubte.

»Annika, sollte Vater oder mir etwas geschehen, hätte Nickolas den größten Anspruch auf den Thron. Wenn du mit ihm verheiratet bist, hat niemand mehr einen Grund, einen Krieg anzuzetteln. Und wenn mir etwas passiert, ist dir mit ihm als Gemahl dein Platz auf dem Thron sicher. Ich weiß, es ist schwierig, weil er so … so …«

»Ich weiß.« Es gab kein Wort, das Nickolas treffend beschrieb. *Langweilig* war nicht stark genug und *ernst* auch nicht, doch *verschlagen* ging vielleicht ein wenig zu weit. Aber egal, für welches Wort man sich auch entschied – es war schwer, ihn in ein gutes Licht zu rücken.

»Nun, sagen wir, er ist … nicht perfekt. Aber er hat auch seine positiven Eigenschaften. Er ist klug, ein guter Jäger und Reiter. Und er ist wohlhabend. Nicht dass du darauf angewiesen wärst.«

»Er hat nichts, was ich brauche. Nichts, was ich will.«

»Hm.«

»Was denn?«, fragte ich, blickte von meiner Stickerei auf und stellte fest, dass mein Bruder grinste.

»Das klingt, als gäbe es vielleicht jemanden, der etwas hat, das du willst.«

Ich rollte mit den Augen. »Um Himmels willen.«

»Du kannst es mir ruhig erzählen.«

Kurz dachte ich an Rhett und seinen Vorschlag. Er wollte mich. So einfach war das. Und das hatte durchaus seinen Reiz, doch das konnte ich unmöglich laut aussprechen.

»Das muss ich gar nicht. Wäre ich verliebt, wüsstest du es noch vor mir.«

Er lachte. »Das stimmt! Noemi, wie oft hat sie dir schon von dem Jungen mit dem Apfel erzählt?«

»Ich habe aufgehört zu zählen!«, rief Noemi aus dem Nebenzimmer.

»Für einen Zehnjährigen war das ziemlich romantisch«, verteidigte ich mich, während Escalus leise vor sich hin lachte. Ich seufzte laut. »Ich wollte damit nur sagen, dass ich einmal hohe Erwartungen hatte. Inzwischen sind sie gewaltig gesunken. Ich habe das Gefühl, jetzt nur noch auf Freundlichkeit hoffen zu können. Und vielleicht Zuneigung.«

»Das wird schon«, versicherte mir Escalus, wenn auch zurückhaltend. »Zwischen Mutter und Vater war mehr als nur Zuneigung.«

»Kannst du dich an eine Zeit erinnern, in der sie mal nicht liebevoll zueinander gewesen wären?«, fragte ich und blickte von meinem Stickrahmen auf. »Waren sie ab dem ersten Tag glücklich oder …?«

»Nun … ich erinnere mich daran, wie Vater einmal krank war. Sterbenskrank. Da warst du noch klein. Und Mutter hatte darauf bestanden, sich selbst um ihn zu kümmern. Ich weiß nicht, ob sie es aus Liebe oder Pflichtgefühl getan hat, aber danach gingen sie anders miteinander um. Danach verehrte er sie.«

»Das kann ich mir bei Nickolas nicht vorstellen.«

»Ich hab's!«, rief er und legte seine Stickerei beiseite. »Wir müssen ihn vergiften!«

»Escalus!«

Hinter mir hörte ich Noemi kichern. Sie kam zu mir herüber, stellte sich neben mich, und ich legte einen Arm um ihre Taille.

»Ich befürchte, das ist illegal, Eure Hoheit«, neckte Noemi ihn.

»Nicht so sehr, nur ein bisschen!«, konterte er, bevor er sich wieder mir zuwandte. »Er wird denken, er sei krank, und dann kannst du dich um ihn kümmern. Danach wird alles gut.«

Ich schüttelte den Kopf. »Eine fürchterliche Idee.«

»Eine großartige Idee. Komm schon, Noemi, was sagst du dazu?«

»Ich finde«, begann sie mit einem Seufzen, »es zu schade, dass Eure Schwester nicht die Erstgeborene ist.«

Ich brach in schallendes Gelächter aus, und Escalus verzog amüsiert das Gesicht. Noemi strich mir ein paarmal über den Rücken, bevor sie sich wieder ihrer Aufgabe widmete, und Escalus und ich saßen eine Stunde lang in angenehmem Schweigen zusammen. Ich empfand es als Erleichterung, dass er mich nie zwang, die Stille mit Worten zu füllen.

Doch irgendwann erreichte er seine Grenzen und rieb sich die Augen. »Ich kann nicht mehr. Wo ist dein Schwert?«

»Da, wo es immer ist.«

Er griff unter mein Bett und zog das Schwert hervor. Seit ich ihn versehentlich am Arm verletzt hatte, bestand er darauf, dass ich nur mit einem Stück Stoff um die Klinge trainieren durfte – eine Regel, die eigentlich sowieso galt.

Ich hatte nie nach der Herkunft meines Schwerts gefragt. Ich ging davon aus, dass es entweder ihm gehört und er es mir vermacht hatte oder dass er es heimlich für seine kleine Schwester hatte anfertigen lassen. So oder so, ich liebte es.

Er zog es aus der Scheide, wirbelte herum und traf den Bettpfosten.

»Hey!«

»Ich habe ihm nicht wehgetan. Los jetzt. Zeit fürs Training.«

Ich legte den Stickrahmen beiseite, nahm einen herzhaften Bissen von dem Brot, das er mir mitgebracht hatte, und ging kauend zu ihm hinüber.

»Zeig mir deinen Stand.«

Ich stellte mich schulterbreit hin und drückte die Fußballen in das Parkett.

»Gut. Und was machen deine Hände?«

Ich führte sie rechts neben mein Kinn und tat, als würde ich den Griff meines Schwerts halten.

»Schultern runter. Gut. In Ordnung.« Er reichte mir das Schwert. »Jetzt bist du an der Reihe.«

Ich atmete tief und lange ein, machte einen Schritt nach vorn und benutzte meinen Bettpfosten als Ziel, doch im Gegensatz zu Escalus versuchte ich nicht, ihn ernsthaft zu treffen. Mein Ziel war es, genügend Kraft aufzubringen, um theoretisch ein ganzes Stück herauszuschlagen, jedoch genügend Kontrolle zu haben, das Schwert zu stoppen, bevor es zuschlug.

Escalus beobachtete mich geduldig, korrigierte meine Haltung und ermutigte mich immer wieder. Doch wir trainierten nur wenige Minuten, bis ich meine Grenzen erreichte. Scheppernd fiel das Schwert zu Boden, während ich vor Schmerz aufschrie und mir an den Oberschenkel fasste.

»Annika!«

»Mylady!« Noemi eilte herbei, doch es war zu spät. Escalus hatte mich bereits aufgefangen und setzte mich vorsichtig auf das Bett.

»Alles in Ordnung. Ich habe nur eine Wunde, die nicht richtig verheilt.«

Escalus sah mich mit seinen klaren, vertrauensvollen

Augen an. »Ich hätte niemals gedacht, dass es zwischen euch beiden so schlimm werden könnte. Selbst in seiner finstersten Verfassung, dachte ich …«

Ich spürte, wie das Blut mein Bein hinabrann, und versuchte zu verhindern, dass es mein Unterkleid tränkte. »Ich weiß. Aber ich kann entweder mein ganzes Leben damit zubringen, ihn zu hassen, oder ich kann meinen Frieden damit schließen. Verzeihen.« Ich seufzte. »Du solltest jetzt besser gehen. Ich bin in guten Händen.«

Escalus blickte hoch zu Noemi, die nickte und ihm wortlos zu verstehen gab, dass sie sich gut um mich kümmern würde. Ich hatte keine Ahnung, was passieren könnte, sollte es irgendjemand schaffen, Noemi zu bestechen. Sie kannte jedes noch so kleine Geheimnis.

»Wir sehen uns morgen früh«, sagte er mitfühlend. »Hoffentlich mit einem Lächeln.«

»Aber natürlich.«

»Gut. Denn ich vermisse dein wahres Ich.«

Ich sah zu ihm empor, versuchte, hoffnungsvoll zu wirken, und dachte an unsere Worte vom Abend zuvor. »Ich bin immer noch da. Immer.«

Lennox

Ich erwachte, als Thistle zum Schlafen hereinkam. Sie fiepte und schmiegte ihre Schnauze an mein Ohr.

»Das hilft kein bisschen«, ließ ich sie wissen. »Ich habe heute jede Menge Arbeit vor mir. Da muss ich ausgeruht sein.«

Sie seufzte lange.

»Na schön.« Ich streckte die Hand aus, und das Haar fiel mir in die Augen, während ich sie unterm Kinn kraulte. »Dann stehe ich jetzt eben auf. Vielleicht werde ich es schon bald schaffen, etwas zu bewirken. Vielleicht können wir dann von hier weg.« Dann flüsterte ich ihr einen Gedanken zu, den ich mir selbst im Stillen kaum gestattete. »Vielleicht wird man mich in ein paar Tagen noch aus anderen Gründen kennen. Aber nicht, wenn ich mich nicht gründlich vorbereite.«

Ich rappelte mich auf, fuhr mir durch das Gesicht und ließ den Blick durch meine Kammer schweifen. Hier drin gab es nicht mehr viel, das ich mein Eigen nennen konnte:

ein paar Überreste aus meinen Jahren als Sohn eines Kaufmanns, den Jahren, bevor Kawan vor unserer Tür auftauchte. Ein Bogen und ein Köcher mit Pfeilen lehnten in der Ecke an einer Gitarre, die schon vor Jahren ihre Saiten verloren hatte. Auf meinem kaum benutzten Schreibtisch lag neben einem Stapel Bücher über Astronomie ein abgeschrägter Kalligrafiestift für meine recht fragwürdige Handschrift. Auf der Außenkante des Tischs stand das Teleskop, das ich von meinem Vater bekommen hatte. Die Linse hatte einen Sprung, weil ich es einmal hatte fallen lassen. Der Rest waren Kleidungsstücke in verschiedenen Sauberkeitsstadien. Ich redete mir ein, dass mein kleines Leben es wert war, dafür zu kämpfen. Dass auf der anderen Seite Größeres auf mich wartete.

Der Himmel vor dem kleinen Fenster war immer noch diesig, also zog ich meinen Umhang über meine Kleidung, griff mir mein Schwert und ging in Richtung Turnierplatz. Ich sah den Rest meiner Gefolgschaft um die Seite der Burg biegen und befahl mir selbst, mich zusammenzureißen. Das hier war der Anfang von allem.

»Ich habe sichergestellt, dass alle Bescheid wissen und ihr von allen Aufgaben befreit werdet, die ihr heute noch zu erledigen gehabt hättet. Es ist unabdingbar, dass ich weiß, was jeder Einzelne von euch kann, bevor wir uns auf den Weg machen. Heute Morgen werdet ihr entweder gegen Inigo oder mich antreten.«

Nachdem ich das verkündet hatte, wurden alle nervös. Außer Blythe, die so etwas wohl bereits erwartet hatte.

»Aber zuerst will ich euch erklären, warum es so wichtig ist, dass ihr auf alles, was auf uns zukommen könnte, vorbereitet seid.« Ich schluckte schwer. »Wir gehen nach Kadier. Wir stehlen die Krone von Kadier. Oder nein, streicht das. Wir erobern *unsere* Krone zurück und bringen sie hierher.«

Inigo und Blythe wechselten einen Blick, während Sherwin aussah, als würde er gleich in Ohnmacht fallen. Griffin fing hysterisch an zu lachen.

»Das gefällt mir!«, rief er.

»Das klingt nach Selbstmord«, bemerkte Inigo.

Ich zuckte mit den Achseln. »Hierzubleiben, versteckt irgendwo im Nirgendwo, bedeutet auch den Tod. Ich weiß nicht, wie es euch geht, aber ich habe es satt, noch länger zu warten. Wenn wir es schaffen, bekommen wir dafür etwas, das uns Nahrung, Kleidung und Rekruten nicht bieten können. Wenn wir Erfolg haben, wird es Kawan beweisen, dass wir bereit sind, unser Königreich zurückzuerobern.«

»Und wie willst du an die Krone kommen?«, fragte Blythe. »Allein nach Dahrain zu kommen, könnte sich als unmöglich erweisen.«

Ich schüttelte den Kopf. »Vielleicht schwierig, aber nicht unmöglich. Es ist schon zweimal passiert.«

Doch sie schien nicht überzeugt. »Selbst wenn wir mit Hilfe der alten Karten hinfinden und es irgendwie in den Palast schaffen, wird die Krone nicht einfach so herumliegen. Sie wird mit Sicherheit bewacht. Es könnte Tage dauern, bis wir sie finden.«

»Wir schleichen uns hinein. Im Lager ist noch nagelneue Kleidung. Wir schnappen uns, was wir kriegen können, und verkleiden uns als Untertanen. Wir schlagen in Dahrain unser Lager auf, kommen irgendwie in den Palast und halten Ausschau. Adelige sind faule Kreaturen mit vorhersehbaren Angewohnheiten. Es wird nicht lange dauern, um herauszufinden, wo sie ihre Kostbarkeiten aufbewahren. Die Wachen sind die einzige Gefahr. Wer weiß, wie viele es sind? Ich kann ungefähr vier gleichzeitig ausschalten und du, Inigo, wahrscheinlich auch.« Er nickte. »Ich muss also wissen, wie gut der Rest von euch sich unter Druck verhält. Ich muss wissen, dass wir es schaffen können.«

»Das ist ganz schön wagemutig«, meinte Griffin.

»Das … das ist gar kein Ausdruck«, entgegnete Inigo.

Blythe seufzte. »Es gibt da nur ein Problem. Die Damenkleidung wird nicht ins Lager geliefert, sondern in das Ankleidezimmer deiner Mutter.«

»Darüber habe ich auch schon nachgedacht. Heute Abend, wenn alle zu Abend essen, schleiche ich mich in ihr Zimmer.«

»Könnten wir sie nicht einfach fragen?«, schlug Sherwin vor.

»Nein«, erwiderte Inigo. »Wenn unsere Mission sowieso scheitern soll, können wir nicht um Erlaubnis bitten. Wir müssen nehmen, was wir kriegen können. Und noch mehr. Wenn wir Erfolg haben, können sie sich später nicht darüber beschweren. Wenn wir es jedoch nicht schaffen …«

Er sah mich an, und ich schüttelte den Kopf. »Wir werden nicht scheitern. Wir werden geduldig und vorsichtig sein. Und wir werden mit einer Krone zurückkommen.«

Blythe stieß sich von einer der Bänke rund um die Arena ab. »In Ordnung. Dann ran an die Arbeit.«

Sie nahm Andre das Schwert ab und stellte sich in die Mitte des Felds.

»Ich nehme sie, und du nimmst Sherwin«, schlug Inigo vor und senkte die Stimme. »Lass es langsam angehen. Gib ihm die Möglichkeit, ein wenig Selbstvertrauen aufzubauen. Er hat Potenzial, aber er reagiert besser auf Ermutigung als auf Gebrüll.«

Ich nahm mir den Rat zu Herzen. »Danke.«

Inigo wich zurück, fast, als könnte das Wort ihn verbrennen. Er schluckte schwer und straffte die Schultern. »Gern geschehen.«

Er ging hinüber zu Blythe, Andre und Griffin taten sich für das Training zusammen, und Sherwin trat vor mich. Ich sah die Panik in seinen Augen. Einerseits wäre es dumm von ihm gewesen, mich nicht zu fürchten, aber andererseits war es auch nicht gut, dass man ihm seine Angst so ansah.

Ich folgte Inigos Anweisung und sprach ihn nicht darauf an.

Nach ungefähr fünfzehn Minuten wurden Sherwins Bewegungen langsam sicherer, seine Schritte zielgerichteter, und seine Reaktionszeit verkürzte sich. Der Fokus seiner Augen veränderte sich, und allmählich begann er, wie ein Soldat auszusehen. Ich forderte ihn mehr heraus, und er reagierte, bewegte sich aggressiver. Es war vielversprechend. Doch plötzlich bemerkte ich, wie er über meine Schulter blickte, also ließ ich von ihm ab und folgte seinem Blick, um zu sehen, was los war.

Inigo und Blythe bewegten sich schnell und flüssig, und ihre Schwerter krachten rhythmisch aufeinander. Sie nahmen die Bewegungen des jeweils anderen wahr, bevor sie ausgeführt wurden, und alles passte so gut zusammen, dass es wirkte wie ein Tanz. Ich war fasziniert, so sehr, dass ich es nicht wagte zu zwinkern, aus Angst, ich könnte etwas verpassen. Nach einem weiteren gut platzierten Schlag hob Inigo den linken Arm, und Blythe wich zurück, obwohl sie kurz davor gewesen war, erneut auszuholen, und senkte ihr Schwert.

Hinter mir klatschten Griffin und Andre, und Sherwin stimmte schnell mit ein. Blythe und Inigo blickten hinüber zu ihren Bewunderern und lächelten.

»Hervorragende Arbeit, Blythe«, lobte ich sie.

Sie senkte den Kopf und strich sich eine Haarsträhne hinter das Ohr, ohne etwas zu erwidern.

»Das gilt auch für dich, Sherwin«, wandte ich mich an ihn. »Du musst nur von Anfang an so selbstbewusst sein wie nach fünfzehn Minuten. Hab Selbstvertrauen. Du kannst das.«

Er nickte. »Ja, Sir.«

»Griffin. Bist du bereit zu leiden?«, rief ich.

Wie immer grinsend breitete er die Arme aus, als ob er die Welt umarmen wollte. »Stets zu Diensten.«

Und so setzte sich der Morgen fort. Wir wechselten die Trainingspartner und lernten einander besser kennen. Bis zur Mittagszeit war ich mehr denn je davon überzeugt, dass Kawan ein Narr war. Erstens stand ihm so viel Potenzial zur Verfügung, doch er ignorierte es einfach. Und zweitens hatte er es unbeabsichtigt an mich übergeben.

Annika

So gern ich auch auf meinem Zimmer geblieben wäre – es war Mittwoch, und ich wusste, dass Vater Escalus unterrichten würde. Ich hasste es, eine Stunde zu verpassen.

Gerade als ich den Eingang zur Bibliothek erreichte, trat Rhett heraus, um jemandem ein paar Bücher zu bringen. Sein Lächeln war zurückgekehrt, und er wirkte vollkommen gelassen. Ich konnte nicht anders, als zu denken: *Dieser Junge hat mich geküsst.*

Irgendetwas an dieser Tatsache verblüffte mich. Er hatte so hart für seine Position am Hofe und den damit einhergehenden Komfort gearbeitet. Manche Menschen hätten alles dafür gegeben, um das zu bekommen, was er hatte.

Und er war bereit, das alles für mich aufzugeben.

So etwas kannte ich nur aus meinen Büchern. Es waren die Dinge, die Menschen zu Fall brachten. Warum also? Warum war ich nicht bereit, für ihn alles hinter mir zu lassen? Wenn er mich wirklich so liebte, wie er behauptete, wäre es eine Schande, nicht zu gehen.

»Eure Hoheit.« Rhett begrüßte mich mit einer Verbeugung, was er nur selten tat, während die Flügeltüren hinter ihm zufielen. »Soll ich die Pferde vorbereiten?« Sein Ton klang zwar unbekümmert, doch ich spürte, dass er dennoch eine Antwort erwartete.

»Noch nicht.«

»Noch nicht … aber bald.«

Ich musste kichern, weil er so selbstbewusst klang. »Glaubst du, du kennst mich so gut?«

Er straffte die Schultern und nahm die Bücher in die andere Hand. »Bezweifelst du das etwa? Ich weiß, dass du lieber kleine Schlösser als große knackst, und du hast eine seltsame Vorliebe für Zimt. Deine Lieblingsfarbe ist – aus unerfindlichen Gründen – Weiß, und Regen macht dir nichts aus, aber dafür verabscheust du Kälte.« Er hielt inne und schüttelte den Kopf, was mich noch mehr zum Lächeln brachte.

»Was noch? Du magst den Abend lieber als den Morgen. Du neigst dazu, das Glück der anderen über dein eigenes zu stellen. Könntest du den ganzen Tag lesend auf einem sonnigen Fleckchen Rasen verbringen, würdest du es tun. Vor allem das Fleckchen am Rand des Gartens.«

Ich legte die Hand auf mein Herz. »Ich liebe diesen Platz. Die hübschen Blumen und dieser glatte runde Stein im Boden.«

Er nickte. »Ich weiß. Ich weiß alles über dich. Und ich

weiß auch, dass du mehr willst und verdienst als das«, fügte er hinzu und deutete mit dem Kinn auf die Bibliothekstür, bevor er seinen Weg fortsetzte.

Verwirrt von seinen Worten ging ich hinein. Über die niedrigen Regale am Eingang hinweg konnte ich sehen, dass Vater und Escalus am selben Tisch wie immer saßen, aber überraschenderweise war Nickolas auch da.

Du verdienst mehr als das. Nun, ja, das tat ich wohl.

»Du bist spät dran«, bemerkte Vater barsch. »Die heutige Lektion richtet sich an euch alle. Ihr seid die nächsten Herrscher von Kadier. Wie kannst du da zu spät kommen?«

Am liebsten hätte ich widersprochen, ihm gesagt, dass er mich noch nie offiziell zum Unterricht eingeladen hatte und ich nur daran teilnahm, weil Escalus angefangen hatte, mich mitzuschleppen. Dass ich geblieben war, weil ich es liebte.

»Tut mir leid, Eure Majestät. Ich bin nun bereit«, erwiderte ich stattdessen und setzte mich. Ich merkte schnell, dass er heute nicht bei bester Laune war.

Vor ihm lagen einige Bücher. Das größte war aufgeschlagen und zeigte eine Karte des gesamten Kontinents. Ich erkannte die dicken Grenzlinien, das feine Netz aus Flüssen, die sich durch das Land zogen und manchmal sogar die Grenzen definierten. Im Norden, inmitten eines kleinen Meers, lag ein Fleckchen Land, das ebenfalls uns gehörte und schlicht als »Die Insel« bezeichnet wurde. Bergketten, Ozeane, weite Ebenen … alles sehr typisch. Doch auf der Karte standen zwei Worte, die mich erschaudern ließen.

Zwei Worte, die das Gebiet hinter den Grenzen von

Stratfel, Roshmar und selbst Ducan beschrieben: »Unbesetztes Territorium«.

Vor ein paar Jahren hatte ein Fremder versucht, meinen Vater zu töten. Ich hatte lange Zeit geglaubt, dass der Mann aus diesen Landen stammte. Ich war auch der Meinung, sollte meine Mutter noch leben, war sie irgendwo da draußen. Was die Entfernung anging, war es nicht unmöglich, dorthin zu gelangen – ein geübter Reiter würde es innerhalb eines Tages oder von anderthalb Tagen schaffen –, jedoch gab es einen Wald, der so dicht und undurchdringlich war, dass ich noch nie von jemandem gehört hatte, dem es gelungen war, ihn zu durchqueren. Man konnte auch über das Meer dorthin gelangen, doch die Felsen an der südöstlichen Küste waren so zerklüftet, dass es nur einen einzigen Überlebenden gegeben hatte, der zu Fuß zurückgekommen war, als wir ein Schiff losgeschickt hatten, um nach Mama zu suchen.

Vater räusperte sich, und ich schaute ihm in die Augen. Mit ernstem Gesichtsausdruck sah er uns an. »Ihr drei seid die Zukunft unseres Königreichs. Ich will, dass ihr kurz darüber nachdenkt, woher wir kommen und wohin ihr uns führen könntet.«

Er griff nach einem Buch, schlug es auf einer Seite auf, die er mit einem langen Band markiert hatte, und legte es auf das offene, das ich eben angestarrt hatte. Vor uns lag der Umriss von Kadier. Nur, dass es nicht Kadier war.

Vor einhundertfünfzig Jahren war Kadier noch namenlos gewesen. Das Land, das nun uns gehörte, hatte sechs große Clans beherbergt – Jeonile, Cyrus, Crausia, Etesh, Obron Tine und Straystan –, vereint durch Sprache, entzweit durch Gier. Das Land war so fruchtbar, so leicht zu bewirtschaften, dass jeder Clan immer mehr davon wollte und sich nahm, was er kriegen konnte. Doch die Spaltung erwies sich als größeres Problem als bisher angenommen. Mit dem Rücken der See und dem Gesicht Kialand und Monria zugewandt – die beide mit aller Gewalt versuchten, uns hinaus aufs Meer zu drängen –, waren wir in einer gefährlichen Position. Nach jahrzehntelangen Gefechten, jahrzehntelangem Verlust von Land und Leben, fanden die sechs Clans zusammen und beschlossen, sich unter der Führung von einem zusammenzuschließen. Mein Urururururgroßvater wurde dazu auserkoren, die Massen zu führen. Damals waren wir noch Clan Jeonile gewesen, und wir änderten den Namen zu Ehren einer mutigen Frau, die laut der Legende tapfer gekämpft hatte, in Kadier um. Da ich sie in unseren Geschichtsbüchern nicht finden konnte, wusste ich nicht, wer sie war. Doch der Name diente dazu, alle sechs Clans zu vereinen. Wir legten unsere alten Namen ab und klammerten uns an den neuen.

Nachdem Fähigkeiten geprüft, Männer aufgeteilt, Ressourcen zusammengetragen und Pläne geschmiedet worden waren, griff das neu zusammengeführte Kadier Kialand an und eroberte einen erheblichen Teil des Landes. Als Monria Wind davon bekam, wozu wir nun imstande waren, besuchte uns eine Delegation des Clans mit Friedensgeschenken. Die Krone, die ich trug, enthielt monrianisches Gold und wurde seit Generationen weitergegeben.

Am Anfang hatten andere Clanmitglieder noch versucht, den Thron zu erobern, behaupteten, ihre Blutlinie sei älter und sie hätten deshalb einen größeren Anspruch darauf als wir. Doch wir wussten uns zu verteidigen, und die, die sich nicht beugten, wurden vernichtet. Im Laufe der Jahre gaben die Anführer dieser Clans auf, und einige ihrer Verwandten heirateten in die königliche Familie ein. Jetzt gab es auf der einen Seite nur noch Escalus und mich und Nickolas auf der anderen. Wenn wir uns verbündeten, konnte niemand mehr Anspruch erheben. Wir würden Kadier endlich ewigen Frieden bringen.

Wir starrten auf die verblassten Grenzlinien, die eingezeichneten Striche, die uns einmal zu Feinden gemacht hatten. Das betonte Vater immer wieder.

»Gestern war der Gründungstag. Und morgen verkünden wir Annikas und Nickolas' Verlobung. Nach sieben Generationen und sechs verfeindeten Clans wird eure Heirat Kadier endlich vereinen. Von so etwas konnten unsere Vorfahren nur träumen«, sagte er.

Er schluckte schwer und sah jedem von uns in die Augen, bevor er die alte Karte beiseiteschob. »Und genau aus dem Grund müsst ihr zusammenarbeiten. Ihr werdet dem Land mit gutem Beispiel vorangehen und ein Zeichen für Frieden und Eintracht setzen. Ihr werdet zweifelsohne Hindernisse überwinden müssen. Und es wird Menschen geben, die versuchen werden, zu ihrem eigenen Nutzen euer Vertrauen zu gewinnen. Als eure Mutter verschwunden ist«, setzte er an und hielt kurz inne, »dachten wir, eines der Nachbarländer habe sie entführt. Dass jemand versucht, den Frieden zu zerstören, für den wir so lange gekämpft haben. Um ehrlich zu sein, war ich sogar der festen Überzeugung, dass es dein Volk war, Nickolas.« Vater nickte vor sich hin, während er seine Theorien aussprach, die ich zum Teil noch nie gehört hatte. Ich wusste nicht, ob irgendetwas davon auf Tatsachen beruhte oder ob er sich das alles nachts in seinen Träumen zusammengesponnen hatte. »Als Jago einige Monate zuvor zu mir gekommen war … Ich wusste, dass er für jemanden arbeitete. Irgendein anderer König da draußen will mich tot sehen. Alle wollen Kadier. Das haben sie schon immer gewollt.«

Seine Augen waren weit aufgerissen und starrten ins Leere. »Jago … Er arbeitete nicht allein. Er hat versucht, mich im Auftrag eines anderen umzubringen. Ich spüre es in meinen Knochen. Und als er scheiterte, nahmen sie mir eure Mutter, um mich zu brechen.«

Ich wollte nicht zugeben, dass er mir Angst einjagte, wenn er so sprach.

Ich erinnerte mich daran, als der Assassine versucht hatte, meinen Vater zu töten. Bei Nacht hatte er sich in den Palast geschlichen und war irgendwie in seine Gemächer vorgedrungen. Es waren die Schreie meiner Mutter gewesen, die Vater geweckt und die Wachen alarmiert hatten. Nur wenige Sekunden später, und sie wären vielleicht beide verloren gewesen. Da Mama kurz darauf verschwand, ging Vater davon aus, dass die beiden Vorfälle miteinander in Zusammenhang stehen mussten. Doch selbst wenn, konnten wir es nicht wissen. Niemand forderte ein Lösegeld, es hatte keinen Brief gegeben. Nichts deutete auf eine Entführung hin. Hätte ich nicht mit Sicherheit gewusst, dass meine Mutter mich niemals verlassen würde, hätte man meinen können, sie hätte den Palast einfach eines Nachts aus freien Stücken verlassen, ohne jemals zurückzukehren.

»Aber niemand wird uns brechen«, fuhr er fort. »Wir werden auf der Hut und vorbereitet sein. Eines Tages, sobald wir einen Hinweis gefunden haben, werden wir für Gerechtigkeit sorgen. Bis dahin sind wir das beste Vorbild einer Königsfamilie, das wir sein können. Escalus, wir müssen bei der Wahl deiner Braut Vorsicht walten lassen. Jede Prinzessin bringt einen anderen Nachteil mit sich, aber eine kluge Allianz wird uns weitere Stabilität schenken. Und Annika, du und Nickolas werdet direkt nach eurer Hochzeit auf Reisen gehen und euch den umliegenden Monarchen als Ehepaar vorstellen. Daher bitte ich euch, euch über die Etikette in Caporé, Sibral, Monria, Halsgar und Kialand zu informieren. Diese fünf sind das absolute Minimum.«

Ich nickte, denn ich wusste, dass Rhett mich mit der richtigen Lektüre dazu versorgen würde.

»Wir sollten sie lieber hierher einladen, oder nicht?«, schlug Nickolas vor und klang beinahe beleidigt. »Sie sind diejenigen, die nach unserer Hochzeit diese Reise antreten sollten.«

Ich wechselte einen Blick mit Escalus, bevor ich für meinen Vater antwortete. »Als das jüngste und auch am frischesten vermählte Ehepaar ist es angebracht, den Älteren den beschwerlichen Weg zu ersparen.«

»Wenn Ihr darauf besteht«, erwiderte Nickolas unzufrieden. »Ist das alles?«

Wieder sah ich Escalus an. Was für eine unverschämte Frage.

Vater nickte. »Für heute.«

Nickolas wandte sich mir zu, als wollte er etwas sagen, doch Escalus kam ihm zuvor.

»Ich hoffe, das ist jetzt nicht unhöflich, aber wenn Ihr nichts dagegen habt, würde ich mir meine Schwester gern borgen. Wir haben ein paar persönliche Dinge zu besprechen.«

Ohne auf eine Antwort zu warten, hakte ich mich bei Escalus unter und ließ mich von ihm aus der Bibliothek und in einen anderen Teil des Schlosses führen. Es war mir egal, wohin, denn ich wollte nur weg.

»Geht es dir gut?«, fragte er.

Ich nickte, doch es war eine leblose Bewegung. »Ich wünschte nur, es würde sich nicht so falsch anfühlen, das Richtige zu tun.«

Eine Weile gingen wir schweigend nebeneinander her, bis ich mich daran erinnerte, warum wir hier waren.

»Ach, ich Dummerchen. Was wolltest du mir sagen?«

»Etwas unglaublich Wichtiges ... Meine Lieblingsfarbe ist Blau.«

Ich verdrehte die Augen. »Ist das alles?«

»Ich wollte nur fragen, wie es deinem Bein geht. Du hast mir gestern Angst eingejagt.«

»Alles in Ordnung«, erwiderte ich. »Es tut zwar weh, aber die Wunde ist nicht wieder aufgegangen. Es geht mir besser, als ich erwartet hätte.«

»Ach, wirklich? Wann willst du wieder trainieren?«

»Heute Abend!«, rief ich. »Aber diesmal müssen wir im Stall trainieren, nicht in meinem Zimmer. Ich kann mich da drin nicht richtig bewegen.«

»Aber ich übe gern in deinem Zimmer.«

»Ich muss laut sein können. Ich muss mit meinem Schwert Sachen treffen können.«

Er schnaubte.

»Bitte!« Wie ein Kind zupfte ich an seinem Ärmel.

»Uff, und du meinst, Nickolas sei der Schlimmste? Na schön. Dann eben in den Ställen.«

»Ich wusste, dass du mich liebst.«

Er gab mir einen Kuss auf die Stirn. »Wer tut das nicht?«

Lennox

Meine Mutter saß neben Kawan am Haupttisch, hatte sich zu ihm gelehnt und krallte die Finger in seinen Hemdskragen. Er lächelte, sein Gesicht ein wenig zu nahe an ihrem, und sprach in leisem Ton. Es fühlte sich an, als würde mein Magen einen Hügel hinabstürzen und sich dabei immer wieder überschlagen.

Ich stand neben der Tür und stellte der Reihe nach Blickkontakt mit meiner Gefolgschaft her. Inigo und Griffin saßen zwar am selben Tisch, jedoch an verschiedenen Kopfenden. Kinton, der Junge, der nach Aldriks Rückkehr schreiend in den Speisesaal gerannt war, versuchte, Andre zu meiner Mission auszufragen – was mir für heute Abend ganz recht war. Sherwin saß allein an einem Tisch. Da ich bis gestern nichts von seiner Existenz gewusst hatte, nahm ich an, dass er oft allein aß. Blythe saß mit ein paar Mädchen zusammen, doch die meisten von ihnen kannte ich nur vom Sehen.

Der Plan war simpel: Ich würde mich in das Gemach

meiner Mutter schleichen, um ein Kleid zu stehlen. Sollte sie oder Kawan aus irgendeinem Grund vom Tisch aufstehen, würden Griffin und Inigo eine Prügelei anzetteln. Kawan würde zwei Männer, die dazu auserwählt waren, mir zu helfen, nicht davon abhalten, sich gegenseitig zu verletzen. Er würde es einfach geschehen lassen und mit Sicherheit dabei zusehen. Falls das nicht ausreichte, hatte Blythe ebenfalls jemanden gefunden, mit dem sie in Streit geraten würde. Keine Ahnung, wer freiwillig zugestimmt hatte, sich von einer Frau angreifen zu lassen, aber wer auch immer es war – ich war beeindruckt.

Kawan und meine Mutter aßen noch immer, also rannte ich hoch in den zweiten Stock und begegnete nur einer Handvoll Menschen, die auf dem Weg zum Abendessen waren. Es war beinahe zu perfekt.

Ich drückte die Tür zu Mutters Gemächern auf. Wie erwartet, waren sie leer. Jedes Mal, wenn ich hier war, schien es mir, als würde ich irgendeine verzerrte Erinnerung betreten. Früher hatten hier drei Menschen gelebt. In der Ecke, in der einmal mein Bett gestanden hatte, stand nun ein Schminktisch. Die Einrichtung war wesentlich femininer geworden, und jede Spur meines Vaters war verschwunden.

Kurz musste ich stehen bleiben, und zittrig Luft holen. Wie hatte sie ihn nur so leicht vergessen können? Wie konnte sie in diesem Luxus leben, während der Rest von uns hart arbeitete und sich auf den Krieg vorbereitete? Wie konnte sie es zulassen, dass Kawan ihren einzigen Sohn so behandelte?

Nachdem sich diese Gedanken in mein Bewusstsein geschlichen hatten, folgten ein Dutzend weitere. Warum musste ich Kawans Drecksarbeit machen? Warum war ihm nie etwas gut genug? Warum musste ich ein so elendes Dasein führen?

Ich hasste alles. Ich hasste diese Burg. Ich hasste das Schicksal. Ich hasste mich selbst.

Doch nach einem kurzen Moment der Schwäche errichtete ich schnell wieder die Mauern, die ich um mein Herz erbaut hatte, denn mit ihnen fühlte ich mich wesentlich sicherer.

Mutters Kleiderschrank stand hinten in der Zimmerecke. Vorsichtig ging ich darauf zu und passte auf, nichts zu berühren.

Erst als ich die Schranktüren geöffnet hatte, wurde mir bewusst, dass ich einen schrecklichen Fehler begangen hatte: Ich hatte keine Ahnung von Damenmode. Und sollte ich nicht besser mehrere Kleider mitnehmen, falls wir mehrere Tage dort verbringen würden? Würde uns meine Unfähigkeit, ein Kleid auszusuchen, zu Fall bringen?

Ich schluckte schwer und starrte in den Schrank. Blythe hatte blondes Haar. Gelb passte gut zu Blau. Oder Grün.

Richtig?

Ich zog eines in jeder Farbe heraus, knüllte sie zusammen und stopfte sie in die Tasche über meiner Schulter. Dann warf ich einen letzten Blick in den Schrank, stellte sicher, dass nichts in Unordnung geraten war, und schloss die Türen.

Ich schlich mich in den Flur, eilte die abgewetzten Stufen hinunter und stürzte fast, als ich über einen losen Stein stolperte. In meinem Zimmer wartete bereits Thistle auf mich. Stolz saß sie am Fußende meines Betts, zu ihren Pfoten eine tote Maus.

Sie musste spüren, wenn ich unter Stress stand, denn sie tauchte dann immer mit Nahrung auf. Sie stupste die Maus mit ihrer Schnauze in meine Richtung und blickte zu mir hoch.

Seufzend ging ich zu ihr hinüber und hob das tote Tier auf. »Danke«, sagte ich. Dann steckte ich mir die Maus in die Tasche, weil ich nicht wollte, dass sie dachte, ich würde das Geschenk ablehnen, und kraulte sie am Kopf.

»Braves Mädchen. Das hier wird aber nicht angerührt«, befahl ich und deutete auf die Tasche. »Wenn denen etwas passiert, stecke ich in ernsthaften Schwierigkeiten.« Ich schob die Tasche unter das Bett und hoffte, dass ich damit nichts ruinierte.

»Nicht dass es eine Rolle spielen würde«, murmelte ich. »Ist egal, ob ich wegen der Kleider oder etwas anderem in Schwierigkeiten gerate. Inzwischen kümmert es mich nicht mehr.«

Ich hob die Hand und kraulte sie noch einmal am Kopf. »Glaub ja nicht, du wärst mir wichtig«, warnte ich sie. »Bist du nämlich nicht.«

Sie starrte mich einfach nur an.

»Ich meine es ernst.«

Sie bellte kurz, bevor sie durch das Fenster verschwand, um sich ebenfalls etwas zu fressen zu besorgen.

Seufzend verließ ich mein Zimmer und eilte zurück in den Speisesaal. Auf einem Treppenabsatz blieb ich stehen, um die tote Maus aus dem Fenster zu werfen, und wischte mir die Hand am Hosenbein ab, bevor ich die Halle betrat. Ich warf Sherwin, der immer noch allein dasaß, einen flüchtigen Blick zu. Blythe sah mich an, wandte den Blick jedoch schnell wieder ab, und Andre saß nun mit Griffin und Inigo am selben Tisch.

Ich ging zu Inigo hinüber, beugte mich herunter und flüsterte ihm zu: »Erledigt. Aber weißt du zufällig etwas über Damenkleidung?«

Er schluckte seinen Bissen herunter und sah mich mit großen Augen an. »Das soll wohl ein Scherz sein.«

»Schön wär's.«

Laut lachend warf er den Kopf in den Nacken, ein Geräusch, das man ihn nur selten machen hörte. Ein leises Kichern? Vielleicht. Aber schallendes Gelächter bekam man auf der Burg nicht oft zu hören, wenn überhaupt.

Es war ansteckend, und ich musste unweigerlich grinsen. Ich warf einen Blick über die Schulter. Blythe sah lächelnd zu uns herüber. Es war merkwürdig. Für einen kurzen Moment fühlte sich die Burg gar nicht mehr so düster an.

Annika

Noemi kam mit zerzaustem Haar unter meinem Rock hervorgekrabbelt. »Geht das so?«, fragte sie.

Ich machte ein paar Schritte. »Ja, du bist einfach brillant. Danke noch mal.«

Sie stand auf und lächelte zufrieden vor sich hin. Der Gürtel war ihre Idee gewesen, und sie hatte ihn sogar eigenhändig entworfen und angefertigt. Er war dafür gemacht, ihn unter meinen voluminösen Röcken zu tragen, damit ich mein Schwert darunter verstecken konnte, ohne dass es jemand bemerkte.

»Wie lange werdet Ihr weg sein?«, fragte sie. »Und was soll ich sagen, wenn jemand vorbeikommt?«

Ich dachte nach. Es war unwahrscheinlich, dass um diese Uhrzeit jemand nach mir suchte, aber wenn doch …

Ich war nun verlobt. Im Schloss herumzuschleichen, war nicht länger angebracht. »Ich weiß es nicht, Noemi. Darüber habe ich gar nicht nachgedacht. Ich habe mich so auf das Training gefreut, aber vielleicht sollte ich doch besser hierbleiben.«

Noemi ergriff meine Hand und brachte mich damit zurück in die Realität. »Nein, Mylady. Nehmt mich einfach mit. Wenn jemand fragt, musstet Ihr mit mir einen Spaziergang machen, weil Euch melancholisch zumute war. Und natürlich bin ich mitgekommen, um auf Euch aufzupassen«, fügte sie mit gespieltem Ernst hinzu, was mich zum Lachen brachte.

»Bist du dir sicher, dass du dich zur Komplizin meiner Verbrechen machen willst?«

»Oh, Mylady, ich glaube, das bin ich schon längst.«

Lachend drückte ich ihre Hand. »Das stimmt wohl. Du weißt einfach alles über mich. Wann erlebst du mal ein Abenteuer, Noemi? Ich muss auch ein paar Geheimnisse über dich erfahren.« Hand in Hand verließen wir das Zimmer und gingen in Richtung Treppe.

Sie lächelte. »Ich glaube, Eures muss für uns beide reichen«, erwiderte sie und wich der Frage aus. »Ich hoffe, Ihr wisst, dass Eure Geheimnisse sicher bei mir sind.«

Ich seufzte. »Wenn ich dir sagen würde, dass ich davonlaufe, würdest du dann schlecht von mir denken?«

Sie schluckte schwer. »Ich hoffe doch sehr, dass Ihr nicht … Aber nein, ich würde nicht schlecht von Euch denken. Und falls Ihr es tatsächlich vorhabt, warnt mich bitte vor.«

»Ich würde … War nur ein Scherz«, erwiderte ich hastig. »Ich muss einen besseren Weg finden, um meine Ängste loszuwerden. Ich habe Angst vor der Ehe.«

Ihr Lächeln erlosch. »Kommt. Lasst uns gehen und ein wenig Spaß haben. Wenigstens für heute Abend.«

Wir zogen die Kapuzen unserer Umhänge tief ins Gesicht und schlichen nach unten. Ich lauschte dem Klang ihrer leichten Schritte, die im Gleichtakt mit meinen eigenen auf den Stufen der Steintreppe leise verhallten, und allein dieses Geräusch spendete mir Trost. Ich griff nach hinten und nahm wieder ihre Hand, während wir den Innenhof überquerten.

»Versprichst du mir etwas, Noemi?«

»Alles«, schwor sie.

»Ich will nicht, dass du für immer meine Magd bleibst. Ich will, dass du heiratest, wenn du dazu bereit bist. Ich habe es ernst gemeint, als ich gesagt habe, dass du dein eigenes Abenteuer erleben sollst. Aber bitte verlass mich jetzt noch nicht.«

»Niemals, Mylady. Auf der ganzen Welt gibt es keinen Ort, an dem mein Herz mehr hängt.« Noemis Stimme war voller Aufrichtigkeit, und ich war froh zu wissen, dass ich nicht allein war, auch wenn es vielleicht egoistisch war.

Wir betraten die Stallungen und sahen die Männer hinten in der Ecke stehen. Sie unterhielten sich mit zusammengesteckten Köpfen. Escalus hatte sich in entspannter Haltung Rhett zugewandt und lächelte gelassen. Auch Rhett wirkte ruhig, als er Grayson, dem jungen Stallburschen, eine Münze reichte, damit er sich für ungefähr eine Stunde eine andere Aufgabe suchte.

Rhett entdeckte uns zuerst, und es war unmöglich, das Funkeln in seinen Augen zu ignorieren. War es schon immer da gewesen? Vielleicht hatte ich seine Freude, mich zu sehen, bisher falsch interpretiert. Die Vorstellung, dass das Leuchten in seinen Augen allein mir galt, war merkwürdig.

»Noemi, willst du auch endlich lernen, wie man das Schwert schwingt?«, fragte Escalus, und sein Lächeln wurde noch breiter.

»Nein, Eure Hoheit«, erwiderte sie unschuldig. »Ich bin nur hier, um Mylady als Alibi zu dienen.«

Lachend schüttelte er den Kopf. »Das glaube ich nicht. Ich glaube, du bist hier, weil du auch unterrichtet werden willst. Hier. Du kannst meines benutzen«, bot er an und führte sie zu einem offenen Stall. »Aber bitte verletz mich nicht, wie es meine tollpatschige Schwester getan hat.«

Rhett stellte sich neben mich. Ich spürte seinen Blick auf mir, spürte, dass er mir vielleicht ein bisschen zu nah war. Ich atmete tief ein und sah ihm in die Augen.

»Heirate mich«, flüsterte er und sah mich flehend an. »Ich vergöttere dich, Annika. Ich würde mein ganzes Leben damit verbringen zu versuchen, dich glücklich zu machen.« Als wollte er mir noch mehr Argumente liefern, fügte er hinzu: »Escalus würde es befürworten. Er hasst Nickolas.«

Ich legte den Kopf schief. »Nur, weil er Nickolas hasst, heißt das nicht, dass er es befürworten würde. Außerdem ist es nicht schwer, Nickolas zu hassen.«

Rhett lachte leise. »Allerdings. Ich hasse ihn auch.« Sein Lächeln war so sorglos. »Wann müsst ihr eure Verlobung verkünden?«

»Morgen, befürchte ich. Ich habe nicht das Privileg, meine eigenen Entscheidungen treffen zu dürfen.«

Er nickte. »Nun, solltest du doch beschließen wegzulaufen, bin ich da. Ich würde alles für dich tun.«

Ich straffte die Schultern. »Würdest du mir dann helfen, endlich nicht mehr so viel nachzudenken?«

»Stets zu Diensten.«

Rhetts Augen funkelten frech, aber ich wusste, dass ich in Sicherheit war. Er würde mich nicht einfach gewinnen lassen – das tat er nie –, aber er und Escalus hatten etwas gemeinsam: Sie wären am Boden zerstört, würden sie mir wehtun.

Ich ging in Position, hob mein Schwert und hielt Rhett in Schach. Er schlug seine Klinge gegen meine, doch ich wehrte ihn ab und machte einen Schritt zur Seite. Anerkennend nickte er mir zu und stellte sich wieder vor mich.

»Hab Nachsicht mit ihm, Annika«, rief Escalus von der anderen Seite des Stalls. Noemi lachte über seinen Scherz.

»Auf keinen Fall!«, rief ich zurück.

Ich spürte, wie ich mich immer mehr im Tanz des Kampfes verlor, in seiner Schönheit. Da mir Rhetts Art zu kämpfen vertraut war, ging ich ein Risiko ein. Als er nach vorn sprang, benutzte ich sein Gewicht gegen ihn. Ich riss die Hände herunter, drückte meine Parierstange gegen seine und stieß mein Schwert nach unten, sodass ihm seines in hohem Bogen aus den Händen fiel. Ich beobachtete, wie es flog, in einem Heuhaufen landete und nutzlos liegen blieb.

Es folgte Schweigen, und ich spürte, wie sich die Begeisterung um mich herum aufbaute, bis Escalus schließlich rief: »Annika! Du hast ihn entwaffnet!«

Ich ließ mein Schwert fallen und schlug mir erschrocken die Hand vor den Mund. Ich hatte noch nie jemanden entwaffnet.

»Gut gemacht, Annika!«, rief Rhett.

Escalus war sofort bei mir, hob mich hoch und wirbelte mich herum. »Dann ist es jetzt also offiziell. Wenn ich König bin, wirst du das Oberhaupt der Leibgarde.«

»Ich fasse es nicht, dass ich das geschafft habe!«, flüsterte ich. Der Rausch des Erfolgs erfasste mich, gab mir ein Gefühl von Möglichkeiten. Ich konnte etwas, das ich eigentlich nicht können sollte. Vielleicht gab es noch andere Dinge, größere Dinge, die ich ebenfalls beherrschen könnte.

Lennox

Ich brachte das Schloss an meiner Tür an. Es war nur ein langer Nagel zwischen zwei Eisenringen, der die Tür selbst dann am Öffnen hinderte, wenn jemand die Klinke herunterdrückte. Es war weder raffiniert noch schön anzusehen, aber es war besser als alles, was die Burg sonst zu bieten hatte.

Vor der verschlossenen Tür blieb ich stehen und wartete auf die anderen. Währenddessen malte ich mir aus, wie die nächsten Tage aussehen könnten. Ich würde heute Abend mit dem Packen beginnen.

Die Karten, die wir besaßen, waren alt, und nur wenige von uns hatten bisher den Mut gehabt, zu weit nach Westen zu gehen. Aber wenn wir nicht die Nerven verloren, konnten wir es nach Dahrain schaffen – oder besser gesagt nach Kadier, wie es mittlerweile hieß.

Über Kadier hatte ich nicht viele Informationen. Ich wusste, dass es einen König gab. Und ich wusste, dass er einen riesigen Palast besaß, der eigentlich Kawan gehören sollte. Von den wenigen Karten, die uns geblieben waren, wusste ich, dass es das größte Land auf dem Kontinent war. Ich wusste, dass sein Volk dem meinen alles genommen hatte.

Es klopfte an der Tür, also zog ich den Nagel aus meinem selbst gebauten Schloss, öffnete und beobachtete, wie Inigo, Sherwin, Andre, Griffin und Blythe in mein Zimmer strömten.

»Tut mir leid, dass ich dich vorhin ausgelacht habe«, entschuldigte sich Inigo umgehend. »Aber du musst zugeben, dass es schon lustig war.«

Ich seufzte. »Das stimmt. Habt ihr Kleidung für mich dabei?«

»Ja«, erwiderte Griffin. »Alles ist schon gepackt. Wir dachten, das wäre vielleicht klüger, als alles hier runterzuschleppen.«

Ich nickte. »Gut mitgedacht. Und Blythe«, begann ich und kratzte mich am Kopf, während ich mich bückte, um die Tasche unter meinem Bett hervorzuholen. »Ich hoffe, das geht.«

Sie griff hinein, zog die Kleider heraus und hielt sie an ihren Körper. »Das sollte funktionieren. Aber du siehst so besorgt aus«, bemerkte sie belustigt.

Ich räusperte mich, richtete mich auf und zupfte an meinem Wams. »Man kann nicht von mir erwarten, dass ich mich mit Frauenkleidern auskenne.«

Sie besah sich den Stoff und strich mit einer Hand über die Falten an der Taille. »Mach dir keine Sorgen. Ich weiß zum Glück noch, wie ich als Lady ausgesehen habe.«

Da lag etwas Melancholisches in ihrer Stimme, doch ich ignorierte es und widmete mich wieder dem eigentlichen Thema. »Wir brechen im Morgengrauen auf. Bis dahin müsst ihr alle bereit sein. Packt die Zelte ein und nehmt euch jeweils ein Schwert aus dem Waffenlager. Durch diesen Wald zu kommen, wird keine leichte Aufgabe, nehmt also genug Proviant mit. Ich weiß nicht, wie lange wir brauchen werden.«

Ich schluckte schwer und schnitt ein Thema an, das ich gern vermieden hätte. »Ich weiß, dass euch allen bewusst ist, wie gefährlich diese Mission wird. Sollte einer von uns geschnappt werden, gebt dem Feind keine Chance, euch irgendetwas zu entlocken. Es ist besser zu sterben, als die gesamte Armee zu verraten. Wenn ihr meint, ihr schafft das nicht, dann sagt es mir besser jetzt.«

Sherwin atmete zittrig ein, doch dann richtete er sich zu seiner vollen Größe auf. Und so klein er auch war – es gab mir Sicherheit. Andre lächelte ermutigend, und Griffins Augen wirkten zwar glasig, aber er nickte dennoch. Inigo zuckte mit den Achseln, als wäre es keine große Sache. Blythe, das Kleid immer noch fest umklammert, legte den Kopf schief.

»Ich habe es dir doch schon gesagt: Ich scheitere nie.«

Ich hatte Mühe, mir das Lächeln zu verkneifen. »Nun gut«, wandte ich mich an die Gruppe. »Geht jetzt schlafen. Wir treffen uns nach dem Frühstück bei den Ställen.«

»Kusch!«, machte Griffin und schlug nach irgendetwas vor dem Fenster. »Tut mir leid. Ich glaube, irgendein Tier hat eben versucht hereinzukommen. Du solltest das besser vernageln.«

Ich spähte hinüber und hoffte, Thistle würde sich irgendwo verstecken. Ich konnte den anderen unmöglich von ihr erzählen. »Danke.« Dann senkte ich den Blick. »Wir sehen uns dann morgen früh.«

Nachdem alle gegangen waren, starrte ich zum offenen Fenster hinaus und hoffte darauf, dass sie zurückkam. Ich schluckte schwer, als mir bewusst wurde, dass Thistle vielleicht die Einzige war, die es kümmerte, wenn ich nicht zurückkehrte.

Warmer Wind schlug mir entgegen. So eine Wärme hatte ich noch nie gespürt. Und irgendetwas in der Luft duftete süßlich, nach Bratapfel. Die Landschaft war mir unbekannt, also drehte ich mich langsam und hielt nach etwas Ausschau, das mir vertraut war. Doch da war nichts. Kein Berg, kein aufgepeitschter Ozean, keine zerfallende Burg. Stattdessen stand da hohes Gras und wogte in der Brise, als wollte es mir zuwinken. Das Land fiel sanft ab und küsste den Horizont in der Schönheit der sinkenden Sonne. Noch nie hatte ich einen vergleichbaren Sonnenuntergang gesehen, also streckte ich die Hand nach ihm aus, um ihn zu berühren.

Als ich es tat, hinterließen meine Finger am Himmel Spuren wie Tintenflecke. Ich war ein Kalligrafiestift. Also reckte ich den Arm in die Luft und schrieb meinen Namen in den Himmel.

Lennox.

Ich hatte noch einen anderen Namen, doch den benutzte niemand mehr. Also beschloss ich, dass ich ihn ohnehin nicht brauchte. Der Himmel gehörte jetzt mir.

Zufrieden legte ich mich ins Gras. Es war so hoch, dass es mich umgab wie eine Mauer. Und ich blieb dort liegen, beobachtete, wie sich der Himmel verdunkelte.

Ich lag da und lächelte in die Dunkelheit, unfähig, noch etwas zu erkennen. Doch die Luft war immer noch warm.

Dann streichelte eine Hand meine Wange. Im Gegensatz zur Landschaft war mir diese Berührung vertraut, als hätte ich sie schon mein ganzes Leben lang gekannt. Aber irgendwie auch nicht.

»Da bist du ja«, flüsterte ich.

»Da bin ich«, wisperte die Stimme zurück.

»Bitte bleib«, flehte ich. »Es ist so einsam.«

Es folgte keine Antwort, aber dafür berührte die Hand wieder sanft meine Wange und fuhr mir durch das Haar. Es fühlte sich an, als könnte ich mich endlich richtig ausruhen. Als wäre ich endlich unsichtbar und würde gleichzeitig zum ersten Mal wirklich gesehen werden.

Es war so schön, dass mir die Tränen kamen, als ich aufwachte und feststellte, dass alles nur ein Traum gewesen war. Doch ich weinte nicht. Ich konnte nicht weinen. Aber ich wollte.

Ich schniefte, und in dem Moment schmiegte Thistle die Schnauze an mein Gesicht.

»Wann hast du dich denn hereingeschlichen?«, fragte ich. »Ich hatte gerade den schönsten Traum aller Zeiten.«

Sie fiepte.

»Nein, du warst nicht dabei. Aber keine Sorge, wenn ich endlich das bekomme, was mir gehört, nehme ich dich mit. Ich bin so nahe dran. So, so nahe.«

Der Himmel veränderte seine Farben, die Sonne würde also bald aufgehen. Thistle wusste das, und sie rutschte hoch zu meinem Kissen, legte den Kopf neben meinen und fiel mit einem tiefen Seufzen in den Schlaf.

»Warum kommst du immer wieder zurück?«, flüsterte

ich. »Weißt du denn nicht, wie gefährlich es ist, neben mir die Augen zu schließen? Alle anderen wissen das.«

Sie wärmte meine Rippen. Ich blickte zum Fenster hinaus und beobachtete, wie die Sterne allmählich verblassten. Ich empfand nicht denselben Frieden wie bei der Hand in meinem Traum, die bereit war, mich zu trösten, doch es war das Beste, worauf ich hoffen konnte, also nahm ich es dankbar an. Schon bald würde ich keinen Trost mehr brauchen. Keinen Trost, kein Lob, nichts. Und heute würde ich den ersten Schritt wagen.

Annika

Ich erwachte mit Schmerzen und voller Begeisterung.

»Noemi?«, krächzte ich auf dem Bauch liegend. Ich vergaß immer wieder, dass ich nun wieder auf der Seite schlafen konnte.

»Mylady?«

»Wie spät ist es?«

»Das Frühstück ist gerade vorbei, aber ich habe einen Teller nach oben bringen lassen.« Sie deutete auf das Tablett auf dem Tisch neben der erloschenen Feuerstelle. »Ich war der Meinung, dass Ihr euch ein wenig Ruhe verdient habt.«

»Ach, du bist ein Engel. Danke.« Ich stand auf und spürte den herrlichen Schmerz in meinen Armen und Beinen.

Noemi brachte mir meinen Morgenrock. Ich schlüpfte hinein, ließ mich in den Sessel plumpsen, stellte einen Fuß auf das Polster auf und scherte mich nicht um die Krümel, die auf meinen fein bestickten Morgenmantel rieselten. Selbst dieses kleine Maß an Freiheit ließ mich lächeln. Ich nahm noch einen Bissen und seufzte genüsslich.

Als es an der Tür klopfte, richtete ich mich auf. Noemi eilte zu mir herüber und half mir, die Krümel von meinem Gesicht zu wischen und strich im Weggehen mein Haar über eine Schulter. Dann fuhr sie sich noch schnell über das eigene Haar und öffnete die Tür.

»Der Duke von Canisse, Eure Hoheit«, kündigte sie an und ließ Nickolas herein.

»Oh«, sagte er, als er mich in meinem Morgenmantel entdeckte. »Ich … kann später wiederkommen.«

»Nicht nötig. Wie kann ich dir helfen?«

»Ich habe für heute dieses Wams ausgewählt«, erwiderte er und deutete auf den hellblauen Stoff. »Du willst doch sicherlich farblich zu mir passen, oder nicht?«

Ich sah ihn an und wünschte mir, irgendetwas in meinem Herzen würde erwachen. »Noemi, habe ich etwas, das dazu passt?«, fragte ich, doch sie war bereits auf dem Weg zum Kleiderschrank.

»Ich glaube, wir haben ein paar, die gut passen könnten«, stellte sie fest und zog zwei hellblaue Roben heraus.

Bevor ich etwas sagen konnte, ergriff Nickolas das Wort.

»Das linke«, entschied er. »Sehr schön. Sehe ich dich dann vor der Verkündung?«

Ich lächelte pflichtbewusst. »Wir treffen uns im großen

Flur vor dem Balkon. Wir müssen bestimmt nur der Menge zuwinken.«

Er nickte. »Nun gut. Bis später.«

Er verschwand genauso schnell, wie er gekommen war, doch die wenigen Minuten seiner Anwesenheit genügten, um den Reiz darin zu erkennen, mit dem Jungen aus der Bibliothek abzuhauen. Rhett würde mich meine eigene Kleidung aussuchen lassen. Rhett wäre es egal, wie ich mein Haar trug. Rhett würde mich nicht nur ein Schwert tragen lassen, sondern sogar lächeln, wenn ich ihm seines aus der Hand schlug …

Während ich so dastand, fiel mir das Atmen immer schwerer. Es war, als würde der Raum sich um mich herum zusammenziehen. Ich hasste dieses Gefühl. Und obwohl es sicher schrecklich undankbar war, in einem Palast Platzangst zu bekommen, ließ sich der Gedanke nicht verdrängen, in einer Hütte am Rande Kadiers freier atmen zu können.

Kaum war mir dieser Gedanke gekommen, stellte ich mir das Gesicht meines Bruders vor. Es war so verlockend … Aber Escalus zuliebe würde ich bleiben.

Lennox

Thistle folgte mir auf Schritt und Tritt. Sie wirkte ein wenig nervös, war wach, obwohl sie eigentlich schlafen sollte. Manchmal tat sie das, bevor ein Sturm aufzog, spürte etwas in der Luft, das ich nicht wahrnehmen konnte. Doch trotz ihrer Unruhe schien das Wetter beständig zu sein. Manchmal fiel sogar die Sonne durch die Schleierwolken. Auch während ich die Anhöhe zum Friedhof erklomm, wich Thistle mir nicht von der Seite.

Wir hätten den Körper meines Vaters niemals zurückbekommen sollen. Ich dachte nur ungern an die seltsame grünliche Färbung seiner Haut. Oder an den Ausdruck in Kawans Augen, der auf unheimliche Weise an Freude erinnert hatte, als er die Überreste meines Vaters erblickte. Doch so schwer es auch war, wenigstens gab es etwas, das wir hatten begraben können. Die Möglichkeit, damit abzuschließen.

Diesen Luxus hatte nicht jeder.

Nachdem der Körper meines Vaters identifiziert worden war, hatte man ihn hierhergebracht und ihn als den Ersten geehrt, der im Krieg um die Wiedererlangung unseres Königreichs gefallen war. Ein Krieg, der noch gar nicht richtig begonnen hatte. Praktischerweise lag er direkt neben einer weiteren historisch bedeutsamen Persönlichkeit begraben, jemandem, der wichtig genug gewesen war, um ein anständiges Begräbnis zu bekommen. Wenn mich andere hier sahen, dachten sie, ich würde meinen Vater besuchen.

Falsch gedacht.

»Ich wurde auf Mission geschickt«, erklärte ich in Richtung der Grabstätte. »Ich bekomme meine eigenen Soldaten und alles. Bestimmt freut es dich zu hören, dass ich wahrscheinlich niemanden umbringen muss.« Ich wischte mir die Nase ab. »Aber ich könnte auch falschliegen. Sollte mich jemand gefangen nehmen, werde ich vielleicht doch töten müssen«, fuhr ich fort, als wäre es das Normalste auf der Welt.

»Hat dich deine Mutter geliebt?«, fragte ich beiläufig. »Bestimmt. Menschen mit guten Müttern haben eine gewisse Aura. Ich weiß nicht, ob mich meine Mutter je geliebt hat. Nicht wirklich. Früher, als Vater noch lebte, habe ich es mir eingeredet, aber jetzt nicht mehr. Ich habe das Gefühl, ich bin nur ein weiteres Werkzeug in ihrem Repertoire, um Kawan ganz für sich allein zu haben. Damit sie Königin wird, sobald er sein Königreich errichtet.«

Der Wind blies mir durch das Haar und klatschte es an meine Stirn. »Keine Sorge. Wenn wir nach Dahrain vordringen, habe ich fest vor, die Menschen dort leben zu lassen. Du magst es vielleicht nicht glauben, aber ich kann auch Gnade walten lassen.«

Seufzend lief ich vor dem Grab auf und ab. »Ich weiß, das ist nur schwer zu glauben, nach allem, was ich getan habe. Du kannst mit Sicherheit bestätigen, wie herzlos ich bin.«

Ich starrte auf den Grabstein. Es stand kein Name darauf. Das erschien mir nur gerecht. Sollte man uns vergessen, sollte sie auch vergessen werden.

»Jedenfalls dachte ich, du würdest vielleicht von meinem neuen Auftrag hören wollen. Sobald er erledigt ist, komme ich wieder her.«

Der Wind von der Küste tanzte um uns herum, und ich blieb noch lange dort, bei der ersten Seele, die ich je ausgelöscht hatte. Ich fragte mich, ob es noch eine andere Welt gab, einen Ort, von dem die Menschen herabblickten. Falls ja, sah mein Vater dann gerade zu und war beleidigt, weil ich nicht seinetwegen gekommen war? Ich konnte es nicht erklären, warum es mich immer wieder zu dem Grab zu seiner Rechten zog. Wenn sie wirklich in einer anderen Welt waren, einer Welt ohne Fragen und voll unendlicher Antworten, hoffte ich, dass er es verstand.

Thistle verschwand in einem hohen Gestrüpp, daher wusste ich, dass jemand in der Nähe war.

»Lennox?«

Ich wandte mich um und sah Inigo den Weg hinaufkommen. »Ist irgendwas?«

»Tut mir leid, aber wir haben Schwierigkeiten, genug Proviant zu bekommen.«

»Ich gehe als Nächstes in die Küche. Ich kläre das.« Ich hielt inne. »Inigo, kannst du … kannst du dich noch an meinen Vater erinnern?«

Inigo blickte erschrocken drein.

»Es ist nicht so, als hätte ich ihn vergessen«, fügte ich schnell hinzu. »Es ist nur so, dass ich nicht weiß, was andere über ihn dachten.«

Er nickte. »Ich erinnere mich daran, dass er sehr entschlossen war. Wie du. Und er war klug. Wenn jemand eine Frage hatte, wusste er eine Antwort darauf. Vielleicht nicht unbedingt die ganze, aber er beendete ein Gespräch nie, ohne etwas von seinem Wissen zu teilen. Und ich erinnere mich daran, wie der alte Theo mal in eine Pferdetränke gefallen ist, und dein Vater musste so heftig lachen, dass ihm die Tränen kamen. Ich habe noch nie jemanden so lachen hören, so schallte es.«

Ich lächelte. Er hatte tatsächlich so gelacht, nicht wahr? Wie ein Donnergrollen, tief und überall zu hören.

»Danke«, flüsterte ich. »Wir sollten jetzt besser zurückgehen.«

»Definitiv, Sir.« Inigo stieß mich mit dem Ellbogen an, und zum ersten Mal seit langer Zeit spürte ich so etwas wie Erleichterung.

Annika

Unruhig ging ich in dem großen Saal, der zum Balkon führte, auf und ab. Die Glocken läuteten schon seit zehn Minuten, und meine Verlobung war nun offiziell. Ich sah, wie sich unter dem Fenster eine Menschentraube bildete, und hörte Jubel und Applaus von hinter den Mauern des Palasts. Das Volk wartete auf uns.

»Alles wird gut«, versicherte mir Escalus, auch wenn ich spürte, dass er ebenfalls nervös war.

»Wird es nicht. Nicht für mich.« Ich brachte nicht mehr als drei aneinanderhängende Worte zusammen. Dafür hatte ich schlicht nicht genug Luft.

»Annika … du siehst blass aus.«

»Ich fühle mich … Ich fühle mich …« Keuchend beugte ich mich vornüber und stützte mich mit einer Hand an der Wand ab. Ich brauchte dringend mehr Luft.

»Annika?« Vater kam den Flur hinabgeeilt. »Was ist los?«

Ich sank auf die Knie und legte mich auf den Rücken. Der Marmorboden fühlte sich angenehm kühl an auf den wenigen Quadratzentimetern nackter Haut. Hier unten auf dem Fußboden konnten sich meine Lungen wenigstens ein bisschen entfalten. Ich musste mich nur auf ihre Funktionsfähigkeit konzentrieren.

»Was glaubt Ihr denn, was los ist?«, fauchte Escalus. »Ihr habt ihr das angetan. Es muss doch irgendeinen anderen Weg geben. Es geht hier schließlich um den Rest ihres Lebens.«

»Dieses Thema hatten wir doch schon. Du heiratest auf internationaler Ebene, und Annika festigt die Grenzen. Das sichert den Frieden«, erwiderte Vater energisch und pendelte zwischen seinen zwei Persönlichkeiten, denen ich nun unterworfen war, hin und her.

»Es muss noch eine andere Möglichkeit geben, die wir noch nicht bedacht haben«, flehte Escalus.

»Die Verlobung wurde bereits verkündet. Das Volk versammelt sich draußen«, war seine einzige Antwort.

Ich begann zu zählen. Fünf Sekunden lang einatmen. Fünf Sekunden lang ausatmen. Ich konnte das. *Ich schaffe das.*

»Escalus, hilf mir.« Ich streckte ihm die Arme entgegen, und er zog mich sanft hoch. Als ich wieder auf meinen Beinen stand, zupfte er mein Kleid zurecht und strich die Falten glatt. Ich kämmte mir mit den Fingern durch meine Locken und legte sie über meine Schulter. Dann blickte ich zu Escalus, und er nickte, gab mir zu verstehen, dass ich nun wieder vorzeigbar war.

»Was geht hier vor?«, fragte Nickolas, der plötzlich aufgetaucht war.

»Ich bin gestolpert«, log ich.

»Du? Dabei bist du doch immer so leichtfüßig.« Er kam auf mich zu und hielt mir eine kleine Schatulle hin. »Vielleicht lindert das den Schmerz.«

In meinen Büchern fielen die Männer in diesem Moment immer auf die Knie. Sie ergriffen die Hand ihrer Herzensdame und hielten sie fest, als ob ihr Leben davon abhinge. Und mir wurde eine Schatulle in die Hand gedrückt.

Ich öffnete sie. Zwischen zwei samtenen Kissen steckte ein Ring. Der grünliche Stein hatte eine ovale Form, umringt von winzigen Diamanten. Er war hübsch, wenn auch nicht mein Geschmack.

»Wie wundervoll«, erinnerte mich Vater an die Worte, die ich eigentlich gerade sagen sollte.

»Ja. Danke.« Ich steckte den Ring an meine linke Hand. Er war ein wenig zu groß, aber es würde trotzdem gehen.

»Du weißt es mit Sicherheit, aber der Stein stammt aus …« Doch dann hielt Nickolas plötzlich inne und musterte mich. »Annika, wir hatten doch darüber gesprochen.«

Ich starrte ihn an, doch mir war immer noch so schwindelig, dass ich nicht sofort verstand, was er damit meinte.

»Dein Haar«, erläuterte er genervt.

Ich versuchte, ein wenig würdevoller zu wirken. »Du hast gesagt, nach der Verkündung unserer Verlobung.«

»Unsere Mutter hat ihr Haar auch so getragen«, warf

Escalus ein und wiederholte somit das, was ich bereits am Gründungstag gesagt hatte.

»Ja, und ich verstehe auch, warum sie so daran hängt, aber ich möchte trotzdem, dass Annika ihres hochgesteckt trägt«, erwiderte Nickolas mit Nachdruck. »Ruft ihre Magd. Sie soll sofort herkommen.«

Escalus richtete sich kerzengerade auf und senkte die Stimme zu einem bedrohlichen Flüstern, wie ich es bei ihm noch nie gehört hatte. »Du vergisst wohl, wer du bist, Sir. Du hast mir überhaupt nichts zu sagen. Außerdem ist die Magd der Königlichen Hoheit eine treue Bedienstete, und wir werden sie jetzt nicht aus ihrer Arbeit reißen, nur um es dir recht zu machen. Und wenn du Annika gesagt hast, dass deine Forderung nach eurer Verlobung gilt, dann hat sie auch das Recht, sich ihrem Volk ein allerletztes Mal so zu zeigen, wie sie es will.«

Escalus atmete schnaubend durch die Nase.

»Mir ist bewusst, dass du denkst, du wärst der Einzige, der als Bräutigam in Betracht kommt«, fuhr er fort. »Doch das bist du nicht. Das versichere ich dir. Es gab einige Prinzen, die um Annikas Hand angehalten haben, doch wir haben sie alle abgelehnt, weil wir uns erhofft hatten, mit dieser Verbindung den Frieden zu sichern. Wenn du ihr aber das Leben schwermachst, lässt sich diese Verlobung innerhalb eines Herzschlags wieder lösen.«

Nickolas sah Vater an, dessen furchterfüllter Blick ihn verriet.

»Das glaube ich nicht«, erwiderte Nickolas schließlich. Sein Tonfall hatte nichts Bedrohliches, klang schlicht nüchtern. »Falls es die Sache aber erleichtert, werde ich für heute nachgeben, damit wir fortfahren können. Ich will das Volk nicht länger warten lassen.« Nickolas richtete sein Halstuch und nahm meine Hand. »Bist du bereit, Liebling?«

So hatte er mich schon einmal genannt. Hoffentlich wurde das keine neue Angewohnheit.

Ich warf Escalus einen Blick zu. Mein Bruder sah immer noch aus, als würde er sogar den Palast in Brand stecken, wenn er damit Nickolas loswürde. Mit einem unterdrückten Seufzen legte ich meine Hand auf die meines Verlobten. »Aber natürlich.«

Vater sagte nichts. Vor meinem geistigen Auge blitzte eine Erinnerung von mir als kleines Mädchen auf. Ich hatte mich geweigert, spazieren zu gehen, weil Escalus mir Geschichten von Hexen und Drachen erzählt hatte, und ich wollte nicht, dass sie mich holten. Mutter hielt meine Hand, doch zum ersten Mal in meinem Leben war es nicht genug. Doch Vater nahm meinen Sonnenschirm und hielt ihn wie ein Schwert. Er schwor mir, er würde ihn als Zauberstab gegen jegliche Hexe benutzen und dass er jeden Drachen damit erschlagen würde. Damals hatte alles noch so glaubhaft geklungen.

Ich hasste es, dass er jeden Tag bei mir war und doch so weit entfernt. Ich sah, wie zerrissen er innerlich war, denn in seinen Augen spiegelte sich so etwas wie Reue wider.

Als er auf mich zukam, flüsterte er mir leise zu: »Es tut mir leid, Evelina.« Dann schüttelte er den Kopf. »Ich meine … Annika.«

Kurz fragte ich mich, ob er sich tatsächlich wünschte, er könnte sich bei ihr entschuldigen.

»Alles in Ordnung«, log ich und hielt die Stimme gesenkt. »Wirklich.«

Vater richtete seinen Mantel. Das Hofprotokoll besagte, dass er und Escalus vorangehen mussten. Nickolas und ich warteten noch, um angemessenen Abstand zu wahren.

»Der König wirkt … abwesend«, kommentierte Nickolas und beobachtete, wie Vater aufgesetzt lächelte.

»Es geht ihm gut. Ich glaube nur, die Diskussion eben hat ihm nicht sonderlich gefallen.«

Nickolas machte sich noch größer, und ich war überrascht, dass er sich noch kerzengerader aufrichten konnte als ohnehin schon. »Ich habe keine Diskussion angezettelt.«

Nachdem sie der Menge ein paarmal zugewinkt hatten, gingen Vater und Escalus wie zwei Flügeltüren auseinander. Nickolas und ich traten vor und füllten die Mitte des Balkons. Ich hielt meine Hand so in die Höhe, dass sich die Sonne in meinem Ring spiegelte, um dem Volk mitzuteilen, dass die freudige Kunde stimmte.

Und ich lächelte. Dem Volk zuliebe tat ich so, als würde es mich keinerlei Überwindung kosten.

»Ich bringe ihn um«, raunte mir Escalus grimassenhaft grinsend zu.

Kaum merklich schüttelte ich den Kopf. »Wenn er stirbt, könnte ein Bürgerkrieg ausbrechen. Setz nicht alles wegen meines Haars aufs Spiel. Ich werde es überleben.«

Da war es: mein neues Ziel. Nicht aufblühen. Nicht genießen. Überleben.

Lennox

In der Tasche an meinem Gürtel befanden sich stets vier Dinge: ein kurzes Stück Seil; ein Riegel aus Haferflocken, Samen und Honig; ein Klappmesser für Aufgaben, für die mein Schwert zu groß war; und ein Knopf vom Mantel meines Vaters.

Während ich mich auf meine Mission vorbereitete, packte ich eine größere Tasche mit noch mehr Proviant, einem Trinkschlauch, Verbandszeug, Ersatzkleidung und meinem Zelt. Ich schob meinen Bogen und die Pfeile in ein Fach meiner Satteltasche, auch wenn ich nicht glaubte, dass ich sie benutzen würde. Die alten Karten steckte ich ebenfalls ein, in der Hoffnung, dass sie uns wenigstens annähernd zum Ziel führen würden.

Das Einzige, was ich gern noch eingepackt hätte, war ein ruhigerer Geist. War meine Mission zu ambitioniert? Sollte ich es wirklich schaffen – wenn ich beweisen könnte, dass wir unser Königreich schon lange hätten zurückerobern sollen –, würde sich jeder Verlust, den ich ertragen hatte, seit ich nach Vosino gekommen war, lohnen.

Blythe tauchte zuerst auf. Ich schwang mich auf mein Pferd, bereit loszureiten, und sie tat es mir gleich. »Inigo holt sich noch ein Schwert. Und Griffin kommt auch gleich. Musste seinem Mädchen noch einen Abschiedskuss geben.«

»Griffin hat ein Mädchen?«, fragte ich verwundert.

Sie lächelte. »Erinnerst du dich noch, als ich dir gestern Abend gesagt habe, ich hätte jemanden, der mich schlagen würde, falls die Prügelei zwischen Griffin und Inigo nicht ausreichen sollte? Das war sie. Rami. Sie hätte alles getan, um Griffin zu helfen.«

Mein Pferd begann, unruhig zu werden, während ich selbst perplex dasaß. »Wie lange geht das schon?«, wollte ich wissen.

»Seit ungefähr einem Monat, glaube ich. Sie kam mit der Gruppe vor fünf Monaten. Erinnerst du dich?«

Das tat ich. Wir waren alle beeindruckt von der zwanzig Mann starken Gruppe, die vollkommen geschwächt hier angekommen war, nachdem sie sich vier Tage lang im Wald verirrt hatten. Als sie sich sattgegessen hatten und ausgeruht waren, hatten sie Kawan so schnell die ewige Treue geschworen, dass mir ganz schwindelig geworden war.

Ich nickte.

»Griffin hat ihr erzählt, dass du gesagt hast, wir dürften dem Feind keine Möglichkeit geben, uns noch mehr zu nehmen als ohnehin schon, und sie hat die ganze Nacht geweint.«

»Er hat nie ein Wort über sie verloren.«

Blythe zuckte mit den Schultern. »Hier gibt es nicht sonderlich viele Geheimnisse … Vielleicht wollte er einfach eins für sich.«

Ich seufzte. Genau aus dem Grund bedeuteten Beziehungen nichts als Ärger.

Keine Sekunde später erschien Inigo mit zwei Schwertern in der Hand und einer Tasche über einer Schulter.

»Hey«, flüsterte ich. »Wusstest du, dass Griffin ein Mädchen hat?«

Er seufzte. »Rami. Sie ist …« Er schüttelte nur den Kopf.

War ich etwa der Einzige, der nichts davon wusste?

Kurz darauf tauchte Sherwin auf, sein Pferd hinter sich herführend. Sein Gesichtsausdruck war ernst, und ich sah ihm an, dass er sich konzentrierte, an die Aufgabe dachte, die vor uns lag. Das wusste ich zu schätzen. Er hatte nur leichtes Gepäck dabei und bewegte sich selbstbewusst. Ich war mit ihm als Soldat zufrieden.

Als Nächster folgte Andre, der wild entschlossen dreinblickte. Griffin erschien als Letzter, die Augen blutunterlaufen. Er versuchte, sich hinter der Mähne seines Pferds zu verbarrikadieren, um es zu verstecken. Normalerweise riss er ständig Witze, neckte einen und neigte zu Übertreibungen. Erst jetzt, da ich ihn so verändert erlebte, wurde mir bewusst, wie dringend ein Ort wie dieser einen Menschen wie ihn brauchte.

Jemanden wie meinen Vater. Jemanden, der die anderen aufheiterte.

Ich sah Inigo an, der meine Gedanken zu lesen schien.

»Wahrscheinlich würden wir es auch ohne ihn schaffen«, flüsterte er.

Ich nickte. Kawan würde sicherstellen, dass jeder von uns mit dem Krieg in Berührung kommen würde, bevor alles vorbei war. Aber wenigstens den heutigen Tag sollte Griffin noch bekommen.

»Griffin.«

»Ja, Sir?« Er hielt den Kopf gesenkt.

»Du bleibst hier. Kawan hat mir zu viele Soldaten zugeteilt.«

Er schüttelte den Kopf und schluckte schwer. »Ich komme mit. Ich bin bereit, Lennox.«

»Das sehe ich. Aber ich befehle dir zu bleiben. Ich brauche dich nicht.«

Ich starrte ihn an, versuchte ihn zum Nachgeben zu bewegen. Ich wusste, dass er nicht als Feigling dastehen wollte. Ich würde das auch nicht wollen. Doch das hatte nichts damit zu tun.

Schließlich atmete er lange aus. »Danke, Lennox.«

»Nichts zu danken«, erwiderte ich. »Stell sicher, dass die Burg während unserer Abwesenheit nicht auseinanderfällt, in Ordnung?«

Er grinste. »Ja, Sir.«

»Ausrücken«, befahl ich. Ich gab die Geschwindigkeit vor, trieb mein Pferd an. Wenn Kawan herausfand, dass ich einen seiner auserwählten Soldaten zurückgelassen hatte, wollte ich weit genug von der Burg entfernt sein. Außerdem musste ich so schnell wie möglich nach Dahrain kommen. Es fühlte sich an, als wäre ich unter Wasser gefangen, und sobald ich die Grenze überschritten hätte, könnte ich endlich wieder Luft holen.

Der schwierigste Teil der Reise folgte schon bald. Der äußerste Rand des Landes war bewaldet, dicht, aber nicht undurchdringlich. Dahinter lagen Ebenen mit sanften Hügeln, hohem Gras und Wildblumen, und ich musste zugeben, dass es sich manchmal, wenn ich darübergaloppierte, so anfühlte, als würde ich durch ein Gemälde reiten. Es war eine Schande, dass kaum einer davon wusste. Am anderen Ende lag »Der Wald«, eine Gruppe knorriger Bäume, die so dicht beieinanderstanden, dass es beinahe unmöglich war, sie zu durchqueren.

Die Baumkronen waren zu dicht, als dass Sonnenlicht durch sie hätte hindurchfallen können, daher war der Waldboden vollkommen kahl. Die kleineren Bäume hatten nicht einmal Blätter, nur lange, dürre Äste, die sich an alles klammerten, Kleidung zerfetzten und Arme zerkratzten. Der ganze Wald war so dicht, dass es sogar schwierig war, einen Eintrittspunkt zu finden. Sich an den winzigen Stückchen Himmel, die hin und wieder durch das Blätterdach blitzten, zu orientieren, war die einzige Möglichkeit, es hindurchzuschaffen. Die meisten, die es versuchten, wurden zur Umkehr gezwungen. Und da wir nur hier durchkamen, wenn wir auf Mission oder auf der Suche nach armen, bedürftigen Rekruten waren, gab es keinen ausgetretenen Pfad.

Wir brauchten mehrere Stunden, um uns durch den Wald zu kämpfen, aber zum Glück schafften wir es noch vor Einbruch der Dunkelheit. Als ich am anderen Ende Licht erblickte, seufzte ich vor Erleichterung.

Der Teil des Kontinents, den wir momentan bewohnten, war nicht so furchtbar. Wir hatten Zugang zum Meer, Land, das wir zumindest halbwegs bewirtschaften konnten, und wir waren relativ abgeschieden, was ich bevorzugte. Doch während wir an den Grenzen der anderen Länder entlangritten, erwischte ich mich dabei, wie ich mich nach ihrer Schönheit sehnte. Sie waren weit mit sanft geschwungenen Feldern und Flüssen, die Musik erzeugten, wenn sie auf ihrem Weg zum Meer über Steine und Felsen flossen. Immer wenn wir an einem Dorf vorbeikamen, jagten die Kinder unseren Pferden nach, lachten und winkten. Mancherorts wurden Gebäude errichtet, und das Land war noch immer in Parzellen unterteilt. Mauern, die Menschen drinnen hielten. Mauern, die Menschen fernhielten.

Wir ritten so schnell wir konnten, legten keine einzige Rast ein. Aldrik hatte das Vieh in Nordhalsgar erbeutet, also beschloss ich, einen großen Bogen darum zu machen und stattdessen an der südlichen Grenze bei Cadaad entlangzureiten. Bis zum Sonnenuntergang hatten wir Monria erreicht. Der Wald hatte sich gelichtet, seit die Karte gezeichnet worden war, aber ich erkannte, dass es sich dennoch um dieselbe Stelle handelte.

»Hier«, sagte ich, überprüfte erneut das Quadrat auf der Landkarte und zeigte sie Inigo.

»Oh. Ähm … ich kann nicht lesen«, gestand er leise.

Kurz zog ich die Karte zurück, denn ich wollte ihn nicht bloßstellen. »Du musst nicht lesen können. Schau dir das Terrain an. Ich glaube, das ist der Wald hier, und der See, an dem wir vorbeigekommen sind, müsste dieser hier sein.«

Er nahm die Karte, begutachtete die Form der Bäume und der Felsen, blickte auf, sah sich um und erinnerte sich an die Stellen, die wir bereits passiert hatten. Ich sah ihm an, als es ihm dämmerte. »Ich glaube, du hast recht.«

»Gut.« Dann wandte ich mich den anderen zu. »Wir

schlagen unter diesen Bäumen unsere Zelte auf und brechen gleich im Morgengrauen auf.« Ich ritt hinüber zum ersten Baum, stieg ab und band mein Pferd daran fest.

Inigo begann, sein Zelt auszupacken. »Ich bin froh, dass wir das machen. Nur, damit du's weißt. Wenn wir Erfolg haben, könnte das die bedeutsamste Mission aller Zeiten werden.«

Ich kraulte mein Pferd hinter den Ohren. »Nur wenn wir es richtig anstellen. Falls nicht … Darüber will ich gar nicht nachdenken.«

»Dann lass es. Wir haben hier eine gute Truppe. Wenn wir unauffällig bleiben, aufmerksam den Hinweisen im Palast nachgehen, sollten wir es schaffen.«

»Hoffen wir mal. Aber hör zu.« Ich zog ihn auf die andere Seite meines Pferds und senkte die Stimme. »Sollte mir irgendetwas zustoßen, musst du einen Weg finden, die Mission ohne mich zu Ende zu bringen. Mach *irgendetwas* daraus. Ich will, dass wir Dahrain zurückbekommen, selbst wenn ich es nicht erlebe.« Es tat beinahe weh zuzugeben, wie sehr ich es zurückwollte. Etwas zu wollen bedeutete, dass man es auch verlieren konnte, und von so einem Schmerz wollte ich mich so weit wie möglich fernhalten. »Die Truppe wird dir folgen. Wahrscheinlich sogar besser als mir.«

Er schluckte schwer. »Das mache ich. Aber dir wird nichts passieren«, versuchte Inigo mir zu versichern. »Dafür bist du zu klug.«

Ich senkte den Blick und bohrte meine Stiefelspitze in den Dreck. »Mein Vater war auch ein kluger Mann. Und er kam in Stücken zurück nach Vosino. Ich glaube, es würde Kawan nicht sonderlich viel ausmachen, mich tot zu sehen. Falls das also Teil seines Plans sein sollte, machst du weiter. Und zwar so lange, bis wir unser Königreich zurückbekommen.«

Er nickte knapp und machte sich daran, sein Zelt aufzubauen.

Ich zog mein eigenes aus der Tasche und begann, alles bereitzulegen. Es war kühl, aber nicht so kalt, dass wir ein Lagerfeuer brauchten.

Als sich Schritte näherten, warf ich einen Blick über die Schulter und sah Blythe auf mich zukommen. »Brauchst du irgendwas?«, fragte ich.

Sie warf einen Blick nach hinten, um sicherzugehen, dass niemand zuhörte. »Hast du schon mal jemanden getötet?«, fragte sie.

Die Frage war so absurd, dass ich beinahe lachen musste.

»Blythe, wie lange lebst du schon auf Vosino?«

»Seit anderthalb Jahren. Ich kam mit der Gruppe aus Roshmar, nachdem unsere Ernte ausgefallen war.«

So viel Zuwachs hatten wir seit Jahren nicht gehabt. Roshmar war zwar nicht durch diesen fürchterlichen Wald von uns abgetrennt, dafür mussten jedoch Berge überwunden werden. Ein Drittel von ihnen war mit Frostbeulen angekommen, und auf der Reise hatten sie ungefähr ein Dutzend Menschen verloren.

»Dann solltest du es wissen. Anfang der Woche waren es drei. Vor ein paar Monaten noch eine Handvoll Desserteure. Und erinnerst du dich noch an die Piraten, die es geschafft hatten, die Felsen zu umschiffen, und versucht haben, uns vom Meer zu überrennen? Ich dachte, ich würde das Blut nie wieder von meinem Schwert abbekommen.« Ich zuckte mit den Achseln. »Es sind noch viel mehr, aber ich habe aufgehört zu zählen. Niemand in der Armee hat so viel Blut an seinen Händen wie ich.«

Einen Moment lang starrte sie mich an. »Warum hast du Griffin dann zurückgelassen? Wenn du dich so wenig darum scherst, wer stirbt und wer überlebt, warum hast du ihn dann verschont?«

Ich straffte die Schultern und blickte sie direkt an. »Das war keine Gnade. Ich brauche ihn nicht. Außerdem will ich bei meiner Rückkehr Kawans Gesicht sehen, weil ich seinen Befehl missachtet habe. Ich verliere dadurch nichts.«

Irgendetwas in ihren Augen veränderte sich, während sie mich musterte. »Es war trotzdem nett von dir. Auf zwei Menschen Rücksicht zu nehmen, die sich lieben.«

»Wenn du meinst.«

»Ja, das meine ich.« Kurz blieb sie noch stehen. »Weißt du, selbst an den dunkelsten Orten, mitten im Krieg, können Menschen einander Hoffnung schenken.«

Und plötzlich sah ich es. In ihren Augen. Sie stellte mir Fragen, die ich nicht beantworten wollte.

Ich spürte, wie die eisige Hand der Angst meinen Rücken hinaufkroch.

»Dir ist bestimmt der Rausch unserer Mission zu Kopf gestiegen. Ich vergesse einfach, dass dieses Gespräch jemals stattgefunden hat.«

Lächelnd machte sie einen Schritt rückwärts. »Das werden wir ja noch sehen.«

Ich hatte gesagt, ich würde mich damit zufriedengeben, gefürchtet zu werden, wenn man schon nicht meinen Namen kannte. Doch ich hatte unrecht gehabt. Mir war es *lieber*, gefürchtet zu werden. Bekannt zu sein machte einen verletzlich, und mir gefror das Blut in den Adern bei dem Gedanken, dass mir das passieren könnte.

»Blythe«, sagte ich, nachdem ich meine Stimme wiedergefunden hatte. »Das ist nicht … Das wird nicht passieren.«

Sie schüttelte den Kopf, ging bereits rückwärts, vollkommen ruhig und selbstbewusst. »Ich habe es dir doch schon gesagt. Ich scheitere nicht.«

Annika

Wenn alles schlief, war der Palast wie eine andere Welt. In den Hauptkorridoren brannten vereinzelte Kerzen, doch nach Mitternacht diente der Mond als einzige Lichtquelle. Ich blickte zum großen Fenster hinaus und entdeckte Teile von Sternbildern, die sich hinter den Bäumen versteckten und viel zu weit weg waren, wie ich fand.

Ich schlich mich in den abgelegenen Flur auf der anderen Seite des Palasts, dorthin, wohin mein Vater eines der schönsten Porträts hatte bringen lassen.

Ich sah mich nach links und rechts um, um sicherzugehen, dass wirklich niemand hier war, und setzte mich auf den Fußboden vor das überlebensgroße Bildnis meiner Mutter. Sie war so wunderschön, ihr Gesicht so friedlich. Selbst jetzt spürte man ihre Güte. Mit dem schief gelegten

Kopf schien sie einem zu sagen, dass sie alle Vergehen vergeben würde. Ihr sanftes Lächeln lud einen zum Verweilen ein.

Die Leute sagten, ich sei wie sie. Und das wollte ich auch sein. Ich wollte besonnen, glücklich und gutherzig sein. So einfache Worte, und dennoch so bedeutungsvoll.

»Tut mir leid, dass ich so lange nicht da war«, flüsterte ich. »Ich würde dir ja sagen, warum, aber ich glaube, es würde dir das Herz brechen.«

Ich schluckte schwer, denn ich wusste, dass es wahr war. Wäre sie die letzten vier Wochen hier gewesen, wäre sie am Boden zerstört. Ich dachte immer wieder, meine Tränen wären endgültig versiegt, doch als ich jetzt zu ihr sprach, tat es wieder weh, und neue Tränen kamen.

Sie war irgendwo da draußen, nicht wahr? Sie lebte. Irgendwo. Vielleicht wurde sie gefangen gehalten … Vielleicht litt sie aber auch unter einer Amnesie. In meinen Büchern passierte so etwas hin und wieder. Es war also nicht unmöglich, dass sie selbst nach drei Jahren zurückkam und mich in die Arme schloss, wie sie es früher immer getan hatte. Daran musste ich fest glauben.

Aber manchmal tat es weh, daran zu glauben.

»Ich bin verlobt. Mit Nickolas.« Ich hielt meine Hand mit dem Ring in die Höhe, sah ihr in die friedvollen Augen und hoffte auf irgendeine Reaktion, irgendetwas, das mir sagte, ob ich verrückt geworden war. »Escalus sagt mir immer wieder, wie ehrenhaft das von mir sei. Wenn ich könnte, würde ich ihm liebend gern eine problemlose Herrschaft ermöglichen. Aber wie Nickolas mit mir spricht … Ich weiß nicht. Ich werde das Gefühl nicht los, dass unter seiner Oberfläche irgendetwas Gemeines lauert.« Ich schüttelte den Kopf.

»Aber du solltest wissen … Es gibt einen Ausweg.« Ich sah zu ihr hoch, sehnte mich nach einer Reaktion. »Rhett liebt mich«, gestand ich. »Er will, dass ich mit ihm davonlaufe. Ich glaube, wenn du hier wärst, würdest du es befürworten. Du hast ihm seine Position verschafft, du musst also irgendetwas in ihm gesehen haben. Und wenn jemand für mich sorgen kann, dann er. Er würde sein letztes Hemd für mich geben. Daran habe ich keinerlei Zweifel. Das einzige Problem ist nur … Ich liebe ihn nicht. Nicht so, wie er mich liebt. Und das habe ich ihm auch gesagt, aber er meinte, er sei glücklich, solange ich nur bei ihm sei. Und das bedeutet mir viel. Aber … ich glaube, das reicht nicht aus, um deswegen abzuhauen. Wenn da eine Magie zwischen uns wäre? Ich würde es tun. Denn sollte die Liebe nicht magisch sein?«, fragte ich sie.

»Zumindest steht das in allen Büchern. Selbst wenn der Weg am Anfang vielleicht steinig ist, spürt man es, Mutter. Der Prinz sieht nur das Beste in der Prinzessin, und sie legt all ihre Hoffnungen in ihn, und sobald sie alle Hindernisse überwunden haben, entsteht zwischen ihnen etwas so Wundervolles, dass es jemand niederschreiben *muss.* Und das habe ich nicht. Mit niemandem. Vielleicht werde ich es niemals haben«, fügte ich mit einem Schulterzucken hinzu. »Aber ich schätze, es gibt Schlimmeres.«

Ich wischte mir über die Wangen. »Ich wünschte, du wärst hier. Ich wünschte, ich hätte jemanden, der mich so liebt, wie du es getan hast.«

Und das war die Quelle meines Schmerzes. Jeder um

mich herum liebte mich auf die eine oder andere Weise. Aber niemand liebte mich so wie sie.

»Ich habe einen Entschluss gefasst. Da ich Nickolas wohl oder übel heiraten muss, werde ich an unserem Hochzeitstag in den Büchern vermerken, dass du tot bist.« Ich blickte ihr tief in die Augen. »Es ist seit Ewigkeiten die erste königliche Hochzeit, und ich weiß, dass sich die Neuigkeiten wie ein Lauffeuer verbreiten werden. Und ich weiß mit Sicherheit, wenn du irgendwo da draußen bist und erfahren würdest, dass ich heirate, würdest du zurückkommen. Wenn du es nicht tust, werde ich es niederschreiben und es besiegeln. Dann höre ich auf zu hoffen.«

Ich schniefte und hasste die Tatsache, dass ich ihren Tod so endgültig machen musste. Aber ich musste es tun, wenn ich nicht den Verstand verlieren wollte. Die Ungewissheit war schlimmer als die Gewissheit.

»Aber ich werde dich weiterhin besuchen kommen«, versprach ich. »Ich werde auch weiterhin mit dir sprechen, als wärst du da, egal, was auch passiert. Ich werde dir alles erzählen, sogar die schlimmen Dinge … nur nicht alles heute. Ich liebe dich«, flüsterte ich. »Ich wünschte, du würdest zurückkommen.« Ich holte tief Luft und rieb mir die Schläfen. »Ich sollte jetzt besser schlafen gehen. Wir reiten morgen aus. Vater will, dass Nickolas und ich uns dem Volk zeigen. Und da ich den Palast nur noch selten verlassen darf, nutze ich die Möglichkeit.« Ich seufzte. »Bitte hilf mir. Du konntest einen Streit mit einem einzigen Lächeln beenden … Wie hast du das nur gemacht? Zeig mir, wie das geht. Es muss doch mehr von dir in mir stecken als nur mein Haar und meine Augen. Ich will deine Güte. Und ich will deine Stärke. Ich hoffe, diese Eigenschaften sind irgendwo in mir.«

Ich stand auf und warf ihr eine Kusshand zu. »Ich liebe dich. Ich werde dich niemals vergessen.«

Ich stand an einem schwarzen Sandstrand. Neugierig blickte ich hinunter und dachte, dass es so etwas eigentlich nicht gab. Doch da war er, der schwarze Sand. Zwischen meinen Zehen. Und es wehte ein Wind, ein starker Wind. Er zerrte an meinem Kleid, zog es nach hinten, blähte es auf, drohte, den Saum über meinen Kopf zu heben. Ich kannte diesen Ort nicht. Und ich war so allein.

Doch ich hatte keine Angst.

Ich griff nach oben, und mein Haar war offen. Flatterte frei im Wind.

Frei.

Lange stand ich so da, beobachtete die Wellen, konzentrierte mich auf den Punkt, wo sich Himmel und Meer trafen. Nach einer Weile begannen die Sterne am Horizont sich zu bewegen. Sie trafen auf Planeten, vereinigten sich mit ihnen zu einem großen hellen Fleck, der so grell wurde, dass er kräftiger strahlte als die Sonne. Ich schirmte meine Augen ab, blickte zur Seite. Und als ich den Kopf drehte, stand da ein Schatten.

Er – ich war mir sicher, dass es ein Er war – blieb neben mir stehen. Ich wartete darauf, dass er in der Helligkeit der Sterne verschwand, schließlich war er ein *Schatten.* Das Licht sollte ihn eigentlich verschwinden lassen. Doch er blieb, als hätte nichts und niemand Macht über ihn. Als könnte nicht einmal das, was ihn vernichten konnte, ihn zwingen, mich zu verlassen.

Ich betrachtete seine Form. Er war ein Schatten, aber ein Schatten *wovon?* Vorsichtig ging ich um ihn herum, suchte nach einer Unebenheit in dem Dunkel, nach einer Quelle. Doch da war nichts, nur er. Und er hielt still, während ich ihn eingehend musterte.

»Wer bist du?«

Da war keine Stimme, und ich spürte, dass er keine Identität hatte. Und ich spürte auch, dass er ebenfalls neugierig war, meinen Namen wissen wollte, woher ich kam und wie ich an den Strand gekommen war.

Ich sah ihn an, blickte auf die Stelle, an der seine Augen hätten sein sollen.

»Ich bin auch niemand«, sagte ich.

Ich spürte sein Mitleid.

Er hob die Hand und berührte mit seinen Schattenfingern meine Wange. Sie waren eiskalt. Und auch sein Inneres war eiskalt. Ich starrte ihn an, suchte nach einem Lächeln, nach freundlichen Augen, nach irgendetwas, das mir sagte, dass er ein Freund war und kein Feind.

Doch da war nichts als Eis.

Und ich saß kerzengerade im Bett und schnappte nach Luft.

»Mylady?«, fragte Noemi und ließ das Feuer, das sie gerade im Kamin entfachen wollte, links liegen.

»Alles gut. Es geht mir gut«, versicherte ich ihr. »Nur ein Albtraum. Zumindest glaube ich, dass es einer war.«

»Kann ich Euch etwas bringen? Vielleicht ein Glas Wasser?«

Ich schüttelte den Kopf. »Nein, meine liebe Noemi. Wirklich. Es war nur ein Traum.«

Ich blickte zum Fenster hinaus. Die Nacht verblasste

schnell, und die ersten Sonnenstrahlen fielen bereits durch die Bäume.

Ich legte mich wieder hin und wischte mir den Schweiß von der Stirn. Ich konnte den Schatten immer noch sehen. Die Erinnerung daran jagte mir einen Schauer über den Rücken, an Schlaf war leider nicht mehr zu denken. Mich erwartete ein Tag allein mit Nickolas, was mir nun bei Tageslicht noch weniger verlockend erschien.

Lennox

Das Zwitschern der Vögel weckte mich. Es war merkwürdig. An der Küste gab es keine Singvögel, daher erwachte ich für gewöhnlich, sobald Thistle auf meiner Brust herumtapste. Ich blieb noch eine Weile in meinem Zelt liegen und lauschte. Ich fragte mich, ob es in Dahrain auch solche Vögel gab. Ob mir dieser Klang schon bald nicht mehr fremd sein würde.

Ich versuchte, mich an meine Kindheit zu erinnern, an das, was ich aus meinem Leben vor der Burg noch wusste. Ich erinnerte mich an ein bescheidenes Zuhause. Daran, wie meine Mutter mit einem Geschwisterchen schwanger war, das ich nie kennengelernt hatte. Ich erinnerte mich daran, wie ich Formen in den Matsch gezeichnet hatte, und ich erinnerte mich an Brot, das süßer war als alles, was wir jetzt hatten.

Ich erinnerte mich daran, wie ich den Mut aufbringen musste, einem Mädchen zu sagen, dass ich es hübsch fand. Ich erinnerte mich an ihr süßes Lispeln. Ich erinnerte mich daran, wie ich meinem Vater Streiche gespielt, ihm Steine in die Schuhe gesteckt und beobachtet hatte, wie er versuchte, seine Füße hineinzustecken. Ich erinnerte mich daran, dass ich zufrieden war mit dem, was ich hatte, und am Ende des Tages immer gut eingeschlafen war. Ich erinnerte mich an ein Gefühl von Frieden und Ausgeglichenheit. An Vogelgezwitscher konnte ich mich allerdings nicht erinnern.

Schon bald mischten sich auch noch andere Geräusche darunter. Inigo, der sich mit Blythe unterhielt, und Sherwin, der sein Zelt abbaute. Es war gut zu wissen, dass sie sich alle der bevorstehenden Aufgabe widmeten. Nachdem ich dem Zwitschern noch einen friedvollen Moment gelauscht hatte, zog ich mich an und krabbelte aus meinem Zelt, um es zusammenzufalten.

Ich hielt den Kopf gesenkt, versuchte, mich zu konzentrieren, daher dauerte es eine Weile, bis ich bemerkte, dass Blythe bereits das Kleid trug. Ich hatte recht gehabt: Das Grün passte hervorragend zu ihrem Haar, das sie nun nicht mehr in einem Zopf trug. Stattdessen ergoss es sich über ihre Schultern und ihren Rücken. Durch ihre Locken hindurch warf sie mir einen Blick zu. Ich räusperte mich und sah weg. Ich wusste nicht recht, wie ich es finden sollte, von ihr beobachtet zu werden.

Sherwin kam mit einem Bündel in seinen Händen auf mich zu. »Die sind für dich«, sagte er, und ich nahm die Kleidung entgegen. Ich hatte in meiner schwarzen Hose und meinem weißen Hemd geschlafen. Die schwarze Weste hatte ich auch schon an, jedoch noch nicht zugeknöpft, und mein Reitumhang lag bereit. Als ich die farbenfrohen Kleidungsstücke vor mir begutachtete, wurde mir bewusst, dass ich mich viel zu sehr an Schwarz und Weiß gewöhnt hatte. Ich fühlte mich entblößt durch die leuchtenden Farben und konnte mich nicht dazu durchringen, die Kleidung anzuziehen.

»Pack sie wieder ein«, befahl ich. »Ich kann sie später anziehen, falls nötig.«

Sherwin runzelte die Stirn und sah Inigo an, der nickte. »Ja, Sir.«

Uns erwartete so vieles, was ich nicht kontrollieren konnte. Ich musste mich an die Dinge klammern, die ich bewahren konnte, um nicht den Verstand zu verlieren.

Andre saß bereits auf seinem Pferd, während ich meine letzten Sachen zusammenpackte, und Blythe war direkt hinter ihm. Ich stieg ebenfalls auf und zückte wieder die Landkarte, während Inigo sein Pferd neben mir zum Stehen brachte.

»Darf ich das mal sehen, wenn du fertig bist?«, fragte er.

»Nimm sie. Ich bin mir nicht sicher, ob es irgendetwas gibt, woran wir uns orientieren können. Wenn wir nach Nordwesten reiten, sollten wir es innerhalb von ein paar Stunden durch Monria und nach Kialand schaffen, aber es sieht nicht so aus, als lägen auf dem Weg irgendwelche markanten Punkte. Oder zumindest das, was wir für *den Weg* halten.«

Inigo studierte die Karte lange und nahm sich Zeit, das Terrain zu analysieren. »Nein, hier draußen gibt es wirklich nicht viel, was uns helfen könnte, was? Nun gut. Irgendwelche Planänderungen?«

»Nein. Hinreiten, vorsichtig sein. Vielleicht müssen wir uns aufteilen, um weniger verdächtig zu wirken. Ich weiß nicht, wie schwierig es wird, in das Palastgelände einzudringen. Vielleicht wird das heute eher eine Erkundungstour. Kommt ganz darauf an, wie die Lage ist, sobald wir dort sind.«

Inigo nickte, lächelte beinahe. »Wenn die Vorfreude, die ich empfinde, das ist, was du unserem Volk ebenfalls zurückbringen willst, dann weiß ich nicht, wer das noch übertreffen sollte.«

»Wenn alles gut geht.«

»Es gibt keinen Grund, warum es schiefgehen sollte. Wir werden vorsichtig sein.«

Ich nickte und sah mich um. Alle saßen auf ihren Pferden, und von unserem Zeltlager war keine Spur mehr zu sehen.

»Reiten wir los«, rief ich, und die drei anderen folgten Inigo und mir.

Eine Weile ritten wir schweigend nebeneinander her, bewegten uns zügig, aber nicht in vollem Galopp.

»Hey, hör mal«, durchbrach Inigo irgendwann die Stille und warf einen Blick nach hinten, um sicherzugehen, dass wir ein wenig Abstand zu den anderen hatten. »Ich schulde dir eine Entschuldigung. Es tut mir leid. Nur, damit du's weißt.«

Ich warf ihm einen flüchtigen Blick zu, wandte ihn aber schnell wieder ab. Dieses Gespräch war längst überfällig, und jetzt, da es so weit war, wusste ich nicht, ob ich es tatsächlich führen konnte. »Ich bin der, der dir fast ein Auge ausgestochen hätte. Ich überlege schon seit Ewigkeiten, wie ich mich dafür bei dir entschuldigen soll. Aber ohne mich tatsächlich zu entschuldigen, denn wie du weißt, ist das nicht unbedingt meine Stärke.«

Er grinste. »Nun, du hast dich nur verteidigt.« Dann schüttelte er den Kopf. »Ich habe viel darüber nachgedacht, und ich weiß nicht, warum ich dachte, ich müsste dich kleinhalten. Vielen von uns ging es so, Lennox, und ich verstehe es immer noch nicht. Aber es war, als ... müsste ich dir gegenüber kaltherzig sein, damit die anderen es nicht zu mir sind.« Gedankenverloren starrte er vor sich hin. »Ich habe einfach das Gefühl, dass wir eigentlich Verbündete hätten sein sollen. Das waren wir mal, nicht wahr? Und dann waren wir es nicht mehr. Dann ist dein Vater gestorben, und du warst wehrlos, und ich ...« Er schluckte schwer. »Ich habe einfach nicht aufgehört. Und ich weiß nicht, ob ich es getan hätte, wenn du nicht dafür gesorgt hättest, dass es keiner mehr mit dir aufnehmen konnte.«

Ich seufzte. »Das habe ich wohl, was?«

Manchmal dachte ich an jenen Tag zurück, an den Tag meines ersten Mordes. Da war ich sechzehn Jahre alt gewesen und hatte versucht, in aller Heimlichkeit größer und stärker zu werden. Inigo hatte mich früher am Tag gedemütigt. Und als sich mir die Möglichkeit geboten hatte, mein Leben zu verändern, hatte ich sie ergriffen. Ohne zu zögern.

Danach hatten es nur noch wenige gewagt, mich zu provozieren, aber Inigo war einer von ihnen gewesen. Nach einem öffentlich ausgetragenen Schwertkampf, aus dem ich als Sieger und Inigo mit einer bleibenden Narbe hervorgegangen war, schien es in Stein gemeißelt: Ich war unberührbar.

»Nun, ich verstehe schon, falls es dich interessiert«, ließ ich Inigo wissen. »Ich glaube, das mache ich immer noch, vor allem bei den neuen Rekruten. Ich muss streng mit ihnen sein, damit sie abgehärtet werden.«

»Du bist nicht so streng, wie du vielleicht denkst«, widersprach Inigo. »Und was ich getan habe, war keine Konditionierung oder so etwas in der Art. Ich habe versucht, dich zu brechen.«

Ich richtete den Blick auf den Horizont. »Fast wäre es dir gelungen.«

»Es tut mir leid.«

»Mir tut es auch leid. Ich hatte nicht vor, dich beinahe umzubringen.«

Er hob eine Hand. »Jetzt übertreibst du aber. Fürchterlich entstellt? Definitiv. Aber so gut wie tot? Auf keinen Fall. So leicht bringt man mich nicht um.«

Mir entwich so etwas wie ein Lachen.

»Du bist nicht fürchterlich entstellt«, erwiderte ich. »Die Narbe verleiht dir höchstens etwas Verwegenes. Das hat mich ganz schön gewurmt, dass ich dafür gesorgt habe, dass du sogar noch *besser* aussiehst.«

Er grinste. »Das liegt an meinem Charme. Dem kann keiner etwas anhaben.«

Ich hörte Blythe hinter uns kichern und warf ihr über die Schulter einen Blick zu, doch sie sah schnell weg.

»Dann haben wir das jetzt also geklärt? Alles wieder gut zwischen uns?«, fragte ich.

»Wenn du es darauf beruhen lassen kannst, dann ja«, versicherte er mir.

»Gut.«

Inigo blickte nach Westen, konzentrierte sich auf den Weg vor uns. Während hinter uns die Sonne aufging, keimte in mir wieder die Hoffnung auf, dass wir heute das bekommen könnten, was wir wollten.

»Ich habe das gestern Abend übrigens ernst gemeint«, setzte ich an. »Sollte mir etwas zustoßen, musst du übernehmen. Die Mission, auf der Burg, alles. Du bist ein guter Anführer.«

Er zog scharf die Luft durch die Zähne ein. »Natürlich bin ich das. Aber du bist zu stur, um zu sterben, daher wird nie jemand davon erfahren.«

Annika

Ich unterdrückte ein Gähnen, während Escalus auf mich zukam.

»Langweilen wir Euch etwa, Eure Hoheit?«, neckte er mich.

»Ich habe nicht gut geschlafen. Komisch geträumt. Ich glaube, ich bin einfach ein wenig nervös wegen heute.«

Er seufzte laut. »Das kann ich dir nicht verübeln. Wir können zusammenbleiben, wir vier, falls dir das lieber ist.«

»Nein. Ich sage das nur ungern, aber ich glaube, ich ertrage Vaters dunkles Gemüt und Nickolas' Ernsthaftigkeit nicht auf einmal«, gestand ich. »Außerdem muss ich meinen Verlobten um einen Gefallen bitten. Hoffentlich stimmt er zu.«

»Das hoffe ich auch. Ah, ja«, rief Escalus und wandte

sich dem Pagen zu, der ihm sein Schwert brachte. »Vielen Dank, junger Mann.«

»Warum kriegst du ein Schwert?«, murmelte ich. »Ich wünschte, ich hätte meins auch dabei.«

»Ich weiß. Ich verspreche dir, dass ich heute Abend bei dir vorbeikomme. Und wenn du dich gut benimmst, nehmen wir das Tuch ab und dann kannst du irgendetwas in Stücke hacken. Solange ich es nicht wieder bin.«

»Zum allerletzten Mal: Es war ein Unfall! Außerdem hat es kaum geblutet.«

»Sag das mal meinem Lieblingshemd! Nicht einmal Noemi konnte es flicken, obwohl sie eigentlich alles flicken kann.«

»Das tut mir wirklich unheimlich leid«, erwiderte ich sarkastisch, und er fasste es als Scherz auf. Ich liebte es, dass er immer alles so gelassen nahm. Dann wendete er sein Pferd, bis er direkt neben mir stand, und gab mir einen Kuss auf die Stirn.

»Mein armes Hemd liegt schon lange begraben, aber ich lasse es auf seinem Grabstein eingravieren.«

Ich kicherte.

Nickolas saß nun endlich auf seinem Pferd und kam auf mich zugeritten.

»Viel Glück«, sagte Escalus, bevor er sich zu Vater gesellte.

»Dieser Stallbursche ist eine Katastrophe«, beschwerte sich Nickolas.

In einiger Entfernung hob Grayson, der junge Stallbursche, den wir dafür bezahlten, unser Training geheim zu halten, gerade eine Bürste und eine Pferdedecke vom Boden auf und blickte bedrückt drein. So sah er eigentlich nie aus.

»Man sollte doch meinen, dass ein Stallbursche am königlichen Hofe in der Lage ist, ein Pferd anständig zu satteln. Ich musste alles noch einmal selbst machen.«

Unsere Stallburschen waren hervorragend. Aber das war typisch Nickolas, höhere Ansprüche als der König höchstpersönlich zu stellen.

»Ich werde den Stallmeister wissen lassen, dass er mit ihm sprechen soll«, log ich.

»Eine exzellente Idee, mein Liebling.«

Angewidert verzog ich das Gesicht, doch er schien es nicht zu bemerken.

»Und dein Haar sieht heute übrigens viel besser aus«, merkte er an und deutete auf meine hochgesteckten Locken.

Ich griff mir an den Hinterkopf. Ich war so daran gewöhnt, es offen zu tragen, selbst beim Reiten. Ich liebte den Wind in meinem Haar und freute mich schon darauf, heute Abend gemeinsam mit Noemi die Haarnadeln herauszunehmen.

»Es ist ein bisschen schwer«, gestand ich.

»Aber jetzt siehst du wenigstens aus wie eine richtige Lady«, beharrte er.

Ich war mehr als nur eine Lady; ich war eine Prinzessin. Doch das schien er immer wieder zu vergessen.

»Vielen Dank. Ich wollte dich noch etwas fragen. Und zwar …«

»Seid ihr bereit?«, fragte Vater und ritt neben uns. Die Nervosität war ihm deutlich anzusehen. »Escalus und ich könnten mit euch gemeinsam reiten.«

»Das hat Escalus auch schon vorgeschlagen, aber keine Sorge, Vater. Es ist nur ein kurzer Ritt aufs Land. Wir winken den Feldarbeitern zu und reiten sofort wieder nach Hause. Nichts weiter.«

Er hielt inne. »Vielleicht sollten wir besser zusammenbleiben …«

»Ist schon in Ordnung, Vater.«

»Es ist nur …«

»Wir haben Wachen dabei, und ich habe einen persönlichen Beschützer«, sagte ich und deutete auf Nickolas. »Wir sind also vollkommen sicher.«

Er nickte. »Du hast bestimmt recht.«

Doch er wirkte nicht überzeugt, sondern ängstlich. Da wurde mir bewusst, dass er mich zum ersten Mal seit drei Jahren, seit Mutters Verschwinden, aus den Augen ließ.

»Alles wird gut, Vater. Wir sehen uns dann heute Abend, wenn wir auf Kadiers Zukunft anstoßen«, versprach ich ihm.

»Dann bis heute Abend«, erwiderte er. Zwischen uns war so viel kaputt, dass er kein *Ich liebe dich* hervorbringen konnte. Ich war mir nicht einmal sicher, ob ich es hätte erwidern können.

Stattdessen wendeten wir unsere Pferde und ritten in entgegengesetzte Richtungen davon.

Der Abschied von Vater deprimierte mich so sehr, dass ich mich den Großteil des Weges nicht mit Nickolas unterhalten konnte. Stattdessen ritten wir schweigend nebeneinander her und passierten Feld um Feld. Wenn die Kinder die königliche Flagge entdeckten, die eine der Wachen trug, rannten sie herbei und streckten mir Blumen entgegen, und ich versuchte, so viele davon wie nur möglich in mein Haar zu stecken. Die Neuigkeiten über unsere Verlobung hatten sich wie erwartet blitzschnell verbreitet, und wir wurden vom Volk Kadiers mit Glückwünschen überhäuft. Ich hätte mich jederzeit Nickolas zuwenden und mit ihm sprechen können. Ich hätte es tun sollen. Aber er gab mir nicht das Gefühl, dass es erwünscht war.

Bevor ich es merkte, waren wir viel weiter geritten, als ich ursprünglich geplant hatte. Eine kurze Holzbrücke, die über ein seichtes Rinnsal führte, markierte die Grenze zwischen Kadier und Kialand. Die Wachen waren sich nur allzu bewusst, dass ich das Gelände des Palasts seit Ewigkeiten nicht mehr verlassen hatte, daher war es beinahe unvorstellbar, dass ich nun sogar das Land verlassen würde. Nickolas schien überhaupt nicht zu wissen, dass wir die Grenze erreicht hatten, also ritt ich an ihm vorbei und auf den Anführer der Leibgarde zu. Da dies nicht sehr schicklich war, nickte er mir mit einem Zwinkern zu. Ich konnte mir kaum das Grinsen verkneifen, weil ich mir ein kleines Stück Freiheit herausgenommen hatte.

»Du meintest, du wolltest mit mir sprechen?«, setzte Nickolas an. »Als du das das letzte Mal gesagt hast, endete es mit einem Heiratsantrag. Was ist es diesmal, mein Liebling?« Er lachte über seinen eigenen Witz.

Uff, so würde er mich ab jetzt immer nennen, nicht wahr?

»Ich habe mich gefragt, ob wir nach der Hochzeit außerhalb des Palasts leben könnten. Wenigstens am Anfang«, fügte ich schnell hinzu, weil er so verdutzt dreinblickte.

»Warum solltest du woanders leben wollen? Der Palast

ist riesig, das Gelände perfekt. Dein Vater hat dir ein so schönes Zuhause erschaffen.«

»Versteh mich bitte nicht falsch. Ich liebe mein Zuhause.« Wehmütig ließ ich den Blick in die Ferne schweifen. »Aber du und ich … Nickolas, ich habe das Gefühl, dich trotz all der Jahre kaum zu kennen. Wenn unsere Ehe von Erfolg gekrönt sein soll – eine Ehe, die ganz Kadier als Beispiel dienen soll –, dann sollten wir uns besser kennenlernen. Und ich glaube, das geht nicht, wenn wir die ganze Zeit unter Beobachtung stehen. Ich will doch nur, dass wir glücklich werden.«

Es wäre schön gewesen, wenn ich ihm hätte erklären können, dass ich mir unabhängig von allen anderen am Hofe ein Bild von ihm machen wollte. Weg von all der Etikette. Ich musste ihn *kennen.*

Er hielt die Zügel so kurz, dass er hinter mir mit seinem Pferd Kreise drehte. »Niemand auf der ganzen Welt wird so glücklich sein wie wir«, entgegnete er. »Ich weiß, du hältst mich für ein wenig … verbohrt, aber du wirst schon noch sehen, dass ich recht habe. Ich versuche nur, für dich zu sorgen. Du wirst schon sehen, Annika. Ich werde mich gut um dich kümmern.«

Ich versuchte, nicht die Augen zu verdrehen. »Und dafür bin ich dir auch sehr dankbar. Aber ich hätte zu Beginn trotzdem gern ein wenig Abstand zum Palast. Ich hatte an ein Jahr gedacht, aber ein paar Monate wären auch in Ordnung.«

»Ein paar Monate?«, wiederholte er immer noch sichtlich verwundert über meinen Vorschlag. »Annika, ich habe keine Ahnung, was das bringen soll. Wir werden so oder so ununterbrochen zusammen sein, und wenn wir im Palast bleiben, profitieren wir nicht nur vom Komfort deines Zuhauses, sondern auch vom Wissen deines Vaters und deines Bruders. Und was meinst du, wie sie sich fühlen würden, wenn wir wegziehen? Sie werden denken, ich würde dich ihnen stehlen.«

»Nicht, wenn wir es ihnen erklären«, flehte ich.

»Annika, ich muss sagen, ich …«

Mitten im Satz hielt er inne, und ich drehte den Kopf, um zu sehen, was ihm ins Auge gestochen war.

Vor mir tauchten aus dem Wald fünf Gestalten auf. Eigentlich sahen sie ziemlich durchschnittlich aus, es war nur ein wenig überraschend, wie leise sie sich genähert hatten. Es war eine Dame in einem ausgeblichenen Kleid, begleitet von vier Herren. Sie wirkten alle ein wenig mitgenommen und verunsichert. Doch das war nicht das, was meinen Blick auf sich zog.

Der junge Mann in der Mitte sah mir durchdringend in die Augen. Er kam mir so unheimlich vertraut vor, dass ich erschauderte. Im Gegenzug starrte er mich an, als hätte er einen Geist gesehen, und sein Gesicht wurde mit jeder Sekunde bleicher.

Dann schüttelte er den Kopf und wandte sich an seine Gefährten. »Planänderung. Ergreift sie. Das Mädchen gehört mir.«

Innerhalb eines Wimpernschlags schoss Nickolas in die entgegengesetzte Richtung davon. So schnell wie möglich wendete ich mein Pferd, um ihm zu folgen. Die Wachen zogen ihre Schwerter, galoppierten neben mir her und beschützten mich. Nickolas war zwar noch in Sichtweite, doch er bewegte sich schnell und entschlossen.

Von ganzem Herzen wünschte ich mir, ich hätte mein

Schwert mitgenommen, ganz egal, was die anderen dachten. Ich wünschte, ich hätte meinem Vater erlaubt, uns zu begleiten. Ich wünschte, ich hätte irgendetwas, um mich zu verteidigen. So schnell ich konnte, ritt ich durch die dichten Bäume, versuchte, mich zwischen ihnen hindurchzuschlängeln und meine Verfolger abzuschütteln. Ich hörte sein Pferd hinter mir, doch ich weigerte mich, einen Blick zurückzuwerfen und ihn meine Angst sehen zu lassen. Nickolas war vor mir zu meiner Rechten. Einer der Reiter hatte zu ihm aufgeschlossen und war ihm nahe genug gekommen, um ihn mit dem Griff seines Schwerts am Kopf zu treffen. Nickolas fiel in seinem Sattel nach vorn und auf den Nacken seines Pferds.

»Nein!«, schrie ich, wechselte umgehend die Richtung und ritt auf ihn zu.

Bis ich ihn erreichte, war sein Angreifer auf der Flucht vor einer der Wachen. Ich sprang von meinem Pferd und rannte zu meinem Verlobten, sah nach, ob er atmete, suchte nach einem Herzschlag.

Doch das war leichtsinnig von mir gewesen, denn in dem Augenblick, als ich nicht mehr auf meinem Pferd saß, war mein Angreifer auch schon hinter mir.

Ich schnellte herum und beobachtete, wie er von seinem Pferd stieg, um mich zu ergreifen. Ich war gefangen, doch ich musste es wenigstens versuchen. Ich griff nach oben, zog Nickolas' Schwert und nahm einen breitbeinigen Stand ein.

Lennox

Es überraschte mich, wie schnell sie ihre Position einnahm und das Schwert neben ihr Kinn hob. Es war nur schwer vorstellbar, dass dieses arme Mädchen kämpfen konnte … Nicht mit dem Haar voller Wildblumen, der edlen Kleidung und diesem zarten Gesicht. Einem Gesicht, das mir bekannt vorkam. Aber immerhin wusste sie, wie man ein Schwert richtig hielt.

Ich stand da, kurz davor, in schallendes Gelächter auszubrechen, doch ihr eiskalter Blick sagte mir, dass das womöglich ein Fehler sein könnte. Stattdessen zog ich ebenfalls mein Schwert, stellte mich ihr breitbeinig entgegen und nickte einladend. Sofort machte sie einen Satz auf mich zu und rammte das Schwert nach unten, als wollte sie mir den Arm abschlagen. Belustigt wehrte ich sie ab und wirbelte herum.

Sie war jedoch alles andere als belustigt. Sie war in Rage. Erneut griff sie an, schwang das Schwert mit beiden Händen. Zwar holte sie zu weit aus, doch ich merkte, dass sie nicht zum ersten Mal ein Schwert in ihren Händen hielt. Während sie meinem Blick standhielt, zog sie an ihrem Mieder und versuchte genervt, sich mehr Bewegungsfreiheit zu verschaffen. Ihre Röcke waren wohl im Weg. Doch selbst so eingezwängt bewegte sie sich leichtfüßig und schnell – eine ziemlich gute Gegnerin. Ich gab mir keine Mühe, in den Angriff überzugehen, und ließ sie stattdessen auf mich zukommen. Irgendwann würde sie schon müde werden, dann konnte ich sie mir schnappen. Um uns herum hörte ich, wie Schwerter aufeinanderkrachten. Aus dem Augenwinkel nahm ich Inigo wahr, der einen der Leibwächter attackierte. Mit dem Überraschungsangriff und unserer Ausbildung waren wir klar im Vorteil. Währenddessen griff sie immer weiter an, schwang ihr Schwert in alle möglichen Richtungen. Immer wenn ich dachte, sie wäre nun müde geworden und würde das Schwert endlich fallen lassen, nahm sie noch einmal alle Kraft zusammen und attackierte mich erneut. Immer und immer wieder schlug sie zu, als wäre sie ein Käfig voller Zorn, dessen Tür endlich geöffnet worden war.

Sie machte einfach immer weiter.

Irgendwann hörte sie auf, das Schwert zu schwingen und stach stattdessen zu, hoffte, meine Verteidigung durchbrechen zu können. Als würde sie jetzt erst richtig loslegen, nahm sie das Schwert in eine Hand und machte eine elegante Bewegung. Dann legte sie wieder beide Hände ans Schwert und attackierte mich – und ich musste einen Satz rückwärts machen, um nicht über den Haufen gerannt zu werden.

Ich blickte an mir herunter und stellte fest, dass sie eine Naht erwischt hatte. Das war knapp gewesen. Als ich ihren wild entschlossenen Blick sah, wurde mir bewusst, dass ich mehr tun musste, als mich nur zu verteidigen.

Ich wirbelte herum und holte aus, erwischte sie unvorbereitet. Sie wehrte meinen Schlag gut ab, doch jetzt, da ich ebenfalls zum Angriff überging, wurde sie nervös. Ich versuchte, ihr das Schwert aus der Hand zu schlagen, schlug immer und immer wieder zu und hoffte, entweder ihren Griff zu lockern oder sie zum Aufgeben zu zwingen. Nach ein paar Minuten verlor das arme Mädchen die Balance und landete auf einem Knie.

Als sie ausrutschte, blickte sie voller Enttäuschung zu mir hoch. Und dieser Ausdruck in genau diesen Augen war mir so vertraut, dass ich wie angewurzelt stehen blieb. Ich kannte diese Augen. Sie verfolgten mich seit Jahren.

In meiner Schockstarre sprang sie auf die Beine, holte aus und erwischte mich an der Brust. Ich knurrte vor Schmerz, zahlte es ihr wie ein bockiges Kind heim und verletzte sie am linken Arm. Mit einem Aufschrei sank sie auf die Knie und fasste sich an die blutende Wunde.

Da ergriff ich meine Chance.

Ich senkte das Schwert und hielt ihr die Spitze an die Kehle. »Waffe fallen lassen.«

Sie starrte mich an, als würde sie ernsthaft darüber nachdenken, mir zu widersprechen. Doch dann blickte sie sich um. Anscheinend sah sie keinen Sinn mehr darin weiterzukämpfen.

Sie ließ ihr Schwert fallen, und ich zog meines zurück.

»Steh auf«, befahl ich, und sie tat es, doch ihr Blick drückte deutlich ihr Missfallen aus. Ich war Angst und Zittern gewöhnt, auch wenn ich von ihr stille Würde erwartet hätte.

Doch mit unverhohlener Rage hatte ich nicht gerechnet.

Ich zog das Seil von meinem Gürtel und begann, ihre Hände zu fesseln. Handschellen. So welche hätte ich mitnehmen sollen.

Nachdem ich mit dem Mädchen fertig war, blickte ich um mich, um zu überprüfen, ob jemand aus der Gruppe meine Hilfe benötigte. Sherwin saß auf einem der Leibwächter, während Inigo einen anderen zu Boden gezwungen hatte. In der Ferne kamen Blythe und Andre mit einem dritten auf uns zu.

»Waren das alle?«, rief ich.

»Ja. Einer der Leibwächter ist tot«, erstattete Andre Bericht.

Das Mädchen gab ein leises wehklagendes Geräusch von sich.

»Und was ist mit ihm? Nehmen wir den da auch mit?«, fragte Inigo und deutete auf den Kerl, der auf seinem Pferd bewusstlos geworden war.

»Nein. Habt ihr das denn nicht gesehen?«, fragte ich und starrte herunter auf das Mädchen. »Er hat kein einziges Mal zurückgeblickt. Er ist nutzlos.«

In ihren Augen zeichnete sich noch mehr Herzschmerz ab, und es berührte mich, obwohl es keinen Sinn ergab. Ich griff in meine Tasche und holte das Verbandszeug heraus. Dann versorgte ich eilig ihren Arm, um die Blutung zu stoppen.

»Danke«, murmelte sie.

Da war sie, die stille Würde.

Inigo kam zu mir herüber und sprach mit gesenkter

Stimme. »Was genau haben wir da gerade gemacht?«, fragte er wütend.

»Sie sind aus Dahrain«, erklärte ich ihm.

»Woher weißt du das?«

»Ich weiß es einfach«, erwiderte ich streng. »Drei Leibwächter. Was meinst du, was sie uns erzählen werden, sobald wir ein wenig Überzeugungsarbeit geleistet haben?«

Kurz dachte er nach und deutete dann mit einem Kopfnicken auf das Mädchen. »Und die da?«

»Für sie habe ich bereits Pläne«, ließ ich ihn wissen.

Falls ihr dieser Satz Angst bereitete, ließ sie sich nichts anmerken. Die anderen machten sich daran, die Leibwächter, gefesselt und mit gesenkten Blicken, auf die Pferde zu hieven.

Ich hielt dem Mädchen eine Hand hin, damit sie aufsteigen konnte. »Hoch mit dir.«

Trotz der gefesselten Hände griff sie nach dem Sattel, drauf und dran, sich allein hochzuziehen.

»Eure Hoheit …«, rief einer der Leibwächter und bestätigte damit meine schlimmste Befürchtung. Mir blieb vor Schreck das Herz stehen. »Es tut uns leid.«

Mit diesen Worten schob sie meinen Arm weg, blickte nach hinten zu den drei Leibwächtern und sah, wie sie irgendetwas kauten. Innerhalb von Sekunden fielen sie zu Boden und Schaum trat aus ihren Mündern. Dann waren sie tot.

»Nein«, flüsterte sie. »Nicht so. Nicht für mich.«

Ich fasste sie an ihrem unverletzten Arm. »Hast du auch etwas von dem Zeug? Falls ja, gib es mir sofort.«

Eine einsame Träne der Enttäuschung rollte über ihre

Wange. Langsam schüttelte sie den Kopf, während sie immer noch die drei Männer auf der Erde anstarrte.

»Ich lasse dich durchsuchen.«

Ihr Blick hielt meinem stand. »Ich bin gespannt, was ihr findet.«

»Was denn jetzt?«, wollte Inigo wissen.

Mir schwirrte der Kopf. Laut Karte hatten wir Dahrain noch gar nicht erreicht, aber irgendwie war ich zu ihrer Prinzessin gekommen, was bedeutete, dass eine Invasion einfacher war, als man uns bisher weisgemacht hatte. Es bedeutete auch, dass ich den Mut hatte, dorthin zu gehen, wohin auch mein Vater bereits gegangen war – nur, dass ich lebend davonkommen konnte. Und eine Prinzessin hatte mit Sicherheit die Informationen, die wir benötigten. Wenn das kein Hoffnungsschimmer war, dann wusste ich auch nicht.

»Sie genügt«, erwiderte ich und versuchte, mich ebenso davon zu überzeugen wie die anderen. »Wenn wir es noch heute nach Vosino schaffen wollen, müssen wir uns jetzt auf den Weg machen. Also los.«

Ich hob die Prinzessin auf mein Pferd und stieg hinter ihr auf. Seufzend zog ich an den Zügeln und führte uns in Richtung Heimat.

Annika

Nach endlosen Stunden erreichten wir eine heruntergekommene Burg.

Dem Lauf der Sonne nach zu urteilen, hatte mich mein Entführer nach Osten gebracht. Ich hatte das Gefühl gehabt, dass wir auch eine Weile nach Norden geritten waren, aber sicher war ich mir nicht. Ich versuchte, mir den Umriss der Burg einzuprägen, für den Fall, dass ich mich irgendwann daran erinnern musste.

Der Reiter stieg ab und streckte die Arme empor, um mir herunterzuhelfen. Es nervte mich, dass er sich beinahe wie ein Gentleman verhielt. Er hielt den Kopf höher als seine Gefährten, den Rücken gerader. Wahrscheinlich war er deshalb auch ihr Anführer.

Es dauerte eine Weile, bis mir bewusst wurde, dass er

ungefähr in meinem Alter war, doch sein ernster Blick ließ ihn älter wirken. Bedrohlicher. Sein dunkles Haar stand in starkem Kontrast zu seinen wahnsinnig blauen Augen. Er hatte einen markanten Kiefer und eine leicht schiefe Nase, als wäre sie einmal gebrochen gewesen. Mit finsterem Blick schleppte er mich in die Burg und einen Korridor hinab.

»Soll ich sie festhalten?«, fragte die einzige Frau aus der Gruppe und stellte sich neben mich.

»Nein. Sie gehört mir«, erwiderte er schlicht.

»Du solltest dich um deine Wunde kümmern, Lennox«, beharrte sie.

»Es geht mir gut. Lass mich.«

Doch sie gab nicht nach. »Das war ein langer Ritt. Sie könnte sich infizieren. Wir brauchen …«

Er wirbelte zu ihr herum und packte mich in seiner Wut noch ein wenig fester. »Meine Güte, Blythe, es reicht jetzt!«

Kurz starrten sie einander an.

»Du musst nicht so grob zu ihr sein«, kommentierte einer der anderen Angreifer.

»Nicht jetzt, Inigo.«

»Lennox?«

Wir alle drehten uns zu einem weiteren jungen Mann um, der die Hand eines Mädchens hielt.

»Rami, warum gehst du nicht wieder rein? Ich komme gleich nach«, wandte er sich an das Mädchen.

Sie sah ihn an, als würde sie es lieber nicht tun, doch sie gehorchte dennoch und blickte mir in die Augen, als sie an mir vorbeiging.

»Ich dachte, ihr wärt mehrere Tage weg. Vielleicht sogar Wochen«, flüsterte er.

»Planänderung«, entgegnete der Mann, der anscheinend Lennox hieß. Was meinst du, was wir für eine Prinzessin bekommen?«

Der junge Kerl sah mich an und riss mit freudiger Skepsis die Augen auf. »Das muss ich sehen«, rief er und folgte den anderen.

Seit man mich auf das Pferd gehievt hatte, sammelte ich Informationen. Ich hatte versucht, mir die Landschaft einzuprägen und den Weg zu der uralten Burg zu merken. Und jetzt erfuhr ich etwas über ihre Gruppendynamik. Ich musste eine Entscheidung treffen. Ich konnte entweder die Pläne des Jungen durchkreuzen und ihn in ernsthafte Schwierigkeiten bringen, oder ich konnte schweigen. Ich hätte nichts davon, wenn er an Glaubwürdigkeit verlieren würde, und wenn sie mich jetzt zu ihrem Anführer brachten, waren die Chancen, flüchten zu können, ohnehin gering.

Für den Moment war stolzes Schweigen die beste Wahl.

Er zog mich in einen Raum, der mich an die große Halle zu Hause erinnerte. Doch er war dunkler mit nur wenigen Fenstern, erleuchtet von ein paar Fackeln. Die Tische und Bänke schienen genauso alt wie die Burg selbst zu sein. Als wir eintraten, blickten die übrigen Leute von ihren Tellern auf und beobachteten uns. Es dauerte nur kurz, bis ich begriff, wem die eigentliche Aufmerksamkeit galt: ihm.

Sie alle starrten diesen *Lennox* an.

Er zerrte mich den Mittelgang hinab und auf einen

Mann zu, der so breit wie hoch zu sein schien. Doch es war schwierig zu beurteilen, denn er saß auf einem riesigen Stuhl, der wohl einmal ein Thron gewesen war. An seinem Arm hing eine wunderschöne ältere Dame, und zwar auf eine Weise, die ich zu Hause als unangebracht bezeichnet hätte.

Lennox kniete sich vor sie und wandte sich an den Mann. »Kawan, ich bin von meiner Mission zurückgekehrt und habe etwas mitgebracht.« Er erhob sich, denn anscheinend wollte er nicht länger als unbedingt nötig in dieser unterwürfigen Position verharren.

Das Paar richtete die Blicke auf mich.

»Wer ist das?«, fragte der Mann voller Entsetzen.

»Die Thronerbin des Monsters.«

Die Frau starrte mich mit offenem Mund an. »Sie sieht genau aus wie …«

»Ich weiß«, entgegnete Lennox. »Da Ihr Dahrain seit Jahren zurückerobern wollt, dachte ich, sie könnte vielleicht der Schlüssel zum Palast sein.«

Dahrain. Erst jetzt fiel mir auf, dass er diesen Namen schon einmal erwähnt hatte. War er etwa verwirrt?

»Ihr … ihr seid nach Dahrain geritten?«, fragte der Hüne schockiert.

»Ja. Es war ganz einfach. Wir haben ein paar Wachen umgebracht und die Prinzessin entführt. Stellt Euch nur mal vor, wie einfach es wäre, mit ein wenig Wissen das gesamte Königreich zurückzuerobern.« Da lag etwas Anschuldigendes in seinem Tonfall. »Soll ich Euch ein paar Antworten liefern?«

Der Mann nickte wortlos, während er mich immer noch anstarrte.

»Dann machen wir uns sofort an die Arbeit.« Lennox drehte mich grob um – viel gröber als vorhin, als er noch kein Publikum gehabt hatte – und zerrte mich genauso schnell aus der Halle, wie er mich hineingeschleppt hatte.

»Bring sie nach unten und leg ihr richtige Handschellen an«, befahl Lennox dem Mädchen. Blythe? »Bleib bei ihr, bis ich da bin.«

»Ja, Sir«, erwiderte sie bitter und zog mich fort. »Komm.«

Ihr Griff war um einiges fester als Lennox', was mich verwunderte. Es kümmerte sie nicht, dass ich die Stufen hinunterstolperte, und als wir um die Ecke bogen, die vermutlich zu den Kerkern führte, schleuderte sie mich so fest gegen die Wand, dass es mir die Luft aus den Lungen presste und es in meinen Ohren zu klingeln begann.

»Keine Bewegung«, warnte sie mich.

Gehorsam drückte ich mich gegen die Wand, während sie meine neuen Fesseln von ihrem Haken nahm und zu mir herübertrug.

»Er hätte dich nicht anschreien sollen«, sagte ich leise.

»Sei still.«

Sie legte mir die Handschellen an, *bevor* sie das Seil entfernte, was mir verdeutlichte, dass sie genau wusste, was sie da tat. Jeder hier schien es zu wissen.

Mit einem Seufzen packte sie mich an meinem verletzten Arm und warf mich in eine Zelle. An der Wand stand so etwas wie ein Bett, und ein Loch mit einer Eisenstange sollte wohl ein Fenster darstellen.

»Dürfte ich vielleicht … Ich muss …«

Sie deutete auf den Eimer in der Ecke.

»Oh. Großartig.«

»Entsprechen die Räumlichkeiten nicht Euren Ansprüchen, Eure Hoheit?«

Da ich keine andere Wahl hatte, hockte ich mich über den Eimer, hob mit in Ketten gelegten Händen so gut es ging mein Kleid an und wandte den Blick von ihr ab. Sollte ich das hier überleben, würde ich dieses Detail in meinen Erzählungen später auslassen.

»Könntest du mir wenigstens sagen, wo ich bin?«, fragte ich das Mädchen. »So weit östlich bin ich noch nie gewesen. Ich wusste nicht einmal, dass das Land hier bewohnt ist.«

Soweit ich wusste, war es schier unmöglich, hierherzugelangen.

Sie schnaubte. »Das überrascht mich nicht. Ihr habt doch eh schon alles, was ihr wolltet, nicht wahr? Da müsst ihr euch nicht darum scheren, dass für uns nur die Reste übriggeblieben sind.«

Ich richtete mich auf und ging auf sie zu.

»Haben die Reste denn keinen Namen?«

»Wir nennen es Vosino Castle«, spie sie mir entgegen. »Wenn das Land selbst jemals einen Namen hatte, wurde er vor langer Zeit vergessen.«

Ich nickte. Wie es schien, stimmten die Worte »unbesetztes Territorium« auf unseren Landkarten nicht. Ganz und gar nicht. »Erstaunlich. Seid ihr schon lange hier? Die Burg sieht aus, als könnte sie einige Reparaturen vertragen.«

»Sie wurde vor ungefähr einem Jahrzehnt entdeckt, und wir tun unser Bestes, um sie zu erhalten. Wir haben allerdings nicht eure Ressourcen, Eure Hoheit.«

Sie drückte sich von der Wand ab und ging im Raum

umher. »Ich frage mich, was sie wohl mit dir machen werden«, sinnierte sie. »Die Streckbank haben wir seit Ewigkeiten nicht mehr benutzt.«

Ich versuchte, mir mein Entsetzen nicht anmerken zu lassen.

»Aber da du eine Prinzessin bist, wäre vielleicht etwas Raffinierteres angebracht. Was meinst du?«

»Da wir in Kadier – woher ich übrigens stamme und nicht aus Dahrain – keine Menschen foltern, habe ich diesbezüglich keine Meinung. Ich glaube nicht, dass eine Form der Brutalität besser ist als eine andere.« Ich wünschte, ich könnte meine Hände bewegen. Ich hasste es, mich so hilflos zu fühlen.

»Wäre es nicht schön, wenn sie uns beide für eine Weile rauslassen würden?«, grübelte sie. »Wir haben eine Arena, und wie es scheint, weißt du mit einem Schwert umzugehen. Vielleicht sollten wir mal gegeneinander antreten.«

»Ich würde nur ungern eine Dame umbringen«, erwiderte ich höflich. »Und so, wie sich mein Entführer benommen hat, scheint er sowieso eher auf meiner statt auf deiner Seite zu sein.«

Sie durchquerte den Raum in drei schnellen Schritten und schlug mir hart ins Gesicht. Unfreiwillig entwich mir ein Wimmern, und ich schwankte ein wenig. Das linderte die Kopfschmerzen, die sich in mir ausbreiteten, seit sie mich gegen die Wand gedonnert hatte, auch nicht.

»Wenn es nach mir ginge, würde ich dich einfach an einen Felsen binden und auf die Flut warten.«

»Dann hat sie ja Glück, dass es nicht nach dir geht.«

Wir wandten uns beide zu der ruhigen, tiefen Stimme um.

Lennox betrat den Raum. Er wirkte nun sauberer und dadurch seltsamerweise auch finsterer. Er hatte sich das Gesicht gewaschen, das lange Haar zurückgekämmt und trug einen ähnlichen Mantel wie vorhin, mit engen Ärmeln und Schnallen auf einer Seite. Doch dieser hier hatte keine Schnitte.

»Du kannst jetzt gehen, Blythe«, befahl er.

Kurz blieb sie noch mit verschränkten Armen stehen, bevor sie auf dem Absatz kehrtmachte und ging.

Er wartete, bis sie fort war, und verschloss dann die Tür. Der große Schlüssel schien von beiden Seiten zu funktionieren. Er schloss uns in der Zelle ein, lehnte sich mit dem Rücken an die Wand und verschränkte die Arme vor der Brust.

»Du musst also Annika sein«, stellte er in ruhigem Ton fest.

Ich schüttelte den Kopf. »Erstaunlich, wie viel du über mich zu wissen glaubst. Vor allem, wenn man bedenkt, dass ich bisher nichts von eurer Existenz wusste.«

Er wandte den Blick ab und lief genau wie diese Blythe eben im Raum umher.

»Ich wusste auch nichts von deiner Existenz. Nun, ich war mir nicht ganz sicher. Ich hatte deinen Namen schon einmal gehört«, erwiderte er und drehte sich zu mir um. Er musterte mich durchdringend und erhoffte sich ganz offensichtlich eine Reaktion auf seine nächsten Worte. »Es war das Letzte, was deine Mutter gesagt hat, bevor sie gestorben ist.«

Lennox

Sie brachte vor Schreck keinen Ton mehr heraus. Ihre stolze Maske fiel, und ihre Augen wurden glasig.

»Wie bitte?«

»Ich muss gestehen, dass ich mich in den letzten drei Jahren oft gefragt habe, ob ›Annika‹ ein Gebet in einer mir fremden Sprache ist. Die Silben kamen ihr so leicht über die Lippen, so hoffnungsvoll, dass ich mich gewundert habe, ob sie irgendeine höhere Macht um Gnade gebeten oder sich von der Welt verabschiedet hat.«

»Meine Mutter war *hier?*«, flüsterte sie.

Ich nickte.

Ihre Brust hob und senkte sich, und ich beobachtete, wie ihre Augen auf der Suche nach der Frage, die sie zuerst stellen sollte, von links nach rechts huschten.

»Ist sie wirklich tot?«

Eine Weile musterte ich sie schweigend. Fast tat sie mir leid, weil ich die sterbende Hoffnung in ihrer Stimme hörte. »Ja.«

»Und du warst bei ihr, als sie gestorben ist?«

»Ja.«

»Hatte sie …« Sie schluckte schwer und hatte Mühe, sich zusammenzureißen. »Hatte sie Schmerzen?«

»Nein«, gestand ich. »Es ging alles ganz schnell. So schmerzlos man sich einen Tod nur wünschen kann.«

Eine einsame Träne rollte über den roten Striemen auf ihrer Wange. Weder schluchzte sie, noch wurde sie ohnmächtig. Und sie verfiel auch nicht in Rage. Ich fragte mich, ob ihr bewusst war, wie sehr sie ihrer Mutter ähnelte.

»Danke für deine Ehrlichkeit«, presste sie hervor, wischte sich vorsichtig die Träne von der Wange und verzog das Gesicht, als sie ihren linken Arm bewegte.

»Gern geschehen. Von dir erwarte ich dasselbe Maß an Aufrichtigkeit. Setz dich.« Ich deutete auf den Hocker an der Wand, und sie tat, wie ihr geheißen. Nachdem sie nun die Wahrheit über ihre Mutter wusste, hatte sie wohl der Mut verlassen.

Sie zog die Augenbrauen hoch. »Was willst du von mir wissen?«

»Zahlen, Prinzessin. Ich muss wissen, wie viele Menschen in dem Königreich leben, das ihr gestohlen habt. Wie viele Schiffe ihr besitzt. Wie viele …«

»Warte«, unterbrach sie mich und hob eine Hand. »Gestohlen? Wir haben überhaupt nichts gestohlen.«

»Oh doch, das habt ihr. Ich kenne eure Geschichte besser als du, Prinzessin. Ich wette, dir wurde dein ganzes Leben lang erzählt, man habe deine Vorfahren ausgewählt, um gegen Eindringlinge vorzugehen und die Clans zum Sieg zu führen. Habe ich recht?«

»Ja. Denn das wurden sie. Und wir haben gesiegt.«

Ich schüttelte den Kopf. »Ihr habt vielleicht diejenigen abgewehrt, die die sieben Clans zerstören wollten, aber ihr habt meinem Volk die Krone gestohlen, dem Clan von Dahrain. Die meisten hier sind ihre Nachfahren, und der einzige Grund, warum wir nicht auf dem Thron sitzen, ist, dass deine Urgroßeltern meinen halben Clan abgeschlachtet, die andere Hälfte vertrieben und die Rolle gestohlen haben, die eigentlich uns zugeteilt war.«

Sie besaß tatsächlich die Frechheit, mich anzugrinsen. »Da liegst du leider vollkommen falsch. Kadier bestand einst aus *sechs* Clans, nicht sieben. Und meine Vorfahren machten einen Großteil davon aus. Wenn wir nicht wären, gäbe es gar kein Land, in das ihr verbotenerweise eindringen könntet.«

Leise lachte ich vor mich hin. »Du wurdest belogen. Das Land, auf dem dein hübsches kleines Schloss steht und in dem dein hübsches kleines Bett gemacht wird, gehört meinem Volk, dem Volk Dahrains. Wir leben seit Generationen im Exil, und wir wollen unser Königreich zurück. Und du wirst uns dabei helfen«, informierte ich sie. »Oder du stirbst.«

Sie starrte mich an und blickte drein, als versuchte sie herauszufinden, ob ich log oder nicht.

»Es ist die Wahrheit«, fügte ich mit Nachdruck hinzu.

Sie schnaubte. »Selbst wenn, habe ich nicht die Antworten, die du suchst. Mein Vater lässt die Bücher bewachen. Und ich bin nur die Zweitgeborene und dazu noch ein Mädchen, ich habe keinen Zugang zu irgendwelchen Informationen.«

Ich trat vor sie, ging in die Hocke, um mit ihr auf Augenhöhe zu sein, und zwang sie, mich anzusehen. Meine Güte, dieser durchdringende Blick war mir so vertraut. Es war, als würde ich wieder ihre Mutter sehen, nur, dass sie es nicht war.

»Du weißt etwas«, stellte ich fest. »Oder zumindest mehr, als du zugeben willst. Eine Frau, die reiten kann, als hätte sie ihr Leben lang nichts anderes getan, und wie ein Ritter ein Schwert schwingt, *muss* mehr wissen, als sie zugeben will.«

Sie schluckte schwer. Da war es. Niemand sonst hätte vermutet, dass sie mehr zu bieten hatte, weder Informationen noch sonst etwas. Doch unter den wilden Locken und dem ausladenden Kleid verbargen sich ein Herz und ein Geist, die die Welt bisher ignoriert hatte. Sie hatte beides sicher verwahrt, und nun war es an mir, den passenden Schlüssel zu finden.

Ich schlenderte durch den Raum und dachte nach. Manchmal reichte unangenehmes Schweigen schon aus, um einen Gefangenen zum Reden zu bringen, nur, um die Stille zu füllen. Natürlich gab es auch noch die Möglichkeit der Folter, doch das machte mir keinen Spaß. Schmerz war nicht mein Ziel. Der Sieg war es.

Und der Schlüssel, der bei ihr zum Erfolg führen würde? Informationen, die nur ich besaß.

»Ich mache dir ein Angebot. Du sagst mir, wie viele Wachen ihr habt, und dafür sage ich dir das, was du so dringend wissen willst.«

»Und das wäre?«

»Ich erzähle dir, wie deine Mutter gestorben ist.«

»Du warst wirklich dabei?«, fragte sie erneut, und kurz wurde ihr Ausdruck weicher.

»Ja.«

Sie senkte den Blick und dachte nach. Als sie den Kopf wieder hob, hielt sie die Augen geschlossen und verzog das Gesicht, während sie sprach.

»Es stehen täglich achtundsechzig Soldaten im Palast bereit. An Feiertagen und zu Festlichkeiten sind es noch mehr, aber nur selten mehr als hundert.«

Ich hob die Augenbrauen. Das war sehr präzise. Wenn ich sie dazu bringen konnte, mir noch mehr zu erzählen, wäre Dahrain zum Greifen nah.

»Sehr gut, Prinzessin.« Ich ging wieder zu ihr hinüber und stellte mich vor ihren Hocker. »Die Verantwortung für deine Mutter lag bei mir. Ich war ungefähr zwanzig Minuten lang mit ihr in einem Raum und habe versucht, sie zum Reden zu bringen – wie jetzt. Doch sie hat mir nichts von Bedeutung verraten, zumindest nichts, was unsere Mission anging. Also wurde sie enthauptet.« Ich hielt inne. »Und ich habe es getan.«

Ihre Augen verdunkelten sich. »Du?«, flüsterte sie.

»Ja.«

»Wie konntest du das tun?«

Ich legte den Kopf schief und trat einen Schritt zurück. »Sie musste sterben. Und ich glaube, du weißt bereits, warum.«

Ihre Augen … Sie waren wild wie die See, trotz ihrer königlichen Erziehung voller Zorn. Ihre Brust hob und senkte sich schnell, und ich sah ihr an, wie sie die Teile in ihrem Kopf zusammensetzte.

»Nur zu. Rate mal«, bot ich ihr an. »Im Wald bist du mir sofort ins Auge gestochen. Du bist das exakte Ebenbild deiner Mutter. Aber du hast mich auch erkannt. Füge die Teile zusammen, Annika. Wer bin ich?«

Sie atmete immer schneller, während das blanke Entsetzen sie erfüllte. »Du bist der Sohn dieses Monsters Jago.«

Ich verneigte mich knapp. »Dann war es also nur gerecht, wie du siehst. Schließlich habt ihr meinen Vater auch geköpft.«

»*Ich* habe überhaupt nichts getan«, entgegnete sie. »Ich habe ihn nicht zum Tode verurteilt, obwohl er es definitiv verdient hat. Und dein Vater hatte wenigstens einen Prozess.«

»Ihr habt seine Leiche auf einen Karren geladen und in den Wald geschickt! Es war pures Glück, dass wir seinen Leichnam zurückbekommen haben, und du findest dennoch, dass eure Tat ehrenhaft war?«

»Ihr Körper …« Ihre Stimme brach ab. »Ist sie hier? Liegt sie hier begraben?«

»Ja.«

Sie wandte den Blick ab, als wollte sie nicht, dass ich die aufsteigenden Tränen sah. Ich gab ihr einen Moment, um sich zu fangen.

»Wenn du auch nur einen Funken Selbstachtung hättest«, sagte sie leise, »würdest du mir diese Handschellen abnehmen, mir mein Schwert geben und mit mir nach draußen gehen. Jetzt könnte ich es zweifelsohne mit dir aufnehmen.«

»Nein, könntest du nicht«, widersprach ich knapp. »Du hast Talent, das muss ich dir lassen, aber ich bin weitaus erfahrener als du. Und ich weiß, dass man Fehler begeht, wenn man in blinder Wut angreift. Ich würde dich auf jeden Fall schlagen.«

Sie schüttelte den Kopf. Ich wusste nicht, ob sie es tat, weil sie widersprechen oder ihre Gedanken sortieren wollte oder weil sie wütend war, dass sie weinte. Vielleicht war es alles zusammen.

»Ich habe noch mehr Fragen an dich.«

Ihr entwich ein kaltes Lachen. »Wenn du glaubst, ich würde dir noch *irgendetwas* verraten, bist du vollkommen verrückt.«

»Da wäre ich mir nicht so sicher«, erwiderte ich. »Ich weiß noch mehr über deine Mutter, und ich bin bereit, es dir zu erzählen, wenn du mir im Gegenzug auch etwas erzählst.«

Sie verschränkte die Arme vor der Brust, was in Anbetracht der Handschellen ziemlich schwierig war. »Ich behalte die Erinnerungen, die ich an sie habe, und du kannst deinem Anführer sagen, dass die Befragung aufgrund deiner Arroganz gescheitert ist.«

Die Verachtung in ihrer Stimme, genauso wie die Tatsache, dass sie sofort begriffen hatte, dass ich lieber durchs Feuer gehen würde, statt Kawan meine Niederlage zu erklären, ließen mich zornig werden. Meine Wut kochte beinahe über, doch ich weigerte mich, sie sehen zu lassen, dass sie meinen wunden Punkt getroffen hatte.

Ich zog ein Messer aus meinem Gürtel. »Ihr habt einen äußerst schlanken Hals, Eure Hoheit.« Dann zupfte ich eine Haarsträhne aus ihrer Frisur und hielt sie vor ihr Gesicht. »Deinen Kopf abzuschneiden wird noch einfacher sein als das.« In einer fließenden Bewegung schnitt ich die Locke ab, so schnell, dass sie wahrscheinlich nicht einmal ein Ziehen an ihrer Kopfhaut gespürt hatte. Ich hielt die Strähne in die Höhe und ließ sie vor ihrer Nase baumeln. »Wenn ich du wäre, würde ich jetzt den Mund aufmachen.«

»Nein.«

Ihre Stimme klang wie Stein, unnachgiebig und kalt.

»Ich habe sichergestellt, dass deine Mutter nicht leiden musste, aber dir bin ich nichts schuldig. Ich bin immer noch bereit, dir von ihren letzten Momenten zu erzählen, aber nur, wenn du redest.«

Ich eilte zur Tür und warf ihr einen letzten Blick zu, bevor ich sie allein in der Kälte zurückließ. Sie hatte immer noch die Arme verschränkt, während sie die gegenüberliegende Wand anstarrte.

»In einer Stunde komme ich wieder. Überlege es dir gut, Prinzessin.«

Annika

Als er weg war, ließ ich meinen Tränen freien Lauf.

Ich sagte mir, dass es besser war, es zu wissen. Das Grübeln hatte nun ein Ende. Ich hatte meine Antwort.

Deine Mutter ist tot, Annika. Sie kommt nicht zurück. Jetzt weißt du es.

Vielleicht hätte ein Teil meines Herzens erleichtert sein sollen, dass sie nicht hatte leiden müssen und anständig begraben worden war. Doch stattdessen vermisste ich sie nun nur noch stärker.

Wenn jemand im Besitz ihrer letzten Momente sein sollte, dann ich. Nicht er. Ich hasste es, dass er Dinge wusste, die ich unbedingt erfahren wollte. Und dass er genau wusste, wie viel sie mir bedeuteten. Es war so unwirklich, so ruhig mit demjenigen zu sprechen, der den Menschen getötet hatte, der mir auf der Welt am allermeisten bedeutet hatte. Ich hätte jemand Furchterregenden erwartet, ein Monster. Doch er war nicht mehr als ein Kind. Wie ich.

Sie war so nahe.

Wenn ich ihm noch mehr Zahlen nennen würde – wenn auch falsche –, würde er mich vielleicht zu ihrem Grab bringen. Vielleicht würde ich mich dann endlich verabschieden können. Das Problem war nur, dass ich ihm nichts mehr preisgeben wollte. Jetzt wollte ich etwas von ihm. Ich wollte einen Weg finden, ihn so zu quälen, wie nur ich es vermochte. Selbst wenn er mir ein Schwert reichen und gegen mich antreten würde, wusste ich nicht, ob ich ihm die Schmerzen zufügen könnte, die er verdient hatte.

Ich wischte meine Tränen weg und versuchte, einen klaren Gedanken zu fassen, wenn auch nur für einen Moment. Wie konnte ich aus dieser Situation entkommen? *Denk nach, Annika.*

Ich zog eine Haarnadel aus meinen Locken und machte mich an den Handschellen zu schaffen. Ich schloss die Augen, versuchte zu erfühlen, wie der Mechanismus funktionierte. Ich war zittrig, müde und hungrig. Wäre ich in der Bibliothek bei Rhett gewesen, wäre die Situation eine ganz andere. Es kostete mich all meine Kraft, mich zu konzentrieren.

Ich stellte mir den Geruch alter Bücher vor, den Klang von Rhetts unkontrolliertem Lachen. Es zauberte mir ein Lächeln ins Gesicht, verlangsamte meinen Atem. In weniger als einer Minute hörte ich das Schloss klicken und spürte, wie die Handschellen von meinen Gelenken abfielen.

Ich schlich zur Zellentür. Die einzige Fackel, die noch in ihrer Halterung brannte, erhellte den Großteil des Korridors. Wie es schien, hatte er keine Wachen vor der Zelle postiert. Er dachte wohl nicht, dass ich in der Lage sein würde zu fliehen.

Das Türschloss stellte jedoch eine viel größere Herausforderung dar. Dafür brauchte ich etwas Stabileres als eine Haarnadel. Wieder warf ich einen Blick in den Korridor, um sicherzugehen, dass ich allein war. Die Burg wirkte so alt, dass man bestimmt nur einmal kräftig niesen musste, um sie zum Einsturz zu bringen. Ich legte beide Hände auf den Griff, stützte einen Fuß gegen die Wand und zog mit aller Gewalt daran. Die Tür wackelte zwar ein wenig, aber ich würde sie unmöglich aufbekommen.

Nun gut. Dann würde ich es eben mit dem Fenster versuchen.

Das Ding konnte man kaum als solches bezeichnen: ein rundes Loch mit einer Stange in der Mitte, kein Glas, nichts. Bei Regen würde das Wasser direkt auf das notdürftige Bett herunterprasseln. Die Flecken darauf verrieten, dass es schon einige Male passiert war. Ich legte die Hände um die Stange und zog und rüttelte daran. Zwar bewegte sie sich weder vor noch zurück … aber von links nach rechts.

Ich zog mich hoch, um das Mauerwerk genauer zu begutachten. Diese Zelle war wirklich heruntergekommen. Der Stein zerbröselte, und es sah aus, als könnte ich wenigstens einen Teil davon abbrechen. Ein erwachsener Mann hätte es niemals durch dieses Loch nach draußen geschafft, aber wenn ich die Stange nur ein kleines Stück bewegen konnte, standen die Chancen für mich nicht schlecht.

Er meinte, ich habe eine Stunde Zeit, doch ich konnte nicht darauf vertrauen, dass er Wort hielt. Mit der geöffneten Handschelle begann ich, auf den Stein einzuschlagen. Vor seiner Rückkehr würde ich herunterklettern, die Handschellen wieder anlegen und mich auf das Bett legen. Er würde nichts merken.

»Ich schaffe das«, flüsterte ich mir selbst zu. »Ich schaffe das.«

Lennox

Ich legte Annikas Haarsträhne auf meinen Schreibtisch und beobachtete, wie sie sich von selbst zu einer Locke zusammenzog. Ich würde sie umbringen müssen, nicht wahr? Ich versuchte, an einen Moment seit meiner Ankunft hier zurückzudenken, in dem mir beigebracht worden war, Gnade walten zu lassen. Doch an solch eine Lektion konnte ich mich nicht erinnern.

Vielleicht würde es bei Annika anders laufen. Als wir das letzte Mal jemanden mit königlichem Blut auf der Burg gehabt hatten, war ich der Einzige gewesen, der in der Lage gewesen war, sie umzubringen. Würde ich mich jetzt weigern, wer würde sich dann um Annika kümmern?

Thistle saß fiepend im Fenster.

»Kommst du oder gehst du?«, fragte ich.

Sie sprang auf mein Bett und legte den Kopf auf ihre Pfoten. Ich wusste nicht, ob Füchse so etwas wie Sorge empfinden konnten, doch ihre Augen sagten mir, dass sie Angst um mich hatte.

»Du musst dir keine Sorgen machen«, versicherte ich ihr und durchquerte das Zimmer, um ihren Kopf zu streicheln. Da fiel mein Blick auf meine Hände. Würde ich diese Hände, mit denen ich mich um Thistle kümmerte, Sternbilder zeigte und eine Armee errichtete, wirklich um Annikas Hals legen?

Ich griff nach meinem Ast und verzog das Gesicht, weil meine Wunde bei der Bewegung schmerzte, warf mir meinen Umhang über und machte mich auf den Weg nach draußen.

Der Wind war wieder stärker geworden und blähte meinen Umhang auf, während ich den Hügel zum Friedhof erklomm. Dann legte ich den Ast, der immer noch seine grünen Blätter trug, zu den anderen auf dem Grab ihrer Mutter.

»Noch ein Tribut«, sagte ich. »Ich habe sie getroffen. Ich bin deinem letzten Gebet begegnet«, erzählte ich ihr. »Sie ist wütend. Sie sieht nicht aus, als *wollte* sie wütend sein, aber sie ist es. Ich frage mich, von wem sie das wohl hat. Von dir nicht.«

Ich blickte zurück zur Burg. Von hier aus konnte ich die schäbigen Fenster auf der Rückseite sehen, wo die neuesten Rekruten hausten. Die Legenden besagten, dass wir einst imposante Bauten errichtet hatten. Doch ich hatte sie nie mit eigenen Augen gesehen.

Ich schluckte schwer. »Ich befürchte, ich werde sie umbringen müssen. Ich will es nicht, aber … sie ist zu … neugierig. Sie weiß bereits zu viel.«

Zum ersten Mal seit Langem kamen mir die Tränen. Ich war so erschöpft. Erschöpft und wütend – und bereit für etwas Neues. Doch hier stand ich, gebunden an dieses verlorene Land, die sterbende Burg und diesen Erdhaufen, unter dem eine Frau begraben lag, der ich dafür, dass wir uns nur wenige Minuten gekannt hatten, viel zu sehr am Herzen gelegen hatte. Und plötzlich hasste ich sie dafür.

»Ich verstehe nicht, warum ich immer wieder hierherkomme. Du bist *tot!* Du konntest dich selbst nicht retten, und mich kannst du definitiv auch nicht retten. Ich werde die Güte in deinen Augen nie verstehen. Und ich werde auch nie verstehen, warum ich mich für den Rest meines Lebens bei dir entschuldigen werde. Dein Mann hat mir meinen Vater genommen! Er ist der Grund, warum meine Mutter jetzt in den Armen dieses Schweins liegt! Ein Leben für ein Leben.«

Ich drehte mich um und schrie in die Nacht.

»Warum musstest du so sanftmütig sein?«, brüllte ich. »Warum hast du mir das angetan?«

Ich starrte auf ihren Grabstein und wusste, dass sie mich für immer und ewig verfolgen würde. Sie war von allen Menschen, die ich umgebracht hatte, die Einzige, an die ich mich erinnerte. Sie hatte nicht um Gnade gefleht. Sie hatte mir nicht ins Gesicht gespuckt. Sie hatte ihr Ende akzeptiert, mich akzeptiert, und war auf den Tod zugegangen, als hätte sie jahrelang auf ihn gewartet.

»Manchmal geht es mir auch so«, gestand ich. »Manchmal denke ich, alles wäre besser, als hier zu sein. Aber wenn die Welten auf der anderen Seite getrennt sind, glaube ich nicht, dass wir dann am selben Ort wären, wenn es für mich so weit ist.«

Ich spürte, wie mir eine Träne über die Wange rollte, die letzte, die ich zulassen würde, und richtete den Blick auf den Grabstein. Ich konnte sie immer noch sehen, und jetzt, da ich ihrer Tochter begegnet war, war das Bild noch lebendiger als zuvor. Ich würde mich für immer an die beiden Frauen erinnern.

Niemals davonlaufen, niemals den Blick abwenden, sich niemals erklären. So überlebte ich. Also würde ich es auch jetzt durchziehen müssen. Ich musste Annika Informationen entlocken, die ich dann an Kawan weitergeben würde. Ich würde gnadenlos sein müssen. Ich weigerte mich, als Versager dazustehen. Ich hatte mich selbst in diese Situation gebracht, also würde ich mich auch selbst aus ihr befreien.

Niemand hielt mich auf, als ich in die Burg und hinunter in den Kerker stürmte. Ich riss den Schlüssel von der gegenüberliegenden Wand und stieß ihn ins Schloss. Durch die Gitterstäbe in der Tür sah ich, dass sie zusammengekauert auf dem Bett lag, mit dem Rücken zur Wand, die Knie bis ans Kinn gezogen. Als sie mich kommen hörte, sah sie auf, und ich versuchte, ihren Gesichtsausdruck zu lesen. Da war immer noch eine Traurigkeit in ihren Augen, aber auch etwas Trotziges, das mir Angst bereitete.

»Hast du darüber nachgedacht?«, fragte ich und schloss die Tür hinter mir.

»Ich habe keine Lust zu reden, vor allem nicht mit dir. Du Mörder.«

Das Wort schmerzte genauso sehr wie die Wunde an meiner Brust, die sie mir im Wald zugefügt hatte.

»Ich würde mich eher als Vollstrecker bezeichnen. Außerdem gab es zwischen unseren Völkern seither keinen weiteren Vorfall. Das ist doch schon mal ein Fortschritt.«

»Sagt der, der mich entführt hat«, entgegnete sie mit einem Augenrollen.

Fast hätte ich gelacht, denn damit hatte sie vollkommen recht.

»Hört zu, Eure Hoheit, ich brauche …«

»Hör auf, mich so zu nennen«, unterbrach sie mich und wandte sich mir zu. »Nicht in diesem abfälligen Ton. Meine Position ist das Ergebnis meiner Geburt. Ich kann nichts dafür. Und ich habe es nicht verdient, dafür verurteilt zu werden.«

»Du verurteilst mich doch auch aufgrund meiner Geburt, oder etwa nicht? Mein Volk ist für deins nur Abschaum, so niedrig, dass wir es nicht verdient haben, das zu behalten, was uns gehörte, und jetzt …«

Sie hob eine zierliche Hand, unbeeindruckt von den Handschellen, die immer noch an ihren Gelenken baumelten.

»Zugegeben, die Führung durch dein Zuhause ist recht kurz ausgefallen. Könntest du mir sagen, ob es in dieser Absteige eine Bibliothek gibt?«

Ich verschränkte die Arme vor der Brust. »Nein.«

»Das dachte ich mir bereits. Und jetzt sag mir, wie du dir so sicher sein kannst, dass ihr ein Recht auf mein Königreich habt.«

»Unsere Geschichte wurde von Generation zu Generation mündlich weitergegeben. Mein ganzes Volk kennt sie.«

Seufzend schüttelte sie den Kopf. »Ich war noch gar nicht am Leben, als Kadier gegründet wurde – und du auch nicht. Du sagst, es ist so, ich sage, es ist anders. Ich würde annehmen, dass *ich* die Wahrheit kenne, da ich tatsächlich dort lebe. Das ist weder respektlos noch wertend. Außerdem weiß ich jetzt, dass du derjenige bist, der mir meine Mutter genommen hat. Ich will also nichts mit dir zu tun haben.«

Ihre Worte klangen sanft und gleichermaßen spitz.

»Nun gut, Annika. Wenn du so klug bist, dann bin ich mir sicher, dass sich irgendwo in deinem Gehirn die Informationen verstecken, die ich brauche. Und ich bewahre Dinge, die du wissen willst. Diese Sehnsucht ist vielleicht noch größer als der Wunsch, nach Hause zu gehen. Wenn du kooperierst, könnte es gut sein, dass du beides bekommst.«

Sie legte den Kopf schief. »Du wirst mich nicht nach Hause bringen, also tu nicht so.«

Ihr Ton war so ruhig, als hätte sie den Tod bereits akzeptiert, aber ich hatte die Wahrheit gesagt. »Wenn ich kann, bringe ich dich höchstpersönlich zurück nach Dahrain.«

»Vor oder nach eurem Einmarsch?«

Ich ballte die Hände zu Fäusten und atmete tief ein. »Es wäre besser für dich, wenn du endlich aufhören würdest, so schwierig zu sein.«

»Und für dich wäre es besser, wenn du aufhören würdest, Menschen umzubringen.«

Ich sprang auf und trat den Hocker weg. Er rollte durch den Raum und hinterließ eisiges Schweigen.

»Es tut mir leid«, flüsterte sie.

Überrascht sah ich sie an.

»Ich bin müde«, gestand sie, blickte herunter auf ihre Hände und spielte mit ihren Fingern. »Ich wurde heute entführt und musste mit ansehen, wie vier meiner Leibwachen gestorben sind. Ich habe keine Ahnung, was mit meinem Verlobten passiert ist, und ich habe von dir innerhalb von fünf Minuten mehr über meine Mutter erfahren als von allen anderen in den letzten drei Jahren. Das ist alles ein bisschen viel, wenn man mein Geschlecht und meine Erziehung bedenkt. Ich brauche Schlaf. Wenn du mich schlafen lässt, rede ich.«

Verlobter. Hm. Vielleicht hätte ich ihn doch mitnehmen sollen.

Mein Plan war es gewesen, sie zu zermürben. Sie so in den Wahnsinn zu treiben, dass sie gar nicht anders konnte, als zu reden. Doch bisher hatte ich nur erreicht, dass sie um sich schlug und mich wie einen Narr dastehen ließ.

»Ich komme im Morgengrauen zurück. Halte dich also bereit. Wenn du mir nichts verrätst, werden sie dich tot sehen wollen.«

Ihre Augenlider flatterten, während sie weiter an ihren Händen nestelte. »Ich verstehe.«

Ich wandte mich zum Gehen, doch dann drehte ich mich ein letztes Mal zu ihr um, weil ich einfach nicht anders konnte.

»Hast du ein Lieblingssternbild?«

Verdutzt blickte sie zu mir herüber, was nicht verwunderlich war. Dann verzog sie das Gesicht, als würde sie trotz ihrer Lage ernsthaft darüber nachdenken.

»Kassiopeia.«

Ich schnaubte. »Sie hängt kopfüber. Für immer. Warum sie?«

Sie drehte den Ring an ihrem Finger – ihren Verlobungsring, wie ich annahm. »Es gibt Schlimmeres«, erwiderte sie leise. Und dann, beinahe als würde sie ihre Frage schon jetzt bereuen, warf sie mir einen schüchternen Blick zu und fragte: »Und deins?«

»Orion.«

»Das ist so … Jeder sagt Orion.«

»Eben. Er ist der Wächter des Himmels. Jeder kennt Orion.«

Sie sah mich an, und plötzlich wurde ihr Gesichtsausdruck weicher. »Ein gutes Vorbild, schätze ich.«

Ich nickte. »Scheint so.«

»Du weißt, dass Orion kein Heiliger war«, sagte sie. »Du könntest dir höhere Ziele setzen. Es besser machen.«

Mein Herzschlag trommelte in meinen Ohren. Ich musste mich schützen, mich weigern, dass sie meine Seele berührte. Ihre Worte waren denen ihrer Mutter gefährlich ähnlich, und ich konnte sie nicht noch einmal hören. Ich schluckte schwer. »Ich komme im Morgengrauen wieder.«

»Morgengrauen.«

Ich zog die Tür hinter mir zu, verschloss sie und auch mein müdes Herz.

Annika

Ich hatte bereits vermutet, dass es Lennox irritieren würde, wenn ich mein weibliches Geschlecht und meine sanfte Erziehung erwähnte. Manchmal waren selbst unberechenbare Menschen viel zu berechenbar.

Ich wartete, bis ich ganz sicher sein konnte, dass er weg war, bevor ich die Haarnadel wieder herauszog. Ich dachte an Rhett, wie er näher bei mir saß, als er sollte. Daran, mit wie viel Hingabe er seine Arbeit verrichtete. Ich dachte daran, wie er versuchte, mich zum Lachen zu bringen.

Klick.

Eine Schelle geöffnet, noch eine übrig.

Ich wechselte die Hand. Mit meiner linken war ich jedoch nicht so geschickt, und es tat schrecklich weh, diesen Arm zu benutzen, aber ich tat es dennoch.

Diesmal dachte ich an Escalus. Ich dachte an ihn mit Nadel und Faden, so ruhig und konzentriert. Ich dachte daran, wie er so auch mit dem Schwert umging. Ich dachte daran, dass, wenn er ebenfalls hier wäre, wir uns voll und ganz darauf konzentrieren würden, den jeweils anderen zu retten. Denn das schien das Einzige zu sein, was wir taten.

Klick.

Dann war ich von den Handschellen befreit.

Ich stellte mich auf das Fußende des Bettes und drückte die Stange so weit wie möglich zur Seite. Ein wenig mehr als einen Zoll hatte ich bereits geschafft, sodass der Gitterstab nun schräg stand. Vielleicht würde es schon reichen. Aber in diesem Kleid würde es nicht funktionieren. Zu ausladend. Ich warf meinen Reitumhang beiseite und begann, Nadeln herauszuziehen, Schnürungen zu lösen, Lagen abzuschälen. Als ich nur noch mein Mieder und mein Unterkleid trug, dachte ich, dass ich es so schaffen könnte. Ich blickte an mir hinab und überprüfte, ob es noch irgendetwas gab, das mir eine Last war.

Und da war tatsächlich noch etwas.

Ich nahm meinen Verlobungsring ab und legte ihn auf den Kleiderhaufen.

Entschlossen drückte ich mich hoch und legte den Kopf schief, um durch die Öffnung zu passen. Dann drehte ich mich auf die Seite, schob meine Arme und Schultern hindurch, während ich mich mit den Füßen von der Wand abdrückte. Die Wunde an meinem Arm pulsierte vor Schmerz, doch ich gab keinen Laut von mir, machte immer weiter. Es war nur schwer zu glauben, dass die morschen Zellenwände so viel Wind abhielten, doch das taten sie. Ich wünschte, ich hätte mein Kleid mitnehmen können, doch es war das Risiko nicht wert, noch einmal zurückzuklettern. Ich musste so viel Distanz wie nur möglich zwischen Lennox und mich bringen.

Ich stemmte mich erneut ab. Meine Hüften steckten fest. Das würde wehtun. Ich gab alles, bewegte mich Millimeter für Millimeter vorwärts.

»Ich schaffe das«, machte ich mir Mut. Es war schmerzhaft. Bestimmt tropfte das Blut nur so von meinem Arm. Das Mauerwerk zerriss das Leinen meines Unterkleids, und der Stein bohrte sich in meine Hüften. Ich spürte, wie meine alten Wunden aufzuplatzen drohten, und selbst wenn sie es nicht taten, brannte es wie Feuer.

Aber Schmerz hin oder her – ich würde fliehen. Ich würde keine Gefangene sein. Ich würde nicht wie meine Mutter getötet werden.

Er hatte gesagt, dass sie hier begraben war. Vielleicht könnte ich sie sogar finden. Lennox hatte recht damit, dass es Dinge gab, die ich noch mehr wollte, als zu entkommen. Ich wollte alles wissen. Ich wollte wissen, was sie zu ihm gesagt hatte und warum er sich nur allzu gut daran zu erinnern schien. Ich wollte wissen, wie sie ausgesehen hatte. Und ich wollte meine Tränen auf ihrem Grab vergießen.

Doch dann dachte ich an Escalus. Ich musste nach Hause, um ihn und Vater zu warnen, dass ein Krieg bevorstand.

Nachdem ich meine Oberschenkel durch das Fenster gequetscht hatte, ging der Rest ganz leicht, und ich plumpste unelegant zu Boden. Alles tat so weh, dass es einfacher war zu kriechen, als zu gehen.

Trotzdem rappelte ich mich auf. Ich musste mich bewegen. Ich hatte höchstens bis zum Morgengrauen, bevor er merken würde, dass ich weg war. Mit einem Pferd wäre alles so viel einfacher gewesen, doch darauf konnte ich nicht zählen. Ich musste unauffällig bleiben und durfte nicht innehalten.

Mein Unterkleid war weiß. Mein Mieder war weiß. Ich war wie eine Fackel in der Nacht. Ich steckte die Hände in den eiskalten Matsch und verteilte ihn auf meiner Kleidung und meiner Haut, versuchte, eins mit den Schatten zu werden. Mir war schon jetzt kalt bis auf die Knochen.

Beweg dich, Annika. Beweg dich, dann wird dir warm.

Ich sah keine Wachen, keine Soldaten, die ihre Runden drehten. Aber warum auch? Niemand wusste, dass die runtergekommene Burg und dieses Fleckchen Land bewohnt waren. Die Menschen hier waren Angreifer, keine Beute.

Ich hielt mich so nahe am Boden wie nur möglich und blickte viel zu oft zurück. Je kleiner die Burg wurde, desto schneller bewegte ich mich. In der Ferne konnte ich bereits den dichten Wald ausmachen.

Ich schlängelte mich durch die Bäume hindurch, wusste, dass auf der anderen Seite weites Land lag. Doch ich brauchte viel zu lange, stolperte über Wurzeln und stieß mehr als einmal gegen einen Stamm. Doch endlich sah ich das Feld. Vor mir lag noch dieser fürchterliche Wald, aber wenn Lennox es nach Kadier geschafft hatte, würde ich es ebenfalls schaffen. Ich blickte in den Himmel hinauf, suchte den Nordstern, hielt Ausschau nach Orientierungspunkten. Dann rannte ich los. Ich rannte, bis meine Beine wie Feuer brannten. Rannte, bis sie zu zerreißen drohten.

Rannte, bis mein gesamter Körper nur noch aus gezerrten Muskeln und Schmerzen bestand.

Und dann rannte ich weiter. Um zu überleben.

Lennox

Der Himmel war noch grau, als das Hämmern an meiner Tür ertönte. Die Sonne war kurz davor aufzugehen, und ich wünschte, ich könnte sie vom Gegenteil überzeugen.

Ich hatte kaum ein Auge zugetan. Wenn ich wach war, sah ich einzig und allein Annikas Augen, die mich mit stolzem Blick herausforderten, mir sagten, dass ich unrecht hatte. Sobald ich meine Augen schloss, sah ich sie immer noch, sah, wie sie mich gemustert hatte. Der Klang ihrer Stimme, als sie *Kassiopeia* so elegant aussprach, hatte mich daran erinnert, wie schön und geheimnisvoll die Geschichten, die in den Sternen geschrieben standen, einst für mich gewesen waren.

Und jetzt, in den Sekunden zwischen den Klopfgeräuschen, tauchte ihr Grabstein neben dem ihrer Mutter vor mir auf.

»Lennox! Steh auf, Junge!«

Augenblicklich sprang ich auf und sah mich im Zimmer nach Thistle um, um sicherzustellen, dass sie verschwunden war. Kawan erlaubte uns nicht, unsere Ressourcen mit Tieren zu teilen, und er klang schon jetzt schlecht gelaunt. Ich scherte mich nicht darum, mein Hemd in die Hose zu stecken oder mir ein Wams überzuziehen. Es kam nur selten vor, dass er so früh schon etwas von mir wollte, daher war ich nervös.

»Ja, Sir?«, fragte ich, als ich die Tür öffnete. »Was kann ich für Euch tun?«

Hinter ihm stand Blythe mit verschränkten Armen.

»Sie ist weg«, erwiderte Kawan.

Ich wusste nicht, ob ich vor Wut oder Erleichterung seufzte. »Wie bitte?«

»Ich wollte nach ihr sehen«, informierte mich Blythe. »Auf dem Boden beim Fenster liegt ein Kleiderhaufen. Sie hat sich aus ihren Handschellen befreit, den Gitterstab im Fenster verschoben und ist abgehauen.«

Wie versteinert stand ich da.

»Sie … sie hat sich aus ihren Handschellen befreit?«

Kawan schlug mir fest ins Gesicht. »Sie ist aus der *Burg* geflohen! Unter deiner Aufsicht! Wie konntest du das nur zulassen? Was wolltest du damit überhaupt bezwecken? Wie genau soll das der Armee dienen? Du hast uns verraten! Schon dein Vater war ein Narr, aber du bist noch zehnmal schlimmer.«

Es kostete mich alle Kraft, mich nicht auf ihn zu werfen. Doch ich war stark genug. Ich konnte widerstehen. Außerdem gab es im Moment Wichtigeres als meinen Stolz.

Ich bewegte vorsichtig meinen Unterkiefer hin und her und weigerte mich, die Hand auf mein pochendes Gesicht zu pressen. »Woher hätte ich wissen sollen, dass dieses dürre Mädchen in der Lage ist, sich aus seinen Handschellen zu befreien?«

»Wie konntest du nur so dumm sein, nicht da unten zu bleiben?« Er durchbohrte mich mit seinen dunklen Augen. »Quälen dich etwa die Erinnerungen an ihre arme Mutter?«, fragte er sarkastisch.

Der Drang, ihm einen Fausthieb zu verpassen, wurde immer stärker. Nur einen. Einen einzigen.

»Mein einziges Versagen besteht darin, dass ich meinen Feind nicht kannte«, entgegnete ich. »Das Ziel meiner Mission war es, Euch zu beweisen, wie einfach es ist, in das Land einzudringen, das Ihr seit Jahren zurückerobern wollt. Dieses Mädchen hat uns heute vielleicht eine wichtige Lektion erteilt. Vielleicht beherrscht ihr ganzes Volk die Kunst, aus Ketten zu entkommen, was bedeutet, dass wir uns für die Gefangenen in Zukunft etwas anderes überlegen müssen, nicht wahr?«

Kawan stand da, zornig, weil ich dem Ganzen etwas Positives abgewinnen konnte. Dafür, dass ich mir das aus dem Stegreif ausgedacht hatte, musste ich mir gedanklich selbst auf die Schulter klopfen.

»Bring das in Ordnung«, befahl er. »Sofort.«

Dann stürmte er den Flur hinab, und seine Schritte hallten wie Donnergrollen von den Wänden wider.

»Nicht bewegen«, sagte ich zu Blythe, während ich die Tür schloss. Ich griff mir meine Weste vom Abend zuvor, zog sie über und legte mir meinen Gürtel mit der Tasche daran um. Dann schlüpfte ich in meine Stiefel und schnappte mir einen Reitumhang. Mein Gefühl sagte mir, dass wir sofort losreiten mussten.

»Wann warst du dort unten?«, fragte ich, als ich die Tür

wieder öffnete und in Richtung Speisesaal stapfte. Ich brauchte Verstärkung.

Blythe folgte mir auf den Fersen. »Vor ungefähr dreißig Minuten.«

»Und die Handschellen liegen noch in der Zelle?«, fragte ich noch einmal nach.

»Ja. An der einen Schelle kleben Kiesel und Dreck. Sieht so aus, als hätte sie mit ihr auf den Stein im Fenster eingeschlagen, um den Gitterstab zu lockern.«

Ich schüttelte den Kopf. Wie schlau. Ich fragte mich, wie viele Leute hier auf diese Idee gekommen wären.

»Sie hat die äußeren Schichten ihrer Kleidung abgelegt, um sich durch das Fenster zu quetschen. Liegt auch alles in der Zelle. Wenn sie nur noch Unterwäsche trägt, weiß ich nicht, wie sie die Kälte überlebt haben soll«, fügte Blythe hinzu.

Ich nickte und dachte an den rauen Wind, der manchmal von der See herüberwehte. Daran, dass sie seit gestern Morgen nichts mehr gegessen und getrunken hatte und sie blind im Dunkeln versuchte, den Weg zurück nach Hause zu finden. Wenn man dann noch *Den Wald* bedachte, war es schier unmöglich, dass sie es schaffte.

»Guter Punkt.« Ich nahm an, das würde das Problem für mich lösen. Wahrscheinlich musste sie ohnehin sterben. Wenn sie es jetzt tat, dann wenigstens nicht durch mich.

»Nachdem ich die Zelle durchsucht habe, bin ich direkt zu Kawan gegangen. Er war nicht begeistert, so früh geweckt zu werden. Als ich ihm die Situation erklärt hatte, hat er sich angezogen, und wir sind direkt zu dir gekommen.«

Ich rechnete zurück und versuchte, mich daran zu erinnern, wann ich das Mädchen gestern Nacht verlassen hatte. Im schlimmsten Fall hatte sie sechs Stunden Vorsprung.

»Wissen wir, ob sie ein Pferd mitgenommen hat?«

»Nein.«

»Warte mal«, sagte ich und blieb kurz vor dem Speisesaal stehen. »Warum warst du überhaupt unten im Kerker?«

Irgendetwas blitzte so kurz in ihren Augen auf, dass ich es nicht benennen konnte. »Ich habe nach dir gesucht. Ich wollte wissen, wie es mit der Befragung läuft.«

Sie log, das spürte ich, konnte sie jedoch nicht entlarven.

»Da draußen sind wilde Tiere«, dachte ich laut. »Das Terrain ist gefährlich. Sie hat nichts bei sich, kaum Kleidung am Leib und keine Ahnung, wo sie überhaupt ist. Aller Wahrscheinlichkeit nach ist sie bereits tot.«

»Gut möglich.«

»Aber wir müssen trotzdem nach ihr suchen. Kawan wird mir das sonst ewig vorhalten.«

»Definitiv.«

Ich schnaubte und betrat den Speisesaal. »Inigo! Griffin!«

Ich wartete erst gar nicht darauf, um zu sehen, ob sie mir folgten – ich wusste, dass sie es tun würden. Entschieden marschierte ich zur Seite der Burg mit dem Überstand, den wir als Stall benutzten. Ab jetzt würde ich immer wissen, wie viele Pferde wir besaßen.

Ich nahm mir einen Wasserschlauch und warf Blythe ebenfalls einen zu. Griffin und Inigo waren sofort zur Stelle und rannten wortlos zu ihren Pferden. Wir stiegen auf, und ich ritt los nach Westen. Wenn sie auch nur einen Funken Verstand hatte, war sie in Richtung des Waldes geflüchtet, also jagte ich ihr nach.

Annika

Die Sonne war nun aufgegangen, und ich war vollkommen schutzlos. Meine Reitstiefel waren nicht dafür gemacht, um in ihnen zu rennen, und ich spürte, dass ich überall Blasen an den Füßen hatte, die allmählich aufplatzten. Meine Finger taten immer noch weh von der nächtlichen Kälte. Es war beinahe unmöglich, sie zu Fäusten zu schließen, ohne dass ich blind wurde vor Schmerz. Seit ich die halb zerfallene Burg verlassen hatte, war ich an nichts vorbeigekommen, das nach Zivilisation aussah, daher konnte ich nirgendwo um Hilfe bitten.

Der Sonne nach zu urteilen ging ich nach Westen, doch das war alles, woran ich mich orientieren konnte. Und sobald ich diesen schrecklichen Wald erreicht hätte, würde mir die Sonne auch keine Hilfe mehr sein. Es fiel mir immer schwerer, einen klaren Gedanken zu fassen. Der Rausch meiner Flucht hatte mich stundenlang angetrieben, aber jetzt konnte ich nur noch an meine toten Leibwachen denken, die nun den Elementen ausgesetzt waren. Daran, dass ich nicht wie versprochen nach Hause zurückgekehrt war. Mein Vater hatte mich nicht aus den Augen lassen wollen, und selbst in seiner schlimmsten Verfassung sorgte er sich um mich. Und ich war meiner Mutter so nahe gewesen und musste sie dennoch zurücklassen. Diese Gedanken gingen mir immer und immer wieder durch den Kopf, doch irgendwann mischten sich auch Schmerz, Hunger und Erschöpfung darunter.

Als ich den dichten Wald betrat, sagte ich mir selbst, dass es keine Rolle spielte – ich musste nur so weit wie möglich weg von Lennox. Wie es schien, war ich zur Burg gebracht worden, um dort zu sterben, und Lennox war derjenige, der mit dieser Aufgabe betraut worden war, auch wenn es nicht so gewirkt hatte, als wollte er es tun. Nicht einmal, als ich ihn wütend gemacht hatte. Ich schüttelte den Kopf. Ich würde jetzt kein Mitgefühl für den Mann empfinden, der mir meine Mutter genommen hatte.

Mir wurde schwindelig von der Kopfbewegung, und ich musste mich an einen Baumstamm lehnen. Ein Ast kratzte mich am Arm. Ich schnappte überrascht nach Luft, weil ich es nicht einmal mehr spürte.

In dem Moment hörte ich die Pferde.

Ich warf einen Blick nach hinten und machte in der Ferne vier Reiter aus. Ich erkannte Lennox sofort an seinem Umhang. Ich war gescheitert. Ich war nicht schnell genug gewesen.

Der Baum, an dem ich lehnte, war auf der einen Seite

hohl. Alles, was ich jetzt noch tun konnte, war hineinzukriechen und mich darin zu verstecken. Das Loch bot nur wenig Schutz, doch es war alles, was ich hatte. Sie waren nur zu viert und wussten nicht, wo ich war. Ich redete mir ein, es bestünde durchaus die Möglichkeit, dass sie einfach an mir vorbeiritten.

Ich versuchte, langsamer zu atmen, und kauerte mich zusammen, presste die Arme gegen die Innenseite des ausgehöhlten Stamms.

Nicht bewegen, nicht bewegen, nicht bewegen.

»Verteilt euch.«

Als ich seine Stimme hörte, versteifte ich mich. Er war schon viel zu nahe.

»Ihr drei geht nach Süden. Wahrscheinlich ist sie irgendwo hier draußen zusammengebrochen.«

»Ja, Sir«, erwiderten sie, und ich lauschte aufmerksam dem Geräusch der davonpreschenden Pferde.

Ich wartete darauf, dass er sich ebenfalls in Bewegung setzte, doch ich hörte lange Zeit nichts, bis das Pferd den ersten Schritt machte. Dann noch einen. Ich wusste, dass er immer noch ganz in der Nähe war, das Gebiet durchkämmte.

Mein Herz trommelte in meinen Ohren.

Nach ein paar Minuten des angespannten Wartens sah ich ihn. Er saß auf demselben Pferd wie gestern, einem dunklen, furchteinflößenden Tier. Wie immer hatte er die Augenbrauen zusammengezogen, und er hatte einen roten Striemen auf der Wange, ähnlich dem meinen, den ich immer noch spürte. Seufzend fuhr er sich mit behandschuhten Händen durch das Haar und hielt sein Pferd an.

Er wirkte erschöpft. Nicht im körperlichen Sinne, sondern als bräuchte er eine Erholung, die Schlaf ihm nicht zu bieten vermochte.

Plötzlich hob er den Blick, als ob er irgendetwas gehört hätte, obwohl ich keinen Mucks von mir gegeben hatte. Mit fragendem Blick drehte er den Kopf über die Schulter … und sah mich.

Das war es dann also.

Langsam kam er auf mich zu, doch in seinem Gesicht war nichts von dem Triumph zu sehen, den ich erwartet hätte. Ich wusste nicht, was ich erwartete, was nun geschehen würde, doch einen Moment lang starrte er mich einfach nur an. Mir wurde bewusst, dass ich lediglich mein Unterkleid und mein Mieder trug und von Kopf bis Fuß mit Matsch bedeckt war. Das war nicht das würdevolle Ende, das ich mir erhofft hatte.

Ich wartete darauf, dass er einen Satz nach vorn machte, doch er sah mich nur an. Dann griff er in die Tasche an seinem Gürtel und warf mir irgendetwas zu. »Fang«, flüsterte er.

Instinktiv streckte ich die Hände aus, kurz bevor es auf der Erde landete. Ich begutachtete das kleine Rechteck. Es sah aus wie Samen, zusammengepresst in Sirup und in Papier eingewickelt.

Er zog den Wasserschlauch von seinem Sattel, nahm einen riesigen Schluck, verschloss ihn wieder und ließ ihn dann zu Boden fallen. »Ups.«

Dann griff er sich an den Hals und löste das Band, das seinen Umhang zusammenhielt, und der schwere Stoff landete auf dem Waldboden.

»Nicht bewegen«, befahl er mir. »Sobald sie mit ihrer Suche fertig sind, werde ich sie über das Feld hinter dir in

Richtung Süden führen. Erst wenn du die Pferde nicht mehr hörst, gehst du in diese Richtung.« Er deutete in die Richtung, in die ich ursprünglich gegangen war. »Der Umhang ist dick genug, um die Dornen abzuhalten. Bevor du dein Zuhause erreichst, wirfst du ihn und den Wasserschlauch weg. Das letzte Mal hast du mich im Kerker gesehen. Verstanden?«

Meine Verwirrung stand mir sicherlich ins Gesicht geschrieben.

»Wenn sich unsere Wege das nächste Mal kreuzen, werde ich keine Gnade walten lassen. Wenn wir kommen, um unser Königreich zurückzuerobern, wirst du sterben, Annika.«

Ich reckte das Kinn. »Danke für die Warnung. Aber du solltest wissen, dass ich auch nicht vorhabe, dich am Leben zu lassen, Lennox.«

Auf seinem Gesicht war der Anflug eines Lächelns zu erkennen.

»Verstanden. Bis dann.« Er neigte den Kopf wie ein waschechter Gentleman.

Den Umhang ließ ich erst einmal liegen, doch der Wasserschlauch war nahe genug, um den Arm danach auszustrecken, also tat ich es. Es war mir egal, dass er daraus getrunken hatte. Ich führte das Ding an die Lippen und trank gierig, denn ich war am Verdursten. Nach Luft schnappend ließ ich davon ab und spähte aus meinem Versteck, um sicherzugehen, dass keiner von ihnen zurückgekommen war.

Hungrig blickte ich hinunter auf den kleinen Quader mit den Samen und beschloss, einen Bissen zu riskieren. Mit Begeisterung stellte ich fest, dass er knusprig und süß war. Er war so gut, dass ich beinahe laut geseufzt hätte. Ich nahm noch einen Bissen und bemerkte einen mir vertrauten Geschmack. Zimt.

Ich lächelte vor mich hin, kauerte mich zusammen und wartete.

Lennox

»Keine Spur von ihr«, gestand Blythe frustriert.

»Und ihr?«, fragte ich Inigo und Griffin.

»Nichts«, fügte Inigo niedergeschlagen hinzu, während Griffin nur den Kopf schüttelte.

»Irgendeine Spur von einem Wildtier?«, fragte ich.

»Nein«, setzte Inigo an, »aber das heißt nicht, dass sie von keinem erwischt wurde. Es ist sehr unwahrscheinlich, dass sie es auf sich allein gestellt durch diesen Wald geschafft hat.«

Ich nickte zustimmend. »Dann war's das also«, sagte ich. »Zurück zur Burg. Ich übernehme die volle Verantwortung. Sie ist unter meiner Aufsicht abgehauen, und ihr habt unermüdlich nach ihr gesucht. Es ist allein meine Schuld.«

»Wir können dir beistehen«, bot Inigo an. »Wir können wenigstens als geschlossene Front auftreten. Ist doch nicht deine Schuld, dass das Mädchen so gewitzt ist.«

Zum zweiten Mal heute hätte ich beinahe gelächelt.

»Danke für das Angebot. Das weiß ich wirklich zu schätzen. Aber sie stand unter meiner Aufsicht, also bin ich dafür verantwortlich. Reiten wir los. Und passt auf eure Wasserschläuche auf«, fügte ich hinzu. »Meiner ist irgendwo abgefallen.«

»Sollen wir danach suchen?«, fragte Blythe.

Ich schüttelte den Kopf. »Nein. Ich will so schnell wie möglich zurück zur Burg und die Sache hinter mich bringen. Lasst uns losreiten.«

Ich preschte zwischen den Bäumen hindurch und führte sie wie versprochen nach Süden. Nachdem wir den Wald und das Feld hinter uns gelassen hatten, hielt ich am Rande eines kleinen Baumbestands inne.

»Irgendetwas stimmt nicht mit meinem Sattel«, rief ich. »Reitet weiter, bin gleich bei euch.«

Ich sprang vom Pferd und blickte mit zusammengekniffenen Augen zum Wald in der Ferne. Nach einem kurzen Moment sah ich zwischen den Bäumen etwas Schwarzes aufblitzen, das sich in Richtung Südwesten bewegte. Nun, wer hätte das gedacht? Sie konnte tatsächlich Anweisungen befolgen.

Ich hob den Arm und brach vom nächsten Baum einen dünnen tiefhängenden Ast ab, denn ich war mir sicher, ihre Mutter würde gern davon erfahren.

Kawan trommelte mit den Fingern auf der Armlehne seines Stuhls. Für ihn war es sein Thron, aber in Wirklichkeit war es nur der älteste, größte Stuhl in der ganzen Burg. Und das hier war kein Thronsaal. Kein Ballsaal. Es war lediglich ein Speisesaal. »Das heißt also, sie ist weg?«

»Spurlos verschwunden«, log ich. Ich hielt meine Stimme ruhig und sprach deutlich, als wäre es mir egal, wer mich von den Anwesenden hörte. »Zeitlich gesehen hätten sich unsere Wege kreuzen müssen, was bedeutet, dass sie sich entweder verlaufen hat oder bereits tot ist.«

Er hob die Hand mit den trommelnden Fingern. »Aber wir haben keine Leiche? Nichts, was wir ihrem armseligen König schicken können?«

»Nein, nichts. *Ich* habe nichts. Es ist allein meine Schuld.«

Er erhob sich mit zusammengekniffenen Augen und kam in vier großen Schritten auf mich zu. »Ich würde es nur zu gern wissen, Lennox. Was genau hast du mit dieser Mission erreicht?«

»Wir wissen nun, dass wir ihre Familie auslöschen können«, erwiderte ich mit Nachdruck. »Jetzt können wir …«

Kawan holte aus und schlug mich auf dieselbe Wange wie heute Morgen, nur mit noch mehr Wucht. »Du hast uns verraten! Dein Vater war wenigstes *allein* unterwegs. Wie auch unser Mann, der ihre Königin entführt hat. Du hattest eine Gefolgschaft und hast sie in meine Burg gebracht! In deiner Dummheit hast du unsere Lage und unsere Zahlen verraten! Es ist gut möglich, dass all unsere bisherigen Anstrengungen umsonst waren. Willst du dein Land zurückbekommen oder nicht, Sohn?«

Ich ballte die Faust. Aus dem Augenwinkel sah ich, wie Mutter kerzengerade auf ihrem Stuhl saß. Sie wusste, dass Kawan zu weit gegangen war.

»Ich bin nicht Euer Sohn«, knurrte ich und durchbohrte ihn mit meinem Blick. »Ich werde Euer Soldat sein. Ich werde mir die Hände schmutzig machen, damit Ihr es nicht tun müsst. Ich werde der Anführer der Mission sein, die Ihr auswählt. Aber ich werde niemals Euer Sohn sein.«

Er verengte die Augen zu Schlitzen, forderte mich dazu heraus, ihn erneut zu provozieren.

»Alles hier gehört mir. Vergiss das nicht.«

Vielleicht hätte ich besser den Mund halten sollen. Aber zweimal an nur einem Tag von Kawan gedemütigt zu werden, war mehr, als ich ertragen konnte.

»Schon witzig. Ihr sagt, alles gehöre Euch. Und was ist mit der ganzen *Arbeit?* Wann wird die Euch gehören? Ich bin derjenige, der die Armee zusammenhält. Ich war der Einzige, der den Mumm hatte, eine Königin zu töten. Ich würde nur zu gern wissen, wie Ihr behaupten könnt, alles hier würde Euch gehören.« Da er noch nie ein Mann großer Worte gewesen war, holte er mit seiner Faust aus und schlug mir auf die Nase. Ich stolperte rückwärts und landete in Inigos Armen.

»Wenn du dich nicht an der Spitze meines Schwerts wiederfinden willst«, zischte er, »wirst du lernen, wo dein Platz ist, und gefälligst dort bleiben.«

Mein Platz. Seit Jahren füllte »mein Platz« die Lücken, die seine Feigheit hinterließ.

Ich sah meine Mutter an. Wenn es sie bestürzte, ihren Sohn bluten zu sehen, verbarg sie es geschickt.

»Geh mir aus den Augen«, knurrte Kawan.

»Nur allzu gern.«

Ich schüttelte Inigo von mir ab und verließ erhobenen Hauptes und blutüberströmt den Saal. Dann stürmte ich um die Ecke, ohne zu merken, dass mir Inigo, Blythe und Griffin auf den Fersen folgten.

»Hier«, sagte Inigo.

Ich wirbelte herum, und er hielt mir ein Taschentuch hin. Normalerweise wäre es mir egal gewesen, doch diesmal fühlte es sich nach viel Blut an. »Danke. Und danke, dass du mich aufgefangen hast.« Ich drückte mir den Stofffetzen an die Nase und sah die drei der Reihe nach an. »Ihr hättet nicht hinter mir stehen müssen. Und ihr hättet mir auch nicht folgen müssen. Er hasst mich. Das hat er schon immer getan. Wenn ihr bei mir bleibt, werdet ihr früher oder später seinen Zorn zu spüren bekommen.«

»Davon bekommt eh jeder etwas ab«, bemerkte Griffin.

Ich lachte leise, was ebenfalls schmerzte. »Ich bin sicher, er wird mir schon bald eine neue Aufgabe geben, um den Schaden wiedergutzumachen. Und sie wird noch gefährlicher, denn er würde mich lieber sterben sehen, als meinen Erfolg mitzuerleben. Wenn ihr lieber nicht mitkommen wollt, dann sagt es mir jetzt.«

»Ich bin dabei.« Entschlossen verschränkte Inigo die Arme vor der Brust.

»Ich spreche für Andre und Sherwin. Wir kommen alle mit«, rief Griffin.

Dann richtete ich den Blick auf Blythe.

»Du kennst die Antwort bereits.«

Zum ersten Mal seit Jahren war ich nicht mehr allein. Irgendwie ängstigte mich die Vorstellung zu Tode. Die Vorstellung, dass man schon bald meinen Namen kennen könnte. Doch der Krieg stand wegen meiner Verfehlung nun kurz bevor – und wenn wir es schaffen wollten, musste ich mich auf jemanden verlassen können.

»Danke«, sagte ich und fasste ihr vorsichtiges Lächeln als Zustimmung auf.

Wir waren ein Team.

Annika

Während ich den Wasserschlauch bis auf den letzten Tropfen leerte, dachte ich an Zuhause. Obwohl er der letzte Mensch war, den ich sehen wollte, musste ich immer wieder an Nickolas denken.

Er hatte kein einziges Mal über die Schulter geblickt, um nach mir zu sehen.

Ich dachte an unseren Streit, daran, dass er sich weigerte, mir Zeit für mich zu geben, sobald wir verheiratet wären. Ich wusste nicht, was ich zu ihm sagen sollte, wenn wir uns wiedersahen. Selbst wenn ich Worte hätte, könnte ich sie wirklich aussprechen? Unsere Verlobung war nun offiziell. Ich fühlte mich vollkommen hilflos.

Du bist gerade deinen Entführern entkommen, Annika. Du hast Ruhe bewahrt. Du bist aus einem Kerker entflohen und hast dich durch einen Wald gekämpft, den dein Vater für undurchdringlich hielt. Irgendwie hast du es geschafft, den Mann, der deine Mutter umgebracht hat, davon zu überzeugen, dich am Leben zu lassen. Du bist nicht hilflos.

Kurz hielt ich inne und blieb mitten auf einem Feld stehen. Es stimmte. Ich hatte gerade eine Situation überlebt, mit der selbst Escalus seine Probleme gehabt hätte. Ich hatte es geschafft. Ich warf Lennox' Umhang, der sich im Wind bauschte, über die Schultern und richtete meinen erschöpften, geschundenen Körper auf. Ich war nicht hilflos.

Neuen Mutes setzte ich meinen Weg fort und wusste, dass ich es nach Hause schaffen würde, ganz egal, wie lange es auch dauern mochte. Während ich immer weitermarschierte, entdeckte ich am Horizont plötzlich etwas, das aussah wie eine Armee. Eine lange Reihe von Pferden tauchte vor mir auf, vielleicht vierzig an der Zahl, doch ich konnte nicht sehen, wie viele Reihen danach noch folgten. Die Sonne stand immer noch hoch genug, dass ich das blasse Grün der Flagge Kadiers ausmachen konnte, die der Fahnenträger links neben meinem Vater hielt. Zu seiner Rechten ritt Escalus. Und rechts neben Escalus erkannte ich Nickolas' steife Gestalt.

»Escalus!«, schrie ich mit vor Erleichterung brüchig gewordener Stimme und rannte, so schnell mich meine Beine trugen. »Escalus!«

»Halt!«, rief jemand, und die gesamte Kompanie kam zum Stillstand.

»Annika!«, rief Escalus, sprang vom Pferd und rannte durch das hohe Gras auf mich zu. Hinter ihm begannen die Männer zu jubeln – ihre Prinzessin war in Sicherheit.

Ich konnte nicht anders, als zu weinen. Ich konnte mich kaum noch bewegen, doch es spielte keine Rolle. Escalus kam zu mir. Alles würde nun gut werden.

Mit Tränen in den Augen warf er sich mir entgegen und drückte mich fest an sich. Der Schmerz war mir egal. »Annika, was machst du hier?«

»Was ich hier mache? Was machst *du* hier?«

Er lachte. »Wir wollten dich natürlich retten kommen. Wir sind blindlings nach Osten geritten und haben gebetet, dass wir dich finden.«

Die Tränen kullerten nur so, während ich gar nicht mehr aufhören konnte zu lächeln. »Alles in Ordnung. Ich habe mich selbst gerettet.«

»Ha!«, rief er, hob mich hoch und wirbelte mich herum. »Ich fasse es nicht. Ich hatte solche Angst, wir hätten dich verloren.«

»Das hättet ihr auch beinahe. Ich habe dir so viel zu erzählen.«

Doch bevor ich dazu kam, hatten Vater und Nickolas uns erreicht.

Mein Vater sah mir in die Augen, und für einen wundervollen Moment dachte ich, er würde mir nun alles sagen, wonach ich mich seit so langer Zeit sehnte. *Vergib mir.* Oder *Heirate, wen auch immer du willst.* Oder *Ich liebe dich.* Doch mein Vater war immer noch der König, der sofort wieder an sein Reich dachte.

»Was hast du uns zu berichten?«, fragte er, musterte mich und stellte fest, dass ich nur noch meine Unterwäsche trug und voller Dreck war.

»Ich bin Jagos Sohn begegnet«, erwiderte ich. »Da draußen ist eine Armee, Vater. Du hattest recht. Jago hatte

Komplizen. Doch es ist kein Nachbarland, das es auf uns abgesehen hat. Es ist etwas viel Schlimmeres. Ein Krieg steht bevor, und wir müssen uns darauf vorbereiten.«

»Bist du dir sicher?«, fragte Nickolas.

»Ach, sieh mal einer an, wer wieder wach ist«, bemerkte ich schnippisch. »Vielen Dank, dass du im Wald so gut auf mich Acht gegeben hast.«

»Annika«, sagte Vater in warnendem Ton. »Ohne Nickolas hätten wir keine Ahnung gehabt, was mit dir passiert ist.«

»Ich sage Euch, was mit mir passiert ist«, erwiderte ich und blickte meinem Vater in die kalten Augen. »Ich wurde allein gelassen. In den Händen eines Mörders.«

Vater schnaubte. »Dann reitest du ab jetzt eben nicht mehr aus.«

Ich verdrehte die Augen. »Das ist nicht die Lösung des Problems.«

»Vielleicht nicht, aber deinen Verlobten jetzt schlecht dastehen zu lassen, auch nicht.«

»Genug jetzt. Wir müssen zurück nach Hause«, ging Escalus dazwischen. Immer die Stimme der Vernunft. »Annika, du reitest mit mir.«

Vater ritt voraus und verkündete den Männern voreilig unseren Sieg. Sie jubelten und sangen, erhoben die Schwerter und bewegten sie im Takt des Lieds auf und ab.

»Sollen wir die Männer lieber vorausschicken?«, fragte Nickolas. »Schließlich ist sie halb nackt.«

Escalus sah meinen bedauernswerten Verlobten an und antwortete an meiner Stelle: »Lieber Nickolas, bitte halte einfach den Mund.«

Teil 2

In dem Moment, in dem sich Lennox auf seiner dünnen Matratze unruhig herumwälzte, bauschte sich der zarte Baldachin über Annikas Bett in der frühen Morgenbrise auf. Das Wetter schlug allmählich um. Lennox, der raue Winde gewohnt war, störte sich nicht sonderlich daran, doch Annika, deren Fenster man versehentlich offen gelassen hatte, begann zu zittern.

Die kühle Luft zog ihr in die Knochen, sodass sie schließlich erwachte. Kurz setzte sie sich auf und ließ den Blick wachsam durch das Zimmer schweifen. Bisher war ihr die Kälte immer egal gewesen, doch jetzt hatte sie eine andere Wirkung auf sie. Jeder Windhauch brachte sie zurück in den Kerker von Vosino Castle. Sie war zu mehr in der Lage, als man von ihr erwartet hätte, doch das bedeutete nicht, dass ihre Ängste verschwunden waren. Sie schwirrten ihr im Kopf herum, während sie sich wieder hinlegte und darauf wartete, dass die aufgehende Sonne sie wärmte.

Lennox jedoch beobachtete bereits, wie die Sonne über den Horizont kletterte, doch der Nebel, der vom Meer aufstieg, dämpfte das Licht. Wie jeden Tag seit Annikas Flucht dachte er auch heute wieder daran, wie er sie zusammengekauert im Wald gefunden hatte, bereit zum Angriff. Obwohl sie ihrer Mutter so ähnlich war, hatte er ihre Reaktionen nicht abschätzen oder erahnen können, wozu sie fähig wäre.

Er ging an seinen Schreibtisch und zog die aschblonde Strähne aus der Schublade. Als er mit ihr geredet hatte, selbst im Streit, hatte er sich auf eine Art gesehen gefühlt wie noch nie zuvor in seinem Leben. Er wusste sich immer noch keinen Reim darauf zu machen. Ihr Volk war dafür verantwortlich, dass er seinen Vater verloren hatte und seine Familie auseinandergebrochen war, und eines Tages würde seine Armee in ihr Land einmarschieren.

Aber sie mochte Kassiopeia. Sie wusste mit einem Schwert umzugehen. Und er erinnerte sich daran, dass ihr Haar nach Rosenwasser geduftet hatte.

Er wollte sie nicht töten. Aber er würde es tun.

Währenddessen setzte sich Annika seufzend in ihrem Bett auf. Dann schlich sie hinüber zum Fenster, schloss leise die Läden und verriegelte sie. Sie zitterte noch immer, und obwohl sie genug Decken hatte, krabbelte sie zur Truhe am Fußende ihres Betts.

Auf den Kleidern ihrer Kindheit und den Skizzen ihrer Mutter lag ein pechschwarzer Umhang mit zwei langen Bändern. Sie zog ihn heraus und legte ihn um ihre Schultern, um sich vor der Kälte zu schützen. Obwohl Lennox sie entführt hatte, war er dennoch überaus großzügig gewesen. Er hätte sie töten können.

Doch er hatte es nicht getan.

Er hatte gesagt, er würde sein Königreich zurückerobern, aber was bedeutete das überhaupt? Es war ihr Palast, war es schon immer gewesen. Sie zog den Umhang enger um sich. Wenn sie einatmete, konnte sie das Meer riechen.

Er hatte sie gerettet. Er hatte ihr Kleidung geschenkt. Er hatte sich mehr um sie gekümmert als ihr eigener Verlobter, wenn auch auf seltsame Weise.

Aber er hatte ihr auch die Mutter genommen. Und sollte er in Kadier einmarschieren, würde sie gegen ihn kämpfen. Sie musste ihn töten, um alles zu schützen, was sie jemals geliebt hatte.

Annika und Lennox klammerten sich an die Dinge des jeweils anderen, in dem Wissen, dass einer von ihnen sterben musste, sobald sie sich das nächste Mal begegneten.

Annika

Nachdem ich Lennox entkommen war, blieb ich über eine Woche lang auf meinem Zimmer. Ich hatte einen tiefen Schnitt und ein paar Kratzer, die noch heilen mussten, und so viele Dinge, über die ich nachdenken musste. Da konnte ich keine neugierigen Augen gebrauchen.

Ich hatte die Zeit genutzt, um mit dem Tod meiner Mutter Frieden zu schließen. Jetzt, da ich Gewissheit hatte, konnte ich damit abschließen, und auch, wenn wir ihren Körper wahrscheinlich niemals zurückbekämen, würde ich so schnell wie möglich auf eine anständige Beerdigung bestehen.

Doch das aktuell größere Problem war, dass dort draußen eine Armee lauerte, bereit einzumarschieren. Die Zahl der Wachen um den Palast wurde erhöht. Und auch die an den Landesgrenzen. Sollten sie kommen, waren wir bestmöglich vorbereitet.

Doch für mich war das Allerwichtigste, dass ich endlich eine Entscheidung getroffen hatte. Diesmal würde ich nicht nachgeben.

Ich wusste, was ich meinem Volk bedeutete. Nachdem ich dem sicheren Tod entronnen war, hatte ich als Geschenk sechs Pferde, exotische Früchte und so viele Blumen erhalten, dass ich gar nicht das Zimmer verlassen musste, um im Garten spazieren zu gehen. Und die Briefe erst! Ich hatte sie alle gelesen. Jeder einzelne war voll des Lobes, auf manchen entdeckte ich Flecken von Tränen sowohl der Freude als auch der Sorge.

Ich hatte so viel Zeit damit verbracht, mich um mein Volk zu sorgen – und jetzt wusste ich, dass es auf Gegenseitigkeit beruhte.

»Es ist perfekt, Noemi«, hauchte ich und bewunderte mich selbst im Spiegel.

»Aber wird er nicht verärgert sein, Mylady?«, fragte sie und setzte mir die schlichte Krone auf den Kopf.

»Darum geht es ja gerade.« Ich drehte mich um und strich mir die langen Locken über die Schulter. Es war eine schlichte, aber deutliche Aussage.

»Er *wurde* bewusstlos geschlagen«, bemerkte sie, wenn auch mit wenig Nachdruck.

Ich schüttelte den Kopf. »Das ist es nicht«, versicherte ich ihr. Jede Sekunde meiner Entführung war mir glasklar in Erinnerung geblieben. Der Schmerz, als mich Lennox mit seinem Schwert am Arm erwischt hatte; mein gebrochenes Herz, als sich meine Wachen lieber für mich geopfert hatten, als dem Feind etwas zu verraten; der Anflug eines Lächelns auf Lennox' Gesicht, als er mich im Wald gefunden hatte. Ich würde es niemals vergessen, selbst wenn ich wollte. Und ich wusste auch, dass ich Nickolas niemals würde respektieren können.

»Wäre die Bewusstlosigkeit sein einziges Vergehen gewesen, wäre ich ganz klar im Unrecht. Aber er hat nicht einmal nach mir gesehen, als sie aufgetaucht sind. Er ist einfach abgehauen und hat mich allein zurückgelassen. Jeder anständige Mann, ganz gleich wie hoch sein Rang, hätte wenigstens einen Blick nach hinten geworfen. Ich glaube nicht, dass ich dieser Ehe entkommen kann, aber er hat sein Recht, mich zu kontrollieren, verwirkt.«

Seufzend klatschte Noemi in die Hände. »Für jemanden mit königlichem Blut war sein Verhalten in der Tat ein wenig schockierend. Euer Bruder würde so etwas niemals tun.«

Ich seufzte ebenfalls. »Königliches Blut hin oder her – er hätte es nicht tun sollen. Und du hast vollkommen recht. Escalus wäre lieber gestorben, statt zuzulassen, dass sie mich entführen.« Ich wandte mich um und starrte zum Fenster hinaus.

»Ist es nur sein Verhalten, das Euch so verärgert, Mylady? Ihr seht traurig aus.« Noemi stützte das Kinn auf die immer noch gefalteten Hände.

»Das bin ich auch, glaube ich.«

Sie kam zu mir herüber und senkte die Stimme zu einem Flüstern. »Ihr seid dem Mann begegnet, der Eure Mutter getötet hat. Ihr musstet mit ansehen, wie Eure Landsmänner gestorben sind. Ihr wurdet verhört. Ihr seid aus einem Kerker entkommen und zu Fuß nach Hause geflohen. Es ist in Ordnung, wütend und traurig zu sein. Oder was auch immer Ihr fühlt.«

»Das ist es nicht allein«, gestand ich.

»Was ist es dann?«

Ich schloss die Augen und erinnerte mich daran, wie sich sein Tonfall verändert hatte, nachdem sein Verhör beendet war. »Er hat mich nach meinem Lieblingssternbild gefragt. Der Mann, der mich entführt hat. Und dann habe ich ihn nach seinem gefragt.«

Noemi riss die Augen auf. »Wie konntet Ihr überhaupt mit ihm sprechen?«

Ich nickte. »Ich weiß, ich weiß. Und genau das beschäftigt mich. Ich weiß jetzt gewisse Dinge über ihn. Ich weiß jetzt, dass er tatsächlich ein Mensch ist. Ich weiß, dass er selbst in eine Schublade gesteckt wurde. Du hättest hören sollen, wie er über die Sterne gesprochen hat. Überhaupt wie er gesprochen hat. Ich weiß, dass seine blauen Augen den Farbton zwischen Eis und Himmel haben.« Ich schluckte schwer. »Aber er hat meine Mutter ermordet. Er will mein Zuhause, Vaters Krone und alles, wofür ich mein ganzes Leben lang gedient habe.«

Mitfühlend sah Noemi mich an. »Das darf nicht geschehen.«

Ich schüttelte den Kopf und starrte weiter geradeaus. »Das wird auch nicht geschehen. Ich werde Nickolas meinem Land zuliebe heiraten. Der Zukunft meines Bruders zuliebe. Und aus diesen Gründen werde ich auch gegen Lennox kämpfen.«

Sie erschauderte. »Ihr habt ihn jetzt zwar schon oft erwähnt, aber es ist immer noch schwer zu begreifen, dass er echt ist und einen Namen hat.«

»Oh ja, das hat er«, erwiderte ich und schlüpfte in mein Kleid. Ich konnte weder ihr noch sonst jemandem sagen, dass sein Name in meinem Kopf widerhallte, seit ich ihm begegnet war. Manchmal aus Furcht, manchmal aus Wut und manchmal – was mir am meisten Angst bereitete – aus Dankbarkeit.

Erhobenen Hauptes betrat ich den Speisesaal. Ich trug meine Krone nur selten, aber heute erschien es mir angebracht. Die Männer in meinem Leben saßen bereits am Haupttisch. Vater saß natürlich auf seinem Stuhl mit der hohen Rückenlehne in der Mitte. Er musterte sein Essen, als ob es ihn auf irgendeine Weise beleidigt hätte.

Zu seiner Linken saß mein geliebter Bruder Escalus. Seine Augen leuchteten, sein Lächeln war einladend. Er verhielt sich so, wie ich es eigentlich von meinem Vater erwartet hätte.

Rechts neben meinem Vater stand ein leerer Stuhl, der für mich reserviert war, und daneben saß der gute alte Nickolas mit seinen scharfen Gesichtszügen. Mürrisch dreinblickend kaute er sein Essen. Zwischen zwei Bissen blickte er auf und entdeckte mich mit offenem Haar den Raum durchquerend. Ich sah ihm herausfordernd in die Augen.

»Guten Morgen, Bruder«, sagte ich, umrundete den Tisch und beugte mich sogar hinunter, um meinen Vater auf die Wange zu küssen. Er war davon genauso überrascht wie ich und schenkte mir einen verwunderten Blick.

Ich tat mir das Essen auf und nahm meinen Platz ein. Es dauerte einen Moment, bis mein Verlobter den Mut aufbrachte, das Wort zu ergreifen.

»Schön, dass du wieder auf bist«, bemerkte er vorsichtig.

Ich lächelte, ohne etwas zu erwidern. Außer Escalus und dem Arzt hatte niemand mein Zimmer betreten dürfen. Ob Vater vorbeigekommen war, hatte niemand gesagt, aber Nickolas hatte es dreimal versucht und war jedes Mal von Noemi weggeschickt worden.

»Mein Liebling, ich will mich nicht an unserem ersten gemeinsamen Morgen mit dir streiten, aber ich erwarte von dir, dass du nach dem Frühstück dein Haar hochsteckst«, flüsterte er und versuchte, es wie eine höfliche Bitte klingen zu lassen. Aber leider würde nicht einmal mehr das funktionieren.

Langsam wandte ich mich ihm zu, sah ihn eiskalt an, und er war klug genug, ein wenig auf Abstand zu gehen.

»Wenn du mich noch einmal ›mein Liebling‹ nennst, stoße ich dir die Gabel in den Hals. Außerdem habe ich niemals zugestimmt, mein Haar hochgesteckt zu tragen. Du hast die Forderung gestellt, und ich hatte das Gefühl, ihr Folge leisten zu müssen, aber ich will aussehen wie meine Mutter. Mehr als jemals zuvor. Das werde ich mir nicht nehmen lassen. Und übrigens: Interessant, dass du immer noch meinst, du hättest mir irgendetwas zu sagen.«

Er schnappte nach Luft und starrte mich an, als hätte ich ihn gerade mit einem heißen Eisen versengt. Was ich durchaus in Erwägung zog, sollte er noch etwas Dummes von sich geben.

Vater schüttelte den Kopf. »Was für ein kindisches Verhalten«, schimpfte er. »Deine Mutter …«

»Mutter hätte mir zugestimmt«, unterbrach ich ihn. »Und hättet Ihr in ihrer Anwesenheit so mit mir gesprochen, hätte sie sich für Euch geschämt.« Das hatte ihn verletzt. Ich konnte es ihm ansehen. »Sie hätte mich niemals in die Situation gebracht, dass ich von solch einem Menschen abhängig bin.«

Vater sah mich abschätzend an.

»Zwing mich nicht, die Hand zu erheben, Annika«, warnte er mich. »Das wird nicht gut enden.«

Ich lehnte mich zu ihm und senkte die Stimme. »Ihr meint wie beim letzten Mal?«

Ich sah, wie sich seine Kiefermuskeln anspannten.

»Ich versuche nicht, die Verlobung aufzulösen. Das Volk braucht mehr denn je Stabilität. Aber du, Sir«, sagte ich und wandte mich an Nickolas, »solltest nicht davon ausgehen, dass du vor der Hochzeit, die übrigens stattfindet, wann ich es will, mehr als ein- oder zweimal in meiner Gegenwart geduldet wirst. Und danach erwarte ich von dir, dass du auf Abstand bleibst. Du kannst mir vielleicht meine Freiheit nehmen, aber niemals meine Lebensfreude.«

Ich erhob mich vom Tisch. Zwar war ich noch nicht fertig mit meinem Frühstück, doch ich wollte nicht länger bleiben und marschierte aus dem Saal. Instinktiv raffte ich mein Kleid zusammen, um es nicht über den Boden zu ziehen, und erinnerte mich daran, dass Mutter genau das Gleiche getan hatte. Und ich dachte bei mir: *Ich bin wirklich ihre Tochter.*

Lennox

Nach meinem fatalen Fehler, Annika gehen zu lassen, wurden unserer täglichen Routine neue Aufgaben hinzugefügt. Obwohl alle hofften, dass sie da draußen gestorben war, wollte Kawan kein Risiko eingehen. Nun mussten die Burg und die Grenzen dessen, was wir als unser Gebiet bezeichneten, zu jeder Zeit bewacht werden.

»Danke, dass ich mitkommen durfte«, sagte Blythe. Schon wieder.

»Keine Ursache. Man sollte sowieso immer zu zweit patrouillieren.«

»Das weiß ich, aber ich weiß es einfach sehr zu schätzen.«

Wir standen am Waldrand Wache und ließen unsere Augen so weit wie möglich in die Ferne schweifen. Nachts war es schwieriger. Gefährlicher. Aber ich hatte ohnehin darüber nachgedacht, die Nacht hier draußen zu verbringen, egal, ob es von mir verlangt wurde oder nicht. Schlaf war neuerdings eine heimtückische Kreatur.

»Lennox?«

»Ja?«

»Was machen wir hier eigentlich?«

Ich riss den Blick vom Horizont los und sah sie an. »Patrouillieren?«

»Nein«, widersprach sie. »Ich meine, wir trainieren, wir warten … Aber hast du dich je gefragt, ob dieses Land es überhaupt wert ist, dafür zu kämpfen?«

Ich kniff die Augen zusammen und hörte Annikas Worte, ich läge falsch, in meinem Kopf widerhallen. Mein Vater hatte mir einiges von unserer Geschichte erzählt, und Kawan hatte die Lücken gefüllt, nachdem er vor unserer Haustür aufgetaucht war und unseren Nachnamen wie ein Gebet ausgesprochen hatte. So viel von dem, worüber er und mein Vater an unserem Tisch diskutiert hatten, fügte sich zusammen: das Wort *Dahrain*, die Geschichten von den Kriegen, die Namen der inzwischen ausgestorbenen Clans. Wir müssten nicht in den Randgebieten der Länder anderer Völker leben, erklärte er uns. Eines Tages könnten wir unser eigenes Land bekommen.

»Ich will einfach nur unser Königreich zurückbekommen«, erwiderte ich. »Das ist alles, was ich je wollte: einen Ort, an den ich wirklich gehöre.«

Sie schien darüber nachzudenken, während wir langsam weiterritten. »Darf ich dir eine dumme Frage stellen?«

»Natürlich.«

»Warum nicht hier?«

»Wie bitte?«

Sie deutete auf das Land hinter uns, auf die verwaiste heruntergekommene Burg in der Ferne.

»Warum können wir das nicht zu unserem Zuhause

machen? Wir sind doch schon hier. Wir kennen das Land, wir wissen es zu bewirtschaften. Wir haben Ressourcen … Warum fangen wir nicht einfach an, hier ein richtiges Zuhause aufzubauen?«

Ich starrte auf die Burg, den Ort, an dem wir uns versteckten. Hier war ich zu dem Mann geworden, der ich nun war. Hier hatte ich Thistle und auch neue Freunde gefunden. Ich hatte einen Teil davon ganz für mich allein. Ich würde über die Runden kommen, wenn es sein musste. Es war nicht so, als würde ich mich hier überhaupt nicht wohlfühlen, aber dennoch …

»Ich kann Dahrain nicht einfach aufgeben. Wenn ich nicht dort sein kann, weiß ich nicht, ob ich hierbleiben könnte, wenn Kawan auch bliebe. Wenn ich nicht nach Hause zurückkehren könnte, würde ich mir ein anderes freies Fleckchen Erde suchen und es zu meinem machen.«

»Du würdest einfach allein losstiefeln und ein Land gründen?«, fragte sie skeptisch.

»Nein«, erwiderte ich und grinste angesichts ihres Muts. »Nur ein Haus. Ein richtiges Haus. Nichts für eine Armee, sondern für eine Familie.«

Unsere Blicke trafen sich.

»Mit jemand Bestimmtem?«, fragte sie.

»Blythe …«

»Was ist zum Beispiel mit diesem Mädchen?«, bohrte sie vorsichtig nach.

Diesem Mädchen.

Auf der Burg gab es Hunderte Frauen. Sie hätte jede meinen können, doch ich wusste, dass sie von Annika sprach. »Du bist beinahe … sanft mit ihr umgegangen«, fuhr sie fort. »So bist du eigentlich zu niemandem.«

»Sie ist die Verkörperung von allem, was ich auf dieser Welt hasse«, erwiderte ich bestimmt. »Wenn du also eifersüchtig sein willst, dann such dir eine andere aus.«

Damit schien das Thema für Blythe erledigt zu sein, und sie richtete den Blick wieder auf den Horizont. Weniger als eine Minute war vergangen, als sie plötzlich einen Arm hob. »Dort drüben«, flüsterte sie.

Ich folgte ihrem Blick und sah drei Gestalten über das Feld in westlicher Richtung kommen. Männer. Breite Schultern, schmale Taillen. Da sie nicht rannten, waren sie weder in Gefahr noch sonst irgendwie verzweifelt. Sie trugen Säcke auf ihren Rücken, also waren sie auch nicht bedürftig. Sie trugen dasselbe blasse Grün wie die Wachen, die Annika begleitet hatten.

»Soldaten von Kadier?«, fragte Blythe leise.

Ich nickte. »Wenn sie ausgesandt wurden, um uns zu finden, bedeutet das, dass bald noch mehr von ihnen kommen werden. Wenn wir uns versteckt halten, kehren sie vielleicht um. Gut möglich, dass sie gar nicht wissen, wonach sie überhaupt suchen.«

»Aber wenn doch …«, flüsterte sie und schien meine Gedanken zu lesen.

Ich zog mein Schwert, während Blythe ihren Bogen spannte.

Ich rammte meinem Pferd die Fersen in die Flanken, und wir preschten los.

Die Männer bemerkten uns beinahe umgehend und blickten uns mit angstverzerrten Gesichtern entgegen. Ich fragte mich, ob sie ebenfalls ihre Schwerter zücken oder davonlaufen würden. Doch nichts von beidem geschah. Als wir sie erreichten, sanken sie alle drei auf die Knie, und der Linke zog einen weißen Stofffetzen aus seiner Hosentasche und hielt ihn hoch in die Luft.

»Gnade!«, rief er.

Ich hob eine Hand, obwohl Blythe bereits zum Stillstand kam.

»Wir kommen in Frieden«, versicherte er uns. »Unsere Prinzessin ist zurückgekehrt und hat uns alles erzählt …«

»Sie lebt?!«, unterbrach Blythe ihn ungläubig.

Der Mann nickte. »Sie hat uns alles erklärt. Jago, Königin Evelina, die Geschichte unserer beiden Völker. König Theron will Frieden schließen.«

»Ganz richtig«, bestätigte der in der Mitte. Er zitterte vor Angst und blickte gehetzt zwischen uns hin und her. Mit seinen unter dem Kinn verkrampften Händen sah er aus wie eine Ratte.

»Frieden?«, fragte Blythe. »Wie?«

Der, der zuerst gesprochen hatte, räusperte sich. »Er schlägt ein Treffen auf neutralem Boden vor. Unweit der Küste Kadiers liegt eine Insel«, begann er und versuchte, mit zitternden Fingern die Landkarte, die er gezückt hatte, auseinanderzufalten. »Kommt und sprecht mit ihm. Er will zwischen unseren Völkern Handel betreiben, Euch beschenken.« Er hielt einen Stoß Papiere in die Höhe.

Ich war jedoch skeptisch. Konnte zwischen uns wirklich Frieden herrschen? Nach allem, was passiert war? Aber immerhin kamen sie uns entgegen, zollten uns Respekt.

Und dennoch traute ich ihnen nicht.

»Ihr lügt«, bemerkte ich. »Ihr lügt und dringt in unser Land ein. Ich werde euch in einer Kiste zu eurem König zurückschicken.«

»Nein, nein, nein!«, flehte er. »Es ist wahr. Wir tragen

lediglich unsere Jagdmesser bei uns. Abgesehen davon sind wir unbewaffnet. Wir sind nur gekommen, um die Nachricht zu überbringen und Euch den Weg zur Insel zu weisen«, versicherte er mir. »Nehmt uns mit zur Burg, damit wir Euch alles in Ruhe erklären können.«

Nichts daran fühlte sich richtig an. Es war zu einfach.

Aber ich hatte nicht das Sagen.

»Legt die Waffen nieder«, befahl ich. Alle drei zückten ein kurzes Jagdmesser und ließen es zu Boden fallen. »Und eure Vorräte legt ihr auch ab.«

Ich stieg vom Pferd und stellte mich vor den Mann mit der weißen Fahne. »Hände ausstrecken. Und zwar alle. Wir erzählen unserem Anführer eure Geschichte. Er wird über euer Schicksal entscheiden.«

Annika

Ich betrat die königliche Bibliothek und fühlte mich wie neu geboren. Rhett saß nicht am Empfang, also schlenderte ich durch die Regalreihen und lauschte. Es dauerte kurz, doch dann hörte ich von hinten das Geräusch von Büchern, die ins Regal zurückgeschoben wurden. Ich spähte um die Ecke, und da war er.

Mit zusammengekniffenen Augen las Rhett die Titel auf den Buchrücken und überprüfte, ob alles korrekt einsortiert war. Es war bewundernswert, mit welcher Leidenschaft er seinen Beruf ausübte. Erst jetzt wurde mir bewusst, dass er noch nie etwas ohne Lust und Motivation getan hatte. Ohne diese Leidenschaft.

Er sah auf und erwischte mich dabei, wie ich ihn beobachtete. In einer untypischen Bewegung stopfte er die

Bücher ins Regal, rannte mir mit besorgtem Blick entgegen und schlang die Arme um mich.

»Oh, Annika.« Ich hörte sofort den Schmerz in seiner Stimme, das Verlangen. Dann zog er sich zurück, blickte mir in die Augen und legte eine Hand an meine Wange. »Ich fasse es nicht, dass du es geschafft hast, zu entkommen. Wie geht es dir?«

Das war die Frage, nicht wahr? Ich konnte immer noch nicht erklären, wie ich mich fühlte. Ich war aufgekratzt und gleichzeitig vollkommen erschöpft, stolz und niedergeschlagen, dankbar und enttäuscht.

»Schwer zu sagen«, gestand ich. »Ich gehe davon aus, du hast bereits von meiner Mutter gehört?«

Er nickte. »Und du hast ihrem Mörder in die Augen gesehen?«

»Ja.«

»Ich glaube, an deiner Stelle hätte ich versucht, ihn eigenhändig zu töten«, knurrte er.

Ich lachte freudlos. »Nun, ich habe ihn gebeten, mir ein Schwert zu geben, aber er hat sich geweigert. Ich war nicht in der Position, irgendwelche Forderungen zu stellen.«

»Und dennoch bist du entkommen«, erwiderte Rhett und klang nun nicht mehr wütend, sondern beeindruckt.

»Ja. Und jetzt, da es mir wieder besser geht, muss ich recherchieren.«

Neugierig hob er den Kopf. »Dann bist du hier am richtigen Ort. Was kann ich für dich tun?«

»Ich brauche die Mitschriften von Jagos Prozess«, erklärte ich. »Ich will mir die Beweise und die Urteilsverkündung durchlesen. Jetzt, da ich seinen Sohn kenne, habe ich das Gefühl, mehr darüber erfahren zu müssen.«

Rhett nickte und dachte kurz nach. »Nun gut. Da lang. Die Gerichtsdokumente sind in der Geschichtsabteilung.« Wir gingen los, und mir fiel auf, wie er nervös mit seinen Fingern spielte. »Hast du meine Briefe bekommen?«

»Ja, habe ich.« Ich senkte den Kopf und dachte an seine geschriebenen Worte. So vage er sich auch ausgedrückt hatte – ich hatte dennoch das Verlangen darin gespürt.

»Ich habe mich nicht getraut, es dir zu schreiben«, flüsterte er, obwohl wir allein waren, »aber nachdem ich gehört habe, dass Nickolas ohne dich zurückgekehrt ist, wollte ich dir erneut meine Hand anbieten.«

»Rhett … Ich …«

Er lächelte mich an. »Ich weiß, dass du ablehnen wirst. Aber warte noch kurz, damit ich wenigstens für einen Moment so tun kann, als hätten wir eine Chance gehabt.«

Seine Augen blickten so traurig, jegliche Hoffnung war aus ihnen verschwunden. Ich ergriff seine Hand. »Dann lass mich stattdessen Folgendes sagen: Danke. Du hast mir das Leben gerettet, Rhett.«

Verwirrt runzelte er die Stirn.

»Im Kerker haben sie mir Handschellen angelegt. Ich hätte mich nicht daraus befreien können, wenn du mir nicht beigebracht hättest, wie. Du hast mich aus dieser Zelle befreit, als wärst du bei mir gewesen.«

Sein Blick war so sanft. Und da war sie wieder: die Hoffnung. »Wirklich?«

»Ja.«

Nach einem kurzen Moment des Zögerns machte er einen Schritt auf mich zu und senkte den Kopf, als wollte er mich küssen.

»Rhett«, flüsterte ich, und er hielt inne, schluckte

schwer. Sein Gesicht war nur wenige Zentimeter von meinem entfernt, als er das Wort ergriff.

»Tut mir leid. Ich war … Deine Worte haben mich berührt.«

»Rhett, du bist mein bester Freund. Ich weiß dich wirklich sehr zu schätzen, aber ich werde einen anderen heiraten. Wenn du also nicht damit aufhören kannst zu versuchen, mich zu küssen, werde ich in Zukunft auf Abstand gehen müssen.«

Enttäuscht sah er mich an. »Nach allem, was passiert ist? Hat er dich nicht zurückgelassen?«

Ich nickte. »Ich liebe ihn nicht. Ich respektiere ihn nicht einmal. Wäre ich frei, würde ich es niemals zulassen, mit jemandem wie ihm vermählt zu werden. Für mich ist diese Ehe eine reine Vertragssache.« Ich zuckte mit den Achseln. »Aber ich kann nichts dagegen tun. Wir könnten jederzeit angegriffen werden. Selbst wenn es noch Jahre dauert, will ich, dass wir ihnen als geschlossene Front entgegentreten. Das ist das Beste, was ich für mein Volk tun kann.«

Er starrte mich in stiller Ehrfurcht an. »Ich wünschte, ich wäre nur ein halb so guter Mensch wie du. Es gibt nicht viel, wofür ich mein Leben opfern würde.«

Ich lächelte. »Dann tu mir den Gefallen und kümmere dich auch weiterhin gut um die Bibliothek. Wahrscheinlich werde ich nicht länger meinen Schwertkampf trainieren können. Es könnte also sein, dass die Bibliothek in Zukunft meine einzige Zuflucht sein wird.«

Rhett schnaubte und richtete den Blick nach oben, um sich das Buch zu greifen, das ich brauchte. »Wenn das Bewahren der Bibliothek der einzige Weg ist, wie ich dich lieben kann, dann werde ich sie mit meinem Leben beschützen.«

Lennox

»Erzähl mir noch einmal ganz genau, was sie gesagt haben«, befahl Kawan zum zehnten Mal.

Wir saßen in einem kleinen Raum und sprachen über die Ankunft unserer unerwarteten Gäste. Meine Mutter war auch da, zusammen mit Aldrik, Slone, Illio und Maston.

»Es ist, wie ich bereits gesagt habe«, erwiderte ich ruhig. »Sie haben ihre Waffen niedergelegt und uns mitgeteilt, dass sich König Theron mit uns auf irgendeiner Insel treffen will. Mehr weiß ich nicht.«

Kawan wandte sich an Blythe. »Sie haben sich nicht gewehrt«, bestätigte sie. »Nicht einmal, als wir sie in die Zellen gesperrt haben.«

»Die diesmal auch bewacht werden, nehme ich an?«, fragte er und funkelte mich böse an.

»Aber natürlich.«

Schnaubend lehnte er sich zurück und kratzte sich mit seinen dicken Fingern den ungepflegten Bart. Kurz darauf brach er in schallendes Gelächter aus, warf den Kopf in den Nacken und schlug mit der flachen Hand auf den Tisch.

»Stellt euch das mal vor«, dröhnte er. »Hätte ich gewusst, dass sie sich so einfach bezwingen lassen, hätte ich ihre Prinzessin schon vor Jahren entführt.«

»Aber das ist es ja gerade«, entgegnete ich. »Wir haben vor Jahren ihre *Königin* entführt. Damals kam niemand zu uns.«

»Wenn man bedenkt, wie unkoordiniert die Mission war, müssen sie es als unglücklichen Vorfall abgetan haben. Jetzt wissen sie, dass es jemand auf ihr Land abgesehen hat, es ist also ein Mittel zum Zweck.«

Für mich ergab das keinen Sinn. Sie hatten drei Jahre Zeit gehabt, um herauszufinden, dass wir hinter dem Angriff standen. Warum sollten sie mit uns Frieden schließen wollen, nachdem wir ihre Königin ermordet und ihre Prinzessin entführt hatten? Ich traute der Sache ganz und gar nicht. Doch ich konnte Kawan den lieben langen Tag von meinem Misstrauen erzählen und hätte dennoch nichts an seinen Ansichten geändert.

»Wie wollt Ihr nun vorgehen?«, fragte ich.

»Als Erstes müssen sie verhört werden«, erwiderte er entschlossen. »Und zwar getrennt voneinander. Stellt allen dieselben Fragen. Achtet darauf, was sich deckt. Sie werden weder essen noch schlafen, bevor wir nicht unsere Antworten haben.« Kurz hielt er inne. »Und seht zu, dass ihr den Schwächsten von ihnen ausfindig macht.«

»Aus irgendeinem bestimmten Grund?«, fragte ich.

»Das weiß ich noch nicht.«

Ich nickte. »Dürfte ich vorschlagen, Blythe für die erste Runde hineinzuschicken?«

Skeptisch sah er mich an. »Warum?«

»Ihr hättet sie mit ihrem Pfeil und Bogen reiten sehen sollen. Vor mir hatten sie nicht einmal halb so viel Angst wie vor ihr. Und ich glaube, es könnte sie verwirren, von einer Frau verhört zu werden.«

Kawan blickte zwischen uns hin und her. »Nun gut. Ich will Informationen. Zahlen, die Größe ihrer Armee. Ich will keinen Frieden. Ich will alles. Ich will ihren Palast bis auf die Grundmauern niederreißen.« Seine letzten Worte waren lediglich ein Knurren.

»Jawohl, Sir.« Ich wandte mich zum Gehen, und Blythe folgte mir.

»Soll ich direkt mit der Befragung beginnen?«, fragte sie, als wir außer Hörweite waren.

»Ich glaube, du brauchst für jeden eine andere Strategie. Der mit der Fahne wird dir wahrscheinlich jede Frage beantworten. Aber der Mittlere?«

Sie seufzte. »Ja, er ist vollkommen panisch. Vielleicht sollte ich zuerst mit ihm reden. Versuchen, ein normales Gespräch zu führen.«

Ich nickte. »Das ist eine gute Idee. Er könnte das schwächste Glied in der Kette sein, aber damit könnte ich auch falschliegen.«

»Ich gebe mein Bestes«, versicherte sie mir.

Ich legte eine Hand auf ihre Schulter. »Das weiß ich.« Ihre Augen wurden groß, und ich räusperte mich und zog die Hand zurück. »Ich werde mal sehen, ob ich irgendwo Papier auftreiben kann.« Annika hatte das Fehlen einer Bibliothek erwähnt, und auch wenn ich die mündliche Überlieferung der Geschichte meines Volks in Ehren hielt, wusste ich, welche Macht das geschriebene Wort besaß.

Ich marschierte in mein Zimmer. Hinten in meiner Schreibtischschublade verwahrte ich einen kleinen Stapel an sorgsam zusammengetragenem Papier. Ich nahm mir ein paar leere Blätter und eine Schreibfeder. Die Tinte stellte ein ganz anderes Problem dar. Ich öffnete die Gefäße, auf deren Böden nur noch getrocknete Klumpen klebten. Hoffentlich würde ein wenig Wasser helfen, die Tinte wieder zu verflüssigen. Ich packte das Papier und die Feder ein, schloss fest die Faust um eines der Gefäße und eilte zurück zu Blythe.

Ich konnte ihre Stimme vom Korridor des Kerkers aus hören, wie sie versuchte, den Panischen zum Reden zu bringen. Ich sammelte zwei Hocker ein und stellte sie nebeneinander, um darauf schreiben zu können. In einem Eimer fand ich abgestandenes Wasser, also steckte ich die Finger hinein und ließ die Tropfen in die getrocknete Tinte fallen.

Ich hoffte inständig, dass es funktionieren würde.

Wir hatten die Männer in unterschiedlichen Bereichen des Kerkers untergebracht. Wollten sie miteinander kommunizieren, mussten sie schreien – und dann würden wir es mitbekommen. Von meiner Position aus konnte ich Blythe zwar hören, aber nicht sehen.

»Ich weiß«, sagte Blythe in freundlichem Ton. »Wir sind vor Kurzem auch durch dieses Terrain gekommen. Zwar nicht ganz bis nach Kadier, aber ich weiß, was ihr durchgemacht habt.«

»Es war eine fürchterliche Reise. Und diese Zelle ist auch fürchterlich. Wir haben doch schon gesagt, dass wir in friedlicher Absicht kommen. Warum sind wir hier eingesperrt? Und warum habt ihr mich von meinen Freunden getrennt?«

»Wir müssen mit jedem von euch einzeln sprechen. Das ist alles. Ihr seid zu eurer eigenen Sicherheit hier unten. Wir wissen nicht, wie man euch oben behandeln würde, daher bitten wir euch um ein wenig Geduld.«

»Hm.« Die Antwort schien ihn zufriedenzustellen.

»Ich tue, was ich kann, um die Situation angenehmer zu gestalten, aber ich kann nicht viel versprechen. Wir leben hier in bescheidenen Verhältnissen.«

»Das Leben in der Kaserne ist auch nicht viel besser.«

Ich sah bildlich vor mir, wie Blythe mitfühlend den Kopf schief legte und lächelte. »Ist euer König denn so geizig? Bei all der Arbeit, dir ihr Soldaten verrichtet?«

»Seit seine Frau verschwunden ist, ist er ständig auf der Hut. Wir müssen rund um die Uhr patrouillieren. Hast du eine Ahnung, wie viele Meilen ich jede Woche zu Fuß zurücklegen muss? Zu viele für die Bezahlung, das kann ich dir sagen.«

»Traurig«, kommentierte Blythe. »Heißt das also, dass er viele Truppen im Palast bereithält?«

»Ja, aber die meisten sind am äußersten Rand des Geländes stationiert. Er will nicht, dass ungebetene Gäste dem Palast zu nahe kommen.«

»Ich verstehe. Wir halten auch immer Ausschau nach Fremden«, erwiderte Blythe.

Dann folgte ein Moment des Schweigens, und ich fragte mich, was jetzt wohl passierte.

»Ihr müsst euch keine Sorgen machen«, flüsterte der Panische. »Ihr habt ihm eine Heidenangst eingejagt.«

»Was meinst du damit?«, fragte Blythe ebenso leise.

»Er bewacht alles mit Adleraugen. Seine Kinder, seine Krone, sein Königreich. Wenn er sich bereit zeigt, mit euch zu reden, hat er Angst vor euch.«

Wieder folgte Stille. Ich spürte, dass Blythe genau das Gleiche tat wie ich: Sie genoss die Vorstellung von einem eingeschüchterten König.

»Danke«, erwiderte sie. »Ich komme bald mit näheren Informationen zurück.«

Ich hörte, wie sie das Schloss öffnete und wieder verriegelte. Dann spähte ich um die Ecke und sah in ihren Augen die gleiche Hoffnung, die in meiner Brust aufgekeimt war. Sie eilte auf mich zu und begann zu flüstern.

»Hast du das gehört?«

»Ja, habe ich«, bestätigte ich. Wahrscheinlich hatte ich seit einem Jahrzehnt nicht mehr so breit gelächelt wie jetzt. »Zuerst war ich skeptisch, aber es klingt, als würde er die Wahrheit sagen.«

»Lennox, wenn das stimmt, besteht die Möglichkeit, dass es kein …«

»Blutvergießen gibt.«

Sie nickte.

»Wir müssen alles aufschreiben, was sie sagen.« Ich tauchte die Feder in die Tinte und zog am oberen Rand des Papiers eine Linie. Sie war zwar ein bisschen dick, aber es würde funktionieren. Dann wollte ich die Feder Blythe reichen, doch sie errötete und senkte den Kopf.

»Ich kann nicht schreiben«, flüsterte sie.

Ich spürte, dass sie es nur ungern zugab, und sagte nichts weiter.

»Ist schon in Ordnung. Dann schreibe ich.« Ich schämte mich ein wenig. Das Thema war nun schon zum zweiten Mal aufgekommen, und langsam wurde es unangenehm, dass ich der Einzige war, der lesen und schreiben konnte, auch wenn es für diese Fähigkeiten in letzter Zeit nur selten Gelegenheit gab. »Sobald wir unser Königreich zurückhaben, wirst du so viel Freizeit haben, dass du deine Nachmittage nur noch mit Lesen verbringst«, versprach ich ihr. »Ich bringe es dir bei, sobald wir in Dahrain sind.«

»Wirklich?«, fragte sie lächelnd.

»Natürlich. Und jetzt lass uns das Gesagte niederschreiben, bevor wir es vergessen.«

Annika

Am Morgen wartete ein Brief von Nickolas auf mich.

»Wie es scheint, hat der Duke ihn heute Nacht unter der Tür hindurchgeschoben«, bemerkte Noemi.

Ich kniff die Augen zusammen. »Wie romantisch. Für seine Verhältnisse.«

Sie kicherte. »Ein verzweifelter Mann kann schnell sentimental werden. Vielleicht seid Ihr ihm wichtiger, als Ihr bisher angenommen habt.«

»Er will mich sehen«, verkündete ich, nachdem ich Nickolas' Zeilen überflogen hatte.

»Das habe ich mir schon gedacht. Gewährt Ihr ihm eine Audienz?« Noemi holte drei Kleider aus dem Schrank und legte sie über die Rückenlehne des Sofas, damit ich eine Entscheidung treffen konnte. War es grausam, wenn ich etwas tragen wollte, das ihm das Herz brechen würde?

»Ich habe ihm bereits gesagt, dass er mich vor der Hochzeit nicht allein zu Gesicht bekommt. Wir werden uns beim Frühstück sehen, und das reicht dann auch für den Rest des Tages.« Ich schob den Brief zurück in seinen Umschlag und sprang vom Bett auf. »Ich glaube, heute das Rosafarbene.«

»Exzellente Wahl. Das ist eines meiner Lieblingskleider an …« Abrupt hielt sie inne.

Ich wandte mich um und sah, dass Noemi zum Fenster hinausstarrte.

»Alles in Ordnung?«, fragte ich. Als ich ans Fenster trat, sah ich, was ihre Aufmerksamkeit auf sich gezogen hatte.

Auf dem Feld vor dem Palast hatten sich Hunderte Soldaten zum Exerzieren versammelt. Es kam zwar hin und wieder vor, dass sie auf dem Palastgelände trainierten, aber üblich war es nicht.

»Was meint Ihr, was das zu bedeuten hat?«, fragte sie.

Ich seufzte. »Wenn sie hier trainieren, wurden sie bestimmt dem Palast zugeteilt.«

»Meint Ihr? So viele?«

Ich zuckte mit den Schultern. »Wenn man die Größe des Areals bedenkt und dass sie in Schichten arbeiten müssen, dann sind so viele vielleicht tatsächlich notwendig. Und so nervös, wie Vater in letzter Zeit ist, würde es mich auch nicht wundern, wenn er die Zahl der Wachen, die Escalus und mich beschützen, verdoppelt hätte.«

Sie nickte. »Dann machen wir aus diesem Zimmer eine Oase«, sagte sie mehr zu sich selbst. Ihr Blick haftete immer noch am Horizont, doch meiner lag auf ihr. Es bedeutete mir so viel, dass ihr Fokus trotz allem immer noch darauf lag, die Situation für mich so angenehm wie nur möglich zu machen.

Nachdem sie mein Mieder geschnürt und mein Kleid festgesteckt hatte, widmete sich Noemi meinem Haar. Sie steckte die vorderen Strähnen hinten fest und den Rest ließ sie offen. Während ich mir eine Strähne um den Finger wickelte, dachte ich an meine Mutter. Das würde ich nun immer tun, wenn ich mein Haar frisierte. Dann zog ich eine Blume aus einer der Vasen, schnitt den Stiel ein wenig kürzer und schob sie hinter mein Ohr.

Als Noemi mit meinem Erscheinungsbild zufrieden war, öffnete sie die Tür und entließ mich. Doch als ich den Speisesaal betrat, saß am Haupttisch niemand außer Escalus. Jedoch schien er sich wohlzufühlen so ganz allein dort oben. Heute trug er einen grünen Mantel, und das Haar hatte er zurückgekämmt. Ich ging auf ihn zu und gab ihm einen Kuss auf die Wange.

»Wo ist Vater?«

Ich setzte mich auf meinen mir zugewiesenen Platz, auch wenn es bedeutete, dass ich nun weit von ihm entfernt war.

»Er ist in Besprechungen.«

Ich starrte Escalus an. Irgendwie klang er merkwürdig.

»Hat das irgendetwas mit dieser Armee da draußen zu tun?«, fragte ich mit gesenkter Stimme.

Kurz wanderte sein Blick zu der Menschenmenge vor uns, bevor er wieder mich ansah und nickte.

Er würde es mir sagen, nur nicht jetzt.

»Und wo ist Nickolas?«

»Hast du es denn noch nicht gehört? Er hat sich seit dem Frühstück gestern in seinem Zimmer verschanzt. Sein Diener meinte sogar, er würde seine Mahlzeiten verweigern. Ich glaube … Ich glaube, du hast ihm das Herz gebrochen, Annika.«

Ich rollte mit den Augen. »Ich bitte dich. In der kurzen Zeit, seit der wir nun verlobt sind, hat er mich nur herumkommandiert und ignoriert. Und wenn er meint, ich würde einfach vergessen, dass er mich im Wald allein zurückgelassen hat, dann hat er sich geschnitten.«

Escalus zuckte mit den Achseln. »Unter Druck reagieren wir alle mal unbedacht. Nicht dass ich es gutheiße, was er getan hat«, fügte er schnell hinzu.

Ich schwieg. Was sollte ich darauf schon erwidern?

Stirnrunzelnd schnitt er sein Essen klein. »Annika, dir ist bestimmt schon aufgefallen, dass ich Nickolas nicht ausstehen kann. Seine bloße Anwesenheit erschöpft mich. Aber … wenn ich etwas Wichtiges zu sagen hätte, würde ich wollen, dass man mir zuhört.«

»Weißt du, dass er mir einen Brief geschrieben und mich genau darum gebeten hat?«

Leise lachte er vor sich hin. »Nein, aber es überrascht mich nicht. Geh zu ihm und hör dir an, was er zu sagen hat. Wenn er sich dann trotzdem nicht bessert – gut. Dann müsst ihr eben eine distanzierte, lieblose Ehe führen.« Er seufzte. »Aber ich kenne dich. Du wirst es bereuen, so viel Zeit vergeudet zu haben, wenn zwischen euch doch so etwas wie Liebe sein sollte.«

Nickolas hatte eines der schönsten Zimmer im gesamten Palast bekommen, nur wenige Korridore von Escalus entfernt. Ich atmete tief durch und klopfte an seine Tür. Ein Diener öffnete und riss die Augen auf, als er mich erblickte.

»Eure Königliche Hoheit«, begrüßte er mich und verneigte sich tief.

»Ist sie es?«, rief Nickolas von hinten. Ich hörte, wie sich seine Schritte eilig näherten, dann riss er die Tür auf. »Annika.« Er klammerte sich an meinen Namen wie ein Ertrinkender an ein Seil.

Sein Haar war zerzaust, sein Wams aufgeknöpft, und das Halstuch hing ungebunden um seinen Hals. So hatte ich ihn noch nie gesehen. Normalerweise war er immer geschniegelt und gestriegelt, doch da stand er nun, zerknittert und unordentlich.

Und ich musste zugeben, dass er mir so besser gefiel.

»Ich meine Eure Königliche Hoheit«, korrigierte er sich und verbeugte sich. »Ich hoffe, das bedeutet, dass Ihr meinen Brief erhalten habt und bereit seid, mit mir zu sprechen. Ich muss mich über alle Maßen bei Euch entschuldigen. Bitte kommt herein und redet mit mir.«

»Geht es Euch denn gut, Sir?«, fragte ich und musterte ihn.

»Nein!«, rief er und raufte sich das Haar. »Mir ging es in meinem ganzen Leben noch nie so schlecht!«

Er machte keine Anstalten, mich hineinzubitten – ein weiteres Zeichen dafür, dass er vollkommen aufgelöst war, denn normalerweise hielt sich Nickolas stets an die Etikette. Ich sah mich nach links und rechts um, bevor ich das Wort ergriff.

»Nickolas, ich bin noch nie davon ausgegangen, dass wir beide glücklich miteinander werden, und ich habe meinen Frieden damit geschlossen. Aber nach dem, wie du dich verhalten hast …« Ich schüttelte den Kopf. »Ich habe keine Hoffnung mehr, dass wir gut miteinander auskommen werden. Aber das ist bei vielen Ehen unseres Standes so.« Ich hatte Mühe, nicht zu weinen, denn es erschütterte mich, die Wahrheit laut auszusprechen. »Aber ich werde die Verlobung nicht auflösen, und ich habe keinerlei Forderungen an dich. Ich will einfach nur meine Ruhe haben. Und das ist keine Bitte, sondern ein Befehl. Einen schönen Tag noch.«

Ich wandte mich zum Gehen, doch da packte er mich am Handgelenk. »Annika.«

Es klang so verzweifelt, dass ich innehielt. Er nutzte die Gelegenheit, griff nun mit beiden Händen nach mir, nahm meine Hand in seine und fiel auf die Knie.

»Es tut mir schrecklich leid. Wenn ich … Wenn ich mich besser auszudrücken wüsste, würde ich es tun.« Er hielt den Blick gesenkt und wirkte nervös. Nickolas war nie nervös. »Ich bin dankbar, dass du immer noch bereit bist, mich zu heiraten, aber … gibt es denn gar keine Hoffnung, dass wir uns lieben könnten?«

Kurz wandte ich den Blick ab. »Nickolas, wenn du mich je geliebt hast, hast du es bisher sehr gut kaschiert.«

Als ich ihn wieder ansah, nickte er. »Vielleicht ist *Liebe* das falsche Wort. Aber du bist das Einzige in meinem Leben, wobei ich mir jemals sicher war.«

Zum ersten Mal bekam ich eine Ahnung von seiner Angst. Genau aus diesem Grund hatte ich mich auch so vor Lennox gefürchtet. Mein ganzes Leben hatte ich bisher der Krone gewidmet. Bei dem Gedanken, dass sie mir jemand nehmen könnte, fühlte ich mich verloren. Auch wenn es manchmal schwer war, auch wenn es bedeutete, dass ich manchmal unliebsame Dinge tun musste, wollte ich sie nicht verlieren.

Kadier war mein Leben.

Es war dieses permanente Verantwortungsbewusstsein, meine eigene Angst, die ich nun deutlich in Nickolas' Augen sah, die etwas in mir bewegten. Zwar nur leicht, aber es war da.

»Wenn es stimmt, was du sagst, dann beweise es.«

Er ließ von mir ab und hob die Hände. »Ja. Aber natürlich. Es ist nur … Gib mir ein wenig Zeit.«

Ich nickte ihm zu, wandte mich um und ging, fragte mich, was ich mir gerade eingebrockt hatte.

Lennox

Bis zum Morgengrauen hatten wir alle Gefangenen verhört, und ihre Aussagen deckten sich. Die Zahlen der Wachen an bestimmten Positionen stimmten überein. Sie hatten uns auf unseren alten Landkarten die Wachposten des Palasts und des Übungsgeländes gezeigt und uns sogar dabei geholfen, die Karten so gut es ging zu aktualisieren. Und sie alle hatten dieselbe Geschichte bestätigt: Der König von Kadier wollte sich mit uns treffen, über die Zukunft sprechen und Frieden schließen.

Ich überreichte meinen Bericht an Kawan, geschrieben in meiner ungeübten Handschrift. Wenigstens waren die Zeilen einigermaßen gerade.

Für mich war die erste logische Frage, die ich von ihm erwartet hätte, »Wann soll das Treffen stattfinden?« oder »Stimmen ihre Geschichten überein?«, doch Kawan hatte seine eigenen Prioritäten.

»Von wem hast du das Papier bekommen?«, fragte er.

Es brauchte nur diesen kurzen Satz, um mir zu bestätigen, dass das, was ich bereits vermutet hatte, stimmte: Er wollte nicht, dass wir lesen und schreiben konnten.

»Ich habe im Lager nachgesehen. Viel Papier war nicht da, und die Tinte war auch eingetrocknet. Es tut mir leid, wenn ich Ressourcen verschwendet habe, aber ich dachte, ein Vorfall von solcher Bedeutung wäre es würdig, niedergeschrieben zu werden.«

Er starrte mich lange an, bevor er den Blick auf die Seiten senkte. Unstet hüpften seine Augen über die Zeilen, die alle auf dasselbe hindeuteten, doch in seinem Gesicht zeichnete sich keine Erkenntnis ab.

Konnte … konnte *er* etwa auch nicht lesen?

Er räusperte sich. »Du hast deine Aufgabe gut gemacht. Ich merke, dass du deine verpatzte Mission wiedergutmachen willst.« Seine Stimme klang immer noch finster, und die Worte waren mit Verbitterung gespickt, doch ich war zu sehr mit der Tatsache beschäftigt, dass er gerade zum allerersten Mal etwas Nettes zu mir gesagt hatte, um mich darum zu scheren.

Es konnte nur einen Grund geben, warum er mir gerade ein Kompliment gemacht hatte: Er verheimlichte etwas. Wenn er lesen konnte, dann nur rudimentär. Ich musste eine Entscheidung treffen – und zwar schnell. Ich konnte ihn entlarven und vor seinen Vertrauten bloßstellen, oder ich konnte ihn decken. Fürs Erste.

»Danke«, erwiderte ich vorsichtig. »Wie Ihr seht, haben sie alle das Gleiche geantwortet. Und sie haben unsere Landkarten auf den neuesten Stand gebracht, haben uns genau gezeigt, wo der Palast, die Trainingslager der Armee und die wenigen Stützpunkte liegen, die sie haben. Und das Treffen würde hier stattfinden«, erklärte ich und deutete auf einen kleinen Fleck, der die Bezeichnung »Die Insel« trug. Es würde schwierig werden, dorthin zu gelangen, doch Kawan war zu stur, um sie um einen neuen Treffpunkt zu bitten. »Das Wetter ist dort anscheinend sehr wechselhaft, weshalb das Land seit Ewigkeiten ungenutzt ist. Der König will über Handel sprechen und über das gemeinsame Unterfangen, eventuell eine Straße zwischen unseren Ländern zu bauen, um Güter zu transportieren. Sie sagen, er habe eine ganze Truhe voller Geschenke, die er uns als Zeichen des Friedens übergeben wolle.«

Worüber die Abgesandten jedoch nicht gesprochen hatten, war das Königreich selbst. Alles andere war meiner Meinung nach bedeutungslos.

»Und wann soll dieser Austausch stattfinden?«, fragte er.

Ich versuchte, einen festeren Stand zu finden. »In ein paar Tagen. Der König wird uns dort treffen und sein Bestes tun, um uns zu … beschwichtigen.«

»Beschwichtigen«, schnaubte Kawan und grinste vor sich hin. »Wir werden sie niederstrecken. Wir werden sie vernichten, wie sie uns vernichten wollten.«

Ich erkannte, wie die Gier ihn überkam.

»Wir werden ihn töten«, fuhr er fort. »Wir werden ihren König auf dieser Insel umbringen und seine Leiche ins Meer werfen. Sobald wir ihn los sind, wird es ein Leichtes sein, in Dahrain einzumarschieren.« Er kratzte seinen Bart. »Wir nehmen alle mit, die gesamte Armee. Oder noch besser«, rief er, und auf seinem Gesicht breitete sich ein fieses Grinsen aus. »Wir lassen ihn erst gar nicht auf die Insel kommen. Wir greifen auf dem Wasser an, zeigen ihm, wozu wir fähig sind. Und dann werden sie es bitter bereuen, mir meine Krone gestohlen zu haben.«

Dieser Plan gefiel mir nicht. Wir besaßen ein paar Fischerboote, aber keine Flotte, mit der wir die gesamte Armee transportieren konnten. Woher sollten wir bloß so viele Schiffe bekommen? Wie sollte eine Truppe, die dafür ausgebildet war, an Land zu kämpfen, auf dem offenen Meer einen Krieg austragen? Und warum vermieden wir ein gewaltsames Ende nicht generell? Wie es schien, war ihr König ohnehin schon eingeschüchtert und kurz davor, sich zu ergeben. Vielleicht würden wir einfach einmarschieren können, sobald wir nahe genug waren.

»Sir, seid Ihr sicher, dass das der beste Weg ist?«

Langsam hob Kawan den Blick von dem Dokument. Er konnte vielleicht nicht die Worte vor sich lesen, aber ich konnte seinen Blick lesen. Er gebot Schweigen. Unterwürfigkeit.

»Ihr werdet die Männer noch einmal befragen. Ich will noch einmal die Größe der Gefolgschaft ihres falschen Königs bestätigt bekommen. Und ich will die genaue Uhrzeit wissen, wann er sich mit uns treffen will. Enttäusch mich nicht«, warnte er mich. »Und in der Zwischenzeit planen wir schon mal unsere Feier.«

»Feier?«, fragte ich. Wie immer war er auch jetzt im Kopf ganz woanders, als er sein sollte.

»Natürlich. Es muss gefeiert werden, dass sich unser Volk sein Zuhause zurückerobert.«

Ich nickte, machte kehrt und wusste, dass mir Blythe umgehend folgen würde. Sie zog die Tür hinter sich zu, während ich perplex im Korridor stehen blieb.

»Das … das hätte ich nicht erwartet«, gestand sie leise.

»Ich auch nicht. Warum will er jetzt einen Krieg anzetteln?« Mir fiel kein vernünftiger Grund für seine Entscheidung ein. Er brachte uns alle in Lebensgefahr.

»Eine Feier?«, fragte Inigo. »Warum? Sollen wir jetzt feiern, dass wir in den Krieg ziehen?«

Wir saßen draußen auf zwei Felsen und starrten hinaus aufs Meer. Es war so windig, dass sonst keiner hier sein wollte, und so laut, dass der Wind unsere Beschwerden übertönen würde, falls doch jemand vorbeikam. Ich brauchte frische Luft, musste kurz der Wut entkommen, die meinen Geist trübte. Aber bisher war es mir nicht gelungen.

Ich nickte. »Aber weißt du, was mich am meisten stört?«

»Was denn?«

»Der Tag nach dem Treffen … Wenn wir uns entweder dort niederlassen oder nach Hause zurückkehren …«

Inigo seufzte. »An dem Tag ist Matraleit.«

»Genau. Und er hat kein Wort darüber verloren. Kein Festmahl, keine Feier. Wenn wir schon für unser Volk kämpfen, sollte er wenigstens unsere Traditionen bewahren.«

Inigo richtete den Blick in die Ferne. »Ich bin froh, dass es dich gibt. Du behältst den Überblick. Ich kenne zwar einen Teil unserer Geschichte, aber die Hälfte davon habe ich erst von anderen auf der Burg erfahren, nachdem wir dort hingekommen sind.«

»Ich weiß nicht, warum es keine Niederschriften gibt. Das wäre schon mehr als einmal hilfreich gewesen.« Ich schüttelte den Kopf und stellte mir einmal mehr die Frage, von der ich mir wünschte, ich hätte sie bereits vor dem Tod meines Vaters gestellt. Kawan hatte uns gefunden. Aber woher hatte er gewusst, nach welchen Familien er suchen musste? Meine Familie wusste von Matraleit, aber es gab noch viele andere Dinge, die *er* uns beigebracht hatte. Andere Familien hatten seine Erzählungen bekräftigt, und gemeinsam hatten wir die Geschichte unseres Volkes so gut es ging vervollständigt. Er hatte so viel gewusst, als er vor unserer Tür aufgetaucht war. Aber woher?

»Mach dir keine Sorgen«, riss Inigo mich aus meinen Gedanken. »Nur, weil Kawan nicht daran denkt, heißt das nicht, dass die Frauen es auch vergessen.«

Ich verdrehte die Augen. »Machst du für irgendjemanden ein Armband?«

Er lachte. »Nein. Ich glaube, von mir will keine ein Armband. Und ich erwarte auch keins. *Du* solltest allerdings lieber auf der Hut sein.«

»Komm mir jetzt nicht so.«

»Du weißt, dass es passieren wird. Empfange es einfach mit offenen Armen.« Es amüsierte ihn viel zu sehr, dass er etwas gefunden hatte, womit er mich aufziehen konnte.

»Ich empfange gar nichts. Und niemanden.«

Inigo lachte leise, aber jetzt, da er es erwähnt hatte, sah ich über die Schulter und ließ den Blick über die Felder in der Ferne schweifen, auf denen gerade das Stroh eingesammelt wurde.

Ich schluckte schwer. Bei Matraleit ging es darum, sich zu verbinden, um Vereinigung. Um Langlebigkeit. Inzwischen war es Tradition geworden, Armbänder zu flechten und sie jemandem zu schenken, den man mochte. Männer taten es auch manchmal, aber eigentlich war es Frauensache. Manche trugen eine ganze Reihe an Armbändern und waren stolz darauf, so viele Herzen erobert zu haben. Manchmal war die Übergabe aber auch sehr ernst gemeint, wie eine Art Heiratsantrag. Manchmal wurden sie anonym verschenkt, und der Empfänger musste erraten, von wem er das Band bekommen hatte. Die Armbänder waren zum Symbol des Feiertags geworden.

Ich hatte noch nie eins bekommen. Würde ich dieses Jahr eins kriegen, konnte es nur von einer einzigen Person stammen.

»Hör mal«, setzte Inigo an. »Jetzt mal Spaß beiseite. Lass dich nicht von Kawan provozieren. Die Zeit wird kommen, da wir mit Präzision handeln müssen. Mit einem Plan. Und das geht nicht, wenn du dich von deiner Wut ablenken lässt.«

Ich wandte den Blick ab und räusperte mich. »Ich weiß.«

»Vielleicht solltest du doch *irgendetwas* mit offenen Armen empfangen. Wenn auch nur, um noch etwas anderes im Herzen zu haben.«

Ich starrte ihn an. »Ich werde darüber nachdenken. Aber nur, wenn du mir versprichst, nie wieder so mit mir zu reden.«

Er lachte. »Abgemacht.«

Kumpelhaft schlug ich ihm auf die Schulter und machte mich auf den Rückweg in mein Zimmer. Ich hatte noch so viele andere Dinge im Kopf gehabt, und dennoch musste ich an seinen Rat denken. Ich wollte ihn nicht enttäuschen … aber ich glaubte nicht, dass ich in der Lage sein würde, ihn zu befolgen.

Annika

Ich beendete gerade eine Stickerei, als Escalus' Klopfzeichen an der Tür erklang. Noemi begann augenblicklich zu strahlen und eilte hinüber, um ihm aufzumachen.

Erhobenen Hauptes stolzierte er herein, in einer Hand hielt er einen Strauß Wildblumen.

»Das ist sehr lieb von dir«, sagte ich und deutete auf die zahlreichen Bouquets, die nach wie vor mein Zimmer füllten. »Aber wie du siehst, habe ich keinen Platz mehr.«

»Das habe ich mir schon gedacht, deshalb sind diese hier auch für deine Magd«, erwiderte er und reichte die Blumen Noemi. »Sie hat auch mal etwas Schönes verdient. Die Leute vergessen immer, dass sie die undankbare Aufgabe hat, sich um dich zu kümmern.«

»Entschuldige bitte!«, rief ich mit gespielter Entrüstung, während Noemi in Gelächter ausbrach.

»Ihre Königliche Hoheit ist sehr gut zu mir, Sir. Sollte jemand fragen, könnt Ihr die Person ruhig wissen lassen, dass ich das gesagt habe.« Dann steckte sie die Nase in die Blumen, und ich bekam ein schlechtes Gewissen.

»Ich versuche es, aber Escalus hat schon recht. Wann habe ich dir zum letzten Mal einfach so etwas geschenkt? Dabei tust du so viel für mich …«

»Ich hab's ja gesagt«, bemerkte Escalus und setzte sich.

»Ich kann mich nicht beklagen, Mylady. Ich bringe nur kurz die Blumen in meine Kammer.« Beschwingten Schrittes verließ sie mein Zimmer.

»Das ist sehr aufmerksam von dir, Escalus. Du bist gut zu mir, zu Noemi … Mir fällt niemand ein, dem du keine Aufmerksamkeit schenken würdest, wenn er dich darum bittet.«

»Ich gebe mein Bestes«, erwiderte er mit einem Lächeln. »Und du auch.«

»Manchmal wünschte ich, ich könnte mehr tun. Das Königreich ist weit größer als der Palast, weißt du?« Stirnrunzelnd betrachtete ich meine Stickerei. »Aber nach allem, was passiert ist, glaube ich nicht, dass Vater mich in nächster Zeit noch mal rauslässt. Wenn ich in diesem Leben überhaupt noch mal raus darf.« Lennox würde es genießen zu erfahren, dass er mein Leben auf mehr als eine Weise ruiniert hatte.

»Verfalle jetzt nicht in Selbstmitleid«, neckte mich Escalus. »Das Volk kann es gar nicht erwarten, dich zu sehen. Vielleicht ändert Vater ja seine Meinung, wenn wir ihn daran erinnern.«

Noemi kam zurück und warf einen Blick über meine Schulter. »Die Bordüre ist sehr schön geworden, Mylady. Das könnte Eure bisher beste Arbeit sein.«

Da kam mir ein kleiner, aber glücklicher Gedanke. »Willst du das mit in deine Kammer nehmen, Noemi? Um sie ein wenig aufzuhellen?«

Sie strahlte über das ganze Gesicht. »Wirklich?«

»Wie wäre es mit einem hässlichen Kissenbezug?«, fragte Escalus, der immer noch an seiner letzten Naht arbeitete. »Ich glaube, das würde das Ganze hervorragend abrunden.«

Sie lachte. »Hört doch auf. Alle beide. Ich nehme alles an, was Eure Königlichen Hoheiten mir zuteilwerden lassen, aber ich muss nicht mit Geschenken überhäuft werden.«

Ihre Hand war direkt neben meiner Schulter, also lehnte ich mich zu ihr und küsste sie. »Du bist viel zu gut für diese Welt, Noemi.«

»Wahrscheinlich einer der vertrauenswürdigsten Menschen, denen ich je begegnet bin«, fügte Escalus hinzu und wurde dann ernster. »Und deshalb kannst du auch bleiben, während ich meiner Schwester sage, was ich zu sagen habe.«

»Dann weißt du also von den Soldaten?«, fragte ich.

Escalus seufzte. »Annika, er mag es vor dir vielleicht nicht zugeben, aber wie sich Vater verhalten hat, als du entführt wurdest … Er dachte, dass es allein seine Schuld war. Er hat sich die ganze Zeit Vorwürfe gemacht, weil er dich hat gehen lassen. Auf Nickolas war er auch wütend, aber er musste sein Gesicht wahren. Jetzt, da die Verlobung offiziell ist, darf das Volk nicht denken, er hätte den

Falschen für dich ausgewählt. Deshalb stehen wir alle unter Beobachtung, und an den Grenzen wird ununterbrochen patrouilliert. Ich …«

Escalus schweifte ab und überdachte seine Worte. »Doch wie er sich verhält … Ich habe das Gefühl, dass hinter alledem etwas Größeres steckt, aber sicher bin ich mir nicht.«

»Was könnte es noch sein?«, fragte ich und dachte laut. »Wenn er sie angreift, ist er der König, der nach über hundertfünfzig Jahren den Frieden gebrochen hat. Das würde er niemals tun. Wir haben keinen Zufluchtsort, und sie haben keinen richtigen Anspruch auf das Königreich. Uns zu beschützen, ist das Einzige, was er tun kann.«

Wie aufs Stichwort klopfte es an der Tür. Noemi eilte hinüber und begrüßte den Wachmann, der uns wissen ließ, dass Seine Majestät uns dringend sprechen wolle. Vielleicht lag es an Escalus' Worten oder auch daran, dass Vater uns nur selten zu sprechen verlangte, aber mir wurde flau im Magen, als wir aufstanden und uns auf den Weg in seine Gemächer machten.

Wir klopften an Vaters Tür, und Escalus und ich wechselten einen Blick, während die Sekunden verstrichen. Das Warten machte mich nur noch nervöser. Endlich nahm uns ein Diener in Empfang. Als wir eintraten, strömten Unmengen von Menschen heraus, Berater und hochrangige Soldaten.

Vater saß an seinem großen Schreibtisch, schob einen Stapel Papiere zusammen und legte ihn beiseite. Dann blickte er auf und sah uns geschäftsmäßig an.

»Ah. Ihr kommt genau richtig.« Er winkte uns zu sich. Mitten auf dem Tisch lag eine große Karte von Kadier.

»Streicht für Donnerstag all eure Pläne. Ich brauche euch. Eine Staatsangelegenheit.«

Ich kniff die Augen zusammen. »Uns beide, Eure Majestät?«

Nickend deutete er auf eine Stelle auf der Landkarte. Ich legte den Kopf schief und sah, dass er die Insel meinte. »Annika, was hast du gesagt, wie sie sich nennen? Dahrainer? Jedenfalls treffen wir uns auf der Insel zu einem Friedensgipfel. Und ihr werdet beide mitkommen.«

Mir gefror das Blut in den Adern. »Sir … wie … warum solltet Ihr das tun? Warum ladet Ihr sie dazu ein, uns so nahe zu kommen? Ich habe es Euch doch gesagt. Sie haben eine Armee. Sie bereiten sich seit Jahren auf eine Invasion vor. Bitte denkt noch einmal darüber nach.«

»Ich habe bereits Boten ausgesandt. Wenn sie zustimmen, werden sie Donnerstagmorgen ankommen. Haltet euch also bereit, um zum Hafen gebracht zu werden.«

Flehend sah ich Escalus an. Er räusperte sich. »Vater, seid Ihr Euch sicher? Das sind die Männer, die jemanden geschickt haben, um Euch umzubringen. Es sind die, die unsere Mutter getötet haben. Die, die beinahe auch Annika ermordet hätten. Wie sollen wir nachts noch schlafen, wenn sie in Sichtweite sind?«

Ich sah es. Es war wie der Bruchteil einer Sekunde, bevor ein Teller am Boden in tausend Stücke zerschellte. Wie sich wieder die finstere Wut, die so oft von unserem Vater Besitz ergriff, über seine Augen legte. Ich schnappte nach Luft und wartete auf den Sturm.

»Müsst ihr mir immer widersprechen?«, donnerte er. Dann wurde sein Tonfall spöttisch. »›Ich will ihn nicht heiraten!‹ ›Ich will sie nicht heiraten!‹ ›Ich will dies, ich will das!‹ Es reicht jetzt! Im Moment bin ich nicht euer Vater, sondern euer König. Und ich werde mich am Donnerstag mit dem Oberbefehlshaber dieser sogenannten Armee treffen. Und ich will meinen Erben und meine Tochter, die ihren Fängen entkommen ist, an meiner Seite haben. Wir werden ihnen als Einheit entgegentreten, und ihr werdet darüber Stillschweigen bewahren!«

Ich stellte mir vor, wie ich zu meinem Fenster hinausblickte und davor Lennox entdeckte. Wie seine stechend blauen Augen zu mir hochsahen, sein Umhang vom Wind gebläht. Keine Mauer würde ihn aufhalten. Kein Schwert.

Zorniges Schweigen legte sich über uns. Seine Majestät deutete zur Tür, und ich machte brav einen Knicks, während sich mein Bruder verbeugte. Dann eilten wir hinaus. Ich folgte Escalus den Flur hinab und spürte förmlich die Anspannung, die von ihm ausging.

Er bog um eine Ecke, schmiss sich mit dem Rücken gegen die Wand und schlug eine Hand vor seine Stirn.

»Was machen wir denn jetzt?«, fragte ich. »Escalus. Das können wir nicht zulassen.«

Er starrte auf die gegenüberliegende Wand und dachte nach. »Ich glaube, wir müssen.«

»Wie bitte? Nein! Escalus, das ist wahnsinnig. Was, wenn du mit den Ministern sprichst und ihn für unzurechnungsfähig erklären lässt? Du bist bereits volljährig. Du kannst jetzt regieren.«

Er schüttelte den Kopf. »Wenn ich ihn als verrückt erkläre, schadet das meinem Ruf. Und dem meiner Kinder. Das weißt du genau. Wenn ich mir nur einen einzigen Fehltritt erlaube, werden sie sagen, dass ich nach meinem Vater komme, und dann verliere ich den Thron. Außerdem«, fügte er hinzu und atmete einmal tief durch, »wenn er bereits Boten ausgesandt hat, ist es sowieso zu spät. Wenn sie tatsächlich kommen und wir nicht da sind, um sie willkommen zu heißen, ist das eine Beleidigung und quasi eine Einladung zum Krieg. Wir würden alle in Gefahr bringen.«

Mir wurde schwindelig.

»Was wir jetzt tun müssen, ist, einen Plan für dich zu schmieden«, fuhr er fort.

»Wie bitte? Warum für mich?«

»Wenn dieses Treffen schiefgeht, musst du dich irgendwo verstecken, bis du Unterstützung bekommst und das Land zurückerobern kannst.«

In diesem Moment verlor ich jegliche Hoffnung. Escalus hatte trotz seiner Ruhe, trotz seiner Bedächtigkeit aufgegeben. Wenn er für mich einen Plan schmieden wollte, wie ich Kadier zurückerobern konnte, musste er davon ausgehen, dass wir unser Königreich verlieren würden.

Lennox

Wenige Stunden später waren unsere Gefangenen zu Ehrengästen geworden. Kawan empfing sie mit offenen Armen zu unserem Festmahl und erwartete von uns, dass wir es ihm gleichtaten.

Dennoch behielt ich sie im Auge. Sie steckten nicht wie vermutet die Köpfe zusammen, sondern gingen selbstbewusst im Saal umher und versprühten ihren Charme. Die Erklärung war einfach: Kawan hatte sie den anderen als unsere Retter vorgestellt.

»Weiße Fahne« hielt ich besonders unter Beobachtung. Der Panische und der Dürre hatten so verspannte Schultern, dass ich wusste, sie würden trotz des herzlichen Empfangs ihre Zungen hüten. Der Panische, weil er uns zu misstrauen schien, und der Dürre, weil er sich für etwas Besseres hielt. Weiße Fahne schien sich jedoch äußerst wohlzufühlen. Er hatte einen Becher Bier in der Hand und lachte laut über irgendetwas, das jemand erzählt hatte. Ich hielt mich im Hintergrund und lauschte.

»Die Insel soll angeblich wunderschön sein«, kommentierte Weiße Fahne. »Ich bin noch nie dort gewesen, daher freue ich mich, dass wir euch begleiten dürfen.«

»Was für Geschenke will uns der König denn darbieten?«, fragte jemand und schlug aufgeregt die Hände zusammen.

Weiße Fahne zuckte mit den Schultern. »Ich schätze mal Lebensmittel, denn die haben wir in Hülle und Fülle. Wir haben aber auch ein paar exzellente Sattler, daher würde es mich nicht wundern, wenn auch ein paar Sättel dabei wären. Aber lass deiner Fantasie ruhig freien Lauf.«

Bei dieser Angeberei verdrehte ich die Augen. Natürlich hatten sie alles in Hülle und Fülle, deshalb hatten sie uns das Land ja weggenommen.

»Wisst ihr, dass wir eure Prinzessin gesehen haben?«, fragte ein anderer. Alle klangen so begeistert. Wie konnten sie nur so schnell vergessen, dass sie unsere Feinde waren?

Er nickte und lachte leise. »Wir waren alle überrascht, von ihrer Flucht zu erfahren, das kann ich euch sagen. Sie ist gütig, wie ihre Mutter. Aber keiner von uns hätte gedacht, dass sie auch so stark ist.«

Plötzlich spürte ich einen Kloß im Hals.

»Das ist jetzt aber ein wenig übertrieben«, bemerkte einer. »Sie ist vielleicht klug, aber als stark würde ich sie nicht unbedingt bezeichnen. Ich hätte keine Angst vor ihr, wenn sie auf dem Schlachtfeld vor mir stünde.«

Weiße Fahne schüttelte den Kopf. »Das wird nicht passieren. Es würde mich nicht wundern, wenn ihr Vater sie ab jetzt in einen Turm sperren würde. Aber ihr Bruder Escalus? Nach außen hin ist er nichts als Anstand und Etikette, aber ich habe keinerlei Zweifel daran, dass er jemanden töten könnte. Vor allem, wenn es darum geht, sie zu beschützen. Wenn du ihm begegnest, dann renn.«

Ich hatte von dem ungebetenen Besucher mit der lockeren Zunge heute viel über die königliche Familie erfahren.

Laut den sogenannten Gästen traf man die Geschwister nur selten ohne den jeweils anderen an. Annika lobte ihren Bruder ununterbrochen und schien niemanden auf dieser Welt so zu lieben wie ihn. Escalus prahlte gern mit ihrer Klugheit, ihrer Gutherzigkeit und auch mit ihrer Stärke. Ich nahm an, dass er derjenige war, der ihr beigebracht hatte, ein Schwert zu führen. Und wie die Besucher erzählten, war er von der Verlobung seiner Schwester nicht unbedingt begeistert.

Dieses kleine Detail führte meine Gedanken auf Abwege. Wenn er ihren Verlobten nicht ausstehen konnte, lag es dann daran, dass er ihn für einen Blödmann hielt – wovon ich ausging –, oder eher daran, dass er für seine Schwester jemand anderes im Sinn hatte? Ich fragte mich auch, warum sie unbedingt vor ihm heiraten musste. Wäre seine Wahl einer Ehepartnerin nicht viel wichtiger als ihre?

Gedankenverloren saß ich da, als ein paar Musiker hereinkamen und die Ankunft meiner Mutter und unseres Anführers verkündeten. Wir hatten nur selten etwas zu feiern, aber wenn, dann hielten sie immer so Einzug, als wären sie tatsächlich der König und die Königin. Kawan mit seinem falschen Thron und meine Mutter mit ihren gestohlenen Roben – es war eine geschmacklose Darbietung.

Kawan betrat den Saal und ließ arrogant den Blick über

die Menge schweifen. Doch so genervt ich auch von seinem Auftritt war, wie er so vollkommen gelassen seine eigene Torheit ignorierte, wurde gänzlich von dem Zorn auf meine Mutter hinfortgespült.

Sie trug Annikas Kleid.

Das Reitkleid, das sie unten im Kerker zurückgelassen hatte, war für meine Mutter umgenäht worden, aber es war eindeutig Annikas. Das cremefarbene Mieder, die Blumenstickerei. Wie weit oben Mutter den Kopf trug. Wie sie ganz leicht die Hand auf Kawans Arm gelegt hatte.

Es machte mich rasend vor Wut.

Während die Leute applaudierten, stapfte ich quer durch den Speisesaal, ergriff Mutters Hand und zog sie so ruhig ich konnte aus dem Raum.

»Was hat das zu bedeuten?«, fragte sie fordernd.

»Zieh dieses Kleid aus.«

Sie sah mich an, als hätte ich den Verstand verloren. »Das soll wohl ein Scherz sein. Das ist das erste Kleid in meinem Besitz, das tatsächlich für eine Königliche Hoheit geschneidert wurde«, erwiderte sie lächelnd. »Und nun werde ich es mit großer Freude tragen und den Abend genießen.«

Ich stellte mich ihr in den Weg. »Du bist keine Königin. Kawan hat dich weder geheiratet noch dir irgendeine offizielle Position gegeben. Du kannst noch so herumstolzieren in deinen hübschen Kleidern, das ändert aber nichts an der Tatsache, dass du in seinen Augen austauschbar bist.«

Sie starrte mich mit wütend zusammengepressten Lippen an. »Warum bist du zu deiner Mutter immer so grausam?«

Mir entwich ein lautes, freudloses Lachen. »Ich? Grausam? Du sitzt nur da und tust nichts, wenn der Mann, der deinen Ehemann zum Sterben hinausgeschickt hat, deinen Sohn in aller Öffentlichkeit schlägt. Wie kannst du da sagen, ich sei grausam?«

Sie schluckte. »Ich heiße es nicht gut, dass er so gewaltsam mit dir umgeht. Und auch nicht, dass er es vor aller Augen tut. Das tut mir sehr leid.«

Ich verschränkte die Arme vor der Brust. »Wie tröstend. Vor allem, da ich weiß, dass du einfach wieder sitzen bleiben würdest, wenn er heute Abend beschließen sollte, mich erneut zu schlagen.«

Sie wandte den Blick ab und bestätigte damit das, was ich ohnehin schon wusste.

»Verstehst du denn nicht?«, flüsterte ich. »Er hält dich nahe bei sich, um mich nahe bei sich zu behalten. Kein anderer hier hat den Schneid, eine Königin zu töten, eine Prinzessin zu entführen, die abzuschlachten, die abhauen, sobald ihnen bewusst wird, dass sie niemals das bekommen werden, was er ihnen versprochen hat. Wenn er mich verliert, stirbt die gesamte Operation. Ich will schon so lange von hier weg, einen besseren Ort finden, und der einzige Grund, warum ich es nicht schon längst getan habe, ist, dass ich immer noch darauf warte, dass du eines Tages aufwachst und dich daran erinnerst, dass ich dein Sohn bin.«

Sie senkte den Blick zu Boden, starrte den Ärmel ihres Kleids an, die Fackel an der Wand. Doch mich sah sie nicht an.

»Hast du mich denn je geliebt? Hast du in mir jemals mehr gesehen als nur einen Soldaten?«

»Lennox, natürlich habe ich dich geliebt.«

Vergangenheit. Das war mir nicht entgangen.

»Aber du siehst genau aus wie er«, gestand sie und führte eine Hand zum Mund. »Es bringt mich um, dich anzusehen und in dir den Mann zu erkennen, den ich geheiratet und verloren habe. Wir müssen hier überleben, Lennox. Wir müssen überleben, um das zu bekommen, wofür wir hergekommen sind.«

Ich fuhr mir mit beiden Händen durch das Haar, kurz davor, es auszureißen. »Ich überlebe seit Jahren. Das ist doch keine Existenz. Ich will endlich mein eigenes Leben, Mutter. Und ich weiß ohne jeden Zweifel«, sagte ich und kam mit dem Mund dicht an ihr Ohr, »dass du darin keine Rolle spielen wirst.«

Ihre Augen waren schon vor einer Weile glasig geworden, doch nun rollten die Tränen. »Was willst du von mir, Lennox?«

»Ich will, dass sich endlich etwas verändert. Ich will unser Königreich zurückerobern, aber auf die richtige Weise. Für Vater. Ich will wissen, dass ich Menschen an meiner Seite habe. Und ich will … Ich will meine Mutter. Aber sie ist gestorben, als sie Kawans Mätresse wurde«, stieß ich mit zitternder Unterlippe hervor. »Und ich glaube nicht, dass sie jemals zurückkommen wird.«

Sie senkte zwar den Blick, aber nicht das Kinn, weigerte sich, sich zu schämen. Doch damit hatte ich ohnehin nicht gerechnet. Ich war machtlos. Ich konnte nichts tun, und am liebsten hätte ich vor Wut laut geschrien.

»Es tut mir leid, dass ich als Mutter eine solche Enttäuschung bin«, flüsterte sie.

»Du bist nichts für mich«, korrigierte ich sie. »Du bist eine Heuchlerin, die so tut, als wäre sie eine Königin.«

Da wurden ihre Augen eiskalt. »Na schön. Dann bist du für mich auch nicht mehr als nur ein Soldat.«

»Das ist nichts Neues.«

Sie machte auf dem Absatz kehrt und schritt erhobenen Hauptes in den Speisesaal.

Ich schob die Hand in die Tasche an meinem Gürtel, tastete nach Vaters Knopf und rieb ihn zwischen Daumen und Zeigefinger.

Meinen Vater hatte ich bereits zu Grabe getragen, und es war nun an der Zeit, mit meiner Mutter gedanklich das Gleiche zu tun.

Ich verließ die Burg als Vollwaise.

Annika

»Er hat was getan?«, fragte Rhett entgeistert. »Und was passiert jetzt?«

Ich zuckte mit den Achseln. »Wir gehen. Es wurde jetzt sowieso schon alles in Gang gesetzt. Aber was passiert, wenn sie versuchen einzumarschieren? Ich sage es dir … Wenn Lennox der Meinung ist, dass eine Invasion erfolgreich sein könnte, dann werden sie genau das tun. Er wird das Treffen ignorieren und sofort zum Palast marschieren.«

Seufzend rieb ich mir die Schläfen. Mein Kopf hämmerte, seit Vater seine Pläne eröffnet hatte.

Rhett ergriff meine Hand. »Was kann ich für dich tun? Wie kann ich dir helfen?«

Ich beobachtete, wie sich seine Augen mit Sorge füllten. Mein Instinkt sagte mir, dass er nicht um sein eigenes Wohl besorgt war.

Er machte sich um mich Sorgen.

»Ich habe zwei Bitten an dich. Erstens musst du unsere wichtigsten Geschichtsbücher nehmen und einpacken. Sollte Lennox wirklich hierherkommen, läufst du weg und nimmst die Wahrheit mit. Es ist *unser* Königreich. Und wenn wir es eines Tages zurückerobern müssen, hast du den Beweis.«

Er nickte. Ich sah ihm an, dass er bereits eine Liste mit den wichtigsten Büchern im Kopf hatte. »Das ist einfach. Was noch?«

»Ich will mit meinem Schwert üben. Wenn das Treffen schiefgehen sollte und die Abgesandten eine Dame in Not erwarten, dann sollen sie es bitter bereuen. Ich sehe in deinen Augen, dass ich dir zu wichtig bin, um zuzulassen, dass ich wehrlos bin. Kannst du mir helfen?«

Er lächelte. »Annika, du bist mir nicht nur wichtig. Ich liebe dich. Und ich habe noch nie damit hinterm Berg gehalten.«

Ich spürte, wie ich errötete. Würde ich mich für immer und ewig innerlich zerrissen fühlen? Wäre ich nicht mit Nickolas verlobt, würden mich meine königlichen Pflichten nicht an ihn binden, würde ich es dann zulassen, dass Rhett mir den Hof machte? Ich wusste es nicht. Und vielleicht war es auch besser, nicht allzu viel darüber nachzudenken.

»Das weiß ich.«

»Und ich weiß, dass es dir nicht gefällt. So leicht zu durchschauen«, bemerkte er mit einem Lachen. »Aber mir reicht es, dich aus der Ferne zu lieben. Hier in dieser staubigen alten Bibliothek. Es gibt Schlimmeres.«

Ich blickte ihm in die Augen. Wenn ich ihn schon nicht lieben konnte, konnte ich ihn wenigstens bewundern. »Darf ich dich etwas fragen, das vielleicht zu weit geht?«

»Was mich angeht, gibt es zwischen uns so etwas wie zu weit nicht. Du kannst mich alles fragen, was du willst. Immer.«

Mein Puls schoss in die Höhe, und mich überkam ein ähnliches Gefühl wie damals, als man mich in den Speisesaal von Vosino Castle geschleppt hatte. Schnell schüttelte ich es ab.

»Woher wusstest du es? Du sagst, dass du mich liebst. Aber woher weißt du, wie Liebe überhaupt aussieht?«

Er atmete langsam und tief ein und trat einen Schritt näher. »Du hast jedes Märchen in dieser Bibliothek gelesen, Annika. Weißt du es denn nicht? Die Liebe hat keine Gestalt«, flüsterte er. »Sie hat einen Klang. Sie klingt wie tausend Herzschläge zugleich. Sie klingt wie das Rauschen eines Wasserfalls oder die Stille des Tagesanbruchs. Du kannst sie nachts hören, wenn sie dich in den Schlaf singt, und auch in deinen düstersten Momenten bricht sie mit einem Lachen durch die Dunkelheit. Die Sache ist nur, manchen von uns wurde beigebracht, auf sie zu hören, und wenn sie dann wirklich kommt, ist es sehr einfach, sie unter all den Geräuschen auszumachen. Aber für manche sind die anderen Geräusche so laut, dass die Liebe übertönt wird. Für sie dauert es länger. Aber wenn sie dann durchbricht, ist es eine Sinfonie.«

Behutsam hob er mein Kinn und sah mir in die Augen. »Hör einfach hin, Annika. Lausche. Sie wird kommen.«

Dann küsste er sanft meine Wange. Vielleicht wollte er, dass ich die Liebe in diesem Moment hörte.

Doch ich tat es nicht.

Aber ich glaubte ihm.

»Bestimmt wird es einfacher, sie zu hören, sobald wir diesen bevorstehenden Krieg hinter uns gebracht haben«, bemerkte ich beinahe scherzhaft, um die Anspannung zu lösen.

Er lachte. »Da hast du wahrscheinlich recht. Und ja, ich werde mit dir trainieren. Nachdem du bereits diesem Lennox entgegengetreten bist, kannst du es auch mit jedem anderen aufnehmen, der sich dir in den Weg stellt. Aber wir wollen kein Risiko eingehen.« Kurz dachte er nach. »Wenn aber gerade Vorkehrungen getroffen werden, wird in den Ställen reges Kommen und Gehen herrschen. Wir müssen uns woanders treffen.«

»Wie wäre es mit meiner Lieblingsstelle im Garten? Beim Stein? Das Gebüsch ist hoch, uns wird also niemand sehen. Und es ist weit genug entfernt, sodass niemand uns hören sollte.«

Er dachte über meinen Vorschlag nach. »Ja. Das sollte funktionieren.« Dann drehte er den Kopf und beobachtete den Himmel, der sich langsam verdunkelte. »Nach dem Abendmahl?«

»Ich werde da sein.« Als ich die Bibliothek verließ, kam mir eine Erkenntnis: Es war möglich, dass Nickolas noch nicht über die Pläne meines Vaters informiert worden war. Trotz meiner Abneigung ihm gegenüber erschien es mir grausam, ihn im Ungewissen zu lassen. Also steuerte ich auf sein Gemach zu.

»Eure Königliche Hoheit«, begrüßte mich Nickolas, nachdem man mich angekündigt hatte. »Was verschafft mir die Ehre?«

»Ist Escalus schon bei dir gewesen?«

Er schüttelte den Kopf.

»Dann lass mich bitte hinein. Es gibt da etwas, das du wissen solltest.«

Während Rhett auf die Neuigkeiten mit blankem Entsetzen reagiert hatte, zeigte Nickolas lediglich einen Hauch von Sorge.

»Ich heiße es nicht gut, dass du mitgehst. Das durchkreuzt meine Pläne.«

»Inwiefern?«, fragte ich.

Er seufzte. »Als Untertan sagt mir mein Instinkt, dass ich den König bitten sollte, mit euch zu segeln. Wenn das Treffen schiefläuft, will ich ihn verteidigen. Aber als dein Verlobter …« Er blickte zu mir hoch. »Lennox hat dich schon einmal entführt. Und da das allein meine Schuld war, muss ich nun alles in meiner Macht Stehende tun, um zu verhindern, dass es noch einmal passiert. Ich will an deiner Seite bleiben.«

Ich beobachtete, wie sein Blick unstet auf dem Boden hin- und herhuschte, als würde er dort für die beiden Optionen jeweils eine Pro- und Kontraliste erstellen, um zu sehen, welche überwog.

»Darf ich auch etwas dazu sagen?«, wagte ich zu fragen.

Sofort blickte er auf. »Aber natürlich.«

»Beschütze Escalus. Mein Vater wird von Wachen umringt sein, und wie du wahrscheinlich inzwischen bemerkt hast, weiß ich gut mit einem Schwert umzugehen, wenn es sein muss.«

Ich hielt inne, denn ich wollte nicht weitersprechen.

Ich schluckte und sprach die für mich schmerzvollste Wahrheit aus. »Wir wissen alle, wo ich in der Rangfolge stehe.« Er starrte mich an. »Es ist viel wichtiger, dass Escalus unversehrt zurückkehrt. Das Königreich kann auch ohne mich weiterexistieren, aber wenn meinem Bruder etwas zustößt. Das wäre verheerend.« Ich atmete tief durch. »Du musst ihn beschützen. Er ist viel wertvoller als ich.«

Nickolas senkte den Blick und sprach so leise, dass ich ihn kaum verstehen konnte. »Nicht für alle.«

Für seine Verhältnisse war dieses Geständnis in etwa so, als hätte er unsere Namen in Marmor eingraviert oder mir zu Ehren eine Oper geschrieben.

»Nickolas?«

Er schaffte es nicht, mir in die Augen zu sehen. »Ich bin nicht sonderlich geschickt mit Worten. Wenn ich es wäre, hättest du es schon längst gemerkt. Aber für manche von uns … für mich … wäre es weitaus schlimmer, dich zu verlieren. Annika, mein ganzes Leben lang wurde mir beigebracht, dass Anstand und Etikette essenziell sind, um Teil deiner Familie zu sein. Meine Tutoren und Ammen haben mich zu einem Menschen erzogen, bei dem niemand im gesamten Königreich anzweifeln würde, dass ich deiner würdig bin. Aber leider haben sie es nicht geschafft, aus mir einen Menschen zu machen, den auch du als würdig erachtest. Vielleicht ist es für uns bereits zu spät. Was im Wald passiert ist … Ich kann es dir nicht verübeln, dass du mich hasst. Ich dachte, unser Land würde angegriffen werden, und mein erster Instinkt war es, den Palast darüber zu informieren. Aber eigentlich hätte ich dich in Sicherheit bringen müssen. Ich komme mir so dumm vor. Dafür werde ich mich niemals entschuldigen können.«

Nervös rieb er sich die Hände. Nachdem ich all die Jahre geglaubt hatte, ich wüsste genau, was für ein Mensch Nickolas war, wurde mir bewusst, dass ich womöglich gar nichts über ihn wusste. Ich fragte mich, ob ich nun vielleicht etwas zu hören bekommen würde, das nach Liebe klang.

Noch nicht.

Trotzdem wusste ich seine Aufrichtigkeit sehr zu schätzen.

»Es ist nicht zu spät, Nickolas.«

Er blickte auf und sah mich ungläubig an. »Ich würde so gern noch einmal von vorn beginnen, Annika. Ohne Erwartungen. Ich will dich kennenlernen. Und ich will auch, dass du mich kennenlernst.«

Ich nickte. »Das würde mir auch gefallen. Aber darüber kann ich erst nachdenken, sobald das alles vorbei ist. Wenn ich dir wirklich so wichtig bin, wie du vorgibst, dann bleib bitte an der Seite meines Vaters und meines Bruders, wenn wir zur Insel segeln. Beschütze sie so gut, wie du nur kannst. Sei die Stimme der Vernunft.«

Nickolas nickte. »Dein Wunsch ist mir Befehl.«

Lennox

Es war zu dunkel, um sich allzu weit zu entfernen, aber ich konnte unmöglich länger in dieser Burg bleiben. Nicht im Moment. Über das Rauschen der Wellen hinweg hörte ich, wie sich die wenigen Musiker, die wir hatten, größte Mühe gaben, ein altes Volkslied zu spielen. Meine Mutter hatte es mir früher vorgesummt, wenn sie mich ins Bett gebracht hatte. Wenn es einmal einen Text dazu gegeben hatte, war er vor langer Zeit verloren gegangen. Sollte ich mich daran nicht erfreuen? Dass wir so stur nach vorn marschierten, obwohl wir nur so wenig über unsere Geschichte wussten? Ich konnte jedoch nur daran denken, dass wir hintergangen worden waren, und Kawans Plan mehr schaden würde als wiedergutzumachen.

Und meine Mutter …

Ich stand in der Arena. Die Fackeln am Eingangstor und an den Fenstern spendeten genug Licht, sodass ich meine Umgebung ausreichend wahrnehmen konnte. Ich starrte auf den Platz, wünschte, ich hätte jemanden, den ich herausfordern könnte. Irgendetwas, um die Schwere zu lösen, die auf meiner Brust lag.

»Es ist zu spät«, meldete sich eine neckende Stimme hinter mir. Ich wandte mich um und sah Inigo mit einer Handvoll Leute.

»Du kannst wohl Gedanken lesen«, erwiderte ich und erkannte, wen er bei sich hatte. Natürlich war Blythe da, aber auch Andre, Sherwin, Griffin und Rami. »Was ist los?«

Inigo zuckte mit den Achseln. »Ich habe dich gehen sehen, und Blythe meinte, du seist bestimmt rausgegangen. Ich nahm an, dass es einen guten Grund geben müsse, wenn du die Gefangenen aus den Augen lässt.«

Ich verdrehte die Augen. »Vielleicht ist es dir entgangen, aber sie sind keine Gefangenen mehr. Sie sind unsere Ehrengäste, die uns nichts als Ärger einbringen werden.«

»Bist du dir da sicher?«, fragte Griffin.

Ich sah Blythe an, und sie seufzte. »Wenn es stimmt, was sie sagen«, entgegnete ich, »ist es gut möglich, dass niemand mehr von der königlichen Familie in Dahrain sein wird. Wir könnten einmarschieren und den Palast einnehmen. Wir könnten ohne großen Kampf unser Königreich zurückerobern. Wenn es überhaupt zu einem Kampf käme. Aber statt in ein Königreich mit leerem Thron einzumarschieren – was für uns ziemlich beachtlich und für sie erniedrigend wäre –, will Kawan, dass wir ihren König auf der Insel umbringen. Vielleicht geht sein Plan auf. Vielleicht aber auch nicht …«

»Du hast kein gutes Gefühl dabei, was?«, fragte Inigo.

»Nein. Ich weiß nicht genau, warum, aber nach allem, was passiert ist, glaube ich nicht, dass sie sich einfach so mit uns treffen wollen.« Ich starrte zu Boden und schämte mich ein wenig dafür, dass ich mich von meinen Gefühlen leiten ließ. Gefühle brachten einem nichts als Ärger ein.

»Und was ist dann der Plan?«, wollte Inigo wissen.

Mein Kopf schnellte zu ihm herum.

»Du musst doch irgendetwas im Sinn haben«, meinte Sherwin. »Brauchst du uns alle oder nur ein paar von uns?«

»Vielleicht wenigstens als Ablenkung?«, bot Rami an. »Ich habe letztes Mal leider keine Gelegenheit dazu bekommen.« Sie zwinkerte Blythe zu, die mit einem Kichern antwortete.

Ich blinzelte ein paarmal und sah sie der Reihe nach an. »Ihr … ihr wollt wissen, was mein Plan ist?«

»Natürlich«, entgegnete Blythe hastig. »Du hast doch einen, nicht wahr?«

Ich schluckte schwer. Ich hatte fast immer einen Plan.

»Ich finde, wir sollten den Palast erobern. Wenn wir losmarschieren, sollte es nicht allzu schwer sein, uns im Wald von den anderen abzuseilen. Es wird nicht auffallen, wenn eine Handvoll von uns fehlt«, erklärte ich, denn nun war ich mir sicher. »Wenn ich falschliege und Kawan es doch schaffen sollte, ihren König zu ermorden, gewinnen wir in zweierlei Hinsicht: Dann ist er tot und wir haben ihr Königreich bereits in unseren Händen.«

Inigo musterte mich durchdringend. »Und erzählen wir Kawan davon?«

Ich sah in die Runde und bemerkte, wie manche von ihnen die Gesichter verzogen.

»Nein, tun wir nicht. Wenn er davon wüsste, würde er uns aufhalten. Aber das kann er nicht, wenn er nichts davon erfährt.«

»Gut«, erwiderte Inigo. »Aber wir müssen uns beeilen. Ich nehme an, wir werden zu Fuß unterwegs sein.«

»Und wir müssen genügend Vorräte mitnehmen«, fügte Andre hinzu.

Ich nickte. So weit hatte ich noch nicht gedacht. Ab jetzt konnten wir nur noch spekulieren. Wie schnell wir vorwärtskommen würden, wie genau die Zahlen tatsächlich waren, die uns die Prinzessin genannt hatte. So wenig wir auch wussten – meine Gefolgschaft war voll und ganz an Bord.

Ich nahm mir einen Moment und sah jeden Einzelnen von ihnen an, während sie sprachen. Warum überraschte mich ihre Bereitschaft, mir zu folgen, so? Als ich ihnen eine einfachere Mission als ursprünglich geplant, vorgeschlagen hatte, hatten sie abgelehnt. Nachdem ich beschlossen hatte, Annika laufen zu lassen, hatten sie meine Befehle befolgt. Und selbst, als dieser Plan komplett schiefgegangen war, hatten sie mir vor Kawan zur Seite gestanden.

Ich hatte Freunde.

Blythe drehte den Kopf in meine Richtung und schenkte mir ein Lächeln, das scheinbar nur für mich reserviert war. In dem Moment wünschte ich mir, ich könnte tun, was Inigo mir geraten hatte, und ihre Freundlichkeit einfach mit offenen Armen empfangen. Es wäre nun fast ein Akt der Rebellion, nicht wahr? Kawan gab mir das Gefühl, dass der Tod an jeder Ecke auf mich lauerte und es leichtsinnig wäre, etwas oder jemanden ins Herz zu schließen. Genau jetzt aufzublühen wäre eine süße Form der Rache.

Und trotzdem brachte ich es einfach nicht fertig.

Doch das bedeutete nicht, dass ich nicht rebellieren konnte.

»Ist hier jemand daran interessiert, lesen zu lernen?«, fragte ich.

Griffins Hand schoss zuerst nach oben, und mir stach das Stroharmband ins Auge, das er stolz an seinem Handgelenk trug.

»Du kannst lesen?«, fragte Rami begeistert.

Ich nickte. »Mein Vater hat es mich gelehrt. Und ich kann es euch beibringen, wenn ihr wollt.«

»Beiseite. Der Vertrauensmann will durch«, verkündete Inigo, streckte einen Arm aus und stellte sich neben mich.

Ich konnte nicht anders, als leise zu lachen. Dann schnappte ich mir einen von den stumpfen Pfeilen, die auf einem Haufen auf dem Kampfplatz zurückgelassen worden waren, und schrieb die Buchstaben seines Namens in den Staub.

I-N-I-G-O.

Er legte den Kopf schief. »Das sieht … stark aus.«

»Es ist ein robuster Name«, bemerkte ich. »Ein verlässlicher Name für einen verlässlichen Mann.«

Ich hob nicht den Blick, hörte jedoch, wie sich Inigo räusperte. »Nicht! Ich habe dich schon einmal gewarnt.«

Leise lachend ging er weg.

»Jetzt bin ich dran!«, rief Blythe und eilte zu mir herüber.

Langsam schrieb ich ihren Namen in die Erde, denn ich wusste, dass sie ganz genau aufpassen würde.

»Der in der Mitte gefällt mir«, sagte sie und deutete auf den Buchstaben.

»Das ist ein *y*«, erklärte ich ihr.

»Sie sind alle wunderschön.«

»Dein Name ist wunderschön. Meine Handschrift allerdings nicht.«

»Doch, das ist sie. Warte. Schreib deinen Namen auch mal. Ich will ihn sehen«, bat sie und stupste auffordernd gegen meinen Arm.

Ich musste lachen. »Langsam, langsam.«

Ich begann, die Buchstaben direkt unter ihrem Namen in den Schmutz zu kratzen. Lächelnd betrachtete sie das Wort.

»Ich fand immer, dass dein Name so ernst klingt. Und er sieht auch ernst aus. Was ist das für ein Buchstabe?«

»Ein *x*.«

»Der gefällt mir am besten«, kommentierte sie flüsternd und stieß ihre Schulter gegen meine.

Und da war er wieder. Der Wunsch, sie einfach mit offenen Armen empfangen zu können. Da drehte sie den Kopf, und mir wurde bewusst, wie nah sich unsere Gesichter waren. Ich spürte, wie in mir ein Instinkt erwachte, der lange in mir geschlummert hatte. Ich könnte sie küssen, wenn ich wollte. Ich war mir sicher, sie würde es zulassen. Es war so einfach, dass es sich beinahe falsch anfühlte, es nicht zu tun.

Und dennoch tat ich es nicht.

Ich räusperte mich und ließ den Blick über unsere kleine Gruppe schweifen. Ihr Lächeln, die ungezwungenen Gespräche, ihre Bereitschaft lösten ein weiteres Gefühl in mir aus, das mir nicht vertraut war: Stolz.

Ihr Lachen erfüllte die Nacht.

»Ich war noch nie Teil von so etwas«, flüsterte Rami.

Ich grinste. »Die Rebellion heißt dich willkommen.«

Annika

Rhetts Klinge traf mit solcher Wucht auf meine, dass die Funken sprühten. Die Narbe an meinem linken Arm, die Lennox mir zugefügt hatte, brannte, und fast gab mein rechtes Knie nach, doch ich hielt stand und holte zum nächsten Schlag aus.

Weil er darauf bestanden hatte, trugen wir beide am Oberkörper mehrere Lagen Leder. Ich hatte ihn ausgelacht, weil es mir so albern vorgekommen war. Doch er hielt sich nicht zurück – wie ich es von ihm gefordert hatte. Am Ende bewahrte mich das Leder vor etlichen Schnittwunden, aber ich würde dennoch ein oder zwei blaue Flecke davontragen.

Wie ich gehofft hatte, war ich zu schnell für Rhett und traf ihn zwischen den Schulterblättern.

»Aua! Der war gut, Annika.« Er verzog das Gesicht und zerrte an der Schnürung seiner Lederpolsterung. »Escalus war dir ein guter Lehrer.«

»Sind wir schon fertig?«, fragte ich enttäuscht.

»Für heute. Es ist schon spät, und immerhin musst du morgen früh wieder als Prinzessin in Erscheinung treten«, erwiderte er mit einem Zwinkern.

»Das ist härtere Arbeit, als man meinen mag.«

»Oh, ich weiß. Genau aus dem Grund schicke ich dich jetzt ins Bett.«

Ich begann, die Knoten meiner Lederlagen zu lösen, während ich in der versteckten Ecke des Gartens auf und ab ging. Da es hier keine üppigen Blumen und imposanten Springbrunnen gab, kam, abgesehen von den Gärtnern, niemand hierher. Rhett und ich waren während des Trainings auf dem Schotterweg geblieben, der um den Stein in der Mitte führte, und hatten die Steigung in die Übung eingebaut. Schließlich wusste ich nicht, was mich erwarten würde.

»Hast du es schon gesehen?«, fragte ich. »Das Schiff im Hafen?«

Rhett nickte. »Ich sage mir immer wieder, dass es sicherer ist, wenn du an der Seite des Königs und der Leibgarde bleibst. Aber es beruhigt mich nicht wirklich.«

»Ich fühle mich einfach so … verloren. Alles könnte innerhalb weniger Tage auseinanderfallen, und ich weiß nicht, was ich tun soll. Ich will mich meinem Vater nicht widersetzen, aber ich kann auch nicht einfach still dasitzen.« Ich schüttelte den Kopf. »In letzter Zeit fühlt sich alles, was um mich herum geschieht, falsch an.« Ich sah in

Rhetts mitfühlende Augen. »Es tut mir leid. Ich weiß, dass ich eigentlich nicht das Recht habe, mich zu beschweren.«

»Du trägst die Last eines ganzen Königreichs auf deinen Schultern, Annika.«

»Aber das ist es ja gerade. Es ist nicht mein Königreich. Es ist das meines Vaters, und wenn er stirbt, wird es an Escalus übergehen. Schon mein ganzes Leben lang versuche ich, sie zu unterstützen, denn ich liebe Kadier, auch wenn ich niemals darüber herrschen werde. Ich liebe es von ganzem Herzen. Aber ich frage mich, ob meine Liebe vielleicht vergeudet ist. Ob es überhaupt eine Rolle spielt, ob ich da bin oder nicht.«

Rhett ließ sein Schwert fallen und packte mich an den Schultern. »Annika, ich will so etwas *nie wieder* von dir hören. Du hast keine Ahnung, was mit mir geschehen würde, wenn du nicht mehr da wärst. Ich meine es ernst. Ich wüsste nicht, was ich ohne dich tun würde.« Er schluckte schwer. »Ich weiß, wie sehr du deinen Bruder liebst, und ich weiß auch, wie sehr du Kadier liebst, und genau aus diesem Grund habe ich akzeptiert, dass du niemals mit mir davonlaufen wirst. Aber das bedeutet nicht, dass es mich nicht zerstören würde, wenn du nicht mehr da wärst.«

Ich schenkte ihm ein trauriges Lächeln. »Es ist nicht so, als wärst du mir nicht wichtig, Rhett.«

»Das weiß ich. Ich glaube, unter anderen Umständen hätten wir miteinander glücklich werden können. Aber du bist eine Prinzessin, und deine Liebe für Kadier wird immer oberste Priorität haben. Sie muss wirklich groß sein, wenn du dafür sogar bereit bist, diesen Idioten zu heiraten.«

Ich lachte. »Er gibt sich Mühe.«

Rhett zuckte mit den Achseln. »Ich hasse ihn trotzdem.«

Lächelnd hob ich mein Schwert auf und machte mich auf den Weg zurück zum Palast. »Was das angeht, bist du sicherlich nicht der Einzige, aber ich will ihm trotzdem eine Chance geben, sich zu ändern.«

»Er kann sich noch so viel Mühe geben, das ändert nichts an meiner Meinung über ihn«, erwiderte Rhett trocken. »Jeder Mann, der sich zwischen uns stellt, ist mein Feind.«

Ich erschauderte – und es lag nicht an der kühlen Abendluft.

Unsere Wege trennten sich an der Treppe. Rhett warf mir über die Schulter ein letztes Lächeln zu, bevor er sich auf den Weg in sein Zimmer machte. Ich wusste, dass ich besser zu Bett gehen sollte. Aber ich konnte nicht. Noch nicht.

Nachdem er um die Ecke gebogen war, ging ich einen anderen Korridor hinab. Es war schon später, als ich vermutet hatte, und der Palast lag still da. Ich liebte es, wenn ich so tun konnte, als ob er einzig und allein mir gehörte.

Eilig schlich ich mich in den Korridor, in dem das Porträt meiner Mutter hing. Ich hielt immer noch mein Schwert in der Hand und fragte mich, was sie wohl davon gehalten hätte. Ich dachte daran, als sie mir von einer Feier, für die ich noch zu jung gewesen war, um daran teilzunehmen, ein Stück Kuchen auf mein Zimmer gebracht hatte. Wir hatten auf dem Boden am Feuer gesessen und es verspeist, ohne uns um Teller zu scheren.

Sie hatte immer ihre kleinen Geheimnisse gehabt, und ich glaubte, es hätte ihr gefallen zu wissen, dass ich ebenfalls eines besaß.

Kurz vor dem Flur hielt ich inne … Ich hörte etwas.

Irgendjemand weinte.

Hastig versteckte ich mich hinter einer großen Pflanze und blickte den Korridor mit Mutters Bildnis hinab.

Ich war vollkommen perplex, als ich die zwei Silhouetten sah, die einander im blassen Mondlicht hielten.

Escalus war unverkennbar. Doch die Frau in seinen Armen – deren Gestalt mir ebenfalls nur allzu vertraut war – schockierte mich zutiefst.

»Noemi«, flüsterte Escalus. »Ich werde nicht sterben. Es wird ein kurzes, diplomatisches Treffen. Eine Sache von einem Tag.«

»Escalus, ich traue diesen Leuten nicht«, erwiderte Noemi, und sein Name kam so mühelos über ihre Lippen. »Annika hat jede Nacht Albträume, seit sie wieder da ist. Sie sind nicht wie wir. Sie haben keinerlei Hemmungen.«

Er zog sie näher an sich. »Ich habe keine Kontrolle über ihre Handlungen, nur über meine eigenen. Und da ich kein Feigling bin, werde ich gehen.« Er nahm ihr Gesicht zwischen seine Hände, als wäre sie zerbrechlich. Als würde sie vor einem Abgrund stehen. »Aber ich bin auch kein Narr. Ich werde zu dir zurückkommen. Niemand – nicht einmal eine ganze Armee – könnte mich davon abhalten.«

Ihr entwich ein zittriger Atemzug, und Escalus beugte sich hinab und küsste sie.

Jetzt wusste ich mit Sicherheit, dass all meine Märchen recht hatten. In einer einzigen Sekunde traf mich die Wahrheit, die ihnen innewohnte, mitten ins Herz. Ich hatte vielleicht nicht das Privileg, der wahren, schicksalhaften Liebe zu begegnen. Aber Escalus und Noemi schon.

Es lag in der Entschlossenheit seiner Stimme, der Art wie sich ihr Körper wunderschön an seinen schmiegte, dem leisen Geräusch, wenn sich ihre Lippen berührten. Sie liebten sich so sehr, dass sie gelernt hatten, es vor aller Augen zu verbergen.

Und vor allem liebten sie sich, obwohl ihre Liebe dem Untergang geweiht war. Selbst wenn Noemi nicht meine Magd wäre, musste Escalus dennoch jemanden von königlichem Blut heiraten. Irgendwann würden sie gewaltsam und schmerzvoll voneinander getrennt werden … und es war ihnen egal.

Sie liebten einander zu sehr, um sich davon aufhalten zu lassen. Ich vermutete, sie hatten bereits versucht, es zu beenden, und waren gescheitert.

Bevor sie mich entdecken und ich ihnen den Moment ruinieren konnte, machte ich kehrt und verschwand ebenso schnell, wie ich gekommen war.

Mir schwirrte der Kopf, und die Gedanken krachten ineinander wie riesige Wellen. Plötzlich sah ich meinen Bruder in einem ganz neuen Licht. Natürlich brachte Escalus Noemi Geschenke mit, wenn er mir welche brachte. Wahrscheinlich war es sogar umgekehrt: Er tat nur etwas für mich, um zu übertünchen, dass er eigentlich etwas für sie tat. Er machte ihr so viele Komplimente, wie er nur konnte, und stellte sicher, dass sie immer dabei war, wenn wir etwas gemeinsam unternahmen. Er wollte so viel Zeit wie möglich mit ihr verbringen.

Und Noemi. Ich hatte bereits gewusst, dass sie Geheimnisse für sich behalten konnte, doch es schockierte mich zu erfahren, wie recht ich gehabt hatte. Plötzlich wurde mir bewusst, dass ich keine Ahnung hatte, wie viele Geheimnisse sie tatsächlich vor mir verbarg. Nicht dass ich es ihr übelnahm. Wenn das herauskam, würde man sie augenblicklich aus dem Palast entfernen. Was mit Escalus geschehen würde, wusste ich nicht genau.

Und dann gab es noch mich. Es schmerzte nicht allzu sehr, dass ich meinem Bruder vielleicht nicht ganz so am Herzen lag, wie bisher angenommen, denn tief in meinem Inneren wusste ich, wie sehr er mich liebte. Und es schmerzte mich auch nicht zu sehr, dass mir Noemi ihr Geheimnis nicht anvertraut hatte, denn ich wusste, dass sie mich immer noch mit Leib und Seele beschützen würde. Was jedoch mehr schmerzte, als dass ich es hätte in Worte fassen können, war die Eifersucht, die ich empfand.

Die eine Sache, wonach ich mich bereits mein ganzes Leben lang sehnte, lag außerhalb meiner Reichweite. Ich konnte sie nicht einmal auf die Art haben wie die beiden: kurz und wunderschön. Ich würde sie niemals haben können. Das war mir jetzt bewusst geworden. Rhett verehrte mich, und es schmeichelte mir, aber meine Gefühle waren nicht annähernd so stark wie die seinen. Und … ich glaubte nicht, dass ich jemals so für ihn empfinden könnte. Ich wollte im siebten Himmel schweben, mich nach jemandem verzehren. Ich wollte Leidenschaft und Zärtlichkeit und … eine Liebe, die vielleicht keinen Sinn ergab, aber nicht abzustreiten war.

Doch so eine Liebe würde ich niemals erfahren.

Bis ich meine Gemächer erreicht hatte, war ich vollkommen in Selbstmitleid versunken. Die Tränen kamen, während ich mein Schwert beiseitewarf und aus meinen Stiefeln schlüpfte. Ich riss mir das Kleid vom Leib, schleuderte es achtlos auf ein Sofa und warf mich ins Bett. Dann vergrub ich mich unter der Decke, versuchte, die Welt auszusperren. Die nachhallende Enttäuschung.

Wie sehr ich mir wünschte, meine Mutter wäre jetzt bei mir.

Lennox

Ich erkannte ihren Duft beinahe umgehend, obwohl ich ihr Gesicht nicht sehen konnte. »Du bist weit weg von zu Hause«, bemerkte ich.

»Du auch«, erwiderte sie.

Nun, damit hatte sie durchaus recht, nicht wahr? »Aber ich bin bereit zu gehen.«

Wortlos legte sie ihre Hand in meine und verschränkte unsere Finger ineinander. Hohes Gras und kleine Gruppen von Blumen erstreckten sich vor uns, so weit das Auge reichte. Ich betrachtete ihre langen hellbraunen Locken, folgte ihr einfach, während sie mir den Weg wies.

Es fiel mir leicht, mich von ihr führen zu lassen. Es fühlte sich schön an, ihre Hand zu halten, weich von einem Leben voller Komfort. »Nur noch ein kurzes Stück«, lockte mich ihre liebliche Stimme.

Ich ging, bis sich die Felder zu einem Hügel anhoben. Bald, schon sehr bald, würde ich es endlich sehen: mein Zuhause. Doch dann schreckte ich aus dem Schlaf hoch, als mir Thistle das Gesicht ableckte. Leise schnappte ich nach Luft, war verwirrt und enttäuscht.

Thistle fiepte und trat von einer Pfote auf die andere. Ich spürte, dass sie nervös war, wahrscheinlich, weil ich es auch war. Immer wieder leckte sie meine Fingerspitzen ab, um mir so viel Trost zu spenden, wie sie nur konnte. In letzter Zeit war sie öfter unterwegs als sonst, aber ich sagte mir, dass das eine gute Sache war. Immerhin war sie ein wildes Tier.

Ich rappelte mich hoch und kratzte mich am Ohr. Wenn ich ihr doch nur erklären könnte, dass ich ebenfalls bald gehen würde und nicht wusste, ob ich je zurückkäme. »Du kommst auch ohne mich zurecht«, versicherte ich ihr. »Aber trotzdem, pass gut auf dich auf. Und hüte dich vor den zurückgelassenen Rekruten. Sie könnten dich sonst für Nahrung halten. Und falls ich nicht zurückkomme … Danke, dass du so lange bei mir geblieben bist. Du warst so lange Zeit meine einzige Freundin.« Ich senkte die Stimme zu einem Flüstern. »Verrate es niemandem, aber deine Gesellschaft ist mir immer noch am liebsten.«

Ich gab ihr einen Kuss auf den Kopf, stand auf, und sie kuschelte sich schnell auf mein dünnes Kissen. Ich lächelte sie an und begann, mich so gut wie möglich vorzubereiten. Ich steckte mein Hemd in die widerstandsfähigste Hose, die ich besaß, und knöpfte meinen Mantel zu.

Dann packte ich, wie ich es immer zu tun pflegte, und stopfte für alles eine Reserve in meine Tasche, nur für den Fall. Mit so vielen Menschen würden wir zu Fuß nur langsam vorankommen. Wir würden heute marschieren, über Nacht unsere Zelte aufschlagen und morgen auf See sein, also packte ich auch etwas ein, worauf ich schlafen konnte.

Für den Bruchteil einer Sekunde hätte ich fast Annikas Haarsträhne eingesteckt. Aus irgendeinem Grund fühlte sie sich an wie ein Glücksbringer, etwas, das mich vielleicht beschützen würde. Irgendetwas hatte sie beschützt, dessen war ich mir sicher. Doch ich sagte mir, ich bräuchte keinen Schutz. König Theron würde wahrscheinlich allein kommen, höchstens mit einer kleinen Gruppe Soldaten. Wir hingegen kamen mit einer Armee.

Trotzdem ging ich hinüber zu meinem Schreibtisch und fischte die Strähne von hinten aus der Schublade. Sie war immer noch gelockt und wickelte sich um meinen Finger. Fast empfand ich so etwas wie Mitleid mit Annika. Während sie sich irgendwo versteckt hielt, würde ich ihren Palast einnehmen. *Meinen* Palast.

Als es an der Tür klopfte, zuckte ich ein wenig vor Schreck zusammen und legte die Haarsträhne hastig zurück. Thistle sprang auf und versteckte sich in der Zimmerecke. Es überraschte mich, Blythe so früh zu sehen, in ihrer Hand hielt sie ein Bündel.

»Guten Morgen«, begrüßte sie mich.

»Guten Morgen. Was ist das?« Ich deutete auf das Päckchen.

»Ich weiß es nicht. Das lag vor deiner Tür, also habe ich es aufgehoben.« Sie hielt mir das Bündel entgegen.

Es sah aus wie schwarzer Stoff, zusammengebunden mit Zwirn. Ich hob es in die Höhe und erkannte es sofort.

Es lag zwar keine Notiz dabei – wie hätte es auch anders sein sollen? –, aber ich wusste, was es war und von wem es sein musste. Niemand anderes als meine Mutter konnte den Reitumhang meines Vaters verwahrt haben.

Ich schluckte schwer und verdrängte etwas, das ich

nicht benennen konnte, in den tiefsten Teil meiner selbst. Schob es zu meiner Kindheit, die ich schrecklich vermisste; zu der grünlichen Färbung, die die Haut meines Vaters angenommen hatte; zu dem Erbrochenen, das ich aus dem Fenster geworfen hatte, nachdem ich Annikas Mutter umgebracht hatte; zu der Angst, die ich jedes Mal empfand, wenn ich merkte, dass mir jemand auch nur ein wenig bedeutete; zu der Panik in den Augen derer, die wussten, dass ich der letzte Mensch war, den sie jemals zu Gesicht bekommen würden.

Ich würde nicht weinen. Nicht heute.

»Du solltest ihn tragen«, meinte Blythe. »Mit einem wallenden Umhang wirkst du noch viel gefährlicher. Außerdem wissen wir nicht, was uns da draußen erwartet.«

Ich schluckte erneut und legte den Umhang um meine Schultern.

Im Gegensatz zu meinem eigenen war dieser hier dunkel, die Farbe immer noch intensiv, was bedeutete, dass Mutter gut auf ihn Acht gegeben hatte, obwohl mein Vater seit Jahren tot war. Die Bänder waren lang und mit Quasten besetzt, und das Innenfutter war hochwertiger als das meines Umhangs. Im Nacken war mit schwarzem Faden eine Art Emblem eingestickt. Wenn man nicht wusste, dass es da war, würde man es nicht bemerken. Ich wusste nicht, was es bedeutete, aber mir gefiel der Gedanke, dass mein Vater selbst nach all der Zeit immer noch seine Geheimnisse hatte.

Irgendwie fühlte sich der Umhang an wie eine Umarmung, doch ich versuchte, nicht allzu viel darüber nachzudenken.

»Steht dir gut«, bemerkte Blythe. Ihre Augen strahlten

wieder, und das zarte Rosa war in ihre Wangen zurückgekehrt.

Ich schüttelte den Kopf und wechselte schnell das Thema. »Gibt es einen Grund, warum du so früh hier bist?«

»Zwei, um genau zu sein«, erwiderte sie und senkte den Blick. Zuerst war es mir aufgrund des Bündels nicht aufgefallen, doch jetzt sah ich das Armband in ihrer Hand, gewoben aus Grashalmen und blauem Stoff, den sie entweder gestohlen oder aufbewahrt haben musste.

Ich konnte es unmöglich *nicht* annehmen.

»Danke«, flüsterte ich und nahm wenigstens ihren Mut zur Kenntnis, den sie aufgebracht hatte, um es mir zu überreichen. »Bitte sei nicht traurig … aber ich bin noch nicht bereit, es zu tragen.«

Ihr Blick war gütig, viel gütiger, als ich es verdient hatte. »Du musst es nicht tragen. Ich musste es einfach nur knüpfen.«

Kurz sah ich ihr in die Augen, doch dann wandte ich den Blick ab und zog am Kragen meines neuen Umhangs.

»Ähm, und was war der zweite Grund?«

»Oh«, erwiderte sie mit geröteten Wangen. »Kawan hat nach dir gefragt. Sie packen gerade die letzte Ausrüstung zusammen.«

Ich nickte. »Dann lass uns gehen.«

Ich griff mir meine Tasche und mein Schwert und hielt noch einmal inne, um Thistle einen letzten Blick zuzuwerfen. Sie blinzelte mich noch einmal an, und ich hoffte inständig, dass ich sie wiedersehen würde. Das Armband ließ ich auf meinem Schreibtisch zurück, verließ mein Zimmer und folgte Blythe den Flur hinab.

Draußen hatte sich bereits eine ordentliche Menge an

Soldaten versammelt, und ich beobachtete, wie sich Weiße Fahne, der Panische und der Dürre beklommen umsahen. Wir sahen nicht aus wie eine Gruppe Menschen, die auf dem Weg zu einer Friedensverhandlung war. Nein, mit den Pferden und Schwertern, die gesattelt und geschliffen wurden, waren wir eindeutig eine Armee, die bereit war, in den Krieg zu ziehen.

Ich sah, wie Kawan mich zu sich winkte, und marschierte mit wallendem Umhang zu ihm hinüber. Dafür, dass der Stoff so dick war, war er dennoch leicht. Mit jeder Sekunde, die verstrich, war ich dankbarer, dass er nun mir gehörte.

Selbst wenn mein engster Freund an Unterkühlung sterben würde – diesen Umhang würde ich niemals hergeben.

Während ich mich auf Kawan zubewegte, entdeckte ich meine Mutter, die sich immer noch in seiner unmittelbaren Nähe aufhielt. Ich schluckte, unsicher, was ich tun oder sagen sollte. Ich dachte, wir hätten bereits das letzte Band zerschnitten, das uns noch verbunden hatte. Doch da stand ich nun und trug den Umhang meines Vaters, den sie mir überlassen hatte.

Ich blieb stehen, breitete die Arme aus und fragte sie wortlos, was sie dazu sagte.

Selbst von hier konnte ich die Tränen in ihren Augen sehen. Sie nickte knapp und lächelte traurig.

Würde ich sie jemals verstehen? Würde sie mich jemals verstehen?

Vielleicht musste das hier genügen.

»Unsere Gäste bestehen darauf, dass wir unsere Schwerter hierlassen«, informierte mich Kawan.

»Es würde als Akt des Angriffs angesehen werden«, erwiderte Weiße Fahne hartnäckig. »Seine Majestät wird es nicht tolerieren.«

»Und warum sollten wir unbewaffnet reisen?«, forderte Kawan zu wissen.

Weiße Fahne schüttelte den Kopf. »Wir sind von Anfang an aufrichtig zu Euch gewesen. Warum glaubt Ihr also, wir würden Euch schlechte Ratschläge erteilen?«

Kawans Blick war bedrohlich. »Ich würde trotzdem sagen, dass wir Waffen mitnehmen.«

»Und ich sage, dass es ein großer Fehler wäre«, erwiderte Weiße Fahne.

Zwischen ihnen entstand eine Stille, die lange genug währte, um mein Schwert zu zücken und an Weiße Fahnes Kehle zu halten. Der Dürre und der Panische versuchten zu flüchten, wurden aber sofort umzingelt.

»Mir kommt es so vor, als wüsste jemand, der uns weismachen will, wir bräuchten keine Waffen, dass wir sie auf jeden Fall brauchen werden. Beantworte meine Frage und verschwende meine Zeit nicht mit einer Lüge. Der König wird nicht allein kommen, richtig?«

Weiße Fahne schnaubte. »Höchstwahrscheinlich wird er von seinem Sohn und einer Handvoll Wachen begleitet.«

Auch wenn ich es wieder einmal nicht beweisen konnte, sagte mir mein Bauchgefühl, dass dies gelogen war.

Kawan, der es vielleicht auch spürte, winkte gelangweilt ab. »Es spielt überhaupt keine Rolle mehr. Wir nehmen unsere Waffen mit, und euer König wird sich schon bald zu euch ins Grab gesellen. Lennox«, fügte er hinzu, als wäre es beinahe selbstverständlich, »kümmere dich um sie.«

Mir wurde flau im Magen, doch ich ließ mir nichts anmerken. »Fesselt sie«, befahl ich, und Aldrik, Illio und Slone traten hinter Kawan hervor und fesselten unseren Ehrengästen die Hände vor den Bäuchen. Nachdem die Seile festgezurrt waren, deutete ich auf den Weg, der zum Meer führte. »Los.«

Inigo trat neben mich. »Brauchst du Hilfe?«, flüsterte er.

Ich schüttelte den Kopf. »Ich muss das allein machen. Sorge dafür, dass die anderen bereit sind. Ich bin mir jetzt ganz sicher.«

Ich führte die Gefangenen den steinigen Weg entlang und hörte zu, als der Panische das Wort ergriff, nachdem wir außer Hörweite der Armee waren. »Coleman? Coleman, sag doch irgendwas! Sag ihm, dass wir die Wahrheit sagen.«

»Sie glauben uns sowieso nicht, mein Freund. Es gibt nichts mehr, was ich noch tun könnte«, erwiderte Weiße Fahne resigniert.

Der Panische trat vor ihn. »Was?« Tränen füllten seine Augen. Er begann zu begreifen, dass der Tod unausweichlich war.

Der Dürre, der vorausgegangen war, drehte sich nun ebenfalls um und hoffte auf eine bessere Antwort. Das taten wir alle.

Weiße Fahne – Coleman – sah zuerst mich an, dann seine Gefolgsmänner. »Selbst wenn ich noch mehr zu sagen hätte, könnte ich es nicht. Mein Schweigen ist das Letzte, was ich für unseren König tun kann.« Da schnellte sein Kopf wieder zu mir herum. Bestimmt ging er davon aus, dass ich Kawan von jeder einzelnen Silbe Bericht erstatten würde.

Wenn er nur wüsste.

»Geht weiter. Runter zur Küste«, befahl ich.

Nachdem die drei einige wütende Blicke gewechselt hatten, machten sie sich auf den Weg in den sicheren Tod.

Nachdem wir den schwarzen Sandstrand erreicht hatten, befahl ich ihnen, sich am Ufer mit den Gesichtern zu mir in einer Reihe aufzustellen. Dunkle Regenwolken zogen auf.

»Ich werde keine weiteren Lügen tolerieren«, begann ich. »Antwortet knapp und schnell. Euer König, was ist seine größte Schwäche?«

Weiße Fahne weigerte sich zu sprechen, doch der Panische wirkte immer noch hoffnungsvoll, als könnte ihm eine Antwort das Leben retten. »Seine Kinder. Wenn ihr eins von ihnen hättet, würde er euch alles geben, was ihr verlangt.«

»Halt den Mund, Victos!«, fauchte Coleman.

»Und euer Prinz?«

»Seine Schwester. Sie ist seine Schwäche, und er ist ihre. Aber wie gesagt … Ihr braucht nur einen von ihnen.«

Colemans Hände waren zwar gefesselt, aber er holte mit beiden so schwungvoll aus, dass er Victos traf und dieser auf die Knie sank.

»Willst du denn wirklich sterben?«, fragte Victos im Sand kniend.

Coleman sah mir direkt in die Augen. »Für Vergeltung gebe ich gern mein Leben. Für zukünftigen Frieden.«

Ich wandte mich dem Dürren zu, der seit ihrer Ankunft

keinen Ton von sich gegeben hatte. Er blickte zu Boden, doch ich wusste nicht, ob er trotzig war oder einfach sein Schicksal akzeptiert hatte.

»Du. Wie heißt du?«

»Palmer«, erwiderte er.

»Hast du auch irgendetwas dazu zu sagen?«, fragte ich ihn.

Victos rappelte sich auf, und Coleman wartete nervös auf Palmers Antwort.

Kurz starrte er mich nur an. »Ihre Majestät sagt, Ihr würdet behaupten, unser Königreich sei eures.«

»Das stimmt. Das tue ich.«

»Sie meinte auch, Ihr hättet dafür keinerlei Beweise.«

»Wir haben vielleicht keine Bibliotheken wie ihr, doch das ändert nichts an der Wahrheit.«

»Ihre Vorstellungen sind vielleicht ein wenig romantisch, aber sie ist dennoch vernünftig. Wenn Ihr einen Beweis hättet, würde sie einen Weg finden, Frieden zu schließen. Was das angeht, ist sie wie ihre Mutter.«

Ich nickte. »Und stärker, als man annehmen mag.«

Palmer musterte mich durchdringend. »Natürlich ist sie stark. Ihr könnt euch gar nicht vorstellen, was sie durchgemacht hat.«

Ich verengte die Augen zu Schlitzen. Einen Teil ihres Schmerzes kannte ich, schließlich hatte ich ihn selbst verursacht. »Was meinst du damit?«

Er sah zu mir hoch. »Wenn ich heute sterben sollte, würde ich mich schämen, ihre Geheimnisse verraten zu haben. Mehr kann ich Euch nicht sagen.«

Wie loyal sie der Königsfamilie gegenüber waren.

»Dann noch eine allerletzte Frage: Wenn ihr der Prinzessin und ihrer Familie so ergeben seid, warum erzählt ihr mir das dann?«

»Ganz ehrlich? Um die Krone zu bekommen, müsstet ihr Seine Majestät ermorden. Dasselbe gilt auch für den Prinzen. Aber die Prinzessin?« Palmer senkte den Blick und schüttelte den Kopf. »Ich beobachte sie seit Jahren aus der Ferne. Schon bevor sie ihre Mutter verloren hat. Sie gehört zu den wenigen Menschen, die zu verstehen scheinen, dass es auf dieser Welt Wichtigeres gibt als Titel und Kronen. Sie wird tun, was richtig ist, wenn es in ihrer Macht steht. Sie ist Euer einziger Schlüssel zum Königreich, sollte es überhaupt einen geben. Aber wenn Ihr ein Lügner seid, werde ich die Königsfamilie bis zum bitteren Ende verteidigen. Und ich hoffe, dass sie überleben werden, ganz egal, was auch geschieht. Nichts für ungut«, fügte er hinzu.

Ich lachte leise. »Schon in Ordnung. Danke für deine Aufrichtigkeit.«

Coleman atmete tief ein. »Und nun? Sollen wir jetzt auf die Knie gehen?«

Ich schüttelte den Kopf. »Nein. Ihr schwimmt.«

Sie blickten über ihre Schultern auf das tosende Meer.

»Ich bin es leid, unnötig Blut zu vergießen. Also werdet ihr schwimmen. Wenn ihr untergeht, seid ihr selbst schuld. Wenn ihr es irgendwie schafft zu überleben und nach Hause zu kommen … Nun, dieses Land wird mir gehören, bis ihr ankommt, daher würde ich euch nicht empfehlen zu bleiben.«

Einen Moment lang standen sie perplex da.

»Los. Ich habe noch anderes zu tun.«

Victos und Coleman wateten in die Brandung. Ich

wusste, dass es nicht vollkommen unmöglich war, sich mit verbundenen Händen stundenlang über Wasser zu halten, aber es war definitiv eine Qual.

»Palmer«, flüsterte ich. »Hände ausstrecken.«

Er tat, wie ihm befohlen, und ich schnitt das Seil so an, dass er sich aus seinen Fesseln befreien und den anderen helfen konnte, wenn er sich nur genug Mühe gab.

»Ein Geschenk von einem Mann, der die Wahrheit sagt, für einen, der ebenfalls aufrichtig ist.«

Er nickte mir zu und folgte den anderen ins Wasser.

Eine Weile blieb ich stehen und sah ihnen nach, bis sie hinter einer Felsformation an der südöstlichen Seite der Küste verschwunden waren.

Ich steckte mein Schwert weg und gesellte mich wieder zu der Gruppe. Suchend sah ich mich nach meiner Truppe um und war mir nun sicher, dass alles, was ich bereits vermutet hatte, stimmte. Das würde nicht die einfache Begegnung werden, die Kawan erwartete. Ihr König hatte vor, wenigstens Kawan zu töten, wenn nicht uns alle. Und währenddessen würden wir ihren Palast erobern. Wissend nickte ich Inigo zu, und er erwiderte es. Das musste fürs Erste genügen.

Ich erschrak, als Kawan sich mir erwartungsvoll in den Weg stellte.

»Nun?«

Ich musste nicht einmal lügen. »Ihre Körper treiben im Meer.«

Annika

Ich war barfuß, und Nebel hatte sich über die Nacht gelegt. Er war so dicht, dass ich nichts sehen konnte, und dennoch wusste ich instinktiv, dass ich nicht allein war.

Es war beinahe Vollmond, und das Licht spiegelte sich in den Wassertropfen in der Luft. Ich ließ den Blick schweifen, und da stand er: der Schatten, verschwommen schimmernd vor dem dämmrigen Nachthimmel.

Ich ging auf ihn zu. Er hatte mich bereits erwartet.

»Wo sind wir?«, fragte ich.

»Zu Hause«, erwiderte er.

Wieder sah ich mich in der Dunkelheit um. Ich konnte noch immer nichts hinter dem Nebel ausmachen, spürte jedoch, dass er die Wahrheit sagte. Daher zuckte ich nicht einmal zusammen, als er meine Hand ergriff. Auch nicht, als er mit dem Daumen über meine Finger strich, nicht, als er seine kalten Lippen auf die Innenseite meines Handgelenks drückte, nicht, als er mir einen Ring ansteckte.

»Was ist das?«, fragte ich.

»Er gehört jetzt mir«, entgegnete er. »Und du auch.«

Nach Luft schnappend fuhr ich aus dem Schlaf hoch und presste eine Hand auf meine Brust.

»Mylady! Ist alles in Ordnung?« Noemi war sofort an meiner Seite.

»Ja«, erwiderte ich, obwohl ich es nicht mit Gewissheit sagen konnte. »Ich glaube, der Stress bereitet mir Albträume.«

»Hattet Ihr schon wieder einen?«

Ich nickte. »Kannst du mir zum Frühstück etwas hochbringen lassen? Ich glaube, ich ertrage die Menschenmenge jetzt noch nicht.«

»Ich kann Euch gern etwas holen«, bot Noemi an. Für sie war es eine Möglichkeit, Escalus zu sehen, wenn auch nur aus der Ferne, und ich hatte nicht vor, sie davon abzuhalten. »Und ich kann auch das Buch zurück in die Bibliothek bringen, wenn Ihr wollt. Ich war mir nicht sicher, ob Ihr bereits fertig seid.«

Ich sah mich um, um herauszufinden, was sie meinte. Das Buch, gebunden in grünes Leder, lag noch immer auf dem runden Tisch in der Ecke, wo ich es hatte liegen lassen.

Das Gerichtsprotokoll. Bei allem, was passiert war, hatte ich es ganz vergessen.

»Könntest du mir das bitte geben?«

»Aber natürlich, Mylady. Und ich hole Euch sofort etwas zu essen.« Als sie das Buch auf mein Bett legte, entging mir nicht, dass ihre Hände ungewöhnlich zitterten.

»Und Noemi? Könntest du nach meinem Bruder sehen, wenn er da ist? Er ist bestimmt nervös. Und sag ihm, er kann jederzeit vorbeikommen, wenn er mich braucht.«

Ich beobachtete, wie sich ihre Brust vor Freude hob und senkte, weil sie nun einen Grund hatte, mit ihm zu sprechen.

»Natürlich, Mylady.« Sie eilte aus dem Zimmer, während ich mir das Buch griff.

Ich wusste nicht, warum ich Angst hatte, es aufzuschlagen. Lennox' Name würde nicht darin stehen. Ich atmete tief durch, öffnete es und überblätterte die ersten Gerichtsverfahren, die im Vergleich nahezu lächerlich wirkten. In einem ging es um eine Scheidung, in einem anderen um Grundstücksgrenzen. Schließlich gelangte ich zum Protokoll von Jagos Prozess. Es war kein Nachname verzeichnet, aber ich sah in der Mitschrift, dass er gesagt hatte: »Wir haben keine Nachnamen.« Mir war erzählt worden, er habe allein gehandelt, aber hier hatte er *wir* gesagt. Das hätte jemandem auffallen müssen. Auf der Liste der Anwesenden standen die Namen der Geschworenen, eine Handvoll einflussreicher Lords, und der meiner Mutter. Es war so lange her, dass ich ihren Namen niedergeschrieben gesehen hatte, dass es mir wie ein Stich ins Herz fuhr.

Jago hatte kein Alter angegeben, hatte behauptet, er lebe allein auf unbesiedeltem Land, und sich geweigert, weitere Auskunft zu erteilen. Kein Ton von einer Ehefrau, keine Silbe von einem Kind.

Das ergab keinen Sinn. Ich wusste, dass sie existierten.

Ich überflog die Zeilen und war enttäuscht, dass die Notizen so kurz ausfielen.

Der Mann Jago ist von breiter Statur, mit dunklem, zerzaustem Haar und beinahe schwarzen Augen. Er steht mit einer gewissen Ruhe vor Gericht, scheint zu akzeptieren, was auch immer ihn erwartet. Er sieht sich nicht im Raum um, hält den Blick ausschließlich auf den Vorsitzenden gerichtet und wartet darauf, dass dieser das Wort ergreift.

»Jago, der Einsame, dir wird versuchter Mord an Seiner Majestät, König Theron, vorgeworfen. Wofür plädierst du?«

»Schuldig.«

»Und das tust du aus freien Stücken?«

»Ja, das tue ich.«

»Und was ist der Grund für deine Tat?«

»Gerechtigkeit. Dieses Königreich gehört euch nicht. Es ist nur zu schade, dass ich gescheitert bin.«

Aber wie hatte er es gesagt? Laut? Trotzig? War er überhaupt bei klarem Verstand gewesen?

Und warum war niemand auf seine Behauptung eingegangen? Er hatte ihnen einen Grund genannt, doch dieser war nie wieder erwähnt worden.

»Nun gut. Wie du selbst zugibst, bist du schuldig, und deshalb spricht auch das Gericht dich schuldig. Man wird dich hängen, ausweiden und vierteilen, und deine Körperteile werden öffentlich zur Schau gestellt, damit das gesamte Königreich sie sehen kann.«

Nach dieser Urteilsverkündung bricht im Gerichtssaal lautes Stimmengewirr los. Ihre Majestät die Königin spricht mit

Seiner Majestät dem König. Seine Majestät hebt eine Hand und erhebt sich.

»Da er es auf mein Leben abgesehen hatte, hätte ich bei der Verurteilung gern ein Wörtchen mitzureden. Zwar bin ich kein durch und durch friedvoller König, aber ich bin auch kein Monster. Hätte dieser Kriminelle Erfolg gehabt, wäre die Strafe gerechtfertigt. Aber da ich noch lebe, finde ich, dass er lediglich geköpft werden sollte. Aber ich will, dass nichts von seinem Körper auf unserem Grund und Boden zurückbleibt.«

Die Geschworenen beraten sich kurz.

»Das Urteil wird morgen früh bei Sonnenaufgang vollstreckt.«

Das Klopfen des Richterhammers.

Ich starrte auf die Buchseite, auf der sowohl der Name meiner Mutter als auch der von Lennox' Vater geschrieben stand. Dieser Moment hatte die beiden miteinander verbunden, also verband er auch Lennox und mich. Damals hatte niemand geahnt, dass dieser eine Moment zum Verlust einer Königin, Ehefrau und Mutter führen würde.

Ich wünschte, ich wüsste, ob das, was Lennox gesagt hatte, der Wahrheit entsprach. Wenn Jago mit der festen Absicht hierhergekommen war, meinen Vater umzubringen, musste er aus tiefster Überzeugung gehandelt haben. Er hatte dafür sogar seine Familie verlassen. Er war dafür gestorben. Aber in unseren Geschichtsbüchern stand nichts von einem siebten Clan und schon gar nichts von einem, der irgendwelche Rechte an der Krone gehabt hätte. *Meinen Vorfahren* wurde die Macht übertragen, *meine Vorfahren* hatten die Invasoren abgehalten, die uns beinahe zerstört hätten. Das war das, was ich gelernt hatte.

Und nun standen wir kurz davor, mit einem Volk Frieden zu schließen, das uns alles nehmen wollte.

Ich konnte nicht zulassen, dass mir Lennox meine Familie nahm, meinen Palast, mein Land. Er hatte mich entführt. Er hatte meine Mutter ermordet, während sein Vater einen fairen Prozess bekommen hatte.

Aber er hatte mich auch laufen lassen.

Ich schüttelte den Gedanken ab. Lennox blühte dasselbe Schicksal wie seinem Vater, denn mein Vater würde zurück nach Hause kommen. Und mein Bruder auch.

Und dafür würde ich alles tun, was nötig war.

Leise kam Noemi zurück ins Zimmer, das Tablett mit dem Essen auf einer Hand balancierend.

»Seine Königliche Hoheit will heute mit Euch sprechen. Er schien irgendwie neben sich zu stehen.«

»Verständlich.« Ich stocherte in meinem Essen herum, unsicher, wie viel ich davon tatsächlich schaffen würde. »Noemi, ich brauche deine Hilfe.«

»Aber natürlich, Mylady. Was kann ich für Euch tun?«

»Du musst etwas tun, was gegen den Willen meines Vaters verstoßen könnte. Vielleicht sogar gegen den meines Bruders. Und du musst es für dich behalten.«

Lennox

Zum allerersten Mal hatte ich Kawans Interesse an mir falsch eingeschätzt. Ich war mir sicher gewesen, er wäre so mit dem Angriff, seinem Vorhaben, mehr Boote zu stehlen, und seinen unausgegorenen Plänen für was auch immer als Nächstes kommen mochte beschäftigt, dass er mir keine Aufmerksamkeit schenken würde.

Doch stattdessen hatte er mir den Auftrag erteilt, die Truppen sicher durch den Wald zu bringen – und jetzt konnte ich nicht mehr abhauen. Während ich unserer Armee den Weg wies, versuchte, für die Pferde, die Karren und den Strom an Menschen den besten Pfad zu finden, fragte ich mich, ob sich noch eine andere Gelegenheit bieten würde.

Ich hätte beinahe schwören können, dass Kawan von meinen Plänen wusste. Im Laufe des Tages gab er mir immer mehr Aufgaben, ließ mich innerhalb der Truppen Nachrichten übermitteln, hielt mich beschäftigt. Ich wechselte mit Blythe, Inigo und dem Rest meiner Gruppe enttäuschte Blicke. Wir wussten alle, dass wir unsere Pläne auf Eis legen mussten, denn Kawan beobachtete mich mit Adleraugen.

Die Sonne bewegte sich in etwa so langsam wie wir, und wir schlugen unsere Zelte auf einem offenen Feld auf, das angeblich am Rande von Stratfel lag.

Griffin machte sich daran, ein Lagerfeuer zu errichten, und Rami reichte ihm lächelnd die Holzscheite. Es war merkwürdig. Vor meiner Mission hatten sie so heftig geweint, dass ich beschlossen hatte, ihn zu verschonen, und nun war es gut möglich, dass uns morgen früh noch etwas viel Gefährlicheres bevorstand, doch sie strahlten beide eine innere Ruhe aus, wirkten zufrieden.

Vermutlich lag es daran, dass sie diesmal zusammen waren.

Ich setzte mich ins Gras. Inigo tat es mir gleich, und Blythe und Andre folgten umgehend. Kurz darauf gesellten sich auch Griffin und Rami zu uns.

»Tut mir leid, dass unser Plan nicht aufgegangen ist«, sagte ich. »Ich weiß nicht, ob es noch eine Möglichkeit gibt, ihn durchzuziehen.«

Inigo schüttelte den Kopf. »Wir haben dieses Gebiet als Letzte durchquert. Und wir haben ihre Soldaten abgewehrt. Ich glaube, Kawan weiß, dass wir ihm einen Vorteil verschaffen, aber er kann nicht über seinen Schatten springen und mal ein Lob aussprechen. Wenn er es täte, würde der Sieg nicht allein ihm gehören.«

Diese Aussage war so zutreffend und so offensichtlich, dass es mich ärgerte, nicht selbst zu dieser Erkenntnis gelangt zu sein.

»Da hast du recht«, gestand ich mit einem Seufzen.

»Immer wenn du das sagst, klingst du so überrascht«, feuerte Inigo zurück.

Lächelnd schüttelte ich den Kopf und richtete den Blick nach oben in den atemberaubenden Himmel, an dem die Sterne wie verschüttete Diamanten auf schwarzem Samt glitzerten.

»Weißt du, von dir habe ich gelernt, meinen Weg mit Hilfe der Sterne zu finden«, bemerkte Andre. Überrascht sah ich ihn an. Normalerweise begann er nie ein Gespräch.

»Ich auch«, fügte Blythe hinzu.

»Japp«, sagte Griffin. »Ich wette, jeder von uns hat es von dir gelernt.«

Ich zog den Kopf zwischen die Schultern. »Ähm. So schwer ist das nun auch wieder nicht. Ihr wart bestimmt alle gute Schüler.«

»Wir hatten Todesangst«, murmelte Andre.

Darauf brachen alle in Gelächter aus.

»Du hast uns damals erzählt, in den Sternen seien Bilder«, bemerkte Blythe. »Was bedeutet das?«

Ich fragte mich, wie ich das erklären sollte. »Es gibt gewisse Ansammlung von Sternen – Konstellationen –, die mit einer Geschichte verbunden sind.«

»Erzähl uns eine«, bat Sherwin.

Ich schluckte und sah in ihre erwartungsvollen Augen. »Ähm.« Ich richtete den Blick nach oben und überlegte, wo ich anfangen sollte. Wahrscheinlich war es am besten, mit den Grundlagen zu beginnen. »Ihr alle kennt doch Polaris, den Stern, an dem ihr euch orientiert.«

»Ja«, erwiderte Inigo.

Ich zeichnete mit meinem Zeigefinger in den Himmel.

»Und ihr kennt auch die vier Sterne dahinter, die zusammen ein Rechteck ergeben, Ursa Major.«

»Ja!«, antwortete Blythe aufgeregt.

»Nun, ich wette, ich habe euch nie erzählt, dass Ursa Major »Großer Bär« bedeutet. Sie ist also eine Bärin.«

»Eine krumme Linie und ein Rechteck? Das soll ein Bär sein?«, fragte Andre skeptisch.

Ich zuckte mit den Achseln. »Ich habe sie mir nicht ausgedacht. Ich gebe nur die Geschichte weiter.«

»Die da wäre?«, bohrte Blythe nach.

»Es war einmal ein Gott, der sich in eine Nymphe verliebte. Doch dieser Gott war bereits verheiratet. Als seine Frau von der Nymphe erfuhr, ließ sie sie in eine Bärin verwandeln. Und jetzt ist sie für alle Zeiten dort oben und dreht sich auf der Stelle.«

Ungläubig blickte Sherwin hoch zu den Sternen. »Das ist ja grausam.«

»Ich weiß nicht«, meinte Blythe. »Ich finde, seine Ehefrau hatte jedes Recht dazu.«

»Ja«, stimmte Rami zu. »Ich hätte es der Nymphe auch heimgezahlt.«

Ich schüttelte den Kopf. »Ich finde, sie hätte eher ihren Ehemann bestrafen müssen. Die Nymphe wusste nicht, dass er verheiratet war, *er* hingegen schon.«

»Dann sollten sie beide Bären sein«, entschied Blythe. »Lennox, such dir ein paar Sterne aus und kreiere noch einen Bären.«

Ich lachte leise. »Ich glaube, dazu besitze ich nicht die Macht. Außerdem sind die meisten Sterne bereits vergeben.«

»Aber das wissen wir nicht«, erwiderte Inigo. »Blythe hat recht. Los, mach noch einen Bären.«

Mir entwich ein Schnauben, das beinahe wie ein Lachen klang, und ich suchte den Himmel ab.

»Na schön. Dort drüben«, sagte ich und deutete in die Ferne. »Er ist nicht nur ein Bär, sondern sie sind auch so weit voneinander entfernt, dass sie sich niemals begegnen werden, obwohl sie beide dort oben gefangen sind.«

Andre lachte leise. »Das gefällt mir.«

Das Geplapper meiner Gefolgschaft hob meine Laune, doch der Pessimist in mir flüsterte mir zu, ich solle den Moment lieber nicht genießen. Denn die Wahrheit war immer noch dieselbe: Wenn man jemanden ins Herz schloss, war es umso schlimmer, diesen Menschen zu verlieren.

Annika

Noemi und ich verbrachten den Tag auf meinem Zimmer, daher begegnete ich Escalus erst lange nach dem Abendessen. Unsere Köpfe schnellten hoch, als er an der Tür klopfte, und wir schoben die Bücher, die ich ausgeliehen und hastig gelesen hatte, die Berge an zerrissenen Stofffetzen und noch andere Utensilien unter das Bett, bevor Noemi zur Tür eilte.

Sie machte einen Knicks und senkte den Blick, wie sie es immer zu tun pflegte. »Eure Königliche Hoheit.«

»Guten Abend, Noemi.« Er musterte sie ein zweites Mal. »Hat dich meine Schwester etwa zu ihrer Puppe gemacht? Dein Haar sieht sehr schön aus.«

»Vielen Dank, Sir. Ich glaube, sie wollte damit ihre Nerven beruhigen«, erwiderte sie mit einem Lächeln.

Wäre ich nicht so mit mir selbst beschäftigt gewesen – damit, dass ich meine Mutter vermisste, meinen Verlobten verachtete, mir mehr wünschte, obwohl ich bereits so viel hatte –, hätte ich es schon viel früher bemerkt. Sie unterhielten sich mit Blicken, führten ganze Gespräche, die ich nur sehen, sie aber hören konnten.

Natürlich konnten sie das. *Die Liebe hat keine Gestalt, sie hat einen Klang.*

»Bist du bereit?«, fragte ich und knetete meine Hände. »Denn ich bin … ein nervliches Wrack.«

Er schloss mich in seine Arme. »Ich auch. Aber ich stelle mich lieber dem Ungewissen, als auch nur einen Tag lang nicht zu wissen, wo du bist.«

»Sei nicht so theatralisch«, erwiderte ich, meine Stimme gedämpft von seinem Mantel.

»Es war wie damals bei Mutter, Annika. Ich hätte es kaum ertragen.«

Ich spürte, wie er schwer schluckte und gegen die Tränen ankämpfte.

»Genau deshalb würde ich spüren, wenn dir etwas zustoßen sollte«, erwiderte ich mit fester Stimme. »Sie ist weg und Vater kaum da. Und wenn du nicht mehr bei mir bist …« Ich holte Luft, unfähig, es auszusprechen. »Du musst vorsichtig sein, Escalus.«

»Das bin ich«, flüsterte er. »Aber viel mehr als eine Zeremonie sollte das nicht werden. Es gibt also keinen Grund, sich solche Sorgen zu machen. Aber«, fügte er hinzu, schluckte und senkte den Blick, »wenn ich falschliege und mir doch irgendetwas zustößt, läufst du weg. Und wenn du die Thronfolgerin wirst, will ich, dass du für Kadier kämpfst. Ich will, dass du allen die Stirn bietest, wie du es bei Vater getan hast. Und bei Nickolas. Und Lennox. Du musst das Land zusammenhalten.«

»Das wird nicht passieren«, erwiderte ich mit Nachdruck, den Tränen nahe.

»Hör zu«, sagte er, zog mich in die Ecke und legte die Hände auf meine Schultern. »Es gibt da gewisse Dinge, die du wissen solltest. Ich war schon immer der Meinung, dass du das Land regieren kannst, und wenn …«

Es klopfte erneut an der Tür, und Noemi eilte hinüber, um zu öffnen.

»Oh! Eure Königliche Hoheit, der Duke ist hier.«

Als Nickolas eintrat, blickte er genauso besorgt drein wie Escalus.

»Ah. Wie ich sehe, hatten wir denselben Gedanken«, begann Nickolas. »Escalus, würdest du mir vielleicht einen kurzen Moment geben, um der schönsten Frau in Kadier eine gute Nacht zu wünschen?«

Escalus schien nicht zu wissen, wie er auf Nickolas Wesensänderung reagieren sollte. Ich wusste es ja selbst kaum.

»Aber selbstverständlich«, erwiderte mein Bruder schließlich und ließ mich los.

»Ich liebe dich«, flüsterte ich.

»Und ich liebe dich. Fast mehr als alles andere«, fügte er mit einem Zwinkern hinzu. Vor gerade einmal einem Tag hätte ich nicht gewusst, was er damit meinte.

»Noemi, ich glaube, ich hätte gern einen Moment allein, um dem Duke gute Nacht zu sagen. Vielleicht könntest du ja meinen Bruder in den Garten begleiten und ihn daran erinnern, warum er Acht geben muss?« Ich beobachtete, wie ihre Augen zu leuchten begannen. Wie kleine Glühwürmchen der Hoffnung.

»Wie Ihr wünscht, Mylady.«

Escalus hielt ihr pflichtbewusst einen Arm hin, und sie hakte sich bei ihm unter. Sie sahen so glücklich aus, weil sie nun die Erlaubnis hatten, sich vor anderen Menschen zu berühren.

»Du bist sehr nett zu deinen Bediensteten«, bemerkte Nickolas, nachdem sie gegangen waren, zum Glück jedoch, ohne wertend zu klingen.

Ich zuckte mit den Schultern. »Sie muss eine gewisse Rolle erfüllen und ich auch. Unsere Rollen definieren nicht unseren Wert, deshalb behandle ich sie und – so gut es geht – auch alle anderen freundlich.«

Er nickte. »Mir hast du auch bereits mehr Freundlichkeit entgegengebracht, als ich verdient hätte. Sobald wir das alles überstanden haben, will ich mich deiner würdig erweisen.«

Ich schluckte, denn es fiel mir schwer, das auszusprechen, was ich als Nächstes zu sagen hatte. »Nickolas, wie dir vielleicht aufgefallen ist, ist mein Vater in letzter Zeit nicht er selbst gewesen.«

Er zog den Kopf ein. »Ja, das ist mir aufgefallen.«

»Falls morgen sein fehlendes Urteilsvermögen zutage treten sollte, dann vergiss bitte nicht, was du mir versprochen hast. Bleib bei Escalus.«

Er streckte mir seine Hand entgegen, und ich legte meine hinein.

»Ich würde alles dafür geben, um dich zu behalten, Annika.«

Und dann kam er langsam und zögerlich näher. Hätte er es zu einem anderen Zeitpunkt getan, hätte ich ihn vielleicht geohrfeigt. Doch da wir einer ungewissen Zukunft entgegenblickten, legte ich den Kopf in den Nacken und wartete auf seinen Kuss. Und als seine Lippen die meinen berührten, lauschte ich aufmerksam.

Nickolas küsste mich leidenschaftlich, so, wie er es am Abend unserer Verlobung hätte tun sollen. Erst jetzt kam mir der Gedanke, dass er in jenem Moment vielleicht nicht den Mut aufgebracht hatte. Doch obwohl es ein schöner Kuss war, hörte ich lediglich das Prasseln des Feuers.

Er machte einen Schritt zurück und lächelte vorsichtig. Als er das Wort ergriff, war seine Stimme lediglich ein Flüstern.

»Unsere Verlobung hat nicht unbedingt vielversprechend begonnen. Aber sobald wir zurück sind, werden wir die Zeit haben, zusammenzuwachsen. Ich bin … Ich bin nicht darauf vorbereitet, das zu sagen, was ein Gentleman für gewöhnlich sagt, wenn er der Gefahr ins Auge blickt …«

»Und ich bin nicht bereit, es zu hören«, wisperte ich.

Er nickte, und auf seinen Lippen lag ein sanftes, verständnisvolles Lächeln. »Dann wünsche ich dir nun eine gute Nacht.«

Nickolas küsste meine Hand, verbeugte sich und ließ mich mit meinen wirren Gedanken allein.

Nachdem sich die Tür geschlossen hatte, machte ich mich sofort wieder an die Arbeit, zog meinen Wetzstein und mein Schwert hervor. Ich hielt nicht inne, als ich die Tür knarzen hörte, denn ich wusste, dass es nur Noemi war. Sie kam zu mir, zog das Kleid, das wir für sie umnähten, und unsere Gürtel mit den Taschen hervor.

»Hast du es ihm gesagt?«, fragte ich.

»Nein, Mylady. Aber ich will nicht lügen. Ich war versucht. Aber Ihr habt recht. Es ist besser, damit noch zu warten. Mittlerweile wisst Ihr hoffentlich, dass ich Geheimnisse für mich behalten kann.«

Ich seufzte laut. »Oh, Noemi. Das weiß ich.«

Lennox

Wieder wurde ich von Vogelgezwitscher geweckt. Es war so friedvoll, den Tag auf diese Weise zu beginnen, selbst wenn er von Unsicherheit gekennzeichnet war. Während ich langsam wach wurde, mischten sich auch noch andere Geräusche darunter: Blythe, die ihr Zelt zusammenpackte, Andre, der Wasser über die Glut goss, und Inigo, der sich leise stöhnend streckte.

Ich wischte mir den Schlaf aus den Augen und begann, meine Sachen einzupacken.

»Was hast du jetzt vor?«, fragte Inigo.

Ich sah zu ihm hinüber und bemerkte, dass Blythe und Andre meinem Blick folgten. »Was meinst du?«

Inigo schnaubte. »Ich weiß, dass du immer noch über den Plan nachdenkst. Du hast nun die Wahl. Entweder schlägst du dir die Sache aus dem Kopf und konzentrierst dich auf das, was heute vor uns liegt … oder du kannst es Kawan sagen. Du kannst ihn um Erlaubnis bitten, dass wir schon mal vorausgehen dürfen.«

Sherwin, Griffin und Rami hatten ihre Aufgaben inzwischen verrichtet und verfolgten das Gespräch mit schweigenden Blicken.

»Sieh dir doch nur unsere Zahlen an. Es könnte gut sein, dass er eine Handvoll von uns gehen lässt«, ermutigte mich Inigo.

Ich dachte kurz darüber nach. Wenn ich mit meinen Vermutungen richtiglag und der König böse Absichten hatte, war es nur von Vorteil, dass wir uns bereits jetzt in Richtung des Palasts bewegten. Und wenn ich falschlag und sie tatsächlich mit uns Frieden schließen wollten, konnte ich keine einzige Person in der gesamten Armee benennen, die das wollte, also würde selbst ein gescheiterter Versuch, den Palast einzunehmen, nichts ruinieren.

Ich seufzte. »Bin gleich wieder da.«

Geschickt schlängelte ich mich durch die Menschenmassen, die sich gerade auf den kommenden Tag vorbereiteten, und suchte Kawan auf. Er entdeckte mich und verdrehte schon die Augen, obwohl ich noch gar nicht vor ihm stand.

»Sind hinten alle bereit?«, fragte er.

»Noch nicht. Ich wollte Euch einen Vorschlag unterbreiten.«

Neben ihm wetzte Aldrik die Klinge seines Schwerts und nahm nicht einmal Notiz von mir. Maston und Illio kontrollierten die Karren, doch von Slone und meiner Mutter war keine Spur zu sehen.

»Mach es kurz«, befahl Kawan ungeduldig.

»Mit Eurer Erlaubnis würde ich gern mit einer kleinen Gruppe den Palast sichern. So, wie sich die Gefangenen gestern verhalten haben, gehe ich davon aus, dass der Friedensgipfel nicht so friedlich verläuft, wie bisher angenommen. Ich bin mir sicher, dass sich ihre Streitkräfte voll und ganz auf die Insel konzentrieren und der Thron unbewacht ist. Das verschafft uns einen weiteren Vorteil, auch wenn sie einige von uns töten werden. Und selbst wenn sie flüchten, haben sie keinen Ort, an dem sie sich verstecken könnten. Wir werden in Dahrain auf sie warten.«

Ich tat mein Bestes, um es nicht so klingen zu lassen, als wäre mein Plan ein Widerspruch zu seinem, sondern vielmehr eine Ergänzung.

Doch er schien unbeeindruckt. »Du bist wohl nie zufrieden, was?«

»Sir?«

»Wenn du nicht mit deinem Schwert angibst, dann mit deiner Schläue. Und wenn nicht mit deiner Schläue, dann mit den Sternen. Und wenn es nichts davon ist, dann willst du meine Pläne ändern und sie zu deinen machen.« Er presste die Lippen zu einer schmalen Linie zusammen. »Du hältst dich wohl für etwas Besseres, was?«

Zwar kam das Wort nicht über meine Lippen, aber es blitzte sofort vor meinem geistigen Auge auf: *Ja.*

Es war ein Fehler, zuzulassen, dass sich mein Mund zu einem müden Lächeln formte und ich skeptisch mit den Schultern zuckte. Innerhalb von Sekundenbruchteilen schnellte seine Hand nach vorn und packte mich im Nacken.

Sein Atem roch nach Verwesung, und er sprach mit leiser Stimme, während sein Gesicht weniger als einen Zoll von meinem entfernt war.

»Alle anderen ordnen sich meinen Befehlen unter.

Warum du nicht? Willst du dich etwa meines Throns bemächtigen?«, fragte er.

Wenn ich einen sauberen Schnitt hinbekomme.

»Unterstellungen helfen uns gerade nicht weiter, Sir«, erwiderte ich ruhig. »Wir sind kurz davor, unserem Feind entgegenzutreten.«

Er holte so schnell aus, dass ich seine Hand nicht kommen sah. Doch ich spürte, wie die Haut über meinem Auge aufplatzte. Kurz darauf folgte der Strom von warmem Blut. Ich taumelte nach hinten, stand zwar noch auf den Beinen, doch mir war schwindelig von der Wucht des Schlags.

»Wenn du nicht schlau genug bist, dich mir gegenüber demütig zu verhalten, dann helfe ich eben nach«, fauchte er. »Was auch immer du vorhast – du wirst scheitern.«

Ich starrte ihn an. »Ich will nur das, was Ihr versprochen habt. Ihr habt geschworen, unser Volk in ein Leben zu führen, das schon immer unseres hätte sein sollen. Und ich biete Euch nur an, Euch zu helfen, dieses Ziel zu erreichen.« Ich hob meine blutende Augenbraue. »Wie es scheint, bin nicht ich derjenige, dem es an Demut mangelt.«

Er rammte eine Stiefelspitze unter meinen Fuß und brachte mich zu Fall.

»Du wirst gefälligst lernen, dich unterzuordnen«, brüllte er und zog damit die Aufmerksamkeit der Umstehenden auf uns. »Du wirst meinen Anweisungen Folge leisten, ansonsten wirst du dich zur Abwechslung an der Spitze des Schwerts wiederfinden.«

»Wir wissen beide, dass Euch dazu der Mut fehlt«, entgegnete ich, denn mein Stolz war schneller als mein Verstand.

Er holte mit dem Fuß aus und trat mir mit voller Wucht in die Rippen. Ich kauerte mich zusammen wie ein Kind, umgeben vom Duft des nassen Grases.

Kawan beugte sich zu mir herunter und stützte die Hände auf die Knie, während er sprach. »Wenn du Dahrain noch sehen willst, solltest du jetzt besser den Mund halten.« Dann widmete er sich wieder seiner Tätigkeit, und ich lag gedemütigt auf der Erde.

Langsam rappelte ich mich auf, doch die Gerüchte würden sich schneller verbreiten, als ich mich zu bewegen vermochte, und ich erwischte die Leute beim Tuscheln, während ich an ihnen vorbeiging. Ich hatte ungefähr die Hälfte des Weges zurückgelegt, als zwei der jüngeren Rekruten auf mich zugerannt kamen.

»Wir hätten eine Frage. Wir …« Der Junge, nicht älter als dreizehn Jahre, musterte mein Gesicht, die eine Hälfte mit Blut, die andere mit Dreck beschmiert, und verlor den Faden. Ich ließ ihm kurz Zeit, doch für seine Stumpfsinnigkeit hatte ich jetzt keine Nerven.

»Was ist?«, fragte ich. Zugegeben, bellte ich.

Beide wichen zwei Schritte zurück, doch der Stille stieß den anderen mit dem Ellbogen an und drängte ihn, die Sache hinter sich zu bringen.

»Nun … Wir wurden damit beauftragt, die Pferde zurückzubringen. Die Sonne geht dort drüben auf«, stieß er nervös hervor und deutete in die besagte Richtung. »Und ich habe einen Ast in den Boden gesteckt, und der Schatten sagt, dass Osten auch in dieser Richtung liegt«, fügte er hinzu. »Und wenn wir uns leicht nach Norden halten, sollten wir die Burg bis zum Anbruch der Nacht erreichen, oder nicht?«

Er sah zu mir hoch, und seine Hoffnung, richtigzuliegen, war größer als seine Angst vor mir. Ich konnte mir ein leichtes Lächeln nicht verkneifen. »Lange, bevor die Nacht hereinbricht. Gute Arbeit.«

Der Junge atmete zittrig aus. »Vielen Dank, Sir.«

»Orientiert euch an den Fleckchen Himmel, die ihr in dem Wald sehen könnt, in Ordnung? Verlasst euch nicht auf den Kompass. Das wird nicht funktionieren.«

Sie nickten. Der Stille klopfte dem anderen auf den Rücken, dann rannten sie los, um ihrer Aufgabe nachzukommen. Kurz blickte ich ihnen stolz hinterher. Ich hatte ihnen etwas beigebracht. Sie hielten daran fest, was uns allen heute zugutekommen würde. Nun konnte ich den Schmerz in meinen Rippen nicht mehr spüren.

Langsamen Schrittes ging ich zurück zu meiner Gruppe, und der Zustand meines Gesichts sagte ihnen alles, was sie wissen mussten. Rami machte sich sofort auf die Suche nach einem Lappen, um ihn in Wasser zu tauchen und meine Wunde zu säubern.

»Dann wäre das wohl geklärt«, murmelte Andre.

Vorsichtig wischte Rami das Blut weg, während Blythe und Inigo uns beobachteten und die Gesichter verzogen.

»Wir müssen heute auf der Hut sein. Und geduldig.«

Wenn Kawan das gehört hätte, hätte er mich erneut geschlagen. Wer war ich schon, dass ich Befehle erteilte? Aber es war mir egal. Wenn er nur darauf konzentriert war, seine eigene Haut zu retten, musste sich eben jemand anderes um mein Volk kümmern.

Annika

Zum allerersten Mal in meinem Leben war ich diejenige, die Noemi in ein Kleid half. Ich wollte nicht, dass sie aussah wie eine Magd, wenn sie neben mir ritt, aus Angst, die Soldaten könnten sie als verzichtbar erachten. Und ich konnte den Gedanken nicht ertragen, sie zurückzulassen. Wir wussten alle, wie es war, auf Neuigkeiten warten zu müssen. Dass es weitaus schmerzhafter sein konnte, als die Wahrheit zu kennen. Das wollte ich ihr nicht antun.

Wir hatten eins meiner Kleider ausgewählt, und sie hatte es an ihre Statur angepasst. Wäre mein Haar dunkler oder sie mit Sommersprossen gesegnet gewesen, hätte man uns fast für Schwestern halten können.

Mit Hilfe ihrer kleinen, aber feinen Erfindung war das Schwert unsichtbar unter meinem Kleid versteckt, darüber trug ich einen der beiden Ledergürtel mit den Taschen, die sie gefunden hatte. Darin hatten wir nicht viel – ein wenig Zwieback, falls wir etwas zu essen brauchten, einen Feuerstein, falls wir bis in die Nacht hinein unterwegs sein würden, ein paar Bröckchen Gold, sollte ich mich freikaufen müssen –, aber zu wissen, dass ich nicht mit leeren Händen aufbrach, beruhigte mich ein wenig.

Ich frisierte mein Haar so, wie ich es am Tag zuvor geübt hatte, und während ich die vorderen Strähnen nach hinten flocht, ließ ich das restliche Haar offen. Ich würde bei diesem Treffen sowohl wie die Frau, die sie getötet hatten, aussehen als auch wie das Mädchen, an dessen Ermordung sie gescheitert waren.

»Sehe ich akzeptabel aus?«, fragte Noemi schließlich und breitete die Arme aus. »Ich komme mir ein bisschen merkwürdig vor.«

Ich kicherte. »Nun, es steht dir aber. Und die Farbe auch. Wenn wir zurück sind, solltest du deine Dienstkleidung ablegen.«

Ihr Lächeln verschwand. »Wie bitte?«

»Würde dir das denn nicht gefallen?«

»Doch, doch, das würde es!«, erwiderte sie schnell. »Aber dann werden mich die Leute für eine Hofdame halten und nicht mehr für eine Magd. Das wäre unangebracht.«

»Die Leute benutzen dieses Wort viel zu oft, findest du nicht auch? ›Annika, es ist unangebracht, dass du mit einem Schwert kämpfst. Es ist unangebracht, dass du dein Haar offen trägst.‹ Langsam beschleicht mich das Gefühl, dass ich mich kein bisschen um dieses Wort schere.«

Noemi kam auf mich zu und nahm meine Hände in die

ihren. »Aber ein Teil von Euch tut es. Ihr wisst, dass es unangebracht wäre, Euren Vater komplett zu ignorieren, also tut Ihr es nicht. Ihr wisst, dass es unangebracht wäre, Euren Titel abzulegen, also haltet Ihr daran fest.«

Ich runzelte die Stirn. »Das hat aber mehr mit Liebe als mit Etikette zu tun. Also: keine Dienstkleidung mehr, wenn wir zurück sind. Ich liebe dich.«

»Und ich liebe Euch. So sehr, dass ich bereit bin, Euch in den Irrsinn zu folgen. Wir sollten also besser aufbrechen.«

Ich lächelte. »Dann lass uns gehen.«

Wir gingen in den Stall, um uns zwei Pferde auszusuchen. Grayson war heute Morgen sehr hilfsbereit und verrichtete seine Aufgabe schnell.

»Danke«, sagte ich und warf ihm eine von den Münzen aus meiner Tasche zu. »Ich verlasse mich darauf, dass du hier die Stellung hältst, während wir weg sind.«

Lächelnd sah er zu mir hoch. »Für Euch tue ich alles, Mylady.«

Noemi und ich stiegen auf die Pferde, und ich warf Grayson über die Schulter einen letzten Blick zu. Hoffentlich lag ich falsch. Hoffentlich würde das Treffen friedlich ablaufen, auch wenn mich allein das nervös machte. Ich betete dafür, dass ich Lennox falsch eingeschätzt hatte und er entweder auf der Insel oder auf seiner klammen Burg sein würde. Eigentlich war es mir egal, wo er war, Hauptsache nicht vor unseren Toren.

Wir erreichten die Eingangspforte, wo uns bereits eine riesige Gruppe erwartete. Noemi und ich wechselten einen Blick, denn wir waren beide überrascht, wie viele Offiziere uns tatsächlich begleiteten.

»Auf gar keinen Fall!«

Mein Kopf schnellte herum, und ich sah Escalus auf uns zureiten. »Was?«

Er deutete auf Noemi. »Du gehst sofort wieder hinein.«

»Darf ich dich daran erinnern, dass sie für mich und nicht für dich arbeitet?«, tadelte ich ihn.

»Und darf ich dich daran erinnern, dass ich über dir stehe?«

Ich fragte mich, ob man mir mein Entsetzen ansah. So etwas hatte Escalus noch nie zu mir gesagt, weder im Privaten noch in der Öffentlichkeit. »Escalus, Noemi wird mich begleiten«, erwiderte ich leise. »Wenn ich mit meinen Vermutungen richtigliege und Lennox hierherkommt, will ich sie bei mir haben.«

Escalus seufzte laut und sah dann Noemi an. Wieder führten sie eines ihrer wortlosen Gespräche. Ich sah das Flehen in ihren Augen, und seine Willensstärke schwand mit jeder Sekunde. Er wollte sie bei sich haben, auch wenn es gefährlich werden konnte.

»Ich will, dass ihr immer direkt hinter mir bleibt, verstanden? Keine von euch entfernt sich aus meinem Blickfeld.«

»Aber natürlich«, erwiderte ich.

»Wie Ihr wünscht, Eure Hoheit«, antwortete Noemi und neigte den Kopf.

Gemeinsam ritten wir zur Spitze der Truppe, wo sich Vater mit Nickolas unterhielt. Beide schienen heute frohen Mutes zu sein, was ich als gutes Zeichen wertete. Vater blickte zu mir herüber und entdeckte Noemi.

»Ah. Eine Begleitung. Das ist eine gute Idee, Annika«, bemerkte er. Seine Stimme klang angespannt. »Stellt sicher, dass ihr stets hinter mir bleibt. Escalus, Nickolas, ihr auch. Ich werde die Truppe anführen. Lasst uns nun zu den Schiffen reiten. Ich will nicht, dass wir zu spät kommen.«

Wir ritten den breiten Weg entlang, der zu den Anlegestellen führte, einem Ort, den ich seit Jahren nicht mehr gesehen hatte. Mutter und ich waren früher viel unterwegs gewesen, waren aufs Land gefahren und in die angrenzenden Königreiche. Ich erinnerte mich noch gut an diese Reisen, wie herzlich uns das Volk empfangen hatte, an den Apfel, den mir ein fremder Junge geschenkt hatte, die Blumen, die wir gepflückt und mit nach Hause genommen hatten. Nun fühlte es sich so an, als hätte jemand anderes all diese Dinge erlebt. Das Mädchen von damals und ich waren so weit voneinander entfernt.

Als wir den Hafen erreichten, war ich irritiert. Ich blickte hinüber zu Escalus und sah ihm an, dass es ihm ebenso erging.

»Eure Majestät«, fragte er, »warum liegen dort drei Schiffe?«

»Oh«, erwiderte Vater gelassen. »Ich bringe ihnen Geschenke mit. Als Zeichen des Friedens. Wir steigen auf das mittlere.« Dann ritt er den Steg hinauf, und mir wurde flau im Magen. Zwei mit Geschenken beladene Schiffe? Was wollte er ihnen geben? Warum wollte er ihnen überhaupt etwas schenken? Es ergab keinen Sinn.

An Bord angekommen, stiegen wir von den Pferden, die unter Deck gebracht wurden, wo sie in Sicherheit sein würden. Vater sprach mit dem Kapitän des Schiffs, und Nickolas stand neben ihm und hörte aufmerksam zu. Er wollte es ihm unbedingt recht machen.

»Wie konntest du das nur tun?«, fragte Escalus, der neben mich getreten war. »Wie konntest du Noemi in die Sache hineinziehen?«

»Ich hatte kein gutes Gefühl dabei, sie zurückzulassen.«

Er schüttelte den Kopf. »Ich werde vielleicht nicht in der Lage sein, euch beide zu beschützen. Sie könnte verletzt werden. Oder Schlimmeres.«

»Das wird nicht passieren. Ich verspreche dir, dass ich fliehen werde, wenn es sein muss, und sie wird bei mir bleiben.«

Escalus starrte mich durchdringend an, sagte jedoch nichts mehr, bevor er davonstürmte.

»Escalus!«, rief ich ihm hinterher.

Er blickte über seine Schulter. »Bist du noch da?«

Ich schluckte und wartete. Er nickte nur, ohne etwas zu erwidern.

Und das war beinahe schlimmer als gar nichts.

Ich hoffte, das Treffen mit den Dahrainern würde friedlich verlaufen. Das war alles an Kampf, womit ich es heute aufnehmen konnte.

Lennox

Das Königreich von Stratfel lag an der Küste, und der Großteil ihrer Wirtschaft war abhängig von der Fischerei, daher hatten sie mehr als genug Boote, die man stehlen konnte. Genügend kleine Boote, um unsere Leute zu dieser Insel zu bringen – und genügend, um zig Stratfeler Familien zu zerstören.

Ich hielt mich im Hintergrund und beteiligte mich nicht an dem Diebstahl, ging einfach an Bord, als es mir befohlen wurde, denn ich wusste, dass ich keine andere Wahl hatte. Auf dem Schiff spielte ich an den Seilen und probierte die neuen Knoten aus, die ich gelernt hatte. Einfacher Hinterstich, Ankerstich, Trompetenstich. Hoffentlich würde das die Knoten in meinem Bauch lösen. Doch das tat es nicht. Wir hielten uns nahe der Küste, denn wir wollten die Boote nicht unnötiger Belastung aussetzen. Gleichzeitig hielten wir die Blicke auf die offene See gerichtet und fragten uns, ob sie bereits in der Nähe waren.

»Ich weiß nicht mal, wonach ich überhaupt Ausschau halte«, gestand Blythe. »Einfach ein Schiff am Horizont?«

»Im Grunde ja«, erwiderte ich.

Inigo und Blythe waren die ganze Zeit an meiner Seite geblieben, wie auch Griffin und Rami.

»Ich sehe rein gar nichts«, bemerkte Inigo verdrossen. »Haben sie uns etwa das falsche Datum genannt?«

Ich schüttelte den Kopf. »Nein. Das haben sie geplant, um wenigstens ein paar von uns aufs offene Meer zu locken. Sie sind irgendwo da draußen.«

In dem Moment umrundeten wir eine zerklüftete Felsformation, und direkt vor uns tauchten drei gewaltige Fregatten auf. Jetzt, da ich ihre Ausrüstung sah, bestätigte sich meine größte Sorge: Das hier war ein Hinterhalt.

»Haltet die Waffen bereit«, rief ich meiner Truppe zu. »Ihre Schiffe sind zwar größer, aber das macht sie auch langsamer. Es könnte also sein, dass sie uns noch nicht bemerkt haben. Doch sobald das passiert, müsst ihr auf der Hut sein. Wir wissen nicht, wie ihre Verteidigung aussieht. Wir dürfen niemanden verlieren, beschützt euch also gegenseitig.«

»Jawohl, Sir!«, erwiderten alle wie aus einem Mund.

Inigo richtete bereits die Segel aus und nutzte den Wind und die Größe unseres Boots zu unserem Vorteil. Blythe und Rami stellten die unangezündeten Fackeln sowohl an der Steuerbord- als auch an der Backbordseite in ordentlichen Reihen auf.

Während der Umhang meines Vaters im Wind wehte, fragte ich mich kurz, ob es zwischen meiner Mutter und mir noch irgendetwas zu sagen gab. Und was noch wichtiger war: Würden wir jemals wieder die Chance dazu bekommen?

Inigo wusste den Wind hervorragend zu nutzen, und wir überholten einige unserer Schiffe mit Leichtigkeit. Ich stand am Bug unseres Schoners und hielt Ausschau. Es würde nicht lange dauern, bis der König und seine Leute merkten, dass wir ihnen auf den Fersen waren. Ich hatte ihre Schiffe fest im Visier, wartete auf den richtigen Moment. Mit einem Blick versicherte ich mich, dass meine Leute bereit waren.

Als ich nach rechts sah, entdeckte ich drei Boote weiter meine Mutter, die sich an einem Mast festhielt, in ihrem Blick lag so etwas wie Stolz. Nach einem kurzen Moment deutete sie auf ihre Augenbraue und sah mich fragend an. Ich zuckte mit den Achseln und schenkte ihr beinahe ein Lächeln. Sollte sie ruhig glauben, ich wäre hingefallen oder hätte mich beim Schwertkampf verletzt. Jetzt war nicht der richtige Zeitpunkt, um ihr Sorgen zu bereiten. Ich nickte ihr zu, und sie erwiderte es. Dann richtete ich den Blick nach vorn, um mich auf das zu konzentrieren, was vor uns lag.

Ungefähr eine Minute später wurden wir entdeckt. Ich konnte das panische Schreien über das Tosen der Wellen hinweg hören.

»Entzündet die Fackeln«, rief ich.

Wir waren so nahe dran. So nahe. Mein Herz begann bei der Vorstellung, wie dieses gigantische, wunderschöne Schiff auf den Meeresgrund sank, zu rasen. Es würde der erste Schritt bei der Zerstörung ihrer gesamten Flotte sein. Zuerst die Flotte, dann die Monarchie, dann der Palast. Dahrain würde in nur wenigen Tagen uns gehören.

Und dann drehten sie.

Wendiger, als ich angenommen hatte, errichteten sie mit der Seite ihres Kriegsschiffs eine undurchdringliche Mauer gegen unsere kleine traurige Flotte.

»Verteilt euch!«, rief ich, als niemand sonst ein Kommando erteilte. »Werft!«

Wir waren nahe genug, dass einige der Fackeln auf ihrem Deck landeten. Ein paar prallten ab, schafften es jedoch nicht, das Schiff in Brand zu stecken. Aus der Ferne war es schwer zu beurteilen, ob die Fackeln wirklich etwas anrichteten.

Es wirkte, als würden sich auf der Achterseite, die uns am nächsten war, Rauchwolken bilden, was mich kurz lächeln ließ, bevor eine Kugel über meine Schulter hinwegsauste.

»Was war das?!«, kreischte Blythe und duckte sich.

»Sie haben Flinten!«, schrie ich. Natürlich hatten sie Flinten. Eine weitere Kugel flog auf uns zu, schlug in die Seite des Boots ein und zersplitterte das Holz.

»Unten bleiben!«, rief ich, missachtete meinen eigenen Befehl und hob den Kopf, um den Schaden zu begutachten. Zwei oder drei unserer Boote waren im Kielwasser der Fregatte umgekippt, und die Menschen versuchten, nach irgendetwas zu greifen, an dem sie sich festhalten konnten, flehten darum, dass ihnen jemand ein Seil zuwarf. In einem weiteren Boot wimmerte jemand schmerzverzerrt, während das Blut aus einem Loch in seinem Arm schoss.

Wo war meine Mutter? Ich ließ den Blick über unsere Flotte schweifen und entdeckte sie dort, wo sie vorhin schon gewesen war, ein paar Boote weiter. Selbst von hier sah ich, wie die Tränen über ihr Gesicht strömten, während sie dem Kriegsschiff Flüche und Fackeln entgegenwarf und sich die aufgestaute Trauer der letzten Jahre Bahn brach.

Ich hatte gewusst, dass sie furchteinflößend sein konnte, doch das hier war etwas anderes, etwas Tieferes als der schlichte Wunsch zu überleben. Es war beinahe animalisch.

Ich nahm mir ein Beispiel an ihr und rief Blythe und Rami zu: »Zündet die Fackeln an, und ich werfe sie von hier.«

Rami reichte mir die erste.

Ich dachte an das Gesicht meines Vaters und warf.

Ich dachte an mein kaltes Zimmer und warf.

Ich dachte an das unnötige Blut an meinem Schwert und warf.

Ich dachte an alles, was ich ihretwegen durchgemacht hatte, und kämpfte auf die einzige Weise, die ich kannte.

Über all die Schreie, Schüsse, Wellen und den Lärm hinweg, ließ mich eine Stimme innehalten, als sie rief: »Annika, komm zurück!«

Sie war hier.

Weiße Fahne – Coleman – hatte ausdrücklich gesagt, man würde sie von einem Krieg fernhalten, warum – *warum?* – war sie also hier? Da. Ich entdeckte sie am Heck des Schiffs, wie sie nach etwas Ausschau hielt. Sie war in Weiß gekleidet.

Wie versteinert stand ich da, während der Wind durch ihr Haar peitschte.

Ihre Augen suchten unsere Boote ab – und dann trafen sich unsere Blicke.

Sie hörte auf zu suchen.

Hatte sie etwa nach mir gesucht?

Ich wusste nicht, wie viel Zeit verging, während wir dastanden und einander ansahen, ohne uns zu rühren. Tief in meinem Inneren spürte ich, dass wir drauf und dran waren, eine unnötige Gefahr einzugehen.

»Lennox! Lennox, nimm die Fackel!«, rief Rami.

Da kam ich wieder zu Sinnen. »Wie bitte?«

Sie straffte die Schultern. »Nimm die Fa…«

Mit einem Mal lag Rami auf dem Rücken, und an ihrem Bauch breitete sich ein hässlicher roter Fleck aus. Sie war zweimal kurz hintereinander getroffen worden, und die Kugeln verrichteten ihre Arbeit schnell.

»Rami!«, schluchzte Griffin und stürzte auf sie zu, um sie in seine Arme zu schließen. Seine Unterlippe zitterte. Alles an ihm zitterte.

Sie machte kaum ein Geräusch, und ich beobachtete, wie ihre Augen von den Wolken, zum Boot und zu jedem Einzelnen um sie herum wanderten … bis sie Griffin fanden.

»Du«, flüsterte sie, während Griffin fest ihre Hand hielt. »Du hast alles heller gemacht.«

»Hör auf«, flehte er. »Wir kriegen das wieder hin, sobald wir an Land sind. Wir müssen nur genug Druck ausüben.«

Doch es nützte nichts. Inigo drückte bereits auf die Wunde, doch das Blut quoll immer noch hervor.

Rami hielt den Blick auf Griffin gerichtet. »Deinetwegen … hat sich … das alles … gelohnt.«

»Bitte«, flüsterte er. Das war alles, was er noch sagen konnte. »Bitte.«

»Ich liebe dich«, sagte sie mit dem Anflug eines Lächelns auf ihren Lippen.

Griffin nickte. »Wie könntest du das auch nicht?«

Nun musste sie wirklich lächeln.

»Ich liebe dich. Und das wird niemals aufhören«, schwor er ihr.

»Nein«, flüsterte sie. »Nein, wird es nicht.«

Rami hob einen Arm und strich mit dem Zeigefinger über Griffins Wange.

Dann fiel ihre Hand leblos zu Boden. Griffin entwich ein animalischer Schrei, ein markerschütterndes Geräusch, das tief in mir etwas bewegte. Selbst Blythe, die für gewöhnlich immer so kühl und gelassen war, schlug die Hand vor den Mund und weinte. Inigo hatte sich mittlerweile erhoben und stand nun neben ihr. Fast hätte er ihr eine Hand auf den Rücken gelegt, doch dann erinnerte er sich an das Blut, das daran klebte, hielt inne und betrachtete sie besorgt.

Ich hatte Rami kaum gekannt, und dennoch konnte ich nur daran denken, dass sie ihres kurzen Lebens beraubt worden war. Dass es vergeudet war. Das Feuer der Wut brannte wieder in meiner Brust. Ich richtete mich auf und blickte hinüber zu der Fregatte.

Annika war nicht mehr an Deck. An ihrer Stelle stand nun dieser Feigling aus dem Wald, ihr Verlobter.

Wir mussten unsere Taktik ändern.

»Rückzug!«, brüllte ich. »Rückzug!« Dann wandte ich mich an Inigo. »Setz Kurs auf die Insel. Wir greifen sie an Land an.«

Er nickte und machte sich sofort ans Werk, seine blutverschmierten Hände arbeiteten schnell.

»Hey!«

Ich wandte mich um und entdeckte Kawan auf dem Boot neben unserem stehend.

»Wer bist du, dass du hier Befehle erteilst?«, fragte er fordernd.

Kurz ignorierte ich ihn und suchte nach meiner Mutter. Sie war noch da, unversehrt, wie es schien, abgesehen von den Geistern, die ihre Erinnerungen heimsuchten.

Ich wandte mich Kawan zu. »Ein erfahrener Soldat braucht ungefähr zwanzig Sekunden, bis er seine Flinte nachgeladen hat. In Kriegssituationen ist die Angst so groß, dass es länger dauert. Dann werden daraus dreißig Sekunden, eine Minute. In dieser Zeit können Inigo und ich einiges mit unseren Schwertern ausrichten. Oder Blythe und Griffin mit Pfeil und Bogen. Das reicht, um ein ganzes Land zu erobern. Bringt uns an Land, damit wir diese Zeit nutzen können.«

Er dachte nach und nickte schließlich.

Ich blickte nach hinten und sah, wie Griffin Ramis Stirn küsste und ihr das Haar aus dem Gesicht strich. Er ließ sie nicht los, während wir auf die Insel zusteuerten.

Es war faszinierend zu beobachten, wie die Liebe die Ecken und Kanten eines Menschen abzuschleifen vermochte, sie an einigen Stellen rauer, an anderen weicher werden ließ. Zum allerersten Mal versetzte mich diese Erkenntnis in Staunen. Die Liebe war kompliziert.

Kompliziert und dennoch unerwartet schön.

Annika

Ich sagte niemandem, was ich gesehen hatte. Ich wusste nicht, ob ich je in der Lage sein würde, darüber zu sprechen, nicht einmal mit Escalus. Es machte einen himmelweiten Unterschied, ob man sich darum sorgte, dass Menschen sterben könnten, oder ob man beobachtete, wie es passierte.

Wir befanden uns im Krieg.

Auf diesen Schiffen befanden sich keine Geschenke, nur Soldaten.

Auf der Insel würden keine Friedensgespräche stattfinden, nur Kämpfe abseits unseres Königreichs. Und wir waren nicht einmal mutig genug gewesen, um ehrlich zu sein. Wir hatten sie in die Falle gelockt.

»Mylady?«

Ich erschrak, als Noemi mich berührte.

»Tut mir leid, Mylady«, sagte sie und trat vor mich.

Ich legte die Hand auf mein Herz und versuchte, es zu beruhigen. »Heute einfach nur Annika, Noemi. Was geschieht hier?«

»Wir sind fast da. Wie es scheint, haben wir keinen sonderlich großen Schaden erlitten und nur wenige Menschenleben verloren. Seine Majestät meinte, wir seien ihnen zahlenmäßig weit überlegen. Es sollte also ein schneller und einfacher Sieg werden.«

Ich nickte. Das war es doch, was wir wollten, nicht wahr? Was ich gesagt hatte, was ich wollte? Wenn es sich zwischen ihnen und mir entscheiden musste, dann würde ich überleben. Oder wenn nicht ich, dann wenigstens Escalus. Escalus musste überleben.

»Hättest du das gedacht?«, fragte ich sie. »Dass wir sie angreifen würden?«

Sie schüttelte den Kopf, und in ihren Augen spiegelte sich dasselbe Entsetzen wider, das auch ich empfand.

»Ich gehe jetzt hoch. Ich will da draußen sein, Noemi. Ich will bei Escalus sein.«

»Das wird dem König nicht gefallen«, flüsterte sie.

»Oh, nun …« Ich stand auf und machte mich auf den Weg auf das Oberdeck. Inzwischen war es hier draußen friedlich geworden. Die Männer bewegten sich umher, bereiteten ihre Flinten und ihre Munition vor. Mein Schwert trug ich nun offen an meiner Hüfte, denn ich scherte mich nicht mehr darum, meine Absichten noch länger zu verbergen. Am Horizont sah ich bereits die Insel.

Ich entdeckte eine Bucht, die sich für ein so großes Schiff wie unseres hervorragend eignete, um von Bord zu gehen. Der Großteil der Insel war mit Wald bedeckt, auch wenn ich nicht wusste, was das für Bäume waren. In der Ferne ragten Berggipfel empor. Das einzig Bedrohliche waren die dicken Wolken, die von Nordosten her aufzogen. Ich hatte mir diesen Ort trostlos vorgestellt, aber die Bäume waren saftig grün und der Himmel war so strahlend blau, dass das einzige Wort, das mir einfiel, wenn ich die Insel mit einem Wort hätte beschreiben müssen, *einladend* war.

Die Männer manövrierten das Schiff in eine der alten Anlegestellen, und ich stieg auf mein Pferd.

Noemi wollte es mir gleichtun, wie ich es ihr befohlen hatte, doch da eilte Escalus auf sie zu.

»Nein! Du wirst unter keinen Umständen von Bord gehen. Dass du mitkommst, war eine Sache, als wir noch dachten, wir träfen uns mit einer kleinen Gruppe Abgesandter, doch jetzt, da wir wissen, dass eine ganze Armee auf uns wartet, wirst du dieses Schiff auf keinen Fall verlassen.« Er nahm die Zügel von Noemis Pferd und schluckte schwer. »Ich verbiete es.«

»Und ich hebe dein Verbot auf«, rief ich.

»Annika, provoziere mich heute nicht«, erwiderte Escalus warnend.

Ich seufzte. »Wenn es zu schlimm wird, kann sie immer noch zurück aufs Schiff.«

Er war immer noch wütend auf mich, immer noch außer sich, weil ich sie in Gefahr brachte. Doch kurz darauf entspannten sich seine Schultern ein wenig. »Na schön. Aber an unserer Abmachung ändert sich nichts. Ihr bleibt hinter mir. Und ihr *werdet* fliehen, wenn ich es befehle. Verstanden?«

Noemi nickte. »Selbstverständlich, Eure Königliche Hoheit«, versicherte sie mit fester Stimme, und die beiden trafen ein stilles Abkommen.

Ich wusste, dass er sich um ihre Sicherheit sorgte – das tat ich auch –, aber es war für sie beide besser, wenn sie zusammen waren, um genau darüber im Bilde zu sein, was passierte. Wenn mir Lennox eines gegeben hatte, dann war es ein merkwürdiges Gefühl von Frieden, weil ich nun die Wahrheit kannte. Dafür war ich dankbar, und das würde ich weder meinem Bruder noch Noemi nehmen. Nicht an einem Tag wie diesem.

Ich dachte an diejenigen, die von Lennox' Armee übriggeblieben waren. Wie viele hatten den Angriff wohl überlebt? Hatten sie es bereits an Land geschafft? Waren sie schon auf dem Weg zu uns?

Hatten sie zu viele Männer verloren, um weiterzukämpfen?

An ihrer Stelle hätte ich aufgegeben.

Ich schluckte und blickte zu Escalus, der nun ebenfalls auf sein Pferd stieg, und Vater, der es ihm gleichtat. Ich sah Noemi an, die sich das Haar aus dem Gesicht strich, und sogar Nickolas. Was würde ich nur tun, wenn mir am Ende des Tages keiner von ihnen bliebe?

Ich schob den Gedanken beiseite und folgte ihnen an Land. Unsere Soldaten gingen ebenfalls von Bord und marschierten in ordentlichen Reihen durch das dichte Gebüsch. Mein Hengst wirkte hier lange nicht mehr so selbstbewusst wie zu Hause, und es beunruhigte mich, dass selbst er spürte, dass etwas nicht in Ordnung war.

Während wir schweigend unter dem Blätterdach der mir fremden Bäume hindurchritten, versuchte ich, gleichmäßig zu atmen, um meine Nerven zu beruhigen. In der Ferne lichtete sich der Wald allmählich, dahinter lag eine offene Fläche. Der Himmel war wie zweigeteilt, Sonnenschein auf der einen, schwere graue Regenwolken auf der anderen Seite. Als wir den Waldrand erreichten, hob Vater eine Hand, und ich brachte mein Pferd zum Stehen.

»Ich sehe sie auch«, flüsterte Escalus.

»Was bedeutet, dass sie uns ebenfalls sehen können«, bemerkte Nickolas.

»Es hat keinen Zweck, sich zu verstecken, Eure Majestät. Wenn wir deswegen hergekommen sind, sollten wir sie so schnell wie möglich vernichten und nach Hause zurückkehren«, sagte Escalus.

Vater ließ sich lange Zeit, sah zuerst Escalus an, dann mich. Er schüttelte den Kopf, als hätte er erst jetzt begriffen, was er getan hatte. Seufzend ließ er den Blick über das leere Feld schweifen und wappnete sich für das, was kommen mochte. Und dann marschierten wir.

Mir wurde flau im Magen. Wir wurden in einen Krieg hineingezerrt, von dem wir nichts gewusst hatten. Wie sollte das gut enden?

Ich konnte nicht anders. Nachdem wir hinaus ins Tageslicht getreten waren, hielten meine Augen sofort Ausschau nach Lennox. Als ich ihn endlich entdeckte – sein Haar flatterte im Wind, und sein Umhang bauschte sich hinter ihm –, hatte er mich bereits ins Visier genommen. Er hatte sein Schwert gezogen, doch diese klaren blauen Augen waren nicht einmal halb so furchteinflößend, wie ich erwartet hatte.

Das waren nicht die Augen, die mir befohlen hatten, mich zu ergeben. Die mir die Hände gefesselt hatten. Es waren die Augen, die mich hatten gehen lassen, obwohl er mich zurück nach Vosino hätte schleppen können.

Ich wusste nicht, wie Kriege begannen. Ich hoffte inständig, dass Vater – jetzt, da er begriffen hatte, wie schrecklich das alles war – zu ihnen gehen würde, um ruhig mit ihnen zu sprechen, und dass ihr Anführer ihm entgegenkäme. Nach ihren hohen Verlusten hoffte ich, dass sie bereit waren, einen Kompromiss einzugehen, um nicht noch mehr Leben zu opfern. Ich hoffte inständig, wir würden ihnen die Insel als Friedensangebot schenken, nachdem sie so viele Menschen verloren hatten. Ich hoffte, wir könnten es alle besser machen.

Doch nichts davon trat ein.

Ohne Vorwarnung begann die grobschlächtige Gestalt Kawans, sich auf uns zuzubewegen, schneller, als ich es für möglich gehalten hätte. Er zauberte einen Bogen aus dem Nichts, versteckt unter den Lagen von Fell und Leder seiner Kleidung, doch der glänzende Pfeil war vor dem ergrauenden Himmel deutlich zu erkennen, flog in einer geraden Linie, bevor er die Brust meines Bruders durchbohrte.

»Escalus!«, schrie Noemi, die bereits von ihrem Pferd sprang, um ihm zu Hilfe zu eilen.

Unsere Soldaten stürmten los, ohne auf Befehle zu warten. Ich beobachtete, wie mein Bruder nach vorn kippte und mit zittrigem Atem auf den Pfeil starrte. »Nicht herausziehen«, warnte er Noemi. »Das macht es nur noch schlimmer.«

Er würde also einfach so sterben?

Escalus würde sterben. Wir waren weit weg von zu

Hause, in seiner Brust steckte ein Pfeil, nahe seiner Schulter, und es würde nicht möglich sein, ihn zu entfernen.

Und mit einem Mal war ich bereit für den Krieg.

Lennox stand immer noch an derselben Stelle. Es war, als wüsste er es. Seine Leute würden vielleicht vorrücken, und meine Soldaten würden angreifen, aber er und ich konnten gegen niemand anderes kämpfen.

Ich schlug meinem Hengst die Hacken in die Flanken, und er bäumte sich auf. Als ich zum Galopp ansetzte, hörte ich hinter mir jemanden meinen Namen schreien. Doch ich ignorierte es, hielt den Blick auf Lennox gerichtet. Kurz beobachtete er mich, versicherte sich, dass ich auf ihn zuritt, dann wandte er sich um und rannte davon. Bei der Entfernung und seiner Geschwindigkeit hatte er einen erheblichen Vorsprung. Doch das würde ihm heute nicht das Leben retten. Er verschwand in dem Wald hinter ihm, schlängelte sich flink zwischen den Bäumen hindurch und sprang über Bäche. Ich zog mein Schwert und hob es in die Höhe.

Er hatte meine Mutter ermordet. Er hatte mich entführt. Es könnte sein, dass seine Armee gerade meinen Bruder getötet hatte. Es erschien mir also durchaus angemessen, ihm so geschwind wie nur möglich den Kopf abzuschlagen.

Als ich ihn erreichte, holte ich aus, doch er duckte sich weg, musste meine Anwesenheit gespürt haben. Er machte kehrt und rannte in die entgegengesetzte Richtung, während ich mein Pferd zum Stillstand brachte und dann wendete, um ihn zu verfolgen. Er versteckte sich hinter einer Baumgruppe, die zu dicht beisammenstand, als dass ich mit meinem Pferd hindurchgekommen wäre. Ich drehte um und versuchte, einen Durchgang zu finden, einen Weg, ihn einzukesseln. Aber es gab keinen.

Ich wusste, was er da tat. Wenn ich ihn angreifen wollte, musste ich wohl oder übel vom Pferd steigen. Es gefiel mir nicht, den einzigen Vorteil zu verlieren, den ich hatte, doch es gab keine andere Möglichkeit.

Ich sprang von meinem Pferd und starrte in die stechend blauen Augen meines Feindes. Kurz beobachtete er mich, bevor er ins Licht trat.

Plötzlich verschwand jegliches Geräusch.

Kein Rascheln in den Baumkronen, kein Vogelzwitschern, kein Wind in den Gräsern. Die Erde schien den Atem anzuhalten, während wir uns ein letztes Mal gegenübertraten.

»Eure Hoheit«, sagte er mit einer Verbeugung. Dann griff er an.

Ich erhob mein Schwert, um ihn abzuwehren, und dachte an das, was Rhett mir beigebracht hatte: Ich durfte mich nicht nur verteidigen – ich musste ihn attackieren, zum Schlag ausholen.

Ich umkreiste ihn und erwischte ihn mit meiner Klinge beinahe an der Wange. Als er auswich, feststellte, dass ich ihm fast sein perfektes Gesicht ruiniert hatte, wirkte er beinahe beeindruckt. Doch das hielt ihn nicht lange auf. Er ging zum Gegenangriff über, holte aus. Anscheinend hatte er nicht einfach vor, mich in zwei Hälften zu teilen. Nein, er wollte mich ermüden, bevor er mich tötete.

Aber dieses Spiel konnten auch zwei spielen.

Ich holte zu einem tiefen Schlag aus, zwang ihn, entweder einen Satz nach hinten zu machen oder seitlich auszuweichen. Da er viel massiger war als ich, war es für ihn sicherlich anstrengender, sich so zu bewegen. Mehr als einmal flogen die Funken, als unsere Klingen aufeinandertrafen. Wir hatten unterschiedliche Stärken, doch wir ergänzten uns gut, was den Kampf nur unnötig in die Länge zog. Er dachte bestimmt dasselbe.

Gerade als ich zum nächsten Schlag ausholen wollte, löste sich die Stille um uns herum auf. Ich vernahm ein seltsames Geräusch, fast wie tosender Applaus. Ich sah in Lennox' Augen, dass er es ebenfalls hörte. In stillem Einvernehmen senkten wir die Schwerter und wandten uns der grauen Wolkenwand zu, die genauso unaufhaltsam voranschritt wie unsere Armeen. Wind und Regen brachen gleichzeitig los, als würden sie miteinander kämpfen, und kamen immer näher, während die Dunkelheit über uns hereinbrach. Das musste der Sturm sein, den ich vom Schiff aus bereits aus der Ferne gesehen hatte. Die grauen Wolken hatten den Himmel nun beinahe vollständig eingenommen.

Zuerst war ich zu perplex, um irgendetwas zu tun. Es war faszinierend und unheimlich zugleich, mysteriös und beeindruckend. Plötzlich bog der Wind die Bäume in unserer Nähe gefährlich zur Seite – und ich rannte los.

Lennox war sofort neben mir, überholte mich, bevor wir im Gleichschritt flüchteten.

Ich wagte es nicht, nach hinten zu blicken. Ich hörte den Wind und den Regen hinter mir – das war alles, was es brauchte, um mich voranzutreiben. Noch nie hatte ich einen derartigen Sturm erlebt.

Ich hatte mich geirrt: Diese Insel hatte rein gar nichts Einladendes.

Und dann, in der Ferne, erblickte ich meine Rettung:

In der steil abfallenden Flanke eines der merkwürdigen felsartigen Berge war eine Öffnung. Ich wusste nicht, wie tief sie hineinreichte, doch sie war mein einziger Schutz. Das Problem war nur, dass Lennox ebenfalls darauf zusteuerte. Er warf einen Blick über seine Schulter, sah zuerst mich an und starrte dann auf die immer näher rückende Sturmfront. Er riss die Augen auf und rannte noch schneller.

Also tat ich es ihm gleich. Doch leider waren meine Beine nicht so lang wie seine, und mein Kleid bremste mich. Wenige Sekunden später stolperte ich über eine Wurzel und landete mit dem Gesicht voran auf der Erde. Der Aufprall war so gewaltig, dass ich vor Schmerz in den Rippen aufschrie. Ich drückte mich hoch auf die Knie, denn ich durfte nicht innehalten, als sich plötzlich eine Hand um meinen Oberarm legte.

»Los!«, schrie Lennox, zog mich aus dem Dreck hoch und zerrte mich in Richtung der Höhle.

»Lauf weiter«, befahl er und ließ mich erst los, als ich mich wieder selbstständig bewegte, das Schwert in der einen Faust, die andere vor und zurück schwingend.

Ich tat mein Bestes, um mit ihm mitzuhalten, lag nur wenige Schritte zurück. Vor dem Eingang zur Höhle blieb Lennox stehen, streckte die Hand nach mir aus und zog mich ins Innere. Wir wandten uns um und starrten auf die undurchdringliche graue Wand.

»Was ist das?«, fragte ich.

»Ein Orkan«, erwiderte er, doch es klang eher wie eine Frage. »Ich habe schon welche erlebt, aber noch nie einen so starken und schnellen. Er wird direkt über uns hinwegziehen. Wir müssen tiefer hinein.«

Wir drehten uns um und begutachteten die Höhle. Es sah nicht so aus, als wäre sie sonderlich tief. Ihre Form verjüngte sich nach hinten beinahe zu einem Dreieck mit abgerundeten Ecken. Es sah aus, als wäre in den Wänden etwas eingeritzt, aber sicher war ich mir nicht. Das Einzige, was gerade eine Rolle spielte, war die Tatsache, dass wir hier drin gefangen waren – und es gab kein anderes Versteck.

Das Tosen des Sturms war nun beinahe ohrenbetäubend, und er war so nah, dass ich seinen Sog spürte. Wir verkrochen uns in eine der hinteren Ecken. Wenn wir doch nur mehr Schutz gehabt hätten. Ich hob mein Schwert so hoch wie möglich und rammte es in den Boden – unheimlicherweise im selben Moment wie Lennox. Er kniete sich hin, zog mich herunter, und wir klammerten uns an unsere Schwerter, während der Sturm in die Höhle eindrang.

Es war ein albtraumhaftes Geräusch, laut und tosend. Der Wind blies so stark, dass ich für ein oder zwei Sekunden vom Boden abhob. Mit aller Kraft hielt ich mich an meinem Schwert fest und hoffte inständig, dass ich es tief genug in den Boden gerammt hatte, dass es hielt. Ich blickte auf und sah, dass Lennox' Knie ebenfalls in der Luft schwebten. Ich griff nach ihm und versuchte, ihn wieder nach unten zu ziehen. Nachdem seine Beine wieder den Boden der Höhle berührten, griff er ebenfalls nach mir. Er schlang ein Bein um mich, und ich tat es ihm gleich. Wir hielten uns an unseren Schwertgriffen und aneinander fest, versuchten zu überleben. Ich spürte, als er seinen Griff um sein Schwert anpasste. Und ich spürte auch, als er mich fester umklammerte. Meine Beine würden nachher sicherlich grün und blau sein, weil sie immer wieder auf den Boden aufschlugen, und Lennox' Arme schmerzten bestimmt genauso schlimm wie meine. Als könnte er meine Gedanken lesen, presste er plötzlich ein Stöhnen durch die Zähne, als hätte er sich für einen kurzen Moment auf den Schmerz konzentriert. Ich vergrub das Gesicht an seiner Brust, krallte die Finger in seine Kleidung, hielt mich an ihm fest, bis der Wind mit einem Mal so schnell nachließ, wie er begonnen hatte.

Wir kauerten auf dem Boden, klammerten uns an unsere Schwerter, unsere Glieder ineinander verschlungen, und atmeten so schwer, als wären wir gerade über die gesamte Insel gerannt.

Einen Moment lang hielten wir inne, unsicher, ob der Wind wieder an Stärke gewinnen würde. Das Heulen war zwar leiser geworden, aber immer noch da. Das Geräusch des Regens hatte sich nun dazugesellt.

Wir lösten unsere Hände und blickten hinaus in den Vorhang aus Regen. Da der Fels sich am Eingang der Höhle in einem Vorsprung nach unten neigte, kam er zum Glück nicht hinein, aber ich wollte auch ganz sicher nicht hinaus. Nachdem ich die Augen so lange zugekniffen hatte, hatten sie sich mittlerweile an die Dunkelheit gewöhnt, und ich konnte Lennox' unbehaglichen Gesichtsausdruck ausmachen.

Ich räusperte mich, senkte den Arm, löste meine Beine von seinem Körper und rappelte mich schnell auf. Lennox war zuerst auf den Beinen und zog mit einiger Anstrengung sein Schwert aus dem Boden. Wenn es für ihn schon so schwer war, würde ich mich gleich blamieren. Ich musste dreimal daran zerren, um es aus dem Boden zu bekommen.

Doch Lennox schenkte mir keine Beachtung. Er ging in der Höhle umher, begutachtete sie.

Dann holte er tief Luft, und auf seinen Lippen zeichnete sich ein irres Lächeln ab. »Bist du bereit, dich wieder dem Sterben zu widmen?«

»Definitiv«, entgegnete ich, denn ich hatte nicht vor, heute mein Leben zu lassen. Er erhob sein Schwert, während ich mit meinem ausholte – und wir trafen beide auf Stein.

Ich versuchte, eine bessere Position zu finden, doch es half nichts. Die Decke der Höhle bot nicht viel Platz. Es würde unmöglich sein, sich hier drin zu bewegen. Die Gefahr, sich selbst zu verletzen, war genauso hoch wie die Chance, den anderen zu treffen.

Wir kamen zeitgleich zu dieser Erkenntnis.

»Und wie endet das jetzt?«, fragte ich, denn mir waren die Ideen ausgegangen. »Wenn wir hier drin nicht gegeneinander antreten können, sollen wir dann da rausgehen?«

Er deutete auf das Unwetter vor der Höhle. »Kannst du überhaupt etwas sehen?«

Ich wandte mich dem Eingang zu, kniff die Augen zusammen und starrte hinaus. »Ich glaube, ich erkenne einen Baum. Vielleicht.«

»Genau. Wenn wir jetzt da rausgehen, schaffen wir es nicht. Du kannst es gern versuchen, wenn du willst, aber ich werde nicht so sterben.«

»Ich auch nicht«, erwiderte ich.

»Dann befürchte ich, wir müssen uns auf einen Waffenstillstand einigen, Eure Hoheit.«

Ich schnaubte. Da hatte er natürlich recht – und ich hasste es, dass er recht hatte. Für den Moment konnte ich nichts weiter tun, als zu überleben.

»Du bleibst auf der Seite der Höhle, und ich bleibe auf dieser«, befahl ich.

»Einverstanden«, entgegnete er. Wir entfernten uns voneinander, setzten uns auf den Boden und starrten durch die Höhle hinweg in die Augen unseres Feinds.

Lennox

Das Wetter blieb unverändert. Ich wusste nicht, ob bereits Stunden vergangen waren, oder ob es sich nur so anfühlte. Das Warten war jedenfalls die reinste Folter.

Hier drin gab es keine Sterne und keine Sonne, die mich leiten konnten. Ich hatte versucht, die Sekunden zu zählen, um das Zeitgefühl nicht zu verlieren, doch das hatte mich nur müde gemacht, und ich konnte es nicht riskieren einzuschlafen.

Auf der anderen Seite der Höhle saß Annika mit an die Brust gezogenen Knien. Offensichtlich war ihr genauso kalt wie mir. Dieser Sturm hatte mich komplett ausgekühlt, und der Regen machte es auch nicht besser. Aber immerhin hatte ich noch meinen Reitumhang, daher war ich besser dran als sie.

Sie zupfte an einem Loch in ihrem Kleid und sah aus, als würde sie über irgendetwas intensiver nachdenken, als sie eigentlich wollte.

So wie ich auch.

Warum hatte ich ihretwegen kehrtgemacht? Warum hatte ich sie an mich gedrückt, als der Sturm die Höhle erfüllt hatte? Jetzt, Stunden später, versuchte ich, mir irgendeine Ausrede einfallen zu lassen. Ich kannte sie; sie war nützlich. Ich hätte sie doch nicht einfach dem Sturm überlassen können. Nein, wenn sie sterben würde, dann durch meine Hand. Ihren Tod konnte ich nichts und niemandem überlassen. Jeder hätte mir zugestimmt, dass ich sie hatte retten müssen.

Ich erschauderte und erhob mich schließlich.

»Bitte sag mir, dass du einen Feuerstein dabeihast.«

Annika blickte aus der hinteren Ecke der Höhle auf. »Wie bitte?«

»Sieht nicht so aus, als würde das Wetter besser werden, und dir scheint noch kälter zu sein als mir. Falls du also überleben willst, wäre ein Feuer nicht schlecht. Also, hast du einen?«

»Selbst wenn ich einen hätte … Woraus sollten wir bitte ein Feuer machen?«

Ich verdrehte die Augen. Das klang nicht unbedingt vielversprechend. Ich beugte mich herunter, hob eine ganze Handvoll Zweige auf und hielt sie ihr unter die Nase. »Damit?«

Ihr Blick glitt über den Boden und sie schien erst jetzt zu merken, was uns alles zur Verfügung stand. Der Sturm hatte unzählige Äste und abgesplitterte Holzstücke aus dem nahen Wald hereingetragen. Seufzend rappelte sie sich auf.

»Stell dein Schwert in die Ecke. Ich lasse meins auch hier.«

Grinsend hielt ich mein Schwert, das nun wieder an

meiner Hüfte hing, fest. »Wenn ich wollte, könnte ich dich mit bloßen Händen umbringen.«

Sie breitete die Arme aus. »Ich dich auch. Aber darum geht es jetzt nicht. Leg deine Waffe ab.«

Ich wischte mir das Grinsen aus dem Gesicht, bevor ich mich zu ihr umwandte. Ich war mir sicher, dass sie mir nur etwas vormachte, schließlich waren ihre Hände eher für einen Ballsaal als für einen Faustkampf geeignet, aber ich musste ihr zugutehalten, dass sie mutig genug war zu lügen. Ich räusperte mich und sammelte noch eine Handvoll abgebrochener Äste zusammen, um ein Feuer zu errichten. Sie begann, die größeren Holzstücke zu einer Pyramide aufzustellen, während ich die Mitte mit Blättern stopfte.

»Die Höhle sieht aus, als wäre sie von Menschen in den Berg geschlagen worden«, bemerkte ich. »Oder zumindest ausgebaut. Sie hat keine natürliche Form. Und die Struktur der Wände … Sie sind viel zu glatt.«

Sie nickte. »Ich versuche schon die ganze Zeit herauszufinden, was diese Zeichen an den Wänden zu bedeuten haben.«

»Nun, wenn es einer von uns weiß, dann du. Schließlich ist es eure Insel.« Ich verrichtete meine Arbeit und sah mich noch einmal um. »Ist ja nett, dass irgendjemand diese Höhle gebaut hat, aber hätte es denjenigen denn umgebracht, sie auch mit Proviant zu füllen?«

Sie seufzte. »Machen wir heute lieber keine Späße mehr über das Sterben.«

Wahrscheinlich hätte ich besser den Mund halten sollen, doch dafür war ich viel zu aufgebracht. »Warum denn nicht? Dein Vater will mein Volk abschlachten, das Thema sollte dir also nichts ausmachen.«

»Das sagt der Richtige«, erwiderte sie spitz und weigerte sich, mich anzusehen, während sie nach der Tasche an ihrem Gürtel griff. »Schämst du dich denn gar nicht?«

»Nein«, erwiderte ich schnell. »Das wurde mir schon vor Jahren ausgeprügelt.«

Jetzt blickte sie unangenehm berührt zur Seite. Ja, ich erzählte ihr viel zu viel. Sie war der letzte Mensch auf dieser Welt, von dem ich Mitleid wollte.

Zögernd blieben ihre Hände auf dem Gürtel liegen, doch schließlich gab sie nach. Mit vor Kälte zitternden Fingern kramte sie zwei Steine aus der Tasche. Sie musste sie einige Male aneinanderschlagen, bis die Funken Reisig und Tannennadeln trafen. Dann schürzte sie die Lippen und pustete vorsichtig, um das Feuer zu entfachen.

Im Großen und Ganzen gelang es ihr mühelos, und es ärgerte mich, dass selbst die Flammen ihr zu gehorchen schienen.

Bei mir würde sie nicht so viel Glück haben.

Sie setzte sich auf den Boden, lehnte sich mit dem Rücken an die Wand und hielt die Hände ans Feuer. So winzig. Elegant, aber winzig.

Ich hätte mich auch gern an die Felswand gelehnt, doch ich würde meinem Zielobjekt auf keinen Fall näher kommen als unbedingt nötig, also setzte ich mich mit dem Rücken zum Regen und blickte über das wachsende Feuer zu ihren Füßen. Ihre Augen brannten sich in meine. In ihnen funkelten Hass und Abscheu. Ich hatte so viel für sie getan, um sie am Leben zu halten, doch es war immer noch nicht genug, um den Mord an ihrer Mutter wiedergutzumachen.

Ich fragte mich, was sie wohl in meinen Augen sah. Ob sie so wütend dreinblickten wie die ihren.

Sie schüttelte den Kopf. »Warum?«

»Warum was?«

Sie schluckte. »Ist auch egal.«

Ich wusste, was sie meinte. Natürlich wusste ich es. »Ich habe dir schon einmal gesagt, dass ich Informationen habe, die du willst. Ich hätte dir alles erzählt, wenn du nur kooperiert hättest.«

»Und dann hättest du mich getötet.«

Ich zuckte mit den Achseln. »Ich könnte dich auch jetzt töten. Oder später. Irgendwann wird es passieren. Du hättest das Angebot also annehmen sollen, als es noch stand.«

Ich beobachtete, wie sich ihre Gesichtszüge anspannten. Sie wollte es so dringend wissen, doch ich spürte, dass sie keine Schwäche zeigen und noch einmal danach fragen würde.

»Ob du es glaubst oder nicht«, begann ich. »Ich wusste nicht, dass sie deine Mutter war. Ich wusste nicht, dass sie überhaupt eine Mutter war. Mir wurde eine Aufgabe übertragen, und ich musste sie erfüllen. So einfach ist das.«

»Einfach.« Sie schüttelte den Kopf. »Du hast mein Leben aus der Bahn geworfen. Daran war rein gar nichts einfach.«

Ich starrte dieses egoistische, närrische Mädchen an. »Du klammerst dich an dein Königreich, ohne weiter darüber nachzudenken. Für dich ist es einfach, für uns desaströs. Also tu nicht so unschuldig.«

»Ich habe euch nichts genommen!«

»Oh, dann erzähl mir von deinen Plänen, uns unser Königreich zurückzugeben«, feuerte ich zurück.

»Das Thema hatten wir doch schon. Wie kommst du auf die Idee, dass es eures ist?«

»Es ist schon immer unseres gewesen!« Meine Stimme hallte in der kleinen Höhle wider.

Das nachfolgende Schweigen war erdrückender, als es der winzige Raum zuließ, und wir saßen unangenehm berührt da, bis ich es schlicht nicht mehr aushielt.

»Es gab keine sechs Clans, sondern sieben. Für einen kurzen Zeitraum war mein Volk dazu auserkoren worden, die Clans als geschlossene Front gegen Kialand anzuführen. Die Anführer hatten uns in einer Abstimmung eine königliche Position verliehen. Und irgendjemand aus deiner Familie hat beschlossen, dass das für euch nicht gut genug war. Sie haben nicht nur getötet, wen sie konnten, sich nicht nur genommen, was uns gehörte, nein, sie haben uns aus den Geschichtsbüchern entfernt, um ihre Taten zu vertuschen. Und jetzt isst du von Porzellantellern, während wir ein Schattendasein führen.« Ich schnaubte und begutachtete ihr hübsches Kleid mit der üppigen Stickerei. Wer trug so etwas im Krieg?

»Tu nicht so, als hättest du eine saubere Weste.« Feindselig starrte ich sie über die Flammen hinweg an. »Letzten Endes wird einer von uns fallen und der andere siegen.«

»Nun, was für ein Glück du doch hast, dass ich einen Feuerstein dabeihatte und du noch einen Tag länger zu leben hast.«

»Und was für ein Glück du doch hast, dass ich dich festgehalten habe.«

Sie schüttelte den Kopf. »Sprich nicht mit mir, es sei denn, es ist absolut notwendig.«

»Einverstanden.«

Annika

In meinem Kopf sang ich siebzehnmal die Nationalhymne von Kadier. Und danach all die anderen Nationalhymnen, die ich sonst noch kannte. Dann jedes Tanzlied, jede Ballade und sogar jedes Trinklied, das ich hinter dem Rücken meines Vaters gelernt hatte. Die Stunden zogen sich, und der gleichmäßige Regen machte mich allmählich schläfrig. Um mich wach zu halten, quälte ich mich mit Fragen. Wie viel Zeit war seit dem Angriff vergangen? Hatte Escalus überlebt? Hatte ihn jemand zurück aufs Schiff gebracht? Als ich mir die Frage stellte, die mir am meisten Angst bereitete, stiegen Tränen in mir auf: War ich jetzt ein Einzelkind? War ich nun die Thronfolgerin?

»Als du noch ein Kind warst und deine Eltern dich ins

Bett schicken wollten, du aber nicht wolltest, wie hast du dich dagegen gewehrt?«, wollte Lennox wissen.

»Ah, dann sind wir also in derselben Zwickmühle«, erwiderte ich müde lächelnd. »Gut zu wissen.«

»Früher oder später müssen wir schlafen. Dieses Unwetter wird so schnell nicht vorüberziehen.« Wieder warf er einen Blick über die Schulter.

Er hatte recht. So eine Sturzflut hatte es in Kadier noch nie gegeben. Es regnete so heftig, dass bestimmt schon die Flüsse übergelaufen waren. »So etwas habe ich noch nie gesehen. Etwas so … Gewaltsames.«

Er schnaubte. »Dann hast du noch nie Gewalt erlebt. Du Glückliche. Ich kenne eigentlich nichts anderes.« Er drehte den Kopf und durchbohrte mich mit seinem Blick.

»Das merkt man«, erwiderte ich. »Du verteilst sie wie Süßigkeiten.«

»Ich kann nichts dafür, wenn ich nur von Süßmäulern umgeben bin.«

Ich funkelte ihn böse an. »Mich mit dir zu zanken, wird mich auf jeden Fall wach halten. Mach nur weiter, dann bleibe ich noch stundenlang wach.«

»Du magst wohl keinen Streit, was?«

»Ich hasse Streit.«

»Das kann ich mir gar nicht vorstellen. Ich finde, du streitest hervorragend.«

Schließlich wandte ich den Blick ab. »Ich gewinne nur selten, und dann denke ich tagelang darüber nach, was ich anderes hätte sagen können, und kann deshalb nicht mehr schlafen. Also, streite dich mit mir. Beleidige mich.«

»Na schön. Wo soll ich anfangen?« Kurz dachte er darüber nach. »Im Vergleich zu deinem Bruder bist du nichts. Wie wäre es damit?«

Ich blickte zu ihm hinüber und sah, wie er grinste, weil er dachte, er hätte mich damit getroffen.

»Ich weiß«, gestand ich.

Er ließ die Schultern hängen. »So funktioniert das nicht. Du sollst mir nicht zustimmen, sondern mir ebenfalls eine Beleidigung an den Kopf werfen. Sag mir, dass ich verflucht bin oder so etwas in der Art. Wenn ich ein paar Geheimnisse über dich herausgefunden habe, kennst du bestimmt auch ein paar von meinen.«

»Vielleicht«, log ich und sah ihn durch das Feuer an. »Und mir fallen bestimmt noch die passenden Beleidigungen ein. Aber in dem Punkt hast du recht. Ich werde niemals Escalus sein. Ich weiß es, mein Vater weiß es, das gesamte Königreich weiß es. Wenn er tot ist …« Ich wollte es mir gar nicht vorstellen, geschweige denn laut aussprechen. »Ich war bereit, ihm zur Seite zu stehen. Ich war sogar bereit, Nickolas zu heiraten. Aber das …« Ich hatte schon viel zu viel gesagt.

»Ah, ja. Dieser lächerliche Kerl, der dich einfach im Wald zurückgelassen hat.«

»Genau der«, erwiderte ich mit einem Seufzen.

Er lachte. »Und hast du immer noch vor, ihn zu heiraten? Ich hätte nicht gedacht, dass jemand mit so viel … Würde, wie du sie besitzt, sich auf so etwas einließe.«

»Er hat Reue für sein Verhalten gezeigt«, entgegnete ich mit einem Schulterzucken. »Das muss ich ihm glauben.«

»Nein, musst du nicht«, meinte er mitfühlend. »Du musst einem Mann *nie* etwas glauben. Glaube nicht seinen

Worten, sondern seinen Taten. Wenn er dich einmal zurückgelassen hat, wird er es wieder tun. So ein Mann ist durch und durch egoistisch. Du bist schlau genug, um mir zweimal zu entkommen, sei also nicht so dumm, jemanden wie ihn zu heiraten.«

Ich verengte die Augen zu Schlitzen. »Ich glaube nicht, dass du das Recht hast, mein Privatleben zu kommentieren. Vor allem, da du …« Kopfschüttelnd wandte ich mich ab. Ich spürte, wie meine Unterlippe zitterte, doch ich wollte ihm nicht die Genugtuung geben, mich weinen zu sehen. Also beschloss ich, zum Gegenschlag auszuholen. »Wenn ich also den Taten eines Mannes Glauben schenken soll, dann ist es ein Leichtes, mir ein Urteil über dich zu bilden, nicht wahr? Mörder. Monster. Feigling.«

Gegen die ersten beiden Bezeichnungen hatte er nichts einzuwenden, doch dann raunte er so leise, dass ich es kaum hörte: »Ich bin kein Feigling.«

Für einen kurzen Moment spürte ich so etwas wie Scham, als hätte ich ein ungeschriebenes Gesetz gebrochen. Ich konnte ihm nicht in die Augen sehen.

»Erzähl mal«, fuhr er schließlich fort, und die Arroganz war in seine Stimme zurückgekehrt. »Was wird denn der gute alte Nickolas dazu sagen, wenn er erfährt, dass du eine Nacht mit mir verbracht hast?«

Ich fand den Mut, Lennox in die Augen zu blicken. Er grinste, amüsierte sich auf meine Kosten. Also lächelte ich zurück.

»Gar nichts, denn einer von uns wird tot sein, bevor wir diese Höhle verlassen. Und ich habe nicht vor, dass ich es bin.«

Von meiner Aussage unbeeindruckt, hielt Lennox meinem Blick stand. Das Feuer spiegelte sich in seinen Augen, und sein Gesichtsausdruck verriet, dass er schon lange nicht mehr so viel Spaß gehabt hatte. Er wollte mich provozieren.

»Hat der Streit ausgereicht, um dich jetzt wach zu halten?«, fragte er.

»Ja. Vielen Dank.«

Lennox stand auf, streckte sich, schaute sich in der Höhle um, betrachtete die eingeritzten Zeichen an den Wänden, blickte hinaus in den Regen. Dann schüttelte er den Kopf, durchquerte die Höhle und ließ sich nur wenige Schritte von mir entfernt an der Wand herunterrutschen.

Ich musterte ihn skeptisch.

»Ich ruhe mich nur aus. Entspann dich.« Nach einem langen Seufzen lehnte er den Kopf an die Wand. »Oder willst du noch ein bisschen streiten?«

Ich schüttelte den Kopf. »Ich glaube, ich kann nicht mehr, selbst wenn ich wollte. Ich bin zu erschöpft. Und weißt du, was noch? Ich habe heute Nacht wirklich keine Lust zu sterben. Danach steht mir nicht der Sinn.«

Ich sah, dass er sich das Grinsen verkneifen musste.

»Ich auch nicht, um ehrlich zu sein.«

»Können wir uns dann auf einen aufrichtigen Waffenstillstand einigen? Und sobald der Regen aufgehört hat, kannst du mich angreifen und dein Königreich zurückerobern … Was auch immer du willst«, schlug ich vor und machte eine elegante Handbewegung, als wäre mir alles recht. »Aber bitte lass mich jetzt schlafen.«

Durchdringend sah er mich mit diesen erschreckend blauen Augen an. Ich gab es nur ungern zu, aber er war ziemlich gutaussehend. Sein windzerzaustes Haar, seine

Lippen, die viel zu rosa waren. Irgendetwas an ihm zog meinen Blick auf sich.

»Egal, was du von mir hältst, ich wurde zu einem Gentleman erzogen, und ich halte mein Wort.« Er zog einen Handschuh aus und hielt mir seine Hand hin. »Ich gebe dir mein Wort, dass dir nichts geschehen wird, während du schläfst.«

Sein Tonfall war verändert. Als würde es ihn zutiefst verletzen, wenn ich ihm nicht glaubte. Ich wusste nicht, ob ich ihm wirklich trauen konnte, doch dieses Versprechen kaufte ich ihm ab.

Vorsichtig streckte ich ebenfalls die Hand aus, und sie wurde gänzlich von der seinen verschluckt. Ich spürte jede einzelne Schwiele, während seine Hand sich vollständig um meine legte. »Und ich gebe dir ebenfalls mein Wort. Als Prinzessin und als Dame.«

Lennox

Als ich erwachte, war der stechende Schmerz in meinem Rücken das Erste, was mir auffiel. Ah, richtig. Ich hatte an die Wand gelehnt geschlafen. Einer Steinwand, um genau zu sein.

Dann bemerkte ich den Regen. Tatsächlich hatte er auf mich beruhigend gewirkt, als ich versucht hatte einzuschlafen, doch jetzt erinnerte ich mich wieder daran, dass ich in der Falle saß. Der Himmel war inzwischen sogar noch dunkler geworden, es war also Nacht. So lange war ich also noch gar nicht hier. Und dann spürte ich kaum merklich, wie sich Annikas Fuß gegen mein Bein drückte.

Irgendwann hatte sie sich zusammengerollt, um sich vor der Kälte zu schützen. Das Feuer war zwar nicht erloschen, doch es glomm nur noch und spendete kaum noch Wärme. Ich beobachtete, wie sie atmete. Wenn sie schlief, hatte sie denselben friedlichen Ausdruck auf ihrem Gesicht wie ihre Mutter. Er verfolgte mich. Sie seufzte leise, glücklich, während sie für kurze Zeit der Welt entfloh. Ich gestand mir ein, dass ich sie wunderschön fand. Annikas Schönheit war wie die eines Sonnenuntergangs: so herzergreifend, dass man lediglich einmal am Tag einen flüchtigen Blick darauf erhaschen durfte.

Doch sie war nicht nur süß. Auch das konnte ich mir eingestehen. Sie war auch auf eine Art wütend, entschlossen und traurig, die mich verwirrte. Es würde zu lange dauern, sie zu verstehen, und es war für uns beide besser, wenn ich es niemals täte.

Es würde nur eine Sekunde dauern.

Ich hätte ihr so schnell den Hals umdrehen können, dass sie rein gar nichts gespürt hätte. Das wäre die gnädigste aller Möglichkeiten gewesen.

Doch ich hatte ihr mein Wort gegeben, ihr nichts anzutun, während sie schlief. Und ich gab es nur ungern zu, aber von allen Leben, die ich in all den Jahren ausgelöscht hatte, würde ihres am meisten schmerzen. Normalerweise kannte ich die Menschen nicht, die ich tötete.

Als hätte sie gespürt, dass ich mit dem Gedanken spielte, mein Versprechen zu brechen, riss sie die Augen auf und sah sich verwirrt um, bevor sie sich daran erinnerte, wo sie war. Sie setzte sich auf, strich sich das Haar zurück und rieb sich die Augen.

»Bist du bereit zu sterben?«, fragte sie mit verschlafener Stimme.

Ich musste mir das Grinsen verkneifen und schüttelte den Kopf. »Nicht wirklich.«

»Ich auch nicht.«

Sie stand auf und ging zum Höhleneingang. Die Decke war dort so niedrig, dass sie sie mit den Fingerspitzen hätte erreichen können, wenn sie sich auf ihre Zehenspitzen gestellt und die Arme ausgestreckt hätte.

»Er ist noch schlimmer geworden. Der Regen«, seufzte sie. »Er ist so unglaublich dicht.«

Ich rappelte mich ebenfalls auf, um mir selbst ein Bild zu machen. Wenn ich die Augen zusammenkniff, konnte ich in der Nähe eine Baumgruppe ausmachen, aber nur mit Mühe. Das war alles. Keine Wolken, kein Gras – und was am wichtigsten war: keinen unserer Leute.

»Ich hoffe, den anderen geht es gut«, flüsterte sie.

Es war, als hätte sie meine Gedanken gelesen. »Ich sage dir das nur ungern, Prinzessin, aber wenn sie keinen Unterschlupf gefunden haben, ist es gut möglich, dass wir die einzigen Überlebenden sind.«

»Sag das nicht«, fauchte sie. »Denk nicht mal daran. Gibt es denn niemanden aus deiner eigenen Armee, von dem du hoffst, dass er noch lebt?«

»Zwei«, erwiderte ich aus dem Bauch heraus. »Und du?«

Traurig starrte sie in die Ferne. »Zwei. Nein, vier.« Dann seufzte sie. »Vielleicht viereinhalb.«

Es überraschte mich, dass die Zahl so niedrig war. »Dein Bruder ist einer davon. Das weiß ich«, entgegnete ich. »Ich habe gesehen, wie er getroffen wurde, Prinzessin. Es könnte also sein, dass du einen schon verloren hast.«

Sie schluckte schwer. »Er ist stärker, als du glaubst. Und ich kenne deine Freunde zwar nicht, aber ich nehme an, eine Person davon ist dein Mädchen.«

Ich blickte zu ihr herunter und starrte wieder hinaus in den Regen. »Ich habe kein Mädchen.«

Sie kicherte. »Doch, ganz sicher.«

Ich sah sie an, und sie deutete auf ihre Wange. »Ich habe einen Schlag abbekommen, nur weil ich erwähnt habe, dass du nett zu mir warst. Das hat Blondie gar nicht gefallen.«

Dann ging sie zum beinahe erloschenen Feuer, um es neu zu entfachen.

Blythe war eifersüchtiger auf sie, als sie zugab. »Hast du deinen werten Verlobten auch mitgezählt?«, hakte ich nach.

»Zum Wohle Kadiers …« Sie stocherte im Feuer und ließ den Satz unvollendet in der Luft hängen. »Er ist der Halbe. Wer ist deine andere Person?«

»Inigo«, gab ich zu.

»Der mit der Narbe?«

Ich nickte. Ihr war in der kurzen Zeit viel aufgefallen.

»Nun, ich hoffe, dein bester Freund lebt noch.«

»Ich habe nicht gesagt, dass er mein bester Freund ist.«

»Wenn du willst, dass er lebt, ist er dein bester Freund. Und wenn du willst, dass Blondie noch am Leben ist, dann ist sie dein Mädchen. Glaub ja nicht, dass mir entgangen ist, dass du deine Mutter nicht genannt hast.«

Da hatte sie recht, nicht wahr? Ich blickte an meinem Umhang hinab. Er reichte nicht, um Jahre der Vernachlässigung wiedergutzumachen. Und da waren ja auch noch Griffin, Andre und Sherwin … Anscheinend war ich besser darin, Menschen von mir fernzuhalten, als mir bisher bewusst gewesen war.

»Ich bleibe bei meiner Zahl.«

Sie schüttelte den Kopf. »Ich kann gar nicht aufzählen, was ich alles dafür geben würde, um nur noch eine einzige

Stunde mit meiner Mutter zu verbringen, und du willst deine nicht mal. Ich verstehe das nicht.«

»Vielleicht solltest du besser nicht über meine Mutter sprechen.«

»Was denn? Scherst du dich jetzt etwa doch um die Frau, die du dir vor gerade einmal dreißig Sekunden noch tot gewünscht hast?«

»Das habe ich gar nicht!«, widersprach ich.

»Doch, hast du! Spricht man denn so über den Menschen, der einem das Leben geschenkt hat? Selbst wenn du sie nicht ausstehen kannst oder …«

»Sprich nicht von meiner Mutter!«, schrie ich, und meine Stimme hallte durch die kleine Höhle.

Kurz schwieg sie. Aber nicht lange. »Ich habe nichts Schlimmeres gesagt als du. Und wenn man bedenkt, dass du mir meine Mutter genommen hast, wäre es da nicht mehr als verständlich, wenn ich deine abgrundtief hassen würde?«

Ich stürmte auf meine Seite der Höhle, griff mir mein Schwert und war so schnell bei ihr, dass ihr keine Zeit blieb, sich vorzubereiten. Und dennoch spiegelte sich in ihrem Gesicht dieselbe Ruhe wider, die auch ihre Mutter im Moment ihres Todes ausgestrahlt hatte. Dafür hasste ich sie umso mehr.

»Du willst eine unbewaffnete Frau erstechen?« Sie schüttelte den Kopf. »Du bist genau der Feigling, für den ich dich gehalten habe.«

Ich warf das Schwert in die Ecke und kam mit meinem Gesicht dicht an ihres. »Ich bin kein Feigling! Du hast keine Ahnung, was ich alles getan habe, um keinen Funken Feigheit mehr im Körper zu haben, und du …« Lachend wich ich langsam zurück. Wahrscheinlich wirkte ich, als hätte ich den Verstand verloren. Vielleicht hatte ich das auch.

»Mir ist gerade etwas bewusst geworden«, bemerkte ich mit irrem Blick. »Ich kann dir alles erzählen. Denn du hast recht: Einer von uns wird sterben. Entweder du, dann wirst du niemals die Gelegenheit bekommen, meine Geheimnisse auszuplaudern … oder ich, und dann kann es mir sowieso egal sein. Ihr wollt also alles wissen, Eure Hoheit? Bitteschön.«

Es fühlte sich an, als wären all die Fesseln, die mich bisher zusammengehalten hatten, mit einem Mal zerrissen. Und nun würde Annika meinen Zorn abbekommen.

»Meine Nase ist nicht aufgrund eines Unfalls so krumm«, begann ich und deutete darauf. »Ich habe aufgehört zu zählen, wie oft sie schon gebrochen wurde. Meine Mutter, die ich immer wieder zu lieben versucht habe, war einige Male dabei und hat nie eingegriffen. Ich habe mir mehr Knochen gebrochen, als ich zählen kann. Mir wurde so oft in den Bauch getreten, ich habe so viele Messerstiche und Schwerthiebe abbekommen, mir wurde so oft ins Gesicht geschlagen, dass ich es inzwischen kaum noch spüre, wenn es passiert. Wie das zum Beispiel.« Ich deutete auf mein Auge. »Das hat mir Kawan erst heute Morgen verpasst. Er ist der Einzige, der sich so etwas noch traut. Denn die Leute werden immer auf dich losgehen, wenn sie glauben, du wärst der Schwächste. Aber weißt du, wie man Menschen dazu bringt, nicht mehr zu denken, man wäre klein? Irgendeine Idee?«

Annika schüttelte den Kopf und blickte verängstigt drein. Richtig so.

»Sorge dafür, dass sie Angst vor dir haben«, fuhr ich fort, ungebremst drängten die Worte von meinen Lippen. »Bring eine Handvoll von ihnen um. Und dann noch ein paar mehr. Und wenn sich die Gelegenheit bietet, jemand Wichtiges zu töten, dann zögere nicht. Wenn jemand einen Befehl verweigert. Wenn dich jemand falsch ansieht. Wenn die Sonne nicht scheint. Wenn sie es tut. Töte. Und dann werden sie es sich zweimal überlegen, überhaupt in deine Nähe zu kommen. Das ist das Geheimnis. So überlebt man.«

»Indem man sicherstellt, dass niemand mehr übrigbleibt, der einen verletzen kann?«, fragte sie.

Ich schüttelte den Kopf. »Indem man sicherstellt, dass die Leute wissen, dass man sich nicht um sie schert. Dass man sich um rein gar nichts schert. Willst du wissen, wann mein Leben endlich eine Wendung genommen hat? Wann es besser wurde? Ein einsamer Wolf aus unserer Armee, der fest entschlossen war, für den Tod meines Vaters Rache zu üben, beschloss, eine Frau zu entführen und sie in unseren Kerker zu sperren. Aber«, fuhr ich fort, »niemand wollte ihr Blut an seinen Händen kleben haben. Bis dahin war ich schon so oft verprügelt worden. So oft. Warum sollte ich ihnen nicht beweisen, dass ich nicht der Schwächling war, für den sie mich hielten? Ich wusste nicht, wer sie war, was spielte es also für eine Rolle? Sie hatten zu viel Angst, um das zu tun, was getan werden musste, also tat ich es.«

Annika zuckte weder, noch wandte sie den Blick ab. »Meine Mutter.«

Ich nickte und sprach ruhig, aber bestimmt weiter. »Ich habe sie getötet, um mich zu retten. Ich habe vielleicht zwanzig Minuten lang mit ihr gesprochen, habe versucht, ihr etwas Nützliches zu entlocken. Doch was das angeht, bin ich gescheitert, also habe ich mein Schwert gezückt und sie so schnell und sauber enthauptet, dass sie nichts gespürt hat. Und man hat mich dafür mit *Lobpreisungen* überschüttet«, fügte ich hinzu und deutete stolz auf meine Brust. »Von diesem Moment zehre ich noch heute. Dafür bin ich deiner Mutter dankbar. Sie hat mein Leben ein bisschen besser gemacht. Und müsste ich es ein zweites Mal tun, um der Hölle zu entkommen, in der ich gelebt habe, würde ich es tun, ohne mit der Wimper zu zucken.«

Ich wandte mich von ihr ab, ließ mich auf den Boden fallen und lehnte mich an die Wand. Dann starrte ich hinaus in den Regen. Ich konnte nicht weglaufen. Ich wollte es, aber ich konnte nicht.

Annika war auf der anderen Seite des Feuers stehen geblieben und hatte sich kein Stück bewegt, während ich schnaubte, grollte, innerlich brannte. Als ich ihr schließlich in die Augen blickte, sah ich ihre stillen Tränen.

»Dann schätze ich, ich sollte auch dankbar sein.«

Annika

»Hör auf damit«, fauchte er wütend. »Ich will dein Mitleid nicht.«

»Ich habe kein Mitleid mit dir«, erwiderte ich, und meine Tränen kamen nun immer schneller. »Aber ich verstehe dich jetzt.«

Lennox sah mich ungläubig an. »Wie könntest du mich je …«

Als ich eine Hand hob, verstummte er. »Versprich mir, dass einer von uns sterben wird.«

Beinahe abfällig winkte er ab. »Das ist unausweichlich.«

»*Versprichst* du es mir?«

»Ja.«

Ich nickte und beobachtete, wie er die Augen aufriss, als ich den Saum meines Kleids hob. Ich hatte mir geschworen, dass niemand außer dem Doktor, Noemi und meinem Ehemann meine Narben zu Gesicht bekommen würde, aber Lennox würde mir nur glauben, wenn ich sie ihm zeigte. Sein starrer Blick wanderte mein Bein hinauf … bis ich die Rückseite meines Oberschenkels entblößte. Da verwandelte sich sein Gesichtsausdruck in Fassungslosigkeit.

»Was um alles in der Welt ist das?«

»Narben«, erwiderte ich schlicht, ging zurück zur Wand am Feuer und setzte mich.

»Wer? Wie?«

Ich zog mein Kleid über meine Knie und weigerte mich, schon wieder in Tränen auszubrechen. Noch nicht.

»Mein Vater ist … anders, seit meine Mutter verschwunden ist. Manchmal ist er der strenge, aber liebevolle Mann, den ich aus meiner Kindheit kenne. Manchmal ist er etwas ganz anderes. Dann ist er rasend vor Wut, von Angst getrieben. Er hält mich jetzt schon seit Jahren gefangen, plant mein ganzes Leben …« Ich seufzte. »Ich weiß, dass er es nur gut meint. Doch als er meinte, ich müsse Nickolas heiraten, war ich damit überhaupt nicht einverstanden. Genau genommen habe ich heftig widersprochen. Es war das erste Mal in meinem Leben, dass ich mich für das eingesetzt habe, was ich wollte, daher wusste er wohl nicht, wie er darauf reagieren sollte. Ich muss jedoch dazu sagen, dass er nicht sofort wütend wurde. Er hat mehrfach das Gespräch mit mir gesucht. Hat versucht, mich zu überzeugen. Hat mir Versprechungen gemacht. Aber ich habe jedes Mal abgelehnt. Es ist nicht so, als hätte ich nicht gewusst, dass ich ihn eines Tages heiraten soll. Darüber wurde gesprochen, seit ich ein Kind war. Nickolas zu heiraten ist für jeden von Vorteil, also sollte ich es akzeptieren. Aber ich konnte nicht. Wir haben uns gestritten, und er hat mich geschubst. Ich fiel auf einen Glastisch und …«

Ich schluckte schwer. »Er blickte drein, als würde es ihm leidtun, aber wirklich entschuldigt hat er sich nie. Ich musste zwei Wochen lang auf dem Bauch schlafen, und während meine Wunden heilten, wurde alles für mich entschieden. Am ersten Abend, als ich wieder am Hofleben teilnahm, wurde ich verlobt.«

Ich wandte mich ab. »Ich weiß, dass es ein Unfall war, und ich weiß auch, dass er solche Regeln nur aufgestellt hat, weil er Angst hat, mich ebenfalls zu verlieren. Das rufe ich mir immer wieder ins Gedächtnis, wenn ich wieder das Gefühl habe, dass ich ihm nicht verzeihen kann. Manchmal bin ich eher traurig als wütend. Obwohl er noch da ist, ist es, als hätte ich sie beide verloren.«

Schließlich wagte ich es, Lennox anzusehen. Ich glaubte, in seinen Augen so etwas wie Schmerz zu erkennen. »Als der Doktor die Glassplitter herauszog, meinte er, das wäre niemals passiert, wenn ich einfach gehorcht hätte.« Ich musste innehalten und schüttelte den Kopf. »Ich war so wütend auf ihn, dass ich ihn am liebsten umgebracht hätte … Nicht dass ich es wirklich getan hätte, aber ich *wollte* es. Ich wollte jemandem wehtun, um meinen Schmerz erträglicher zu machen. Daher kann ich dich nicht verurteilen.«

Ich wischte mir den Rotz von der Oberlippe und die Tränen von den Wangen. »Ich kann dir gar nicht sagen, wie viel Angst ich vor meiner Hochzeitsnacht habe. Wie soll ich ihm diese Narben erklären? Ich bin eine Prinzessin. Ich kann nicht …« Ich schüttelte den Kopf. »Ich hoffe, es macht dir nicht allzu viel aus, aber wenn ich es lebend hier rausschaffe, werde ich erzählen, du hättest mich gefoltert.«

Nun war der Schmerz in seinen Augen nicht mehr zu leugnen, und er klang fast traurig, als er das Wort ergriff. »Keiner wird daran zweifeln. So viel steht fest.«

»Das stimmt wohl.«

Für einen Moment war da nur das Rauschen des Regens und das Prasseln des Feuers. Dann rückte Lennox ein Stück näher an mich heran.

»Hör mal. Nachdem ich dich umgebracht habe, werde ich jede Menge Freizeit haben. Wenn du mir also eine Liste mit Namen gibst, kann ich sicherstellen, dass dieser Doktor auch stirbt. Und Nickolas, wenn du willst. Ehrlich gesagt kann ich ihn nicht ausstehen.«

Ich schnaubte. »Du kennst ihn doch gar nicht.«

»Das muss ich auch nicht.«

Und mit einem Mal brach ich trotz meiner Trauer in Gelächter aus. Es klang nicht hell oder schön. Es war nicht das bedachte damenhafte Kichern einer Prinzessin. Es war ein roher Moment der Hoffnung inmitten der Ausweglosigkeit.

»Erstens wurde der Doktor mittlerweile seines Postens enthoben, daher habe ich keine Ahnung, wo er sich jetzt aufhält. Zweitens ist Nickolas zwar … nervtötend, aber er hat es nicht verdient zu sterben. Und drittens will ich nicht, dass du überhaupt jemanden umbringst, Lennox. Ich will ihnen vergeben, denn das ist es, was meine Mutter getan hätte.«

»Ich weiß«, erwiderte er so leise, dass ich mir nicht sicher war, ob ich richtig gehört hatte.

Ich war nicht bereit, ihn danach zu fragen.

»Aber es gibt Schlimmeres, was man einem Menschen antun kann, als ihn zu töten, Annika. Aber das weißt du sicherlich.«

Ich zuckte mit den Schultern. »Aber es ist so endgültig. Jede Hoffnung, jedes Ziel, jeder Plan … alles weg. Du und ich … Wir wurden unserer Würde beraubt.« Ich musste innehalten, denn der Schmerz war so groß, dass ich nicht mehr richtig atmen konnte. »Zumindest für eine Weile. Aber wäre es nicht schlimmer, uns die Hoffnung auf ein besseres Leben zu nehmen?«

Er griff nach einem Ast und stocherte damit im Feuer. »Haben wir die Hoffnung denn nicht schon längst aufgegeben? Denk mal darüber nach. Wenn du diesen Krieg gewinnst, behältst du dein Königreich und heiratest einen Mann, den du verachtest, während ich weiter mein Schattendasein führe. Wenn ich gewinne, wird es dein Land nicht mehr geben. Dann gibt es keinen Ort mehr für dich. Und ich muss mich entweder Kawan beugen oder einen weiteren Mord begehen. Welche Hoffnung bleibt da letzten Endes?«

»So ein Festmahl mit dir muss die reinste Freude sein«, bemerkte ich trocken.

Er lachte. »Davon gibt es bei uns nicht viele.«

»Wozu dann das Ganze?«, rief ich. »Warum kämpfst du so sehr darum, etwas zurückzubekommen, von dem du glaubst, es würde euch gehören, wenn du gar nicht weißt, wie du deinen Sieg feiern würdest?«

»Erstens gehört es definitiv uns. Und zweitens habe ich

meine eigene Art, mit Dingen umzugehen, sowohl mit den guten als auch mit den schlechten.«

Ich verschränkte die Arme. »Na schön. Dann erzähl mal. Wie feierst du einen Triumph?«

Er ließ seine Schultern kreisen. »Wenn wir beide überleben, zeige ich es dir eines Tages.«

»Nein. Einer von uns muss sterben. Das ist der einzige Grund, warum du die Wahrheit zu hören bekommst, schon vergessen? Also, Tod oder nichts.«

Er lächelte. »Na schön. Tod oder nichts.«

Ich seufzte genervt. Lennox war zu menschlich, als dass ich ihn hassen konnte. Um ehrlich zu sein, war dieses Gespräch, das eigentlich so unangenehm, so schmerzhaft sein sollte, so beruhigend, dass ich hoffte, der Regen würde noch einige Stunden andauern.

»Wie es scheint, kann ich dich jetzt noch nicht töten. Hast du noch mehr Geheimnisse, die du mir verraten willst?«

»Ich hätte eine Frage.«

Er schnaubte, immer noch lächelnd. »Jetzt kommt's.«

»Erzähl mir von deinem Mädchen.«

Sein Lächeln erstarb. »Ich habe dir doch gesagt, dass sie nicht mein Mädchen ist.«

»Trotzdem. Wie ist sie? Abgesehen davon, dass sie sehr gut darin ist, einem das Gefühl zu geben, das eigene Gesicht würde explodieren.«

Mein Scherz entging ihm vollkommen, während er mit hängenden Schultern dasaß und den Blick durch die Höhle schweifen ließ, als könnte die Antwort zwischen den nicht zu entziffernden Zeilen an den Wänden stehen. »Blythe ist klug. Und entschlossen. Und ich weiß es zu schätzen, dass ich ihr etwas bedeute. Vielleicht ist sie sogar der einzige Mensch auf der Welt, dem ich etwas bedeute. An ihr ist also rein gar nichts falsch. Sie ist nur … sie ist …«

»Ein Feuerstein ohne Anzündholz?«

Er sah mich mit großen Augen an. »Ja. Ja.« Dann ließ er sich wieder gegen die Wand sinken, als wäre ihm eine große Last von den Schultern gefallen. »Auf diese Formulierung wäre ich niemals gekommen.«

»Freut mich, dass ich behilflich sein konnte. Aber wirst du zu ihr zurückkehren, wenn sie noch am Leben ist?«

Er seufzte. »Ich glaube schon.«

Ich kicherte. Irgendwie mochte ich sie. Ich fragte mich, in was für einer Welt wir Freundinnen hätten sein können. Doch so eine Welt existierte nicht.

»Und was ist mit dir? Erzähl mir von Nickolas.«

Wie ein Kind streckte ich ihm die Zunge heraus, und er lachte.

»Inzwischen glaube ich ihm, dass ich ihm wichtig bin. Auf gewisse Art zumindest«, antwortete ich widerwillig. »Aber ich spüre nichts, wenn ich ihn ansehe.« Hatte nichts gespürt. Nichts gehört. »Er scheint nicht zu merken, wie unbedacht er ist. Und er ist immer so furchtbar ernst.«

»Nun, ich bin auch ernst«, konterte er.

»Das ist nicht dasselbe. Nickolas ist … Nun, wenn Blythe ein Feuerstein ohne Anzündholz ist, dann ist Nickolas das Wasser, das jeden Funken, der eventuell entstehen könnte, sofort wieder löscht.«

»Und wie schafft er es dann, mit dir mitzuhalten?«, fragte er. »Schließlich bist du nichts als Feuer.«

Nichts als Feuer. Hm.

»Tut er nicht. Entweder ist er vor mir und versucht, eine Mauer zu errichten, um mich einzusperren, oder er hinkt mir meilenweit hinterher. Wir waren uns noch nie richtig einig … und es macht mich traurig.«

So. Jetzt hatte ich es gesagt.

»Nun, ich befürchte, damit ist es besiegelt«, verkündete Lennox in feierlichem Ton. »Ich setze ihn auf meiner Todesliste ganz nach oben.«

Ich funkelte ihn böse an. »Nein. Keine Todesliste.«

»Aber sie ist alles, was ich habe«, entgegnete er und nahm mich nun ganz offensichtlich auf den Arm.

»Blödsinn. Du brauchst irgendetwas Beruhigenderes in deinem Leben. Mein Bruder stickt zum Beispiel. Vielleicht wäre das ja etwas für dich.«

Er fing an zu lachen. Zwar vorsichtig, aber nichtsdestotrotz. »Sticken? Du machst wohl Witze!«

»Kein bisschen!«

»Sticken«, wiederholte er leise lachend.

Dann wurde er still, und wir saßen nebeneinander und sahen ins Feuer. Mir entging nicht, wie nahe er war. Und auch nicht, dass ich mich nicht dazu durchringen konnte, mich vor ihm zu fürchten.

Lennox

»Glaubst du, es ist schon morgen?« Ich schüttelte den Kopf. »Du weißt, was ich meine.«

Annika lächelte. »Ja, ich glaube schon. Zumindest ist es bereits nach Mitternacht, glaubst du nicht auch?«

Ich seufzte, denn mir war schwer ums Herz. »Dann ist jetzt Matraleit.«

»Matraleit?«

»Ein Feiertag. Für mein Volk.«

»Oh.« Annika wandte den Blick ab, wirkte beinahe schuldbewusst. »Und was feiert ihr da?«

»Die erste Hochzeit«, erwiderte ich traurig lächelnd. »Die Legende besagt, dass unser Volk vom ersten Mann und von der ersten Frau abstammt, die auf der Erde wandelten. Sie lebten in verschiedenen Erdteilen und wanderten einsam umher. Und als sie sich begegneten, war da keine Angst, kein Zögern. Sie verliebten sich sofort ineinander und heirateten auf einer Felsspitze, die so perfekt rund war, dass sie aussah wie eine Sonne aus Stein, die aus dem Erdreich ragte. Und von dort stammt unser Volk.«

»Und wie feiert ihr?«, fragte sie.

Seufzend dachte ich an Blythes Armband. »Alles dreht sich um Liebe und Familie. Um Verknüpfungen. Die Menschen flechten Armbänder und schenken sie denjenigen, die sie lieben. Aber sie müssen auf jeden Fall geflochten sein«, erklärte ich und wandte mich ihr zu, um die Wichtigkeit zu unterstreichen. »Wenn es aus Holz geschnitzt ist oder nur aus einem einfachen Reif besteht, bringt das Unglück. Solltest du also jemals an Matraleit ein Armband bekommen und es ist nicht geflochten, dann lass es sofort fallen!«

Sie lachte. »Verstanden. Was noch?« Sie zog die Knie an die Brust, stützte die Arme darauf und sah mich neugierig an.

Ich musste unweigerlich lächeln, als ich fortfuhr. »Wir essen bestimmte Sachen. Und es gibt einen bestimmten Tanz«, begann ich. »Einen für Paare.«

»Wirklich?«

Ich nickte immer noch lächelnd. »Man erzählt sich, unser Volk sei früher zu dem Felsen zurückgekehrt, an dem sich das erste Paar begegnet war, und die Paare tanzten um ihn herum, erinnerten sich an den Ursprung und blickten in die Zukunft.«

»Das klingt schön«, erwiderte sie wehmütig. Ich beobachtete, wie sie den Blick durch die Höhle schweifen ließ. »Da ich dich höchstwahrscheinlich umbringen werde …«, setzte sie fröhlich an.

Sie klang so heiter, dass ich lachen musste. »Nur zu, nur zu. Du wirst mich umbringen und dann …?«

»Vielleicht solltest du es ein letztes Mal feiern. Wenn ich dir verspreche, ihn niemals jemandem zu zeigen, bringst du mir diesen Tanz dann bei?«

Das hatte ich mir als Zeitvertreib zwar nicht vorgestellt, aber schließlich hatten wir nichts Besseres zu tun.

»Natürlich.« Ich rappelte mich vom Boden auf, legte meinen Umhang ab und wischte mir den Schmutz von der Hose. Annika erhob sich auf der anderen Seite des Feuers ebenfalls. »Wir stellen uns voreinander und verbeugen uns.«

»Wenn das nur ein Trick ist, um mich dazu zu bringen, mich vor dir zu verbeugen, dann bringe ich dich auf der Stelle um«, warnte sie mich.

»Nein, nein«, versicherte ich ihr mit einem Lächeln. »So macht man das wirklich. Dann legt man die rechte Hand ans Ohr des Partners.« Ich legte die Hand an ihren Kopf und umgekehrt. Wir waren uns so nahe. Es wäre so einfach gewesen, sie zu töten. Sie endlich loszuwerden. Aber ich war noch nicht bereit dafür. »Sehr gut. Und jetzt machst du drei Schritte nach links und bildest dabei einen Kreis. In Ordnung. Nun wechseln wir die Hand und die Richtung.«

»Mache ich es richtig?«, fragte sie und sah mir dabei in die Augen. In ihrem Blick lag etwas so Vertrauensvolles.

»Ja. Und jetzt machen wir einen Schritt rückwärts, sodass unsere Handgelenke aufeinanderliegen. Gut. Und jetzt drehen wir weiter Kreise.«

»Ich glaube, mir wird schwindelig.«

»Das ist der Sinn der Sache. Es geht darum, eine Verbindung einzugehen, eine Verknüpfung, erinnerst du dich? Und jetzt die andere Hand auf die andere Seite, sodass unsere Arme überkreuzt sind. Genau so. Und jetzt drehe ich dich, um die Überkreuzung zu lösen.«

Ich zeigte ihr die Abfolge ein paarmal, und es überraschte mich, dass sie keinerlei Probleme damit zu haben schien, mich zu berühren. Sie scheute sich nicht vor meiner Nähe, sagte nichts zu meinen rauen Händen. Sie hielt sich einfach an mir fest, während ich sie im Kreis drehte.

»Gut«, lobte ich. »Damm da da da damm, dann drehen, damm da da da damm, und Schritt.«

Sie begriff schnell und lächelte, während sie die Bewegungsabläufe ausführte, selbst als ich sie immer schneller zu drehen begann. Kein Wunder, dass sie so behände mit einem Schwert umzugehen wusste.

Wir tanzten noch eine Weile weiter, bis sie einen falschen Schritt machte und mir auf den Fuß trat.

»Aua!«, stieß ich aus und krümmte mich.

»Entschuldigung!«, erwiderte sie lachend.

Es war alles so unschuldig, so absurd in Anbetracht unserer Situation, dass ich ebenfalls lachen musste. So hatte ich seit Jahren nicht mehr gelacht, aus dem Bauch heraus und mit zugekniffenen Augen. Ich lachte, weil niemand davon erfahren würde. Ich lachte, weil ich mich hier, in dieser Höhle, frei fühlte.

Als ich mich aufrichtete und mir die Tränen aus den Augen wischte, sah ich, dass Annika dastand und dreinblickte, als wären die Sterne vom Himmel gefallen.

»Was ist los?«

»Nichts … Ich dachte nur, ich hätte irgendetwas gehört. Ist auch egal.«

Ich nickte. Sie blickte erwartungsvoll drein. Hoffnungsvoll.

»Nun, vom Schluss einmal abgesehen, hast du das sehr gut gemacht«, lobte ich sie.

Sie errötete. »Du bist ein guter Lehrer.« Dann wandte sie sich um und ging zurück ans Feuer.

In der Stille gingen mir so viele Gedanken durch den Kopf. Jemand wusste davon.

Jemand kannte nun meinen größten Schmerz, meine tiefsten Wunden, meine Reue. Und obwohl vieles davon mit einem Moment verknüpft war, der Annikas Welt zum Einsturz gebracht hatte, schien sie mich nicht dafür zu verurteilen. Zumindest nicht mehr als ohnehin schon.

Ich sah zu ihr herunter. Unbeschwert strich sie mit dem Zeigefinger über den schmutzigen Höhlenboden, als ob sie einen Weg gefunden hätte, aus nichts Kunst zu erschaffen. Es schien sie nicht nervös zu machen, dass ich ihr so nahe war. Und auch das machte mir Angst: jemandem in aller Stille so nahe zu sein, ohne sich dabei unbehaglich zu fühlen.

In angenehmem Schweigen saßen wir da, stocherten immer mal wieder im Feuer. Ich fragte mich, was ihr wohl durch den Kopf gehen mochte. Irgendwann seufzte sie und griff in die Tasche an ihrem Gürtel.

»Ich gebe auf«, sagte sie und zog etwas heraus, das aussah wie ein rundes, hartes Stück Brot. Vorsichtig brach sie es entzwei und hielt mir eine Hälfte entgegen. »Ich habe schon ein Stück davon in Kadier gegessen, lass dir also gesagt sein: Es schmeckt fürchterlich. Guten Appetit.«

Leise lachend drehte ich das harte Brot einmal in meiner Hand und biss hinein. »Uff! Ist das trocken«, murmelte ich mit vollem Mund.

Sie lachte. »Ich weiß. Ich schätze, es soll eine ganze

Weile haltbar sein, aber Dreck schmeckt wahrscheinlich besser.« Sie schüttelte den Kopf. »Ich habe mir solche Mühe gegeben, auf alles vorbereitet zu sein, doch dass mein Vater einen Angriff plant, wurde mir erst bewusst, als wir schon auf See waren.«

»Er hat es dir nicht gesagt?«

Annika deutete auf ihr schmutziges weißes Kleid. »Nein.«

Wie wenig Vertrauen schenkte dieser Mann seiner Tochter?

Ich räusperte mich. »Nun, wenn man so aufgewachsen ist wie ich, ist man immer auf alles vorbereitet, daher haben mich eure Schiffe kein bisschen überrascht«, log ich.

Annika hielt meinem Blick stand. Ihre Augen schienen mir etwas mitteilen zu wollen. Ich versuchte, jede einzelne Silbe ihres Schweigens zu entschlüsseln. Doch irgendetwas daran ging weit über meinen Verstand hinaus, sodass ich es nicht greifen konnte.

»Was ist?«, fragte ich schließlich.

Sie schüttelte den Kopf.

Ich räusperte mich erneut.

»Wer hat dir die Sternbilder beigebracht?«, fragte sie in einem verzweifelten Versuch, das Thema zu wechseln. Dann steckte sie sich auch noch den Rest des harten Brots in den Mund und wischte die Hände aneinander ab.

»Mein Vater. Das und ein bisschen Religion und Philosophie. Mutter konzentrierte sich auf meine Handschrift und Musik.« Ich zuckte mit den Achseln. »Davon kann ich jetzt nichts mehr gebrauchen.«

»Wann hast du damit aufgehört?«

Kurz dachte ich nach. »Du versprichst mir, dass einer von uns sterben wird, ja?«

»Ja!«, erwiderte sie und blickte so frech drein, wie ich es bei einer Prinzessin nicht für möglich gehalten hätte.

Ich lachte leise. »Na schön.«

Dann wandte ich mich ihr zu, und sie tat es mir gleich. Unsere Knie waren nur noch Millimeter voneinander entfernt. »Alles hat aufgehört, als Kawan uns gefunden hat.«

Auf ihrer Stirn bildete sich eine feine Linie. »Euch gefunden?«

Ich nahm meinen letzten Bissen, starrte ins Feuer und sah dann wieder sie an. »Dein Volk hat noch nie von uns gehört, richtig?«

Sie schüttelte den Kopf. »Mir wurde immer erzählt, es habe sechs Clans gegeben. Dass sie unter unserem vereint worden waren, und dass wir diejenigen waren, die den Krieg gegen Kialand angeführt haben. Nach unserem Sieg gaben wir unserem Land einen neuen Namen, um uns alle zu vereinen. Seither leben wir in Wohlstand und Frieden.«

»Wir wurden tatsächlich ausgelöscht«, bemerkte ich seufzend. »Das Volk Dahrains war über Generationen hinweg zerstreut. Kawan war Gerüchten und Namen gefolgt, hatte versucht, so viele Nachfahren unseres Volks wie nur möglich zu vereinen. Ich wusste nichts davon, aber der Nachname meines Vaters gehörte zu den wenigen, die aus unserer Geschichte noch bekannt waren. Kawan war ganz aus dem Häuschen, als er uns gefunden hatte. Er war auch derjenige, der Vosino Castle entdeckt hat. Es stand seit Ewigkeiten verlassen da. Ich erinnere mich noch an den Geruch, als wir eingezogen sind. Dann haben wir angefangen zu trainieren, uns auf die Rückeroberung unseres Königreichs vorzubereiten. Ich würde dort begraben werden, wo auch unsere Vorfahren lagen.« Ich schluckte und senkte den Blick. »Aber bisher habe ich es nicht mal zu Gesicht bekommen.«

Kurz schwieg ich, denn der Schmerz lastete schwer auf mir. Dann räusperte ich mich und fuhr mit meiner Geschichte fort. »Nach ungefähr einem Jahr tröpfelten vereinzelt neue Leute herein, die auf der Suche nach einem neuen Zuhause waren. Einige Jahre der schlechten Ernte trieben noch mehr dazu, sich auf das herrenlose Gebiet zu begeben. Die Hungrigen, Ungebildeten … Menschen, die niemand vermisste. Wir nahmen sie auf. Wir gaben ihnen zu essen, Kleidung, wir unterrichteten sie. Der Großteil unserer Armee besteht aus Menschen, die aus ihrem Land vertrieben wurden.«

Sie dachte nach. »Mir gefällt die Vorstellung, Menschen aufzunehmen, die kein Zuhause haben. Wäre es nicht euer Ziel, mir mein Zuhause zu nehmen, würde ich euch dafür bewundern.«

Darauf konnte ich nichts erwidern, also wechselte ich das Thema. »Und was ist mit dir? Wer hat dir von den Sternen erzählt?«

»Oh. Das habe ich mir selbst beigebracht«, erwiderte sie lächelnd. »Ich habe viel Zeit in unserer Bibliothek verbracht und mir das Wissen über Dinge angeeignet, die mich brennend interessiert haben. So habe ich auch die Namen der Sterne gelernt. Und wie man einen Feuerstein benutzt. Und deshalb habe ich auch mit dem Schwertkampf angefangen, aber Escalus hat es herausgefunden und mich ab da unterrichtet.« Kurz wandte sie beschämt den Blick ab. »Dann habe ich ihn einmal aus Versehen verletzt. Mein Vater hat davon erfahren und dem Ganzen ein Ende gesetzt.«

Ich lächelte. »Aber du hast nicht damit aufgehört.«

Lächelnd schüttelte sie den Kopf. »Escalus trainiert mich ein paarmal pro Woche. Ich halte mein Schwert unter meinem Bett versteckt, auf Pfosten, die ich selbst am Bettrahmen angebracht habe.«

Jedes einzelne ihrer Worte war so, wie wenn man sich morgens nach dem Aufwachen die Augen rieb und die Welt langsam scharf wurde. »Du bist die merkwürdigste Prinzessin, die mir je begegnet ist.«

Sie lachte. »Kennst du denn mehr als eine Prinzessin?«

»Nein«, gab ich zu. »Aber ich habe noch nie von einer gehört, die alle Befehle ignoriert, sich selbst Wissen aneignet und zum Zeitvertreib Schlösser knackt.«

»Ah. Diese Fertigkeit habe ich Rhett zu verdanken.«

Aus mir unerfindlichen Gründen verschwand mein Lächeln. »Wer ist Rhett?«

»Der Bibliothekar. Aber ich kannte ihn schon, als er noch Stallbursche war. Meine Mutter wollte, dass ich Freunde aus allen Schichten hatte, was wahrscheinlich auch der Grund ist, warum Noemi für mich mehr eine Schwester als eine Magd ist. Jedenfalls hat mir Rhett eine Menge beigebracht. Ich bin ihm einiges schuldig.«

Sie machte ein Gesicht, als wäre ihr gerade etwas bewusst geworden.

»Steht ihr euch nahe?«

Sie nickte. »Auf gewisse Art. Es ist nur so … Menschen wollen vielleicht nicht in deiner Nähe sein, weil sie gewisse Vorstellungen von dir haben. Und bei mir ist es genau umgekehrt. Alle wollen in meiner Nähe sein, weil sie gewisse Vorstellungen von mir haben. Rhett kümmert das alles nicht wirklich.«

Das ergab Sinn. Wenn alle aufgrund einer Krone bei ihr sein wollten, dann fühlte sie sich sicherlich zu jemandem hingezogen, dem die Krone egal war.

»Meinst du, man kann das Wasser trinken?«, fragte sie und deutete hinaus auf den Regen.

»Wasser, das sich bewegt, sollte eigentlich in Ordnung sein.«

»Gut.« Sie sprang auf und ging zum Höhleneingang. Dann blickte sie über die Schulter und stellte eine Frage, die vielmehr wie ein Befehl klang. »Kommst du?«

Sie war tatsächlich von königlichem Blut, nicht wahr? »Jawohl, Eure Hoheit.«

Mit ausgestreckten Händen versuchte sie, das Wasser aufzufangen, doch der Regen war so stark, dass er sie herunterdrückte. Ich probierte es ebenfalls, doch selbst für mich war der Regen zu stark.

»Warte«, sagte ich und legte meine Hände unter ihre. Es genügte, um sie ruhig zu halten und das Wasser darin aufzufangen. Kurz hielt Annika inne und starrte auf unsere Hände. Ihre wurden von den meinen regelrecht verschluckt. Schließlich führte sie den Mund zum Wasser und schlürfte es auf undamenhafte Weise. Nachdem sie fertig getrunken hatte, streckte sie wieder die Hände in den Regen, um sich das Gesicht zu säubern.

»Wie sehe ich aus?«, wollte sie wissen.

Hoffnungsvoll. Schmutzig. Sogar noch schöner als deine Mutter.

»Ungefähr wie vorher.«

Grinsend zuckte sie mit den Schultern. Als sie fertig

war, legte sie wortlos ihre Hände unter meine, damit ich ebenfalls trinken konnte. Sie war zwar nicht so stark, aber gemeinsam schafften unsere Hände mehr, als wir es einzeln vermocht hätten. Es war merkwürdig, so unbefangen berührt zu werden, doch es machte mir zum ersten Mal nichts aus. Im Gegenteil. Es war sogar schön.

Annika zog unsere Hände zurück, und nachdem ich getrunken hatte, fühlte ich mich augenblicklich besser. Dann folgte ich ihrem Beispiel und fuhr mit der nassen Hand durch mein Gesicht.

Sie schenkte mir keine Beachtung mehr, ging zurück zum Feuer, um sich die Hände zu wärmen. Sie machte ein paar Schritte, bevor sie drei nach links tat und die Hand hob, als würde sie sie an die Wange ihres Partners legen. Ich beobachtete, wie sie den Tanz vollführte, den ich ihr beigebracht hatte. Sie bewegte sich, als wäre diese finstere Höhle ein Ballsaal, und auf ihren Lippen lag der Anflug eines Lächelns.

Und ich dachte mir, dass es auf der ganzen Welt vielleicht nichts Gefährlicheres gab als dieses Mädchen.

Annika

Ich sagte mir, dass das Geräusch, das ich gehört hatte, nur der Regen gewesen sein könnte. Etwas, das gegen den Berg geprallt war. Oder ein umfallender Baum. Irgendetwas. Es hätte Sinn ergeben, wenn man unsere Situation bedachte. Doch jedes Mal, wenn Lennox lächelte, mich berührte oder mich auch nur auf gewisse Weise ansah, hörte ich es wieder.

Den Klang von tausend Herzschlägen.

Und in ihrem Echo hörte ich auch andere Dinge so viel klarer. Ich hörte die Liebe zu meinem Bruder, so rein und voller Hoffnung, und sogar die Liebe zu meinem Vater, zerbrochen und leise, aber immer noch da. Ich hörte meine Liebe zu Noemi, süß und tief. Und meine Liebe zu Rhett. Sie klang sanft, in keiner Weise allumfassend. Doch in ihr lag auch ein Hauch von Verbindlichkeit, was mich verwunderte.

Doch was viel lauter war als alles andere, war die schmerzhafte Sicherheit, dass ich endlich das empfand, wovon ich in Hunderten von Büchern gelesen hatte: das übermächtige und erdrückende Gewicht der wahren Liebe. Und sie galt einem Menschen, der niemals mir gehören würde.

Ich schluckte. »Ich muss dir etwas sagen.« Wieder zupfte ich an dem Loch in meinem Kleid. »Aber ich weiß nicht, ob du es hören willst.«

Er trat weg vom Höhleneingang und beugte sich mir zu. »Ich glaube, mittlerweile können wir beide keine Geheimnisse mehr für uns behalten. Außerdem habe ich immer noch vor, dich zu töten, also sag es, solange du noch kannst.«

Er lächelte zögerlich, und ich tat es ihm gleich. Diese Augen. Das war nicht das Gesicht eines Mörders.

»Nachdem wir im Kerker miteinander gesprochen hatten, war ich neugierig. Also bin ich in unsere Bibliothek gegangen und habe mir die Prozessakte deines Vaters besorgt.«

»Wie bitte?« Er packte mich an den Schultern und drehte mich zu sich. »Es gibt Aufzeichnungen?«

Ich nickte. »Viel stand aber nicht darin. Ich sage nichts mehr, wenn du es nicht hören willst.«

»Nein! Bitte, erzähl es mir. Was stand darin? Was ist passiert?«

Ich zitterte am ganzen Leib, hatte Angst vor den Konsequenzen. »Wie es scheint, war er während des Prozesses vollkommen ruhig. Er hat weder sein Alter genannt noch irgendetwas über seine Familie preisgegeben. Ich glaube, er hat euch verheimlicht, um euch zu beschützen.«

Lennox blickte zu Boden.

»Soll ich lieber aufhören?«

Er schluckte schwer. »Nein. Ich will es hören.«

»Er sagte, ihr hättet keine Nachnamen, also nannten sie ihn Jago den Einsamen.«

Lennox spielte am Saum meines Kleids. »Das stimmt. Wir haben der Einheit zuliebe aufgehört, sie zu benutzen. Wenn jemand mit Nachnamen zu uns kommt, ändern wir ihn. Auf Vosino gibt es nur einen einzigen.«

»Oh.« Ich wusste nicht, was ich darauf erwidern sollte. »Er … er gestand, dass er versucht hatte, meinen Vater zu töten. Die Geschworenen wollten, dass er gehängt, ausgeweidet und gevierteilt wird.«

Lennox krallte sich fester in mein Kleid. Ich spürte Wut in ihm aufsteigen. Er würde mir wehtun.

»In den Notizen steht, mein Vater habe darauf bestanden, dass er eine schnelle Enthauptung bekommt.«

Bei dem Gedanken erschauderte er.

»Es tut mir leid. Das ist … das ist alles, was ich weiß.«

Lennox nickte schwer atmend. »Kawan schickt uns gern auf Missionen, damit wir unsere Loyalität beweisen. Zum Palast zu reiten, war die meines Vaters. Ich weiß nicht, warum er so weit gegangen ist. Das sah ihm überhaupt nicht ähnlich. Ich habe so viele Fragen, die ich Kawan nicht stellen kann, und meinen Vater kann ich auch nicht mehr fragen. Ich nehme an … ich werde es niemals erfahren.« Er schluckte erneut und sah mich an. »Dein Vater hat tatsächlich das Urteil geändert?«

»Mein Vater hat zwar Einspruch erhoben, aber wie es scheint, kam der Vorschlag von meiner Mutter.«

Seine Unterlippe zitterte. »Er hätte fast ihren Ehemann ermordet und dennoch …«

Ich hatte gehofft, Lennox damit Frieden schenken zu können, denn es war das Einzige, was ich ihm geben konnte. Bald würde der Regen aufhören, und dann würde alles wieder im Chaos versinken. Doch wenigstens das wollte ich ihm geben, bevor alles vorbei war.

»Ich habe dich angelogen«, flüsterte er.

»Womit?«

»Ich würde es nicht noch einmal tun. Wenn ich noch eine Chance hätte, würde ich sie befreien.« Er blickte zu mir hoch. »Deine Mutter … sie hat mich angesehen und gesagt: ›Du bist nur ein Kind. Du solltest nicht für den Rest deines Lebens mit dieser Schuld leben müssen. Bitte jemand anderen darum, es zu tun.‹ Ich … ich hatte erwartet, dass sie um ihr Leben flehen würde, doch stattdessen flehte sie um meines. Sie wusste, was kommen würde, und ich sah ihr an, dass es ihr das Herz brach. Trotz allem war ich am Ende derjenige, den sie retten wollte.«

Sein Atem ging nun schneller, schmerzhaft und keuchend. »Ich kannte nicht einmal ihren Namen, und sie weigerte sich, uns irgendwelche Details zu verraten, die es einfacher gemacht hätten, euch zu verletzen. Sie weinte und klagte, doch sie gab nicht nach. Annika, du bist ihr so ähnlich.«

Diese Worte hatte ich schon tausendmal gehört, doch noch nie hatte ich sie mehr geglaubt als in diesem Moment.

»Ich …« Er musste innehalten und wischte sich die

Tränen aus dem geröteten Gesicht. »Ich habe sie gezwungen, auf die Knie zu gehen. Sie hat es getan, ohne zu widersprechen. Sie sagte: ›Oh, Escalus. Oh, Annika.‹ Das waren ihre letzten Worte. Ich dachte, sie würde in einer mir fremden Sprache beten.«

Nun weinte ich ebenfalls. Das war alles, was es noch zu wissen, zu erzählen gegeben hatte. Ab jetzt würde ich mich nur noch an der Tatsache festhalten, dass sie mich bis zu ihrem letzten Atemzug geliebt hatte.

»Ich will, dass du weißt, dass alles ganz schnell ging«, fuhr er drängend fort. »Sie hat nichts gespürt, und ich bin vorsichtig mit ihr umgegangen. Und ich will auch, dass du weißt …« Er schluchzte nun, war vollkommen aufgelöst. »Du sollst wissen, dass es mir leidtut. Es tut mir so schrecklich leid. Ich werde für immer und ewig mit dieser Schuld leben müssen, genau wie sie es prophezeit hat. Und ich habe es verdient. Und dennoch sollst du wissen, dass ich es jeden einzelnen Tag bereue. Ich würde es nicht noch einmal tun, Annika. Selbst wenn es bedeuten würde, dass ich für den Rest meines Lebens in einer ganz anderen Art von Hölle leben müsste. Das musst du mir glauben. Es tut mir so leid.« Er vergrub den Kopf in den Händen, und ich erkannte nun, dass es ihn zerstört hatte. Er hatte vorhin schon einmal scherzhaft erwähnt, dass er verflucht sei. Doch das war er tatsächlich.

Nun war es ganz einfach, die besten Seiten meiner Mutter in mir selbst zu erkennen und Lennox das zu geben, was er am allermeisten brauchte.

Ich legte eine Hand an seine Wange und rechnete fest damit, dass er zurückweichen würde. Doch das tat er nicht. Er ließ meine Hand auf seinem Gesicht liegen, während er sich beschämt die Tränen wegwischte, obwohl es keinen Grund zur Scham gab. Er war gezwungen gewesen, all dies für sich zu behalten. Allein. Jahrelang.

»Lennox. Lennox, sieh mich an. Bitte.«

Er nahm sich einen Moment, um zu Atem zu kommen. Schließlich blickte er auf, und seine sonst so strahlend blauen Augen waren gerötet. Bestimmt sahen meine genauso aus.

»Ich vergebe dir. Voll und ganz. Ich vergebe dir aus tiefstem Herzen.«

Er saß da und sah mir lange Zeit in die Augen. Oh, ich hatte mich wirklich in Schwierigkeiten gebracht, nicht wahr?

»Und ich habe noch mal gelogen«, flüsterte er, sein Blick klar und aufrichtig. »Ich werde dich nicht töten. Ich wollte es von Anfang an nicht, ganz egal, was dein Volk dem meinen auch angetan hat. Ganz egal, was mit meinem Vater geschehen ist. Ich habe es satt zu morden, Annika.«

Ich schüttelte den Kopf. »Oh je. Jetzt hast du es getan. Jetzt hast du keine Geheimnisse mehr übrig.«

Er lächelte. »Ein fairer Preis, schätze ich. Aber keine Sorge. Ich verrate trotzdem niemandem, was du mir erzählt hast.«

»Danke«, erwiderte ich und senkte die Hand.

Er richtete sich ein wenig auf und strich sich das Haar aus der Stirn. »Was ist mit dir? Hast du noch vor, mich zu töten?«

Ich sah diesen Jungen – der es irgendwie und ohne meine Einwilligung geschafft hatte, mein Herz zu erobern – an und seufzte. »Nun, es wäre schrecklich viel Arbeit.«

Lächelnd wandte er sich dem Feuer zu, und sein Arm berührte meinen. »Das stimmt. Nichts als Arbeit.«

»Prinzessinnen arbeiten nicht. Jedenfalls nicht so.«

Ich lauschte, wie sich sein Atem beruhigte, spürte sogar, wie er neben mir die Schultern entspannte. Es musste bittersüß sein, all diese Geheimnisse preiszugeben.

Ich starrte geradeaus, spürte jedoch seinen Blick auf mir. Ich fragte mich, was er wohl dachte, wenn er mich so ansah.

Aber es spielte keine Rolle. Genau wie Lennox hatte auch ich Fragen, die ich niemals würde stellen können.

Lennox

Zum ersten Mal seit Jahren konnte ich endlich wieder frei atmen. Die Last war von meinen Schultern gewichen. Selbst die Farben in der Höhle hatten sich verändert. Ich war ein neuer Mann.

Annikas Finger spielte mit einer ihrer Locken, ähnlich, wie ich es mit der Strähne getan hatte, die ich in meiner Kammer versteckt hielt. Ich fragte mich, ob sie etwas dagegen hätte, wenn sie wüsste, dass ich sie behalten hatte.

»Und? Was meinst du?«, fragte sie unvermittelt. »Zwei Uhr? Drei?«

Ich nickte. »Ja, das kommt hin.«

»Was meint du, wie lange das noch so weitergeht?«

»Ich weiß es nicht. Bei dem Regen und dem Sturm ist es nicht sicher, rauszugehen. Ich hoffe wirklich, die anderen haben auch einen Unterschlupf gefunden.«

»Unter normalen Umständen hätte ich gesagt, Escalus würde mit so einer Situation zurechtkommen. Er ist sehr klug. Aber mit seiner Verletzung …«

Ich schluckte schwer. »Ich bin mir sicher, dass dein Bruder noch lebt. Wenn er nur halb so stark ist wie du, kann ihm etwas so Banales wie ein Pfeil nichts anhaben.«

»Ich hoffe, du hast recht. Und ich hoffe, deine Freunde sind in Sicherheit.«

Ich nickte vor mich hin. »Das hoffe ich auch.« Nach einem kurzen Moment fügte ich hinzu: »Sollte ich auch hoffen, dass der liebe Nickolas in Sicherheit ist? Oder erspart es dir Herzschmerz, wenn er es nicht ist?«

Sie seufzte. »Er muss am Leben bleiben. Unsere Ehe stärkt unser Geschlecht, sichert die Macht und erhält die Monarchie aufrecht. Vielleicht sollte ich dir das nicht sagen«, meinte sie mit einem traurigen Lächeln, »aber es stimmt.«

»Dann wirst du ihn also heiraten, obwohl du ihn nicht liebst?«

»Ich muss.« In ihrer Stimme lag Verbitterung.

Da wurde mir bewusst, dass ich kurz davor war, etwas zu wollen, das ich nicht haben konnte. Ich wollte Annika.

Ich wollte, dass sie mir gehörte. Ich wollte, dass sie mich ansah und mich ebenfalls wollte, trotz all der fürchterlichen Dinge, die ich getan hatte. Mein Hass auf Nickolas wurde immer größer. Er wollte nicht stolz erhobenen Hauptes neben ihr stehen. Doch ich wollte es.

»Darf ich dich etwas Unhöfliches fragen?«, tastete ich mich vorsichtig heran.

»Ich weiß nicht. Jetzt, da wir diese Höhle wahrscheinlich beide lebend verlassen werden, bin ich mir nicht sicher, ob ich dir länger die Wahrheit sagen kann.« Doch während sie sprach, huschte der Anflug eines Lächelns über ihr Gesicht.

»Darf ich dich trotzdem fragen?«

Sie nickte.

»Warst du schon mal verliebt?«

Kurz sah sie mich an, bevor sie den Blick abwandte und errötete. »Das meiste, was ich über die Liebe weiß, habe ich aus meinen Büchern gelernt. Aber es könnte sein, dass ich ein einziges Mal verliebt war«, gestand sie.

Meine Hoffnung löste sich schlagartig in Luft auf. *Könnte sein* klang sehr vage.

»Ich war zehn Jahre alt«, begann sie lächelnd. »Ich war mit meiner Mutter auf Reisen. Wir waren ein wenig von der Route abgekommen und kamen an einem kleinen Haus auf dem Land vorbei. Eine Frau klopfte einen Teppich auf einer Wäscheleine aus, und ihr Mann kam aus dem Haus und wischte sich die Hände an einem Lappen ab. Und ihr Sohn … Er saß mit einem Buch auf den Stufen. Meine Mutter fragte nach dem Weg, doch ich konnte den Blick nicht von dem Jungen abwenden. Wir wollten gerade weitergehen, da sprang er auf und nahm zwei Äpfel aus einem Korb. Einen für mich und einen für meine Mutter. Als er mir den Apfel reichte, berührten sich unsere Finger, und er sagte: ›Du bist das schönste Mädchen, das ich je gesehen habe.‹« Leise kicherte sie vor sich hin, als sie sich daran erinnerte.

Doch in meinen Ohren dröhnte es, Herzschlag um Herzschlag.

»Sein Vater sagte: ›Sohn, so etwas kannst du nicht zu einer Fremden sagen.‹ Aber ich sah ihn an und erwiderte: ›Da er …‹«

»… recht hat, kann er es so oft sagen, wie er will«, beendete ich den Satz.

Überrascht starrte Annika mich an, was kein Wunder war, denn ich konnte es selbst kaum fassen.

»Lennox … Wie …?«

»Du weißt wie.«

Tränen traten in ihre Augen, und sie blickte mich ungläubig an. »Du bist der Junge mit dem Apfel? Ich erzähle die Geschichte seither immer wieder.«

»Und du bist das Mädchen auf dem Pferd. Ich mache seither aus dir ein Geheimnis.«

Sie wischte sich die Tränen aus den Augenwinkeln und schüttelte lächelnd den Kopf. »Das war also dein Vater«, sagte sie liebevoll. »Ich kann mich zwar nicht mehr richtig an sein Gesicht erinnern, aber an sein Lächeln. Das hat sich eingebrannt.«

»Das bedeutet, dass ich auch deiner Mutter begegnet bin. Ich weiß nichts mehr von ihr von diesem Tag. Ich glaube, ich war zu sehr auf dich konzentriert.«

Bestimmt wurde ich jetzt rot. Hoffentlich bemerkte Annika es nicht.

»Es waren höchstens ein paar Minuten, nicht wahr? Aber ich habe nie vergessen, welches Gefühl du an jenem Tag in mir ausgelöst hast.«

Ich schüttelte den Kopf. »Ich hätte schon damals ahnen müssen, dass du von königlichem Blut bist. Wer sonst hätte so geantwortet?«

Sie lachte. »Ich weiß, ich weiß. Ich hoffe, ich bin im Laufe der Jahre ein bisschen sympathischer geworden.«

»Das bist du«, erwiderte ich. »Aber immer noch majestätisch«, gestand ich und schluckte. »Immer noch wunderschön.«

Sie presste die Lippen zusammen, als wollte sie sich das Lächeln verkneifen, jedoch vergebens.

Ich wollte ihr sagen, dass das etwas zu bedeuten hatte. Wenn sie nur ein einziges Mal verliebt gewesen war – und zwar in mich –, dann sollte sie mich auch jetzt in Erwägung ziehen. Am liebsten hätte ich sie angefleht.

Doch dann begann die Erde zu beben.

Annika

»Was ist das?«, fragte ich und schnappte erschrocken nach Luft.

Lennox legte die Handflächen auf den Höhlenboden und fühlte kurz. »Ein Erdbeben«, erwiderte er. »Steh auf.«

Ich folgte ihm zum Eingang der Höhle und schrie auf, als der Boden unter meinen Füßen aufbrach und ich nach vorn fiel. Lennox fing mich auf, half mir auf die Beine und sah mich aus weit aufgerissenen Augen an. »Wenn das so weitergeht, könnte der Berg einstürzen. Dann sind wir hier drin gefangen. Wir müssen fliehen.«

»Aber wohin?«

Er deutete nach draußen. »Siehst du die Lichtung dort? Wir stellen uns so weit wie möglich weg von den Bäumen, auf freier Fläche sind wir am sichersten. Nimm meine Hand und lass auf keinen Fall los. Hörst du, Annika?«

Ich nickte und blickte in Richtung der Lichtung. »Wir schaffen das«, flüsterte ich.

»Lauf!«

Er übernahm die Führung, und nachdem wir die Lichtung erreicht und uns flach auf den Boden gelegt hatten, schützte er mich mit seinem Körper vor den herantosenden Windböen. Ich warf einen Blick zurück zur Höhle und konnte sie nur ausmachen, weil ich den schwachen Schein des Feuers sah.

Lennox' Augen flogen von links nach rechts, sahen sich panisch um. Die Erde bewegte sich noch immer. Ich hielt den Blick auf unseren Unterschlupf gerichtet und hoffte, wir würden dorthin zurückkehren können, denn hier draußen würden wir auf keinen Fall überleben.

»Lennox!« Ich deutete auf die Höhle und beobachtete, wie eine Felslawine herunterkam und den Großteil des Eingangs verschüttete. Ich glaubte, noch immer das Flackern des Feuers zu sehen, war mir jedoch nicht sicher, ob mir meine Hoffnung einen Streich spielte.

Die Erde wurde erneut erschüttert, als nicht weit von uns entfernt ein entwurzelter Baum krachend zu Boden ging. Holzsplitter und Erdbrocken spritzten umher. Blitzschnell rollte Lennox uns zur Seite und drückte mich fest an sich, brachte erneut seinen Körper zwischen mich und die Gefahr. Ich presste mich schutzsuchend an ihn, und mir wurde bewusst, dass ich jetzt wahrscheinlich verletzt wäre, hätte er nicht so schnell reagiert. Lennox richtete sich halb auf und blickte sich nach weiteren Gefahren um, während ich versuchte, aus der Ferne zu erkennen, ob der Eingang zur Höhle noch offen war.

Das Beben wurde stärker. Lennox verlor den Halt und stieß gegen mich. Ich hielt ihn fest, um ihn wissen zu lassen, dass ich ihn genauso beschützte wie er mich.

Mit einem letzten Zittern schien das Beben sein Ende zu finden, und die Erde hörte auf, sich unter unseren Körpern zu bewegen.

Wir hielten uns auch weiterhin eng umschlungen und blieben noch einen Moment lang so liegen. Vor lauter Angst und auch Erleichterung hatte ich den Atem angehalten. Es war vorbei – und wir hatten es irgendwie geschafft zu überleben.

Er blickte mich an. Regenwasser strömte aus seinem zerzausten Haar. Seine Brust drückte sich gegen meine, und ich spürte seinen wilden Herzschlag. Er schluckte schwer und warf einen Blick über die Schulter.

»Da ist sie«, rief ich und deutete auf die Höhle. »Ich glaube, wir können wieder hinein.«

Ohne weiter nachzudenken, ergriff ich seine Hand und führte uns zurück in Richtung der Höhle. Wir mussten über abgebrochene Äste steigen und Felsbrocken ausweichen, und der Regen hatte das Erdreich aufgeweicht. Doch wir marschierten weiter, zurück in die Sicherheit.

Der Eingang war nur noch eine spaltbreite Öffnung, und wir mussten uns seitlich hindurchquetschen. Wir suchten den Felsen nach Rissen ab, nach Anzeichen, ob unser Unterschlupf womöglich einstürzen könnte. Ich war keine Expertin, aber mir erschien die Höhle weiterhin sicher.

Ich wollte tiefer hineingehen, doch Lennox hielt mich

auf. »Zieh deine nassen Sachen hier aus, damit der Boden nicht nass wird. Wir brauchen einen trockenen Platz zum Schlafen, sonst unterkühlen wir. Das können wir zusätzlich zum Hunger nicht noch gebrauchen.«

Er zog seine Stiefel aus, und das Wasser floss aus ihnen heraus und bildete kleine Pfützen. Ich dachte, als Nächstes würden seine schwarzen Strümpfe folgen, doch stattdessen streifte er eilig sein Hemd über den Kopf und breitete es auf einem großen Stein aus, der den Eingang blockierte. Entsetzt starrte ich auf die Narben, die seinen Körper bedeckten.

»Jetzt ist nicht der richtige Zeitpunkt, um sich zu genieren«, meinte er, nachdem ich mich nicht bewegt hatte. »Außerdem ist es ja nicht so, als hätte ich dich noch nie in deinem Mieder gesehen«, versuchte er einen Scherz, doch ich konnte nicht lachen.

Schnaubend kam er zu mir herüber und begann an den Schnüren vorn an meinem Kleid zu ziehen. »Das nennt man Schock«, sagte er leise. »Das passiert, wenn man etwas Beängstigendes erlebt und das Gehirn nicht weiß, wie es damit umgehen soll. Aber alles in Ordnung. Wir ruhen uns jetzt aus, und dann geht es dir schon besser.«

Ich schüttelte nur den Kopf, denn mehr brachte ich nicht zustande.

»Das ist es nicht«, flüsterte ich. Seine Finger lösten weiter die Schnürung, ohne mich anderweitig zu berühren.

»Was ist es dann?«, fragte er. Nicht genervt, nicht besorgt, nur neugierig.

Ich deutete auf seine Brust, und er blickte an sich herab.

»Oh.« Er zog die Hände weg und wirkte mit einem Mal verunsichert. »Ich habe mich mittlerweile an sie gewöhnt. Aber vielleicht sind sie für jemand anderen … verstörend.« Er wich zurück. »Den Rest kannst du selbst öffnen.«

Ich gehorchte und löste die Schnürung meines Kleids.

»Stiefel aus«, befahl er, und ich hob ein Bein nach dem anderen, damit er sie mir ausziehen konnte. Dann legte er die Hände um meine Waden. »Dein Unterkleid ist fast trocken und deine Strümpfe auch. Die können also an bleiben.«

Ich schlüpfte aus meinem Kleid und legte es auf einen der größeren Steine, wie er es auch getan hatte.

»Wir müssen das Feuer größer machen, damit es die Nacht durch brennt. Und wir müssen zusammenrücken. Du kannst meinen Umhang haben. Komm«, sagte er und legte die Hand um meinen Oberarm. »Du stehst gerade vollkommen unter Schock. Setz dich.«

Er platzierte mich vor dem Feuer, klaubte den Umhang, den er zum Tanzen abgelegt hatte, vom Boden auf und hüllte mich in den wärmenden Stoff, während ich wie erstarrt dasaß.

Wenn man tatsächlich unter Schock stand, wenn zu viel auf einmal Kopf und Herz traf, dann musste es bei mir wohl so sein. Ich liebte Lennox. Das wusste ich jetzt. Wie benebelt saß ich da, während er durch die Höhle eilte und Äste und abgesplitterte Holzstücke für das Feuer aufsammelte. Nachdem er genug beisammenhatte, legte er noch kleine Zweige und Blätter darauf und setzte sich dann wieder neben mich, aber nicht so nahe wie vorhin.

»Ich kann mein Hemd auch wieder anziehen, wenn du willst. Ich will nicht, dass du dich unwohl fühlst.«

»Das ist es nicht«, presste ich hervor, nahm all meinen

Mut zusammen und sah ihn an. »Es ist nur …« Ich hob eine Hand und deutete auf die lange diagonale Narbe auf seiner Brust. »Die größte ist von mir.«

Er blickte auf sie herunter. »Was glaubst du, wie es mir geht?«, fragte er und zog meine Aufmerksamkeit wieder auf sich. Sanft strich er über die Narbe an meinem linken Arm, die, die er mir zugefügt hatte.

Ich seufzte. »Über die ärgere ich mich nicht. Auch wenn ich damals Todesangst hatte, wird sie mich für immer daran erinnern, dass ich in meinem Leben wenigstens ein Abenteuer erlebt habe.«

»Mir macht meine auch nichts«, gestand er und senkte den Blick. »Sie verbindet uns.«

Eintausend Herzschläge.

Was … was meinte er damit?

»Nun«, fügte er schüchtern hinzu. »Das ist nicht alles, was ich von dir habe. Ich, ähm, ich habe auch die Haarsträhne behalten, die ich dir abgeschnitten habe. Manchmal, wenn ich traurig bin, wickle ich sie um meinen Finger. So.«

Er nahm eine meiner immer noch tropfnassen Haarsträhnen und ließ sie durch seine Finger gleiten.

Zehntausend Herzschläge.

»Und ich habe deinen Umhang behalten«, gestand ich flüsternd. Er blickte verwundert auf. »Nachts decke ich mich damit zu. Er riecht nach Meer. Nach dir.«

»Und dein Haar duftet nach Rosenwasser«, erwiderte er leise. Ich beobachtete, wie sich seine blauen Augen, blau wie der klare Himmel, auf meine Lippen richteten, mir dann wieder in die Augen sahen und mich wortlos fragten.

Dann lehnte er sich näher zu mir. »Hast du Angst vor mir?«

Ich schüttelte den Kopf, und unsere Nasen berührten sich. »Nein.«

»Ich habe noch nie jemanden geküsst«, flüsterte er. »Ich habe ein bisschen Angst vor dir.«

»Dann haben wir ja Glück, dass du so mutig bist«, lächelte ich.

Seine Lippen berührten die meinen.

Und das Geräusch war ohrenbetäubend.

Sanft legte er eine Hand in meinen Nacken, und ich berührte seine Brust, die Narbe, die ich auf seinem Körper hinterlassen hatte. Seine Haut fühlte sich genauso kalt an wie meine, doch sein Kuss war warm.

Als wir den Kuss beendeten und ich in seine Augen sah, erblickte ich einen neuen Menschen.

Und zum allerersten Mal, seit wir diese Höhle betreten hatten, hatte ich Angst.

Heimlich in ihn verliebt zu sein, einsam nach Hause zurückzukehren und mich nach ihm zu sehnen, war eine Sache. Doch es war etwas ganz anderes, ihn zwingen zu müssen, dasselbe zu tun. Vor diesem Moment fürchtete ich mich.

Lennox

Die Welt richtete sich neu aus, drehte sich um eine neue Achse. Annika war nun das Herz meiner Welt, war es schon immer gewesen.

Ohne zu zögern, setzte sie sich zwischen meine Beine und legte den Umhang um uns beide.

Sie schmiegte sich an mich, strich ihr Haar beiseite, damit ich nicht nass wurde, und ich schlang die Arme um sie. Es war so einfach. Nun verstand ich auch, warum die Leute einen anderen Menschen in ihr Herz schlossen und ihm die Kontrolle darüber überließen. Sie konnte tun, was sie wollte. Sie konnte mein Herz hinaus in den Sturm werfen, und ich wäre ihr dankbar dafür gewesen. Ich gehörte ihr. Ich gehörte Annika.

Und ich konnte nichts dagegen tun.

Sie blieb so sitzen, den Kopf unter mein Kinn geschmiegt. Sie schien meinem Herzschlag zu lauschen. Da fiel mir auf, dass ich gedankenverloren mit dem Daumen über ihren Arm strich.

»Lennox?«

»Ja?«

»Ich weiß, du hast gesagt, dass du deinen Nachnamen nicht mehr benutzt. Aber kannst du dich noch daran erinnern?«

Ich lächelte. Es gefiel mir, dass sie sich über meinen Nachnamen Gedanken machte.

»Ossacrite.«

»Lennox Ossacrite. Hast du auch einen Zweitnamen?« Erwartungsvoll sah sie zu mir hoch. Hoffnungsvoll. Ich enttäuschte sie nur ungern.

»Nein. Du?«

»Mehrere. Die erspare ich dir lieber.«

Ich lachte leise, ohne sie loszulassen. Hatte ich je solch einen Frieden empfunden?

»Wenn es …« Nervös spielte sie an ihren Fingern, ohne mich anzusehen. »Wenn es nur mir so geht, kannst du es mir ruhig sagen«, fuhr sie schließlich fort. »Es« konnte alles Mögliche bedeuten, aber ich wusste genau, was sie meinte. »Ich bin stärker, als ich aussehe. Ich kann die Wahrheit ertragen.«

»Ich weiß bereits, wie stark du bist. Und ich weiß auch, dass du mir gerade die Möglichkeit bieten willst, einen Rückzieher zu machen. Aber ich will keinen Rückzieher machen, Annika. Es geht nicht nur dir so.« Ich drückte sie ein wenig fester an mich. »Es fühlt sich an, als wäre es … Schicksal.«

»Und genau das bereitet mir Angst. In meinen Büchern ist es nur selten Schicksal.« Ich spürte, wie sie lange ausatmete. »Sag mir, dass es einen Weg gibt. Dass es Hoffnung für uns gibt.«

»Du bist diejenige, die sich aus Ketten und Kerkern befreit. Vielleicht solltest du lieber mir Hoffnung spenden.«

Lachend sah sie zu mir hoch. »Du willst die ganze Arbeit wirklich mir überlassen? Na schön.«

Dann legte sie die Hand in meinen Nacken und küsste mich. Sie küsste mich, als hätte sie es schon tausendmal getan. Als wüsste sie, dass ich einzig und allein ihr gehörte. Und ich war froh darüber. Hieß meinen Untergang willkommen.

Ich küsste sie immer und immer wieder, verlor den Halt, während sie kicherte, verlor mich in ihren Armen. Falls der Boden kalt war, spürte ich es nicht. Wir drückten uns so eng wie möglich aneinander und verkrochen uns unter dem Umhang.

»Was ist das?«, fragte sie, als sie die Stickerei am Kragen bemerkte. Es war ein Kreis mit einem blühenden Ast darin. Da ich die Form der Blätter nicht kannte, ging ich davon aus, dass sie rein dekorativ waren.

»Das habe ich mich auch schon gefragt. Der Umhang hat mal meinem Vater gehört. Ich habe ihn erst vor Kurzem bekommen. Vielleicht hat er ja auch gestickt.«

Das brachte sie zum Lächeln, und mir ging das Herz auf. Ich hatte ein neues Spiel entdeckt, einen Wettkampf gegen mich selbst. Wie oft konnte ich Annika innerhalb einer Minute zum Lächeln bringen? Innerhalb einer Stunde? Konnte ich einen Rekord aufstellen? Würde ich ihn brechen können?

Nur zu gern hätte ich dieses Spiel für den Rest meines Lebens gespielt.

Schweigend lagen wir lange da und hielten einander. Sie fuhr mit dem Zeigefinger über mein stoppeliges Kinn, und ich spielte mit einer ihrer langen Haarsträhnen. Langsam wurde mir ein wenig wärmer, und ich warf einen Blick über ihre Schulter, um sicherzugehen, dass der Regen noch nicht nachgelassen hatte.

Ich wusste nicht, was passieren würde, wenn er es tat.

»Ich habe noch eine Frage«, sagte ich. »Kannst du mir von Dahrain erzählen? Oder Kadier. Was dir lieber ist. Erzähl mir, wie es dort ist.«

Sie lächelte traurig. »Es ist wunderschön dort. Um den Palast befindet sich hauptsächlich ordentlich gestutzter Rasen mit von Bäumen gesäumten Wegen. Doch dahinter liegen hügelige Landschaften mit vielen Bauernhöfen. Es sieht aus, als wäre die Welt wie aus Glas. Und wenn es Frühling wird, werden die Hügel in bunte Farben getaucht, und die Blumen verkünden die Wiedergeburt der Erde. Alles ist so weitläufig. Wenn ich nicht im Palast leben müsste, würde ich gern auf dem Land wohnen.« Kurz schwieg sie. »Ich kenne eure Geschichten und Legenden nicht, aber wenn sie schön sind, sind sie bestimmt wahr.«

Tränen brannten mir hinter den Lidern. Ich wollte es mit eigenen Augen sehen. Ich wollte die Luft atmen.

Annika legte eine Hand an meine Wange und versuchte, mir Trost zu spenden.

»Es tut mir so leid«, sagte sie. »Ich weiß nicht, was ich tun soll.«

»Ich weiß nicht, ob es dafür eine einfache Lösung gibt«, erwiderte ich.

»Doch, die gibt es. Sie ist bestimmt ganz offensichtlich, aber wir sehen sie nicht.«

»Bist du immer so optimistisch?«

Sie lächelte mich an. »Für gewöhnlich schon.«

»Das gefällt mir. Das ist mir vollkommen fremd.«

»Dann glaubst du also, wir sind dem Untergang geweiht?«, fragte sie beinahe scherzhaft.

»Ganz offensichtlich«, entgegnete ich und versuchte, mir das Grinsen zu verkneifen, jedoch ohne Erfolg. »Fassen wir mal zusammen, ja? Ich bin ausgezogen, um etwas aus meiner Heimat mit nach Hause zu bringen, doch stattdessen bin ich mit dir zurückgekehrt. Ich habe versucht, dich zu verhören, doch du bist abgehauen. Ich bin in den Krieg gezogen und wurde in eine Falle gelockt. Ich habe geschworen, dich zu töten und, na ja, du siehst ja, wie gut das läuft.«

Sie lachte, und ich wünschte mir, ich könnte zu diesem Klang einschlafen und aufwachen.

»Falls es dich tröstet … Ich finde, du scheiterst auf gute Weise.«

Ich nickte und strich mit den Fingerspitzen ihr Kinn entlang. »Da könntest du recht haben.«

Ihre Augenlider wurden schwer. Wir hatten eine lange und auch unerwartete Nacht hinter uns. Mit Streit hatte sie begonnen, und nun lagen wir uns in den Armen.

»Schlaf ruhig«, flüsterte ich. »Du bist in Sicherheit.«

»Ich weiß«, wisperte sie zurück. »Ich will nur nichts verpassen.«

Ich rückte näher an sie heran und küsste sie unterhalb ihres Ohrs. »Aber vielleicht träumst du ja von den richtigen Antworten. Immerhin bist du sehr klug.«

»Das bin ich in der Tat«, murmelte sie.

Leise lachend wandte ich mich ihr zu. Mit den Fingerspitzen strich sie über meinen Körper. Über mein Schlüsselbein, meine Narben, meinen Kiefer. Ich griff nach ihrer

Haarsträhne, die immer wieder nach vorn fiel, und ließ sie durch meine Finger gleiten. Sie schlief zuerst ein, und ich beobachtete sie. Ihr ruhiger, gleichmäßiger Atem wirkte beruhigend auf mich.

»Bist du noch wach?«, flüsterte ich.

Nichts.

»Gut. Denn ich bin zwar mutig, doch selbst ich habe meine Grenzen.« Ich brachte meinen Mund dicht an ihr Ohr. »Ich liebe dich. Trotz allem, was geschehen ist, und allem, was noch kommen mag. Ich gehöre voll und ganz dir.«

Das war es nun. Jetzt hatte ich keinerlei Geheimnisse mehr.

Annika

Als meine Schulter mit sanften Küssen bedeckt wurde, erwachte ich. Ich hatte mich im Schlaf bewegt, lag nun mit dem Gesicht dem erlöschenden Feuer zugewandt, und Lennox hielt mich in seinen Armen. Ich spürte seine Wärme am Rücken und dort, wo sich sein Arm um meine Hüfte schlang. Ich versuchte, mich daran zu erinnern, wann ich das letzte Mal so gut geschlafen hatte – und wann ich das letzte Mal so glücklich gewesen war.

Lennox hörte auf, mich zu küssen, und vergrub die Nase in meinem Haar, direkt hinter meinem Ohr.

»Bist du etwa schon fertig?«, fragte ich.

»Ich habe deine ganze Schulter erkundet. Am meisten interessiert mich die Stelle hinter deinem Ohr, also widme ich ihr nun meine volle Aufmerksamkeit. Und deine Handgelenke. Die stehen als Nächstes auf meiner Liste.«

Ich kicherte. »Tu dir keinen Zwang an und flüstere mir ruhig süße Worte ins Ohr, während du da hinten bist.«

Ich spürte, wie sich seine Lippen hauchzart bewegten, und sein Atem kitzelte mich. »Ich habe Frühstück.«

Ich schnellte hoch, wandte mich ihm zu und beobachtete, wie er sich auf den Rücken drehte und die Arme hinterm Kopf verschränkte. Er wirkte so gelassen, so unbekümmert. Und meine Güte, sah er gut aus.

»Bitte sag mir, dass du noch eins von diesen Haferdingern hast, die du mir im Wald zugeworfen hast. Bitte!«

Er sprang auf und ging hinüber zu seinem Hemd. Mir war entgangen, dass er auch seinen Gürtel abgelegt hatte, doch dieser lag auch dort. Er griff in die Tasche und zog in Papier und Schnüre gewickelte Riegel hervor, die gleichen, die er mir auch im Wald gegeben hatte.

Ich machte einen Freudensprung. »Von denen habe ich sogar geträumt.«

Er lächelte. »Die mag ich am liebsten.«

Er hatte zwei Stück dabei und wollte mir beide geben. »Nein, du musst auch einen essen.« Ich biss hinein und stellte fest, dass er nicht so knusprig war wie der letzte. Bestimmt wegen des Regens. Aber er schmeckte dennoch köstlich. »Ist das Sirup?«

»Honig.«

»Honig … Verstehe. Ich hatte mir überlegt, unseren Koch zu bitten, welche zu machen, aber ich wusste nicht, wie ich ihm das überhaupt erklären sollte.«

»Ich kann es dir zeigen«, bot er an. »Aber nur, wenn du mir zeigst, wie man diese Abwehrdrehung hinkriegt, die du mit deinem Schwert machst. Oder bin ich dafür zu groß?«

»Nein, bist du nicht!«, versicherte ich ihm. »Lass mich nur zuerst aufessen, dann zeige ich es dir.«

Mit einem kleinen Lächeln und zwischendurch von seinem Riegel abbeißend, ging er in der Höhle umher. Dann befühlte er unsere zum Trocknen ausgelegten Kleidungsstücke.

Er schlüpfte in sein Hemd, nahm noch einen Bissen und sprach mit vollem Mund. »Dein Kleid ist unten immer noch feucht, aber nicht mehr so sehr. Willst du es anziehen?«

Ich schüttelte den Kopf. »Noch nicht. Zuerst der Schwertkampf.«

Er lächelte. »Wie Ihr wünscht, Eure Hoheit.«

Ich leckte mir die Finger ab, um auch noch den letzten Rest des Essens zu genießen. Das war alles, was wir gehabt hatten, es sei denn, uns würde irgendetwas in den Schoß fallen. Ich streckte meine Finger hinaus in den Regen, um sie abzuwaschen, und bemerkte, dass ich weiter blicken konnte als gestern Abend noch. Ich konnte eine Baumgruppe erkennen und ein Stück dahinter weitere Bäume und Felsen.

Der Sturm war noch nicht vorüber, aber er wurde allmählich schwächer.

Ich ignorierte es und ging hinüber zu meinem Schwert. »Ich weiß nicht, ob wir hier drin genügend Platz haben, aber ich versuche, es dir vorzumachen.«

Grinsend und mit verschränkten Armen stand er da. »Wenn das schon die ganze Zeit dein Plan gewesen ist, dann muss ich dir Respekt zollen. Er ist perfekt aufgegangen.«

»Ha, ha. Witzbold. Hol lieber dein Schwert.«

Immer noch lächelnd drückte er sich von der Felswand ab. Selbst sein Gang war attraktiv.

»In Ordnung. Du stellst dich so hin.« Ich zeigte es ihm. »Verlagere das Gewicht auf den Fußballen und drück dich ab. Und dann holst du mit Schwung aus.«

Ich machte es ihm ganz langsam vor, denn die Höhle bot zu wenig Platz, um sich richtig darin zu bewegen.

Lennox versuchte es, aber schnell wurde deutlich, dass es hier drin nicht funktionieren würde. »Ich glaube, ich verstehe das Prinzip«, meinte er und lehnte sein Schwert an die Felswand nahe dem Eingang. »Ich werde mit Inigo üben, sobald ich wieder zurück bin.«

Sofort als er es ausgesprochen hatte, erstarrte er. Es war, als hätte sich in diesem Moment ein Zauber aufgelöst. Wir mussten uns überlegen, was als Nächstes passieren würde.

Ich lehnte mein Schwert ebenfalls an die Wand und ging zu meinem Kleid. Wie einen Mantel zog ich es über und suchte den Boden ab.

»Wo ist mein Band?«

Lennox half mir beim Suchen und fand es schließlich hinter dem Stein, auf dem mein Kleid gelegen hatte. Traurig dreinblickend reichte er es mir. Ich begann, mein Kleid zu schnüren, während er ein paar Meter entfernt dastand und zu Boden starrte.

»Ich bin dankbar für Vosino, aber zu Kawan will ich nicht zurück«, gestand er. »Ich würde mir lieber allein im Umland ein Haus bauen und ihn einfach vergessen. Und er mich.«

»Würde er dich denn vergessen?«

Lennox schüttelte den Kopf. »Nicht, wenn er noch am Leben ist.«

Ich zog das Band fest und steckte es in den Kragen meines Kleids. »Was, wenn … Was, wenn du mit mir kommst?«

Er lächelte. »Dass du mir verzeihst, bedeutet mir mehr, als ich je in Worte fassen könnte. Aber in Kadier bin ich ein Krimineller. Wenn ich mitkomme, werden sie mich vor Gericht stellen. Und da deine Mutter nicht mehr da ist, um Gnade walten zu lassen, wissen wir beide, was mit mir geschehen würde.«

Ich verzog das Gesicht, denn diesen Gedanken ertrug ich nicht.

»Was, wenn wir ihnen deinen Namen nicht verraten? Oder wenn wir ihnen sagen, dass du zu uns übergelaufen bist?«

»Wenn ich sauber und anständig gekleidet bin, wäre es gut möglich, dass mich der gute alte Nickolas nicht erkennt, aber es wäre dennoch sehr riskant. Und selbst, wenn er mich nicht erkennt … Wie könnte ich das tun? In einem feinen Palast leben, während sich meine Leute immer noch verstecken müssen? Unter der Herrschaft deines Vaters leben, obwohl ich eigentlich frei sein sollte?« Er schüttelte den Kopf. »Annika, du musst mir glauben, wenn ich dir sage, dass ich nirgendwo sonst sein will außer bei dir. Aber ich bin kein Feigling. Ich kann sie nicht zurücklassen.«

Ich senkte den Blick. »Du hast recht. Das kann ich nicht von dir verlangen.«

»Außerdem«, sagte er und kam näher. Ich spürte, wie

sich mein Körper entspannte, als sich sein Arm um meine Taille legte. »Ich bin der Einzige, der wenigstens versucht, Kawan in Schach zu halten. Wenn ich nicht zurückkehre, wird das, was er als Nächstes tut, barbarisch.«

Ich legte meine Stirn an seine Brust. Er konnte mir nicht versprechen, dass es keinen weiteren Angriff geben würde. Das konnte niemand. Ich war jedoch dankbar, dass er es immerhin versuchen würde.

»Was ist, wenn … Wie wäre es, wenn du mit *mir* kommst?«, schlug er vor.

Ich sah zu ihm hoch und wünschte mir nichts sehnlicher als das. »Ich habe keine Ahnung, wer von meinen Leuten überlebt hat. Wenn mein Bruder tot ist, bin ich die Thronfolgerin. Wenn mein Vater ebenfalls gestorben ist, bin ich die Königin.« Kurz starrte er mich an. Anscheinend hatte er das noch nicht bedacht. »Wenn ich nicht zurückgehe, fällt das Königreich an Nickolas. Und glaub mir – das will niemand.«

Er schluckte schwer. »Du wirst Nickolas heiraten, nicht wahr?«

Ich nickte. »Mir bleibt in Kadier keine andere Wahl.« Eifersucht überkam mich und ich senkte den Blick. »Aber du hast auch jemanden, der auf dich wartet.«

»Das ist nicht dasselbe«, erwiderte er leise.

Ich war den Tränen nahe, doch da entdeckte ich etwas auf seinem Hemd. »Hast du einen Hund?«

Er blickte herunter und zupfte das graue Fell von seiner Schulter. »Nein. Ich habe eine Füchsin. Sie heißt Thistle.«

»Thistle? Wie schön. Wie zähmt man denn einen Fuchs?«

»Nun, sie ist nicht wirklich ein Haustier«, erklärte er.

»Haustiere sind bei uns verboten. Sie fressen uns die Vorräte weg. Aber ich habe sie als Welpen gefunden. Ihre Pfote war verletzt, und ich habe sie aufgepäppelt. Sie ist sehr klug. Ich lasse immer mein Fenster offen, damit sie kommen und gehen kann, wann sie will.« Er schüttelte den Kopf. »Graufüchse sind nachtaktiv. Ich kann dir gar nicht sagen, wie oft sie nachts in mein Zimmer kommt, nur um kurz herumzurennen, irgendetwas umzustoßen und dann wieder abzuhauen.«

Ich kicherte. »Es war bestimmt schwer, sie zurückzulassen und es ihr nicht erklären zu können.«

»Selbst wenn ich es gekonnt hätte, wäre es schwer gewesen.«

Wortlos wechselten wir ein ganzes Leben voller Gespräche. Während ich seinem Herzschlag lauschte, fragte ich mich, ob er hörte, wie jede Faser meines Körpers schrie, dass ich ihn liebte.

Ich wollte es ihm sagen. Ich wollte, dass er sich in meine Worte hüllen konnte wie ich mich in seinen Umhang. Aber ein Teil von mir hatte Angst, dass sie Wunden hinterlassen könnten, die niemals heilen würden.

Ich wusste, dass er etwas empfand … Aber ich wollte ihn nicht unter Druck setzen. Und dann, als wollte mir die Insel sagen, ich solle einfach loslassen, hörte der Regen mit einem Mal auf.

Der Klang in der Höhle veränderte sich. Nun konnte ich ihn atmen hören, so still war es.

Kurz standen wir einfach da, ein Flüstern voneinander entfernt, und sahen einander an. Irgendwann richtete Lennox den Blick auf die Felsspalte, auf die Welt dort draußen, die langsam wieder schärfer wurde.

»Ist es feige von mir, dir vorzuschlagen, einfach hierzubleiben?«, fragte er.

Traurig lächelnd schüttelte ich den Kopf. »Nicht feige, aber auch nicht realistisch.«

Er nickte. »Wenn wir uns wirklich trennen müssen, ist es besser, freiwillig zu gehen, bevor uns jemand entdeckt.«

»Da hast du wahrscheinlich recht«, erwiderte ich. »Ich will nicht, dass uns einer meiner Soldaten zusammen sieht. Ich weiß nicht, ob ich in der Lage wäre, ihn aufzuhalten.«

Seine Unterlippe zitterte, als wäre er den Tränen nahe. Doch bevor es so weit kommen konnte, küsste ich ihn. Ich schlang die Arme um seinen Hals und drückte ihn an mich. Wenn sein Lachen tausend Herzschläge zugleich erzeugen konnte, dann fühlte sich dieser Kuss an wie tausend Abschiede.

Als ich meine Lippen von seinen löste, brannten mir Tränen in den Augen. Wenn ich jetzt nicht ging, würde ich es niemals übers Herz bringen. Ich zog mich zurück und wischte den Staub von meinem Kleid, um meine Hände zu beschäftigen.

»Warte«, sagte er und zog ein kleines Messer aus der Tasche an seinem Gürtel. Dann hob er es vorsichtig und schnitt eines der beiden Bänder seines Umhangs ab, die Quaste baumelte dabei hin und her.

»Was machst du da?«, protestierte ich. »Das ist der Umhang deines Vaters!«

Wortlos streckte er die Finger aus und band es um mein Handgelenk. Er band es nicht nur fest, sondern wickelte es zweimal darum. »Ich hoffe, du wirst dich immer noch ab und zu mit meinem Umhang zudecken, aber das ist einfacher zu tragen«, sagte er.

Ich streckte die Hand aus und bewunderte den dunklen Stoff. Ich hatte zu Hause unendlich viele Juwelen, doch noch nie hatte ich ein Armband mehr geliebt als dieses. Ich lächelte ihn an.

»Jetzt bin ich dran«, sagte ich, griff den Saum meines Kleids und zerrte mit den Zähnen daran. Ich sah auf und beobachtete, wie er schwer schluckte.

»Das musst du nicht …« Er hielt inne, als ich nach seinem dreckverschmierten Handgelenk griff. Ich wickelte die Spitze so oft wie möglich um sich selbst und war froh, dass er es zuließ, dankbar, dass er mir von seiner Tradition erzählt hatte.

Er atmete langsam aus und starrte voller Bewunderung auf die ineinander verwobene Spitze.

»Übrigens … Hattest du dieses Messer schon die ganze Zeit bei dir?«

Verwirrt blickte er auf das kleine Ding in seiner anderen Hand. »Ja. Tut mir leid«, fügte er kopfschüttelnd hinzu. »Ich hätte es dir geben sollen, damit du es benutzen kannst.«

»Nein«, erwiderte ich. »Wir haben unsere Schwerter abgelegt, weil wir sie hier drin nicht benutzen konnten, aber du hättest mich trotzdem angreifen können. Doch du hast es nicht getan.«

Er lächelte mich an und zuckte schließlich mit den Schultern. »Du hast mein Herz in dem Moment erobert, als du die Narbe auf meiner Brust hinterlassen hast. Was soll ich sagen?«

»Das war der Moment?«, fragte ich verblüfft.

Er nickte.

»Du bist verrückt«, bemerkte ich.

»Du bist perfekt«, erwiderte er.

Fast verlor ich jeglichen Willen, ihn zu verlassen.

»Ich muss jetzt gehen«, sagte er, als hätte er meine Gedanken gelesen. »Wenn ich es nicht bald tue …«

»Ich weiß«, entgegnete ich, hob das Handgelenk, und die Quaste baumelte wie ein Anhänger. »Danke.«

Er hob ebenfalls die Hand. »Danke *dir.*«

Ich ging hinüber zu meinem Schwert, griff danach und sah mich noch einmal in der Höhle um. Die Fußspuren von unserem Tanz, die Überreste des kleinen Feuers, die Zeichen an den Wänden, die ich nicht verstand. Ich wollte mich für den Rest meines Lebens daran erinnern. So, wie es war.

Lennox steckte den Kopf durch die schmale Öffnung und ließ den Blick über die umliegende Landschaft schweifen. »Wenn du nach Norden gehst, solltest du wieder zu deinem Schiff kommen.« Ich nickte und hoffte, dass mich jemand dort erwarten würde. »Annika …«

»Ja?«

Er holte tief Luft und hatte Mühe, mir in die Augen zu sehen. »Ich gehe davon aus, dass es zu weiteren Gefechten kommen wird. Wenn das passiert und wir verlieren, kannst du mir dann eines versprechen?«

»Natürlich.«

»Der Tanz, den ich dir beigebracht habe … Ich will, dass du ihn mit anderen teilst. Ich möchte, dass etwas von meinem Volk überlebt, wenn wir es schon nicht tun. Versprichst du mir das?«

Ich nahm einen zittrigen Atemzug. »Ich verspreche es dir. Falls es wirklich zu einem Krieg kommt und wir verlieren, bitte ich dich inständig, vor allem mein Volk zu verschonen. Ich will, dass es weiterlebt.«

»Ich gebe dir mein Wort. Und … vergiss das hier nicht«, fügte er hinzu und deutete ins Innere der Höhle. »Lass dir von der Zeit nicht einreden, es wäre nie passiert.«

»Du auch nicht.«

Ein letztes Mal sah mir Lennox tief in die Augen und lehnte sich zu mir, um mich zu küssen. Er vergrub seine Finger in meinem Haar und legte die Stirn an meine. Mit einem zittrigen Atemzug ließ er mich los und schaute ein letztes Mal zurück, bevor er sich in Richtung Süden aufmachte. Kurz blickte ich ihm nach und umklammerte das Armband mit meiner anderen Hand. Dann wandte ich mich ebenfalls um und versuchte, nicht zu weinen.

Lennox

Ich hatte Regeln. Ich hatte sie mir eingebläut, bis sie mir in Fleisch und Blut übergegangen waren.

Niemals den Blick abwenden. Niemals davonlaufen. Sich niemals erklären.

So überlebte ich.

Doch den Blick von Annika abzuwenden? Sie zu verlassen? Das fühlte sich vielmehr nach Sterben als nach Leben an.

Ich blieb erst stehen, als ich mir sicher sein konnte, dass der Eingang zur Höhle hinter einem Hügel verschwunden war. Von hier aus konnte ich den Berg sehen, zerklüftet und Unheil verkündend. Wenn ich ganz genau hinsah, erkannte ich sogar die Stelle, von der die Felsen, die beinahe den Eingang verschüttet hatten, abgebrochen waren. Es hinterließ ein merkwürdiges, leeres Gefühl in meiner Brust. Das ergab Sinn, denn ich hatte mein Herz unwiderruflich an Annika verloren.

Ich hob die Hand und betrachtete das geflochtene

Armband aus Spitze. Ich liebte es. Ich liebte es, doch ich konnte es nicht tragen. Sie würden es sehen. Sie würden wissen, dass ich mit jemandem zusammen gewesen war. Und wenn sie herausfänden, dass sie es war, würden sie erwarten, dass sie tot wäre. Ich müsste mehr erklären, als ich könnte. Kurz blieb ich stehen und warf einen Blick über die Schulter, um sicherzugehen, dass mir niemand folgte. Unter einem Baum löste ich das Band langsam von meinem Handgelenk, auch wenn es mir das Herz brach, etwas abzulegen, das ich von Annika bekommen hatte. Es war schmutzig vom Höhlenboden. Ich steckte es in die Tasche an meinem Gürtel, und mein Handgelenk fühlte sich ohne es seltsam nackt an.

Das war es nun. Der Beweis dafür, dass sich mein Leben um hundertachtzig Grad gedreht hatte, war verschwunden.

Ich nahm an, dass die Armee in Richtung Süden, wo wir mit den gestohlenen Schiffen angelegt hatten, unterwegs war.

Die Sonne, die ab und zu durch die Wolken blitzte, verriet mir, dass ich den richtigen Weg eingeschlagen hatte. Ich marschierte und marschierte, immer weiter in Richtung Horizont, bis ich die Klippen erreichte.

Da waren sie.

Die Überlebenden – wesentlich mehr, als ich vermutet hatte – suchten nach Booten, die noch funktionstüchtig waren, und nach anderen brauchbaren Teilen. Immer erfinderisch, immer fest entschlossen. Stolz erfüllte mich. Es gab uns also noch.

»Lennox!«, rief jemand. Nicht irgendjemand. Blythe.

Zu meinem Entsetzen brach daraufhin die gesamte Armee in Jubel aus. Blythe rannte mit strahlenden Augen und breit lächelnd auf mich zu.

»Ich wusste es!«, rief sie. »Ich wusste, dass du es schaffen würdest.«

»Aber natürlich«, erwiderte ich. Und dann gab ich ihr einen Kuss auf die Wange.

Sie freute sich so sehr über den Kuss, dass sie mich umarmte und versuchte, den Moment in die Länge zu ziehen. Und ich? Ich hoffte inständig, dass ich in der Lage sein würde, das zu tun, was Annika gesagt hatte: mit jemandem zusammen zu sein, dem ich etwas bedeutete, und unsere gemeinsame Zeit für immer in Erinnerung zu behalten.

Es dauerte ungefähr vier Sekunden, bis mir bewusst wurde, dass das niemals passieren würde.

Da erblickte ich meine Mutter, die sich mit Tränen in den Augen durch die dürftige Menschenmenge schlängelte. Zum allerersten Mal seit Jahren umarmte sie mich und streichelte meine Wange.

»Normalerweise mache ich mir nie Sorgen um dich«, begann sie. »Du bist so stark und klug. Ich weiß, dass du immer einen Weg findest. Aber diesmal? Diesmal dachte ich wirklich, du wärst in diesem Sturm umgekommen.«

»Das wäre ich auch beinahe.«

Sie lächelte traurig. »Manchmal schmerzt es, dass du deinem Vater so ähnlich siehst, aber zu sehen, wie du von den Toten zurückkehrst …« Sie schüttelte den Kopf, unfähig weiterzusprechen.

»Wie hast du allein diesen Regen überlebt?«, fragte Blythe.

Die Frau, für die ich bestimmt bin, hat mir geholfen, ein Feuer zu errichten. Sie hat mir zu essen gegeben und mich festgehalten. Sie hat mein totes Herz geheilt. Dafür werde ich für immer in ihrer Schuld stehen.

»Ich habe Unterschlupf in einer Höhle gefunden. Wo wart ihr alle?«

Blythe schüttelte den Kopf. »Wir konnten uns einen notdürftigen Unterschlupf bauen. Am Ende hat er jedoch nicht mehr gehalten. Zum Glück hat der Regen dann aufgehört.«

Ich wandte mich an meine Mutter. »Und du?«

»Ich habe mich mit drei anderen in einem Dickicht versteckt.«

»Inigo auch«, erzählte Blythe.

»Inigo hat es geschafft? Gott sei Dank.«

Blythe lachte. »Sag ihm das bloß nicht, sonst wird er behaupten, du seist verweichlicht.«

Ich zuckte mit den Achseln. »Vielleicht bin ich das ja. Los. Suchen wir uns ein Boot.«

Gemeinsam gingen wir hinunter zur Küste, doch als wir Kawan entdeckten, ging meine Mutter auf Abstand zu mir. Ich versuchte, den Schmerz zu ignorieren.

»Du lebst«, begrüßte er mich und klang beinahe enttäuscht.

»Ja. Wie ist der Plan?«

»Wir warten …«

»Lennox!«, rief Inigo und kam den Strand entlanggerannt. Ich streckte ihm eine Hand entgegen und schlang den anderen Arm um seinen Rücken, und er tat es mir gleich. Lächelnd wandte er sich an Kawan. »Direkt hinter den Felsen sind noch mehr Boote. Wie es scheint, sind die meisten davon noch seetauglich. Die Lage ist zum Glück nicht so schlimm wie befürchtet.«

»Gut. Dann mobilisiert die Soldaten.« Kawan machte eine Handbewegung, und wir kamen seiner Aufforderung nach.

»Ich habe die Soldaten vorhin jubeln hören«, sagte Inigo. »War das deinetwegen?«

Ich nickte. »Ich hätte nicht gedacht, dass es irgendjemanden kümmern würde.«

»Es ist viel mehr als nur kümmern, mein Freund«, erwiderte er und warf einen Blick über die Schulter, um sicherzugehen, dass wir weit genug entfernt waren. »Als Kawan über diesen Hügel kam, hat sich *keiner* gefreut.«

Ich sah ihn mit großen Augen an. »Du machst Witze.«

»Nein«, bestätigte Blythe. »Sie waren sogar richtig wütend darüber. *Ich* bin wütend. Seinetwegen wären wir beinahe gestorben. Niemand freut sich darüber, dass er seinen eigenen dummen Plan überlebt hat.«

»Nun, das kümmert mich nicht«, erwiderte ich. »Zumindest noch nicht.«

»Gib Bescheid, wenn es so weit ist«, antwortete Inigo.

Ich sah Blythe an, die zustimmend nickte. »Mache ich.«

Annika

Ich schleppte mich über Hügel, hielt mich stets in Richtung Norden und umklammerte Lennox' Armband an meinem Handgelenk. Ich hatte ihm hinterhergesehen, bis er hinter der Anhöhe verschwunden war, dankbar, dass er nicht zurückgeblickt hatte. Wahrscheinlich hätte ich sonst meine Willensstärke verloren.

Er hatte mir versichert, ich sei stark, aber ohne ihn hätte ich es nicht geschafft. Er hatte sich nicht nur um mich gekümmert, sondern ich hatte ihm auch meine bestgehüteten Geheimnisse anvertrauen können, ohne dass er mich für sie verurteilte. Ich verdankte ihm mehr als nur mein Leben.

Als ich so in Gedanken versunken aufblickte, entdeckte ich in der Ferne eine blassgrüne Flagge. Rufend und mit den Armen winkend rannte ich los. Doch dann stellte ich enttäuscht fest, dass ich das Armband an meinem Handgelenk nicht würde erklären können. Schnell wickelte ich es ab und stopfte es in mein Mieder. Fürs Erste musste ich Lennox und meine Liebe zu ihm sicher verwahren. Der Junge mit dem Apfel musste mein bestgehütetes Geheimnis werden. Nach wenigen Minuten kamen mir zwei Soldaten entgegengerannt.

»Eure Hoheit«, begrüßte mich der eine. »Der Duke hat sich große Sorgen um Euch gemacht.«

Nickolas war also am Leben.

»Mir geht es gut. Macht euch um mich keine Sorgen.« Ich blickte zurück. »Wann hat das Schiff mit meinem Bruder abgelegt, um ihn zurück nach Kadier zu bringen?«

Sie wechselten einen Blick. »Wir konnten nicht ablegen, Hoheit. Die Wellen waren zu hoch. Eines der Schiffe ist gesunken.«

Wie angewurzelt blieb ich stehen. Ich holte tief Luft und wappnete mich innerlich. »Lebt mein Bruder noch?«

»Ja.«

Ich war so erleichtert, dass ich beinahe in Tränen ausbrach. »Und mein Vater?«

»Er lebt, aber die Lage ist kritisch. Er ist … etwas verwirrt.«

Ich nickte. »Bringt mich sofort zu Escalus.«

Sie gingen voraus und bahnten mir den Weg, als wir die überlebenden Soldaten erreichten. Ich eilte den Landungssteg hinauf und folgte ihnen zur Kapitänskajüte. Davor ging Nickolas nervös auf und ab.

Er hatte die Hand vor den Mund geschlagen, starrte auf die Holzplanken zu seinen Füßen und sah aus, als würde das Gewicht des gesamten Landes auf seinen Schultern lasten. Wahrscheinlich nahm er genau das an.

»Nickolas?«

Sein Kopf schnellte zu mir herum, und er riss die Augen auf. Mit einem abgehackten Atemzug eilte er auf mich zu. »Du lebst! Annika!« Dann machte er einen Schritt rückwärts, sah mir in die Augen und starrte mich entgeistert an. »Ich dachte, wir hätten dich verloren.«

Und dann, weil ich wusste, dass ich es tun musste, stellte ich mich auf die Zehenspitzen und küsste ihn. Es war nur flüchtig, doch es reichte, damit die Soldaten es sahen. Und es reichte, um Nickolas wissen zu lassen, dass er Teil meiner Zukunft war.

»Mein Bruder?«

»Da lang«, erwiderte er, legte eine Hand auf meinen Rücken und führte mich in die Kapitänskajüte. Dann senkte er die Stimme. »Seine Majestät ist unter Deck. Er ist …«

»Ich weiß.«

»Seine Hoheit hat die Führung übernommen. Ich habe versucht, ihn dazu zu bringen, die Segel zu setzen, doch er weigerte sich, ohne dich abzulegen.«

Kopfschüttelnd ging ich auf meinen Bruder zu. Noemi kauerte neben ihm und wischte ihm mit einem Lappen sanft den Schweiß von der Stirn.

Als ich sah, dass sie wohlauf war, sog ich zittrig die Luft ein. Sie schlug die Hand vor den Mund und wandte kurz den Blick ab, um sich zu sammeln.

Doch keine von uns beiden brachte ein Lächeln zustande.

Escalus schlug kaum merklich die Augen auf. »Meine Gebete … wurden … erhört«, krächzte er.

»Bringen wir dich nach Hause, damit meine auch endlich erhört werden.«

»Wie?«, murmelte er. Ich wusste, dass der Rest seiner Frage lautete: Wie hast du überlebt?

Da war ein Junge, und er schützte mich vor Regen und Kälte. Er hat mir die Wahrheit gesagt und mir Frieden geschenkt.

»Ich habe den Sturm nahen sehen und an der Seite des Bergs eine Höhle gefunden. Sie war tief genug, um darin auszuharren.«

»So sieht also ein Wirbelsturm aus«, bemerkte Noemi. »Woher wusstet Ihr das?«

Ich schluckte. »Ich habe davon gelesen.«

Sie nickte. Meine Worte waren leicht zu glauben.

»Nun, wir sind jedenfalls dankbar, dass du jetzt in Sicherheit bist«, sagte Nickolas und legte eine Hand auf meine Schulter.

»Können wir jetzt bitte aufbrechen?«, wechselte ich das Thema. »Escalus braucht dringend einen richtigen Arzt.«

»Ja«, presste Escalus hervor. »Noemi. Nickolas.« Erschöpft blickte er zu den beiden Soldaten an der Tür. »Jattson. Mamun.« Sie salutierten. »Ihr vier seid … meine Zeugen. Hiermit erkläre ich Annika … zur Regentin. Mein Vater … muss gesunden. Folgt … ihrem Befehl.«

Vollkommen perplex stand ich da. Regentin? Das machte mich zur Königin. Auf diese Rolle war ich keinesfalls vorbereitet.

»Escalus? Bist du dir sicher?«, fragte ich.

Er nickte. »Ich brauche Zeit. Ich bin … aber noch da«, versicherte er mir. »Nur ein bisschen Zeit.«

Ich sah ihn an und wusste, dass er sein Bestes tat, um mir Sicherheit zu vermitteln. Also würde ich dasselbe tun.

»Nun gut. Ich akzeptiere.« Ich beugte mich über ihn und flüsterte: »Ich bin auch immer noch da.«

Und aus irgendeinem Grund fühlte sich dieser Satz so viel größer an als »Ich liebe dich.«

»Eure Hoheit«, flüsterte Nickolas und zog meine Aufmerksamkeit auf sich. »Tief durchatmen. Und dann gehst du zum Kapitän und erteilst ihm den Befehl, die Segel zu setzen. Ich begleite dich, um zu bezeugen, dass du jetzt das Kommando hast. Alles wird gut, aber wir müssen jetzt aufbrechen.«

Ich nickte. »Ja.«

Ich verließ das Zimmer und fand den Kapitän vor der Tür.

»Kapitän. Ich bin nun die Oberbefehlshaberin. Wir müssen sofort in See stechen, damit mein Bruder und mein Vater so schnell wie möglich ärztliche Hilfe bekommen. Wir müssen die Sicherheit Kadiers gewährleisten.«

Er riss die Augen auf, salutierte jedoch beinahe augenblicklich. »Jawohl, Eure Hoheit.« Sofort begann er, Befehle zu rufen, und die Männer eilten von der Küste herbei und auf Deck, zerrten an Seilen und setzten die Segel. Ich war beeindruckt von ihrer Geschwindigkeit, aber beruhigt würde ich erst sein, sobald Escalus in Sicherheit war.

»Das hast du gut gemacht«, flüsterte Nickolas neben mir.

»Danke. Hoffentlich enttäusche ich sie nicht.«

Er schüttelte den Kopf. »Es ist gut möglich, dass in der

gesamten Geschichte Kadiers noch nie jemand so sehr geliebt wurde wie du. Du kannst gar nichts falsch machen.«

»Das werden wir noch sehen.«

Als wir endlich auf See waren, beobachtete ich den Horizont, hielt Ausschau nach Zuhause. Doch stattdessen entdeckte ich in der Ferne vereinzelte Formen.

»Sind sie das?«, fragte ich.

»Ja«, bestätigte Nickolas. »Müssten wir Escalus nicht nach Hause bringen, würde ich vorschlagen, sie zu jagen, jetzt, da sie geschwächt sind. Aber das kann ich gerade nicht guten Gewissens empfehlen.«

»Ich auch nicht. Escalus und mein Vater haben oberste Priorität. Um den Rest … kümmern wir uns morgen.«

»Natürlich.« Er verbeugte sich und ging davon, um dem Kapitän eine Frage zu stellen.

Ich beobachtete die Boote in der Ferne. Meine Bücher erzählten alle von dem Schmerz, den man spürte, wenn man sich von einem geliebten Menschen trennen musste.

Doch das wurde dem, was ich empfand, nicht gerecht. *Herzzerreißend* war ein zu kleines Wort, wie auch *niederschmetternd*.

Ich legte eine Hand auf meine Brust und konnte das Armband unter meiner Kleidung spüren, die Quaste, die meine Haut kitzelte.

Ich sperrte Lennox in den stillsten Teil meines Herzens und zwang mich, mit was auch immer kommen mochte zufrieden zu sein.

Teil 3

Wie bereits die ganzen letzten Tage, arbeitete Annika auch heute wieder bis weit nach Sonnenuntergang. Erst jetzt, in den späten Abendstunden, kam sie dazu, sich das letzte Gesuch durchzulesen, das man ihr vorgelegt hatte: die Bitte der Lords an sie, so schnell wie möglich zu heiraten.

Annika wusste nicht, wann die feindliche Armee hier aufkreuzen würde, und sie hatte nicht mehr viel in der Hinterhand, um ihrem Volk ein Gefühl von Sicherheit zu vermitteln. Sie stand auf, entfernte sich von der endlosen Liste an Dingen, die plötzlich in ihrer Verantwortung lagen, und ging hinüber zum Fenster. Sie suchte den Nachthimmel nach Orion ab.

Da war er, hing über ihr, der Wächter des Himmels. Als sie das schwarze Band mit der Quaste aus ihrer Tasche zog und um ihr Handgelenk wickelte, fühlte sie sich ebenfalls beschützt.

In einem weitaus kleineren Schlafzimmer kniete Lennox auf dem Fußboden, fast als würde er beten. In seinen Händen hielt er ein Stück Spitze, blickte zum Fenster über seinem Bett hinaus und suchte nach Kassiopeia. Nachdem er sie gefunden hatte, konnte er nur noch an Annika denken.

Doch während er die Sterne beobachtete, die in der Ferne hoffnungsvoll leuchteten, fiel ihm wieder ein, dass er sie niemals wiedersehen, niemals wieder an ihrer Seite sein würde. Eines Tages würde er erobern, was ihm gehörte. Doch zu wissen, dass die Rückeroberung seines Landes bedeuten könnte, dass Annika sterben musste, versetzte ihm einen Stich ins Herz.

In der Stille, in der Einsamkeit, fragten sich beide, was der jeweils andere in diesem Moment wohl tat. Annika stellte sich vor, wie Lennox sein Schwert schärfte. Und Lennox stellte sich vor, wie Annika Befehle erteilte. Sie lächelten vor sich hin, auch wenn sie mit ihren Vermutungen falschlagen.

Wie hätten sie auch ahnen sollen, dass sie genau das Gleiche taten, sich an den winzigen Gegenstand klammerten, den sie vom jeweils anderen bekommen hatten, und sich sehnsüchtig wünschten, sie wären zusammen?

Lennox

Die Stimmung auf der Burg war auf einen Tiefpunkt gesunken, was nicht verwunderlich war. Ich hatte unsere Armee nie für groß und auch nicht für stark gehalten, aber nun war mir bewusst geworden, dass das Ziel zum Greifen nahe gewesen war.

Doch wir hatten es nicht erreicht.

Das kurze Gefecht war vernichtend gewesen. Wir hatten auf See so viele Menschenleben verloren.

Selbst ich war ziemlich lädiert nach Hause zurückgekehrt.

Ich machte mich auf in den Speisesaal, der nun zum Teil als Krankenlager diente. Inigo wartete vor der Tür auf mich.

»War Kawan heute schon hier?«, fragte ich.

»Nein. Er weigert sich immer noch, sein Gesicht zu zeigen.«

Ich schüttelte den Kopf und versuchte, meine Wut zu unterdrücken. Das Mindeste, was Kawan tun konnte, war, sich um die Menschen zu kümmern, die er ins Elend gestürzt hatte.

»Wie lange bist du schon auf?«, fragte ich.

»Die ganze Nacht«, erwiderte er und rieb sich die Augen. »Ich wollte mich eigentlich schon vor Ewigkeiten schlafen legen, aber Eneas Fieber ist gestiegen.«

Er sah genauso am Boden zerstört aus, wie ich mich fühlte. »Hat sie es geschafft?«

Er nickte zwar, seufzte aber dennoch. »Was glaubst du, wie viele wir verloren haben? Ich komme überhaupt nicht mehr mit.«

Das konnte er auch nicht. Wie immer gab es auch diesmal kein Protokoll.

»Hör zu. Jetzt zählt nur noch, so viele Leben wie möglich zu retten. Wo soll ich anfangen?«

Inigo deutete in die hintere Ecke des Raums. »Da hinten liegen die schlimmsten Fälle. Brallian hat eine Hand verloren, und die Infektion ist so heftig, dass sie den Tag womöglich nicht übersteht. Manche sind so schwach, dass sie all ihren Lebenswillen verloren haben.«

Inigo fuhr sich durch das Gesicht. »Die anderen sollten sich eigentlich alle erholen.«

Ich nickte. »Geh und leg dich hin.«

Er legte eine Hand auf meine Schulter und drückte sie, als wollte er sich an einen rettenden Strohhalm klammern. »Bitte«, flüsterte er. »Bitte sag mir, dass du einen Plan hast, wie du uns hier rauskriegst.«

Ich schluckte schwer und fühlte mich hilflos.

»Ich habe keinen«, gestand ich. »Noch nicht. Aber ich lasse mir etwas einfallen. Ich lasse nicht zu, dass es für immer und ewig so weitergeht.«

Entschieden drückte ich seine Schulter und ging in den hinteren Teil des Saals. Als ich mich den Schwerverletzten näherte, entdeckte ich Blythe. Sie bewegte sich schnell und effizient, wischte den Leuten den Schweiß von der Stirn und sah ihnen dabei in die Augen. Es war merkwürdig, sie so zu sehen, so traurig und ernst. Sie richtete sich auf, rieb sich den schmerzenden Nacken, und das Haar fiel ihr über eine Schulter.

Blythe war wunderschön und mutig. Sie war mitfühlend und unnachgiebig. Sie war treu, voller Hoffnung und stärker als die meisten Männer, die ich kannte. Sie war in jeglicher Hinsicht perfekt für mich.

Und ich wünschte mir von ganzem Herzen, dass ich sie lieben könnte.

Sie erwischte mich dabei, wie ich sie anstarrte, und schenkte mir ein flüchtiges, trauriges Lächeln, während ich auf sie zuging.

»Bist du gerade gekommen?«, fragte sie.

»Ja. Du hast heute das Kommando. Sag mir, was ich tun soll.«

Sie ergriff meine Hand. »Hier lang.«

Auf dieser Seite des Raums roch es irgendwie anders. Es erinnerte mich an Metall und altes Fleisch. Doch ich ließ mir nichts anmerken. Ich musste es nur riechen, während die anderen die damit verbundenen Schmerzen ertragen mussten.

»Griffin will für Rami eine Gedenkfeier abhalten«, sagte Blythe leise. »Ich glaube, es würde ihm gefallen, wenn du bei Sonnenuntergang hinunter zur Küste kommen würdest.«

»Ich dachte, er wäre wütend auf mich. Sie ist gestorben,

weil sie versucht hat, mir dabei zu helfen, mich zu konzentrieren.«

Sie schüttelte den Kopf. »Er weiß, wessen Schuld es wirklich ist.«

»Wenn er will, dass ich komme, werde ich da sein.«

»Würdest du bitte zu Aldrik gehen und mit ihm sprechen? Es geht ihm nicht gut, und er fragt die ganze Zeit nach dir.« Sie deutete in die hintere Ecke … die schlimme Ecke.

Ungläubig starrte ich in die besagte Richtung und entdeckte seinen braunen Lockenkopf und sein bleiches Gesicht.

Leise ging ich zu ihm hinüber, denn ich wollte ihn nicht wecken, falls er schlief. Sein Atem ging genauso flach, wie Blythe mich vorgewarnt hatte. Zu sehen, wie er kämpfte, machte mich nervös. Seine Augenlider flatterten, und seine Lippen verzogen sich zu einem schiefen, halbherzigen Grinsen.

»Da bist du ja«, brachte er mühsam hervor.

Ich versuchte, sein Lächeln zu erwidern, war mir jedoch unsicher, ob es mir gelang. »Ich habe gehört, dass du nach mir gefragt hast. Wenn du mich endlich zum Schwertkampf herausfordern willst, muss ich dir leider sagen, dass ich heute keine Zeit habe«, scherzte ich.

Jedes Augenblinzeln war so langsam, als wäre sein Körper dafür zu schwach. Und dennoch lächelte er. »Ich bin auch anderweitig beschäftigt.«

Ich nickte. »Und was hast du heute so vor?«

Mühevoll rang er sich ein paar weitere Atemzüge ab. »Seit ich hier bin, habe ich jeden einzelnen Tag damit zugebracht, so zu werden wie du.«

Ich schüttelte den Kopf. »Sobald du wieder gesund bist, musst du dir ein höheres Ziel setzen. Du kannst noch viel besser sein als ich.«

Sein Hautton hatte eine so unnatürliche Färbung angenommen, dass es mir kaum gelang, ihn nicht anzustarren.

»Lennox«, begann er nun ernster. »Ich muss dir etwas sagen. Kawan … Er braucht dich. Keiner kommt an ihn heran.« Dann legte er den Kopf ein wenig schief. »Außer dir.«

Ich erstarrte – unsicher, was ich darauf erwidern sollte.

»Als du auf deiner Mission warst, war er die ganze Zeit nervös, weil er sich gefragt hat, was du wohl tun würdest, um ihn vorzuführen. Und als du mit einer Prinzessin zurückgekehrt bist, ist er durchgedreht. Er weiß, wozu du imstande bist.«

Aldrik hatte nur langsam gesprochen und musste nun innehalten, um zu husten. Seine Hautfarbe wurde mit jeder Sekunde ungesünder. »Deshalb kommt er nicht, um nach mir zu sehen. Nicht einmal nach allem, was ich für ihn getan habe. Wenn du hier lägst, würde er sich zeigen, wenn auch nur, um sicherzugehen, dass du tot bist.« Schwach schüttelte Aldrik den Kopf.

»Ich hätte dir das schon viel früher sagen sollen.« Er rang nach Atem. »Ich hätte dir sagen sollen, dass die Leute dir folgen werden. Was auch immer es braucht, um ein geborener Anführer zu sein – du hast es. Was glaubst du, warum Kawan dich so sehr hasst?« Er drehte den Kopf weg, hustete und machte ein gequältes Geräusch, als hätte es diesmal besonders wehgetan.

Ich ignorierte seine Worte und konzentrierte mich auf

ihn. »Lass uns jetzt nicht darüber reden. Wie kann ich dir helfen?«

Er schüttelte den Kopf. »Ich kann meine Beine nicht mehr spüren. Und es fühlt sich an, als wären meine Lungen mit Glas gefüllt. Jeder Teil meines Körpers ist entweder taub oder schmerzt. Mir … mir bleibt nicht mehr viel Zeit.«

»Sag so etwas nicht. Was auch immer du hast, du kannst wieder gesund werden …«

Aldrik brachte mich mit einem weiteren schwachen Kopfschütteln zum Schweigen. »Ich weiß es. Ich sage es dir … Ich weiß es.«

Ich schluckte schwer.

»Lennox, du bist schon jetzt stark genug, auch wenn du wahrscheinlich daran zweifelst. Du hast so viel ertragen. Du hast überlebt. Zögere nicht länger. Tu *irgendetwas*, bevor wir alle nicht mehr da sind.«

Ich war vollkommen sprachlos.

»Versprich es mir.«

Ich nickte.

Er legte den Kopf auf das Kissen und richtete den Blick zur Zimmerdecke. Nachdem er sein Herz erleichtert hatte, überkam ihn eine innere Ruhe.

»Ich habe keine Familie hier. Könntest du noch ein bisschen bei mir bleiben?«, fragte er.

»Willst du …« Ich musste den Blick abwenden. »Willst du, dass ich bis zum Ende bleibe?«

Seine Unterlippe zitterte. Er nickte.

Ich legte meine Hand auf seine, doch er war zu schwach, um die Geste zu erwidern.

Ich kämpfte dagegen an, wie immer meinen Schutzwall

zu errichten, mich zurückzuziehen. Es kam nur selten vor, dass mich jemand voll und ganz brauchte. Also ließ ich alle Gefühle zu. Die Angst, den Frieden, die Verbundenheit, den Schmerz. All diese Emotionen teilte ich mit Aldrik, damit er sie nicht allein fühlen musste. Und letzten Endes war ich froh, dass ich es getan hatte. Eine Stunde später verfärbte sich Aldriks Gesicht von schneeweiß zu leicht bläulich, und seine Hand wurde eiskalt. Ich zog die Bettdecke über seinen Kopf und verließ den Saal … und dann weinte ich wie ein Kind.

Annika

Wovon alle ausgingen: Ich hatte die lange regnerische Nacht auf der Insel allein dank meines Verstands und meiner Vorräte überlebt.

Was alle wussten: Escalus war auf dem Schlachtfeld schwer verwundet worden. Nachdem er auf dem Schiff kurz mit mir gesprochen hatte, bekam er hohes Fieber und war nun schon seit Tagen außer Gefecht.

Was niemand wusste: Mein Vater hatte sich auf der Insel ebenfalls eine Verletzung zugezogen. Bei ihm war das Fieber so schnell gestiegen, dass er nur noch wirres Zeug redete, nachdem man ihn auf das Schiff gebracht hatte, und ins Koma gefallen war, bevor wir zu Hause angekommen waren.

Wenn ein Prinz verletzt oder krank war, war das eine

Sache, doch es war eine völlig andere, wenn der König seinen Verpflichtungen nicht mehr nachkommen konnte. Wie schlimm es wirklich um ihn stand, wurde vor dem Volk geheim gehalten. Wir hofften alle, dass er sich wieder erholen oder dass wenigstens Escalus schnell erwachen würde.

Als mir Escalus die Regentschaft übertragen hatte, war ich davon ausgegangen, es würde sich höchstens um ein oder zwei Tage handeln. Doch weder mein Vater noch mein Bruder erwachten. Was, wenn sie es niemals tun würden? Ich fühlte mich geehrt, helfen zu können – was für eine Ehre, das Volk zu führen, wenn auch nur für kurze Zeit –, aber auf die Herrschaft war ich nicht so vorbereitet worden wie Escalus.

Was sollte ich nur tun?

Auf der ganzen Welt gab es nur einen einzigen Menschen, dem ich diese Frage stellen wollte, einen Menschen, von dem ich wusste, dass er mir die Wahrheit sagen würde. Er würde meine Hand halten, mir Stärke verleihen, ganz egal, wie schmerzhaft der Weg auch sein mochte.

Aber ich konnte ihn nie wieder um Hilfe bitten, ihn nie wieder etwas fragen. Es war eine weitere Last auf meinen Schultern, noch etwas, das es mir erschwerte, aufrecht zu stehen.

Als der Arzt die Wunde aufstach und die Wundflüssigkeit in eine Schüssel fließen ließ, drückte ich mir ein Taschentuch auf die Nase. Es musste fürchterlich wehtun, doch mein Vater regte sich nicht.

»Es tut mir leid, Eure Hoheit. Wir sehen leider keine Verbesserung«, sagte ein zweiter Arzt. »Seine Majestät muss jetzt kämpfen. Mehr können wir nicht tun.«

Ich nickte und rang mir ein Lächeln ab. »Dann haben wir nichts zu befürchten. Seine Majestät hat noch nie einen Kampf gescheut.«

Er erwiderte das Lächeln und verbeugte sich ein wenig, während er wegtrat.

Ich zerknüllte das Taschentuch in meiner Hand, stellte mich an das Bett meines Vaters und beugte mich über ihn, den Mund dicht an seinem Ohr.

»Kannst du mich hören? Ich bin's, Annika.« Er bewegte sich nicht. »Vater, du musst aufwachen. Es gibt so vieles, was ich dir sagen muss, dich fragen muss. Bitte komm zurück.«

Wie ein Kind rüttelte ich an seinen Schultern und erhoffte mir eine Reaktion. Ich war den Tränen nahe, so verloren fühlte ich mich.

Ich schluckte schwer, richtete mich kerzengerade auf und hoffte, vor den Ärzten und Bediensteten eine ruhige Fassade wahren zu können. Innerlich war ich vollkommen aufgelöst, doch das durfte niemand wissen.

»Wart Ihr heute schon bei meinem Bruder?«, fragte ich den leitenden Arzt.

»Jawohl, Eure Hoheit. Sein Zustand ist ebenfalls unverändert. Aber er ist stabiler als Seine Majestät.«

»Ich weiß, dass Ihr stündlich einen der Ärzte zu meinem Vater schickt, aber ich will, dass jemand permanent hierbleibt. Ich will sofort darüber informiert werden, wenn mein Vater erwacht, ganz egal, zu welcher Stunde.«

»Jawohl, Hoheit. Aber sollte Seine Majestät nicht überleben, sieht das Protokoll vor …«

»Sir, es ist Hochverrat, über den Tod des Königs zu

sprechen«, erinnerte ich ihn streng. »Kein Wort mehr darüber. Kommt direkt zu mir, sobald er aufwacht.«

»Jawohl, Hoheit«, wiederholte er ernst und verbeugte sich tief.

Es fühlte sich merkwürdig an, so streng sein zu müssen. Doch was mir wirklich Angst bereitete, war die Tatsache, dass mein Wort schon bald Gesetz werden könnte. Was sollte ich bloß tun, wenn irgendetwas Wichtiges anstand und ich keine Ahnung hatte, wie ich damit umgehen sollte?

»Ich werde nun nach meinem Bruder sehen. Vielen Dank, Herr Doktor.«

Ich beeilte mich, denn aus irgendeinem Grund hoffte ich, dass ich dann miterleben würde, wie er erwachte. Als ich um die Ecke zu Escalus' Zimmer bog, entdeckte ich Nickolas, der gerade herauskam. Er blieb stehen, verlagerte das Gewicht auf ein Bein und sah vor lauter Sorge ganz mitgenommen aus.

»Irgendwelche Neuigkeiten?«, fragte ich, als ich ihn erreichte.

»Nichts«, erwiderte er kopfschüttelnd. »Die Magd meinte, er habe ein-, zweimal etwas gemurmelt, aber nichts Verständliches. Aber sollte er etwas von sich geben, wäre sie auf jeden Fall diejenige, die es wüsste. Sie weicht kaum von seiner Seite.«

Ich legte eine Hand auf seine Schulter, denn ich spürte, dass er mit seiner Meinung hinterm Berg hielt. »Gut. Noemi ist treu und zuverlässig. Es ist gut, wenn Escalus ein vertrautes Gesicht sieht, wenn er aufwacht.«

»Aber wer kümmert sich um dich? Du hast keine Magd mehr. Das ist unpassend. Du bist jetzt quasi Königin.«

Er hatte ja keine Ahnung, wie abstoßend mir das Wort *Königin* im Moment erschien. Selbst an das Wort zu denken, fühlte sich an, als würde ich den wenigen Familienmitgliedern, die mir geblieben waren, den Tod wünschen. *Regentin* konnte ich akzeptieren. *Regentin* bedeutete, dass sie erwachen würden.

»Mach dir um mich keine Sorgen«, erwiderte ich. »Ich habe mehrere Mägde, die mir zur Hand gehen. Und wie du siehst, geht es mir gut. Und jetzt will ich mir selbst ein Bild von Escalus' Zustand machen. Könntest du mir bitte einen Gefallen tun und in die Küche gehen, um den Speiseplan für diese Woche abzusegnen?«

Er verbeugte sich hastig und steif. Aber welche Bedeutung hatte diese Etikette noch? »Eure Hoheit, ich übernehme gern jede Aufgabe, die Ihr mir übertragen wollt.«

Dann ging er seiner Wege, und ich öffnete leise die Tür zu Escalus' Zimmer. Wie bereits angekündigt, war Noemi bei ihm, an seinem Bett. Sie war jedoch nicht schnell genug, und ich sah noch, wie sie seine Hand losließ.

Als sie den Kopf drehte und sah, dass ich es war, sprang sie auf und machte einen Knicks. »Eure Hoheit.«

»Davon will ich nichts hören«, sagte ich, durchquerte das Zimmer und umarmte sie. »Hast du gegessen? Geschlafen?«

Sie seufzte lange. »Ja. Aber … ich will bei ihm sein, wenn er aufwacht. Ich hatte solche Angst, jemand würde mich zwingen zu gehen.« Sie warf ihm über die Schulter einen Blick zu, als könnte er sie für diesen Satz tadeln.

»Sieh mich an«, bat ich. »Wenn du ihnen sagst, dass du auf meinen Befehl hier bist, kann dich niemand wegschicken. Benutz meinen Namen, wie es dir beliebt. Nimm ihn so oft du willst in den Mund. Niemand hier würde sich so um Escalus kümmern, wie du es tust.«

Ihr entwich ein zittriger Atemzug. »Ich wünschte, er würde einfach die Augen aufschlagen. Alles, was danach kommt, kann ich ertragen … Ich meine, Kadier zuliebe natürlich. Ich hoffe einfach, dass er bald zu uns zurückkehrt.«

»Das wird er«, erwiderte ich, als versuchte ich, mich selbst davon zu überzeugen. »Escalus hat gesagt, dass er immer noch da ist. Er würde mich niemals allein zurücklassen.«

Lennox

Meine Hände waren voller Blasen, weil ich für Aldrik ein Grab geschaufelt hatte. Ich wusste, dass es nicht sonderlich tief war, aber besser bekam ich es allein nicht hin. Kawan würde ganz gewiss nicht auftauchen, um seinen besten Soldaten zu beerdigen, und ich würde niemanden von der Arbeit abziehen, die dringend verrichtet werden musste. Außerdem hatte ich so ein wenig Zeit zum Nachdenken.

Ich verbrachte viel Zeit damit, zu den Gräbern zu blicken, die ich am häufigsten besuchte: das meines Vaters und das von Annikas Mutter. Den Ast, den ich von der Insel mitgebracht hatte, hatte ich ihr am Tag unserer Ankunft vorbeigebracht, aber ich war nicht stehen geblieben, um mit ihr zu sprechen. Ich hatte so viel zu sagen, dass ich nicht wusste, wo ich beginnen sollte. Also erzählte ich ihr fürs Erste nichts, fragte sie nichts.

So allein hatte ich mich noch nie gefühlt.

Rami würde kein Grab bekommen. Ihr Körper war verloren gegangen, als der Wirbelsturm die Boote umgeworfen hatte, aber irgendwie war es so am besten. Wir waren ja kaum in der Lage gewesen, die Überlebenden zurück nach Vosino Castle zu bringen. Aber ich wusste, dass Griffin zu kämpfen hatte. Nach der ganzen Sache konnten wir nur schlecht damit abschließen, aber für ihn war es noch hundertmal schlimmer.

Als ich die felsige Seite des Hügels hinabging, der hinunter zur Küste führte, entdeckte ich Griffin unten am Strand. Still sammelte er junge Zweige für die Gedenkfeier zusammen und verwob sie zu einem Kranz. Daneben lag ein kleiner Haufen Scheite und ein Bündel, das aussah wie Ramis Kleidung. Er hatte bereits ein Feuer entfacht und wirkte sehr auf seine Aufgabe konzentriert.

»Ich war mir nicht sicher, ob du es schaffen würdest«, sagte er, als er mich entdeckte. Sein Tonfall klang überraschend leicht. »Ich weiß, wie beschäftigt du in den letzten Tagen warst.«

»Das stimmt, aber ich wollte für dich da sein.« Ich bohrte die Stiefelspitze in den Boden. »Ich wollte dir noch sagen, dass es mir leidtut. Was auf dem Boot passiert ist. Ich wünschte, ich hätte irgendetwas tun können.«

»Es gab nichts, was du hättest tun können.« Er winkte ab. »Außerdem hätte sie vielleicht nie mit mir geredet, wenn du nicht gewesen wärst.«

Ich kniff die Augen zusammen und ging näher an ihn heran. »Wie bitte?«

Sein Lächeln war nun aufrichtig. »Ich saß im Speisesaal und habe die Mädchen am Tisch hinter mir belauscht. Und eine besonders melodische Stimme beschwerte sich darüber, dass der große Soldat mit dem schwarzen Haar zu gemein sei.« Er lachte leise. »Sie erzählte, du habest jemanden mit einem Stock beworfen und ihn am Auge verletzt. Und bei deinem Ruf hatte sie Angst, dass es noch schlimmer werden würde. Ich wusste sofort, von wem sie da redet, also bin ich aufgesprungen und habe ihr gesagt, dass du der Schlimmste von allen seist und sie keinen einzigen Gedanken mehr an dich verschwenden solle«, gestand er und blickte zu mir hoch. »Und dann lächelte sie, und irgendetwas in mir …«

Er suchte nach den richtigen Worten, jedoch erfolglos.

»Ja. Ich weiß.«

Er nickte. »Danke jedenfalls, dass du ein riesiger, aufbrausender Trottel bist. Dadurch durfte ich erfahren, was Liebe ist.«

Seit er Rami verloren hatte, hatte ich miterlebt, wie er etliche Emotionen durchmachte: Verzweiflung, Wut und sogar eine Form von schwarzem Humor. Doch ihn beinahe friedvoll zu erleben, war merkwürdig. Merkwürdig, aber gut.

Als ich hinter uns Schritte vernahm, wandte ich mich um und sah Blythe, Inigo, Sherwin und Andre auf uns zukommen, gemeinsam mit einer Handvoll anderer Menschen, die Rami gekannt haben mussten. Wir bildeten einen Halbkreis um das kleine Floß, das Griffin gebaut hatte.

»Danke, dass ihr alle gekommen seid«, begann er. »Ich dachte, es wäre vielleicht schön, Erinnerungen an Rami zu teilen. Wir kannten sie alle auf unterschiedliche Weise, und ich würde gern hören, was ihr über sie zu erzählen habt. Und dann können wir das Floß in Gedenken an sie zu Wasser lassen.«

Blythe hob eine Hand. »Darf ich anfangen?«

Griffin nickte, und Blythe lächelte.

»Was ich an Rami besonders mochte, war ihre Sanftmütigkeit. So, wie wir leben, erscheint es unmöglich, sanftmütig zu sein, aber Rami hat es dennoch geschafft. Sie hat mich dazu inspiriert, es ihr gleichzutun. Danke dafür, Rami.«

»Sie war immer so großzügig«, fuhr eines der Mädchen fort. »Rami und ich kamen zeitgleich hierher, und obwohl wir dankbar dafür waren, dass wir etwas Warmes zu essen bekamen, waren wir trotzdem hungrig. Also ergriff sie die Initiative, watete ins Wasser und fing einen Haufen kleiner Krabben.« Sie kicherte vor sich hin. »Sie waren so winzig! Selbst wenn sie sie alle selbst gegessen hätte, wäre sie dennoch nicht satt geworden. Doch sie brachte sie ins Zimmer, das ich mir mit fünf anderen Mädchen teile, half uns, ein Feuer zu entfachen, und kochte sie, um sie mit uns zu teilen.«

Sie schüttelte den Kopf. »Ich habe nie etwas Besseres gegessen. Es war schlicht und wenig, aber es war mit Liebe gemacht und in netter Gesellschaft verspeist worden. Dafür bin ich ihr dankbar.«

Mit jeder Geschichte, jeder Erinnerung lernte ich Rami in einem neuen Licht kennen. Jeder dieser Menschen hatte etwas anderes mit ihr erlebt, aber dass sie ein gutes Herz gehabt hatte, zog sich durch jede Erzählung.

Ehe ich mich's versah, hatte jeder außer Griffin und mir etwas gesagt, und mir wurde bewusst, dass ich gleich etwas über eine Frau erzählen musste, die ich kaum gekannt hatte. Als sich alle Blicke auf mich richteten, bekam ich Panik. Alles, was ich sagen konnte, war die Wahrheit.

Ich räusperte mich und senkte den Blick. »Um ehrlich

zu sein, kannte ich Rami kaum. Aber mitten im Gefecht, als ich mich für einen kurzen Moment verloren hatte, hat sie mich zurück in die Realität geholt. Sie hat mich dazu ermutigt zu kämpfen. Weiterzumachen.«

Das Schniefen, das schon vor einer Weile begonnen hatte, wurde lauter, teilweise zu einem Schluchzen.

»Wenn das alles wäre, was ich von ihr wüsste, wäre das schon genug, um ihren Verlust zu betrauern. Wie viele von euch bereits gesagt haben: Sie war mutig. Definitiv mutiger als ich. Aber dank euch weiß ich jetzt so viel mehr über sie. Und es tut mir leid, dass ich sie nicht besser kennenlernen konnte.«

Ich sah Griffin an, dessen Augen mit Tränen gefüllt waren. Aber sein Gesicht drückte auch Dankbarkeit aus.

Er schluckte ein paarmal und blickte hinaus aufs Meer.

»Rami«, krächzte er und schnappte nach Luft. »Ich wollte dir noch so viele Dinge sagen, und es tut mir leid, dass ich niemals die Möglichkeit dazu bekommen werde. Aber ich möchte dir noch etwas sagen, von dem ich hoffe, dass du es immer wusstest: Du bist mein Herz.«

Danach schwieg er für einen Moment. Vorsichtig legte er ihre Kleidung auf den Kranz, zog einen brennenden Ast aus dem Feuer und schob das Floß ins Wasser, bis die sanften Wellen ihm an die Hüfte reichten. Dann setzte er es in Flammen und schubste es in die Brandung.

Langsam watete er zurück an Land und stellte sich zu uns, während wir beobachteten, wie sich die Flammen immer weiter entfernten.

Er sah mich an. In seinen Augen lag dieselbe unausgesprochene Frage, die mir jeder stellte, seit wir zurückgekommen waren: *Lennox, was wirst du dagegen unternehmen?*

Jahrelang hatte ich nichts anderes gewollt als mein Königreich. Ich wollte meine Freiheit. Ich wollte mich nicht länger von Kawan unterdrücken lassen, wollte nicht mehr abhängig sein von der Gnade meiner Mutter. Ich wollte nicht, dass sich irgendjemand um mich scherte, und ich wollte mich auch um niemanden mehr scheren.

Doch dann hatte ich einen Vorgeschmack darauf bekommen, wie es sein konnte, wenn man die Zugbrücke zu seinem Herzen ein wenig herunterließ. Es bereitete mir Angst, und zugleich spürte ich einen mir bisher unbekannten Frieden. Ich konnte nun freier atmen, sah die Welt in neuen Farben. Ein Leben ohne dieses Gefühl erschien mir nicht länger lebenswert.

Mein gesamtes Leben hatte ich damit zugebracht, das Volk Kadiers zu hassen.

Doch nun erkannte ich, wie sehr ich mein eigenes liebte. Und dafür war ich bereit, Berge zu versetzen.

»Wir sind uns alle einig, dass es einen anderen Weg geben muss, unser Land zurückzuerobern, als den, für den wir ausgebildet wurden«, begann ich.

»Ja«, erwiderte Inigo prompt.

»Das Problem ist nur, dass ich nicht weiß, wie dieser Weg aussieht. Und dann gibt es da noch Kawan. Wenn er wüsste, wie sehr wir an ihm zweifeln, würde er uns alle umbringen.«

Ich ließ ihnen Zeit, das Gesagte zu verarbeiten, darüber nachzudenken, dass durchaus die Möglichkeit bestand, dass sie Dahrain niemals zu Gesicht bekommen würden.

»Aber«, fuhr ich fort, »wenn unsere Leben sowieso in

Gefahr sind, will ich es lieber riskieren, mich gegen Kawan zu stellen, als sinnlos gegen Kadier zu kämpfen. Und wenn es euch auch so geht, dann … werde ich euch anführen, sobald ich einen Plan habe.«

Annika

Meinem Volk zuliebe erschien ich mit einem Lächeln auf den Lippen zum Abendessen.

Obwohl die Details zum Gesundheitszustand meiner Familie nicht öffentlich gemacht worden waren, vermuteten doch einige Lords und Ladys, dass die Lage ernst war. Zumindest so ernst, dass ich die Herrschaft übernommen hatte. Ich hoffte, die Situation stabilisieren zu können, bevor irgendjemand die Wahrheit erfuhr. Also setzte ich mich auf den Platz meines Vaters, musterte die Menschen vor mir und sprach schließlich laut aus, was nun getan werden musste.

»Nickolas«, begann ich. Sein Kopf schnellte zu mir herum, und er sah mich aufmerksam an, bereit, meine Forderungen zu erfüllen. »Ich glaube, es ist nun an der Zeit, dass wir unsere Hochzeit planen.«

Er starrte mich an, verwirrt, aber nicht abgeneigt. »Jetzt? Bei … bei allem, was gerade passiert?«

»Genau aus dem Grund sollten wir mit der Planung beginnen. Und ich finde, wir sollten für großes Aufsehen sorgen. Jedem erzählen, dass ich mein Hochzeitskleid entwerfe und du das Gold für die Ringe aus Nalk kommen lässt. Bei jeder Gelegenheit davon reden. Dann haben wir etwas zu feiern, wenn es meinem Vater und meinem Bruder wieder besser geht. Und wenn …« Das Wort blieb mir im Halse stecken. *Wenn* raubte mir den Atem. »Nun, was auch immer kommen mag … Wir werden die Familienlinie weiterführen und für unser Volk da sein.«

Er nickte. »Ich weiß, dass nichts so gekommen ist, wie du es dir vorgestellt hast. Ich habe es mir auch anders vorgestellt. Aber ich gebe dir recht. Sollen wir schon ein Datum festlegen?«

»Lass uns über die Hochzeit sprechen, als stünde sie kurz bevor. Den Termin können wir in ein paar Tagen immer noch festlegen, sobald wir wissen, was mit meiner Familie passiert.«

Er nickte erneut. »Verstehe. Willst du immer noch außerhalb des Palasts leben?«

Mein Blick fiel auf die Menschen vor mir, wie sie aßen und lachten, ahnungslos, dass die Königsfamilie kurz vor dem Zerfall stand und Gefahr durch eine Invasion drohte. Die Menschen auf dem Land hatten eine schwächere Bindung zum Palast und bekamen nicht mit, was im Herzen von Kadier geschah. Meine Beziehung zu Nickolas würde

Zeit zum Wachsen brauchen, doch das würde warten müssen, bis das Volk in Sicherheit war.

»Nein. Ich will hierbleiben.«

Er lächelte. »Gut. Ich werde das Gold tatsächlich aus Nalk kommen lassen. Und du solltest dir nicht noch die Hochzeitsvorbereitungen aufbürden. Übertrage sie an deine Magd.«

»Sie ist ziemlich beschäftigt im Moment. Aber mach dir keine Sorgen. Ich werde delegieren.«

Nickolas nahm einen Bissen von seinem Essen, bevor er sich mir wieder zuwandte. »Mir macht es nichts aus, an Escalus' Bett zu wachen. Er ist jetzt quasi mein Bruder. Wenn jemand außer dir an seiner Seite sein sollte, dann bin ich es.«

Ich ergriff seine Hand und bemühte mich um einen fröhlichen Tonfall. »Als deine Regentin befehle ich dir, dir darüber keine Gedanken mehr zu machen. Ich verspreche dir, dass ich in guten Händen bin und man sich gut um Escalus kümmert. Außerdem wirst du ab jetzt so viel zu tun haben, dass du keine Zeit mehr haben wirst, an jemandes Seite zu sitzen.«

Er sah mich an, und sein Blick wurde sanfter. Dann führte er meine Hand an seine Lippen und küsste sie. Ich hörte ein Dutzend »Ahhhs« um uns herum, was meinen Entschluss nur bestärkte. Ich musste heiraten. Und wenn es nicht der Mann sein konnte, den ich liebte, dann musste es eben Nickolas sein.

»Wenn das dein Befehl ist, beuge ich mich ihm nur allzu gern.«

Ich schlief nicht tief genug, um zu träumen. Ich wünschte,

ich könnte es, denn ich wusste nun, dass dies der einzige Weg war, Lennox zu sehen. Doch mein Schlaf war nur leicht, wurde immer wieder unterbrochen, und die einzigen Gedanken an Lennox waren Erinnerungen.

Schließlich gab ich auf, rieb mir die Augen und schlüpfte in meine Pantoffeln. Dann warf ich mir einen Morgenmantel über und stapfte quer durch den Palast.

Vielleicht hätte mir die Stille Unbehagen bereiten sollen. Vielleicht hätte ich mir mehr Bedienstete und Leibwachen an jeder Ecke wünschen sollen. Doch stattdessen beruhigte mich die Einsamkeit. Ich wickelte das Armband um mein Handgelenk, während ich mich auf den Weg zum Porträt meiner Mutter machte und mich seufzend davor niederließ. »Ich wurde zur Regentin erklärt, Mama. Ich muss Kadier nun ganz allein regieren.« Ich breitete die Arme aus. »Ich wünschte, du könntest mich jetzt sehen. Endlich habe ich das Gefühl, etwas tun zu können. Escalus hat immer gesagt, Nickolas zu heiraten sei selbstlos. Und ich weiß, dass ich es für Kadier tue …« Ich spürte, wie sich das Schluchzen meine Kehle hinaufzwängte, doch ich drängte es zurück. Jetzt war keine Zeit für Tränen.

»Ich wünschte, ich könnte dir alles erzählen«, gestand ich. »Aber wenn ich jetzt damit beginne, ist es, als ob ich an einem losen Faden zöge, und dann löse ich mich womöglich auf wie ein Wandteppich. Und das darf nicht passieren. Zum Wohle aller.«

Lange Zeit starrte ich ihr Bildnis an, genoss die Stille, genoss ihre Gegenwart. »Kannst du dich noch daran erinnern, wie wir immer gemeinsam auf Reisen gegangen sind? Erinnerst du dich noch an den Jungen mit dem Apfel?«

Ich lächelte sie an. »Bestimmt kannst du das. Du erinnerst dich immer an alles.«

Mit ihren weisen, geduldigen Augen blickte sie zu mir herunter. Ich wusste, dass auch sie ihre Fehler hatte. Ich wusste, dass sie nicht perfekt war. Jedoch war sie immer auf der Suche nach dem Besten in sich – und das war alles, was sie mir je gegeben hatte. Und ich wollte es ihr unbedingt gleichtun und nur das Beste von mir geben.

»Mach dir keine Sorgen«, sagte ich. »Was bedeutet schon der Tod für uns? Die Erinnerung an dich lebt immer noch fort. Ich halte sie am Leben.«

Lennox

Ich stand vor der Tür meiner Mutter und hatte Angst, anzuklopfen. Die Wahrscheinlichkeit war hoch, dass sie sich für Kawan statt für mich entscheiden würde – schließlich hatte sie das seit dem Tod meines Vaters jeden einzelnen Tag getan –, aber ich musste ein letztes Mal erfahren, wem ihre Loyalität wirklich galt.

Nachdem ich zum hundertsten Mal tief durchgeatmet hatte, klopfte ich an. Ich hörte, wie sich ihre Schritte der Tür näherten. Ich wusste nicht, ob ich es mir nur einbildete, aber ich hatte das Gefühl, ihre Augen leuchteten auf, als sie mich sah. Doch ich konnte ohnehin nicht mehr klar denken. Es dauerte kurz, bevor mir auffiel, dass sie nicht frisiert und ihr Kleid zerknittert war.

»Lennox«, hauchte sie.

»Darf ich kurz reinkommen?«

Sie nickte knapp und öffnete die Tür weiter.

Ihr Bett war ungemacht, aber davon abgesehen war ihr Gemach relativ ordentlich. Es sah fast genauso aus wie damals, als ich mich hineingeschlichen hatte, um ein Kleid für Blythe zu stehlen, auch wenn sich der Raum durch ihre Anwesenheit nicht mehr ganz so trostlos anfühlte.

»Wolltest du über etwas Bestimmtes mit mir sprechen?«, fragte sie.

Warum hast du es zugelassen, dass er mich so oft geschlagen hat? Warum sind wir nicht einfach gegangen? Würdest du ihn für mich verlassen und vergessen? Würdest du mir folgen?

Hast du mich je geliebt?

»Bist du glücklich?«, fragte ich schließlich.

Sie starrte mich an. »Was meinst du damit?«

»Es ist nur so … Bevor wir hierhergekommen sind, als es nur dich, Vater und mich gegeben hat … Wir waren doch glücklich, oder nicht?«

Sie senkte den Blick und lächelte. In ihrem Geist schien sie eine Erinnerung nach der anderen abzurufen. »Ja. Wir waren fast zu glücklich.«

Ich spielte an meinen Fingern, zupfte an meiner Nagelhaut.

»Und … bist du jetzt auch glücklich? War das alles nur seinetwegen? Haben wir unser Glück verloren, als Vater gestorben ist?«

Kurz wandte sie den Blick ab, und ihre Augen wurden glasig. »Vielleicht. Aber ich weiß nicht, ob wir es besser hätten machen können.«

»Warum?«, fragte ich mehr mich selbst als sie.

»Die Wahrheit ist, dass Menschen auf unterschiedliche Arten trauern. Manchmal verletzt es die anderen, wenn jemand sein Leben zu schnell weiterlebt. Und wenn jemand zu lange trauert, tut auch das weh. Manchmal frage ich mich, ob du *immer noch* um ihn trauerst. Und ich … ich musste mich beeilen.«

Ich schluckte schwer, wollte nicht weinen.

»Dann bist du also einfach weitergegangen und hast mich zurückgelassen?«

»Lennox«, flüsterte sie so leise, dass ich es kaum hörte. Ich sah ihr in die Augen. »Lennox, *du* hast *mich* verlassen.«

Ich öffnete den Mund, um zu widersprechen, doch sie hatte recht. Sie war unglücklich – und ich auch. Nachdem ich hier mein eigenes Zimmer bekommen hatte, hatte ich nicht mehr zurückgeblickt.

Ich hatte sie zurückgelassen. Ich saß da und starrte zu Boden, während sie sprach.

»Ich hatte immer gehofft, du würdest zurückkommen, doch das bist du nicht. Ich habe das Gefühl …« Die Worte blieben ihr im Halse stecken, und ich wusste, dass sie gleich anfangen würde zu weinen. Doch mit den Tränen kam auch die Wahrheit. »Ich habe versucht, alle Überreste zusammenzukratzen, die mir das Leben gelassen hat. Da ich deinen Vater nicht mehr haben konnte, gab ich mich eben mit Kawan zufrieden. Er war nicht mehr als eine zweite Wahl. Aber wenigstens wollte mich *irgendjemand.* Du wolltest mich nicht. Es war einfacher, nichts zu spüren als alles … Zumindest habe ich mir das eingeredet. Mir war nicht bewusst, wie dumm das war, bis ich dachte, ich hätte dich auf der Insel verloren.«

Sie sah erschöpft aus, als hätte sie diese Beichte all ihre Kraft gekostet. Sie hatte dieses Leben genauso satt wie ich.

Ich war sprachlos.

»Ich dachte … Die ganze Zeit dachte ich, du könntest mich nicht ausstehen.« Ich nahm meinen Mut zusammen und sah sie an, hatte immer noch Angst, ich könnte recht haben.

Mit Tränen in den Augen schüttelte sie den Kopf. »Was ich gesagt habe, meinte ich ernst. Ich vermisse ihn so sehr. An manchen Tagen schmerzt es einfach zu sehr, dich anzusehen, weil du ihm so ähnlich bist. Aber dich hassen? Niemals.«

Für einen Moment standen wir schweigend da. Dieses eine Wort bedeutete so viel, und es dauerte kurz, bis ich es verarbeitet hatte. Sie ließ mir Zeit, betrachtete mich mit müden, aber geduldigen Augen. Ich schluckte. Sie nickte. Und das war's.

»Ich brauche deine Hilfe«, gestand ich. »Und du darfst es auf keinen Fall Kawan erzählen. Sonst bringt er mich um.«

»Ich weiß.«

Ich straffte die Schultern. »Du weißt es?«

»Ich will unser Königreich zurück. Und ich weiß, dass wir das nur schaffen, wenn wir alle hinter dir stehen. Die Menschen hatten lange Zeit mehr Angst vor dir als vor ihm, und jetzt respektieren sie dich mehr als ihn. Es überrascht mich nicht, dass es so weit gekommen ist. Du bist der Sohn deines Vaters. Du hast gesagt, Kawan habe mich immer nahe bei sich gehalten, um dich zu kontrollieren. Er verhält sich anders, seit ich auf der Insel zu dir gerannt bin. Ich glaube, alles, was je zwischen Kawan und mir war, ist nur noch reine Farce. Aber ich muss den Schein wahren. Ich muss an seiner Seite bleiben, bis du einen Plan hast. Hast du mich verstanden?«

Ich wollte alles glauben, was sie sagte. Aber wie konnte

ein einziges Gespräch – selbst eines, das mich so tief ins Herz traf – Jahre der Vernachlässigung auslöschen?

»Ich verstehe«, erwiderte ich, ohne ihr irgendwelche Versprechungen zu machen.

»Gut. Pass auf, was du sagst und wem du es sagst. Wohin gehst du jetzt?«

»In den Speisesaal.«

Sie nickte. »Komm gegen Mittag in die Haupthalle. Er schmiedet Pläne. Ich finde, du solltest von ihnen erfahren.«

»Noch mehr Pläne?«, fragte ich ungläubig.

»Zügle dein Temperament«, erinnerte sie mich ruhig. »Wähle deine Worte mit Bedacht. Sei still und hör zu.«

Ich seufzte. »Nun gut. Ich werde da sein.«

Ich wandte mich zum Gehen und ließ mir alles, was sie gesagt hatte, noch einmal durch den Kopf gehen.

»Lennox?«

Ich wandte mich um und sah die Sorge in ihrem Blick. »Ja?«

»Wenn irgendetwas passieren sollte … Wenn sich eine Chance ergibt und du dir wen auch immer schnappen kannst, dann geh. Warte nicht auf mich. Schau nicht zurück. Geh. Unserer Zukunft zuliebe, bitte geh.«

Ihre Bitte ließ in mir die Vermutung aufkeimen, dass sie davon ausging, dass ich gezwungen sein würde zu gehen. Oder dass die Situation hier unerträglich werden würde. Aber schließlich war sie meine Mutter. Und Mütter neigten dazu, gewisse Dinge einfach zu *wissen.*

Ich nickte. »Das werde ich, wenn es so weit kommt. Und sobald sich die Lage beruhigt hat, komme ich zurück und hole dich. Versprochen.«

Annika

Ich saß auf meinem Stuhl und ließ den Blick über den Schreibtisch schweifen. Vereinbarungen, Verträge, Anfragen, Petitionen. Ich wünschte, Escalus wäre hier und könnte sehen, wie ich meine Aufgaben meisterte. Er wäre so stolz auf mich.

Ich unterzeichnete auch noch das letzte Dokument und ließ mich gegen die hohe Rückenlehne sinken. Ausnahmsweise war außer mir niemand hier. Keine Lords, keine Ärzte, keine Wachen.

Ich lächelte vor mich hin und beschloss, dass es Zeit war für eine Pause. Mit gerafften Röcken eilte ich aus dem Zimmer, nahm die hintere Treppe zu meinem Lieblingsteil des Gartens, weit entfernt von den Springbrunnen und der üppigen Blütenpracht. Die hohen zugewucherten

Mauern beschützten mich vor der Außenwelt, und der Weg mit dem Kopfsteinpflaster bot mir einen endlosen Kreis, auf dem ich wandeln konnte. Es war eine willkommene Abwechslung, für einen Moment nicht so viel grübeln zu müssen.

Natürlich wanderten meine Gedanken jetzt, da ich nicht damit beschäftigt war, ein Königreich zu regieren, sofort zu Lennox.

Dass wir es beide lebend aus dieser Höhle geschafft hatten, war wohl die einzige Gnade, die das Universum zwei Menschen, deren Liebe unter einem schlechten Stern stand, hatte zuteilwerden lassen.

Ich fragte mich, ob er hin und wieder an mich dachte. Und wenn ja – sah er mich dann wieder nur als Feindin? Dachte er manchmal daran, wie es sich angefühlt hatte, als wir uns geküsst hatten? Ich sah diese Momente immer wieder vor meinem geistigen Auge. Ich spürte seine Hände in meinem Haar, seinen Atem an meinem Hals, seinen Namen in meinem Herzen.

Und wenn die Erinnerungen zurückkamen, wollte ich am liebsten davonlaufen. Vielleicht könnten wir woanders leben, an einem Ort, den niemand wollte. Vielleicht könnten wir uns etwas Eigenes aufbauen.

Doch ich konnte nichts dergleichen tun. Ich würde Kadier nicht verlieren. Nicht, solange ich darüber herrschte. Ich hatte bereits den Verlust meiner Mutter überlebt. Ich hatte es überlebt, dass sich mein Vater in die düsterste Version seiner selbst verwandelt hatte. Ich hatte zugestimmt, einen Mann zu heiraten, den ich kaum ertrug. All das hatte ich dem Thron Kadiers zu Füßen gelegt, und ich würde nicht zulassen, dass mir das jemand nahm – nicht einmal Lennox Ossacrite.

Und dennoch schlug mein Herz schneller, wenn ich nur an seinen Namen dachte.

Lennox' Liebe war verwirrend. Sie war gefährlich, aber auch sanft und offen, aber dennoch kompliziert. Sie war mehr als das, worauf mich meine Bücher vorbereitet hatten. Und ich wollte sie von ganzem Herzen.

Ich blickte mich in meiner kleinen Oase um, und mir fiel auf, was für ein seltsamer Ort sie doch war. Eigentlich waren unsere Gärten viel raffinierter angelegt, beinahe wie ein Labyrinth. Doch das hier war nur ein Weg mit einem Stein in seiner Mitte. So schlicht, so …

Ich erstarrte.

»Was bist du?«, fragte ich und betrachtete den Stein mit zusammengekniffenen Augen. Jetzt, da ich ihn genauer begutachtete, erschien er mir unnatürlich glatt.

Ich erschauderte und stürzte los, um nach den Gärtnern zu suchen. Hastig eilte ich über Schotterwege, durch die von hohem Gras gesäumten Alleen, vorbei an Menschen, die knicksten und sich verbeugten, als sie mich kommen sahen.

»Ihr, da!«, rief ich, als ich endlich einen der Gärtner entdeckte. Er verbeugte sich tief. »Sir, ich brauche Eure Hilfe. Bitte ruft noch mindestens zwei Männer herbei und besorgt Schaufeln. Bringt auch eine für mich mit.«

Es gab nur einen Ort, an dem ich beginnen konnte, aber ich hatte schon jetzt das Gefühl, all meine Kräfte aufgebraucht zu haben. Aber wenn es eine Wahrheit zu entdecken gab, dann würde ich sie finden.

»Annika?«

Als jemand ungläubig meinen Namen rief, wandte ich mich um. Natürlich war es Nickolas.

»Brauchst du irgendetwas?«, fragte ich und ging weiter in Richtung Bibliothek.

»Was um alles in der Welt ist mit deinem Kleid passiert? Hast du dich etwa im Dreck gewälzt? Du siehst schrecklich aus. Ich habe es dir gesagt. Du brauchst wieder eine Magd, die sich nur um dich kümmert. Was sollen bloß die Leute denken? Es ist nicht angemessen, dass du …«

Ich wandte mich zu ihm um und hob einen Zeigefinger. »Nickolas, ich weiß es sehr zu schätzen, was du in letzter Zeit alles für mich getan hast, aber du *musst* aufhören, mich so formen zu wollen, wie du dir eine Ehefrau vorstellst. Entweder akzeptierst du mich so, wie ich bin, oder du musst dir eine andere suchen.« Ich nahm ein paar hastige Atemzüge und strich mir das Haar aus dem Gesicht. Bestimmt hatte er daran auch etwas auszusetzen. »Ich bin die Prinzessin hier. Ich bin die *Regentin.* Selbst wenn ich in meinem Mieder herumlaufen würde, wäre es angemessen, und niemand könnte etwas dagegen sagen. Wenn du helfen willst, dann hilf.«

Ich beobachtete, wie Nickolas blinzelnd nach Luft schnappte, nachdachte und zu dem Entschluss kam, dass ich zumindest für jetzt recht hatte.

»Entschuldigung, Eure Hoheit.« Er schluckte und zupfte seine Weste zurecht. »Es warten jede Menge Leute auf dich, weshalb ich seit einer Stunde durch den Palast laufe und nach dir suche. Nach allem, was passiert ist, konnte ich nicht ausschließen, dass du vielleicht wieder entführt wurdest. Allein bei der Vorstellung konnte ich wohl nicht mehr klar denken.«

Mir entging nicht, dass er mir den Rücken zugewandt hatte, aber wenn er sich tatsächlich Sorgen um mich gemacht hatte, würde ich nicht weiter nachbohren.

»Tut mir leid, wenn ich dir Sorgen bereitet habe, aber es steht etwas Dringliches an. Bitte geh zu den Wartenden, entschuldige dich in meinem Namen für die Umstände und sag ihnen, dass ich sie morgen in Empfang nehmen werde.«

Ich eilte weiter in Richtung Bibliothek und drückte hastig die Türen auf.

»Eure Hoheit«, begrüßte mich Rhett. »Wie schön, dich … Ist alles in Ordnung? Was ist mit deinem Kleid passiert?«

»Ich habe gegraben«, erklärte ich knapp und steuerte auf die Geschichtsabteilung zu.

»Ah«, erwiderte er lachend. Nicht wertend, nicht vorwurfsvoll, sondern lachend. »Und was hast du gefunden?«

»Eine Halbkugel. Einen Stein, der so rund ist, dass er aussieht wie die Sonne, die aus dem Boden aufsteigt«, entgegnete ich und bekam erneut Gänsehaut, als ich an Lennox' Worte dachte. Vor der hohen Bücherwand blieb ich stehen. »Rhett, ich brauche die frühesten Aufzeichnungen von der Gründung unseres Landes. Ich muss alles darüber erfahren, wie wir hierhergekommen sind.«

Er blickte drein, als hätte er Dutzende Fragen. Doch statt auch nur eine davon zu stellen, deutete er auf das Ende von einer der Regalreihen.

»Fang am besten da an.«

Lennox

Ich erreichte Kawans Tür zur etwa selben Zeit wie seine drei führenden Soldaten. Alle drei nickten mir knapp zu, und ich folgte ihnen schweigend.

»Ich habe gehört, du hast Aldrik begraben«, flüsterte Illio.

Ich nickte.

Kurz richtete er den Blick auf die Steinwand, bevor er sich wieder mir zuwandte. »Ich bin froh, dass er nicht allein war.«

Die Verbitterung in seiner Stimme verriet mir, dass Kawan seine Gefolgschaft schneller verlor, als ich sie übernehmen konnte. Das Einzige, was ihn jetzt vielleicht noch retten konnte, war ein narrensicherer, brillanter Plan. Und soweit ich wusste, hatte er keinen. Also blieb ich still, wie meine Mutter es von mir verlangt hatte, und schlüpfte hinter den Soldaten in den Raum.

»Warum ist er hier?«, fragte Kawan, und ich wusste ohne hinzusehen, dass er mich meinte.

Ich blickte auf und sah, wie meine Mutter an seinem Arm hing und dabei so zufrieden wirkte, dass es schwer war zu glauben, dass sie diesen Feigling erst heute Morgen als *zweite Wahl* bezeichnet hatte.

»Er ist der Einzige, der mit ihrer Prinzessin zu tun hatte, und er hat auch mit den drei Abgesandten gesprochen. Wenn uns jemand einen Einblick verschaffen kann, dann er«, erwiderte sie träge.

»Ich brauche keinen Einblick«, widersprach Kawan, und auf seinem Gesicht breitete sich langsam ein Grinsen aus. »Ich habe schon alles, was ich brauche.«

Mir lief es eiskalt den Rücken hinab, und ich konnte mich nicht mehr rühren. Er war dermaßen gelassen, dass mir in diesem Moment bewusst wurde, dass er die Tore zum Königreich bereits geöffnet hatte.

»Wie meint Ihr das?«, fragte Illio.

Kawan grinste noch immer, während er sprach. »Wir haben heute Morgen zwei neue Rekruten bekommen, beide von Kialand.«

Er zögerte die Antwort hinaus, spannte uns auf die Folter.

Schließlich ermutigte ihn Slone dazu weiterzusprechen. »Ich gehe davon aus, sie hatten Neuigkeiten zu berichten?«

Kawan nickte. »Der Prinz von Kadier ist tot.«

Ein Teil meines Herzens zerbrach. Annika war da draußen, allein, ohne ihren Bruder.

»Bist du dir sicher?«, fragte Mutter überrascht.

»Ja. Und es ist gut möglich, dass der König ebenfalls tot ist«, fügte Kawan beinahe freudig erregt hinzu.

»Was?«, fragte ich schockiert.

»Es ist nun fast eine Woche her, dass er zum letzten

Mal gesehen wurde. Das schürt Gerüchte. Das Mädchen wurde anscheinend zur Regentin erklärt, was bedeutet, dass sie ihren Vater und ihren Bruder vertritt. Dass der Prinz tot ist, die Krone es aber verheimlicht. Und wie es scheint, ist ihr König ebenfalls so gut wie tot. Das heißt, alles, was noch zwischen uns und unserem Königreich steht, ist … ein kleines Mädchen.«

Nein. Nein, nein, nein.

»Ich würde sie lieber nicht unterschätzen«, warnte ich ihn.

»Nur, weil sie dir entkommen ist, heißt das nicht, dass sie einer ganzen Armee entkommt«, widersprach er, und seine Laune verfinsterte sich. Doch seine Unbekümmertheit kehrte ebenso schnell zurück, wie sie verschwunden war. »Aber wir brauchen nicht mal eine Armee. Wir müssen nur warten. Das ist alles.«

Die Soldaten im Raum wechselten Blicke.

Während sie ihre Schlüsse zogen, zog ich meine eigenen. Mir wurde bewusst, dass ich mich die ganze Zeit an die Hoffnung geklammert hatte, sie wiederzusehen. Nicht auf dem Schlachtfeld und auch nicht bei irgendwelchen Friedensverhandlungen, sondern … ich dachte, ich könnte sie wieder in meine Arme schließen, sie küssen. Ich hatte mir vorgestellt, wie ich in einer stillen Umarmung das Gesicht an ihren Hals schmiegen würde.

Ich musste jeden Tag so oft an sie denken, dass ich aufgehört hatte zu zählen. Sie dämpfte jedes andere Bedürfnis, selbst die Belange, von denen ich wusste, dass ich ihnen nachgehen musste. Bis zum bitteren Ende. Ich musste meinen Weg gehen – und sie ihren.

Ich schüttelte den Kopf und kehrte zurück in die Realität.

»Sir«, begann ich, »wie könnt Ihr Euch dessen so sicher sein?«

»Während du dich in einer Höhle verkrochen hast, habe ich in einem Gebüsch ausgeharrt … nicht allein, sondern in einem erzwungenen Waffenstillstand.«

Alle Augen richteten sich auf ihn. Am liebsten hätte ich entgegnet, dies sei unmöglich, doch ich wusste aus Erfahrung, dass es wahrscheinlich stimmte.

»Mit wem?«, wollte Mutter wissen.

»Mit jemandem, der die königliche Familie genauso dringend loswerden will wie wir. Er wird sich um alles für uns kümmern«, erwiderte er, doch seine Antwort war so vage, dass es mich in den Wahnsinn trieb.

»Wie denn?« Ich brauchte Gewissheit. Absolute Gewissheit.

Kawans Lächeln war düster, schadenfroh.

»Sie sollte innerhalb der nächsten Woche tot sein«, erwiderte er ruhig. »Und sobald das geschehen ist, wird unser kleiner Informant … eliminiert. Und in zwei Wochen leben wir dann im Palast.«

Annika

»Danke«, sagte ich zu der Magd, deren Namen ich nicht kannte, als sie mir einen Teller mit Essen hinstellte.

»Gern geschehen, Eure Majestät«, erwiderte sie.

»Nein!«, widersprach ich so laut, dass sie zusammenzuckte und ihre Rehaugen sich vor Schreck weiteten. Verärgert über mich selbst, presste ich die Lippen aufeinander. »Es tut mir leid. Ich wollte nicht schreien. Aber ich bin immer noch ›Eure Hoheit‹. Mein Vater und mein Bruder werden schon bald ihren Dienst wieder aufnehmen. Ich … fülle nur die Lücke.«

Sie nickte. »Tut mir leid, Eure Hoheit.« Dann machte sie einen Knicks und verließ eilig den Raum.

»Es tut mir wirklich …« Doch sie war bereits verschwunden, bevor ich »leid« sagen konnte. Seufzend widmete ich mich wieder den schweren Folianten vor mir. Sieben Geschichtsbücher hatte ich bereits durchforstet und nachgesehen, ob der Name »Dahrain« irgendwo darin auftauchte. Doch nichts.

Aber dieser Stein im Garten … Er sah *genauso* aus wie der, den mir Lennox in der Höhle beschrieben hatte. Perfekt rund, perfekt glatt. Zwar war er die ganze Zeit in einem Garten vergraben gewesen, doch er existierte. Er hatte gesagt, sein Volk würde zu ihm zurückkehren und dort tanzen. Und wenn das stimmte – wenn er davon wusste, ohne jemals hier gewesen zu sein –, musste es noch mehr geben. Ich spürte es in meinem tiefsten Inneren.

Die Tür öffnete sich ohne ein Klopfen, und Nickolas trat mit einem Tablett in der Hand ein.

»Ah. Eigentlich wollte ich dir ein Friedensangebot machen, aber wie ich sehe, hat dir schon jemand etwas zu essen gebracht«, sagte er und deutete mit einer Kopfbewegung auf den Teller auf dem Tisch.

Seit dem Vorfall im Korridor waren nun ein paar Stunden vergangen, und ich wusste noch immer nicht, was ich dazu sagen sollte. Musste ich mich entschuldigen? Wenn ja, wofür? Fürs Erste führte ich das Gespräch einfach fort und hoffte, es würde sich von selbst erledigen.

»Ja. Ich weiß nicht, wer sie damit beauftragt hat …« Ich schweifte ab, denn mir fiel auf, dass Nickolas schmollend das Gesicht verzog.

»Kann ich dich etwas fragen?«, setzte ich wieder an.

Er blickte mich an. »Natürlich.«

»Hast du jemals von einem siebten Clan gehört?«

Er kniff die Augen zusammen. »Das … das ist deine Frage?«

»Ja.«

Er seufzte. »Annika. Unser Land ist in Gefahr, den Großteil seiner königlichen Familie zu verlieren. Eigentlich sollten wir gerade unsere Hochzeit planen. Da draußen lauert eine Armee, die alles zerstören will, was wir uns je aufgebaut haben – und du willst jetzt Geschichtsunterricht?« Kurz starrte er auf die gegenüberliegende Wand. »Ich verstehe nicht, wo du mit deinen Gedanken gerade bist.«

Seine Haltung hatte etwas so Verzweifeltes, dass ich es nicht übers Herz brachte, ihn zurechtzuweisen.

»Nickolas, ich übe gerade eine Position aus, für die ich nicht ausgebildet wurde, obwohl wir wissen, dass der Feind im Anmarsch ist. Ich mache mir Sorgen um meinen Bruder und meinen Vater. Ich schlafe kaum noch. Wenn ich also ein wenig neben der Spur erscheine, dann liegt es daran, dass ich im Moment ziemlich viel um die Ohren habe. Und es ist …«, ich legte eine Hand auf mein Herz und dachte nach, »überfordernd und wundervoll und ermüdend und großartig. Und ich gebe mein Bestes.«

Er kam auf mich zu und fiel auf die Knie. »Dann lass mich dir helfen. Annika, ich bin dazu in der Lage. Geh und ruh dich aus. Und ich nehme in der Zwischenzeit die Gesuche entgegen. Ich lese sie, sortiere sie und fasse sie heute Abend für dich zusammen. Entspann dich.«

Ich wandte den Blick ab. Es fühlte sich an wie Betrug, meine Aufgaben an ihn zu übertragen … Aber war das denn so schlimm, wenn es nur darum ging, Berichte durchzulesen und für mich zusammenzufassen?

»Na schön. Aber jetzt bringe ich erst einmal die Bücher zurück in die Bibliothek.«

Er nickte lächelnd und schien fürs Erste zufrieden. Da ich nichts weiter zu sagen hatte, sammelte ich die Bücher zusammen und machte mich auf den Weg.

»Annika?«, fragte Rhett, als ich durch die Türen trat. »Du bist schon zurück?«

»Ja.« Ich legte die Bücher auf den Empfangstresen. »Eigentlich wollte ich sie noch mal durchsehen, doch es nützt nichts. Ich finde einfach nichts.«

Er seufzte. »Ist dir schon in den Sinn gekommen, dass es auf deine Fragen vielleicht keine Antworten gibt?«

Ich schüttelte den Kopf. »Ich glaube, da ist noch mehr.«

Er kam näher und fasste mich an den Schultern. »In Ordnung. Dann erklär mir genau, wonach du suchst. Wenn es sich in dieser Bibliothek befindet, werde ich es finden.«

Ich schnaubte. »Ich suche nach der Erwähnung eines siebten Clans. Die Dahrainer? Ich kann rein gar nichts darüber finden ... Dabei war ich mir so sicher, dass ich einer Sache auf der Spur bin.«

Ich rieb mir die Stirn und versuchte, den Stress wegzumassieren. Als ich Rhett ansah, lächelte er.

»Annika. Natürlich findest du nichts. Du suchst am falschen Ort.«

»Wie bitte?«

»Dieses Volk ... Du nennst sie Dahrainer?«

Ich nickte.

»Über sie steht nichts in den Geschichtsbüchern geschrieben. Alle Geschichten über einen verlorenen siebten Clan gehören in das Reich der Mythologie.« Er deutete auf die besagte Abteilung in der Mitte der Bibliothek, einen offenen Bereich, in dem jeder sah, wonach man suchte, und die Bücher an die Regale gekettet waren.

Mythologie.

Bevor ich mir der Bedeutung bewusst werden konnte, wurden die Türen aufgestoßen.

Es war Nickolas, völlig außer Atem, weil er so gerannt war.

»Annika«, schnaufte er. »Ich würde dich nicht stören, wenn es nicht dringend wäre, aber da ist jemand, den du glaube ich in Empfang nehmen willst.«

Ich gab es nur ungern zu, aber mein Herz machte einen Satz, und in mir erwachte ein letzter Funken Hoffnung. War er hier? War er meinetwegen gekommen?

»Wer?«

»Ein Soldat, den Seine Majestät als Botschafter zu den Dahrainern geschickt hat, um sie auf die Insel zu bestellen. Er wurde auf der Burg gefangen gehalten, befragt und dann aufs offene Meer hinausgeschickt. Er ist der Einzige von den drei Abgesandten, der lebend zurückgekehrt ist.«

Ich nickte. »Bring mich sofort zu ihm.«

Lennox

Wie sich herausstellte, konnte ich mit Inigo und Blythe mit nur einem einzigen Blick kommunizieren. Als ich draußen an ihnen vorbeiging, während sie gerade mit einer Gruppe Soldaten trainierten, war das alles, was es brauchte, um ihre Aufmerksamkeit auf mich zu ziehen. Ich ging weiter zum Rand des Grundstücks und wusste ohne zurückzublicken, dass sie mir folgten.

Neben einem Felsen blieb ich stehen und versuchte, meine Gedanken zu sortieren. Äußerlich mochte ich vielleicht ruhig erscheinen, doch in meinem Inneren bebte alles, kalt und unsicher. Als ich mich umdrehte, standen sie bereits da und warteten.

»Ihr Prinz ist tot«, informierte ich sie.

Blythe schlug eine Hand vor den Mund, und ihre Augen begannen zu strahlen. »Ich wünschte, ich könnte es Rami erzählen. Ich wünschte, sie wüsste …«

Ich konnte ihr nicht sagen, warum das für mich keine

guten Neuigkeiten waren. Warum mir ganz schwer ums Herz war, seit ich davon erfahren hatte.

»Es gibt Berichte, dass der König ebenfalls tot ist«, fügte ich schnell hinzu, denn ich wollte nicht, dass sie sah, wie nahe mir die Neuigkeiten über Escalus gingen, und – was noch viel schlimmer wäre – mich danach fragte. »Und wenn nicht, ist er kurz davor. Ihre Prinzessin wurde zur Regentin ernannt. Ich weiß nicht, ob das bedeutet, dass der König noch am Leben ist, oder ob sie nur Zeit schinden wollen, um sie vorzubereiten, bevor sie seinen Tod verkünden. Aber wie dem auch sei – sie scheint im Moment allein im Palast zu sein.«

Inigo hielt den Blick auf das Gras gesenkt, doch ich sah, wie er die Augen zusammenkniff und den Linien auf dem Boden folgte, während er versuchte, seine Gedanken zu ordnen.

»Willst du damit sagen, dass wir nur noch sie loswerden müssen? Das ist einfach«, sagte Blythe. »*Ich* kann es machen.«

»Nein!«, widersprach ich schnell, bevor ich mich davon abhalten konnte. »Als wir auf der Insel in den Sturm geraten sind, hat Kawan wohl mit jemandem aus Kadier zusammen ausgeharrt. Und wer auch immer es war – er wird sich um sie kümmern.«

Es folgte angespanntes Schweigen. Dann brach Blythe in Gelächter aus.

»Das … Genau das hatten wir uns doch erhofft, nicht wahr?«, fragte sie.

Ihr Kopf schnellte zwischen Inigo und mir hin und her, und sie wartete darauf, dass einer von uns ihre Aussage bestätigte.

»Wir dürfen uns nicht zu sicher sein. Noch nicht. Ich werde sehen, ob wir mehr darüber herausfinden können, was gerade passiert. Ob sie …« Ich schluckte. »Ob sie überhaupt noch am Leben ist. Und ob die Person, mit der Kawan gesprochen hat, vertrauenswürdig ist. Das können wir im Moment nicht wissen.«

Blythe sackte ein wenig in sich zusammen. »Natürlich. Du hast recht.« Seufzend blickte sie zurück zu der alten Burg, die heute noch grauer als gewöhnlich wirkte. »Ich habe nur ein wenig Hoffnung geschöpft und mich hinreißen lassen. Aber ich werde dir folgen, Lennox. Was auch immer du sagst. Wir alle werden dir folgen.«

Gerührt von der Aufrichtigkeit in ihrer Stimme, sah ich sie an. »Danke, Blythe.«

»Ich meine es ernst«, entgegnete sie mit Nachdruck. »Die Rekruten, vor allem die jüngeren … sie fragen nach dir. Ich habe das Gefühl, dass wir jetzt eine echte Chance haben.«

Mein Lächeln war nur schwach, aber ich gab mir dennoch Mühe.

»Blythe«, sagte Inigo, »würdest du uns bitte kurz allein lassen? Ich muss Lennox etwas Persönliches fragen.«

Sie blickte genauso überrascht drein wie ich, nickte jedoch und entfernte sich.

Inigo sah ihr hinterher, bis sie außer Hörweite war.

»Was wirst du dagegen unternehmen?«, fragte er schließlich.

»Wogegen?«

»Was wirst du mit deinem Mädchen machen?«, fragte er streng.

Verwirrt blickte ich Blythes kleiner werdenden Gestalt

hinterher und deutete in ihre Richtung. »Nichts? Sie scheint …«

Inigo schlug meine Hand herunter. »Blythe ist verrückt nach dir und sieht die Wahrheit vor ihren Augen nicht. Ich hingegen schon.« Er starrte mich durchdringend an, seine Augen waren weder vorwurfsvoll noch wütend. »Was wirst du wegen deines Mädchens tun?«

Ich schluckte schwer und spürte, wie sich mein Puls beschleunigte. »Ich weiß nicht, wovon du redest.«

»Du kannst es vielleicht vor allen anderen verheimlichen, Lennox, aber nicht vor mir. Wenn wir mit dir an der Spitze ein Land stürmen und du nicht in der Lage bist, das Einzige, was uns noch im Wege steht, zu eliminieren, muss ich es wissen.« Seine Worte hätten kalt und beschuldigend klingen können, doch das taten sie nicht. Er sagte es geduldig und besorgt. So besorgt, dass es mir umso mehr Angst einjagte. Dann deutete er in die Ferne. »Wenn wir jetzt dort einfallen würden, würdest du den Thron erobern oder sie?«

Tränen brannten mir in den Augen. »Wie konntest du das wissen?«

»Wenn ein Blinder sein Augenlicht zurückbekäme, würde er höchstwahrscheinlich so dreinblicken wie du, als du sie zum ersten Mal in diesem Wald gesehen hast. Ein halbnacktes Mädchen entkommt aus unserer Burg und rennt einmal über den gesamten Kontinent – und du kommst ohne sie *und* ohne deinen Umhang zurück. Wir sind mitten in unserer ersten richtigen Schlacht, und du suchst nach einem vertrauten Gesicht, wo eigentlich keins sein sollte. Als wir von der Insel zurückgesegelt sind, hast du in deiner Tasche mindestens sechsmal nach einem

Stück Spitze getastet. Und gerade konntest du nicht aussprechen, dass sie sterben könnte, ohne dass dir die Stimme weggebrochen ist. Ich muss wissen, was dein Plan ist. Denn wir sind es beide leid einen Krieg ohne Sieger zu führen.«

Ich sog scharf die Luft ein und drängte die Tränen zurück. »Inigo … Was soll ich tun? Ich habe ihre Mutter eigenhändig ermordet, und sie hat mir vergeben. Sie hat mir *vergeben!* Sie hat mir ihre dunkelsten Geheimnisse verraten. Sie vertraut mir.«

Er verzog das Gesicht. »Das Mädchen hat dunkle Geheimnisse?«

Ich seufzte. »Ich wünschte, ich wüsste nichts davon. Die Erinnerung daran schmerzt mich.«

»Du sagst, sie vertraut dir. Liebt sie dich?«

Ich atmete lange aus, dachte an ihre Finger in meinem Haar, daran, wie sie meinen Umhang um ihre Schultern gelegt hatte, an ihre Küsse, die sie mir so willentlich gegeben hatte. »Ob sie es tut oder nicht – ich werde niemals eine andere lieben können.«

Er nickte. »Lennox. Ich habe dir vor langer Zeit die Treue geschworen. Ich habe darauf gewartet, dass du bereit bist, uns anzuführen. Ich weiß seit Jahren, dass du es kannst. Also, gib mir einen Befehl. Sag mir, was du willst, und ich werde alles in meiner Macht Stehende tun, um es zu erfüllen.«

Ich wandte den Blick ab, denn ich ertrug es nicht, dass er so fest an mich glaubte. Es erfüllte mich mit Hoffnung und Stolz, aber auch mit Angst.

»Wir müssen unsere Heimat zurückbekommen, Inigo. Und sie muss am Leben bleiben. Wenn sie stirbt, sterbe ich auch. Ich kann sie nicht haben. Das ist mir bewusst. Aber Annika muss am Leben bleiben.«

Inigo verschränkte die Arme vor der Brust und war nun wieder voll und ganz der Soldat. »Verstanden.« Er senkte den Blick und sah mich dann wieder an. »Was ist mit Blythe?«

Ich schluckte. »Ich … ich weiß nicht …«

»Wenn sie noch zu haben ist, dann solltest du mir das sagen.« Dann marschierte er ohne ein weiteres Wort davon und ließ mich perplex zurück, denn mir war nun bewusst geworden, wie viel Inigo bereits für mich geopfert hatte.

Annika

»Oh, bitte nicht verbeugen«, befahl ich und eilte ins Zimmer. Der Mann vor mir sah schlimmer aus als unsere Soldaten, nachdem wir von der Insel zurückgekehrt waren. Seine Kleidung war zerrissen, und ich sah die roten Striemen von den Fesseln an seinen Handgelenken. Seine Lippe war aufgeplatzt, heilte jedoch, und er hatte überall blaue Flecken.

Erst als er den Kopf hob, erkannte ich ihn. Als ich damals in den Glastisch gestürzt bin, war mein Vater zu perplex gewesen, um mir zu helfen, selbst als das Blut mein zerrissenes Kleid getränkt hatte. Eine der Wachen war herbeigeeilt und hatte mich zurück in meine Gemächer getragen. Es war erniedrigend gewesen, aber ich war dennoch froh, dass mir jemand half.

Er hatte mir geholfen.

»Eure Hoheit. Bitte vergebt mir meinen Zustand, aber ich wollte sofort mit Euch sprechen.«

»Hat man sich denn nicht um Euch gekümmert, Sir?« Er brauchte bestimmt etwas zu essen und Schlaf. Er schüttelte den Kopf.

»Ihr seid bestimmt am Verhungern«, fuhr ich fort und wandte mich verzweifelt an Nickolas.

Seine Augen flitzten zwischen mir und dem Soldaten hin und her. Er zögerte, denn er wollte offensichtlich nichts verpassen. »Aber natürlich«, erwiderte er schließlich. »Ich bin so schnell wie möglich wieder da.«

Nickolas eilte aus dem Zimmer und ließ mich mit dem Soldaten allein.

»Zuerst muss ich mich bei Euch entschuldigen«, begann er drängend. »Wir haben versucht, sie davon abzuhalten, ihre gesamte Armee mitzubringen, aber es nützte nichts. Bis zu jenem Morgen gab es keinerlei Anzeichen, dass sie vorhatten, Euch zu hintergehen. Ich habe Euch nicht beschützt. Ich habe versagt. Das ist unverzeihlich.« Beschämt senkte er den Blick.

»Genug der Worte. Ich wusste auch nicht, dass Seine Majestät sie angreifen würde. Das ganze Aufeinandertreffen war ein einziges Desaster. Erzählt mir einfach, was Ihr könnt.«

Er nickte und sah mir in die Augen. »Wir wurden damit beauftragt, ihnen mitzuteilen, dass sie sich mit Seiner Majestät auf der Insel treffen sollten. Es sollte eine Friedensverhandlung auf neutralem Boden werden. Der König wollte ihnen Ware und einen Friedensvertrag überbringen, in der Hoffnung auf eine zukünftige Zusammenarbeit.

Das war alles, was mir gesagt wurde.« Er schüttelte den Kopf.

»Wir haben es zugelassen, dass man uns gefangen nahm. Sie haben uns verhört, hauptsächlich, was die Bewachung des Palasts angeht. Sie wollten wissen, wo sich unsere Stützpunkte befinden. Es war aber auch ein Soldat dabei, der eine Menge Fragen zu unserer Geschichte hatte. Coleman hat ihrem Anführer gerade genug Details genannt, um sie auf die Boote zu kriegen. Als ihr Anführer, Kawan, merkte, dass er manipuliert worden war, erteilte er den Befehl, uns zu töten. Derselbe Soldat von zuvor, Lennox, brachte uns hinunter an die Küste. Er stellte noch ein paar weitere Fragen. Über das Land. Über Euch.«

Als er sich daran erinnerte, schluckte er schwer. Und ich spitzte die Ohren, als ich seinen Namen hörte.

»Unsere Hände waren gefesselt … Er hätte uns einfach ermorden können. Aber stattdessen befahl er uns, ins Wasser zu gehen, und gab uns die Chance, nach Hause zu schwimmen. Er schnitt sogar mein Seil an, damit ich mich befreien und den anderen helfen konnte.«

Mit zitternder Unterlippe wandte er sich ab und musste zuerst genug Kraft aufbringen, um seine Geschichte zu Ende zu erzählen. »Wir konnten uns aus unseren Fesseln befreien, aber die Strömung war zu stark, und wir schafften es nicht zurück an Land. Bis wir dem Sog entkommen konnten, waren wir so erschöpft … Wir wollten nur raus aus dem Wasser, also bin ich einfach losgeschwommen, als ich Land entdeckt habe. Aber es war zu steinig. Immer wieder wurden wir gegen die Felsen geschmettert und … ich glaube, da haben wir Coleman verloren. Aber sicher bin ich mir nicht.«

Ich presste eine Hand auf meinen Mund, denn ich war so gerührt von seinem Schmerz, dass ich selbst den Tränen nahe war.

»Ich schaffte es schließlich, an Land zu klettern, und zerrte Victos hinter mir herauf. Irgendwo an einem Waldrand wurden wir dann beide ohnmächtig vor Erschöpfung. Als ich wieder zu mir kam, schlug Victos im Schlaf um sich und schwitzte wie verrückt. Ich ging los, versuchte, Nahrung und Wasser zu finden, aber es war unmöglich. Ich gab ihm das bisschen, was ich hatte finden können, aber es war nicht genug. Und ich habe versucht, ihn aus der Sonne herauszuhalten, aber ich konnte das Fieber nicht senken. Er starb, während ich schlief.«

Er musste erneut innehalten. Ich verstand, wie sehr ihn das quälte. Selbst mit all den Ärzten und all der verfügbaren Medizin konnte ich weder meinen Bruder noch meinen Vater heilen – und diese Machtlosigkeit war niederschmetternd.

»Jemand war freundlich genug, mich auf seinem Karren mitzunehmen, aber meine Verletzungen haben mich aufgehalten. Mir wurde berichtet, dass es eine Schlacht gegeben habe. Und einen Sturm?«

Ich seufzte. »Es kam zu einem kurzen Gefecht auf See. Sie haben versucht, unsere Schiffe in Brand zu stecken, aber dank unserer Flinten mussten sie auf Abstand bleiben. Beide Armeen segelten weiter zur Insel, und als wir uns begegneten, wurde Escalus von einem Pfeil getroffen. Mitten in die Brust. Danach brach das Chaos aus. Und dann kam der Wirbelsturm, und wir waren alle gezwungen, Schutz zu suchen. Mein Vater und mein Bruder haben Glück, dass sie überhaupt noch am Leben sind.«

Da kam Nickolas zurück und brachte ein Tablett mit Essen und Trinken. Er eilte in den Raum und stellte es auf den Tisch neben dem Soldaten.

»Tut mir leid. Mir ist gerade bewusst geworden, dass ich gar nicht Euren Namen kenne«, bemerkte ich.

Er wischte sich die Tränen aus den Augenwinkeln. »Palmer, Eure Hoheit.«

»Bitte esst etwas.« Ich deutete auf das Essen, und er griff halbherzig nach einem Stück Brot.

»Seid Ihr jetzt also die Regentin, Hoheit?«

»Ja«, bestätigte ich. »Mein Bruder hat mich dazu ernannt, bevor wir die Insel verlassen haben. Seither sind sowohl er als auch mein Vater bewusstlos, aber ich bin mir sicher, dass sie sich erholen werden.«

Ich beobachtete, wie Nickolas' Augen fragend zwischen uns hin und her wanderten. Anscheinend fand er, dass ich zu viel preisgab.

»Wie schlimm sind Eure Verletzungen?«, fragte ich. »Ich würde Euch gern in einem der Gästezimmer unterbringen und nach einem Arzt schicken. Und dann hätte ich eine große Bitte an Euch.«

Jetzt blickte er auf. »Meine Verletzungen sind halb so schlimm. Wie kann ich Euch dienen, Eure Hoheit?«

»Ich brauche jemanden, der etwas an Lennox übergibt. Eine Geste unter Anführern.«

»Dann meinst du wohl den anderen«, hakte Nickolas nach. »Kawan, nicht wahr?«

Ich schüttelte den Kopf. »Nein. Ich war bei ihnen. Kawan hat vielleicht das Sagen, aber er ist nicht ihr Anführer.«

Palmer nickte schwach. »Was ich ihm überbringen soll … Ist es ein Friedensangebot?«

Ich dachte kurz nach. »So etwas in der Art.«

»Annika, bist du sicher, dass das klug ist?«, warf Nickolas ein. »Dein Vater und dein Bruder liegen im Sterben. Diese Leute haben deine Mutter getötet, und ich habe keinerlei Zweifel daran, dass sie es als Nächstes auf dich abgesehen haben. Wie können wir deine Sicherheit garantieren, wenn du ihnen nach dieser Aggression ein Zeichen des guten Willens schickst?«

Das war eine berechtigte Frage. Höchstwahrscheinlich würde es so oder so in einem Krieg enden.

Aber ich war die Tochter eines Friedensstifters.

Ich hatte so hart für mein Recht gekämpft, mein Schwert halten zu dürfen, dafür gekämpft zu lernen, wie man damit umging. Und jetzt wusste ich, dass es eine ganz andere Art von Kampf war, es niederzulegen.

»Wir werden vorsichtig sein, aber ich will wenigstens versuchen, es ohne weiteres Blutvergießen zu beenden. Das ist doch sicherlich auch in deinem Sinne.«

Sein Blick wanderte zwischen Palmer und mir hin und her. »Annika, ich weiß nicht, ob ich dir diesbezüglich zustimme«, raunte er.

Ich trat zu ihm und zog ihn einige Schritte beiseite, denn ich wollte diesen Teil des Gesprächs unter vier Augen führen. »Wenn du mein Gemahl werden willst, dann musst du eins aus tiefstem Herzen wissen: Das Volk steht an erster Stelle. Wir an zweiter. Ich muss die Bedürfnisse der Menschen vor meine eigenen stellen, auch wenn ich damit mein Leben riskiere. Und ich erwarte von dir, dass du mich dabei unterstützt.«

Er schluckte schwer und senkte den Blick. »Tu, was du für richtig hältst.«

»Danke.«

Ich ließ ihn stehen und ging zurück zu Palmer.

»Nehmt Euch so viel Zeit, wie Ihr braucht, und wenn Ihr Euch unwohl dabei fühlt, zurück in ihr Territorium zu reiten, dann sagt es. Ich kann nicht versprechen, dass Ihr sicher zurückkehren werdet, und nach allem, was Ihr durchgemacht habt, würde ich es Euch nicht verübeln, wenn Ihr es nicht noch einmal auf Euch nehmen wollt, eine Botschaft zu überbringen.«

»Wenn ich heute Abend essen und schlafen kann, breche ich gern morgen früh auf«, erwiderte er umgehend.

»So schnell?«, fragte ich. »Seid Ihr sicher?«

Er nickte. »Ich würde ihm gern noch einmal in die Augen schauen.«

Das war auch mein sehnlichster Wunsch.

Lennox

Eine ganze Weile spazierte ich über das Gelände der Burganlage und dachte über Inigos Wunsch nach, Blythe gehen zu lassen. Je länger ich meine Erinnerungen durchging, desto mehr Sinn ergab es. Inigo hatte sich immer für sie eingesetzt, sie hochgelobt – und das, während wir zarte Bande der Freundschaft geknüpft hatten. Selbst wenn es ihn verletzte, tat er sein Bestes, um Blythe zu unterstützen, ohne sich zwischen sie und den zu stellen, der ihr wichtig war: mich.

Aber jetzt wusste ich es besser. Er liebte sie. Und ich konnte nicht länger so weitermachen.

Ich ging zurück zur Burg. Es kam nur selten vor, dass man Kawan draußen antraf – und schon gar nicht allein –, doch als sich die Gestalt in der Ferne aus dem Gras erhob, war es ohne jeden Zweifel er. Vielleicht lag es daran, dass ich gerade über Inigos Selbstlosigkeit nachdachte oder darüber, wie ich selbst mehr opfern konnte. Was auch immer der Grund war: Ich marschierte auf ihn zu.

Er wischte die Klinge eines kurzen Messers ab, und ich begriff, dass er auf der Jagd gewesen war. Wahrscheinlich war jetzt nicht der beste Zeitpunkt, um mit ihm zu sprechen, aber eigentlich gab es nie den richtigen Zeitpunkt. Selbst aus der Ferne konnte ich erkennen, wie er die Augen verdrehte.

»Ich habe gerade keine Lust«, rief er und blickte wieder auf irgendetwas im Gras hinab.

»Ich auch nicht. Trotzdem glaube ich, wir sollten reden.« Ein paar Fuß von ihm entfernt blieb ich stehen, denn ich wollte nicht schon wieder zur Zielscheibe werden, wenn die Wut mit ihm durchging. »Keine Ahnung, warum Ihr mich nicht leiden könnt, aber ich habe immer mein Bestes für Euch gegeben. Für unser Volk. Seit dem Tag, an dem meine Familie hier angekommen ist. Mein Verhalten ist Euch vielleicht ein Dorn im Auge, aber ich habe jede Aufgabe erfüllt, die Ihr mir aufgetragen habt.«

»Seit Tag eins versuchst du, meine Autorität zu untergraben«, feuerte er zurück.

»Nein, Sir«, erwiderte ich wahrheitsgemäß. »Wie auch mein Vater habe ich immer daran geglaubt, dass Ihr uns eines Tages zurück in unser Königreich führen würdet. Dass Ihr Eure Krone ergreifen und die Dinge richten würdet. Ich habe viele Fehler gemacht, aber ich habe immer noch Hoffnung.«

Schnaubend breitete er die Arme aus und deutete auf nichts Bestimmtes. »Oh, ich werde mein Königreich bekommen. In ein, zwei Wochen wird die Prinzessin tot sein. Dann marschieren wir ein, töten die Gutsbesitzer – die Nachfahren der Verräter, die uns unser Land genommen haben – und stellen die Ordnung wieder her.«

»Gibt es denn keinen anderen Weg?«, fragte ich.

Sein eisiger Blick war alles, was es brauchte, um zu wissen, dass er meine Stimme leid war. »Lass mich eins klarstellen: Wenn du auch nur noch ein Wort gegen mich, meine Pläne oder meine Methoden äußerst, schneide ich dir die Zunge ab. Ich würde nur zu gern sehen, wie die Leute dir folgen, wenn du keine Befehle erteilen kannst.«

»Ich widerspreche Euch nicht, ich flehe um Hilfe. Wir haben auf der Insel so viele Menschenleben verloren, und wenn die Informationen über die Königsfamilie nicht stimmen, könnten wir wieder in einen Hinterhalt …«

Kawan zog sein Messer und richtete es auf mein Gesicht. Die Spitze der Klinge war nahe an meinem Auge, und ich hatte Angst, dass ein falscher Atemzug mich sowohl meine Stimme als auch mein Augenlicht kosten könnte. Dennoch zuckte ich nicht einmal. Ich stand da, schweigend und regungslos, und wartete.

»Noch. Ein. Wort«, warnte er mich.

Einen Moment lang verharrten wir so. Ich fragte mich, warum er mich nicht einfach umbrachte. Er hatte im Laufe der Jahre so viele Gelegenheiten dazu gehabt. Meine Mutter hatte keinen anderen Ort, an den sie gehen konnte. Warum wollte er mich auch weiterhin unter seiner Fuchtel haben und nicht unter der Erde?

Er zog das Messer zurück und steckte es wieder in seine Hülle, bevor er sich – zu was auch immer sich vor ihm im Gras verbarg – herunterbeugte. Mich erfasste pures Grauen, als ich beobachtete, wie er ein Tier mit grauem Fell aufhob.

Nein. *Nein.*

»Übrigens«, begann er, »halten wir hier keine Haustiere.« Er hielt meine kleine Füchsin in die Höhe, und ich musste all meine Kraft aufbringen, um nicht auf ihn loszugehen. »Danke für mein Abendessen.«

Damit wandte er sich um und schlenderte gemächlich davon, denn er wusste, dass ich ihm nicht folgen würde.

Im Gegenteil. Ich rannte in die entgegengesetzte Richtung davon und schaffte es bis zum westlichen Tor, bevor ich mich vornüberbeugte und übergab.

»Oh, Thistle«, schluchzte ich und krümmte mich. Es war nicht nur die Tatsache, dass sie tot war, die mir das Herz zerriss. Es war die Tatsache, dass er sich an ihr sattessen würde.

Erneut überkam mich der Würgereiz.

Immer wenn es schien, als könnte er mir nichts mehr nehmen, fand er neue Wege, mich zu brechen. Wäre seine Tat nicht so schrecklich böse, wäre ich beeindruckt gewesen.

Aber nun hatte ich kein schlechtes Gewissen mehr, was Kawan anging.

Ich hatte versucht, ihm zu folgen. Ich hatte versucht, ihm zu gehorchen. Ich hatte versucht, vernünftig mit ihm zu sprechen.

Aber nun, sobald die Zeit reif war, würde ich ihn umbringen, ohne mit der Wimper zu zucken. Wie es geschehen würde, wusste ich noch nicht. Aber die Schuld an seinem Tod zu tragen, würde mich nicht länger belasten.

Annika

Als ich das Zimmer meines Bruders betrat, kontrollierte gerade einer der Ärzte seinen Puls. Noemi hielt ihre Stickerei in den Händen, doch ihre Finger bewegten sich nicht, hielten vollkommen still, während sie jede Bewegung des Doktors beobachtete.

Er beugte sich über Escalus und zog eines seiner Augenlider hoch, um irgendetwas zu überprüfen. Dann legte er kurz eine Hand auf seine Stirn, richtete sich auf und kam auf mich zu.

»Eure Majestät«, begrüßte er mich.

»Hoheit«, korrigierte ich ihn. Warum nannten mich alle so? Fast kam es mir so vor, als hätte es ihnen jemand befohlen. Wenn ich nur wüsste, woher das kam, würde ich der Sache sofort ein Ende bereiten.

»Oh. Ja, aber natürlich. Der Zustand Eures Bruders scheint sich allmählich zu verbessern. Sein Puls ist heute ein wenig kräftiger als gestern, und auch wenn er immer noch hohes Fieber hat, scheint es dennoch zu sinken.«

Ich blickte hinüber zu Escalus, der immer noch ganz bleich war, immer noch regungslos.

»Gibt … gibt es sonst irgendetwas, das wir tun können?«

Der Doktor nickte verständnisvoll. »Ich befürchte, nicht. Ich werde nun nach Seiner Majestät sehen. Doch laut der Berichte seiner Ärzte hat sich an seinem Zustand nicht viel getan, aber ich melde mich umgehend, sollte ich irgendwelche Veränderungen bemerken. Sowohl zum Guten als auch zum Schlechten.«

»Danke.«

Ich wollte dankbar sein, aber ich wollte auch mehr. Mehr Einsatz, mehr Antworten. Wie konnte es sein, dass ich über ein ganzes Land regierte und mich dennoch so hilflos fühlte?

Ich ging hinüber zu Noemi und warf einen Blick über ihre Schulter, um ihre Näharbeit zu begutachten. »Ist das eins von seinen Hemden?«

Sie nickte. »Zwei Kragen habe ich schon geflickt, und hier hat die Manschette ein Loch. Und ein paar von seinen Mänteln brauchen hier und da kleine Schönheitsreparaturen, die stehen also als Nächstes auf meiner Liste. Und wenn Seine Königliche Hoheit aufwacht, ist seine Garderobe bereit für ihn. Alles, was er jetzt noch tun muss«, sagte sie mit leicht zitternder Unterlippe, »ist zurückkommen.«

Ich spürte ihre Anspannung, wie die Hoffnung der

Verzweiflung wich. Ich war müde. Den ganzen Tag beschäftigt und nachts größtenteils wach. Das war der einzige Grund, der mir einfiel, warum ich so leichtsinnig sprach.

»Du musst fest daran glauben, Noemi. Wenn Escalus nicht für mich zurückkommt, dann ganz sicher für dich.«

Ihre Nadel blieb mitten in der Luft stehen. Die Bedeutung dessen, was ich gesagt hatte, traf uns beide gleichzeitig. Mit großen Augen starrten wir einander an, während sie sich erhob.

»Wie … wie lange wisst Ihr es schon?«, fragte sie flüsternd.

Ich konnte ihr nur die Wahrheit sagen. »Ich habe es kurz bevor wir zur Insel gesegelt sind erfahren. Deshalb habe ich auch darauf bestanden, dass du mitkommst. Ich wollte nicht, dass du warten musst.«

Sie nickte. »Nun?«

»Was nun?«

Ich betrachtete ihr liebes, besorgtes Gesicht und spürte, dass sie kurz davor war, die Fassung zu verlieren. »Hasst Ihr mich nun?«

Ich ging zu ihr und nahm ihre Hände in die meinen. »Meine liebste Noemi, warum sollte ich dich hassen?«

Schniefend zuckte sie mit den Schultern. »Weil ich es vor Euch geheim gehalten habe. Ich hatte schon die ganze Zeit ein schlechtes Gewissen, weil ich es Euch nicht gesagt habe. Aber Escalus hat darauf bestanden. Es tut mir so leid.«

Ich legte eine Hand an ihre Wange. »Ich verzeihe dir. Ich finde es traurig, dass ihr es mir nicht sagen konntet, aber ich verstehe es. Hätte ich zu irgendjemandem etwas

Falsches gesagt, hätte man dich des Palasts verwiesen. Und keiner von uns beiden könnte ohne dich leben.«

Seufzend senkte ich den Blick. »Nickolas meint immer wieder, ich solle dich von Escalus' Seite abziehen, aber ich weiß, wie sehr es ihm helfen wird, dein Gesicht zu sehen, wenn er aufwacht. Die Wahrheit ist, dass ich ohne dich nicht zurechtkomme. Aber nicht so, wie du vielleicht denkst. Nicht das Ankleiden und solche Dinge. Sondern, dass du nicht mehr da bist, wenn ich verwirrt bin oder Angst habe. Ich vermisse es, jemanden zum Reden zu haben.«

Sie legte den Kopf schief. »Ich habe Euch im Stich gelassen, als Ihr mich am meisten gebraucht habt. Oh, Mylady. Ist es wirklich so schlimm?«

Ich spürte, wie die Tränen in mir aufstiegen. »Die Arbeit ist, um ehrlich zu sein, sehr zufriedenstellend. Aber es macht mir Angst zu wissen, dass jeder Fehler meinen Namen trägt. Ich hasse es, niemanden an meiner Seite zu haben, der mir den richtigen Weg weist.«

»Nicht einmal der Duke?«, fragte sie, doch ihr Tonfall verriet, dass sie auch nicht sonderlich viel von ihm hielt.

»Noemi … irgendetwas an Nickolas ist seltsam«, flüsterte ich. »Er bietet mir immer wieder seine Hilfe an, aber die Art und Weise, wie er es tut, ist merkwürdig. Doch ich weiß nicht, ob mir mein müdes Gehirn nicht nur einen Streich spielt. Er scheint nicht zu verstehen, dass man gewisse Opfer bringen muss …«

Sie nickte. »Vergesst nicht, dass er keinerlei Macht über Euch hat. Ich weiß, dass Ihr Eurem Volk dienen wollt, aber nehmt Euch auch ein wenig Zeit für Euch selbst.

Wenn Ihr Euch nicht um Euch selbst kümmert, könnt Ihr Euch auch um niemand anderes kümmern.«

Dieser Punkt war so offensichtlich, dass ich mir dumm vorkam, weil ich nicht selbst darauf gekommen war.

»Siehst du, genau aus dem Grund brauche ich dich in meiner Nähe. Du bist so viel klüger als ich.«

Sie kicherte. »Freut mich, dass Ihr es so seht.« Ihr Lächeln verschwand schnell wieder. »Aber ich muss Euch noch etwas fragen.«

»Alles.«

Nervös fasste sie sich in den Nacken. »Ihr sagtet, Ihr würdet mich nicht dafür hassen, dass ich ein Geheimnis für mich behalten habe. Aber … wenn Escalus und ich irgendwie zusammen sein könnten, würdet Ihr mich dann hassen, wenn …« Sie wandte den Blick ab, unfähig, weiterzusprechen. Doch als sie wieder das Wort ergriff, wusste ich sofort, wie der Satz endete.

»Ob ich dich hassen würde, wenn du Königin werden würdest?«

Sie presste die Lippen aufeinander und nickte kaum merklich.

Ich wusste nun, wie es war zu regieren. Es gefiel mir. Doch sobald Vater oder Escalus – oder im besten Falle sogar beide – erwachten, würde alles wieder an sie übergehen. Was war also so schlimm daran, wenn eine weitere Person vor mir in der Rangfolge stand?

»Wer könnte Königin Noemi jemals hassen?«

Ihre Unterlippe zitterte. »Wirklich?«

»Du bist mit mir durch dick und dünn gegangen. Und ich werde für dich nur allzu gern dasselbe tun.« Einen Moment lang standen wir da, hielten uns an den Händen, unsere Leben miteinander verwoben. »Aber eins nach dem anderen. Zuerst müssen wir Escalus dazu kriegen, wieder aufzuwachen. Kümmere dich gut um ihn, und ich kümmere mich um alles andere.«

Ich gab ihr einen Kuss auf die Wange und wandte mich zum Gehen. »Lass mich wissen, wenn sich irgendetwas tut. Ich werde für den Rest des Tages an meinem Schreibtisch sitzen.«

Sie sah mich an, als wollte sie fragen: *Habe ich dir denn nicht gerade das Gegenteil gesagt?* Doch dann lächelte sie, als hätte sie begriffen, dass ich sowieso nicht auf sie gehört hätte. Wenn das nicht wahre Schwesternschaft war, dann wusste ich nicht, was sonst.

Nachdem ich um die Ecke gebogen war, verlangsamte ich mein Tempo. Ich legte eine Hand auf mein Herz und versuchte, den Schmerz wegzureiben. Ich wünschte Noemi alles Glück dieser Welt. Ich wollte nicht, dass sie ihr ganzes Leben damit zubringen musste, mir zu dienen. Aber es schmerzte dennoch, dass sie vielleicht eines Tages so regieren würde, wie ich es niemals vermochte.

Da.

Ich war nicht perfekt.

Und nun, da ich mir diesen Gedanken erlaubt hatte, verdrängte ich ihn schnell wieder. Niemals würde ich ihn erneut zulassen. Sollten sie und Escalus eine Chance haben, durfte ich, was Noemi betraf, auf keinen Fall zaudern. Sollten sie es je so weit schaffen, würde das Volk schon genug Probleme damit haben, dass eine Magd so hoch aufstieg, also würde ich mit gutem Beispiel vorangehen und sie unterstützen. Und dafür musste ich besser werden als bisher. Besser, als ich es jetzt war.

Lennox

Zu patrouillieren hatte sich bisher immer angefühlt wie eine Pflicht. Jetzt – raus aus der Burg, weg von Tod, Streit und Ausbeutung – fühlte es sich nach Freiheit an. Wie oft hatte ich mir das Leben in meinem neuen Land vorgestellt? Alles zu haben, was ich mir je gewünscht hatte? Doch nun wurde mir bewusst, dass es nur ein weiteres Gefängnis sein würde, wenn ich all die Machenschaften von Vosino mit in den neuen Palast nahm.

»Worüber denkst du nach?«, fragte Blythe.

Inigo ging ein paar Schritte hinter ihr, gefolgt von Griffin. Wir alle hielten die Blicke auf den Horizont gerichtet.

»Die Zukunft«, erwiderte ich wahrheitsgetreu.

Sie lächelte selig. »Ich kann es kaum erwarten.«

Ich warf Inigo über die Schulter einen Blick zu und bat ihn mit einer knappen Kopfbewegung und ohne Worte, Blythe und mir ein wenig Privatsphäre zu gewähren. Er nickte, verlangsamte sein Tempo und gab Griffin zu verstehen, dass er an seiner Seite bleiben solle.

Wie sollte ich Blythe nur erklären, dass sie nichts falsch gemacht hatte? Wie sollte ich sie davon überzeugen, dass es etwas anderes war, unsere Verbindung jetzt zu lösen, als damals, als ich es schon einmal probiert hatte? Wie sollte ich ihr erklären, dass ich ihr nur auf diese Weise Liebe zeigen konnte?

Als wir weit genug von den anderen entfernt waren, wandte ich mich um und sah sie an. Ihre Augen waren so gut wie immer auf mich gerichtet – und heute war es nicht anders.

»Ich muss dir etwas sagen«, begann ich ernst.

Sie lächelte noch immer, aber ihr Lächeln war zerbrechlich. »In Ordnung.«

»Zuerst will ich mich bei dir bedanken. Du hast immer nur das Beste in mir gesehen. Ich habe nie verstanden, warum«, gestand ich. »Ich verstehe es immer noch nicht. Aber es bedeutet mir mehr, als ich in Worte fassen kann.«

Ich sah es in ihren Augen. Ich sah, dass sie genau wusste, dass ich versuchte, ihr Herz so sanft wie nur möglich zu brechen. »Du hast so viel Gutes in dir, Lennox«, sagte sie leise.

Ich zuckte mit den Achseln. »Vielleicht. Aber was noch viel wichtiger ist … Ich will, dass du weißt, dass ich auch nur das Beste in dir sehe. Lange Zeit habe ich nur die Soldatin in dir gesehen, aber … du bist so viel mehr.«

Sie schluckte. »Zögere es nicht unnötig hinaus«, flüsterte sie und wandte den Blick ab. »Sag es einfach.«

Ich hatte es so, so satt, andere Menschen zu verletzen. »Blythe … du und ich …«

Sie schüttelte den Kopf. »Hör zu. Wenn du ein Anführer sein willst, kannst du nicht nur darüber nachdenken, wie du etwas beginnst. Du musst auch darüber nachdenken, wie du die Dinge zu Ende bringst.« Sie sah mir in die Augen, und ihr Blick war zum allerersten Mal, seit wir uns besser kennengelernt hatten, eiskalt.

»Das ist das letzte Mal, dass ich für dich etwas zu Ende bringen werde«, sagte sie und wandte sich ab.

Die Kälte, die sie zurückließ, war so unangenehm, dass ich beinahe einen Rückzieher gemacht hätte. Vielleicht hätte ich sogar so getan, als wäre nie etwas passiert.

»Lennox?«, rief Griffin leise.

»Ja?«, erwiderte ich in der gleichen Lautstärke. Blythe ging sofort in die Hocke, und ich machte mich ebenfalls klein und hielt Ausschau.

»Zu unserer Linken«, flüsterte sie.

Langsam drehte ich den Kopf und entdeckte einen maskierten Reiter mit erhobener weißer Flagge in der Hand. Griffin und Inigo hatten sich inzwischen zu uns gesellt und beobachteten ebenfalls, wie sich der einsame Reiter näherte.

»Das ist kein Zufall«, bemerkte Inigo. »Er sucht nach uns.«

»Dann soll er uns finden.« Ich trat zwischen den Bäumen hervor, hinaus auf die freie Fläche, während sich die anderen weiterhin versteckt hielten. Er entdeckte mich beinahe umgehend und verlangsamte seinen Trab. Als er nahe genug war, rief er vom Sattel aus: »Lennox.«

Ich hoffte, dass er mir nicht ansah, wie verwundert ich darüber war, dass er meinen Namen kannte. »Ja.«

»Ich habe ein Geschenk für Euch. Ein Friedensangebot. Von Ihrer Königlichen Hoheit Prinzessin Annika Vedette.«

Ihr voller Name klang wie ein Gedicht.

Was auch immer sie mir geschickt hatte – ich würde es dankbar annehmen. Doch es war unmöglich, dass er mir ein noch größeres Geschenk bereitete als ohnehin schon: das Wissen, dass Annika am Leben war.

Ich streckte eine Hand aus. »Dann gib es mir und verschwinde.«

Irgendetwas in seinen Augen verriet mir, dass er hinter seiner Maske lächelte. Und ich hatte das Gefühl, diese Augen schon einmal gesehen zu haben.

»Ich werde es Euch erst überreichen, wenn Ihr mir etwas bestätigt.«

Ich schnaubte. »Und was soll das sein?«

»Sie sagte, ich dürfe es Euch nicht eher geben, bevor Ihr mir nicht genau sagt, was die ›süßen Worte‹ sind.«

Ich stand da und lächelte vor mich hin, weil sie es schaffte, über den gesamten Kontinent hinweg mit mir zu flirten.

»Ich habe Frühstück«, flüsterte ich.

Leise lachend stieg er von seinem Pferd, humpelte auf mich zu, band einen kleinen Stoffbeutel von seinem Gürtel los und hielt ihn mir entgegen.

Kurz musterte ich seine Augen und schüttelte den Kopf, als ich ihn erkannte.

»Palmer. Dann hast du es also tatsächlich lebend nach Hause geschafft. Mutig von dir zurückzukommen.«

»Ich tue nur das, was meine Prinzessin von mir verlangt«, erwiderte er.

Ich nahm den Beutel entgegen und senkte den Blick. »Ich nehme an, sie ist wohlauf.«

Ich konnte ihn nicht freiheraus fragen, wie sie mit dem

Verlust ihres Bruders umging, aber ich musste wenigstens *irgendetwas* erfahren.

»Es geht ihr den Umständen entsprechend gut. Sie versucht, ein Land zu regieren, eine Hochzeit zu organisieren und sich so oft wie möglich um ihren Bruder und ihren Vater zu kümmern. Sie ist sicherlich erschöpft, aber das würde sie niemals zugeben.«

Jedes einzelne Wort war wie ein Fausthieb in die Magengrube, jedes auf seine Weise.

Erstens regierte sie tatsächlich. Ich wusste durchaus, dass sie dazu in der Lage war, aber ich war dennoch erfreut, es zu hören.

Zweitens war ihr Bruder gar nicht tot. Er war vielleicht krank, vielleicht sogar dem Tod nahe, aber er lebte. So auch ihr König.

Und drittens … eine Hochzeit. Ich wusste, dass sie Nickolas heiraten musste, aber eigentlich sollte das noch in ferner Zukunft liegen. Was, wenn sie bereits verheiratet sein würde, wenn sich unsere Wege das nächste Mal kreuzten? Wie würde sich das wohl anfühlen?

»Nein«, entgegnete ich. »Sie kommt mir nicht vor wie jemand, der eine Niederlage akzeptiert.«

Ich öffnete die Schnur, die den Beutel zusammenhielt, und fand darin ein gläsernes Gefäß mit einem perfekt sitzenden Deckel darauf. Es sah aus wie eines der Behältnisse, in denen Damen ihr Parfüm oder Gesichtspuder aufbewahrten, etwas Filigranes, gemacht für einen Schminktisch, nicht für eine lange Reise. Durch den Schliff des Glases war nicht zu erkennen, was sich darin befand, doch ich öffnete das Fläschchen und entdeckte darin einen winzigen Zettel. Darauf stand ein einziges Wort geschrieben.

Dahrain.

Am Boden der Flasche entdeckte ich fruchtbare, dunkle Erde.

Sie hatte mir ein Stück von meiner Heimat geschickt.

Ich konnte das Schluchzen nicht aufhalten, auch wenn es mir peinlich war, vor dem Feind und meiner Gefolgschaft zu weinen. Ich führte die Flasche an die Nase und schnupperte daran. Oh, es roch so gut, nach Pflanzen, Bäumen … Hoffnung. In solch einer Erde konnte alles wachsen.

Ich spürte Palmers Blick auf mir, während ich auf das Behältnis voller Dreck starrte.

»Sir, ich muss es wissen … Habt Ihr vor, meiner Prinzessin zu schaden?«

»Wie bitte?«, fragte ich und wischte mir schnell mit dem Handrücken über die Augen.

»Ich muss wissen, ob Ihr vorhabt, sie zu ermorden. Wenn auch nur die geringste Wahrscheinlichkeit besteht, werde ich Euch jetzt vernichten. Ich habe sie schon einmal enttäuscht, und das wird nie wieder passieren.«

Ich lachte freudlos. »Und ich dachte schon, du wärst auf meiner Seite.«

Er ließ den Blick über den Horizont schweifen, und ich bemerkte den Moment, in dem er die anderen zwischen den Bäumen entdeckte. Er schien jedoch nicht überrascht, sie dort zu sehen. »Auf eine Weise bin ich das auch. Wenn die Möglichkeit bestünde, diesen Disput friedvoll zu lösen, würde ich Euch unterstützen. Aber wenn Ihr vorhabt, meiner Prinzessin, meinem Prinzen oder meinem König zu schaden … dann seid Ihr mein Feind.«

»Ich kann es nicht billigen, dass noch mehr Menschen ihr Leben lassen. Ich würde ihr niemals etwas tun, und ich will auch nicht, dass ihr sonst ein Leid widerfährt. Und aus diesem Grund sage ich dir Folgendes: Jemand im Palast hat es auf Ihre Hoheit abgesehen.«

Seine Augen weiteten sich. »Wer?«

»Irgendjemand, der ebenfalls auf der Insel war. Das ist alles, was ich weiß. Kawan glaubt, euer Prinz und euer König seien tot, und ich werde ihn auch weiterhin in dem Glauben lassen. Aber er ist der festen Überzeugung, dass die Prinzessin das Einzige ist, was noch zwischen uns und der Krone steht.«

Er senkte den Blick zu Boden, und seine Augen flitzten hin und her, als ob er im Gras nach Namen suchte. »Nahezu die gesamte Armee war auf der Insel«, murmelte er. »Jeder von ihnen hätte von Kawan unter Druck gesetzt werden können.«

»Ich weiß nicht, was bei euch am Hofe vorgeht. Gibt es irgendjemanden, der einen Groll gegen die Prinzessin hegen könnte?«

Palmer blickte ungläubig drein. »Ich kenne im gesamten Königreich keine Menschenseele, die sie nicht verehrt. Sie trägt nur Gutes in sich.«

»Wenn es also niemanden zu geben scheint … Könnte es dann jeder sein?«, fragte ich.

Palmer nickte entsetzt.

»Du musst sofort zurück«, drängte ich ihn. »Du musst sie beschützen. Nach allem, was passiert ist, vertraut sie dir von allen Wachen am meisten, nicht wahr? Sie wird dich in ihrer Nähe behalten?«

»Wir werden sehen. Aber ich glaube, wir sollten beide ehrlich sein.« Er sah mich durchdringend an, zwang mich, seinem Blick standzuhalten. »Könnte sie an diesem Punkt jemand besser beschützen als Ihr?«

Ich schluckte schwer. »Nein. Aber es ist auch möglich, dass sie niemand so sehr in Gefahr bringt wie ich.«

»Trotzdem. Ihr solltet mit mir kommen.«

Ich blickte hinüber zum Waldrand, zu Blythe und den anderen, die aufgeregt auf mich warteten. Was würde mit ihnen geschehen, wenn ich jetzt ginge? Nachdem sie so lange gewartet und all ihre Hoffnungen in mich gesetzt hatten – wie konnte ich sie da einfach verlassen?

»Ich kann nicht.«

Auch wenn ich sein Gesicht unter der Maske nicht richtig ausmachen konnte, spürte ich dennoch seine Enttäuschung.

»Dann sollten wir dafür beten, dass sie am Leben bleibt.« Er drehte sich um und stieg auf sein Pferd. »Habt Ihr irgendetwas, das Ihr Ihrer Hoheit schicken möchtet? Einen Gegenstand? Ein Wort?«

Einen Gegenstand. Was konnte Annika von dem, was mein war, nicht haben, wenn sie danach fragen würde? Sie hatte meinen Umhang. Sie hatte ein Armband, das ich ihr geknüpft hatte. Sie hatte mein ganzes Herz. Hätte ich ihr noch mehr geben können, hätte ich es getan, aber ich hatte nichts.

Sie hatte bereits alles.

Ich griff in die Tasche an meinem Gürtel und zog ein paar von den Haferriegeln heraus, die sie so mochte. »Gib ihr die. Und sag ihr, dass sie weiter ihre Schritte üben muss.«

Er schüttelte den Kopf. »Noch mehr Codes. Nun gut. Passt auf Euch auf.«

»Du auch.«

Dann wandte er sich zum Gehen und warf mir noch einen Blick über die Schulter zu, bevor er davongaloppierte.

»Du lässt ihn gehen?«, rief Blythe fassungslos und rannte auf mich zu, dicht gefolgt von den anderen.

Ich nickte. »Er hat eine Nachricht überbracht und muss nun meine überbringen.«

Sie blickte ihm hinterher. »Wessen Nachricht? Sind der König und der Prinz nicht tot?«

Wieder fand ich einen Weg, zu antworten, ohne zu lügen. »Eine Nachricht von ihrer Prinzessin.«

»Oh«, erwiderte sie und blickte unzufrieden drein. »Und?«

Ich seufzte und schloss fest die Faust um das Fläschchen mit der Erde, eingewickelt in das Stück Stoff. »Ich glaube … Ich glaube, sie will Frieden.«

Blythe schnaubte. »Sie wird schon bald nicht mehr am Leben sein. Dann kann sie keine Friedensangebote mehr schicken. Und dann erobern wir das Land. Was für eine Närrin«, fügte sie hinzu, verschränkte die Arme und beobachtete, wie Palmer immer kleiner wurde.

»Ist alles in Ordnung?«, fragte Inigo.

Ich nickte in die Ferne starrend. »Mir geht nur viel durch den Kopf.«

Doch es war nicht viel. Es war nur eine einzige Person.

Und ich fasste es nicht, dass ich gerade nicht die Chance ergriffen hatte, an ihrer Seite zu sein.

Annika

Ich war mit dem Gesicht gegen die Buchseiten gepresst eingeschlafen, und mein Kopf schwirrte vor Sorge, wie Lennox mein Geschenk wohl entgegennähme. Würde er es so auffassen, als hätte ich etwas, das er nicht hatte, statt darin ein Stück von dem Land zu sehen, nach dem er sich seit so langer Zeit sehnte? Ich schüttelte den Kopf, um wieder klar denken zu können. Ich fühlte mich so desorientiert.

Als ich mich aufrichtete, schmerzte mein Rücken von der unbequemen Position. Verschlafen rieb ich mir die Augen, um nachzusehen, was mich aufgeweckt hatte, und entdeckte über mir Rhetts warmherziges Lächeln.

»Guten Tag, Eure Hoheit. Tut mir leid, dass ich dich geweckt habe, aber da ist ein Soldat, der sagt, er sei von einer Mission zurückgekehrt.« Seine Aussage klang wie eine Frage, fast, als würde er ihm nicht glauben.

»Ach, du lieber Himmel«, erwiderte ich, schnellte hoch und kämmte mein Haar mit den Fingern zurück. »Bitte sag mir, dass ich keine Tinte im Gesicht habe.«

Er lachte leise. »Du siehst aus wie eine Frau, die hart für ihr Volk arbeitet. Du hast nie hübscher ausgesehen.«

»Danke, Rhett.« Ich schüttelte den Kopf. »Du bist ein so treuer Freund.«

Er schlug die Augen nieder, wirkte zufrieden, doch als er aufblickte, war da auch Schmerz. »Annika, ich hoffe, du weißt, dass ich *schon immer* auf deiner Seite war.«

Ich nickte. »Das weiß ich.«

»Falls ich an dem Tag, an dem ich dich gebeten habe, mit mir abzuhauen, eine Grenze überschritten habe … Nun, du wirst wahrscheinlich nie verstehen, wie es ist, jemanden zu lieben, den man niemals haben kann …«

Ich schluckte.

»Aber dieses Gefühl bringt einen dazu, die peinlichsten Dinge zu tun und zu sagen. Ich weiß, dass du den Duke heiraten wirst. Mir ist bewusst, dass wir selbst in meinen wildesten Tagträumen niemals zusammen sein werden. Aber ich hoffe, dass du mir für meine Gefühle niemals böse sein wirst. Ich werde dich bis zu meinem letzten Atemzug lieben, dir dienen und dir treu ergeben sein.«

Die Aufrichtigkeit seiner Worte spendete mir Trost. Ich konnte nicht das für ihn sein, was er sich wünschte, aber er war mir ein besserer Freund, als ich es verdient hatte.

»Wie könnte ich dir jemals böse sein?«, antwortete ich

mit einem Lächeln. Er erwiderte es und nahm dann eine respektvollere Haltung ein.

»Er wartet in der Empfangshalle. Soll ich ihn zu dir bringen?«

Ich musterte den Berg an Büchern, den ich aufgetürmt hatte, alle noch immer an die Regale gekettet. »Nein, nein. Bring mich zu ihm.«

Ich folgte Rhett zum Eingang der Bibliothek und fand Palmer an einem Tisch lehnend vor. Als er mich sah, richtete er sich augenblicklich auf und verbeugte sich tief. Ich sah ihm an, dass er immer noch Schmerzen hatte, auch wenn er das Gegenteil behauptete.

»Tut mir leid, dass ich Euch bei der Arbeit störe, Eure Hoheit, aber ich dachte, Ihr würdet vielleicht gern erfahren …« Sein Blick fiel auf Rhett, und er zögerte, sein Wissen im Beisein anderer mit mir zu teilen.

»Ihr könnt ruhig fortfahren. Rhett ist ein Freund.«

Unsicher blickte er erneut zu Rhett, doch da er meinen Befehl nicht verweigern wollte, fuhr er schließlich fort. »Ihr Anführer glaubt, der König und Euer Bruder seien tot. Und wir haben Grund zur Annahme, dass es innerhalb des Palasts jemanden gibt, der es auf Euch abgesehen hat.«

Rhett straffte die Schultern. »Wer?«

»Das wissen wir nicht. Ihr müsst sofort unter ständige Beobachtung gestellt werden. Darf ich Euch bitten, Euer persönlicher Leibwächter zu werden? Ich werde noch ein paar Wachen auswählen, von denen ich weiß, dass man ihnen trauen kann, um sich abzuwechseln, aber ich muss immer an Eurer Seite bleiben.«

»Natürlich«, erwiderte ich.

Palmer wandte sich an Rhett. »Pass auf Ihre Hoheit auf, bis ich zurückgekehrt bin.«

»Ich lasse sie nicht aus den Augen«, versprach Rhett.

Palmer nickte, wandte sich zum Gehen, blieb dann aber abrupt stehen. »Ah«, sagte er und kam mit einem kleinen Lächeln auf den Lippen zurück. »Er hat ohne Zögern die richtige Antwort genannt. Er war sehr gerührt von Eurem Geschenk, und im Gegenzug schickt er Euch das hier.« Palmer griff in seine Tasche und zog ein kleines Rechteck hervor, eingewickelt in Papier und Schnur. Sofort stieg mir der Duft von Zimt in die Nase, und bei dem Gedanken, gleich etwas zu berühren, das Lennox bereits in den Händen gehalten hatte, beschleunigte sich mein Herzschlag. »Und er sagte, Ihr müsst Eure Schritte üben.«

Ich lächelte in mich hinein und konnte nur daran denken, dass er mich erneut mit Nahrung versorgte.

»Danke. Das war eine gefährliche Reise. Ich weiß, dass Ihr für mich an Eure körperlichen Grenzen gegangen seid. Das werde ich Euch niemals vergessen.«

Palmer verbeugte sich und ging, um seine Arbeit zu verrichten.

Rhett beobachtete, wie ich das Päckchen an meine Brust drückte, und sah mich verwirrt an. Ich räusperte mich, wischte mir das Lächeln aus dem Gesicht und ging zurück zu meinem Stuhl.

Ich nahm wieder Platz, widmete mich dem nächsten Buch in der Regalreihe und hoffte, ich würde der Antwort endlich näher kommen.

Rhett griff nach dem Päckchen auf dem Tisch und erschnüffelte den Zimtduft am Papier. »Ihr Anführer hat dir etwas zum Naschen geschickt?«

»So in der Art.«

»Das darfst du auf keinen Fall essen«, rief er besorgt. »Der Soldat hat eben gesagt, dass jemand versucht, dich umzubringen.«

»Er hat gesagt, dass jemand *hier* im Palast versucht, mich umzubringen.« Während ich es aussprach, wurde mir bewusst, dass das ziemlich beunruhigend war, also wechselte ich das Thema. »Ich bin sicher, da ist nichts dran. Aber ist auch egal, ich habe sowieso keinen Hunger. Ich suche nach Antworten.«

Rhett blieb an meiner Seite, doch seine gute Laune war verschwunden. All seine Worte über Hingabe und Liebe schienen nun, da er mich und das Päckchen musterte, sehr weit entfernt. Ich ignorierte ihn und blätterte aufmerksam ein weiteres an das Regal gekettetes Buch durch.

Bisher war die Mythologieabteilung genauso wenig hilfreich wie die Geschichtsbücher. Vielleicht sogar noch weniger. Die Hälfte der Bücher war in einer toten Sprache verfasst, die ich nicht verstand, und ich musste sie zurück ins Regal stellen. Aber ich konnte nichts tun, als weiterzusuchen, denn ich brauchte die Wahrheit.

Irgendwann riss mich Rhett aus meinen Gedanken. »Wonach suchst du genau bezüglich des siebten Clans?«

»Ich bin mir nicht sicher. Aber wenn ich es sehe, weiß ich es.«

»Hm«, war alles, was er erwiderte.

Er begann, vor mir auf und ab zu gehen, und ich wünschte, er würde es nicht tun, denn es machte mich nervös. Aber ich las dennoch weiter.

Ich schob ein Buch zurück ins Regal, nahm mir das nächste und war froh, dass ich es wenigstens lesen konnte.

Nachdem ich durch die ersten Seiten geblättert hatte und mir plötzlich das Wort *Matraleit* ins Auge stach, begann mein Herz wild zu pochen. Ich überflog den Text. Es war die Geschichte des ersten Mannes und der ersten Frau, die auf einem kuppelförmigen Stein geheiratet hatten.

Da war sie. Dieselbe Geschichte, nur ausführlicher.

Mit angehaltenem Atem las ich weiter. Es gab noch mehr Geschichten, noch mehr Feiertage. Das Buch war voll davon. Das Wort *Dahrain* konnte ich zwar nicht finden, doch das ergab Sinn, wenn es ein Buch war, in dem sie ihre eigene Geschichte dokumentiert hatten. Warum hätten sie sich selbst beim Namen nennen sollen?

Auf den letzten Seiten entdeckte ich etwas, das mir einen eisigen Schauer über den Rücken jagte. Es dauerte kurz, bis ich begriff, warum.

Es war eine Art Stammbaum. In der oberen Ecke der Seite prangte ein Symbol. Ich erkannte es sofort. Es war dasselbe wie im Kragen von Lennox' Umhang, den er in der Höhle getragen hatte.

So oft hatte ich mit dem Finger über die Stickerei gestrichen, sie genau inspiziert. Und das hier war dasselbe Symbol in Tinte.

Und darunter stand etwas: *Au Sucrit.*

Wenn Lennox' Volk verstreut, seine gesamte Geschichte lediglich mündlich überliefert worden war, dann brauchte es nicht viel, um aus *Au Sucrit Ossacrite* zu machen.

Doch plötzlich brach der Stammbaum ab, und seine Geschichte verlor sich ungefähr in dem Jahr, in dem Kadier gegründet worden war. Es erschien mir beinahe zu einfach. Dass eine Geschichte endete und zeitgleich eine neue begann.

Vor meinem geistigen Auge schob ich die Worte *Kadier* und *Dahrain* hin und her, bis sie einander beinahe überlappten. *Kah-Dier-Rain.* Wenn man gewollt hätte, hätte man sie zu einem Wort verschmelzen können. Die Existenz des einen mit der des anderen überdecken. Als könnte sich jemand eine Person ausdenken, der wir mit unserem neuen Titel Tribut zollen sollten, die aber nirgendwo auftauchte, von dieser einen Buchseite einmal abgesehen. Wie eine einfache Lüge.

Das Symbol, der Name und das Datum waren zu viel, als dass es nur Zufall sein konnte.

Hier, in der Bibliothek an ein Regal gekettet, war die Antwort.

Doch sie reichte noch viel tiefer. Noch tiefer, als Lennox es sich vorstellen konnte. Hätte er auch nur eine leise Ahnung von der Wahrheit gehabt, hätte er mir sie bereits bei unserer ersten Begegnung unter die Nase gerieben und damit geprahlt.

Denn neben jedem männlichen Namen des *AuSucrit*-Stammbaums stand in sauberer, entschlossener Schrift ein Wort geschrieben.

Chief.

Ich hatte tatsächlich mein passendes Gegenstück gefunden, nicht wahr?

»Eure Hoheit?«

Rhett und ich wandten uns dem wartenden Wachmann zu.

»Ja?«

»Ich bin Offizier Kirk. Ich wurde von Offizier Palmer

geschickt. Wenn Ihr Euch nun um etwas anderes kümmern müsst, könnt Ihr die Bibliothek jetzt verlassen. Ich folge Euch überallhin.«

Ich spürte Rhetts Blick auf mir, wie er versuchte, meinen Gesichtsausdruck zu entziffern.

Aber leider wusste ich selbst kaum, was ich gerade empfand. Ich hatte eine Menge zu verarbeiten, daher war es gut, dass mir der Soldat nun einen Fluchtweg bot. »Danke. Ich finde, wir sollten hinunter in den Speisesaal gehen. Uns blicken lassen.« Meine Stimme klang selbst in meinen Ohren monoton, aber mehr brachte ich nicht zustande.

Ich griff nach den Haferriegeln, schob sie in die Tasche meines Kleids und fragte mich, ob das flaue Gefühl in meinem Magen – das Bedürfnis, das Buch so fest an meine Brust zu drücken, dass es niemals jemand anderes würde lesen können – bedeutete, dass ich in Wahrheit rein gar nichts von Lennox verdient hatte.

Lennox

»Ich habe Angst«, flüsterte ich.

Doch Annikas Mutter schwieg.

»Sie schwebt in Gefahr. Ich versuche, mir immer wieder einzureden, dass ich mir keine Sorgen um sie machen muss.« Ich schüttelte den Kopf, lachte beinahe. »Ich habe eine Narbe auf meiner Brust, die verrät, dass sie sich jedem Gegner stellt. Bei mir … bei mir hat sie sich wenigstens in Acht genommen. Aber was soll sie tun, wenn sich der Feind als Freund tarnt?«

Kurz musste ich innehalten. Immer wieder stellte ich mir vor, wie jemand die Hand gegen sie erhob. Sollte ihr jemand auch nur ein Haar krümmen, war alles, was ich mit ihm anstellen würde, gerechtfertigt.

»Ich weiß nicht, was ich tun soll. Die Leute – meine Leute – stehen plötzlich hinter mir. Und ich glaube, ich könnte es tatsächlich schaffen. Ich glaube, ich könnte uns nach Hause führen … Vielleicht sogar friedlich. Aber ich weiß nicht, wie ich Annikas Sicherheit garantieren kann. Und wenn ihr etwas zustößt …«

Und dann stellte ich es mir vor. Ich sah es so deutlich vor mir, als hätte ich es selbst getan. Annika auf dem Boden, bleich und regungslos. Annika mit blauen Flecken an den Handgelenken und Blut an ihrer Kehle. Annika ohne ihr Lachen, ohne ihren scharfen Verstand, ohne ihre Zuneigung. Eigentlich war es gar nicht mehr Annika. Nur noch eine Hülle.

Der Schmerz war so stechend, dass er mich auf die Knie zwang. Mit diesem Bild vor Augen konnte ich kaum noch atmen. Ich schüttelte den Kopf, grub meine Finger in die Erde und versuchte, mich daran zu erinnern, was echt war und was nicht. Ich war in Vosino. Ich stand an Königin Evelinas Grab. Es war nicht echt. Es war nicht passiert.

Noch nicht.

Palmer hatte recht. Niemand vermochte Annika besser zu beschützen als ich. Und auf ihre Weise hatte sie mich ebenfalls beschützt. Wenn wir zusammen waren, war es, als wären wir umgeben von unzerbrechlichem Glas, unberührbar. Hatte die Insel nicht versucht, uns zu vernichten? Hatten wir nicht gemeinsam in dieser Höhle überlebt?

Niemand – *wirklich niemand* – hätte aus einer so ausweglosen Situation etwas so Schönes zaubern können.

»Du wärst so stolz auf sie«, flüsterte ich. »Aus ihr ist eine wunderschöne Frau geworden, wahrscheinlich noch schöner, als du sie in Erinnerung hast. Und wenn sie lächelt, verblasst alles um sie herum. Sie ist mitfühlend, entschlossen, intelligent und vielleicht noch barmherziger als du.« Ich lächelte vor mich hin.

»Weißt du, was sie mir gesagt hat? Sie hat mir von dem einzigen Jungen erzählt, den sie je geliebt hat. Sie ist ihm ein einziges Mal begegnet, als sie mit dir ausgeritten ist. Der Junge sagte ihr, wie schön sie sei, und sie antwortete, dass er es so oft sagen könne, wie er wolle. Hat sie dir je erzählt, was sie für ihn empfunden hat? Würde es dir das Herz brechen, zu wissen, dass ich es war?«

Während ich vor ihrem Grab kniete, spürte ich, wie sich in meinem Bauch ein Knoten löste. Fast fühlte es sich so an wie damals, als mich Annika in der Höhle in ihren Armen gehalten hatte. Ein Gefühl der Wärme und Ruhe überkam mich. Ich fühlte mich ... frei.

»Vielleicht würde es dir gar nicht das Herz brechen«, fuhr ich fort, als ich mir bewusst machte, was ich über diese Frau wusste. »Vielleicht wärst du sogar erleichtert zu wissen, dass der Junge, dem du damals zugelächelt hast, wieder auf den richtigen Weg gefunden hat. Denn du warst mir niemals böse. Du hast mir nie etwas Schlechtes gewünscht, mich nicht verflucht. Du hast mir vergeben. *Sie* hat mir vergeben.«

Ich senkte den Blick und schluckte schwer. »Es könnte sein, dass sie mich liebt. Aber eins weiß sie nicht«, gestand ich mit einem Lächeln. »Selbst wenn sie es tut, liebt sie mich nicht einmal halb so sehr wie ich sie. Für sie würde ich die Welt in Stücke reißen.«

Während ich es laut aussprach, wusste ich, dass es die Wahrheit war. Am liebsten hätte ich mich dafür gehasst, für die Tatsache, dass ich bereit war, alles aufzugeben, ein ganzes Leben voller Anstrengung und Arbeit, nur um etwas nachzujagen, das ich ohnehin nicht haben konnte. Wenn ich von allem davonlaufen würde, was ich hier hatte, um mich Annika entgegenzuwerfen, dann würde ich ohne jeden Zweifel sterben.

Aber besser ich als sie.

»Ich werde sie beschützen«, schwor ich. »Ich kann dich nicht von den Toten zurückholen. Aber ich kann dafür sorgen, dass sie am Leben bleibt. Ich werde mich niemals genug bei dir entschuldigen können. Aber ich werde sie mit allem lieben, was ich habe. Vielleicht wird es das Letzte sein, was ich tue … aber ich werde es tun. Ich liebe sie. Auf Wiedersehen.«

Ich erhob mich, riss den Blick von ihrem Grab los und betrachtete das meines Vaters. »Alle sagen, dass du der Beste gewesen seist. Deshalb werde auch ich nun ein ehrenhafter Mann sein. Tut mir leid, dass ich es bisher nicht gewesen bin. Ich hoffe, du kannst mir verzeihen. Und ich hoffe, du weißt, wie stolz ich bin, dein Sohn zu sein.«

Ich neigte den Kopf und gedachte seiner ein letztes Mal.

Mein Verstand wollte sich sofort an die Planung machen, doch mir blieb keine Zeit zum Nachdenken. Ich hörte das Knacken eines Asts. Da es unmöglich Thistle sein konnte, drehte ich ruckartig den Kopf, um nachzusehen, wer mich entdeckt hatte.

Blythe durchbohrte mich mit ihren vorwurfsvollen Augen. Mit zitternder Unterlippe stand sie da, und in ihrem Gesicht zeichneten sich gleichermaßen Schmerz und Wut ab.

»Wie lange stehst du da schon?«, fragte ich.

»Lange genug«, erwiderte sie verbittert. »Dann ist das also der Grund, warum ich dir nicht genüge? Weil du nur Augen für *sie* hast?«

»Das ist nicht wahr, Blythe. Du bist mehr als genug …«

Doch sie fiel mir ins Wort und kam näher. »Hast du eine Ahnung, wie lange ich schon nur an dich denken kann?« Sie schluckte schwer und wandte kurz den Blick ab. »Eigentlich seit dem ersten Tag, an dem ich nach Vosino gekommen bin. Ich habe gesehen, wie hart du gearbeitet hast, wie viel du getan hast. Ich habe beobachtet, wie du still für andere Opfer gebracht hast, auch wenn du es niemals zugeben würdest. Aber du warst immer distanziert, standst immer abseits, und ich war nie mutig genug. Und dann … hatten wir endlich einen Grund, miteinander zu sprechen, als du deine Mission erhalten hast. Ich dachte, das wäre der Anfang von allem. Und jetzt willst du mir sagen, dass ich dich deshalb verloren habe?«

Ich seufzte und fühlte mich mit jeder verstreichenden Sekunde schlechter, doch ich wusste, dass die Wahrheit der einzige Ausweg war. »Blythe, da war nichts, was du hättest verlieren können. Bis vor Kurzem wusste ich nicht einmal, dass ich auch etwas anderes empfinden kann als … Zorn.«

Ihr verletzter Gesichtsausdruck verwandelte sich in den des Verrats. »Du hast gesagt, sie sei die Verkörperung all dessen, was du verabscheust.«

»Das war sie … und dann nicht mehr.«

»Ich bin nie von deiner Seite gewichen!«, schrie sie. »Ich habe immer an dich geglaubt und dich unterstützt. Ich habe deine schlimmsten Seiten gesehen und bin dennoch nicht zurückgeschreckt. Und jetzt, da wir so kurz davor sind, alles zu bekommen, wofür wir so hart gekämpft haben, willst du alles stehen und liegen lassen für eine Frau, die dein Leben zerstören wird?«

Ich schüttelte den Kopf und bemühte mich um einen ruhigen Ton. »Das ist es ja gerade, Blythe. Wenn ich bleibe, wird mich Kawan wie einen Hund halten. Und wenn ich ihn töte und versuche, unser Volk anzuführen, werde ich mein Leben lang dafür kämpfen müssen, an dieser Macht festzuhalten. Und das kann ich nicht. Dieser Teil von mir ist tot. Ich will leben. Und wenn es auch ein kurzes Leben sein sollte. Ein schmerzhaftes. Ich will frei leben.«

Sie starrte mich an, immer noch wütend, immer noch fassungslos.

»Du bist ein Verräter, Lennox. Schlimmer als ein Dieb, schlimmer als ein Feigling. Du hast dein Volk verraten.« Angewidert wandte sie sich ab. »Weil ich so viel Respekt vor dir habe …« Sie schüttelte den Kopf. »Weil ich so viel Respekt vor dir *hatte*, gebe ich dir einen Vorsprung. Ich gewähre dir sechs Stunden. Und dann wird Kawan davon erfahren. Deine Mutter, Inigo, alle. Sie werden erfahren, dass du uns für nichts im Stich gelassen hast. Und wenn wir kommen«, sie sah mir direkt in die Augen, »wirst du unser Feind sein. Und lass dir ein letztes Mal gesagt sein: Ich. Scheitere. Nicht.«

Sie ging an mir vorbei und ließ mich erstarrt vor Angst zurück. Jetzt hatte sie mir gezeigt, dass sie genauso furchteinflößend war, wie ich immer angenommen hatte. Und weil ich wusste, wie ernst sie es meinte, rannte ich zurück in meine Kammer, denn ich durfte keine Zeit verlieren.

Ich ließ den Blick über mein Hab und Gut schweifen. Was war es wert, mitgenommen zu werden? Ich griff nach den Schreibfedern und warf sie in die Tasche, wie auch den Umhang meines Vaters. Ich schnallte mein Schwert um, schnappte mir meinen leeren Trinkschlauch und wünschte, ich hätte Zeit, ihn zu füllen. Dann kramte ich das Stück Spitze hervor und wickelte es um mein Handgelenk, denn nun hatte es keinen Zweck mehr, es länger zu verstecken. Abgesehen davon würde alles andere zu Erinnerungen werden.

Ich konnte nicht das Risiko eingehen, im Korridor gesehen zu werden. Wer wusste schon, wem ich begegnen würde? Also schulterte ich meine Tasche und flüchtete auf demselben Weg, wie Annika es getan hatte: durch das Fenster.

Annika

Offizier Mamun war zwar verlässlich, aber es war auch unerträglich, dass er mir die ganze Zeit über die Schulter schaute. Er konnte einfach nicht still stehen, schniefte ständig oder scharrte mit den Füßen. Auch wenn er vielleicht nicht der würdevollste Mann der gesamten Garde war, so war ich mir dennoch sicher, dass Palmer ihn aus einem bestimmten Grund ausgewählt hatte. Ich musste also davon ausgehen, dass er über Fähigkeiten verfügte, die andere nicht hatten.

Aber eigentlich brauchte ich gar keinen Leibwächter, denn an Nickolas wäre kein Eindringling vorbeigekommen.

Während ich am Schreibtisch saß und Dokumente bearbeitete, umkreiste mich mein Verlobter wie ein Aasgeier, und seine Augen waren überall gleichzeitig. Wenigstens waren seine Schritte gleichmäßig, rhythmisch und damit relativ leicht zu ignorieren. Aber selbst bei vollkommener Stille wäre ich in Gedanken dennoch ganz woanders gewesen.

Ich hatte ein ungutes Bauchgefühl und machte mir Sorgen, dass alles noch viel schlimmer kommen würde. Ich konnte einfach nicht aufhören, an all das zu denken, was ich in diesem Buch gesehen und gelesen hatte.

Der Stein.

Das Symbol.

Der Nachname.

Alles passte zusammen. Und die Tatsache, dass irgendjemand die Notwendigkeit gesehen hatte, diesen Teil der Geschichte zu verheimlichen, machte alles nur noch glaubhafter. Ich fühlte mich innerlich zerrissen. Mein Pflichtbewusstsein und meine Sehnsucht kämpften in meiner Brust gegeneinander. Wie würde es sich anfühlen, das Königreich zu übergeben? Wie würde es sich anfühlen, Lennox das Buch zu überreichen?

Ich wollte sein Gesicht sehen, wenn er es erfuhr.

Nein.

Ich wollte sein Gesicht sehen.

Ich wollte mich in seinen strahlend blauen Augen verlieren. Ich wollte seine Lippen an meinem Ohr spüren. Ich wollte meine Finger in seinem Haar vergraben. Ich wollte alles von ihm. So sehr, dass es beinahe wehtat.

»Warum lächelst du?«

»Wie bitte?« Ich blickte auf und stellte fest, dass mich Nickolas durchdringend musterte.

»Du lächelst.«

»Oh. Ähm«, erwiderte ich und drehte den Kopf weg, um meine errötenden Wangen zu verbergen. »Ich … habe an meine Mutter gedacht«, log ich und betete dafür, dass sie nichts dagegen hatte, dass ich sie als Ausrede benutzte. »Du findest das vielleicht albern, aber manchmal unterhalte ich mich mit einem ihrer Porträts. Im hinteren Flügel hängt ein großes von ihr. Sie leitet mich, auch wenn sie nicht mehr da ist.«

Nun lächelte er ebenfalls, gerührt von meinen Worten. »Wie könnte ich das albern finden? Es überrascht mich nicht, dass du mit ihr sprechen willst, in welcher Form auch immer.« Er senkte den Blick und verschränkte die Arme vor der Brust. »Soll ich das Porträt hier in den Korridor bringen lassen? Nur vorübergehend, wenn du willst. Vielleicht würde es die anderen auch beruhigen, ihre Anwesenheit zu spüren.«

Ich legte den Kopf schief. »Nickolas, das ist sehr aufmerksam von dir. Ja. Würdest du das bitte tun?«

Lächelnd kam er auf mich zu und gab mir einen Kuss auf die Stirn. »Habe ich dich nicht schon die ganze Zeit darum gebeten, mir Aufgaben zu geben? Ich werde mich schnellstmöglich darum kümmern.« Dann kam er mit dem Mund dicht an mein Ohr und senkte die Stimme. »Aber ich würde gern warten, bis Palmer wieder da ist. Das nervöse Verhalten von diesem Jungen ist nicht unbedingt vertrauenerweckend.«

Ausnahmsweise schienen wir einer Meinung zu sein.

Aber es spielte keine Rolle, was ich von Mamun hielt, denn als plötzlich die Tür aufflog, bewies er seinen Wert. Er trat sofort in Aktion, zog sein Schwert und richtete die

Spitze auf die Kehle des Mannes, bevor ich überhaupt blinzeln konnte.

Doch es war nur einer der Ärzte, der nach hinten taumelte, schützend die Arme über den Kopf hielt und schrie: »Wartet! Wartet! Ich habe Neuigkeiten für Ihre Königliche Hoheit!«

Ich sprang von meinem Stuhl auf. »Oh, Herr Doktor! Es tut mir schrecklich leid.« Ich eilte zu ihm und hielt ihm eine Hand hin, um ihm aufzuhelfen.

»Eure Hoheit«, erwiderte er atemlos und blickte zu mir hoch. »Euer Bruder ist wach.«

Ich eilte an ihm vorbei und hob meine Röcke an, um schneller rennen zu können. Hinter mir hörte ich Nickolas und Mamun. Wir stürmten die Flure hinab und bogen zum Zimmer meines Bruders ab, dessen Tür weit offen stand.

Ich musste die aufsteigenden Tränen wegblinzeln, doch da war er, auf Kissen gestützt, blass und schwach – aber bei Bewusstsein.

»Ah!«, stieß ich aus, preschte ins Zimmer, ließ mich vor seinem Bett auf die Knie fallen und griff nach seiner Hand. Ich weinte minutenlang, blickte hoch zu meinem geliebten Bruder.

Er lächelte mich an. »Ich bin immer noch da.«

Er hatte mich gehört. In all meinen Träumen, Gebeten und Sorgen hatte ich ihn angefleht, zurückzukommen, und er hatte mich gehört.

»Ich hatte solche Angst«, gestand ich. »Ich war nicht dafür bereit, dass du mich verlässt.«

Sein schwaches Grinsen wurde ein kleines bisschen frecher. »Dafür braucht es schon mehr als das.«

Das sah Escalus ähnlich, in Zeiten wie diesen Witze zu reißen.

»Haben sie dir von Vater erzählt?«, fragte ich leise.

Er nickte. »Und genau aus dem Grund muss ich mit dir sprechen. Bitte die anderen, zu gehen.«

»Aber natürlich.«

Die Ärzte, die neben uns standen, hatten es sicherlich gehört, wie auch Nickolas und Noemi, aber niemand machte auch nur einen Schritt in Richtung Tür.

»Seine Königliche Hoheit hat Euch aufgefordert, das Zimmer zu verlassen«, sagte ich mit Nachdruck und sah einen der leitenden Ärzte an, damit er den Anfang machte.

Noemi, geistesgegenwärtig wie immer, griff sofort ein. »Nun, wenn die Gentlemen bitte draußen im Korridor warten würden … Ich hole Tee.«

Sie streckte die Arme aus und geleitete sie geduldig aus dem Raum, während ich mich wieder Escalus zuwandte.

»Hast du Schmerzen? Kann ich irgendetwas für dich tun?«

Müde lächelnd schüttelte er den Kopf und drückte meine Hand. Ich hatte gar nicht gemerkt, dass ich die seine immer noch hielt.

»Annika. Die Ärzte haben mir von Vaters Zustand erzählt. Ich glaube, wir müssen uns auf das Schlimmste gefasst machen. Ich hoffe zwar, er ist stur genug, um durchzuhalten, aber vielleicht werden wir schon bald Waisen sein.«

Dieses Wort. *Waisen.* Eigentlich benutzte man es nur für Kinder, aber tat es nicht immer weh, seine Eltern zu verlieren, ganz egal, ob man vierzig, fünfzig Jahre oder noch älter war?

Er atmete schwer aus.

»Wir haben so wenig Zeit mit den Menschen, die wir lieben, daher sollten wir sie nicht verschwenden. Was mich zum eigentlichen Thema führt.«

Ich wandte mich ihm mit ganzem Körper zu, denn ich wollte, dass er wusste, dass er meine volle Aufmerksamkeit hatte.

»Ich werde Noemi heiraten«, erklärte er schlicht. Kaum waren die Worte über seine Lippen gekommen, breitete sich auf ihnen ein Lächeln aus – diesmal ein richtiges –, und er wirkte so glücklich, so zufrieden, dass er es endlich laut aussprechen durfte. »Es ist mir egal, ob Vater es gutheißt. Oder die Lords. Oder selbst du. Ich habe immer nur sie geliebt, und ich werde mein Leben mit keiner anderen Frau an meiner Seite verbringen. Es kümmert mich nicht, ob das gesamte Königreich um uns herum zusammenbricht. Ich werde Noemi heiraten, sobald ich genug Kraft habe, um aufzustehen.«

Da war etwas wundervoll Trotziges in seinen Augen. Und wieder war ich neidisch auf ihn. Wie das wohl sein musste, sich nicht länger um etwas zu scheren?

Aber ich scherte mich noch.

Mir war es nicht egal, ob sich die Monarchie in Luft auflöste. Ich machte mir Sorgen, dass unser Königreich kurz vor der Umwälzung stand und wir kein Zuhause mehr haben würden. Ich hatte Angst, dass wir dabei alle ums Leben kommen könnten. Und ich hatte Angst, dass ich Lennox vielleicht nur an der Spitze seines Schwerts wiederbegegnen würde.

Escalus hatte sich von alledem losgesagt und mir dabei all seine Ketten zugeworfen. Ich konnte nicht leugnen, dass sie schwer waren, doch ich konnte auch nicht leugnen, dass ich sie nur zu gern an seiner Stelle tragen würde.

Ich zog meine Hand zurück und massierte meine Finger. »Du hast dich in eine Bürgerliche verliebt. Ich habe genug Bücher gelesen, um zu wissen, dass das der Stoff ist, aus dem Märchen gemacht sind.«

»Dann bist du also nicht wütend?«

Ich grinste. »Die gleiche Frage hat sie mir auch gestellt.«

»Moment mal … *Noemi* hat dir die gleiche Frage gestellt?«

Ich nickte. »Ja. Ich habe euch zusammen hinten im Korridor gesehen, kurz bevor wir zur Insel gesegelt sind. Ich habe mein Bestes getan, damit sie an deiner Seite bleiben durfte.« Ich lächelte ihn an. »Also nein, ich bin nicht wütend auf dich. Und ich hasse dich auch nicht. Ich bin vielleicht traurig. Enttäuscht, weil du es mir nicht erzählt hast.«

Er legte den Kopf schief. »Wie jetzt? Hast du etwa keine Geheimnisse vor mir?«

»Eins«, erwiderte ich wahrheitsgemäß, auch wenn mein Tonfall scherzhaft blieb. »Und es ist das gleiche wie deins: Ich liebe auch jemanden, den ich nicht haben kann.«

»Erstens liebe ich niemanden, den ich nicht haben kann«, konterte er immer noch schlagfertig, obwohl er bettlägerig und geschwächt war. »Ich *werde* mit Noemi zusammen sein. Ich werde sie heiraten, komme, was wolle. Zweitens hoffe ich, dass du nicht wirklich glaubst, in Rhett verliebt zu sein«, fuhr er fort. »Er liebt dich auch nicht. Er ist … vernarrt in dich – ein wenig zu sehr, wenn du mich fragst –, weil du das einzige Mädchen bist, mit dem er je gesprochen hat. Außerdem bist du überaus charmant. Aber er kennt sich selbst noch nicht gut genug, um jemanden zu lieben. Lass dich davon also nicht beirren.«

Ich seufzte. Es sollte mich nicht überraschen, dass er über Rhetts Gefühle für mich Bescheid wusste. Escalus war wesentlich aufmerksamer als ich. Außerdem konnte ich ihm auf keinen Fall sagen, dass ich Lennox liebte. Vielleicht konnte ich es ihm also nicht allzu übelnehmen, dass er sein Geheimnis bisher für sich behalten hatte.

»Nun gut.« Ich erhob mich, hielt den Blick aber gesenkt, damit er ihn nicht lesen konnte. »Soll ich jetzt, da du wieder wach bist, die Regentschaft wieder an dich übertragen lassen?«

»Nein«, entgegnete er. »Dafür bin ich noch viel zu erschöpft. Und die Ärzte haben mir erzählt, dass du dich sehr gut um alles kümmerst.«

Ich sah auf. »Das haben sie?«

Escalus nickte. »Ja, Annika. Ich wusste, dass du es kannst.«

Ich lächelte in mich hinein und freute mich über das Lob. »Hoffentlich geht es Vater auch bald besser. Dann können wir das alles endlich hinter uns lassen.« Ich machte einen Knicks. »Übrigens … Gib Noemi lieber schnell ein paar andere Aufgaben, damit die Leute nicht zu schnell misstrauisch werden. Sie ist nicht von deiner Seite gewichen, seit wir zurück sind.«

Er lächelte. »Das mache ich. Danke, dass du angeordnet hast, dass sie bei mir bleibt.«

Ich zuckte mit den Schultern. »Das war das Beste, was ich tun konnte. Und danke.«

»Wofür?«, fragte er und sah mich mit schläfriger Verwirrung an.

»Dass du immer noch da bist.«

Er nickte. Auch wenn es nur eine kleine Bewegung war, so sah ich ihm dennoch an, dass die Erschöpfung wieder die Oberhand gewonnen hatte.

»Ich komme später wieder. Schlaf jetzt.«

Ich wartete noch auf eine Antwort, aber wie es schien, driftete er bereits in den Schlaf. Leise zog ich mich zurück, unendlich erleichtert, dass sich mein Bruder erholen würde, wenn auch nur langsam.

Im Flur gingen die Ärzte auf und ab und konnten es kaum erwarten, sich wieder um Escalus zu kümmern. Ich nickte Noemi zu, und sie seufzte erleichtert, denn sie wusste nun, dass fürs Erste alles gut war.

Ich ging an ihnen vorbei und empfand so viel auf einmal. Ich freute mich, noch eine Weile regieren zu dürfen. Ich war müde von all der Sorge. Und ich war neidisch. Noemi und Escalus waren so verliebt.

Und ich …

»Ist alles in Ordnung?«, fragte Nickolas, als ich um die Ecke biegen wollte.

»Ich weiß es nicht«, flüsterte ich zurück.

Und dann, ohne Vorwarnung, schlang er sanft die Arme um mich.

Zugegeben, es war ein Schock. Nickolas war bisher immer Befehl, Etikette, Geradlinigkeit gewesen. Mein Status diktierte alles, und auch, wenn er mehr als einmal an meine Grenzen gestoßen war, hatte er sie nie überschritten.

Außer jetzt. Und es war die schönste Art, es zu tun. Also sagte ich nichts und erlaubte ihm, mich zu halten.

Lennox

Ich ritt ohne Unterlass. Nachdem die Sonne untergegangen und das Tageslicht verschwunden war, orientierte ich mich an den Sternen, bewegte mich in Richtung Osten und hielt mich leicht südlich. Ausruhen konnte ich mich, sobald ich Annika gefunden hatte. Das war alles, was im Moment zählte.

Während ich ritt, überwog in meinem Kopf die Sorge, dass mir inzwischen jemand folgen könnte. Ich schätzte, ich hatte mindestens einen Tag Vorsprung. Kawan würde nicht viele Leute dazu bewegen können, nachts loszuziehen, nicht nach einer so verlustreichen Schlacht. Es war vor allem Blythe, vor der ich mich fürchtete. Sie könnte auf Rache aus sein. Und wenn dem so war, war es gut möglich, dass ich Inigo bereits an sie verloren hatte.

Ich überquerte das Feld, auf dem wir in der Nacht, bevor es uns gelungen war, in Stratfel die Boote zu stehlen, mit der gesamten Armee unser Lager aufgeschlagen hatten. Ich kam an der Stelle vorbei, an der ich Annika das erste Mal begegnet war, an der ich zum ersten Mal gegen sie gekämpft hatte. Als ich in der Ferne den glitzernden Palast entdeckte, zügelte ich mein Pferd.

Es war so weit. Ich war in Kadier. Ich war in *Dahrain.*

Nach all den Jahren, nach all der Qual musste ich einfach nur noch weiterreiten.

Kurz hielt ich inne, sah mich um und fragte mich, ob ich irgendetwas wiedererkennen würde, ein Stück Vergangenheit, das vor langer Zeit verloren gegangen und dennoch Teil von mir war. Doch da war nichts. Die Luft roch anders, weniger salzig als in Vosino. Sie duftete beinahe süßlich. Die Bäume trugen Blüten, die mir fremd waren. Die Häuser, an denen ich vorbeiritt, wirkten ordentlich, wenn auch klein.

Und auch, wenn alles wunderschön aussah, war mir dennoch nichts daran vertraut. Das Einzige, was mir verriet, zu Hause zu sein, war das warme Gefühl in meinem Bauch, etwas, das mir sagte, dass ich genau dort war, wo ich sein sollte.

Auch wenn dieses Gefühl ein Trost war, wusste ich noch immer nicht, wie ich in den Palast gelangen sollte. Ich stieg von meinem Pferd und führte es durch die Straßen, bis ich die Palastpforten erreichte. Sie waren aus dickem Stein, das Haupttor mit Gold bedeckt. Es stand weit offen, doch links und rechts davon patrouillierten Wachen, also konnte ich wohl schlecht einfach hindurchmarschieren. Ich stand da und seufzte, versuchte, einen Plan auszuhecken. Natürlich könnte ich versuchen einzubrechen. Ich würde es mühelos über diese Mauer schaffen, wenn ich nur einen unbewachten Bereich fände. Vielleicht gab es auf der

Rückseite eine Schwachstelle, die nicht gut in Schuss gehalten wurde.

Aber nichts davon half mir mit meinem eigentlichen Problem: Ich hatte keine Ahnung, wie ich Annika finden sollte, sobald ich es hineingeschafft hatte.

»Hast du dich verlaufen?«

Ich blickte herunter und entdeckte neben mir einen Jungen von ungefähr zwölf Jahren. Mit großen Augen sah er mich vertrauensvoll an und hievte ein wenig nervös die schwere Tasche auf seiner Schulter ein Stück höher. Er war noch zu jung, um zu wissen, was es bedeutete, Feinde zu haben. Doch ich befürchtete, dass meine Leute dies schon bald ändern würden.

»Irgendwie schon«, erwiderte ich. »Ich kenne jemanden im Palast, habe aber keine Einladung, daher weiß ich nicht, wie ich hineinkommen soll.«

»Oh. Wie heißt er denn? Ich bin dort Stallbursche«, erzählte er mir. »Vielleicht kenne ich ihn ja.«

Ich war drauf und dran, dem Jungen zu erklären, dass ich nicht auf der Suche nach einem *er* war … als mir in dem Moment eine Idee kam.

»Sein Name ist Palmer. Offizier Palmer.« Schnell ging ich im Kopf durch, was ich bei mir hatte, griff in die Tasche an meinem Gürtel und zog mein Schnappmesser hervor. »Das ist das Einzige, was ich habe, was für dich von Wert sein könnte. Wenn du Palmer zu mir bringst, gehört es dir. Kannst du das für mich tun?«

Er kniff die Augen zusammen. »Das ist der, der vermisst wurde, richtig? Und ganz zerschunden zurückkehrte?«

Ich nickte. »Ja. Ich habe gehört, dass er ein ganz schönes Abenteuer hinter sich hat. Meinst du, du könntest ihn zu mir bringen?«

Der Junge blickte sich um und zeigte dann auf eine Stelle. »Warte unter dem Baum dort drüben.«

Blitzschnell rannte er los und durch die Pforte, ohne von den Wachen bemerkt zu werden. Ich führte mein Pferd hinüber zu dem Baum und wartete dort, bestaunte die Äpfel, die über mir in den Ästen hingen. So war es also, hier zu leben? Überall wuchsen Bäume und Essen, ohne dass sich jemand darum kümmerte? Ich schüttelte den Kopf. Ich griff nach oben, fütterte mein Pferd mit einem Apfel und steckte einen weiteren für später in meine Tasche.

Nach ein paar Minuten wurde ich langsam unruhig. Was, wenn er Palmer nicht finden konnte? Sollte ich dann trotzdem versuchen einzubrechen? Wie lange sollte ich warten, bevor ich es probierte?

Ein älterer Mann ging mit seiner Frau an mir vorbei. Sie hatte einen Krückstock, und er hielt ihre andere Hand. Sie bewegten sich nur langsam und hatten es anscheinend nicht eilig, ihr Ziel zu erreichen. Sie wirkten, als würden sie sich hier sicher fühlen. Zufrieden. Trotz des Zerwürfnisses mit Kadier musste ich zugeben, dass sie sich gut um ihr Volk zu kümmern schienen.

Nachdem das Paar durch das Tor verschwunden war, trat Palmer heraus. Er lächelte, als er mich entdeckte.

»Ich bin froh, dass Ihr es Euch anders überlegt habt«, begrüßte er mich. »Ich befürchte, dass sich die Monarchie vor meinen Augen in Luft auflöst. Wir brauchen gerade jede Hilfe, die wir bekommen können.«

»Ich bin wegen Annika hier. Das ist alles.«

Er nickte. »Das genügt auch.«

»Hoffentlich. Aber ich muss dich warnen. Meine Flucht könnte eine vorzeitige Invasion auslösen.«

Palmer nickte. »Die ist sowieso unausweichlich. Aber wenigstens wurden wir vorgewarnt – und wir haben jetzt Euch.« Er nahm mein Pferd bei den Zügeln und führte es durch die Palastpforte. Ich hielt den Blick gesenkt und den Mund geschlossen. Ich hatte keine Ahnung, wer auf der Insel gewesen war, und fragte mich, ob mich außer Annika jemand erkennen würde. Vielleicht der gute alte Nickolas, falls sich unsere Wege kreuzen sollten.

Palmer führte mich an der Seite des Palasts entlang, und ich erkannte, dass wir auf direktem Weg zu den Stallungen waren. Annika hatte erwähnt, dass sie dort trainierte, und ich musste lächeln, weil sie es geschafft hatte, so gut zu werden, obwohl sie so wenig Platz hatte.

»Ich habe dir ja gesagt, dass ich ihn zu dir bringen kann«, ertönte eine Stimme aus einer der Boxen.

Ich wandte mich um und entdeckte den Jungen, der sich bereits wieder an die Arbeit gemacht hatte und einen der Ställe ausmistete.

»Gut gemacht. Und wie versprochen, ist hier deine Belohnung.« Ich übergab ihm mein Messer und war ein wenig traurig, mich von ihm trennen zu müssen. »Benutze es weise.«

»Grayson, bitte kümmere dich um sein Pferd«, befahl Palmer. »Wenn jemand fragt … Ich habe Besuch von jemandem aus meiner Heimatstadt bekommen. Das ist alles.«

Grayson lächelte und salutierte kurz. »Jawohl, Sir.«

Palmer lachte leise, führte mich aus dem Stall und in

Richtung des Palasts. »Er ist ein guter Junge. Königin Evelina hat dem letzten Stallburschen sogar eine Arbeit in der Bibliothek des Palasts verschafft. Rhett. Hat sein Leben verändert. Und ich könnte wetten, dass die Prinzessin versuchen wird, für Grayson dasselbe zu tun.«

Ah. Rhett. Noch ein Name, der mir vertraut war. Palmer, Rhett, der gute alte Nickolas und Escalus. Das waren die Männer in Annikas Leben. Doch ich musste zugeben, dass mich die Hälfte von ihnen nicht interessierte.

»Wo ist Annika gerade?« Ich konnte mir die Frage nicht verkneifen. »Steht unter Bewachung, nehme ich an?«

Palmer nickte. »Ich vertraue Euch. Also enttäuscht mich nicht, Lennox. Alles fällt gerade auseinander. Wenn das Königreich untergeht, vertraue ich darauf, dass Ihr sie beschützt.«

»Natürlich«, erwiderte ich. »Dafür würde ich mein Leben geben. Und deins. Und das aller anderen.«

Er sah mich durchdringend an, vermutlich suchte er in meinen Augen nach einer Lüge. Doch er fand keine.

»Haltet den Kopf unten und folgt mir.«

Unbemerkt schafften wir es durch die hinteren Korridore und Treppenaufgänge des Palasts. Hin und wieder riskierte ich einen Blick auf ein Kunstwerk oder ein Möbelstück, doch davon abgesehen hielt ich mich an seinen Befehl. Vor einer Biegung blieb er stehen und bedeutete mir anzuhalten. Ich wartete.

»Los.« Er bewegte sich zügig, öffnete eine Tür und zog mich schnell hinein. »Wartet hier. Keiner außer Ihrer Hoheit oder mir wäre mutig genug, die Tür zu öffnen, ohne vorher zu klopfen. Wenn Ihr also sonst jemanden kommen hört, dann versteckt Euch.«

»Verstanden.«

Palmer verließ den Raum genauso schnell, wie er ihn betreten hatte, und ich ließ meinen Blick schweifen, um zu sehen, wo ich hier eigentlich war.

Oh.

Ihre Anwesenheit war überall im Raum zu spüren: in der halb fertigen Stickerei beim Fenster, den Büchern, die sich neben dem Bett stapelten, den fünf Kleidern, die über der Rückenlehne eines Sofas hingen.

Den überall herumliegenden Kleidern nach zu urteilen hatte sie keine Magd, die sich um sie kümmerte, und auch, wenn es im Raum nicht sonderlich kalt war, beschloss ich, für sie ein Feuer im Kamin zu entfachen. Als die Zündhölzer brannten, wich ich zurück und ging im Raum umher. Ein Teil von mir hätte vielleicht neidisch sein sollen, weil sie so groß geworden war, doch stattdessen beruhigte es mich, zu wissen, dass das Mädchen, das ich schon als kleiner Junge geliebt hatte, so wohlbehütet aufgewachsen war. Ich ging zum Fußende ihres Betts, stellte dort meine Tasche ab und berührte den dünnen Stoff, der an den Bettpfosten befestigt war.

Meine Hände waren zu schmutzig für diesen Ort.

»Ich werde bis Sonnenaufgang hier vor der Tür stehen«, hörte ich Palmers Stimme von draußen und wandte mich um. »Bis dahin müsst Ihr mir mitteilen, was Eure weiteren Pläne sind.«

»Pläne wofür?«

Mein Herz begann zu tanzen, als ich Annikas Stimme vernahm. Schnell griff ich in meine Tasche.

»Das werdet Ihr sehen«, erwiderte Palmer.

Er öffnete die Tür gerade weit genug, sodass sie eintreten konnte, und stellte sicher, dass mich niemand aus Versehen entdeckte. Annikas süßes, verwirrt dreinblickendes Gesicht richtete sich auf das Feuer und dann … auf mich.

Wie angewurzelt blieb sie stehen, vollkommen sprachlos. Selbst von der anderen Seite des Raums sah ich die Tränen in ihren Augen.

Ich warf ihr den Apfel zu, und sie fing ihn mühelos. »Wirst du je aufhören, mich zu überraschen?«, fragte sie.

»Hoffentlich nicht.«

»Ich habe dir so viel zu erzählen«, flüsterte sie.

Ich schüttelte den Kopf. »Das kann warten, es sei denn, du willst mir tausendmal sagen, wie sehr du mich liebst.«

Der Apfel glitt ihr aus den Händen. Sie rannte auf mich zu, stürzte in meine Arme und wir taumelten auf das Bett.

Annika

»Wie um alles in der Welt bist du hierhergekommen?«, fragte ich, während sich Lennox grinsend das Haar aus dem Gesicht strich.

»Ich bin abgehauen. Es ist gut möglich, dass sie ihren geplanten Angriff jetzt vorziehen, aber ich konnte nicht anders.« Er wandte sich mir zu und kam mit dem Gesicht nahe an meines. »Ich kann nicht länger ohne dich sein.«

»Das musst du auch nicht«, flüsterte ich.

Er streckte den Arm aus, vergrub die Finger in meinem Haar und zog meinen Kopf zu sich, um mich zu küssen.

Es war, als wäre keine einzige Sekunde vergangen, seit wir einander in der dunklen Höhle gehalten hatten, nur, dass wir jetzt auf Satin gebettet waren. Es gab keine Geheimnisse zwischen uns, keine Sorgen, keine Entschuldigungen. Da war nichts außer dem Urvertrauen, dass wir einander schon seit Ewigkeiten kannten.

Ich legte mich halb auf ihn, und mein Haar umrahmte sein Gesicht. Nach einer Weile beendete er den Kuss und strich mit seiner rauen Fingerspitze über meinen Wangenknochen, meine Stirn, mein Kinn. Er berührte mich, als wäre ich zerbrechlich. Als könnte der Moment viel zu schnell vorüber sein.

»Ich fasse es nicht, dass du wirklich hier bist. Ich habe es mir so oft gewünscht.«

Er schluckte. »Ich mir auch.« Es lag etwas Trauriges in seinen Augen, aber nur kurz, bevor sein Lächeln zurückkehrte. »Ich habe gehört, du bist jetzt Regentin.«

Ich stützte mich auf einen Ellbogen. »Da hast du richtig gehört.«

Er lachte leise. »Steht dir gut. Du strahlst geradezu.« Dann wickelte er sich eine meiner Haarsträhnen um den Finger. Das schien er gern zu tun. »Meine Annika, quasi Königin. Soll ich mich erheben und verbeugen?«

Er flirtete, spielte mit mir. Das wusste ich. Doch es brachte mich schnell zurück in die Realität.

Ich musste ihm sagen, was ich erfahren hatte, nicht wahr? Denn so sehr ich mein Königreich auch liebte, so viel ich für meine Familie auch zu opfern bereit war, so konnte ich mich dennoch nicht an etwas klammern, von dem ich jetzt wusste, dass es nicht mir gehörte.

Aber ich brauchte … wenigstens diesen einen Abend.

Ich schüttelte den Kopf. »Auch wenn es angemessen wäre, glaubst du wirklich, ich würde dich jetzt loslassen?«

Er lächelte, wirkte so unglaublich zufrieden. Aber er musste schreckliche Angst gehabt haben. Er hatte alles, was er kannte, hinter sich gelassen. Er befand sich nun auf feindlichem Territorium und durfte auf keinen Fall erwischt werden. Als könnte er meine Gedanken lesen, wurde sein Tonfall ernst.

»Palmer hat dir inzwischen bestimmt erzählt, was los ist.«

»Nur, dass ich in Gefahr bin und sich anscheinend irgendjemand aus dem Palast mit Kawan verbündet hat.«

Er nickte. »Und ich werde herausfinden, wer hinter der Sache steckt.«

Ich strich mit meinen Fingerspitzen über sein Gesicht. Er war so wunderschön. »Komm.« Ich stand auf und führte ihn hinüber zur Waschschüssel in der Ecke. Ich ließ das Wasser über seine müden Hände laufen und wusch sie. Dann tränkte ich einen Waschlappen und begann, die Spuren des langen Ritts aus seinem Gesicht zu wischen. Während ich versuchte, mich auf die Aufgabe zu konzentrieren, spürte ich seinen Blick auf mir. Daran könnte ich mich gewöhnen, ihm so nahe zu sein. Stunden, Tage, ein Leben lang. Es würde niemals genug sein.

»Wir sind schon wieder in einer verzwickten Situation«, bemerkte ich.

»Die da wäre?«

Ich konnte ihm nicht in die Augen schauen, doch ich war mir sicher, dass ihm mein Lächeln nicht entging.

»Als Regentin glaube ich nicht, dass ich es zulassen darf, dass du von meiner Seite weichst. Schließlich bist du eine Gefahr für die Sicherheit meines Königreichs.«

Nachdenklich presste er die Lippen aufeinander. »Das stimmt wohl. Ich bin sehr gefährlich. Es wäre wahrscheinlich das Beste, wenn du mich höchstpersönlich unter Beobachtung behältst.«

»Das ist meine Pflicht. Der kann ich nicht entkommen.«

»So hingebungsvoll. Wie bewundernswert.«

Ich machte einen Schritt zurück und sah zu ihm empor. Diese Augen waren wirklich gefährlich. Lennox löste den Haken seines Umhangs und warf ihn zusammen mit seinem Mantel über die Rückenlehne eines Sessels. Dann ging er durch das Zimmer und pustete die Kerzen aus, während ich ins Bett krabbelte, unfähig, den Blick von ihm loszureißen. Er schien sich bereits wie zu Hause zu fühlen, und für mich wäre es vollkommen in Ordnung gewesen, wenn er mein Zimmer nie wieder verlassen hätte. So sicher hatte ich mich nicht mehr gefühlt, seit ich die Höhle verlassen hatte. Ich hörte, wie Lennox noch ein paar Scheite ins Feuer legte, darin stocherte und dann das Kamingitter davorstellte. Als er sich von hinten an mich schmiegte, hob ich die schweren Augenlider. Ich spürte seinen Herzschlag an meinem Rücken, die Sicherheit seines Arms um meine Taille. Er vergrub die Nase an meinem Hals und atmete tief ein.

»Lennox?«, flüsterte ich.

»Ja?«

»Versprich mir, dass du noch da bist, wenn ich aufwache. Bitte verschwinde nicht einfach.«

Er küsste die Stelle hinter meinem Ohr. »Wir sind uns begegnet, als wir noch Kinder waren. Ich habe dich gefunden, als du davongelaufen bist. Ich habe dich während des Sturms gehalten. Nichts kann mich von dir trennen.«

Er klang so sicher, dass ich ihm glaubte. Und endlich konnte ich wieder ruhig schlafen.

Lennox

Endlich konnte ich wieder richtig schlafen. Es war einfach, jetzt, da Annika nur noch einen Herzschlag von mir entfernt war. In der Nacht hatte sie sich auf den Rücken gedreht, und ich starrte in das engelhafteste Gesicht seit Anbeginn aller Zeiten, ihre Wange an meinem Arm.

Sie war warm und – was noch viel wichtiger war – am Leben. All das gab mir eine Ruhe, die ich nicht mehr verspürt hatte, seit wir in der Höhle zusammen eingeschlafen waren. Zugegeben, sie hatte auch ein sehr bequemes Bett, und ich hatte fest vor, es zu behalten, sobald ich …

Sobald ich was? Würde ich wirklich immer noch versuchen, ihr Königreich an mich zu reißen?

Im Schlaf atmete sie lange aus. Das hatte sie in der Höhle auch schon getan. Ich erinnerte mich gut daran. Es gefiel mir, wie sich ihr Haar um ihren Kopf in goldenen Ringellöckchen bauschte. Während ich Annika so ansah, kam mir der Gedanke, dass ich all mein Talent für den Schwertkampf vergeudet hatte. Ich hätte stattdessen zum

Pinsel greifen sollen. Dann hätte ich jetzt gewusst, wie ich dieses Gesicht auf eine Leinwand bannen könnte. Die Welt hatte ja keine Ahnung, was ihr entging.

Zwischen ihren Augenbrauen bildete sich eine kleine Falte, und sie kauerte sich noch mehr zusammen, sodass sich ihre Knie gegen meinen Bauch drückten, ihr Kopf nun auf Höhe meiner Brust war, ihre Hände zwischen uns verschränkt. Wie konnte jemand so Kleines eine solche Präsenz haben?

Sie atmete tief ein, und ich wusste, dass sie gleich aufwachen würde. Ich lächelte, denn ich freute mich, dass ich das bereits über sie wusste, und ich fragte mich, wie viele ihrer kleinen Angewohnheiten ich Zeit eines Lebens kennenlernen konnte.

»Du bist noch da«, sagte sie mit rauer Stimme.

»Das habe ich dir doch versprochen. Ich habe viele schreckliche Dinge getan, Annika, aber ich habe dich nie belogen.«

Sie blickte auf, und ihr süßes, schläfriges Gesicht wirkte zufrieden. »Das ist wahr.«

»Ich weiß nicht, wann du aufstehen musst, aber ich hätte dich auf keinen Fall geweckt.«

Sie richtete sich auf, ihr Haar war unordentlich, ihr Kleid zerknittert. »Mein Tag hört nie richtig auf, also fängt er auch nie richtig an.«

»Oh«, erwiderte ich und schlang einen Arm um ihre Taille. »Dann kannst du auch bleiben.«

Ich zog sie sanft zu mir, und sie legte sich kichernd wieder hin. Wäre sie nur ein bisschen lauter gewesen, hätten wir den Tumult vor der Tür vielleicht gar nicht mitbekommen.

»Sir, es tut mir sehr leid, aber Ihre Hoheit schläft noch.« Palmers Stimme war glockenklar, und Annika und ich schnellten hoch.

»Ich will sofort zu meiner Braut«, entgegnete jemand – und dieser Jemand konnte kein Geringerer sein als der gute alte Nickolas.

»Unters Bett«, drängte Annika flüsternd.

Ich sprang vom Bett und versteckte mich darunter. Durch den Stoff des Baldachins konnte ich nicht viel erkennen, aber ich hoffte, er würde mir ebenfalls einen Sichtschutz bieten. Hier unterm Bett war es kein bisschen staubig. Selbst die Ecken waren blitzblank. Und als ich nach oben blickte, entdeckte ich zwei Pflöcke, die strategisch am Bettrahmen angebracht worden waren – und auf ihnen lag ein Schwert. Ich lächelte, war beinahe freudig erregt. Annika versteckte nun all ihre Geheimnisse an derselben Stelle.

Ich sah, wie Annikas Kleid in einem Haufen auf dem Fußboden landete und dann wieder aufgehoben wurde.

»Ah!«, machte sie plötzlich, und keine Sekunde später bekam ich meine Tasche, meinen Umhang und meinen Mantel ins Gesicht. Ich schlang die Arme darum und verkroch mich noch tiefer unter dem Bett. Kurz darauf schlitterte mein Schwert über den Boden, also griff ich mir auch das, bereit, es zu ziehen, wenn es nötig sein sollte.

»Bitte, Sir. Ihre Hoheit hat in den letzten Tagen viel zu hart gearbeitet. Von allen Leuten solltet gerade Ihr um ihr Wohl besorgt sein«, betonte Palmer mit Nachdruck.

Ich schloss den Kerl immer mehr ins Herz.

»Wie kannst du es wagen? Hast du auch nur die leistete Ahnung …«

»Ihr könnt ihn jetzt hereinlassen, Offizier Palmer«, rief Annika und beendete damit die Diskussion.

Ich hörte, wie sich die Tür öffnete, gefolgt von dem Geräusch von Schuhen. »Vergebt mir, Eure Hoheit. Ich wollte Euch nicht aufwecken«, entschuldigte sich Palmer.

»Keine Ursache«, erwiderte sie. Ihr kühler Tonfall war merkwürdig, so anders als das Mädchen, das ich kannte. Doch er war mir nicht vollkommen fremd. So hatte sie auch gesprochen, als ich sie in die Burg gezerrt hatte.

»Wenn die Audienz mit dem Duke vorüber ist, habe ich ein Päckchen für Euch. Mir wurde aufgetragen, es Euch unter vier Augen zu überreichen.«

»Vielen Dank. Es wird nicht allzu lange dauern.«

Ein Paar Füße bewegte sich aus dem Raum. Ich richtete den Blick nach oben, schloss die Augen und versuchte, so ruhig und leise wie nur möglich zu atmen. Falls man mich entdecken sollte, musste ich bereit sein zum Angriff.

Nickolas schnaubte. »Da liegt ein Apfel auf dem Fußboden.«

Ich spürte Annikas Wut in ihrem Schweigen. Nach einer schmerzvoll langen Pause stieß sie einen langen Seufzer aus.

»Ich weiß deine Fürsorge wirklich zu schätzen, Nickolas, aber ich würde es vorziehen, nicht von Geschrei vor meiner Zimmertür geweckt zu werden.«

»Daran war dieser unverschämte Wachmann schuld«, erwiderte er gelassen. »Ich hatte eigentlich nicht vor, laut zu werden, aber er wollte mich nicht hineinlassen.«

Ich hörte, wie sich ihre nackten Füße zur Waschschüssel bewegten. »Offizier Palmer versucht nur, meine Sicherheit zu gewährleisten. Wir dürfen nicht zu streng mit ihm sein.«

»Aber wovor beschützt er dich?«, fragte Nickolas. »Er hat mir immer noch nicht gesagt, wonach wir Ausschau halten sollen. Wie soll ich dich beschützen, wenn ich nicht weiß, wovor oder vor wem? Warum diese Geheimniskrämerei? Unbekannte Gefahren. Merkwürdige Pakete. Gibt es irgendetwas, das ich nicht weiß?«

Ihr entwich ein schallendes Lachen, was sie schnell als Husten tarnte. Ich biss mir auf die Lippe und versuchte ebenfalls, mir das Lachen zu verkneifen.

Ach, Nickolas, was für ein Idiot du doch bist.

»Ich enttäusche dich nur ungern«, begann sie, »aber es wird immer gewisse Dinge geben, die du nicht wissen darfst. So ist das nun mal.«

Bravo, mein Mädchen.

Es folgte weiteres aufgeladenes Schweigen.

»Soll ich dir dann auch verheimlichen, was ich weiß? Benehmen sich Eheleute so?«, fragte Nickolas immer noch in gemäßigtem Ton.

Soll ich dich etwa umlegen? Wenn du noch einmal so mit ihr sprichst …

»Ich muss dich bitten, deine fehlplatzierte Wut im Zaum zu halten. Das klingt mir ganz nach einer Drohung, und ich muss dich daran erinnern, dass du mein Untertan bist. Auch wenn du mit meiner Arbeit so deine Probleme hast, erwarte ich dennoch einen meiner Position angemessenen Respekt von dir.«

»Ich … Warum zettelst du immer wieder Streit mit mir an, Annika?«

Bei diesem Vorwurf rollte ich mit den Augen. Er war derjenige, der einen Streit vom Zaun brach.

»Ich bin gekommen, um dir etwas Wichtiges mitzuteilen«, fuhr er fort. »Du tadelst mich, weil ich hier auftauche, hältst mich immer auf Armeslänge Abstand und dann erniedrigst du mich auch noch? Welcher Mann kann so ein Verhalten tolerieren?«

Erstens verdrehst du gerade die Tatsachen. Zweitens würde ich jeden Morgen vor Annika Vedette auf die Knie fallen, wenn ich die Gelegenheit dazu hätte.

»Kein einziger«, beantwortete er selbst seine lächerliche Frage. »Bei allem, was gerade passiert, so hart, wie diese Monarchie getroffen wurde ... Was würde geschehen, wenn ich einfach gehen würde, Annika?«

Meine Meinung? Ich würde ein Festgelage veranstalten. Aber leider fehlen mir dafür im Moment die nötigen Mittel.

»Nickolas, du bist in meinen Gemächern nicht länger willkommen, weder privat noch geschäftlich. Such mich nicht mehr auf, bevor du nicht eine Einladung erhältst.«

»Wie bitte?!«

Ja!

»Du kannst jetzt gehen«, forderte sie. »Und zum Thema, was passiert, wenn ich dich nicht heirate? Dann heirate ich eben jemand anderes. Jemanden, der mich liebt. Jemanden, der mich will.«

Jemanden, der sich zufälligerweise unter ihrem Bett versteckt.

»Niemand könnte dich je mehr wollen als ich«, antwortete Nickolas mit Kälte in seiner Stimme.

Sie seufzte, während er ging und die Tür hinter sich zuzog.

Ich steckte den Kopf unter dem Bett hervor. »Er ist furchtbar manipulativ.«

»Ist er das?«, fragte sie, den Blick immer noch auf die Tür gerichtet. »Manchmal frage ich mich, ob meine Emotionen zu sehr mit mir durchgehen. Schließlich wurden wir beide in diese Situation gedrängt.«

»Nein. Du hast genau richtig gehandelt.« Doch sie sah mich immer noch nicht an. »Willst du, dass ich ihn umbringe?«

»Nein«, erwiderte sie seufzend und verschränkte die Arme.

Ich schnaubte. »Nun, kann ich ihn trotzdem umbringen?«

»Nein!«, wiederholte sie mit Nachdruck und wandte sich endlich zu mir um.

Ich lächelte, um ihr zu zeigen, dass ich *größtenteils* nichts Böses wollte, und ihre Anspannung löste sich ein wenig. Meine Annika war zurück.

»Du bist heute ziemlich gut drauf«, bemerkte sie.

»Ich habe die Nacht in den Armen der Frau verbracht, die ich liebe. Warum sollte ich also schlechte Laune haben?«

Daraufhin begann sie zu strahlen. Da klopfte es erneut an der Tür, und ich verschwand schnell wieder unter dem Bett.

»Herein.«

»Nur ich«, verkündete Palmer, und ich steckte erleichtert wieder den Kopf hervor. »Eure Hoheit, es tut mir schrecklich leid. Ich habe so laut gesprochen, um Euch Zeit zu verschaffen. Ich habe etwas für Lennox«, sagte er und warf mir ein Päckchen vors Bett. »Ich habe Vermutungen angestellt, was Eure nächsten Pläne sein werden, Eure Hoheit. Falls ich aber falschliege, kann ich sie zurückgeben.«

Ich kroch heraus und öffnete das Paket. Darin befand sich Kleidung, die aussah wie die von Palmer.

»Ihr habt richtig vermutet«, antwortete Annika. »Aber natürlich liegt die Entscheidung bei Lennox.«

Sie wusste, dass ich gewisse Vorbehalte hatte, aber ich wusste wiederum, dass es keinen besseren Weg gab, um an ihrer Seite zu bleiben. Nur Annika, Palmer und Nickolas kannten mein Gesicht. Die ersten beiden waren Verbündete, und der dritte war soeben verbannt worden, daher würde ich hoffentlich in einer Uniform der Leibgarde von Kadier anonym bleiben. Außerdem wusste Kawan mittlerweile bestimmt Bescheid, was bedeutete, dass wir alle in Gefahr schwebten. Ich musste an Annikas Seite bleiben, ganz egal wie.

»Was sagt Ihr?«, fragte Palmer. »Werdet Ihr es tragen?«

Ich blickte vom Boden zu ihm hoch. »Liebend gern.«

Annika

Lennox hinter mir zu wissen, gab mir ein Gefühl von Stärke und Sicherheit. Ich spürte, dass ich mich aufrechter hielt, forscher ging. Fast wünschte ich mir, dass mir heute jemand in die Quere käme, nur um zu sehen, was passieren würde. Ich warf einen Blick über meine Schulter und musste ein schwärmerisches Seufzen unterdrücken – er sah so unverschämt gut aus in der Uniform.

Bestimmt freute ich mich ein wenig zu sehr darüber, bei helllichtem Tage in seiner Gesellschaft sein zu können. Es war so unvorstellbar, dass ich es nicht einmal zu träumen gewagt hatte. Doch da war er. Er war echt. Es passierte. Und zwar mir.

Ich bog zum Gemach meines Bruders ab und fand ihn aufrecht stehend vor, was ermutigend war. Er hatte sogar ein bisschen mehr Farbe im Gesicht. Schon bald würde er wieder ganz der Alte sein.

»Was hast du denn da?«, fragte er, als er mich kommen sah und den Korb in meiner Hand entdeckte.

Stolz hielt ich ihn in die Höhe. »Sticksachen. Ich dachte, dir ist bestimmt langweilig, also habe ich dir das hier mitgebracht.«

Ich packte einen bereits bespannten Rahmen und ein paar Garne in seinen Lieblingsfarben aus.

»Noemi. Würdest du mir den Gefallen tun, den Faden für mich einzufädeln?«, fragte er. »Das schaffe ich leider noch nicht.«

»Aber natürlich, Eure Hoheit.« Sie griff über das Bett, und unsere Blicke trafen sich. Sie wirkte heute glücklicher, ruhiger. Ich fragte mich, ob es daran lag, dass sie die letzten Tage in aller Öffentlichkeit an der Seite des Menschen verbracht hatte, den sie liebte, denn ich spürte ja selbst, dass es bei mir wahre Wunder vollbrachte.

»Wir haben viel zu besprechen«, sagte Escalus und beobachtete Noemis geschickte Hände.

»In der Tat«, erwiderte ich.

»Erstens musst du …«

Ich sah Escalus an und folgte seinem Blick zu Lennox, der immer noch direkt hinter mir stand.

»Offizier, würdet Ihr uns bitte ein wenig Privatsphäre gönnen?«, befahl Escalus.

»Ich wurde von Offizier Palmer damit beauftragt, stets an der Seite Ihrer Hoheit zu bleiben«, antwortete Lennox selbstbewusst.

»Keine Sorge«, erwiderte Escalus lächelnd. »Ich bin

zwar schwach, aber ich kann sie immer noch besser beschützen als Ihr.«

Lennox sah meinen Bruder an – sah ihm geradewegs in die Augen – und nickte. »Dann haben wir dasselbe Ziel.« Er neigte den Kopf, wich ein paar Schritte zurück und stellte sich an eine nahe gelegene Wand.

»Der gefällt mir«, flüsterte Escalus. »Schert sich nicht sonderlich um Formalitäten.«

»Ich glaube, er ist neu«, entgegnete ich. »Was wolltest du besprechen?« Ich fädelte meinen eigenen Faden ein und machte mich ans Werk.

»Hast du heute Morgen schon irgendetwas von Vater gehört?«, fragte Escalus.

Ich schüttelte den Kopf. »Nein, aber ich wollte als Nächstes zu ihm. Ich bin nach dem Aufwachen direkt zu dir gekommen, um nach dir zu sehen.«

»Das erklärt auch dein Haar«, neckte er mich.

Ich griff in meine Locken. »Was ist denn mit meinem Haar? Ich habe es gebürstet!«

Noemi kicherte. »Lasst sie in Ruhe. Ihr seht entzückend aus, Eure Hoheit. Euer armer Bruder hat ja keine Ahnung von Frauenhaar.«

»Unsinn«, protestierte er. »Dein Haar gefällt mir heute ausgesprochen gut.«

Lächelnd wandte sie den Blick ab. »Bitteschön.«

Escalus griff nach dem Rahmen und machte sich an die Arbeit, wenn auch sehr langsam.

»Habt ihr schon ein Datum für eure Hochzeit?«, wollte er unvermittelt wissen.

Ich schluckte. Mir war es unangenehm, in Lennox' Beisein über die Hochzeit zu sprechen.

»Noch kein genaues. Ich bin nicht mal …« Ich schüttelte den Kopf. »Wir haben einzig und allein auf dich und Vater gewartet. Ich war mir nicht sicher, ob alles gut werden würde. Ansonsten hätten wir die Hochzeit verschoben. Alle, die involviert sind, wissen, dass sich die Lage jederzeit ändern kann.«

Escalus nickte. »Darf ich dich dann um einen Gefallen bitten?«

Ich schnaubte. »Du bist der Thronfolger, Escalus. Wenn hier jemand um einen Gefallen bitten muss, dann ich.«

»Wie dem auch sei. Darf ich dich etwas fragen?«

Ich legte meinen Stickrahmen beiseite. »Nur zu.«

»Würdest du deine Pläne komplett streichen, damit ich zuerst heiraten kann?«

Kurz sah ich ihn mit zusammengekniffenen Augen an und dachte nach.

»Ich habe dir ja gesagt, dass ich sofort heiraten will, sobald ich wieder aufrecht stehen kann. Und das habe ich auch so gemeint.«

Weil er mir so vertraut war, entging mir nicht, wie Lennox leise nach Luft schnappte.

»Mir kommt es so vor, als wolltest du heiraten, bevor Vater aufwacht, damit er nicht widersprechen kann.«

Escalus starrte mich an. Dann wandte er sich Noemi zu. »Sie ist einfach viel zu klug.«

»Das ist sie schon immer gewesen«, lächelte Noemi.

»Ich weiß nicht«, entgegnete er. »Es gab da mal diesen einen Vorfall, bei dem sie mir beinahe den Arm abgeschnitten hätte.«

»Es war nur ein Kratzer!«, protestierte ich. »Außerdem war es ein Unfall!«

Er lachte leise, was einen Hustenanfall auslöste, und Noemi und ich verspannten uns sofort. Ich beobachtete, wie er sich an die Brust fasste. Mit gesenktem Blick nahm er ein paar tiefe Atemzüge.

»Es geht mir gut«, betonte er.

Doch die Schweißperlen, die ihm auf die Stirn traten, verrieten, dass es ihm nicht annähernd so gut ging, wie er vorgab. Er war vielleicht stärker als gestern, aber noch lange nicht gesund.

»Die Sache ist folgende, Annika. Wenn ich noch länger warte und mit Vater etwas passieren sollte, dann mischen sich die Lords ein und machen mit mir dasselbe, was sie mit dir gemacht haben. Dann werden Noemi und ich getrennt …« Er schluckte. »Ich habe dich immer dafür bewundert, dass du bereit bist, so viel für Kadier zu opfern. Wirklich. Du hast meinen größten Respekt. Vielleicht bin ich zu egoistisch, denn ich werde es nicht tun. Ich werde für Kadier keine Fremde heiraten. Und auch nicht für Vater. Nicht einmal für dich.«

Alles, was ich denken konnte, war: *Keiner von uns beiden wird Kadier zuliebe heiraten müssen. Vielleicht wird es Kadier in ein paar Wochen gar nicht mehr geben … vielleicht auch schon in ein paar Tagen.*

Aber ein Teil von mir hatte immer noch Hoffnung.

»Ich verstehe dich.« Ich legte meine Stickerei beiseite. »Noemi, du bist schon mein halbes Leben wie eine Schwester für mich. Dann sollst du es auch auf dem Papier sein.« Ich lächelte sie an und hoffte, sie wusste, dass ich es ernst meinte.

Noemi und Escalus wechselten einen glücklichen, aber flüchtigen Blick.

»Aber, Escalus, wer sagt denn, dass du stehen musst? Wer sagt, dass ihr eine große Zeremonie braucht? Gib mir bis morgen Zeit. Ich werde dafür sorgen, dass ihr vermählt werdet.«

Sie starrten mich an. »Wie …?«

»Wir brauchen lediglich einen Priester, der dazu bereit ist. Und wenn ich einen aus Cadaad kommen lassen muss – ich werde es tun. Also ruh dich heute aus, denn morgen wirst du heiraten.«

Escalus war für meinen Geschmack immer noch ein wenig zu blass, und die Tränen in seinen Augen wirkten eher sorgenvoll statt glücklich. Doch er griff nach meiner Hand und drückte sie so fest, wie er konnte.

»Danke«, flüsterte er.

»Ich verlasse euch jetzt. Ich habe eine Menge zu tun.« Ich hatte eine Hochzeit zu planen, eine andere zu verschieben, ein Land zu regieren … Ich hatte mehr Aufgaben, als ich an einem einzigen Tag erledigen konnte.

»In Ordnung«, erwiderte Escalus.

Ich erhob mich und reichte Noemi meinen Stickrahmen. »Ich habe noch nicht einmal angefangen und bin mir sicher, du könntest einen Zeitvertreib gut gebrauchen.«

»Danke.«

Ich machte einen Knicks und wandte mich zum Gehen. Ich musste nicht nach hinten blicken, um zu wissen, dass mir Lennox auf den Fersen folgte. Ich kannte seine Schritte, erkannte seinen Atem. Er folgte mir, während ich den Korridor hinunterging und vor einer von zwei Soldaten bewachten Tür stehen blieb. Sie verbeugten sich, und einer von ihnen öffnete mir die Tür.

Ich betrat das Gemach meines Vaters, und meine Schritte hallten darin wider. Die Stimmung in diesem Raum war anders. Düster.

Ich warf einen Blick hinter mich, doch Lennox hatte die Augen auf meinen Vater gerichtet. Er schluckte entsetzt. Und ich konnte es ihm nicht verübeln.

Ich nickte den Ärzten zu, durchquerte den Raum und setzte mich auf Vaters Bettkante. Alle hatten genug Anstand, mir ein wenig Raum zu lassen, während ich mich zu ihm hinabbeugte, um ihm leise ins Ohr zu flüstern. »Ich weiß nicht, ob du mich hören kannst, aber ich befürchte, mir bleibt nicht viel Zeit, dir zu vergeben. Ich will, dass du weißt, dass ich keinen Groll gegen dich hege. Ich weiß jetzt, was Liebe mit einem machen kann. Und ich verstehe auch, was Trauer mit einem machen kann. Denn Trauer ist nichts anderes als Liebe, die man niemandem mehr schenken kann. Siehst du den Jungen hinter mir? Ich liebe ihn. Ich liebe ihn so sehr, dass ich für ihn gefährliche Dinge tun würde. Und wenn ich ihn verliere … dann mache ich wahrscheinlich noch viel gefährlichere Dinge. Ich bin dir also nicht böse, dass du so streng mit uns warst. Ich bin dir nicht böse, dass du versucht hast, mein gesamtes Leben zu kontrollieren. Ich weiß, dass du nur versucht hast, das zu beschützen, was dir geblieben ist, auf deine eigene Art. Ich vergebe dir alles, was zwischen uns vorgefallen ist.«

Ich atmete durch und wusste, was nun kommen würde.

»Und ich vertraue darauf, dass du mir ebenfalls vergeben wirst. Alles, was ich als Nächstes tun werde.«

Lennox

Während ich im Zimmer ihres Bruders nur allzu gern gelauscht hatte, fühlte es sich jetzt unangebracht an. Ich blieb auf Abstand, damit sie ihm sagen konnte, was auch immer sie zu sagen hatte. Nachdem ich nach unserer Rückkehr von der Insel so viele Menschen hatte sterben sehen, wusste ich, wann es so weit war.

Dieser Mann würde nie wieder aufwachen.

Doch ich würde schweigen. Ich hatte nicht vor, ihr auch noch die letzte Hoffnung zu rauben. Stattdessen konzentrierte ich mich zum millionsten Mal auf Kawans Informanten. Auf der Insel waren so viele Menschen gewesen. Jeder von ihnen konnte es sein.

Ich gab es nur ungern zu, aber für mich deutete alles auf Nickolas. Der Ton, den er Annika gegenüber anschlug, war herablassend, und er manipulierte ihre Gespräche, um es so wirken zu lassen, als wäre jeder Streit ihre Schuld und nicht seine. Vielleicht reichte das nicht als Indiz, aber wonach sollte ich sonst Ausschau halten? Wenn Nickolas auf der Insel gewesen war und Kawan von seiner Beziehung zu Annika erzählt hatte, dann war die Wahrscheinlichkeit ziemlich hoch …

Aber es gab da dieses winzige Problem, dass ich ihn von ganzem Herzen hasste. Ich war also nicht unvoreingenommen, was ihn betraf.

Ich beobachtete, wie sich Annika über ihren Vater beugte und seine Stirn küsste, ohne sich von der grünlichen Färbung seiner Haut abschrecken zu lassen. Ich starrte ihn an und bemerkte seinen erschreckend flachen Atem.

Dies war der Mann, der den Tod meines Vaters angeordnet hatte. Der seine enthauptete Leiche in die Wildnis geschickt hatte, ohne sich darum zu scheren, was mit ihr geschehen würde.

Doch er war auch Annikas Vater. Er hatte eine sowohl mutige als auch warmherzige, eine unerschütterliche und zugleich vergebende Tochter großgezogen. Wie ich nun feststellte, brachte ich es nicht fertig, ihn so zu hassen, wie ich es vermutlich sollte.

Und so verbeugte ich mich vor ihm, auch wenn er es nicht sehen konnte.

Annika erhob sich und wandte sich um. Ich sah ihr an, dass sie den Tränen nahe war. Ich folgte ihr aus dem Zimmer und war mit einem Mal neben ihr, bevor ich merkte, dass sie sich nicht rührte. »Er wird es nicht schaffen, nicht wahr?«

Ich seufzte. »Im Moment kannst du nichts weiter tun als abzuwarten. Und du musst auch weiterhin die Führung übernehmen. Er hätte es so gewollt.«

Annika blickte zu mir hoch, sah mich durchdringend an. Ihre Traurigkeit war so vielschichtig. Sie reichte tiefer als der bevorstehende Tod ihres Vaters, tiefer als die Last des Königreichs auf ihren Schultern. Wenn sie mich so ansah, wollte ich sie am liebsten über meine Schulter werfen und mit ihr davonlaufen. Ich wollte uns beide von hier wegbringen, irgendwohin, wo ich ein ruhiges Leben mit ihr führen konnte.

Wenn wir uns in der Höhle schon so wohl miteinander gefühlt hatten, würden wir auf dem Land regelrecht aufblühen.

Schließlich nickte sie. »Folge mir.«

Ich ging zwei Schritte hinter ihr, während sie sich ihren Weg durch den Palast bahnte. Wir passierten einen breiten Korridor nach dem anderen, manche davon führten in große Säle, die komplett mit Gold ausgekleidet waren. Überall sah ich Gemälde, opulente Möbel und Statuen. Bedienstete hasteten eilig umher, an jeder Ecke standen Wachen, und dazwischen bewegten sich die noblen Herrschaften mit ihrem gepuderten Haar und ihren seidenen Mänteln.

Vielleicht hätte ich gegen diese Menschen eine Abneigung empfunden, doch sie alle schienen Annika zu verehren. Jede einzelne Dame machte einen tiefen Knicks, und so viele erkundigten sich nach ihrem Wohlbefinden. Ich kam nicht umhin, mich zu fragen, ob sie auch nur die leiseste Ahnung hatten, was gerade mit ihrem König geschah, denn niemand erwähnte ihn auch nur mit einem Wort.

Ein Teil von mir fragte sich: *Wie kommt es, dass sie sie so sehr lieben?*

Aber ein viel größerer fragte: *Wie sollte es auch anders sein?*

Je länger wir gingen, desto ruhiger wurde es um uns herum. Irgendwann kamen wir vor zwei hohen Türen zum Stehen. Annika wandte sich zu mir um und deutete auf den Raum hinter sich. »Das ist unsere Bibliothek. Sie ist schon fast mein ganzes Leben lang mein Zufluchtsort.«

Der Gedanke an meine Prinzessin und all ihre Verstecke ließ mich lächeln.

»Darf ich dir etwas zeigen?«

Ich nickte und folgte ihr, als sie die Türen aufzog.

Was auch immer ich erwartet hatte – das hier übertraf alles. Die Regale waren so hoch, dass an manchen Leitern mit Rollen angebracht waren, und die Flut an Büchern raubte mir den Atem. Ich konnte immer noch lesen und schreiben, aber es war schon viel zu lange her, dass ich das Vergnügen gehabt hatte, mich in den Seiten eines Buchs zu verlieren.

»Schon wieder zurück? Musst du dich nicht um ein Königreich kümmern?«

Ich drehte mich um und suchte nach demjenigen, der Annika für meinen Geschmack ein wenig zu locker begrüßt hatte, und fand einen Jungen mit blonden Locken und einem strahlenden Lächeln an einem großen Tisch sitzend vor.

»Das Königreich kann auch mal ein paar Minuten warten. Ich muss mir etwas ansehen. Wie du siehst, habe ich meinen Leibwächter dabei, ich komme also allein zurecht.«

»Bist du dir sicher?«, fragte er und wirkte ein wenig beleidigt, weil sie ihn so schnell abwimmelte. »Wenn man bedenkt, was Offizier Palmer gesagt hat, scheint es besser zu sein, je mehr Leute du um dich hast.«

Annika lächelte – ein gleichmütiger, diplomatischer

Gesichtsausdruck, den sie bereits Tausende Male geübt haben musste. »Er ist überaus fähig. Außerdem habe ich es eilig. Wie du schon sagtest – ich muss mich um ein Königreich kümmern. Ich brauche nicht lange.«

Ohne auf seine Zustimmung zu warten, marschierte sie los. Ich würdigte den Jungen keines Blickes, als ich an ihm vorbeiging, denn ich weigerte mich, sein Spiel mitzuspielen.

Wir erreichten ein Regal mit Dutzenden daran festgeketteten Büchern. Annika zog eines heraus und blätterte es zügig durch.

»Wer war das?«

»Rhett«, antwortete sie.

»Der ist ja fast so schlimm wie Nickolas.«

Sie lächelte – diesmal aufrichtig –, wandte sich mir zu und senkte die Stimme zu einem Flüstern. »Wir dürfen nicht zu barsch zu ihm sein. Dank ihm bin ich schon mal den Fängen eines sehr gefährlichen Mannes entkommen.«

»Ist das so?«

Sie nickte. »Und dafür bin ich ihm sehr dankbar. Wäre ich an jenem Tag nicht entkommen, könnte ich diesem gefährlichen Mann jetzt nicht das Geschenk überreichen, das er gleich erhalten wird.«

Skeptisch legte ich den Kopf schief. »Was da wäre?«

Sie reichte mir das aufgeschlagene Buch. »Ein Einblick in deinen Familienstammbaum.«

Ich blickte hinunter, starrte mit offenem Mund auf die Seite vor mir und versuchte zu verstehen, was ich da sah. Oben war dasselbe Symbol abgebildet, das in den Kragen des Umhangs meines Vaters gestickt war. Es stellte einen

Gipfel dar, wie ich nun erkannte. Und darunter stand ein Nachname, der dem meinen sehr ähnlich war.

Bevor ich wusste, wie mir geschah, kamen mir die Tränen. »Annika … Annika, was ist das?«

»Ein Buch über Mythologie«, erwiderte sie zaghaft. Sie streckte die Hand aus und berührte die am Regal befestigte Messingkette. »Weißt du, ich war schon in ein paar Bibliotheken mit angeketteten Büchern. In einem Kloster in Nalk und auch im Palast in Kialand. Die wertvollsten Bücher werden so aufbewahrt, damit sie keiner stiehlt. Ich frage mich jedoch, ob sie so offen herumliegen, damit der Bibliothekar genau weiß, wer sie liest, während sichergestellt wird, dass niemand sie wegnehmen oder sie jemand anderem zeigen kann.«

Ich begriff kaum, was sie da sagte, denn mir war immer noch schwindelig von dem Symbol, dem Namen.

Sie seufzte und fuhr fort. »Es ist schon merkwürdig, dass bei all den Büchern, die wir hier haben, irgendjemand beschlossen hat, dass ausgerechnet die über *Mythologie* angekettet werden müssen. Die Sache ist nur die … Alles in diesem Buch wirkt auf mich wie geschickt versteckte Fakten. Namen, Daten, Symbole. Aber das hier«, sagte sie und deutete auf den oberen Rand der Seite, »ist besonders auffällig.«

»Zugegeben, das ist eindeutig mein Name«, hauchte ich.

»Nein, Lennox. Schau mal hier.«

Sie richtete ihren schmalen Finger auf das Wort neben meinem vor langer Zeit abgelegten Nachnamen. *Chief.* Anführer.

Plötzlich nahm ich den Raum nur noch verschwommen wahr, und das Schlucken fiel mir schwer.

»Jetzt ergibt es auch Sinn, dass Kawan so enthusiastisch war, als er deinen Vater gefunden hat«, flüsterte sie. Und es ergibt auch Sinn, warum er nicht will, dass ihr mehr über eure Geschichte erfahrt. Er könnte der Einzige sein, der weiß, wer du wirklich bist. Und das ist wahrscheinlich auch der Grund, warum er dich immer nahe bei sich gehalten hat. Wenn irgendjemand die Wahrheit wüsste und herausfände, dass Kawan wissentlich versucht hat, dir zu schaden, nun, das würde kein gutes Licht auf ihn werfen. Schließlich bist du sein Oberhaupt.«

»Oberhaupt?«

Sie nickte. »Ich glaube, deine Vorfahren wurden von den anderen sechs Clans gekrönt. Ich glaube, dass die anderen sechs Chiefs ihre Titel abgelegt haben, damit eurer König sein konnte. Nun«, fügte sie hinzu, »zumindest die meisten von ihnen.«

»Aber was bedeutet das?«, fragte ich und versuchte immer noch zu verarbeiten, dass in meinen Adern anscheinend königliches Blut floss, obwohl ich fast mein ganzes Leben lang auf abgewetzten Decken geschlafen hatte.

»Das bedeutet, wenn irgendjemand das Recht hatte, zu kommen und meinen Vater herauszufordern, dann war es dein Vater. Das bedeutet, wenn irgendjemand das Recht hat, meine Position einzunehmen, dann du.«

Ich riss den Blick los von der Buchseite und sah sie an. Meine Sicht war immer noch verschwommen, doch sie vergoss keine Träne, obwohl sie mir gerade mitteilte, dass ihr Königreich eigentlich mir gehören sollte.

»Du hast alles hinter dir gelassen, um mich zu beschützen. Und deshalb ist vielleicht schon jetzt eine Armee auf dem Weg hierher. Wenn das passieren sollte, dann will ich, dass du die Wahrheit kennst. Und wenn die Zeit reif ist und du eine Entscheidung treffen musst, werde ich es dir nicht verübeln, egal, wie sie auch ausfallen mag.«

Ich spürte einen schmerzhaften Kloß im Hals. »Ich entscheide mich für …«

Doch bevor ich den Satz zu Ende bringen konnte, legte sie sanft ihre Finger auf meine Lippen. Diese Hand konnte mühelos einen Faden in eine Nadel einfädeln, ein Schwert führen, flink meine Hand zum Tanz ergreifen, sich in meinem Haar vergraben. Und sie hatte die Macht, mich aufzuhalten.

»Sag es nicht. Denn wenn du mir jetzt versprichst, dass du dich für mich entscheidest und es letzten Endes nicht kannst, dann wird der Schmerz schlimmer sein als der Tod. Aber wenn du nichts sagst und dich für deine Krone und dein Königreich entscheidest, dann kann ich in Frieden weiterleben – oder sterben. Dann hast du mir keine Versprechungen gemacht.«

Ich nickte, denn ich wusste nicht, was ich darauf erwidern sollte.

»Können wir das mitnehmen?«, fragte ich. »Ich will noch mehr sehen. Ich fasse es nicht, dass es ein ganzes Buch darüber gibt.«

Sie lächelte, blickte über meine Schulter und winkte. Ich drehte den Kopf und sah Rhett auf uns zukommen. Hatte er uns die ganze Zeit beobachtet?

»Rhett, mein Vater liegt vermutlich im Sterben, und mein Bruder hat den Wunsch geäußert, dass ich auf unbestimmte Zeit Regentin bleibe. Im Palast gibt es also niemanden …« Kurz geriet sie ins Stocken. »In meiner *Familie* gibt es niemanden mehr, der über mir steht. Ich will dieses Buch mit in mein Gemach nehmen, um es weiter zu studieren, also bitte öffne die Kette.«

Sein Blick wanderte zwischen Annika und mir hin und her. »Das kann ich nicht. Ich muss auf den König warten.«

»Rhett. Ich bin die Herrscherin.«

Er schluckte. »Ich … ich kann nicht.«

Ich sah ihr an, dass sie wütend wurde, doch dann blitzte hinter ihren Augen so schnell eine Idee auf, dass es mir beinahe entgangen wäre.

Nachdem sie einmal tief durchgeatmet hatte, nickte sie langsam, ging auf Rhett zu und streckte eine Hand nach ihm aus. Ihr liebliches Gesicht – jenes, das sie auch aufgesetzt hatte, als wir die Bibliothek betreten hatten; jenes, das sie benutzt hatte, als sie mich im Kerker hereingelegt hatte – kehrte zurück, während sie ihm ungewöhnlich nahe kam.

»Verzeih mir«, flüsterte sie. »Ich bin erschöpft. Ich weiß, dass du Kadier beschützen willst, und dafür bin ich dir sehr dankbar, Rhett.«

Erleichtert entspannte er die Schultern. Es gefiel ihm nicht, ihr zu widersprechen. Ich persönlich fand, dass ihm dadurch etwas entging. »Danke, Annika. Aber komm so oft du willst hierher.«

Sie nickte erneut, und wir verließen die Bibliothek.

Annika

Zwar wusste ich, dass man mich nicht erwischen würde, aber ich bewegte mich dennoch zügig. Da Lennox ohnehin längere Beine hatte als ich, hatte er keine Mühe, mit mir Schritt zu halten.

»Mach dir nicht zu viele Gedanken darum«, sagte er. »Es gibt jetzt wichtigere Dinge, auf die du dich konzentrieren musst. Ich weiß, dass du dein Bestes getan hast, um an dieses Buch zu kommen, und dafür bin ich dir dankbar.«

Grinsend wandte ich mich zu ihm um. »Unterschätzt du mich etwa immer noch, Lennox Au Sucrit?«

Sein Blick war gleichermaßen verwirrt und amüsiert, während ich fortfuhr.

»Ich habe dir doch erzählt, dass Rhett mir beigebracht

hat, wie man Schlösser öffnet. Es ist eine meiner liebsten Freizeitbeschäftigungen geworden. Doch die Schlösser an diesen Büchern sind schwer, es braucht also mehr als eine Haarnadel, um sie zu knacken. Ich hätte den gesamten Palast nach dem richtigen Werkzeug durchforsten können … oder einfach die andere Fertigkeit anwenden, die mir Rhett gezeigt hat …«

Ich hob eine Hand und entblößte den Schlüssel, der an meinem Zeigefinger baumelte. »Und zwar Taschendiebstahl.«

Perplex starrte er den Schlüssel an. »Wie? *Wann?*«

Ich kicherte. »Als ich seine Hand genommen habe. Ich musste ihm nur nahe genug kommen.«

Lennox blickte beeindruckt drein. Ich wusste nicht, was ich tun würde, sollte er sich für die Krone und gegen mich entscheiden.

»Du bist wirklich unglaublich.«

Ich legte den Kopf schief. »Ah. Du bist schon immer gut darin gewesen, mich zu loben. Seit unserer Kindheit. Und du wirst immer besser.«

Er lachte leise, während ich in die Richtung meiner Arbeitsgemächer ging.

»Du solltest den Schlüssel verwahren«, sagte ich und übergab ihn an Lennox. »Wenn wir sehr spät in die Bibliothek gehen, bekommt er es wahrscheinlich gar nicht mit. Niemand besucht die Bibliothek auch nur halb so oft wie ich, er sollte also nicht merken, dass der Schlüssel weg ist. Und wenn ich aus irgendeinem Grund verhindert sein sollte, solltest du mit Palmer gehen. Mir wäre es lieber, wenn du nicht allein wärst.«

Meine Sorge schien ihn zu amüsieren. »Wenn du darauf bestehst.«

Er folgte mir wie ein Schatten, still und gleichmäßigen Schrittes, aber ich wusste, dass seine Gedanken rasen mussten.

Ich sagte mir immer wieder, dass ich das Richtige tat. Und wenn Kawan und seine Armee einfielen und das Königreich an sich rissen, dann würde das mein Leben einfacher machen, nicht wahr? Dann müsste ich Nickolas nicht heiraten. Und es gab immer so viel zu beachten, so viele Erwartungen. Ich hielt mich nicht immer an das Protokoll, also hätte es vielleicht auch etwas Gutes, wenn …

Aber ich konnte nur daran denken, dass ich meine Heimat, mein Königreich, dem ich stets gedient hatte, nicht nur unter meiner Aufsicht verlieren würde, sondern durch mein eigenes Handeln. Und was noch schmerzhafter war: Wahrscheinlich würde ich Lennox ebenfalls verlieren.

Während wir den Korridor entlanggingen, sah ich Nickolas aus meinem Arbeitszimmer kommen und schnellen Schrittes davongehen. Er warf mir einen flüchtigen Blick zu und setzte seinen Weg fort, blieb nicht einmal stehen, um eine Erklärung oder Entschuldigung für das Fiasko von heute Morgen zu verlangen.

»Stopp!«, verlangte Lennox.

Wie angewurzelt blieb ich stehen und wandte mich zu ihm um. Überraschenderweise tat Nickolas es mir gleich.

»Wollt Ihr Eurer Regentin nicht den nötigen Respekt zollen?«, fragte er und funkelte Nickolas böse an.

Nickolas schnaubte und blickte zwischen Lennox und mir hin und her. »Wie kannst du es wagen, ohne meine Erlaubnis mit mir zu sprechen?«

»Die Etikette verlangt, dass Ihr vor Eurer Prinzessin wenigstens das Haupt neigt. Stattdessen geht Ihr an ihr vorbei, als wäre sie eine Bürgerliche. Wenn Ihr sie schon so behandelt, wie geht Ihr dann mit denjenigen um, die nicht von Rang sind?«

Lennox' Frage versetzte mir einen Stich ins Herz. Er hatte Nickolas' Charakter so treffend beschrieben, wie ich es bisher nicht vermocht hatte.

Wenn er mit mir schon so respektlos umging, obwohl ich seine Königin war, wie würde er dann die Menschen behandeln, für die er eigentlich sorgen sollte?

Er hätte niemals ihre Bedürfnisse im Sinn. Schlagartig wurde mir bewusst, dass Nickolas schon immer so gewesen war. Stocksteif und spitz wie ein Pfeil. Und er achtete immer nur auf sich selbst.

»Offizier Au Sucrit, es ist nicht nötig, den Gentleman zu behelligen«, sagte ich leicht benommen, weil mir gerade etwas bewusst wurde, das schon die ganze Zeit offensichtlich gewesen war.

Doch Nickolas wirkte unbeeindruckt. »Da du nicht von Rang bist, bin ich dir auch keine Antwort schuldig. Und du solltest dich lieber selbst an die Etikette halten, bevor du mir deshalb eine Standpauke hältst. Außerdem ist sie diejenige, die mich hat links liegen lassen.« Nickolas ging rückwärts und fauchte: »*Au Sucrit.* Was für ein Name soll das denn sein?«

Er schüttelte den Kopf und zog von dannen.

Nickolas verkörperte wirklich alles, was ich verabscheute. Nachdem er verschwunden war, legte ich eine Hand auf Lennox' Arm. »Das hättest du wirklich nicht tun müssen. Er stört mich kein bisschen.«

»Mich schon«, entgegnete er. »Selbst wenn du nicht mit ihm verlobt wärst – was mich dazu verleitet, ihn so sehr zu hassen, dass ich es nicht in Worte fassen kann –, wollte ich diesen Kerl nicht in meiner Nähe haben. Ich würde mir wirklich wünschen, du würdest mir erlauben, ihn umzubringen.«

Ich schüttelte den Kopf. »Du brauchst dringend einen neuen Zeitvertreib.«

Lennox

Annikas freche Sprüche brachten mich immer zum Lächeln, und ich konnte es mir auch diesmal nicht verkneifen, während ich ihr in den Raum folgte. Darin standen mehrere Tische mit Landkarten und Büchern darauf. Der Haupttisch, den sie zu benutzen schien, war übersät von Papieren und Tintenfässern. Sie war tatsächlich sehr beschäftigt gewesen in letzter Zeit.

»Jetzt, da du hier bist, habe ich eine Frage an dich«, begann sie zögerlich.

»Du kannst mich alles fragen. Immer.«

Sie holte tief Luft und senkte den Blick auf die Landkarte. »Du hast mir mal erzählt, dass immer wieder Menschen zu euch finden und ihr sie dann aufnehmt, richtig?«

Ich nickte. »Es ist eine bindende Vereinbarung. Wenn man einmal drin ist, kann man nicht mehr gehen. Ansonsten könnte uns der Feind entdecken.« Ich verdrehte die Augen, und sie lächelte. »Es wundert mich nicht, dass niemand von unserer Existenz weiß. Oder dass nicht noch mehr zu uns finden. Die, die zu uns kommen, sind diejenigen, die niemand bemerkt oder vermisst. Ich weiß nicht, wie viele Mitglieder der Armee tatsächlich noch aus Dahrain stammen.«

Sie schüttelte den Kopf. »Ich weiß nicht, ob ich das traurig oder schön finde.«

»Ich auch nicht. Aber wir nehmen sie auf und erzählen ihnen so lange unsere Geschichte, bis sie zu ihrer wird. Ich unterscheide nicht mehr zwischen ihnen und denen aus meiner Blutlinie. Letzten Endes sind wir eine Einheit, teilen denselben Stolz. Vielleicht ist das …«

Ich schluckte und verdrängte den stechenden Schmerz, den die letzten Worte des guten alten Nickolas bei mir hinterlassen hatten.

»Vielleicht was?«, fragte Annika leise und sah mich mit diesen Rehaugen an, die mich komplett entwaffneten.

Ich lächelte schwach. »Ich habe meinen Nachnamen seit Ewigkeiten nicht mehr benutzt. Du bist die Einzige, die ihn kennt. Es tat weh, dass er sich nach all der Zeit so darüber lustig gemacht hat«, gestand ich.

Sie wandte sich ab und widmete sich wieder ihren Papieren. »Hör nicht auf ihn. Ich liebe den Klang deines Namens. Wenn ich könnte, würde ich ihn sofort annehmen.«

Mein Blick schnellte in ihre Richtung, und ich starrte sie an. Ihn annehmen? Wollte sie … würde sie …?

Irgendetwas in meinem Bauch zog sich zusammen, und ich war kurz davor, vor ihr auf die Knie zu fallen und sie anzuflehen, nicht einmal darüber nachzudenken, diesen Idioten zu heiraten, komme, was wolle.

»Aber zurück zu meiner Frage«, setzte sie erneut an und hatte diesmal mehr Mühe, mir in die Augen zu sehen.

»Nur zu.«

»In der ersten Nacht in eurem Kerker hat mir Blythe erzählt, dass ihr die Burg, in der ihr lebt, nicht selbst errichtet habt. Dass sie verlassen war und Kawan dort eure Armee angesiedelt hat.«

Ich nickte. »Das ist richtig.«

»Ihr und alle Menschen, die einen Zufluchtsort gebraucht haben?«

»Ja.«

Sie schluckte. »Ich weiß, es ist etwas anderes, weil sie leer gestanden hat, aber wenn die Nachfahren derer, die diese Burg erbaut haben, zurückkommen würden und sie wiederhaben wollten … Wärt ihr dann in der Lage, sie zu verlassen?«

Mir gefror das Blut in den Adern. Mein erster Impuls war Nein. Auf keinen Fall. Vosino war zwar eine Katastrophe, aber es war *unsere* Katastrophe. Es war nicht viel, aber jede Verbesserung daran hatten wir mit unseren eigenen Händen bewerkstelligt. Ich konnte nicht zugeben, wie schwer es mir fiel, überhaupt darüber nachzudenken.

Aber zum Glück musste ich das auch nicht. »Eure Hoheit.« Ein Mann mit mehreren goldenen Streifen an seiner Uniform betrat den Raum. »Mir wurde mitgeteilt, ich solle so schnell wie möglich zu Euch kommen.«

»Ja, danke fürs Kommen. Wir müssen die Truppen vorbereiten, General Golding. Mir ist bekannt, dass wir uns bereits auf eine Invasion einstellen, aber ich weiß aus sicherer Quelle, dass die Armee Dahrains früher als erwartet einmarschieren wird.«

Ich zog mich zurück, denn ich hatte Annika bereits alles gesagt, was ich wusste. Nachdem die Vorbereitungen begonnen hatten, hielten sie stundenlang und ohne Pause an. Dazwischen lauschte sie geduldig auch der noch so dümmsten Forderung, bot Lösungen zu den Problemen, die sie schnell erledigen konnte, und nahm Petitionen entgegen. Eine Armee war auf dem Vormarsch, und dennoch nahm sie jede Anfrage ernst.

Ich musste gestehen, dass das alles ziemlich … öde war. Ich hatte mein gesamtes Leben mit Kampftraining zugebracht, mit Planung. Immer wartete ich darauf, dass irgendetwas passierte, war auf die leiseste Veränderung vorbereitet. Aber das hier war nur Papierkram.

Und ich fragte mich unweigerlich: War es so, ein Königreich zu führen?

Die Sonne ging bereits unter, als Annika die Arme in die Luft reckte und sich ein wenig streckte. Ich sah ihr an, dass der Stress ihr erheblich zusetzte.

Wie aufs Stichwort betrat Palmer den Raum.

»Habe ich irgendetwas verpasst?«, fragte er mich mit gesenkter Stimme.

Ich habe herausgefunden, dass mir der Boden unter deinen Füßen gehört.

»Nein.« Ich hielt inne. »Nun, eine Sache.«

»Was denn?«

»Wusstest du, dass Annikas Magd, Noemi, in einer Beziehung mit dem Prinzen ist?«

Er starrte mich mit offenem Mund an. »Das ist nicht … Wie …?«

»Ich war dabei, als Annika heute Morgen ihren Bruder besucht hat, und er hat offen darüber gesprochen. Er will sie heiraten, bevor sein Vater erwacht und es verbietet.

Aber ich frage mich, wer es eiliger hat – der Prinz oder sie?«

Palmer seufzte niedergeschlagen. »Nun, dieses Risiko besteht nicht mehr.«

Ich bekam Gänsehaut, denn ich wusste, dass dies nur eines bedeuten konnte, aber ich musste es zuerst aus Palmers Mund hören.

Palmer blickte hinüber zu Annika, sah dann wieder mich an, beugte sich zu mir und flüsterte mir ins Ohr: »Der König ist tot. Er ist erst vor ein oder zwei Stunden gestorben. Der Prozess ist ziemlich langwierig, bis das Oberhaupt für tot erklärt wird. Von den Papieren ganz zu schweigen. Wäre sie bei ihm gewesen, wäre es eine Sache, aber wenn man nicht mit im Zimmer ist, muss man warten.«

»Da warst du also die ganze Zeit?«

Er nickte.

Ich schluckte schwer. »Sie bereitet sich auf den Krieg vor. Sie hat sich gewappnet, während er gestorben ist.«

Palmer senkte den Blick. »Vielleicht war es gut, dass sie diese Zeit noch hatte. Aber ich muss es ihr jetzt sagen … und ich habe schreckliche Angst davor.«

Ich musterte sein Profil, die angespannten Kiefermuskeln und die sorgenvoll zusammengezogenen Augenbrauen. Es hatte Ewigkeiten gedauert, bis ich mich Inigo gegenüber geöffnet hatte. Und jetzt schien es, als würde ich Menschen bereits innerhalb weniger Stunden in mein Herz schließen.

»Dann lass mich es machen. Ich habe kein Problem damit.«

Im Vorbeigehen klopfte ich Palmer auf die Schulter,

ging auf Annika zu und bemerkte die kleine Sorgenfalte auf ihrer Stirn, während sie las.

»Annika?«, flüsterte ich.

»Hm?«

»Annika, meine Liebe.« Nun sah sie mir in die Augen. »Es tut mir leid, aber ich habe schlechte Neuigkeiten.«

Kurz starrte sie mich an und schluckte schwer. Sie wappnete sich innerlich und atmete tief durch, als wüsste sie es bereits.

»Ich bin bereit«, sagte sie.

Ich sah in ihre klaren, vertrauensvollen Augen. Dann brach ich ihr das Herz. »Es tut mir leid, Annika. Dein Vater ist von uns gegangen.«

Ihre Unterlippe zitterte ein wenig, und sie presste ein paarmal die Kiefer aufeinander.

»Weiß mein Bru…« Sie hielt inne, sog scharf die Luft ein und versuchte, Haltung zu bewahren. »Weiß Seine Majestät bereits davon?«

Ich blickte hinüber zu Palmer, der uns hören konnte. Er zuckte mit den Schultern. »Ich weiß es nicht.«

Sie schniefte ein paarmal und strich ihr Kleid glatt. »Dann muss ich zu ihm gehen und es ihm sagen.«

Nachdem sie noch einmal tief durchgeatmet hatte, erhob sie sich und faltete die Hände vor dem Bauch. Nach ein paar Schritten blieb sie stehen und wandte sich um, um mir zuzuflüstern.

»Bitte verlass mich nicht. Noch nicht«, flehte sie.

»Werde ich nicht.«

Am liebsten hätte ich gesagt: *Ich werde dich niemals verlassen.* Aber sie hatte mich gebeten, ihr keine derartigen

Versprechungen zu machen, und daran wollte ich mich auch halten.

Sie setzte ihren Weg fort, nickte Palmer im Vorbeigehen zu und wirkte nach außen hin vollkommen ruhig. Wir folgten ihr, waren auf alles vorbereitet.

Kurz darauf sprintete ein weiterer Offizier den Flur hinab und verlangsamte sein Tempo, als er Annika und Palmer entdeckte.

»Mamun?«, fragte Palmer. »Was ist los?«

Er atmete schwer, blickte zwischen uns dreien hin und her und brachte keinen Ton heraus.

»Offizier Mamun?«, versuchte Annika es sanft. Selbst jetzt war sie unglaublich geduldig mit den Menschen um sie herum.

»Was auch immer es ist, sag es einfach«, befahl Palmer. »In diesem Kreis darf es keine Geheimnisse geben.«

Mamun sah Annika an und verbeugte sich tief. »Der König ist tot«, sagte er.

»Ja, ich weiß. Ich wollte gerade …«

»Und der Prinz wird vermisst«, fügte er hinzu.

Annika

Meine Knie begannen zu zittern, doch Lennox war da, legte die Hände an meine Ellbogen und stützte mich.

»Wie bitte?«, fragte ich kaum hörbar.

»Er ist weg«, wiederholte Mamun.

Ich konnte es nicht glauben. Es war nicht möglich, dass er vermisst wurde. Nicht jetzt. Ich eilte an den Soldaten vorbei und hob meine Röcke an. Die Tür zu Escalus' Zimmer stand unbewacht offen. Ich stürmte hinein. Jemand hatte seine Schubladen durchwühlt, und alles von Wert war verschwunden.

Ich versuchte, trotz des Schocks nachzudenken. Wo konnte er sein? Warum sollte er abhauen? Was war hier geschehen?

War Escalus entführt worden? Wahrscheinlich.

Aber Noemi war auch nicht da. Wenn er freiwillig gegangen war und beschlossen hatte, seine Habseligkeiten mitzunehmen, so würde er sicherlich eine ganze Weile weg sein. Und wenn er verschwunden war, mit Dingen, die man leicht verkaufen konnte, mit Noemi …

Ich machte kehrt und rannte in Richtung meines Gemachs. Wenn er entführt worden war, würden sich darin keine Hinweise finden. Aber wenn er auf eigenen Wunsch gegangen war, dann hatte er einen Weg gefunden, es mich wissen zu lassen. Ich kannte ihn. Ich wusste, was er tun würde.

Ich stieß die Tür zu meinem Zimmer auf, dicht gefolgt von Lennox, Palmer und Mamun, und ließ den Blick über jede Oberfläche schweifen auf der Suche nach einem Brief. Beim Eingang war nichts, auch nicht beim Kamin … aber da, auf dem Kissen meines ungemachten Betts, lag eine gefaltete Notiz. Darauf lag der schwere Ring mit dem königlichen Siegel.

Mit einer Hand griff ich nach dem Ring, mit der anderen faltete ich den Brief auseinander und versuchte, mich zu konzentrieren.

Annika,
es tut mir leid. Ich hoffe inständig, dass du mir verzeihen kannst.
Ich weiß, dass wir einen Plan hatten, aber Vaters Tod verkompliziert alles. Hätte er lange genug gelebt, um Noemi anzuerkennen, wäre es eine Sache gewesen. Aber jetzt, da er nicht mehr da ist und ich der Thronfolger bin, weißt du genau, dass mich die Lords zwingen werden, jemanden zu heiraten, der

dem Königshaus von Vorteil ist, vor allem nach den Ereignissen auf der Insel.
Und das werde ich nicht tun.
Ich kann nicht. Annika, ich hoffe, dass auch du eines Tages den Menschen findest, der die leeren Stellen in deinem Herzen füllt, den Menschen, der dich zu Dingen ansporut, von denen du dir nicht sicher warst, ob du sie kannst. Diese Art von Liebe hat die Macht, dich unvorstellbare Dinge tun zu lassen. Wie das hier.
Ich werde Noemi heiraten. Während ich diese Zeilen schreibe, fragt sie mich, ob ich meinen Plan nicht überdenken wolle, aber ich weiß genau, was passieren wird, wenn ich bleibe. Ich bete dafür, dass du mir vergeben kannst, dass ich dich ausgerechnet jetzt verlasse.
In ein paar Jahren, wenn meine Ehe etabliert ist und ich einen Erben habe, komme ich gern zurück und nehme dir die Bürde der Krone ab. Wenn du das dann überhaupt noch willst. Was ich dir am Abend deiner Verlobung gesagt habe, ist die Wahrheit: Ich war schon immer der Meinung, dass du das Land besser regieren kannst als ich. Du bist als Regentin regelrecht aufgeblüht, und ich könnte nicht stolzer sein auf meine talentierte, mutige, intelligente Schwester. Als König von Kadier übergebe ich hiermit den Titel an dich.
Lang lebe Königin Annika von Kadier, die schönste und sanftmütigste Herrscherin, die das Königreich je gesehen hat.
Und ich flehe dich erneut an, auch Noemi zuliebe, dass du uns verzeihen kannst. Ich liebe dich, Annika. Und eines Tages werde ich nach Hause zurückkehren.
Escalus

Bis ich den Brief zu Ende gelesen hatte, zitterten meine Hände so sehr, dass ich seinen Namen kaum noch entziffern konnte. Ich war vollkommen sprachlos. Ich wusste nur zu gut, wie es war, jemanden so sehr zu lieben, dass man Dinge tat, die alle anderen um einen herum als verrückt bezeichnen würden. Doch ich konnte es nicht fassen, dass er weg war.

Meine Mutter war weg. Mein Vater war weg. Mein Bruder war weg. Ich war die Königin.

Und mein einziger Gedanke war: *Du hast gesagt, dass du immer noch da bist.*

Ich sah Lennox an, der mit Vorsicht und Angst in seinen Augen neben mir stand. Ich reichte ihm den Brief, immer noch unfähig zu sprechen. Er überflog ihn wesentlich schneller als ich, drückte ihn dann an Offizier Palmers Brust und sank vor mir auf die Knie.

»Lang lebe Königin Annika!«, rief er so laut, dass es jeder in der Nähe gehört haben musste.

Palmer und Mamun taten es ihm umgehend gleich. Zwei weitere Wachen, die gerade auf ihrer Runde an der Tür vorbeikamen, wurden Zeugen der Szene und fielen ebenfalls auf die Knie. Und ich spürte, wie sich das volle und schwere Gewicht der Krone auf mein Haupt senkte.

Es war beängstigend. Aber mir wurde auch schlagartig bewusst, wie sehr ich es vermissen würde, wenn ich die Herrschaft an Lennox abgeben musste.

Ich steckte mir den Ring mit dem königlichen Wappen an den Daumen, da meine Finger zu schmal für ihn waren, und hob dann meine Röcke an.

»Bitte lasst vor der Tür meines Vaters Wachen aufstellen. Sein Körper soll bleiben, wo er ist. Und bitte behaltet Escalus' Verschwinden für Euch. Ich werde eine Erklärung abgeben, sobald sich die Unruhe ein wenig gelegt hat.« Ich erlaubte mir, Lennox kurz anzusehen, aber ich konnte seinem Blick nicht lange standhalten.

»Offizier Au Sucrit, wenn Ihr mir bitte folgen würdet. Die Herren Offiziere, ich erwarte von Euch mehr denn je, die Blicke auf den Horizont zu richten. Aber jetzt habe ich erst einmal wichtige Dinge in der Bibliothek zu erledigen.«

Hoch erhobenen Hauptes verließ ich den Raum. Ich würde kürzer Königin sein, als Escalus König gewesen war, doch ich würde die Zeit voller Stolz genießen.

»Annika«, flüsterte Lennox. »Lass uns morgen in die Bibliothek gehen.«

Ich antwortete nicht.

»Annika. Du hast noch gar nichts gegessen. Du stehst unter Schock. Du musst dich ausruhen.«

Ich setzte meinen Weg fort.

Doch mit einem Mal schwankte der Boden unter meinen Füßen, und ich taumelte gegen die Wand. Lennox' Arm schlang sich sofort um mich und fing mich auf. Sanft legte er eine Hand an meine Wange und zwang mich, ihn anzusehen.

»Annika. Bitte. Wir müssen das nicht heute Abend machen.« Er schluckte schwer. »Wir müssen das gar nicht machen.«

Ich lächelte schwach. »Freust du dich denn nicht, Lennox? Heute Abend zahlt sich ein Leben voller harter Arbeit aus. Und so einfach! Du bekommst deine Krone ganz ohne Blutvergießen zurück.«

Seine Unterlippe zitterte. »Ich wollte nie eine Krone. Ich wollte einfach nur in dem Land meiner Vorfahren leben. Ich wollte mich nicht länger verstecken. Und das kann ich jetzt. Ich könnte hierbleiben. Mit dir. Wir müssen gar nichts weiter tun, Annika.«

Erschöpft hob ich eine Hand und streichelte sein Gesicht. »Das könntest du. Aber das wirst du nicht tun. Denn tief in deinem Herzen bist du nicht nur ein Gentleman, Lennox. Du bist ein König. Und wenn du bleiben würdest, während dein Volk auch weiterhin in dieser Burg am Ende der Welt leidet, würdest du dich irgendwann dafür hassen. So, wie ich mich selbst hassen würde, wenn ich bei dir bliebe, nachdem mein Volk dieses Königreich verlassen musste.«

Er sah mir tief in die Augen und stellte sich der Wahrheit, die wir so lange geleugnet hatten.

»Du und ich, Lennox. Wir können nicht beides haben. Im Gegenteil. Wir können weder noch haben. Denn würden wir davonlaufen, würden wir unsere Völker im Chaos zurücklassen. Wer weiß, wie viele aufgrund unserer Feigheit sterben würden? Glaubst du, unsere Liebe könnte das überstehen?« Ich schüttelte den Kopf. »Einer von uns muss regieren, und der andere muss gehen.«

Er schluckte schwer, und seine Augen flitzten hin und her, doch sie fanden keine Lösung.

»Ich kann nicht …«, setzte er an.

»Ich weiß.«

Ich richtete mich auf und marschierte weiter. Lennox folgte mir schweigend, denn er wusste, dass er mich nicht aufhalten konnte. Ich dachte an die Momente in der Höhle, bevor wir unsere Gefühle füreinander entdeckt hatten. Selbst dieses Schweigen war angenehmer gewesen als das hier.

Ich drückte die Türen auf, überrascht, Rhett direkt am

Eingang vorzufinden. Vornübergebeugt lehnte er am Tisch, den Kopf gesenkt, als hätte man ihm das Herz gebrochen.

Doch dann blickte er auf. In diesen Augen lag kein Schmerz; in ihnen lag Wut.

»Wo ist der Schlüssel?«, fragte er.

»Zügle sofort deinen Ton«, befahl Lennox.

Rhett starrte ihn so durchdringend an, dass mir ein kalter Schauer über den Rücken lief.

»Wo ist der Schlüssel?«, wiederholte er seine Frage noch fordernder. »Du bist die Einzige, die ihn an sich genommen haben könnte.«

»Ja, ich habe den Schlüssel. Und ich habe auch das Recht dazu«, erwiderte ich und hob die Hand mit dem Siegelring. »Ich bin die Königin.«

Mit offenem Mund starrte er auf den Ring, doch bevor er mir auch nur eine Frage stellen konnte, brachte ich ihn mit einer Geste meiner Hand zum Schweigen. Die andere Hand hielt ich Lennox hin, der in seine Manteltasche griff und den Schlüssel herauszog.

»Es tut mir leid, Rhett. Ich brauche dieses Buch. Also geh mir aus dem Weg.«

Rhett wich vom Tisch zurück und richtete einen Zeigefinger auf Lennox.

»Ich weiß nicht, wer er ist oder woher du ihn kennst oder was er mit diesen Büchern will. Aber er kann sie nicht haben. Er kann sie nicht haben, und er kann auch *dich* nicht haben.«

»Rhett!«

»Ich habe es dir gesagt, Annika. Ich habe es dir vor langer Zeit gesagt. Du hast schon immer mir gehört. Niemand könnte dich je mehr lieben als ich.«

Mit hasserfüllten Augen machte er einen Schritt nach vorn. Zum ersten Mal hatte er gefährlich auf mich gewirkt, und nun hatte ich diesen Moment wieder ganz klar vor Augen. Ohne Zögern und ohne jegliche Ironie hatte er gesagt, dass jeder Mann, der sich zwischen ihn und mich stellen würde, sein Feind sei. Jetzt wusste ich, wie ernst er es gemeint hatte.

Und mir wurde bewusst, dass Rhett bereit war, aus Liebe ganz andere Dinge zu tun als ich. Aber konnte man so viel Hass wirklich als Liebe bezeichnen?

Rhett wollte sich gerade auf Lennox stürzen, als von draußen Schreie in die Bibliothek drangen.

Palmer stürmte herein, warf Lennox ein Schwert zu und mir überraschenderweise auch. Rhett würdigte er hingegen keines Blickes.

Stattdessen blickte er zwischen Lennox und mir hin und her. »Kommt schnell, Eure Majestät. Wir werden angegriffen.«

Lennox

Ich zog mein Schwert, überließ Rhett sich selbst und rannte hinter Palmer her, der die Treppe hochstürmte. »Haben sie bereits die Mauern durchbrochen?«

»Ja. Die Wachen sind auf dem Weg. Wir müssen die Leute rauskriegen.«

»Da stimme ich dir zu. Nach der Schlacht auf See werden sie keine Gnade walten lassen.«

Palmer nickte. »Ich sage es weiter.«

»Und was mache ich?«

Abrupt blieb ich stehen und stellte fest, dass Annika mit uns Schritt gehalten hatte, selbst in ihrem Kleid und den Absatzschuhen.

»Deine Aufgabe ist es, am Leben zu bleiben. Gibt es irgendwo ein gutes Versteck? Eines, das nur du kennst?«, fragte ich.

Ihre Augen nahmen so schnell einen wütenden Ausdruck an, dass ich instinktiv einen Schritt zurückwich.

»Du glaubst, ich würde mich verstecken? Jetzt? *Mein*

Volk ist kurz davor zu sterben. *Dein* Volk ist kurz davor zu sterben. Ich werde nicht mein eigenes Leben retten und damit riskieren, dass jemand anderes seines verliert.«

Dass sie aus unseren Völkern eins machte, gab mir den Mut, in den Krieg zu ziehen. Und dass sie bereit war, sich so bereitwillig selbst zu opfern, bestätigte mir, dass ihr Bruder recht gehabt hatte, ihr die Krone zu überlassen.

»Dann musst du bei mir bleiben«, erwiderte ich. »Du weichst nicht von meiner Seite. Keine einzige Sekunde.«

Sie nickte und beugte sich herunter, um ihre Schuhe abzustreifen. Dann griff sie ihr Schwert und schnitt damit einen Schlitz in ihr Kleid, damit sie besser rennen konnte.

Palmer seufzte laut. »Ich gehe nach unten. Ihr bleibt im ersten Stock. Hoffentlich schafft es niemand bis hier hoch, aber wappnet Euch, falls es doch passiert.«

Ohne ein weiteres Wort verschwand er und begann, Befehle zu rufen. Ohne seine Gegenwart war es beinahe einfach zu glauben, dass nichts passiert war. So still war es.

Ich wandte mich Annika zu. »Es tut mir schrecklich leid, dass ich dich in diese Situation gebracht habe.«

»Und mir tut es leid, dass du nicht anders konntest.«

Ich hatte Mühe, die Tränen zurückzuhalten. »Du musst wissen, dass ich mich für dich entscheide. Nicht für das Land, nicht für die Krone. Ich will dich. Mein ganzes Leben lang habe ich mich nach Dahrain gesehnt, aber du bist das Einzige, was ich je geliebt habe. Ich will, dass du das weißt, sollte irgendetwas passieren.«

Sie sah mich an und ließ ihren Blick in derselben Weise über mein Gesicht gleiten, wie sie es auch in jener Nacht im Kerker getan hatte: als hätte sie fest vor, mich niemals wiederzusehen.

»Und ich entscheide mich für dich.« Sie deutete auf den Raum um sich herum, und auf ihren Lippen lag ein aufrichtiges, aber müdes Lächeln. »Und ich habe schon immer alles verloren, was ich von ganzem Herzen geliebt habe. Das wird dir zeigen, wie tief meine Liebe zu dir ist.«

Der Kummer in ihrer Stimme traf mich wie ein Fausthieb. Ich wusste in- und auswendig, wen sie auf dieser Welt geliebt hatte, und ich fühlte mich geehrt, dass ich zu diesen Menschen gehörte, ganz egal, was es mich letzten Endes kosten würde.

Ich trat dicht zu ihr, vergrub die Finger in ihrem Haar und zog sie an mich. Wenn ich schon sterben musste, dann wenigstens als Annika Vedettes Liebster.

Sie ließ ihr Schwert zu Boden fallen, um mich in die Arme zu schließen. Ich drückte sie an mich und stellte zufrieden fest, dass unsere Körper perfekt zusammenpassten. Ich würde ihren Duft, ihre Wärme, ihren Geschmack sicher in meinem Herzen verwahren. Was auch immer kommen mochte – die Erinnerung an sie würde mir niemand nehmen.

In der Ferne ertönten Schreie. Wir lösten uns voneinander und sahen uns ein letztes Mal tief in die Augen. Dann hoben wir unsere Schwerter auf, und ich nahm das erste Anzeichen einer Gefahr wahr, als einer der Soldaten Kadiers rückwärts die Treppe hochstolperte, dicht gefolgt von Blythe, die ohne zu zögern auf ihn losging. Erst da wurde mir bewusst, dass es Mamun war, der gegen sie kämpfte.

Hinter ihnen folgten Palmer und Griffin, und Inigo kämpfte gegen jemanden, den ich nicht kannte. Es schien, als hätte das Schicksal alle Menschen, die mir wichtig waren, zusammengeführt.

»Lennox«, fragte Annika leise, »gegen wen kämpfen wir?«

Noch einmal ließ ich den Blick über die Szene schweifen. »Gegen niemanden, wenn es sich verhindern lässt. Aber wenn es sein muss, gegen alle.«

Ich beobachtete, wie Blythe den Blick von Mamun abwandte und mich entdeckte – und dann fiel ihr Blick auf Annika. Der tiefsitzende Verrat stand ihr ins Gesicht geschrieben. Da wurde mir bewusst, dass – während ich in ihr immer noch eine Freundin sah – sie mich als Feind betrachtete.

Mamun holte aus und erwischte Blythe am Arm, doch sie bewegte sich, als spürte sie nicht das Geringste, und marschierte auf mich zu. Ihr Blick verriet mir, dass sie jemanden genauso verletzen würde, wie ich sie verletzt hatte.

In der Sekunde, die ich brauchte, um den Schock zu überwinden und meine Position einzunehmen, war Annika bereits da mit erhobenem Schwert und wehrte Blythe in einer Bewegung ab, die ich nur als anmutig bezeichnen konnte.

»Mylady, legt Euer Schwert nieder«, flehte Annika.

»Aus dem Weg!«, forderte Blythe.

Blythe, die nie eine Frau vieler Worte gewesen war, hatte sich bereits wieder in Bewegung gesetzt, während ich wie angewurzelt dastand, unfähig, den Blick von ihrem Kampf loszureißen.

Annika war nichts als Grazie, Blythe die pure Rage, und wenn ihre Schwerter aufeinanderschlugen, war es hypnotisierend.

Ich wandte mich erst von ihnen ab, als ich neben mir Inigo entdeckte. Gegen wen auch immer er gekämpft hatte – derjenige lag nun regungslos auf dem Boden. Nun hatte er mich im Visier, und seine Augen stellten mir ebenfalls die Frage, warum ich gegangen war.

»Du warst mein Freund«, sagte er.

»Das bin ich immer noch. Vielleicht mehr denn je.«

»Du hast uns im Stich gelassen.«

»Ich bin gegangen, um die Frau zu retten, die ich liebe. Und dabei habe ich einen Weg gefunden, wie ich euch ebenfalls retten kann. Uns alle.«

Für den Bruchteil einer Sekunde sah ich die Hoffnung in seinem Gesicht aufblitzen. Er wollte mir glauben. Doch ehe ich die Möglichkeit dazu hatte, mich zu erklären, ging einer der Soldaten auf ihn los.

»Ich muss dringend zu Kawan«, rief ich.

»Warum? Was soll er schon tun?«, schrie Inigo zurück und schwang sein Schwert.

»Er wird uns alle umbringen, wenn er nicht aufgehalten wird. Ich schwöre dir, dass wir diesen Krieg ohne weiteres Blutvergießen beenden können«, versicherte ich ihm.

»Hört auf!«, schrie Annika so verzweifelt, dass nicht nur ich gehorchte, sondern auch der Großteil derer, die uns umringten.

Blythe lag am Boden. Eine der Wachen hatte ihr sein Schwert in den Rücken gerammt und ihr eine lange Wunde zugefügt. Ohne zu zögern riss Annika ein großes Stück Stoff aus ihrem Kleid und presste es auf Blythes Wunde, um die Blutung zu stoppen.

»Nein«, flüsterte Inigo. »Wenn es jemand hätte schaffen können, dann sie.«

Ich sah ihn an, wie er mit hängenden Schultern dastand, die Hand nur noch lose am Schwert. So hatte ich ihn noch nie gesehen – und es bereitete mir mehr Angst als der Angriff.

Annika tastete an Blythes Hals nach ihrem Puls. »Ihr Herz schlägt noch. Wir müssen sie sofort zum Doktor bringen.« Sie blickte auf und wartete darauf, dass irgendjemand etwas tat. In ihrer Welt war es das, was passierte, wenn sie es verlangte.

Ich hatte gedacht, die Königin von Kadier auf Knien zu sehen, würde den Angriff stoppen.

Doch das stimmte nicht.

Griffin hatte vielleicht seinen Frieden mit Ramis Tod geschlossen, doch er hatte eindeutig keinen Frieden mit denen geschlossen, die sie ermordet hatten. In einem Moment der ungeschützten Stille stürmte er mit erhobenem Schwert los. So, wie er es hielt, würde er damit Annikas Kopf abschlagen.

Es war, als würde sich mein Schwert wie von selbst bewegen. Ich machte einen Satz nach vorn und stieß es in Griffins Brust.

Er machte nicht einmal ein Geräusch, schnappte nur ein wenig nach Luft und sank auf die Knie.

Ich war der, der weinte. *Ich* war der, der das Geräusch von sich gab, was auch immer es war.

»Griffin«, presste ich hervor und kniete mich vor ihn. »Griffin, es tut mir so leid. Ich wollte nicht … Ich …«

Er hob eine Hand, ergriff die meine, benetzte sie mit seinem Blut. Er zitterte am ganzen Leib. Nach ein paar schweren Atemzügen begann er zu sprechen.

»Es war sowieso … zu schwer … ohne sie … weiterzuleben.«

Ich nickte, warf Annika einen flüchtigen Blick zu und sah die Tränen in ihren Augen, bevor ich mich wieder ihm zuwandte. Er war das Licht in dieser Burg gewesen. »Genauso geht es mir auch.«

Kurz leuchteten seine Augen voller Verständnis auf. »Dann vergeb…«

Seine Hand wurde schlaff, und dann war mein Freund nicht mehr unter uns.

Ich schreckte zurück, angewidert von mir selbst. Ich hatte nicht gewollt, dass noch weitere Menschen starben, und nun war ich für seinen Tod verantwortlich.

»Wo ist Kawan?«, fragte ich mit solch grollender Stimme, dass ich selbst verwundert darüber war.

Inigo, Palmer, Mamun und der namenlose Soldat standen schweigend da. Annika beugte sich noch immer über Blythe.

Niemand hatte eine Antwort, aber es spielte keine Rolle mehr. Ein weiterer Pulk von Soldaten stürmte die Treppe hinauf. Wild und in den Kampf vertieft schlugen sie mit ihren Schwertern um sich. Als wir die Schüsse hörten, wusste ich, dass die Gefahr soeben noch größer geworden war. Wir mussten sofort aufstehen, uns wappnen. Vorsichtig zog ich mein Schwert aus Griffins Körper und stellte mich vor Annika.

»Bremst sie aus, aber verschont sie, wenn ihr könnt«, befahl ich, obwohl ich eigentlich nicht das Kommando hatte. Inigo war zu meiner Rechten, Palmer zu meiner Linken. Mamun und der andere Soldat gingen voraus, schwangen ihre Schwerter mit Präzision, trafen einen Schenkel, einen Arm, eine Hand.

»Was nun? Sind wir jetzt Verbündete?«, fragte Inigo.

»Ich habe den Beweis«, erwiderte ich und sah aus dem Augenwinkel, wie er sich zu mir umwandte. »Ich kenne jetzt unsere wahre Geschichte. Annika hat sie gefunden.«

Er sah sie an. Sie erwiderte seinen Blick und nickte knapp.

Ich musste aufhören zu reden, durfte mich nicht länger auf das konzentrieren, was ich soeben getan hatte, und hoffte, dass ich es nicht erneut tun musste. Ich versuchte, mich voll und ganz auf den Moment zu fokussieren und führte meine Bewegungen so exakt wie nur möglich aus. Annika war neben mir und folgte unserem Beispiel. Sie war so flink, dass es so war, als würde man gegen einen Schatten kämpfen.

»Was machst du da?!«, rief jemand gleichermaßen entsetzt und wütend. Der gute alte Nickolas war von einem anderen Treppenaufgang aufgetaucht. Es wunderte mich nicht, dass er sich wie ein Wurm seinen Weg durch die Schlacht bahnte.

»So viele Menschenleben retten, wie ich kann«, entgegnete sie in einem Ton, der die Sinnlosigkeit seiner Frage offenbarte.

»Um Himmels willen«, schimpfte er und versuchte erneut, ihr zu widersprechen.

»Aus dem Weg!«, schrie sie und schob ihn beiseite, um einen weiteren gegnerischen Hieb abzuwehren. Fast hätte sie es nicht geschafft.

»Du solltest dich lieber verstecken!«, forderte er und zerrte wieder an ihr. Doch diesmal ging seine Torheit zu weit. Da er Annika festhielt, war sie vollkommen wehrlos – und die rasiermesserscharfe Spitze des Schwerts bohrte sich in ihre Brust.

»Ah!« Sie krümmte sich und presste eine Hand auf die Wunde.

Mein Blick wanderte zu Nickolas, und ich war bereit, heute noch mindestens ein weiteres Leben auszulöschen. Er schien zu begreifen, was er getan hatte, und stürzte auf sie zu, um sie wegzutragen.

Als er sie hochhob, keuchte sie vor Schmerz auf, und ich hatte Angst, dass die Wunde tiefer war, als sie aussah.

Nach Luft schnappend deutete sie auf mich und schrie so laut sie konnte, damit sowohl die Menschen Kadiers als auch das Volk Dahrains es erfahren würden: »Er ist euer König! Er ist unser König! Lang lebe der König!«

Annika

Es war nicht der schlimmste Schmerz, den ich je gespürt hatte, was aber nicht hieß, dass es nicht wehtat. Ich hielt die Hand fest auf die Wunde gedrückt und hoffte, mich buchstäblich zusammenzuhalten.

Das Schwert hatte sich durch die Stäbe meines Korsetts gebohrt und es und mich in einem Streich zerschnitten. Nickolas bemühte sich nicht, vorsichtig zu gehen, und rannte stattdessen so schnell er konnte mit mir auf dem Arm in mein Gemach. Blut floss aus der Wunde, warm und feucht, und es schmerzte mit jedem Atemzug. Für einen Moment schloss ich die Augen und versuchte, ruhig zu bleiben.

Die Tür war offen gelassen worden, bestimmt von Offizier Palmer und Mamun, als sie den Tumult unten gehört hatten. Nickolas trug mich schnell hinein und schlug die Tür hinter uns zu.

Dann schloss er sie ab.

Kurz lehnte er sich mit dem Rücken dagegen und schöpfte Atem. Und das Erste, was er zu mir sagte, war: »Es ist einfach nicht zu fassen.«

»Ich habe getan, was ich tun musste«, erwiderte ich schlicht und drückte meine Hand auf die Wunde. »Ich brauche etwas, um die Blutung zu stillen. In dieser Schublade sollten Tücher sein.«

Er schüttelte den Kopf. »Lang lebe der König? Was um alles in der Welt soll das bedeuten?«

»Dieser Mann hat ein Recht auf den Thron. Mehr kann ich im Moment nicht dazu sagen.«

»Der *Leibwächter?*«, fragte er ungläubig. Mir wurde bewusst, dass ich weder Lennox' richtigen Namen noch seine Identität preisgegeben hatte. Und das würde ich auch jetzt nicht tun.

»Ich weiß, es klingt verrückt. Mein Vater …« Ich hob eine Hand, um mir das Haar aus der Stirn zu streichen, und vergaß dabei völlig, dass sie voller Blut war.

»Dein Vater ist tot«, bemerkte er gnadenlos.

»Das weiß ich.«

»Und schon bald wird dein Bruder ebenfalls tot sein.«

Als ich zu Nickolas hochblickte, lief mir ein eiskalter Schauer über den Rücken, denn ich sah in seinen Augen etwas, das mir auf unheimliche Weise vertraut vorkam.

Aber was war es? Etwas Stärkeres als Entschlossenheit. Etwas Tieferes als Liebe. Es war intensiv, allumfassend – und furchteinflößend. So hatte Rhett dreingeblickt, als er in der Bibliothek auf uns losgegangen war.

Für diesen Ausdruck gab es einen Begriff: Besessenheit.

Jetzt verstand ich.

Nickolas hätte sich niemals mit mir zufriedengegeben. Er hätte sich niemals mit dem Titel des Prinzen zufriedengegeben. Er wollte die Krone und nichts anderes.

Augenblicklich veränderte sich seine Haltung. Die Steifheit, die er für gewöhnlich an den Tag legte, schmolz dahin. Gelassen schlenderte er auf mich zu und kniete sich vor mich.

Er hob eine Hand und packte mich an meinem Haar, das er offen schon immer gehasst hatte. Im Moment wünschte ich mir ebenfalls, ich hätte es hochgesteckt, um ihm weniger Angriffsfläche zu bieten.

»Einmal wärst du mir beinahe entwischt, aber diesmal nicht.« Er lächelte mich fröhlich an. Dann griff er in seine Tasche und zog zwei Goldringe hervor. Eheringe. »Wenn du leben willst, dann steckst du den jetzt an.«

Ich gehörte ihm nicht. Ich würde ihm niemals gehören. Aber im Moment war ich zu schwach, um mich gegen ihn zur Wehr zu setzen. Und ich musste lange genug leben, um es zurück zu Lennox zu schaffen und ihn zu unterstützen, wenn die Krone an ihn überging. Also nahm ich den Ring und steckte ihn an meinen Finger.

»Wir haben die ganze Zeit so offen über die Hochzeit gesprochen, dass es nicht schwer wird, den Rest des Palasts davon zu überzeugen, dass wir schon längst heimlich geheiratet haben. Was mein ist, ist auch dein. Was dein ist, ist mein«, sagte er mit einem bösen Grinsen.

»Es wird nicht so enden, wie du denkst«, warnte ich ihn. Mir war ein wenig schwindelig, doch ich weigerte mich, mir etwas anmerken zu lassen.

»Immer so schwierig«, stöhnte er. »Schwierig und distanziert. Aber das wird sich ändern. Du und ich? Wir brauchen einander. Ich brauche einen Erben, um die Linie zu sichern. Und du? Du willst am Leben bleiben.« In seinen Augen lag etwas Irres, aber ich zwang mich, ruhig zu bleiben. Ich würde es hier rausschaffen … Ich brauchte nur Zeit. »Aber dein Bruder steht zwischen mir und der Krone, daher werde ich mich jetzt um diesen kleinen Plagegeist kümmern. Und was für ein perfektes Alibi«, sagte er und breitete die Arme aus.

Es beruhigte mich ein wenig, dass er anscheinend nicht wusste, dass Escalus gar nicht mehr im Palast war. Wenigstens er würde verschont bleiben.

»Ich habe versucht, deinen Bruder loszuwerden, seit wir von diesem Schiff gestiegen sind. Ich wusste, dass dein Vater es nicht mehr lange machen würde, aber Escalus? Er ist jünger, entschlossener. Aber du *musstest* deine Magd ja unbedingt an seiner Seite lassen, nicht wahr?«

Nickolas erhob sich, riss noch einmal an meinem Haar und ließ mich dann auf dem Fußboden liegen. »Bestimmt versteckt sie sich irgendwo in diesem Chaos, und vielleicht hat eines dieser Tiere ihn schon längst ermordet. Aber ich werde mal nachsehen, nur für den Fall. Und du bleibst hier«, befahl er. »Wenn du nicht so enden willst wie er, wirst du lernen, mir zu gehorchen.«

Ich schüttelte den Kopf, behielt meine Geheimnisse für mich und versuchte, die seinen zu erraten. »Weiß Kawan, dass er mit solch einer Schlange zusammenarbeitet?«

»Kawan?«, fragte er.

Ich wandte den Blick ab, denn seine Spielchen langweilten mich. »Du wirst scheitern, ob mit oder ohne ihn.«

»Ich brauche niemanden. Nicht ihren Anführer, nicht dich. Ich habe mich mein ganzes Leben lang auf diesen Moment vorbereitet. Allein.« Er blickte auf mich hinunter und fasste mir unters Kinn. »Und wenn du am Leben bleiben willst, musst du als Erstes lernen, den Mund zu halten.«

Dann ging er zur Tür hinaus und schloss sie hinter sich ab.

Er tat mir leid, wenn er wirklich glaubte, dass er mich so einfach aufhalten konnte. Ich ging zu meinem Schrank und zerschnitt mit meiner Nähschere mein Kleid und mein Mieder. Dann faltete ich ein Handtuch und drückte es auf die Wunde in meiner Brust. Ich wünschte mir, ich hätte etwas Besseres, um sie zu versorgen. Unordentlich schnürte ich ein neues Korsett, nutzte den Druck, um das Handtuch an Ort und Stelle zu halten, schlüpfte in ein anderes Kleid und betete dafür, dass es reichen würde, um mich auf den Beinen zu halten. Ich war ein blutendes, mitgenommenes Wrack. Aber ich hatte etwas zu erledigen.

Ich ging zur Tür und spähte durch das Schlüsselloch. Nickolas war nicht einmal schlau genug gewesen, einen Wachmann vor meinem Gemach zu postieren. Ich hatte dieses Schloss schon einmal geknackt, so oft, dass ich es inzwischen in weniger als einer Minute schaffte. Ich rannte zurück ins Zimmer und griff unter das Bett. Ich schnappte mir mein Schwert, schnallte es um meine Hüfte und zog eine Nadel aus meinem Haar, während ich wieder zur Tür eilte.

Alles tat weh. Meine Rippen, mein Kopf, mein Herz. Ich war benommen von den Ereignissen des Tages, und meine Hände waren nicht so ruhig, wie ich es gern gehabt hätte. In solchen Momenten hatte ich bisher immer an Rhett gedacht, an seine starken Hände auf meinen, wie sie mich führten und mir zeigten, wo ich Druck ausüben musste. Jetzt dachte ich an Lennox. An sein unordentliches Haar am Morgen, an sein freches Grinsen, seine gerunzelte Stirn, wenn er tief in Gedanken versunken war.

Du schaffst das, versicherte er mir.

»Ich schaffe das«, machte ich mir Mut.

Ich schloss die Augen und konzentrierte mich darauf, wie sich das Schloss anfühlte. Und innerhalb weniger Sekunden spürte ich, wie es aufsprang.

Der Flur war verlassen, und ich musste eine gefährliche Entscheidung treffen. Wie sollte ich helfen? Wie konnte ich alle retten?

Letzten Endes sah ich nur eine Möglichkeit. Ich umfasste den Schwertgriff und rannte los.

Lennox

»Wohin kann er sie gebracht haben?«, fragte ich Palmer, während wir den Korridor entlangrannten.

»Wahrscheinlich in ihr Gemach. Aber sie könnten überall sein.«

»Ist er der Informant?«, fragte Inigo.

Ich wusste es sehr zu schätzen, dass Inigo, nach allem, was passiert war, sofort an meiner Seite war. Er hatte mit angesehen, wie ich Griffin getötet hatte, und trotzdem hatte er noch etwas für mich übrig. Er hatte mir dabei geholfen, Blythe an einen sicheren Ort zu bringen – ihr Puls war immer noch stabil gewesen, als wir sie verlassen hatten – und war mir dann, zusammen mit Mamun, gefolgt. Ich wusste nicht, was Inigo nun antrieb – das Königreich, sein Stolz, Blythes Sicherheit –, aber was auch immer es war: Ich war froh, ihn wieder an meiner Seite zu wissen.

»Ich weiß es nicht. Ich hasse ihn, und ich habe ihn schon die ganze Zeit im Verdacht, aber mir fehlt der Beweis.«

Palmer führte uns durch die Korridore, die mir immer noch zu fremd waren. Als wir uns Annikas Zimmer näherten, erkannte ich ein paar der Gemälde wieder, doch als wir es erreichten, fanden wir die Tür sperrangelweit offen vor.

Darin war der gute alte Nickolas. Er hatte sich den Schürhaken aus der Feuerstelle gegriffen und schlug damit alles kurz und klein. Palmer legte den Kopf schief und beobachtete das lächerliche Schauspiel.

»Sir, reißt Euch zusammen. Wir befinden uns mitten in einer Schlacht«, sagte er ruhig.

Mit irrem Blick richtete Nickolas den Schürhaken auf uns. Er wirkte plötzlich wie ein anderer Mensch.

»Wer von euch hat sie rausgelassen?«, kreischte er. »Ich habe sie hier drin eingesperrt, um … ihre Sicherheit zu gewährleisten. Und jetzt ist sie verschwunden!«

Schnaubend verschränkte ich die Arme vor der Brust. »Hast du vergessen, dass Ihre Majestät Schlösser knacken kann? Ich ganz sicher nicht.«

Er sah mich mit zusammengekniffenen Augen an. »Ihre Majestät?«

Palmer und ich wechselten einen Blick. Mit nur zwei Worten hatte ich verraten, dass Escalus nicht mehr da war.

»Der Prinz ist ebenfalls tot?«, fragte Nickolas, und auf seinen Lippen breitete sich ein Grinsen aus. Dieses Lächeln … So hatte Kawan auch gelächelt, als die Leiche meines Vaters identifiziert worden war. Es war ein Lächeln, das verriet, dass ein lästiges Hindernis entfernt worden war. Dass die Tragödie des einen Menschen den Sieg eines anderen bedeutete.

Ich war fest entschlossen, Nickolas dieses Grinsen für immer aus dem Gesicht zu wischen.

Palmer stellte sich vor mich. »Dafür haben wir jetzt keine Zeit. Wir müssen Annika finden.«

Wieder schwang Nickolas den Schürhaken. »Du«, stieß er hervor und deutete mit dem Kinn auf mich. »Warum hat sie dich als König bezeichnet? Welchen Anspruch kann ein lächerlicher Leibwächter schon auf den Thron haben?«

»Ich wäre im Moment lieber nicht so arrogant, einen Leibwächter zu beleidigen«, bemerkte Palmer. »Wir sind zu dritt, und Ihr seid allein. Außerdem haben wir noch diesen Burschen, der so aussieht, als würde er Euch nur allzu gern einen Arm abreißen«, fügte er hinzu und deutete auf Inigo.

»Dagegen hätte ich nichts«, bestätigte Inigo ruhig, und ich hatte Mühe, mir das Lachen zu verkneifen.

»Mir ist gerade nicht nach Spielchen zumute«, fauchte Nickolas. »Wer bist du?«

Ich seufzte. »Leider ist mir auch nicht nach Spielchen zumute«, erwiderte ich, richtete mein Schwert auf ihn und marschierte auf ihn zu. »Was genau bekommst du von Kawan im Austausch gegen Annikas Leben?«

Nickolas wich zurück, den Schürhaken immer noch in der Hand. »Was?«

»Was auch immer er dir versprochen hat – ich kann dir versichern, dass du es niemals bekommen wirst.«

»Ich habe mit eurem Anführer nichts zu schaffen. Ich will nur, dass er bis zum Ende dieser Nacht tot ist. Der König ist tot, der Prinz ist tot, und jetzt«, zischte er und hob seine linke Hand, »bekomme ich durch den Bund der

Ehe die Krone, die schon immer hätte mir gehören sollen. Also, was auch immer sie *dir* versprochen hat, wirst du auch niemals bekommen.«

Fassungslos starrte ich auf den Ring. Das konnte unmöglich wahr sein.

Es sei denn …

Wenn er Annika damit gedroht hatte, ihrem Bruder etwas anzutun … Wem wollte ich hier etwas vormachen? Wenn er ihr damit gedroht hatte, irgendeiner Menschenseele etwas anzutun, dann hatte sie nachgegeben und sich wieder einmal selbst geopfert.

Nun, dann musste ich sie eben befreien.

Ich wollte gerade zum Schlag ausholen, hielt jedoch inne, als Nickolas erneut das Wort ergriff.

»Warum fragt jeder nach Kawan?«, wollte er wissen. »Zuerst Annika und jetzt auch noch du.«

Inigo und ich wechselten einen Blick. Dann sah ich hinüber zu Palmer.

»Wo wart Ihr, als wir auf der Insel festgesteckt haben?«, fragte er.

Nickolas schüttelte den Kopf. »Dir bin ich keine Rechenschaft schuldig.« Dann wandte er sich an mich. »Und dir werde ich mich niemals beugen.«

Wieder holte er mit dem Schürhaken aus und zielte auf meinen Kopf. Mamun setzte sich in Bewegung, und Inigo folgte prompt. Nickolas entpuppte sich jedoch als ziemlich guter Schwertkämpfer. Geschickt wich er beiden Klingen aus und schwang den Haken mit solcher Wucht, dass er die Männer zurückdrängte. Als hätten sie zusammen trainiert, teilten sich Inigo und Mamun auf und kesselten Nickolas ein.

Der Kopf des guten alten Nickolas schnellte von links nach rechts. Er packte den Schürhaken fester, und der Goldring glänzte im Licht. Es war nur Metall. Wie ein Schwert, wie ein Schloss. Man konnte es zerstören.

Langsam bewegte ich mich auf ihn zu. Meine schlimmste Seite wollte sich Zeit lassen beim Töten.

Doch dann, als stünden sie genau vor mir, tauchten vor meinem geistigen Auge etliche Erinnerungen auf. Griffin, der fast dankbar wirkte, gehen zu dürfen. Annikas Mutter. Unzählige Rekruten ohne Namen.

Und dann konnte ich es nicht tun. Ich konnte ihn nicht töten. Also senkte ich das Schwert.

Es war Palmer, der mein Zögern bemerkte.

»Lennox?«, fragte er.

Daraufhin schnellte Nickolas' Kopf in meine Richtung. Seine Rage war ungebrochen. »*Du* bist Lennox?«, wollte er wissen.

Diese kurze Ablenkung war alles, was Mamun brauchte, um Nickolas das Schwert in den Rücken zu rammen. Der Zorn wich aus seinem Gesicht, während er auf die Knie sank. Inigo nahm ihm den Schürhaken ab, und da lag er nun – sterbend und wehrlos.

Ich ging zu ihm, hob seine linke Hand und nahm den Ring ab. Er war zu schwach, um mich aufzuhalten, also warf ich den Ring ins Feuer.

»Ich weiß nicht, was du dachtest, was du damit erreichen würdest, aber jetzt hast du gar nichts«, sagte ich zu ihm. »Weder Annika noch die Krone noch sonst etwas. Du und Kawan seid beide zu feige, um am Ende zu gewinnen.«

Er schüttelte den Kopf, und sein Gesicht verzog sich zu

einer grinsenden Fratze, während das Blut aus seinem Mundwinkel tropfte. »Ich kenne keinen Kawan. Aber es spielt jetzt keine Rolle mehr. Sie wird scheitern. Sie ist viel zu schwach. Und wenn ich Kadier nicht haben kann, geschieht es ihr recht, alles zu verlieren.«

»Annika? Schwach?«, fragte ich. »Du bist derjenige, der gerade sein Leben aushaucht, während sie ihr Volk und auch meines rettet. Man wird sie feiern. Und du? Dich wird man vergessen.«

Sein Lächeln verblasste, und seine Augen rollten in ihren Höhlen nach hinten. Dann fiel er leblos auf die Seite. So sehr ich diesen Mann auch hasste – sein Tod verschaffte mir keine Genugtuung.

Diesmal war nicht ich der Vollstrecker gewesen. Ich versuchte, in dieser Tatsache Trost zu finden, doch es fiel mir schwer, als ich den leeren Ausdruck in Mamuns Augen sah.

»Hast du schon mal jemanden in einer Schlacht getötet?«, fragte ich ihn.

Er nickte kaum merklich. »Auf der Insel. Aber das … das war etwas anderes.«

Ich legte eine Hand auf seine Schulter. »Nimm diese Last nicht auf dich. Das ist einzig und allein die Schuld des Krieges, nicht deine.«

Er blickte zu mir empor, und seine Augen hatten sich ein wenig erhellt. »Ihr scheint ein guter Mann zu sein. Ich verstehe nun, warum sie Euch mag.«

Ich lächelte. »Dann hilf mir, sie zu finden.«

Annika

Ich suchte den einzigen Ort auf, der jetzt noch eine Rolle spielte: die Bibliothek. Lennox hatte den Schlüssel, aber ich brauchte dieses Buch, egal wie. Sobald alles vorüber war und die eingefallene Armee die Wachen übermannt hatte, sollten sie die Wahrheit über Lennox' Position erfahren. Und falls wir sie doch besiegen sollten, brauchte ich etwas, um meine Entscheidung, das Königreich an Lennox zu übergeben, zu rechtfertigen.

Ich fühlte mich benommen. Zu viel war innerhalb kürzester Zeit geschehen, und ich war mir sicher, dass ich trotz all meiner Bemühungen zu viel Blut verlor. Dennoch marschierte ich weiter.

Königinnen verloren nicht das Bewusstsein.

Langsam öffnete ich die Tür. Rhetts Gefühle für mich

waren anscheinend stärker, als ich vermutet hatte. Vielleicht sogar stärker, als er vermutet hatte. Er hatte seinen Frieden damit geschlossen, dass ich einen anderen heiraten würde, doch dass ich einen anderen *liebte*, konnte er nicht akzeptieren.

Heimlichkeit hatte keinen Zweck. Ich öffnete die Tür, und Rhett stand noch fast genauso da, wie ich ihn zurückgelassen hatte, als die Schlacht begann.

»Hast du denn gar nichts getan?«, fragte ich fordernd. »Sie haben den Palast gestürmt!«

»Dieser Soldat. Er ist Lennox, nicht wahr?«, mutmaßte Rhett, ohne auf meine Frage einzugehen. »Nach deiner Entführung hast du mit einer gewissen Ängstlichkeit über ihn gesprochen. Nicht wirklich Wut, aber Sorge. Aber dann, nach der Insel, hat sich deine Ausdrucksweise vollkommen verändert. Da war fast eine gewisse Sehnsucht …« Er schnaubte. »Warum hattest du die nie für mich übrig?«

»Rhett, für so etwas habe ich jetzt keine Zeit. Wir sind mitten im Krieg.« Ich deutete an ihm vorbei. »Wenn auch nur irgendjemand überleben soll, brauche ich diese Bücher.«

Er seufzte und musterte mich von Kopf bis Fuß. »Du willst sie diesem Schwein geben, nicht wahr?« Alles, was er noch an Selbstbeherrschung gehabt hatte, löste sich in Luft auf, und sein Schrei hallte durch die Bibliothek. »Annika, du … Wenn du Kadier doch so sehr hasst … Ich habe dir einen Ausweg geboten! Ich wollte dich von hier fortbringen! Ich habe dich geliebt!«

»Das ist keine Liebe, Rhett«, schrie ich zurück. »Das ist es nie gewesen. Du wolltest mich, weil es niemand anderes gab. Und fast hätte ich es selbst geglaubt, weil ich nichts anderes kannte. Aber sieh nur, was du jetzt tust! Du setzt so viele Menschenleben aufs Spiel. Wie kannst du nur?«

Er verschränkte die Arme und dachte kurz nach. Es erinnerte mich daran, wie sich Nickolas in meinem Gemach plötzlich verändert hatte – und der Rhett vor mir war mir fremd.

»Du hast recht. Du bist diejenige, die mir das Herz gebrochen hat. Du bist die, die ihr Land verraten hat. Die Krone. Also sollten ihre Leben ebenfalls in deiner Verantwortung liegen.« Er ging hinüber an seinen Tisch, nahm seine Tasche und schulterte sie. Trotz seiner bedrohlichen Worte wirkte er vollkommen ruhig, und ich war erleichtert, dass er sich dazu entschieden hatte, einfach zu gehen.

Doch bevor er es tat, griff er nach der brennenden Öllampe auf seinem Tisch.

Dann warf er sie quer durch den Raum und traf das Regal mit den Geschichtsbüchern.

»Rhett!«, schrie ich voller Entsetzen, erschrocken darüber, wie schnell sich die Flammen ausbreiteten.

»Zeig deinem Volk, wer du wirklich bist, Annika«, sagte er in ruhigem Ton. »Wirst du unsere Geschichte retten … oder seine?«

Ohne zu zögern rannte ich an ihm vorbei und begann, mit meinem Schwert auf die Regale mit den Ketten einzuschlagen. Es war scharf genug, um das Holz zu durchschneiden, doch die Kette würde ich wohl oder übel mitnehmen müssen. Meine Wunde schmerzte, doch ich gab nicht nach. Einen Moment später waren das Buch und das daneben frei, verbunden durch dieselbe Kette. Ich griff mir beide, steckte mein Schwert weg, wandte mich um und funkelte Rhett böse an.

Ich drückte die Bücher an meine Brust, und die Kette rasselte, während ich hinüber zur Geschichtsabteilung rannte. Ich konnte Lennox' Bücher nicht ablegen – Rhett könnte sie mir wegnehmen oder ein Funke könnte sie zerstören –, also hielt ich sie mit einem Arm, während ich die hölzerne Sitzfläche der nächstgelegenen Bank hochklappte, um an den Sand in ihrem versteckten Stauraum zu kommen.

Die Eimer waren jedoch zu schwer, als dass ich sie mit nur einer Hand hätte herauswuchten können, also begann ich, den Sand mit bloßer Hand zu greifen und auf die Flammen zu werfen. Doch es war nicht genug, und ich war dem Qualm so nahe, dass mir das Atmen immer schwerer fiel.

Ich würde diesen Kampf verlieren.

Nicht mehr imstande, die Tränen zurückzuhalten, hielt ich inne. All die Worte. All die Geschichten. All das Gute und auch das Böse, aus dem wir entstanden waren, wurde langsam von den Flammen verspeist. *Mein geliebtes Kadier … Es tut mir so leid.*

»Warum er?«, fauchte Rhett, der mit einem Mal neben mir stand.

»Hilf mir!«, flehte ich ihn an und musste husten. »Du hast diese Bibliothek mit deinem Leben beschützt. Bitte hilf mir, sie zu retten!«

»Er hat deine Mutter ermordet! Er ist ein *Monster!*«

»Rhett, es könnte sein, dass das alles ist, was uns bis zum Morgengrauen noch bleibt! Hilf mir, es zu bewahren!«

Doch er tat nichts, außer mich anzuschreien. »*Ich* habe dir immer zur Seite gestanden!«

Ich seufzte, denn ich wusste, dass es nutzlos war. »Und trotzdem hast du mich am allermeisten enttäuscht.«

Ich wandte mich zum Gehen, denn ich konnte mich nicht länger mit Rhett befassen. Ich musste Lennox finden, um wenigstens etwas von alledem für ihn zu retten.

Rhett packte mich am Handgelenk. »Gehst du jetzt allen Ernstes zu ihm? Jetzt? Willst du nicht versuchen, die Bücher zu retten?«

Sein Blick war irre. Ich war so wütend, dass er mir Vorwürfe machte, obwohl er das Feuer selbst entfacht hatte, und einfach nur dastand, während es sich immer weiter ausbreitete. In einer fließenden Bewegung schlang ich mir die Kette um den Arm, ließ die Bücher los, holte aus und zog Rhett die schweren, ledergebundenen Bände über den Schädel. Die Bücher leisteten mir auch jetzt gute Dienste, und Rhett sackte zu Boden.

Ich beugte mich über ihn und versuchte, mich zusammenzureißen. »Wenn Kadier morgen noch existiert, solltest du besser verschwunden sein. Ansonsten lasse ich dich wegen Hochverrats verhaften.«

Ich drückte die Bücher an meine schmerzende Brust und rannte um mein Leben, um Lennox' Leben, um die Leben derer, die ich retten wollte.

Ich rannte den Korridor hinab, bis ich auf vier Wachen stieß. »In die Bibliothek!«, befahl ich. »Feuer! Löscht das Feuer!«

Ohne zu zögern rannten sie los, und ich setzte meinen Weg fort, ohne zu wissen, wohin ich mich wenden sollte.

Lennox

»Verschont so viele Leben wie möglich! Nehmt sie gefangen!«, schrie Palmer, während wir rannten. Inigo und ich taten es ihm gleich und brüllten das gleiche Kommando, doch es hatte keinen Zweck. Wo ich auch hinsah, lagen Leichen. Mir graute es vor dem Sonnenaufgang, wenn das wahre Ausmaß der Verluste sichtbar würde.

Wenn wir es überhaupt bis dahin schafften.

Mamun schlug vor, in die Haupthalle vorzustoßen. Anscheinend wurde dort immer noch gekämpft. Also folgte ich Palmer und hoffte, Annika am Ende der sich windenden Korridore zu finden.

Ich wusste, dass wir da waren, als ich die Blutspuren auf dem Fußboden entdeckte. Es war erschreckend, die Abdrücke solch winziger Absatzschuhe zu sehen, die eine rote Spur durch den Saal zogen, und ich fragte mich, ob die Dame, die sie hinterlassen hatte, in Sicherheit war. Unsere Schritte hallten durch den großen Raum. Eine Handvoll Kerzen brannte noch immer und warf ein spärliches Licht auf das Bild der Zerstörung. Überall lagen umgeworfene Stühle, auf dem Boden die Scherben der zersplitterten Fenster wie hereingewehte Blätter.

Annika war nicht hier … aber wir waren auch nicht allein.

»Lennox!«, rief Mutter von der anderen Seite des Raums, und ihre Stimme klang hoffnungsvoll. Sie wollte auf mich zurennen, doch Kawan packte sie am Handgelenk. Er hatte es nicht eilig, sich von der Stelle zu bewegen, denn anscheinend hatte er einen Thron gefunden.

Meinen Thron.

»Immer musst du die Dinge verkomplizieren, was?«, fragte er.

Langsamen Schrittes ging ich auf ihn zu, denn ich spürte, dass er – genau wie ich – bereit war, dem Ganzen ein Ende zu setzen.

»Nie wartest du. Nie hörst du. Nie gehorchst du. *Nie.*« Er sprach mit unterdrückter Wut, ließ von meiner Mutter ab und legte die Hand auf die abgerundete Armlehne des Throns. »Aber nachdem du abgehauen bist, ohne irgendwelche Anzeichen, dass du zurückkommen würdest, dachte ich mir: ›Wenn dieser törichte Junge es schafft, unbemerkt in den Palast zu kommen, dann kann ich ihn mit einer gesamten Armee einfacher als gedacht einnehmen.‹« Er hob die Hände und ließ sie wieder fallen. »Und ich hatte recht.«

Er lachte zufrieden, während um uns herum unsere Leute starben, und fuhr fort: »Du hast dir dein eigenes Grab geschaufelt! Du hast dein Volk kurz vor der Zielgeraden verraten. Wer soll dir jetzt noch folgen?«

Er suhlte sich viel zu sehr in diesem Moment.

»Wusstest du es?«, verlangte ich zu erfahren. »Der Tag, an dem du zu uns gekommen bist, mit meinem Vater gesprochen und ihn davon überzeugt hast, sich deiner Sache anzuschließen … Hast du es sogar da schon gewusst?«

Sein Schweigen war die einzige Antwort, die ich brauchte.

»Wir dachten immer, es wäre seine Idee gewesen, den König im Alleingang anzugreifen. Hast du ihn auf diese Mission geschickt? Hast du gehofft, dass er scheitern würde? Dass er sterben würde?«

Kawan wand sich ein wenig auf dem Thron, denn die Frage war ihm sichtlich unangenehm.

»Dachtest du, du könntest mich brechen, wenn du mich nur lange genug schikanierst und kleinhältst? Dachtest du, du könntest mich zu deinem Sklaven machen? Dass ich niemals genug Rückgrat haben würde, um mir das zu nehmen, was mein ist?«

»Was meint er damit?« Mutter blickte zwischen Kawan und mir hin und her und wartete auf eine Antwort.

Bevor ich etwas erwidern konnte, zerrte jemand an meinem Haar und hielt mir eine Klinge an die Kehle. Das überraschte Geräusch, das mir entwich, war nichts im Vergleich zu dem Schrei meiner Mutter. Palmer und Inigo wandten sich schnell zu mir um, die Schwerter bereit.

»Lass dein Schwert fallen«, raunte mir Mamun ins Ohr. »Oder du stirbst.«

Ich gehorchte widerwillig, und mein Schwert landete scheppernd auf dem Marmorboden. Mamuns schmutzige Klinge drückte sich gegen meine Haut. Mein einziger Gedanke war: Wenn ich bisher alles überstanden hatte, nur um jetzt auf diese Art zu sterben – welchen Zweck hatte das alles dann gehabt?

»Soll ich ihn erledigen?«, fragte Mamun.

»Noch nicht. Vielleicht brauche ich ihn noch«, erwiderte Kawan. Ich war beinahe beeindruckt, dass er einen niederen Leibwächter als seinen Informanten ausgewählt hatte. Es war klug. Ein Leibwächter würde niemals versuchen, ihn seiner Macht zu berauben, sich niemals gegen ihn stellen. Ein Leibwächter würde nehmen, was man ihm bot, und sich dann aus dem Staub machen.

Das erklärte auch, warum Mamun Nickolas so schnell zur Strecke gebracht hatte. Fast hätte er uns glauben gemacht, dass er unschuldig war.

»Wie ich Nickolas bereits sagte: Was auch immer er dir versprochen hat – du wirst es niemals bekommen«, flüsterte ich Mamun zu. Er erwiderte nichts.

»Was ist mit den anderen?«, wollte Kawan wissen.

»Der König ist heute Nachmittag verstorben«, berichtete Mamun. »Der Prinz wurde schwer verletzt und ist erst gestern erwacht. Aber zum Glück ist er für die Liebe aus dem Palast geflohen.«

»Ich habe dir vertraut«, sagte Palmer verletzt. »Wie konntest du ihnen das nur antun?«

»Du warst doch dabei! Du hast beobachtet, wie er sie in den Glastisch geschubst hat«, wehrte sich Mamun. »Du hast mit angesehen, wie dieser Mann seine eigene Tochter verletzt hat. Du hast miterlebt, wie egoistisch der Prinz geworden ist. Du hast miterlebt, wie der König schwachsinnige Entscheidungen getroffen hat. Wozu brauchen wir eine weitere königliche Generation?« Ich spürte, wie er den Kopf schüttelte, jedes Wort verzweifelter als das letzte.

»Ich werde ihnen nicht länger dienen! Nicht ihnen und auch nicht diesen arroganten Höflingen, die mir ihre leeren Gläser in die Hand drücken, als wäre ich ihr Diener. Niemandem! Ich will in einem freien Land leben!«

»Glaubst du wirklich, dass dir ein Mann, der für eine zum Scheitern verurteilte Mission sein *eigenes Volk* riskiert, die Freiheit schenken wird?«, schrie Palmer und deutete auf Kawan.

»War unser eigener König nicht viel schlimmer als er?«, fragte Mamun, was Palmer zum Schweigen brachte. »Nein. Alles wird anders sein, wenn sie weg ist«, fuhr er fort. Sein Ton verriet mir, dass er nun nicht mehr mit Palmer, sondern mit Kawan sprach. »Vielleicht lebt die Prinzessin noch, vielleicht ist sie aber auch schon längst tot. Das wissen wir nicht. Aber falls sie noch lebt, ist es gut möglich, dass sie, wenn sie seinen leblosen Körper sieht«, sagte er und meinte damit mich, »ebenfalls sterben will.«

»Du weißt nicht, ob sie noch lebt?«, fragte Kawan spitz. »Wie soll ich dir vertrauen, wenn du die Person, deren Leiche wir brauchen, aus den Augen verloren hast?«

»Oh, keine Sorge, ich lebe noch.«

Obwohl Mamun seine Klinge fest gegen meinen Hals presste, drehte ich so weit wie möglich den Kopf, um wenigstens einen flüchtigen Blick auf meine geliebte Annika zu erhaschen. Immer noch barfuß betrat sie den Saal und schleifte ihr Schwert neben sich über den Boden. An ihrer anderen Hand hingen zwei schwere, mit einer Kette verbundene Bücher. Sie hatte sich die Kette um das Handgelenk gewickelt, was schmerzhaft aussah, doch sie schien es nicht einmal zu spüren. Auf ihrem Kleid hatte sich an der Stelle, an der sie verwundet worden war, ein riesiger Blutfleck ausgebreitet. Darüber hinaus war sie mit irgendetwas bedeckt – vielleicht Schmutz oder Asche. Sie sah aus, als wäre sie durch die Hölle gegangen.

»So sieht man sich wieder«, begrüßte Annika Kawan. »Ich muss schon sagen … Für jemanden, der so fest entschlossen ist, die Krone an sich zu reißen, hast du die Manieren eines Hundes.«

»Ich weiß nicht, ob jetzt der richtige Zeitpunkt für Beleidigungen ist. Ich halte dein Königreich bereits in meinen Händen. Soll ich anordnen, dein gesamtes Volk zu ermorden? Nur, weil ihre freche Prinzessin nicht den Mund halten kann? Hat man dir denn nicht beigebracht, wo du in der Rangordnung stehst?«

Sie seufzte und wandte sich mir zu. Die Tatsache, dass man mir ein Schwert an die Kehle hielt und der Feind auf dem Thron ihres Vaters saß, schien sie nicht zu kümmern. Sie hob lediglich ihr Schwert und richtete es auf Kawan. In ihrer Stimme schwang eine erschöpfte Wut mit.

»Noch jemand, der meint, er könne mir sagen, was ich zu tun habe«, erwiderte sie.

Da hatte sie recht. Ich hatte diesen Fehler nur einmal begangen.

»Runter vom Thron Seiner Majestät«, befahl sie.

Amüsiert legte Kawan den Kopf schief. »Dein Vater ist tot, Kind.«

Sie tat es ihm gleich, legte ebenfalls den Kopf schief und lächelte. »Aber der König lebt. Das wissen wir beide nur zu gut.«

Kawans Grinsen verschwand umgehend. »Töte ihn!«, schrie er.

»Runter!«, brüllte Annika.

Ich ließ mich fallen, jedoch nicht schnell genug. Sie schnitt mir eine Haarsträhne ab, als sie Mamuns Kehle aufschlitzte.

Er taumelte rückwärts, griff sich an den Hals und versuchte, die Blutung zu stoppen.

Auf dem Boden liegend griff ich nach meinem Schwert und ging auf Kawan los. In den wenigen Sekunden, die ich brauchte, um den Raum zu durchqueren, zog er sein letztes Ass aus dem Ärmel.

Er zückte einen Dolch, und zuerst dachte ich, er wolle sich damit verteidigen. Doch stattdessen holte er aus und stieß ihn tief in Mutters Bauch.

»Nein!«, schrie Annika, ihre Stimme nicht allzu weit von mir entfernt.

Meine Mutter stürzte zu Boden, doch ich hielt den Blick auf Kawan gerichtet, der nun sein Schwert zog. Rasend vor Wut stürmte ich auf ihn los, um ihn ein für alle Mal zu erledigen. Doch bevor ich ihn erreichte, war Inigo bereits da.

Inigo war schon immer um Haaresbreite schneller gewesen als ich. Stärker, klüger, besonnener. Nur ein einziges Mal hatte ich Glück gehabt, und er hatte nachgeben müssen.

Er stieß Kawan zurück, schubste ihn gegen den Thron, stellte sich ihm und auch mir in den Weg.

»Bist du wirklich der König?«, fragte er mich.

Annika, die nun neben meiner Mutter kniete, antwortete an meiner Stelle. »Ja. Ja, das ist er.«

»Dann beweise dich als solcher. Mach ihm den Prozess. *Du* bist in Frieden hergekommen, *er* hat einen Krieg begonnen. Lass uns besser sein als er.«

Wieder einmal bewies Inigo, dass er in jeglicher Hinsicht der bessere Mensch war.

»Ich bin mir sicher, dass Offizier Palmer ihn nur zu gern in den Kerker bringen wird, sobald er dazu in der Lage ist«, sagte Annika mit sanfter Stimme, während sie meiner Mutter das Haar aus dem Gesicht strich.

Ich wich zurück. »Fessle ihn«, befahl ich. Inigo deutete eine Verneigung an, warf Kawan gekonnt zu Boden und fesselte seine Hände mit einem Seil, das er von seinem Gürtel gezogen hatte.

»Es wird mehr brauchen als das«, murmelte Kawan.

»Das bezweifle ich«, erwiderte ich.

»Königswitwe«, flüsterte Annika. Meine Mutter sah ihr in die Augen. In ihrem Mundwinkel sammelte sich Blut. Ich wusste, dass das kein gutes Zeichen war, und kniete mich neben Annika. »Habt Ihr irgendwelche Befehle, Mylady? Irgendetwas, das ich für Euch tun kann?«

Mutter lächelte ein wenig. »Ist mein Lennox wirklich der König?«

Annika hob das Handgelenk mit der Kette. »Ja. Hier ist der Beweis. Und ich werde alles in meiner Macht Stehende tun, um seinen Platz zu sichern. Seid unbesorgt, Mylady.«

Sie nickte schwach und wandte sich dann an mich. »Du hast dich richtig entschieden. Besser als dein Vater.«

Tränen brannten mir in den Augen. »Sag so etwas nicht.«

Langsam und mit zitterndem Arm streckte Mutter die Hand nach meiner aus. »Ich war zu verzweifelt, um mutig zu sein. Es tut mir leid.«

»Ich habe dir schon vor langer Zeit verziehen. Und ich hoffe, du kannst mir ebenfalls verzeihen.«

Sie lächelte. »Dann habe ich doch noch einen letzten Befehl.«

Ich senkte den Kopf und zollte ihr den Respekt, der ihr schon seit Ewigkeiten gebührte. »Alles.«

»Lebe. Lebe ein Leben voller Freude.«

Meine Unterlippe zitterte. Ich wollte nicht vor ihr zusammenbrechen, denn das sollte nicht ihr letzter Anblick sein.

»Jawohl, Ma'am.«

Sie atmete noch einmal zittrig aus und regte sich dann nicht mehr. Und so hatten sowohl Annika als auch ich am selben Tag unseren letzten Elternteil verloren.

Ich fand keine Worte, um meine Gefühle auszudrücken. Die Verzweiflung, die Hoffnung, die Unsicherheit. Ich hatte heute einen Thron bekommen, doch in meinem Herzen klaffte ein riesiges Loch, und ich fühlte mich leer.

Letzten Endes spielte es jedoch keine Rolle, ob ich die richtigen Worte fand oder nicht, denn Annika hatte endgültig ihre Grenzen erreicht, wurde bewusstlos und brach in meinen Armen zusammen.

Annika

Als das Sonnenlicht hereinfiel und mich weckte, spürte ich sofort den stechenden Schmerz. Ich wollte mich ein wenig strecken, doch mein Oberkörper brannte zu sehr.

Ich verzog das Gesicht und drückte eine Hand auf die schmerzende Stelle.

»Nein! Das muss heilen. Nicht anfassen.« Ich riss die Augen auf und konnte es nicht fassen, dass Escalus hier war. Doch er war tatsächlich da, saß neben meinem Bett. »Glaub mir, wenn ich dir sage, dass es kein Zuckerschlecken ist, sich von solch einer Wunde zu erholen. Du musst es langsam angehen.«

Ich versuchte nicht einmal, die Tränen zurückzuhalten.

Er senkte den Blick und schüttelte den Kopf. »Ich

weiß. Ich weiß, und du hast jedes Recht, mich zu hassen. Ich hätte niemals …«

»Beantworte mir nur eine einzige Frage«, unterbrach ich ihn. Schuldbewusst sah er mich an und nickte. »Habe ich endlich eine Schwester?«

Seine Unterlippe zitterte, als er erneut nickte. Dann blickte er zur Seite, und Noemi kam von ihrem Platz am Fenster auf uns zu. Sie trug ein sonnengelbes Kleid mit einem rüschenbesetzten Oberteil und Schleifen an den Ärmelbündchen. Es trug eindeutig ihre Handschrift, und ich fragte mich, ob sie schon seit Jahren an diesem Kleid genäht und darauf gehofft hatte, dass sie eines Tages die Gelegenheit dazu bekommen würde, es zu tragen.

Ich streckte eine Hand nach ihr aus.

»Wann seid ihr zurückgekommen? Woher wusstest ihr, dass ihr wieder nach Hause kommen könnt?« Nach Hause. Ich schüttelte den Kopf. Ich musste aufhören, es so zu nennen.

»Wir waren nicht weit weg. Wir haben uns in einer kleinen Kapelle ein paar Meilen von hier entfernt trauen lassen. Wir hatten uns in einem Wirtshaus niedergelassen, doch mitten in der Nacht stürmte Lord Lehmann herein und brüllte, wir sollten uns alle bewaffnen. Er sagte, eine Armee habe den Palast über Nacht eingenommen. Dass die gesamte Königsfamilie als vermisst gelte und es wahrscheinlich war, dass die Angreifer das Land an sich reißen wollten. Er war so außer sich, dass er mich nicht mal erkannte. Nun, dann ging ich zurück zu Noemi und berichtete ihr, was er gesagt hatte. Niemand schien zu wissen, dass Vater gestorben war und ich den Palast verlassen hatte. Was mir jedoch Angst bereitete, war, dass auch niemand zu wissen schien, wo du bist. Ich wusste nicht, ob du in der Schlacht umgekommen warst. Wenn das der Fall gewesen wäre, hätte ich den Thron verteidigen müssen, ganz gleich, welche Pläne ich gehabt hatte«, erklärte er feierlich. »Noemi wollte dich einfach nur finden.«

Er lächelte von seinem Stuhl zu ihr empor.

»Als wir den Palast erreichten, sahen wir, dass die Tore niedergerissen worden waren und die Mauern zu bröckeln begannen. Überall lagen Leichen, und es sah aus, als wäre ein gesamter Flügel in Flammen aufgegangen.« Bei der Erinnerung daran erschauderte er. »Ich konnte es nicht fassen, dass all das innerhalb weniger Stunden passiert war.«

Ich schluckte. Er kannte ja nicht einmal die halbe Geschichte. »Was noch?«, fragte ich. »Hat irgendjemand versucht, euch aufzuhalten?«

Er schüttelte den Kopf. »Nein. Wir haben den Palast vorsichtig betreten, aber die Kämpfe schienen bereits abgeklungen zu sein. Ich wollte einfach nur noch dich finden. Aber ein junger Mann der Dahrainer Armee hat mich zuerst gefunden. Ich zog mein Schwert … Annika, wenn ich dir sage, dass ich kaum die Kraft hatte, es zu halten …« Er atmete lange und erschöpft aus. »Jedenfalls fragte er mich nach meinem Namen, und ich antwortete wahrheitsgemäß. Er meinte, ich sei in Sicherheit und solle ihm folgen. Ich hatte meine Zweifel, aber er führte mich in einen Korridor, der nicht komplett zerstört war. Offizier Palmer – du kennst ihn, nicht wahr?«

Ich lächelte müde und nickte.

»Offizier Palmer saß mit zwei Büchern vor sich auf dem Fußboden. Neben ihm stand dieser Offizier Au Sucrit«, er beäugte mich, jetzt, da er Lennox' wahre Identität kannte, »und studierte jede einzelne Seite, als hätte er einen verborgenen Schatz gefunden.«

Ich drückte mich hoch, auch wenn mein Körper mich dafür hasste. »Lennox! Wo ist er?«

Erstaunt sah er mich an. »Dann ist es also wahr?«

Ich schluckte. »Welcher Teil?«

»Er hat mir so viele unglaubliche Dinge erzählt. Dinge über unsere Geschichte, über seine Blutlinie. Was mich jedoch am meisten schockiert hat, war sein Geständnis, dass er dich über alles in der Welt liebt.«

Ich blinzelte die Tränen weg und schlug die Hände zusammen.

»Das hat er gesagt?«

Escalus nickte.

Noemi versuchte, sich das Grinsen zu verkneifen. »Seine Worte waren noch viel schöner als die in all deinen Büchern. Wenn ich nicht bereits glücklich verheiratet wäre …«

Escalus sah sie gespielt wütend an. »Zu spät. Du gehörst jetzt zu mir.«

Sie kicherte und sah unglaublich glücklich aus.

»Dann wisst ihr es also schon? Ihr wisst, dass das Königreich ihm gehört?«

Mein Bruder seufzte schwer. »Hätte ich die Bücher nicht gesehen, hätte ich es nicht geglaubt. Was mich angeht …« Er senkte den Blick und dachte kurz nach. »Ich habe meinen Titel gern an dich abgetreten. Ich brauche weder die Position noch das Prestige. Und ich verzichte auch gern auf den Titel, wenn ich damit einen fürchterlichen Fehler berichtigen kann. Das Einzige, was mich stutzig macht, ist, dass ich über diesen Lennox nichts weiß, außer dass er unsere Mutter getötet hat. Und ich will nicht, dass man dir eine Krone nimmt, die dir so gut steht. Es bricht mir das Herz, dass man dich vom Thron stößt, aus dem Palast und wahrscheinlich – aufgrund deines Blutes – auch aus dem Land vertreibt. *Unseres* Blutes.«

Ich nickte. »Darüber habe ich bereits nachgedacht. Ich weiß, dass du Lennox nicht kennst, aber ich hoffe, du vertraust mir, wenn ich dir sage, dass ich ihn kenne. Er streitet nicht ab, dass er Mutter getötet hat, aber es verfolgt ihn jeden Tag, und er bereut es zutiefst. Hast du eine Ahnung, wie oft er mich verschont hat?« Ich kicherte schwach. »Wie oft er mir das Leben gerettet hat? Du hast nichts zu befürchten. Ich … ich bin auch traurig, dass wir unser Königreich verlieren. Escalus, ich habe die Krone ab der ersten Sekunde geliebt. Nicht die Macht, sondern die Verantwortung.« Ich dachte an all die Arbeit, die ich während seiner und Vaters Krankheit hatte verrichten müssen, daran, wie anstrengend, aber auch erfüllend sie war. Ich dachte an all das Gute, das ich hätte bewirken können. »Aber wenn das einzig Gute, das ich vollbringen kann, ist, sicherzustellen, dass die Krone auf dem richtigen Haupt sitzt … dann tue ich das.«

»Musst du dich denn immer so poetisch ausdrücken?«

Wieder vernahm ich das ohrenbetäubende Geräusch von tausend Herzschlägen zugleich, als ich Lennox' Stimme hörte. Er war nun wieder sauber, und irgendjemand hatte ihm frische Kleidung gegeben. Er sah aus wie ein waschechter Gentleman, nur, dass er das Haar immer noch offen trug – was mir gefiel, um ehrlich zu sein.

»Das mache ich nur, wenn ich von dir spreche«, gestand ich.

»Uff! Wir sollten jetzt wohl besser gehen«, sagte Escalus, griff nach einem Gehstock, den ich bisher nicht bemerkt hatte, und hakte sich bei Noemi unter.

Sie lachte. »Dir ist schon bewusst, dass du über mich auch so sprichst, oder? Nur noch schlimmer.«

»Natürlich tue ich das«, erwiderte er. »Und ich habe noch viel mehr mit dir vor, aber es ist etwas ganz anderes, es zu hören. Also hilf mir auf unser Zimmer.« Neben Lennox blieb Escalus stehen. »Was auch immer du zu sagen hast, sei sanft zu ihr. Sie ist erst vor wenigen Minuten aufgewacht.«

Lennox nickte, und ich beobachtete mit Freude, wie Escalus und Noemi Arm in Arm das Zimmer verließen. Erst als sie gegangen waren, fiel mir auf, dass ich gar nicht in meinem Zimmer war. Ich sah mich um und hatte keinen blassen Schimmer, wo ich mich befand.

»Tut mir leid«, begann Lennox. »Ich weiß nicht, was Escalus dir erzählt hat, aber der Großteil des Palasts liegt in Trümmern. Wir haben dich in eines der unversehrten Zimmer gebracht. Du bist im östlichen Korridor im zweiten Stock, falls dir das hilft.«

Ich dachte nach und ging im Kopf durch, wo das sein könnte. »Ja. Tut es.«

Mir fiel auf, dass Lennox die beiden Bücher dabeihatte, die ich aus der Bibliothek hatte retten können. Ich deutete mit dem Kopf darauf. »Hör nicht auf meinen Bruder. Erzähl mir alles. Was auch immer du mir zu sagen hast – ich bin stark genug, um es zu verkraften.«

Er hob eine Augenbraue. »Bist du dir sicher?«

Nein, dachte ich. *Ich bin nicht auf den Moment vorbereitet, in dem du mir mitteilen wirst, dass sich unsere Wege für immer trennen.*

Doch ich war fest entschlossen, mich bis zum bitteren Ende wie eine Königin zu verhalten. »Auf jeden Fall.«

Lennox

Ich sah ihr an, dass sie sich innerlich wappnete. Wenn ich ihr das Herz bräche, würde sie es niemals zugeben und es stattdessen mit einem würdevollen Lächeln annehmen.

Wie ihre Mutter.

»Das Wichtigste weißt du bereits: Dein Bruder und seine Frau sind am Leben und wir beide auch. Das grenzt fast an ein Wunder.«

»Das stimmt«, erwiderte sie.

»Meine Mutter ist in deinen Armen gestorben, und ich weiß nicht, ob dir schon jemand gesagt hat, dass Mamun Nickolas umgebracht hat.«

Sie richtete sich ein wenig gerader auf. »Wie bitte?«

Ich nickte. »Ich habe nun erkannt, dass Mamun versucht hat, seine Spuren zu verwischen. Er wusste nicht, wie lange er seine Vereinbarung mit Kawan noch geheim halten konnte, also hat er Nickolas aus dem Weg geräumt, um vorzutäuschen, auf unserer Seite zu sein. Nickolas war ein Feigling, aber wie es scheint, war er letzten Endes doch unschuldig.«

Annika schüttelte den Kopf. »Nein, war er nicht.« Sie schluckte, und ihre Augen verfolgten die Stickereien auf ihrer Bettdecke. »Er hat mich in mein Zimmer gesperrt und wollte Escalus töten. Er wusste nicht, dass Escalus gegangen war. Also habe ich das Schloss aufgebrochen und bin geflüchtet.«

»Ich hätte auch nichts anderes von dir erwartet.« Stolz und dankbar nickte ich vor mich hin. »Bravo. Sowohl Kawan als auch Mamun sind in Ketten gelegt und bekommen ein ordentliches Gerichtsverfahren. Mein Freund Inigo ist wohlauf, und ich habe erfahren, dass Blythe die Nacht überlebt hat.« Ich grinste. »Inigo kümmert sich aufopferungsvoll um sie. Palmer hat dabei geholfen, einen Bereich für die Verletzten einzurichten, und die Wachen kümmern sich um die Gefallenen.«

Sie nickte. »Ist das eine Verzögerungstaktik? Ich muss wissen, was jetzt passieren wird, und nicht, was bereits passiert ist.«

»Das stimmt.« Ich schluckte schwer. So viel Angst hatte ich vielleicht in meinem ganzen Leben noch nicht gehabt. »Dann muss ich dir jetzt eine Frage stellen.«

Wieder wappnete sie sich, zupfte ihre Decke zurecht und richtete sich so weit auf, wie sie konnte. »Und die wäre?«

»Annika Vedette, würdest du mir die Ehre erweisen und meine Frau werden?«

Sie starrte mich an, und ich beobachtete, wie ihre Augen sich mit Tränen füllten. »Ich will nichts lieber, als Ja zu sagen, das weißt du … aber wenn mein Volk das Land verlassen muss …«

Ich schüttelte den Kopf und legte die beiden Bücher auf ihr Bett. »Ich habe diese Bücher eingehend studiert, bin über Namen gestolpert, die mir vertraut vorkamen, und habe Berichte gelesen, von denen ich schwören könnte, ich hätte sie schon einmal gehört. Aber«, ich hielt das zweite Buch in die Höhe, »was du hier drin gefunden hast, ist mindestens genauso faszinierend.«

Ich schlug eine Seite mit einer alten Landkarte auf. Endlich war einmal von allen sieben Clans die Rede. Der Bericht ging sogar so weit, dass er detaillierte Karten von jedem Clan aufzeichnete, die mächtigsten Familien eines jeden aufzählte und darauf verwies, wer ursprünglich große Gebiete besessen hatte.

»Sieh nur«, jauchzte sie. »Da seid ihr. Wir waren Nachbarn.« Mit ihrem zierlichen Zeigefinger fuhr sie die Linie nach, die die Landesgrenze zwischen ihren und meinen Vorfahren markierte.

»Ja, das waren wir. Siehst du, wie groß euer Territorium war? Kein Wunder, dass sich dein Volk betrogen gefühlt hat, als es auf unseres umgesiedelt wurde. Aber weißt du, was ich noch gefunden habe?«

Sie schüttelte den Kopf.

»Das Buch beschreibt, wie deine Vorfahren die Clans organisiert haben, um sich gegen diverse Angriffe zur Wehr zu setzen. Ich habe ihre militärischen Pläne gesehen, welche Opfer sie bringen mussten, ihre harte Arbeit. Annika, vielleicht wurde meinem Volk etwas genommen, aber davon wäre heute nichts mehr übrig, wenn deine Vorfahren nicht so hart darum gekämpft hätten. Das darf nicht vergessen werden. Und ich bin dankbar dafür.«

»Da bin ich froh. Ich bin froh, dass wir das Land retten konnten. Und ich bin froh, es dir in einem Stück übergeben zu können.«

»Bist du dir da sicher, Annika? Willst du mir wirklich dein Königreich übergeben?«

»Nein«, flüsterte sie. Sie senkte den Blick und berührte liebevoll den Ring an ihrem Daumen, bevor sie ihn abnahm und in meine Handfläche legte. »Ich will dir *dein* Königreich übergeben.«

Ihre Tränen hinterließen nasse Flecken auf der Bettdecke. Ich gab ihr einen Moment, denn ich musste sichergehen, dass sie mir zuhörte.

»Du erinnerst dich vielleicht noch daran, dass mein Volk nicht nur aus Dahrainern besteht«, begann ich sanft. »Die Menschen stammen aus verschiedenen Ländern und wurden von uns aufgenommen. Ich habe nicht vor, die Zugewanderten aus Dahrain auszusperren. Und ich habe auch nicht vor, dein Volk zu verjagen.«

Endlich sah sie mir in die Augen.

»Und ich muss immer wieder an deine Mutter denken. Bis zu ihrem letzten Atemzug, Annika, war Frieden alles, was sie wollte. Wäre sie nicht erfreut zu sehen, wie du mein Volk als dein eigenes anerkennst?«

Sie schloss die Augen und nickte, und ich sank neben ihrem Bett auf die Knie.

»Laut diesem Buch hast du recht: Ich bin der König. Die Krone hätte in meiner Linie bleiben sollen, aber es gäbe sie schon längst nicht mehr, wenn deine Linie nicht gewesen wäre. Diesmal sollte sich niemand entscheiden müssen. Ich glaube, du und ich, Annika, könnten etwas sein. Wir könnten etwas erschaffen.« Ich holte tief Luft. »Bitte bleib bei mir. Heirate mich. Ansonsten hat dieser Sieg keine Bedeutung. Ansonsten bin ich verloren.«

Sie wandte sich ab, und kurz dachte ich, ich hätte sie tatsächlich verloren.

»Annika?«

Als sie sich wieder zu mir umwandte, hatte sie die Hand vor den Mund geschlagen, doch ihre Lachfältchen verrieten mir, dass sie lächelte.

»Tut mir leid«, sagte sie, nahm die Hand vom Mund und wischte sich die Tränen ab. Dann legte sie die flache Hand auf die Buchseite, die unsere gemeinsame Geschichte, das Gute und auch das Schlechte, bezeugte. »Es ist nur … All die Jahre habe ich mein Glück in Märchenbüchern gesucht, aber wie es scheint, habe ich die falschen Bücher gelesen.«

Ich ergriff ihre Hand und sie die meine, und ich spürte, wie die Welt mit einem Mal wieder in ihre richtige Bahn gelenkt wurde.

»Lennox Au Sucrit«, begann sie.

Erst als sie ihn aussprach, wurde mir bewusst, wie viel mir mein Name bedeutete.

»Ich will nichts mehr auf dieser Welt, als dein zu sein.«

Und so kam es, dass ich innerhalb eines einzigen Tages alles bekam.

Dass *wir* alles bekamen.

Es klopfte an der Tür, und Palmer trat ein.

Er sah Annika an und bemerkte die Tränen in ihren Augen. »Geht es Euch gut, Eure Majestät?«

Sie lächelte. »Oh, mir geht es ausgezeichnet. Und Euch, Eure Majestät?«, fragte sie an mich gerichtet.

Einen Moment lang war ich geistig nicht ganz anwesend, denn ich konnte es nicht fassen, dass mein Traum endlich in Erfüllung gegangen war. Ich lehnte mich zu ihr, küsste Annika sanft und sonnte mich in ihrem strahlenden Lächeln. »Mir ging es nie besser.«

Epilog

Verzückt beobachtete Annika Au Sucrit, wie das Baby in ihren Armen gähnte. Es war nur eine winzige Bewegung, aber für sie war sie so überwältigend wie ein Sonnenaufgang oder eine Sinfonie. Lennox war ebenso fasziniert, als das Baby seinen Finger mit dem Ehering umfasste. Er hätte jedoch niemals zugegeben, dass er in gleichem Maße Angst verspürte, aber seine Frau wusste es ohnehin.

Lennox richtete den Blick auf Annika und dachte, es sollte ihn eigentlich nicht überraschen, dass sie etwas Neues gefunden hatte, in dem sie brillierte. Gab es überhaupt irgendetwas, das sie nicht konnte? Und dieser neue Mensch, der seine Augen und ihre Nase zu haben schien … Wer wusste, was er eines Tages erreichen würde?

Kurz genossen sie es einfach, nun zu dritt zu sein. Sie würden später noch Zeit haben, nachdem die Besucher gegangen waren, aber für jetzt nahmen sie sich wenigstens ein paar Minuten für sich.

Lennox wollte, dass sie ihren Kindern Annikas Spiele beibrachten und sie wüssten, wie man die meisten bemalten Steine im Palast fand. Annika wollte, dass sie die Tradition seiner Tänze fortführten und lernten, wie man einander an den Händen fasste und so lange drehte, bis einem schwindelig wurde. Gemeinsam hatten sie beschlossen, ihre Kinder nicht nach ihren Eltern zu benennen und ihnen stattdessen neue Namen zu geben. Und sie wollten die

Menschen, die sie gemeinsam erschaffen hatten, über alle Maßen lieben.

Außerdem schworen sie sich hoch und heilig, ihnen alles zu erzählen. Sie würden ihnen von den Fehlern erzählen, die von beiden Seiten begangen worden waren, und davon, wie sie einander verziehen hatten. Sie würden die Vergangenheit in Ehren halten, denn sie wussten, dass sie die Geschichte nicht ändern konnten, und wollten sich nicht für immer und ewig dafür entschuldigen. Und sie vertrauten darauf, dass die Lüge, die innerhalb weniger Generationen einen Teil der Geschichte ausgelöscht hatte, nach ein paar weiteren wiedergutgemacht werden konnte.

Annikas Bruder – nun der Duke – und seine Frau waren die ersten Besucher. Die Königin und ihre engste Freundin – ihre Schwester – hatten beide Tränen in den Augen, als sie das friedvolle Gesicht des neugeborenen Prinzen betrachteten. Escalus, dem das alles zu viel Angst einjagte, war so erleichtert, dass seine Schwester wohlauf war, dass er das Baby erst Minuten später bemerkte. Als Inigo und Blythe hereinkamen, legte Annika ihren Sohn in Blythes Arme und beobachtete freudig, wie das Band ihrer Freundschaft immer enger geknüpft wurde. Lennox gab sich größte Mühe, nicht zu weinen, als Inigo ihn umarmte, denn er spürte, dass sein liebster Freund so stolz auf ihn war, dass er es nicht in Worte fassen konnte. Palmer weigerte sich, das Zimmer zu betreten, stand stattdessen vor der Tür Wache und versteifte sich, sobald er das leiseste Wimmern vernahm.

Und es kamen noch weitere Besucher. Lords und Ladys, Botschafter und auch gewöhnliche Bürgerinnen und Bürger, die im Namen ihrer Städte Geschenke brachten.

Auch wenn nicht alle von den Veränderungen des vergangenen Jahres begeistert waren, war es nicht zu leugnen, dass der junge König und seine Königin alles dafür taten, um zu reparieren, was zerbrochen gewesen war, und aus einer gespaltenen Vergangenheit etwas Neues zu erschaffen. Also hatten die Menschen, manche bereitwillig, manche schweren Herzens, die Namen Kadier und Dahrain abgelegt und den neuen Titel *Avel* angenommen.

Erst viel später fand Lennox die Gelegenheit, Atem zu schöpfen und seinen Sohn in den Armen zu halten, während seine Frau mit dem Kopf an seiner Schulter einschlief. Sie teilten sich alles – das Königreich, die Krone, den Namen –, und nun hatten sie eine gemeinsame Zukunft erschaffen. Immer wenn ihm etwas Gutes widerfuhr, spürte er, wie er sich verkrampfte und darauf wartete, dass es ihm wieder entrissen wurde. Doch nichts dergleichen geschah. Jeder neue Schritt war mit Herausforderungen verbunden, doch bisher hatten sie jedes Hindernis gemeistert. Gemeinsam.

Während er alles, was ihm heilig war, in seinen Armen hielt, gab er sich selbst das Versprechen, es Annika gleichzutun und optimistisch in die Zukunft zu blicken. Er würde ihre Hand halten und frohen Mutes den neuen Tag begehen.

Danksagung

Danke, liebe Leser:innen. Vielleicht ist dies das erste meiner Bücher, das ihr gelesen habt, oder vielleicht begleitet ihr mich auch schon die letzten zehn Jahre. Jedenfalls möchte ich euch danken, dass ihr Zeit mit den Menschen in den Welten verbringt, die ich mir ausgedacht habe. Der erste Grund, warum ich schreibe, ist, dass die Charaktere einfach nicht still sein wollen, doch der zweite seid ihr. ☺ Danke für alles.

Ein großes Dankeschön an meine Agentin Elana Parker dafür, dass du an meine Geschichten glaubst, für deine nüchterne Ehrlichkeit und unsere jahrelange Freundschaft. Danke auch an den Rest des Teams der Laura Dail Literary Agency, ganz besonders an Katie Gisondi, die so hart dafür arbeitet, dass Leser:innen auf dem gesamten Globus meine Bücher in die Finger bekommen. Ich kann mich glücklich schätzen, von einem so tollen Team umgeben zu sein, das meine Bücher vertritt. Danke, dass ihr ihnen Flügel verleiht.

Danke an Erica Sussman von HarperTeen, dass du zu jeder Uhrzeit meine Anrufe entgegennimmst, unermüdlich arbeitest, um meine Geschichten glänzen zu lassen, und du mir eine so gute Freundin bist. Danke auch an Elizabeth Lynch für deine unglaubliche Weitsicht und harte Arbeit. Danke an Erin Fitzsimmons und Alison Donalty für eure wunderschönen Designs und an Elena Vizerskya für die tolle Cover-Gestaltung. Danke an Jon Howard und Erica Ferguson für euer Auge fürs Detail und den letzten Schliff am Manuskript. Danke an Sabrina Abballe, Shannon Cox und Aubrey Churchward für all eure Arbeit hinter den Kulissen. Ich sehe euch! Im Laufe der Jahre sind bei HarperTeen eine Handvoll Menschen gekommen und gegangen, aber ich hatte zu jeder Zeit ein großartiges Team hinter mir. Ich danke euch für eure Hingabe und dafür, dass ihr dafür sorgt, dass mir mein Beruf so viel Freude bereitet.

Ein riesiges – wirklich unfassbar großes – Dankeschön an Callaway dafür, dass du ein so toller Ehemann und Anführer bist. Ich liebe dich so sehr. Danke für deinen Zuspruch, deine Geduld und für Dinge, die ich nicht niederschreiben kann, weil ich sonst weinen muss, und da ich gerade in der Öffentlichkeit stehe … nun ja. Danke an Guyden für die ständigen Witze und großartigen Umarmungen, und an Zuzu für die tollen Einzeiler und deine unglaubliche Energie. Danke an Theresa für all deine Hilfe und für deine Freundschaft. Es tut mir leid, dass du ungefähr eine Million Jahre warten musstest, bis dein Name hier aufgeführt wurde. Ich bin nun mal eher niedlich als schlau.

Danke an Mimoo und Grumpa dafür, dass ihr meine größten Cheerleader seid und es schon so lange mit mir aushaltet, vor allem in der Zeit zwischen 1996 und 2001. Danke an Mimi und Papa Cass für eure niemals endende Unterstützung und dafür, dass ihr mich liebt wie euer eigen Fleisch und Blut.

Danke an meine Kirchenfamilie der Grace Community Church für eure Beratung und Lehre. Ein großes Dankeschön an die Damen in meiner kleinen Gruppe – Darlene,

Summer, Cheryl, Rebecca, Patti, Bridget, Marrianne, Natalie und jede, die ich eventuell vergessen habe – für euren Zuspruch und eure Liebe.

Und schlussendlich möchte ich Gott danken. Falls ihr, liebe Leser:innen, es noch nicht wisst: Ich habe mit dem Schreiben angefangen, um eine schwierige Lebensphase zu überstehen. Es war für mich der Rettungsanker, als ich das Gefühl hatte zu ertrinken. Ich hätte niemals damit gerechnet, dass ich nun auf zehn veröffentlichte Bücher zurückschauen könnte, aber ich hätte von Anfang an darauf vertrauen sollen, dass Gott mein Leben zum Guten wendet. Vater, ich habe deine Güte nicht verdient und werde mein Leben damit zubringen, dir zu danken. Danke dir für deine Gnade.